U0107288

NORTHERN SONG DYNASTY
Prosperous Country

(上)

辽宁人民出版社

图书在版编目（CIP）数据

北宋：繁盛的江山 / 王祥立著 . —沈阳：辽宁人民出版社，2024.3
（长篇历史小说系列）
ISBN 978-7-205-10848-9

Ⅰ . ①北…　Ⅱ . ①王…　Ⅲ . ①长篇历史小说—中国—当代　Ⅳ . ① I247.5

中国国家版本馆 CIP 数据核字（2023）第 164612 号

出版发行：辽宁人民出版社
地址：沈阳市和平区十一纬路 25 号　邮编：110003
电话：024-23284191（发行部）　024-23284304（办公室）
http：//www.lnpph.com.cn
印　　刷：河北朗祥印刷有限公司
幅面尺寸：165mm × 235mm
印　　张：34.25
字　　数：410 千字
出版时间：2024 年 3 月第 1 版
印刷时间：2024 年 3 月第 1 次印刷
责任编辑：贾　勇　赵维宁
封面设计：人马艺术设计 · 储平
版式设计：一诺设计
责任校对：冯　莹　耿　珺
书　　号：ISBN 978-7-205-10848-9

定　　价：128.00 元（上、下册）

目　录

第一卷　圣明有道唐虞世　日月无私天地春

第二卷　九死南荒吾不恨　兹游奇绝冠平生

第三卷　甘心万里为降虏　故国悲凉玉殿秋

第一卷

圣明有道唐虞世　日月无私天地春

第一章

白矾楼荆王献秘闻　初掌政赵祯查生母

大宋明道二年（1033）三月，时年六十五岁的大宋监国太后刘娥，病逝于宝慈殿，朝野上下、宫廷内外凄凄之声一片。

皇帝赵祯在灵前悲恸万分，以头抢地，几度泣不成声，险些晕厥，看得皇宫内外无不唏嘘感叹皇上的仁孝之举。

自乾兴元年（1022）起，真宗驾崩，太后刘娥扶当朝皇上赵祯登基，临朝称制，垂帘掌政已经十二年有余。

百官之中，早有暗流涌动，对此事诸多不满，太后尸骨未凉，几道要参太后把持朝政、狭隘妒忌、残害忠良的折子，就已经揣在了言官的袖子里。

然而百官吊唁时，文武官员目睹了皇上情真意切的哀恸后，却无人再敢妄议此事。

朝堂之上，从太后刘娥病逝起，便开始沸沸扬扬传起的各种蜚语流言不攻自破。

国丧期间东京城内满城缟素，九桥门街市一带原本日夜笙歌的酒楼尽数挂上了歇业的牌子。

昔日迎来送往的迎宾伙计们缩在自家酒楼门庭之中，不敢稍加喧哗，除了稀拉的行人和偶有路过巡视的开封府公人外，街面上更是冷冷清清，平日里来往各个酒楼之中赶趁的伶人全都不见了踪影。

大丧期间全国戴孝，一应宴请、饮酒作乐都不可肆意妄为，若是九桥门街市上这些酒楼在这段时间内谁敢明目张胆地开市开门，那就是东主嫌弃自己脑袋在脖子上挂着太沉了。

然而在白矾楼内西楼三楼雅间之内，却摆了一桌子的珍馐佳肴，河西肺、三下锅、鹌子羹、拔霞供、鲜炖鹿脯儿，二十几样拿手菜式琳琅满目……

配上白矾楼独门酿造的玉瓶眉寿酒，可谓丰美诱人、奢华大气，更是引人食指大动。

两个跑堂伙计垂手站在门前，眼角余光不时瞥向桌子上的菜品，随时等候贵客吩咐撤换凉羹冷菜。

一名穿着青布直裰作文士打扮的年轻人倚靠在窗前，俯视着不远处的皇宫，眼神复杂无比。

这白矾楼建筑恢宏大气，又正临皇宫之侧，便是站在一层之上，也能逾过宫墙看到皇宫内的场景，换作前朝历代不说会将此楼就地拆除，怕也是要问东主一个僭越之罪再将白矾楼收为官用。

唯独大宋自太祖始，素来对万民宽仁，哪怕连年有言官进谏此事，却也只是博得皇上一笑，不予理睬。

再加上白矾楼外面数道悬梯向来开放，东京城中无数黎民百姓，但有胆气敢于登楼者，都有机会一睹皇宫内景。

诚然，也正因此，白矾楼内外平日里经常有皇城司的察子着便服出没，生怕有可疑人等带着强弓硬弩登楼攀阁，对皇宫大内造成威胁。

但是此时，白矾楼之中空荡荡的，只有这一个青年人凭栏倚靠，就连那些在外间伺候的小厮，在进菜添盏的时候也不敢有丝毫的惊扰。

直到日渐西沉，桌面之上的二十几样菜肴逐渐冷却，小厮们这才有些按捺不住，相互看了几眼，分出一人上前，小声恭请了两句。

青年听到小厮的声音，目光微微回挪，朝着小厮瞥了一眼。

无形却有若实质的目光，透露着阵阵威严，吓得小厮连忙低下头去。

“冷了便冷了吧，今日这一桌酒菜……”青年话才说到一半，不知道想起了什么，目光微微一凝，不再多说，一挥手将小厮挥退。

小厮虽然在这白矾楼里上下跑堂，平日里也算见多识广，碰到的大人物不知凡几，但这会儿依旧被青年身上的气势给唬得冷汗涔涔，眼见能脱身，也顾不得礼数规矩，打了个千儿之后转身就跑了出去。

这小厮反手关上了雅间房门后擦了把冷汗，小声朝着身边同伴嘀咕了起来:“这位客官也不知道是什么来历，国丧期间竟然也敢摆宴席待客，偏巧大掌柜又敢让咱们开张。”

“若是这事儿被府衙那些人知道了，还不得拿了咱们白矾楼的人去问罪？”

“方才那位只是看了我一眼，就把我吓得心肝乱跳，莫不是哪个宰相家的衙内？”

小厮嘀嘀咕咕数句，总算将心情缓和了下来，这才注意到身旁的同伴竟然满头大汗，看上去比他还要紧张几分，此时注意到了他的举动后，更是抬手朝着他这边猛地挥了挥手，示意他不要乱说乱动。

条件反射般朝着同伴方才所看的方向瞄了一眼后，小厮顿时倒抽了一口冷气，连忙躬身弯腰，任凭后背被汗液浸透，再不敢抬头。

片刻之后，几个穿着深色锦缎袍服，身上带着显眼官威的中年男人从他身侧推门而入。

最前面一个中年官人，仪态凛然，走路虎虎生风，小厮此前曾在上元灯节的时候，远远看到过对方。

此人赫然是现今皇上的族叔，先帝的胞弟，人称八贤王的荆王赵元俨！

跟在他身后的几人，除了一个面白无须的、穿着淡紫色常服的客官看起来身形略显佝偻，还有他身旁跟着的那个神情畏缩的中年男人不自觉走在后方，面带恭顺之意，剩下数个人各自都是仪态端庄，虽然落后八贤王半个身位，却都是神态自然，不卑不亢。

显然在身份地位上他们与八贤王相称，并不逊色过多。

要知道大宋虽然素来崇文，一应文士气节骨头都是硬得很，但不意味着一般人等在皇亲国戚面前，仍可放肆嚣张。

小厮眼角余光瞥过门缝，看到这几个不是皇亲国戚就是朝中命官的人物，在进门之后，竟然齐刷刷地朝着那位身着青袍的青年人躬身行起了礼！

能让八贤王躬身行礼的，全天下也就只有那一位，当今的皇上，大宋的皇帝陛下！

想到这里，小厮的眼睛豁然亮了起来，心潮澎湃无比，方才他竟然服侍了皇上？

下一刻，方才还留着些许缝隙的房门被那个应该是宫中内侍的白面无须之人缓缓闭合，隔绝了小厮们炙热的目光。

做完这个动作，宦官束着双手缓缓退到了青年身后一侧的角落里，恭敬站住，眼角微微一垂，盯住了自己的脚尖。

青袍青年，正是当今大宋的皇上赵祯！

此时的赵祯除了眼圈儿略有些泛红之外，完全看不出传言之中的悲恸。

待到对面的几人见礼之后，赵祯的目光在这几人的身上逐一扫过，眼底闪过了一抹异样。

八贤王赵元俨，同平章事、集贤殿大学士吕夷简，皇城使顾渭，医官杨可久，这几人都是八贤王召集而来，此时摆出来的姿态，也都是以八贤王为主。

吕夷简乃当朝宰相，位高权重，前些年间深得已故太后刘娥的欣赏，虽然并未弄权掌政，但在朝中也有着说一不二的地位。

除却并非皇亲国戚外，吕夷简在朝堂中的尊崇甚至远超八贤王赵元俨。

皇城使顾渭，是前段时间赵祯自己提拔上来，勾当皇城司、专门为他这个皇帝服务的近臣。

顾渭手中掌握着司皇城防务、监察百官的权力，虽然自身品级只有从六品，但声名远播，朝臣谈之色变。

至于那个医官杨可久，不过吃着区区八品官俸，跟前面几人几乎风马牛不相及。

若不是前段时间太后病危时，这个医官杨可久曾经入宫禁建言，赵祯甚至不会记得有这么一号人。

平素里无论是在朝堂之上还是在私下里，这几人身份地位相差甚多，关系自然不会太过密切。

八皇叔将这几个人拉来，还专门派人入宫给他传递消息，请求他出宫一叙，这其中显然藏着不小的秘密。

朝着众人点了点头，赵祯示意他们在对面落座，随后自己缓缓坐在了内侧的椅子上。

下面几人倒也没有拘谨，按照赵祯要求依次落座。

大宋朝堂之上，一向君臣和谐，赵祯更是与先帝真宗一样首重开言路，听规谏，所以从自家人八贤王到那品级低末的医官，在他这个皇帝面前都没有太过拘束。

不过任凭众人之间的桌子上摆满了佳肴美酒，这几人却都没有关注这些东西，甚至还微微偏移了自己的目光，以免在皇上面前失态。

“八皇叔，之前你从宫中找了门路，递交手札让朕出宫，在这白矾楼之中相见，到底所为何事？”

“若是此事牵扯繁多，八皇叔让朕去皇叔府邸之上便是，何故招呼朕来此处？”

赵祯的目光重新落在了八贤王的脸上，稍作沉吟之后便直接问道。

赵元俨的眼神闪了闪，随后轻吸了一口气，朝着赵祯一拱手道：“皇上近日为先太后守灵尽孝，多日哀恸号啕，以头抢地，让朝中臣子、京师百姓无不动容，尽皆称赞皇上仁孝之举。”

赵祯微微皱眉，不知道赵元俨为何提起此事，轻轻摆了摆手：“八皇叔此言差矣，我为母后守灵，所尽的不过是为人子的孝道罢了，当不得仁孝二字。”

他思绪流转，怎么也没想到，赵元俨今日到底是何事由，竟然会从这件事上开腔。

赵元俨的目光，从赵祯身上挪开，转而看向了身侧的另外几人，似乎是在这几人身上找到了支柱般，眼神逐渐坚定，随后一捋胡须。

“陛下近日来为太后事思虑深重，身心疲乏，龙体欠安，想来应该没有时间走出宫廷，怕是也没有听到过一些传言？”

眼见着赵元俨没有直接开门见山的意思，赵祯反而燃起了兴趣。

这些年来，他跟这个八皇叔之间见面极少，但并不意味着他对这个八皇叔一无所知。

正相反，他很清楚八皇叔为人算得上刚直，这位八皇叔十年来一直受制于刘太后，郁郁不得志，又碍于先帝颜面，无法与朝堂之上的孤儿寡母锱铢必较，所以干脆佯作患了阳狂症，避居在家十余年。

虽说如此，八皇叔偶有机会，还是会专门给赵祯这个皇侄上札子提建议，时常与赵祯有书信沟通。

此时既然已经出山，若是一般的事由八皇叔必然是要开门见山，直接说个通透。

“八皇叔不必忌惮，若是有要事，尽可直言不讳，不必吞吞吐吐。”

说完此话，赵祯忍不住朝着身旁的宦官张茂则看了过去。若是宫中早有流言，赵元俨这个足不出户的王爷不太可能比他先知道。

除非在宫中有人刻意隐瞒！

张茂则虽然年纪尚小，但为人机灵聪颖，深得赵祯喜爱，所以才被破格提拔，眼下成了赵祯身边的当红宦官，外人眼里的“中贵人”！

这种人精，只消赵祯一眼，就咂摸出了赵祯的意思，毫不迟疑地跪倒在了地上。

“皇上恕罪，奴婢这两日在宫中从未听过任何流言蜚语！”

他有些紧张地说了两句，随后忽然想到了什么一样，动作一僵。

“除非，除非八王爷所说的，是那件事……”

张茂则的反应，越发让赵祯来了兴致：“看样子，这宫中就只有朕一个人蒙在鼓里？”

“有什么事情，不妨直接说与朕听，若是有什么孟浪的地方，朕先赦你无罪！”

换作平时有了赵祯这话托底，张茂则怕是一五一十把事情都说个通透。

然而此时张茂则脸色微微一变，扑通一声就跪倒在了地上，连连叩首。

“皇上，事涉皇上与太后，奴婢已经派人查访流言出处……但此话奴婢不敢在太后殡期胡说……”

张茂则的举动可谓机灵无比。

在场这些人之中随便拎出来一人，无论是官职还是实际地位都要远超过他这个“中贵人”，若是此事真的牵扯甚广，最好还是由这些人说起，总好过他来当这个出头鸟。

对于张茂则的表现，赵元俨显然早有预料，此时神情傲然，没有半点意外。

“陛下就不要为难他了，此事除了本王之外，怕是没有几人敢与陛下说明。”

赵元俨的话锋陡然一转，变得无比严肃认真：“皇上可曾想过，先太后并非皇上亲母？”

“此件事，牵涉甚广，朝堂内外知晓之人不知凡几，但无人敢与皇上分说，皇上生母乃是前年为先帝守陵之时，被报死于非命的李宸妃！”

“这其中事由，未必跟太后无关，若是可查明证实，此罪于陛下，不可不向刘氏追责问罚。”

说出这句话的时候，赵元俨显然刻意压低了语调，生怕自己的音调稍有不妥。

然而此话一出，依旧等同于在赵祯的耳边炸开了一道响雷！

虽然今日出宫，他就已经做好了各种心理建设，但听到此话的时候，赵祯的眉头还是直接蹙成了一团，随后眼角余光瞥了一眼旁边的皇城使顾渭。

在场众人之中，唯独顾渭是他一手提拔起来，且敢于全然相信的臣子，尤其对方更是皇城司指挥使，任职几个月下来，手中所掌握的信息密档数不胜数，对此事应该能给出正确论断。

随着顾渭脸色严肃地点了点头，赵祯的鼻翼颤动了一下，心中生出了一丝登基以来从未感觉过的无力感。

自己恭谨孝敬了这么多年的母后，竟然并非生母，而且听赵元俨的意思，似乎自己真正的生母，也是为太后所害？

若真是如此，他岂不是认敌作母二十几年？

一个不可思议的念头在赵祯的心中勃然升起，这怎么可能？

“八皇叔！”赵祯转念一拂衣袖，脸色变得有些阴沉，寒声说道，“这种事情，由不得谗佞小人在外胡说，乱我皇家威仪纲常！”

话虽然已经说出，但赵祯看着跪在一旁以头抢地、完全不敢直身的张茂则，还有点头示意之后便低眉顺眼看着桌角的顾渭，心中已经明了。

此事不管真假与否，都已经在宫廷内外传开，假以时日有昔年的事情作为证据，很快就能坐实。

他稍稍稳下了心神，从座位上站起身来，背着手向窗外围栏处走了两步，随后缓缓转身，再次看向了赵元俨。

他这位八皇叔荆王赵元俨，是太宗第八子，为人向来刚直严毅，同时在太宗和真宗朝又做事严谨妥帖，能言善谏，所以才有了“八大王”和“八贤王”的名号。

然而就是这样一个人，因为此前先帝在时跟太后刘娥稍有嫌隙，自从先帝驾崩，太后刘娥临朝掌权，赵元俨干脆称病不出，将自己困在王府之中，一直都是足不出户。

眼下太后新丧，朝中诸事还未捋顺，赵元俨就突然找上门来揭开此事，还刻意避开了宫廷，在私下的场合述说，这是有何图谋？

“八皇叔既然十几年间都能将此事深埋于心，为何要在今日与我说出？难道是因为畏惧太后把持朝政，担心招来杀身之祸？

“太后临政，对八皇叔有些苛责，致使八皇叔困守王府十余年，有些怨言也在所难免，但以此怨萌发恨意，不惜捕风捉影来离间我与太后母子关系，是否太过了些？

“谤辱太后，欺君之罪，便是八皇叔身为皇亲贵胄，也是重罪！”

这一点疑问梗在赵祯脑子里，与其说他怀疑赵元俨此话的真实性，倒不如说他不愿意相信这个事实。

赵元俨对于赵祯的反应，明显早有准备，微微躬身之后，慨然说道：“陛下登基时年纪尚小，刘太后把持朝政已成定局，本王若是强行公布实情，必然要引来大乱。

“况且彼时李宸妃在后宫尚且安稳，若是因此事受到波及，陛下与本王恐怕会生出嫌隙，追悔莫及。”

叔侄两人说话间，窗外夕阳缓缓下沉，一道夜风缓缓吹入，将墙角的香烟揉乱。

房间外的小厮们，早已经被皇城司的察子和宫内带来的宫女侍从取代，几盏烛火燃起拉长的同时，半开的窗子也被一一关上。

雅间内的温度逐渐恢复了正常，但此时赵祯的心底，却是如同寒风过境，一片冰冷。

“如此说来，八皇叔倒是为了我考虑颇多，所以才忍辱负重十二年，不惜装疯卖傻，这才换来了今日的时机？”

他沉默了片刻，话锋里多出了丝丝缕缕的尖锐。

在经过了最初的惊疑之后，他逐渐冷静下来，恍然想到了一些往事，心中原本对他跟刘娥关系曾经丛生的疑窦，隐约都得到了印证。

那几句尖锐的嘲讽，与其说是在嘲讽赵元俨，倒不如说是在自嘲。

赵元俨看出了赵祯的心态变化，再次微微躬身拱手：“太后临朝时，此事无人敢提，但当年之事，知之者甚多。

“今日臣将吕大人与顾皇城，还有这位医官拉到此处，便是打算让他们为臣佐证此事，以还皇上一个确凿真相！

“若是皇上觉得我等言辞不足为信，还可回宫去问询杨太妃，此事杨太妃也很清楚！”

赵祯的表情变得极为凝重，赵元俨口中的杨太妃便是他自小的乳母，从小对他尽心尽责，虽然非亲母子，但感情更甚于亲母子。

刘太后遗诏之中甚至提议要立杨太妃为继任太后，同时垂帘听政，行使摄政辅政之责。

赵元俨提到杨太妃，且信誓旦旦，显然是有所依仗。

赵祯轻轻吸了口气，扭转目光看向了一旁一直都没有说话，脸色却是一片肃然的吕夷简。

八贤王捋了捋胡须，眼底闪过了一抹亮色。

能把吕夷简拉来做这个证明，自然是因为他与吕夷简早已经商议妥当，两人一个皇家至亲一个朝臣表率，再加上顾渭这个皇帝心腹，漫说此事本就是事实，就算这事儿是假的，也由不得皇帝不信他们！

至于那个医官，却是吕夷简临时裹挟而来，他并未放在心上，只以为是吕夷简带来坐定李宸妃暴毙事与刘娥有关的人证。

十几年闭门不出，朝堂之上处处隐忍避让，早已经让这位八贤王心中积郁良多，要不是身上还背着“贤”名，加之太后平生功大于过，他就连前两日的丧期都扛不过，怕是要直接找上赵祯揭穿此事。

“吕相乃国之肱股，在朝堂之上又素来与太后相和，难道今天也要与八皇叔站在一处，指摘太后？”

他的话才问出，吕夷简的脸色就是一变，随后立刻起身离席，恭敬地站在一侧，朝赵祯一躬到地。

“皇上，此事牵涉皇家大统、天子人伦，臣不敢有半句妄言！

“八王爷所说之事，句句属实，皇上确实并非刘太后所出，皇上的亲母正是李宸妃！

“眼下李宸妃梓宫，正在洪福寺处。”

吕夷简这几句话并未做作朗言，只是淡然说出，就起到了极深的效果。赵祯只觉得自己胸口一闷，嗓子里出现了一抹腥甜之气。

接连的重锤，击碎了他心头最后一丝侥幸。

杨太妃处，他已经不必再去盘问，小娘娘在此事上绝对不会欺瞒他，若是此事问明，恐怕得到的答案也会相同。

看着这位年轻皇上缓缓闭上了眼睛，对面的几人相互看了一眼，齐刷刷地垂下了眼帘，不再说话，而是将时间留给了赵祯，让他慢慢消化此事。

片刻之后，赵祯将心口涌起的腥甜气息彻底稳住，随后再次睁开了眼睛，看向对面几人的时候，眼底已经带了些许厉色。

“李宸妃……朕之生母昔年为先帝守陵时，果真是因人谋害，所以才会暴毙身亡？”

赵元俨捻了捻胡须，慨然说道：“皇上，此事虽说并未有十足的确凿证据，但刘太后欺君已久，蓄意阖朝隐瞒李宸妃与皇上的母子关系，已然罪过难遮。”

“据臣所知，李宸妃在宫中素来与妃嫔和睦，待宫中下人温暖如春，从入宫到为先皇守陵，宫中历经二十余年从未树敌，此事岂能有第二人选？”

他这两句话，句句都未直接指向刘娥，却句句都针对刘娥，似乎势必要将赵祯坐定在刘娥的对立面之上。

话毕，赵元俨目光微斜，看向了一旁的吕夷简，甚至于皇城使顾渭。

两人既然从命而来，想来也已经做好了相应准备，今日揭发刘太后之事，就意味着他们日后在朝堂之上，就要与刘太后旧臣站在对立面之上。

此时趁着皇帝心思动摇，正是落井下石的好机会。

果然不出赵元俨所料，吕夷简的眼神稍稍闪动之后，便再次躬身开口。

只不过，吕夷简所说的内容，却远远超出了赵元俨所料。

“皇上圣明，八贤王所说疑点确有可能，但此事个中细节却皆有疑点，怕是要精细查证，才能作论断。

“昔日李宸妃因病薨逝，刘太后曾下令，以一品礼仪殡葬，并且为李宸妃着皇后服，虽然并未大肆操办，但一应礼节都是按照国母标准行事。

“若是李宸妃病逝因由跟刘太后关系匪浅，刘太后全然不需用此等行径弥补心中缺憾，此事怕是大有蹊跷。”

他话音落下，完全不去看一旁脸色有些异样的八贤王，而是将目光转向了一旁的那个医官。

此时医官的一颗心，早已经如同汪洋之中的一叶扁舟，跌宕起伏几次，被吓得浑身打颤，一身虚汗。

直到吕夷简轻咳了一声提醒，这厮才算是清醒过来，连忙站起身来，后退半步跪俯在了地上，连连磕头。

“皇上，皇上明鉴，昔日李宸妃病重，都是微臣前后照料，每日躬身病情，前后三十余张药方，都已经送到顾皇城处勘验！

“李宸妃虽然薨逝猝然，但并非遭遇暗害，而是身体乏匮，病久难医！”

勉强将这几句话说完，医官打着哆嗦以头抢地，如同张茂则一样老老实实地跪在地上，丝毫不敢动弹。

顾渭同样起身，站在了吕夷简的侧后方，缓缓躬身一礼：“皇上，杨可久所言句句属实，三十余张药方，与昔日封存药渣都已勘验完毕，并无错谬之处，李宸妃薨逝究竟是否为人所害，不可轻言定论。”

才一转眼的工夫，形势便急转直下，自己带来的几个人，竟然全都选择了在最关键的时刻站在自己的对立面，这让赵元俨着实意想不到。

他眯起了眼睛，目光在这几人身上逐一扫过，随后负手而立，冷笑连连：“吕相果然是好手段。”

“人人都说吕相是后党，本王此前还未尽信，没想到此时稍加试探，却是有了收获。

“刘太后于政事上大有功绩，将先帝朝政平稳至今，的确建树不小，但私下睚眦必报，手段狠辣，就算是为李宸妃以一品礼仪厚葬，怕也是事后找补，吕相竟然以此为据替刘太后辩解，实在可笑！

“李宸妃之事究竟何如，本王相信皇上自有论断！”

赵元俨讽刺了吕夷简几句之后，却并没有继续针锋相对，而是高高抬起轻轻落下，将裁决权又重新推到了赵祯手里。

闭门不出十几年，早已经将赵元俨性子里面的那些棱角磨平，哪怕此时心中积郁了不少怒意，却依旧没有当场爆发。

赵祯脸色阴沉，只觉得思绪庞杂，头昏脑涨。

刘太后宾天，他这才算是彻底亲政，万万没想到他亲掌朝政之后的第一件大事，竟然是此事！

一方是自小认作亲母的刘太后，一方是确凿为亲母的李宸妃，其间更是掺杂了这一遭命案关系。

这让自小就受教仁德的赵祯，一时间难以接受。

双方各执一词，让他原本就纷乱的思绪再难捋顺，直到下一刻他看到了顾渭清明的眼神，心头却是忽然一动，大手一挥。

“顾渭，立刻着殿前司调兵马三千，将太后寝宫及刘氏在东京城中所有府邸宅院，统统围住，不准任何人出入，以待处置！”

“张茂则，立刻回宫恭请杨太妃出宫，与朕同行。”

眼见着顾渭和张茂则得令而去，赵元俨和吕夷简相互对视了一眼，表情都出现了微妙的变化。

赵祯竟然打算将杨太妃从宫中请出，说明他动了真火，是打算在杨太妃口中再次确定这个事情。

而调兵针对刘氏，便印证了他此时心中所想，怕是已经准备要大刀阔斧为李宸妃这个生母报仇雪耻。

向来以宽仁著称的皇帝赵祯竟然能如此痛下决心，可以见得他心中如何愤怒。

“八皇叔，吕相，你二人便随朕一同去一趟洪福寺吧！”

赵祯眼底闪过了一抹疲惫，低低地说了一句之后，一拂衣袖，率先出了门。

赵元俨跟吕夷简都是一愣，相互看了一眼后，这才恍然醒悟过来，连忙跟上。

此时此刻赵祯想要去洪福寺，自然不是要去祭拜生母，而是想要开棺验尸！

此前下令让顾渭调兵，对刘氏宗族却只是围而不攻，表明以待处置，显然等待的就是洪福寺的结果。

至于这个结果如何，赵元俨心中略有忐忑，却并不慌张，而吕夷简的眼底则闪过了一抹欣慰。能在此时还尽力保持心态稳定，思绪敏捷，并未被此事击垮，更没有贸然采取行动，而是要去先寻求证据，说明皇上成长良多，亲政一事无须再多担忧。作为当朝宰相，吕夷简心中自然老怀安慰。

三人出了门后，跪在地上的杨可久这才恍然醒悟过来，抬起头朝着雅间的门看了两眼，眼神犹疑了片刻，一骨碌爬起身连忙追上。

无论皇上作何选择，是信了八大王还是信了吕相，但凡现场下令，杨可久或者被贬斥，或者逃过一劫，倒是都能让他松了这口气。

偏生赵祯要去洪福寺，这就意味着他已然成为李宸妃之死的首要见证人，若是去了还好，或者自证无罪或者因罪获罚。

倘若他没能及时出现在皇帝面前而被抓住把柄，少不得就是个抄家灭族的罪过！

御驾未行，皇城司先动，赵祯的车驾还没离开九桥门街市，洪福寺上下已经接到了皇城司的通传，开始了洒扫清整，黄土垫道。

杨太妃一行，几乎与赵祯同步抵达洪福寺外。

在来时的路上，张茂则显然已经将此间的事情全都说给了杨太妃。

才一下轿，杨太妃便泪眼婆娑，将赵祯拦在洪福寺外的大路上，三言两语就把详情说了个清楚，也更加印证了八贤王提起的这桩陈年旧事。

赵祯看着眼前这亲力亲为抚养了自己十数年的乳母，心思越发沉重。

从杨太妃嘴里得到了精准回答，更加加重了赵祯想要开棺验尸的想法。

若是果真如八皇叔所言，亲母李宸妃是被刘太后所害，那他前二十几年的人生，便如同笑话一般，认贼作母贻笑大方！

一团火气积郁在赵祯的心口之中熊熊燃烧、喷薄欲出，几乎将他心中此前积攒的悲恸燃烧殆尽。

几日来朝中大臣、皇亲国戚们纷纷夸赞他是仁孝明君的话，更是如同蓄意嘲讽、刀割火烧一样，让他越发痛苦难忍。

对于赵祯想要开棺验尸的想法，杨太妃并未加以阻拦，想通事情缘由之后，更是极力支持，这种慨然的态度，到底让赵祯稍稍平复了些许心情。

直到赵祯入了洪福寺停放李宸妃灵柩的院所，一并杂工全都被皇城司与殿前司之人替换。

二十多人前后忙碌，在赵祯的注视之下，将李宸妃的棺椁缓缓拆封。

赵祯站在棺椁一侧，从头到尾脸色肃然，一言不发。

除了八贤王赵元俨、吕夷简等人之外，早有数名太医院的医官，还有两名临时从顺天府拉过来的仵作已经在一旁等候。

只待赵祯一声令下，他们就可以直接下手开始验尸。

在场众人无一不是提起了十二分的紧张，目睹着那雕刻着烦琐花纹的硕大棺椁盖子被缓缓挪开。

紧接着，便是内侧的棺材。

片刻之后，棺材盖子也被人掀开，将棺材内的场景，展现在了众人面前。

赵祯缓步上前，面色凝重地朝着棺椁之内看了一眼，眼神逐渐变得有些飘忽。

李宸妃，薨逝前因守陵有功，才从顺容被加封到宸妃，受封当日便溘然而逝。

自古皇家母以子贵，然而他这个生母在生前却是半点儿儿子的好处都没有沾到。

顺容的位子，也是先帝驾崩后，因为要去守陵，被太后刘娥册封得到，在此之前十余年，李宸妃虽然有了他这么一个地位尊崇的儿子，自己却只是刘娥宫中一个小小的宫女。

从记事起，赵祯在宫中就从未关注过这位生母，此时看着生母尸身，不由得悲从心中起，眼眶泛红。

周围众人眼看着这一幕，心中都有些不是滋味，纷纷心生悲恸，走上前来。

顾渭站在角落里，目光朝着那几个医官和仵作看了一眼，后面几人不敢怠慢，连忙上前先行请罪，随后将覆着李宸妃尸身的锦缎缓缓扯开。

片刻之后，眼圈泛红神情复杂的赵祯陡然一愣，看着棺材里生母的遗容，心头狂跳起来。

此时距离李宸妃薨逝已经年许，换作一般人家的遗骨，恐怕早已经化为朽骨。

然而李宸妃此时的样貌却是依旧栩栩如生，面色如常看不到半点儿异样，身上穿着一如太后刘娥常服，身体周围银光闪烁，随着几个面部系着布巾的医官将整具遗体全貌展现，不难看出那些银光正是用来防腐的水银。

几位医官与顺天府的仵作再三拜请赵祯，上前轻巧分辨几分后，相互看了几眼，纷纷点头。

“禀皇上，李宸妃周身并无伤损，面部如常，喉部未见异样，收殓状况并无特殊，臣等可以断言李宸妃生前并无毒损伤害。”

才刚看到生母遗容的时候，赵祯的心中就已经隐约有了猜测，这几个医官与仵作得出来的结论，更是印证了这个念头。

激愤矛盾的念头，从赵祯的心中缓缓消散，他的神情从之前的复杂逐渐转为悲恸。

周围旁观或者亲身参与了此事的众人，或者是面露异色，或者是长出了一口气。

赵元俨面沉如水，亲自上前俯看了两眼之后，这才轻轻摇了摇头，慨叹一声转身面向赵祯。

“本王心系皇上生母一事，一时不察竟然相信了宫外传言，导致皇上心生戚戚，乃至于兴师动众，险些坏了纲常，此事都是本王之过。

“这个罪责，本王愿领罚！”

八贤王才刚刚发现自己错了，立刻就上来请罪，这个行径看起来似乎是在避重就轻，认罪乞怜，但实际上却算得上光明磊落。

还不等赵祯发话，一旁的吕夷简便立刻上前：“皇上，八贤王此举虽然有些冒昧，但毕竟是心系皇室尊崇，并无他意，就算有些罪责，于李宸妃灵前也当轻罪从无，以全皇上仁孝之心。”

两人方才还有些相互提防之意，转脸吕夷简就开始为赵元俨开解辩护，听得赵祯神色微微一变，但他随后就抬起手稍稍一挥。

“八皇叔敢在人先言此事，为朕生母正名，已然大功一件，至于听信流言，也属关心则乱，何罪之有？

“此事既然已经盖棺论定，得证大娘娘与朕之生母并无生死怨恨，朕心甚慰！”

他从张茂则的手中接过巾帕，拭去眼角晶莹，大手一挥：“李宸妃既然为朕之生母，又为先帝守陵十余年，刘太后念其有功有赏，却不合祖制。

“朕意，将先帝先皇后郭娘娘与先帝灵位共列太庙之上，另建奉慈庙，供奉大娘娘刘太后与生母李太后之位，以全朕之孝道，卿等意下如何？”

等到他拭去眼角泪水，再次抬头的时候，声音已然平稳，与其说是在询问在场众人的意见，倒不如说是在向他们宣告此事。

追封亲母谥号，本来无可厚非，但此前刘太后已经得谥，遗诏上又有扶持杨太妃为太后之意，若是再追封李宸妃于礼制同样没有先例。

但眼下在场这些人中并无太常礼院之人，又亲眼见证了整件事情始末，知晓赵祯欲成此事的决心，自然没有人愿意反驳，纷纷称是。

赵祯亲眼看着众人又将李宸妃棺椁封存，又亲自在灵前上了三炷香，这才算是将此事暂时揭过。

一行君臣从洪福寺再回皇城，夜色已浓，赵祯没有再乘车，原本打算纵马而回，但心思仍然不宁，在众人劝谏之下，改为步行。

包括八贤王赵元俨在内，此事所牵涉众人不敢僭越，也只能在赵祯身后步行跟随。

赵元俨神色凝重，看上去有些不快，但在皇帝面前不好表现得太过，只是有一搭没一搭地应和着赵祯的话。

吕夷简朝着正在前后支应安排那些皇城司和殿前司便装武官士卒警戒街头、排查闲杂人等的顾渭看了一眼，加快了脚步，随后跟在了落后赵元俨半个身位的位置上。

此时一行君臣都是身着便服，从宫中仓促而出的杨太妃一行人已经由另一处小路回返宫中，赵祯又命令皇城司、殿前司众人不可簇拥在近前，以防扰民，所以他们这一撮人，倒也并不算引人注目。

再加上国丧时期，纵然没有宵禁要求，深夜时分这街面上的人也并不太多，一路走来气氛极为清冷。

“皇上金口玉言，既然已经定下为李太后追封追谥，想来不会再做更改，但此事牵涉良多，明日朝会时怕是要引起不必要的麻烦。

“自太祖皇帝朝始，我大宋朝堂之上向来不避堂争廷议，对言官更是宽容，台谏官向来不避斧钺，这等事情传入朝堂，奏本恐怕要堆积如山了。”

吕夷简压低了嗓音，轻声朝着赵祯说出了自己的论断，只是简单几句话，就将赵祯的注意力给拉了过来。

赵祯神情有些凝重，原本的杂乱思绪全都被排出脑后，看向了吕夷简。

吕夷简忽然提起的话茬，让他隐约感觉到了有些担忧。

大宋朝堂之上对言官向来宽容，为的是养浩然正气，让言官敢于直谏明谏，但也正是因为对台谏官们的纵容，也导致了每次廷议之时言官相互攻讦，争论不休。

言官攀扯攻讦，倒也无妨，最重要的是这一举动极有可能引发朝堂之上派系团体之间的斗争。

太后刘娥掌政十一年，也未曾将朝堂之上变成铁板一块，更何况此时掌政的人变成了他这个皇帝。

一想起明天可能碰到的情形，赵祯就无比头疼。

“朕认母一事，说到底是朕的家事，就算稍违礼制，但也是事出有因，那些言官就算说些不中听的话，便让他们去说吧！

“不过言官并非一副口舌，相互攻讦下，很容易将朝中各个派系带入场中，这倒是个难以解决的问题，若是能提前将此事化解，自然是最好不过。

“既然能提出这个问题，难道吕相对于解决之法已有腹稿？”

他略略沉默之后，直接朝着吕夷简问道。

这个问题，正切中了吕夷简的心尖，深深地朝着赵祯看了一眼之后，吕夷简不再借言官讽谏的事情说事，而是立刻直言说道：“皇上贵为天子，哪里有什么家事可言，天子家事，那便是天下人的国事。

“此一决议，必然是要牵一发而动全身，刘太后已经宾天，今日八贤王仗义执言，与皇上披露当时秘辛，皇上又决意要将李太后追封追谥，必然会在朝堂之上造成一种错觉。

“明日过后，朝堂之上原本刘太后辅政时期掌权得势的一批大臣，怕是要惊恐万分了。

“朝堂之上的大臣，尽然都是国之肱股，若是因此私下勾连以求自保，必然要使得庙堂不稳，皇上应当早做准备才是。”

听到此处，赵祯立刻就明白过来，吕夷简看似是在替自己分析接下来朝堂之上可能会发生的变化，甚至有建言整肃朝堂的趋向，但真正的意图却是在试探他的想法。

一朝天子一朝臣，赵祯登基至此虽然已经有了十一年的时间，但这十一年之间几乎全然是在刘太后垂帘听政之下度过。

朝中大臣无一不是太后刘娥提拔上来的，就算不是刘娥心腹，也曾受过刘娥恩典。

赵祯接下来便是亲自临朝掌政，朝中之人未必用得顺手，那些大臣心中本就已经惶惶，必然会将赵祯追封追谥的举动当作改朝换代的信号。

所以当下赵祯要考虑的，便是如何对付这帮已经根深蒂固，形成了各种派系，很容易倚老卖老甚至装死的朝臣。

这其中也包括了此时正在与赵祯谈话的吕夷简。

“朝臣不稳，朝堂便不稳，稍有不慎便会动摇大宋基业，皇上若是想要动手，还需三思而行。”

眼看着赵祯听明白了自己的意思，吕夷简并没有给出自己的建议，只是低声劝谏了一句，浅尝辄止便不再多说。

心思缜密老到如吕夷简，很清楚此事等同于赵祯掌政之后做的第一个决策，意义重大。

若是他贸然给出建议，让赵祯觉得自己仍然是被人垂帘指挥，必然会适得其反，到时候便是惹火烧身的结果。

赵祯心神稍定之后，明白吕夷简所说的话不无道理。

稍加思索之后，他就意识到自己若是想要快刀斩乱麻，就只能采用两种办法。

要么干脆大刀阔斧，将所有刘娥提拔的高位大臣尽数罢黜，再直接提拔一批能够绝对忠于自己的新任大臣；要么干脆直接跟那些大臣摆明态度，要延续刘太后的政策方略，最起码短时间之内不会对朝臣下刀。

就在此时，旁边一直心神不宁的八贤王忽然冷冷地笑了一声，随后说道："皇上不用忧心朝堂之上的那帮腌臜蠢材。

"这天下到底是我赵家的天下，皇上是天下的皇上，那些大臣不管吃了刘太后多少好处，到底也是我赵家的臣子。

"若是有用着不顺手的，尽管开革贬斥，明日起本王愿为皇上马前卒，辅佐皇上好好整饬一下这乌烟瘴气的朝廷！"

放下这句话之后，八贤王狠狠地瞪了一眼吕夷简，又向赵祯一礼，便直接翻身上马，直奔荆王府而回。

看了一眼八贤王远去的背影，赵祯哑然失笑，自己这个八皇叔被大娘娘压制到在家隐忍十年，好容易待到大娘娘宾天，终于有机会谋划借着此事雪耻，却没想到早被吕夷简料到，三言两语就破了功，此时怕是又憋了一肚子的怨气。

明天的朝堂之上，若是八皇叔发起疯来，又不知道要如何收场。

眼看着宣德门在望，赵祯恍然清醒，随后收敛心神转头看向了吕夷简。

"吕相心中所想，朕已经知晓，无须挂念此事，朕既然已经知道大娘娘并未亏待朕母，大娘娘生平也就分明了。

"大娘娘所留辅政之臣，朕自当重用，君臣相伴也有十余年的时间，便是再有隔阂，也能君臣和谐。"

吕夷简老怀安慰，站住脚朝着赵祯一揖到地，随后嘴里称着老臣告退，一边向侧面让了几步，便不再动弹。

赵祯缓缓颔首，随后施施然地牵着马直入宣德门回到了皇宫之中。

吕夷简目送皇上入了宫门，直到宫门开了又关，砰的一声落了门栓，这才一掸衣袍前襟，缓步朝着白矾楼的方向而来。

之前跟着八贤王到白矾楼的时候，府上的马车还候在九桥门街市外，车夫杨得利还不知道他们自御街回返，估计已经等得睡了一觉。

才绕过正街，吕夷简便看到有一辆蒙着青布的马车，正从牛行街曹门的方向晃晃悠悠而来。深夜时分，牛行街路上几乎看不到人，这辆马车的车轮声跟马蹄声便显得极为清晰。

对方那看起来让吕夷简略感熟悉的马车上，正挂着的灯笼上清楚写着“王”字，只稍加回想吕夷简就已经确定了对方的身份。

正是他此前的老对头，前几年以玉清昭应宫失火事，被刘太后贬到青州的前宰相王曾！

似乎是与吕夷简有所感应，就在马车靠近吕夷简的同时，王曾叫停了自己这辆马车，随后掀开了车窗帘，朝着外面看了过来。

在青州这几年，让王曾清瘦了不少，但是在看到吕夷简的时候，王曾露出来的淡笑表情，却是一如此前。

“吕夷简，没想到今日你我还能在此处相见吧？”

将窗帘放下，王曾转身径直出了马车，与吕夷简对面而立，脸上满是倨傲与讥讽。

“深夜才从宫中离开，难不成方才你还在为大行太后守灵痛哭？却不知道吕相所哭为何，是为了今后已无刘太后的支持？”

王曾捋了捋胡须，表情之中忽然多出了一抹惊讶，不可思议地上下打量了吕夷简一眼：“莫不是吕相知道王某已从青州调回，所以激动而泣？”

面对着突然冒出来的老对头，还有对方毫不客气的讥讽，吕夷简并未愤怒，只是眼神闪烁了片刻，若有所思地看了看王曾：“大行太后宾天才不过几日，你便奉诏归来，是太后的遗诏，还是皇上的诏令？”

王曾冷笑了两声，并未避讳：“自然是皇上诏令，刘太后大行之前，怕是还在后悔未将老夫赐死，若是遗诏有老夫的名字，眼下你吕相焉能还有机会见到老夫？”

冷冷回复完吕夷简之后，王曾不知想到了什么，脸上的讥讽更是越发明显：“吕相深夜入宫，为的怕是刘太后一派臣子日后的前途吧？

“皮之不存毛将焉附？你等后党在朝堂之上作威作福，全凭刘太后掌权而已。

“昔日刘太后权势滔天，一人威慑朝中文武百官，无人敢与皇上直言当年之事，若是今日老夫入宫，与皇上说明刘太后与李宸妃旧事，结果当如何？”

王曾被贬青州，也是积郁了几年的怨气，此时一朝得势，面对吕夷简的时候，更是毫不客气，一开口就直往吕夷简的心窝子上捅。

令他意想不到的是，吕夷简听到此话，非但没有惶恐，反而抚须大笑：“原来王知州夜入皇城，是打了这个主意，没想到你我虽行事风格迥异，但在此事上倒是想到了一处。

“方才皇上与八贤王，才同我一起从洪福寺归来，为的正是王知州所言之事，皇上亲自勘验李宸妃棺椁遗容后，决意追封追谥，建奉慈庙供奉刘太后与李太后灵位，以全孝道。

“皇上不但继续称刘太后为大娘娘，事后还亲口与我说，接下来要追太后遗志，对后党旧臣绝无清扫夺权之意。”

吕夷简看着对面的王曾越发讶异的表情，志得意满，上前走了两步在王曾肩膀上拍了拍：“王知州一路舟车劳顿，今日皇上已经乏了，未必愿意见你，有什么事情不如在明日廷议上再说。”

状似好心地规劝了王曾两句，吕夷简便不再搭理这位目瞪口呆的老对头，负手沿着路边继续走向白矾楼。

直到盏茶的工夫之后，马蹄声与车轮声再次从街面上响起，王曾已然放弃了夜入皇宫面圣的想法。

在经过吕夷简的时候，王曾再次掀开窗帘，冷冷地看了吕夷简一眼。

“吕相不必得意得太早，此番受诏回京的，可不只是我王某一人。

“陈州通判范希文也已动身返京，其余调令陆陆续续也会发出，这盘棋的执子之人是皇上，你我老而弥坚，以后的日子还长，可以慢慢看！”

甩下这两句话后，王曾的马车已经走远，吕夷简负手站在原地，皱起了眉头。

范希文？天圣七年（1029）上万言书，先是上疏皇上朝拜太后，有失天子威仪，随后又上疏刘太后请其还政于皇上，以秉公直言深受皇上欣赏的那个范仲淹？

此子在陈州数年，依旧不忘上疏议政，言辞颇为犀利，见解独特，能力卓然，虽然上疏内容并未被朝廷采纳，但借此名气斐然，同时深得王曾欢心，是典型的反后党一派。

皇上接连召回这些人，难道真的是要对后党动手？经历今夜之事后，那位年轻皇上是否真的会改变心意？

嗅到了一丝不寻常的气息之后，吕夷简本来已经放下的心再次提了起来。

他猛地转过头，看向了皇宫的方向，不知道什么时候从天边飘过来几团乌云，将原本皎洁的明月遮了个严严实实，半个东京城全都笼罩在了一片昏暗之中。

几片细碎的雪花缓缓飘落，从吕夷简的眼前划过，吕夷简的心头一颤，不再看向皇宫，而是快步走向了白矾楼，更是并不避讳地开始喊起了车夫杨得利的名字。

杨得利果真靠在马车前昏昏睡了过去，直到听到了自家相公的呼喊声，立刻就将车赶了过来。

不知为何，今日杨得利总觉得自家相公大人身上带着一股子难以形容的冰冷气息。

待到吕夷简进了车厢后，匆匆将马凳搭在车板上，杨得利掉转马头，忍不住抬头看了一眼已经飘起了大团雪花的天空，嘟哝了一句："好好的怎么就变了天了？"

吕夷简听到车夫的喃喃自语，掀开车窗帘，忍不住再次朝着已经笼入渐浓的纷飞白雪中逐渐模糊不见的皇宫摇了摇头。

"看样子，真是要变天了！"

第二章

群贤首次齐聚东京　新政隐隐初现萌芽

正值冬去春来的时节，东京城内的柳枝已经抽出了嫩芽，城中百姓也早早换下冬衣，落得一身轻快自如，天色微亮就已经出门忙碌。

汴河之上晨雾蔼蔼，东水门还未开闸，隔着那闸门两侧河面上就已经排起了十几艘打算逆流而上入城或者顺流而下出城的客货船只。

水闸两侧的船夫隔着闸门相互吆喝几声，通了几句货客价钱，痛骂几句行首做事没深没浅，致使官府最近查办船只又严苛了几分，便注意到有官差朝着水闸靠近，连忙将话头转到了前日听到的奇闻异事。

这等话茬打开后，船夫们聊得便越发投机，言语之间不再收着敛着，十句八句下来，竟然就由市井坊间的一些鸡毛蒜皮说到了皇宫朝堂。

大宋诸代皇帝性格不一，但向来与民和善，广开言路，以至于坊间百姓也敢高谈政事，针砭时弊。

若是碰到说起那腌臜的奸臣乱党，就连坊间卖油的老翁、沽酒的莽汉也敢骂上两句直娘贼。

此时众人谈论起的，却并非时政法务，而是前段时间发生的几件朝堂大事。

一便是前段时间国丧期内，皇上接连降诏宣告，让所有人都知道皇上生母并非刘太后，而是李太后一事。

这等皇家秘辛向来是坊间最为欢迎的茶余饭后谈资，哪怕官府早已张贴过告示阐明缘由，但耐不住坊间流言蜚语颇多，甚至有人早将此事写成了话本，跟天圣年间的狸猫案传言编排到一起，广为流传。

二是同平章事、前朝曾受真宗皇帝器重赏识的重臣钱惟演，因为上了一道札子拍皇上马屁，意图劝谏当朝皇上将刘李两位先太后并配真宗庙室，一通马屁拍得皇上极为舒坦。结果此事先是被礼官否决，随后又被御史中丞范讽逮住了机会，连上几道札子弹劾，甚至不惜以请辞御史中丞官职为要挟，迫使皇上夺了钱惟演的同平章事职衔，勒令出京。

三则是近月来，宫中那位才刚刚亲自执政没有多久的皇上，竟然一口气贬谪了十几个朝中官员，其中甚至包括七位宰执大臣。就连因为生母案站对了队伍，被天下人揣测官运亨通，怕是要独掌朝纲成为自太祖朝以来最为炙手可热的首辅大臣的吕夷简，竟然也位列其中。

这几件事情看似互不相关，实际上千丝万缕之间似乎都有一些瓜葛。

几件事情似乎全都指向了生母案，或者说是指向了先太后刘娥。

连这些市井小民，也觉察到朝堂之上怕是要掀起一阵腥风血雨。

为首的一条客船轻轻晃了晃，船中客人将一侧的舱门缓缓推开，朝着外面看了一眼。

此人剑眉凤目，唇厚颌宽，几缕长须修得十分齐整，身上带着点儿不怒自威的气势，却只穿了一身麻布襕衫，听着周围那些议论，目光在周围船上扫了一眼，眼角多出了一抹笑意。

“我大宋朝堂广开言路，民间也少有忌讳，敢言朝政，敢讽时事，若是能长久坚持下去，何愁庙堂之上不能日益昌隆？”

他的声音有些低沉，似乎对这些船夫客商间敢于指摘政事、针砭时弊的行为十分满意。

话音落下，他便转头看向了船舱之中的另一人。

“只可惜仲淹此次得诏返京，还未能与同叔把酒言欢，慨谈朝中大局，同叔就自请出知亳州，若是按照当下皇上之意，下次你我二人再相见，怕是最少也要半载之后了。”

船舱内的另一个人接住话茬，脸上多出了一抹忧虑，朝着一脸淡然的范仲淹看了两眼。

“希文兄回京虽说只领了右司谏的差使，但终究是回京为官，比起在地方来说拘束甚多，施展拳脚时还是要多多注意。

“屡屡因为秉公直言遭受贬斥，哪怕是顶着吕相威严，依旧敢直言其过，就连当朝皇上都躲不过希文兄口诛笔伐，范仲淹这个名字早已经成了朝中某些派系的眼中钉肉中刺。

“此番希文兄回京，既是皇上亲自召回，又正巧碰到刘太后旧臣一派连遭贬黜，恐怕已经又被某些人盯上，若是再不有所收敛，下次离京外放就在旬日之间。”

被范仲淹唤作同叔的，正是原参知政事，现以礼部尚书出知江宁府的晏殊。

此时他与范仲淹说起话来，虽说言语之间带着点儿揶揄之意，但眼底的那种有若实质的担忧，却怎么也遮挡不住。

范仲淹将船舱小门关上，转头看向了坐在对面的晏殊，神色淡然：“同叔思量太多，平日生活不堪其苦吧？

“生母一案水落石出，皇上对生母养母一视同仁，专设了庙宇供奉，足以说明皇上对先太后母子亲情难以割舍，怎么可能因先太后故去，便对其旧臣大肆动手？

“如同叔并非当初的后党，仅仅是引生母案旧事为咎，就被一同贬出了东京，这不正说明皇上对朝中大臣一视同仁？”

晏殊的嘴角抖了抖，抬起手指了指范仲淹，随后无奈摊手：“希文在陈州做了这几年通判，上书的札子没少几本，秉公直言的毛病未曾调理好，倒是增加了个会说笑的毛病。

“在朝中做事，向来如履薄冰，稍有不慎就会满盘皆输，为官者必须刚柔并济，当直言不讳时不可推诿退缩，当圆融通达时不可一味刚正不阿，只有这样才能先稳官位，再稳朝堂。

“不然若是如希文天圣年间在朝堂之上屡屡弹劾朝臣，次次顶着皇上乃至于太后的政令决策诤言，接连遭受贬谪，手中一无实权二无派系扶持，怎么能堪大任？”

听着晏殊语气之中的无奈，还有他侃侃说出的那些话，范仲淹总算正色，抱手向着晏殊一礼：“老师所言，都是官场精妙之处，换作是一般人必定受益匪浅。

“但仲淹自身持正，向来不愿结党营私，做事难免显得激进，更何况此番回京任职的又是右司谏，作为台谏官若是畏畏缩缩，不敢秉公直言，我大宋朝堂岂不是要完了？

“老师所言，学生谨记在心，但不敢事事苟同，句句效仿。”

论起年岁来，晏殊比起范仲淹还小了两岁，但他自小便是神童，十四岁就已经受真宗皇帝嘉奖，赐了同进士出身，十五岁召试中书随后到太常寺任职奉礼郎，这份资历远超范仲淹。

加上后者曾经多次受到晏殊举荐，这朝堂辈分之上，就差了许多，虽说平时两人关系莫逆，交谈如若友朋，但一碰到什么难以商讨的话题，范仲淹就会正色以门生自称，谦然受教。

随后依旧我行我素，该讽谏讽谏，该弹劾弹劾。

眼看着范仲淹又拿出了这副姿态，晏殊顿时有些无奈，哑然摇了摇头，便不再提起这个话茬。

“生母一案，到底是皇家私事，既然已经事了，民间汹汹之情再继续下去，恐怕又会传出一些乱七八糟的版本，有伤皇家颜面，希文再上朝应当劝谏皇上，止悠悠众口以绝后患。”

晏殊意味深长地朝着范仲淹看了一眼，前些天皇上打算按照刘太后遗诏，将乳母杨太妃立为皇太后，参议朝政，被范仲淹在廷上直谏否决。

最终的结果，皇上舍了正式册立杨太后的想法，但还是保留了杨太后的称谓。

虽说范仲淹此举保住了皇上亲政掌权的权益，但依旧惹得皇上心怀不满，眼下百姓之中竟然都在私议此事，对皇家颜面毕竟有所影响，如果能凭借此议将杨太后之事在皇上心中的不满抹平，倒也不枉他提点这两句。

范仲淹微微皱眉，稍一思量之后就欣然允诺。

眼看着自己这位“门生”总算服了软，晏殊松了口气：“皇上掌政心切，朝中宰执大臣十去七八，各个派系之间的平衡已然被打破，不过留任的次相张士逊、枢密使杨崇勋、参知政事薛奎等人倒是翻不起什么风浪。

“此番皇上能将希文召回，又有孔道辅、永叔、稚圭等人，能人志士云集，只要心向一处使，未尝不能为皇上为大宋江山开创一个盛世。”

两人说话间，外面水闸已然放开，拥堵在周围的客船顺流而下，转眼就将东水门和东京城城墙甩在了身后。

片刻之后，这艘客船就在河边一处大路驿站外靠了岸，岸上早有车马等在那里，正是晏殊出京的伴随亲眷。

范仲淹送晏殊上了岸，并未一同登岸，而是抱着双手，眼神闪烁似有所思，直到晏殊将要离开，这才出声喊住了晏殊，从自己袖子里拿出了一个小竹筒。

“仲淹在河中府与陈州做通判时，虽说并无丰功伟绩，但也体恤民情心有所感，写了这几条陈策，本欲用札子递交皇上，奈何朝堂之上尚未稳定，仲淹又只是个右司谏，一时之间难掌大权，此陈策怕是要封藏许久，同叔若是路上闲来无事，不妨翻看一二，再加指点润色。”

晏殊接过范仲淹递给自己的竹筒，并未直接开封，而是珍而重之地收入袖子内兜当中，随后看向范仲淹的时候，老怀安慰。

范仲淹口中朝堂尚不稳定，指的显然是吕夷简前段时间疏陈八事的事情。

彼时吕夷简已是首辅首相，条陈八事以求朝政革新，算得上励精图治尽职守规，算不得贪功冒进，然而皇上前脚才大加夸赞，后脚就转头将吕夷简下放出判檀州。

范仲淹才触了皇上的霉头没有多久，如果现在就再去进这种谏言，与找死无异。

他喜欢直言不讳，秉公直言，但他不是傻子。

此事既然不能直接做，那就要经过一些调整和改动，在适当的时候再抛出来！

这个举动，显然与范仲淹原本的“莽直诤臣”形象并不相符。

但越是这样，晏殊就越是欣慰。

“希文能有此改观，殊为不易，这条陈策论，我在路上必会仔细研读分析，尽早回信。”

他朝前两步，抓住了范仲淹的手臂，郑重其事。

“既是政策条陈，政局未稳之时，希文绝不可轻易上疏，既然希文这次出任的是右司谏，就专司劝谏言说之事，以待后效！

“昭文馆大学士，前玉清昭应宫使王曾也已经返京，皇上打算拜其为同中书门下平章事，虽然不知道是否外判地方，但在京期间，尚可为一助力。

“八贤王赵元俨，以阳狂病为由，避先太后十余年，眼下终于得出，恐怕也是打算用自己这个皇叔的身份做一番文章，虽然此人心思深沉，不可与之长谋，但若有需要可稍借其势。

“稚圭、彦国眼下职位不高，却胸怀抱负，有向上之资，希文虽然不愿结党营私，但既然本就私交甚好，不妨再进一步。

“朝堂之上向来都是表面和平，暗流涌动，常言道刚则易折，若是希文愿意为大宋肱股之臣，不可一味耿直，切记！”

范仲淹将那百般沉思上下求索得来的政策条陈交到晏殊手中时，心中就已经做好了千般准备，此时听着晏殊的劝告，范仲淹后退半步，拱手一礼。

“学生受教，老师一路舟车换乘，百般辛劳，务必保重身体，仲淹静候老师回信。”

晏殊点了点头，转身上了马车，与范仲淹别过。

目送晏殊的车队离开之后，范仲淹的表情越发平和，眼神闪烁之间，不知道心中已经掀起何等惊涛骇浪。

七位宰执接连离京，朝中尚无定鼎之人，次相张士逊学问不错，品行优良，如果只是充任做学问的翰林学士或许建树会不低，但是作为执政大臣，显然力不从心。

枢密使杨崇勋当年揭发周怀政政变，算得上刘太后一派里比较受宠信的武官，就算此时留任京中，也不过是皇上给余下刘太后之人吃的定心丸。

至于参知政事薛奎，算得上贤臣忠臣，之前刘太后把控朝政，鲜有人敢与之争，薛奎倒是其中极为显眼的一员。

当初范仲淹入朝为官，也曾受到过薛奎举荐，只可惜这位老相公近年来身体时常不适，几次上表请辞，此时未必能当得起重任。

思来想去之后，范仲淹还是决意去拜访一下这位薛老相公，一是如晏殊所言，尝试罗织网络为自己以后的计划做准备；二是关心同僚，除却晏殊这等亦师亦友的知交，他在朝中总不至于孤立无援。

只要他以君子相交，事事关心大宋安危，以朝堂安定为己任，不牵涉卖官鬻爵事由，就算被认为结党营私，又有何妨?

回到船上之后，范仲淹指挥着船夫准备离岸，逆流而上回返城中。

船夫手中的篙竿才刚刚在岸上一点，岸边就传来了一道笑声，紧接着一个身形颀长，穿着黑色罗衫的年轻男子，便顺阶而下。

“希文兄才别过晏副相，就要回返城中？正巧今日休沐，不若与我把臂同游，好好在这东京城中走上一遭？”

听到此人说话的声音，范仲淹脸上多出了一抹惊喜之意，从船侧的小门探出头来，见到此人之后立刻招呼着船夫再次靠岸，将此人接到了船上。

来人并非旁人，正是方才晏殊百般叮嘱范仲淹时所提到的稚圭，同为两人知交的忘年好友韩琦。

“稚圭今日既然并未值守官衙，而是如常休沐，为何不与我一起送同叔出城？这时才堪堪赶来，同叔怕是已经走出数里了。”

范仲淹将韩琦接上船之后，忍不住追问了一句，语气之中略有埋怨。

韩琦哈哈一笑：“皇上独掌大权才不过几旬时间，对于朝臣之中的派系纠葛十分重视，之所以接连贬黜刘太后一派的旧臣，未尝不是在提防这些旧臣相互勾连，影响皇上掌政。

“这时候我等若是不小心惹上个结党营私的名头，尤其是还与晏副相牵涉到一起，岂不是落了下乘？”

眼看着范仲淹的眼神逐渐犀利起来，韩琦连忙摆手：“方才说的都是玩笑话，希文兄难道还要当真不成？

“前段时间被皇上任命监左藏库，虽说是个虚职，作为晋升跳板，但做一天和尚撞一天钟，我便在左藏库查阅了大量账本资料，昨日几乎彻夜未眠，今晨自然起来得晚。

“好在希文兄你并未立刻离开，不然我这可是要扑个大空了。”

韩琦一边说着，一边从腰间取下一个不过拳头大小的葫芦，拔下了上面的塞子，一阵极其清冽的酒香气，顿时充斥了整个船舱。

“前几日在城中坊市行走，在那个太和楼发现了这种仿制的宫廷苏合香酒，虽说其中并无苏合香丸，其味道香气却是有过之而无不及，希文兄不妨尝上一尝？”

说话间，韩琦就已经摸索出了一个小杯子，为范仲淹斟满一杯这仿制的苏合香酒。

大宋崇文抑武，又对言官文人极为宽容，导致官场民间狂士极多，大多文人都喜欢不时小酌几杯，寄情于酒。

东京城中酒楼繁多，各种酒类更是如春夜繁星数不胜数，范仲淹此前倒是听过苏合香酒，但这仿制的苏合香酒还是第一次听说，尤其听韩琦说起酒中并无苏合香丸，顿时燃起了兴趣。

一杯仿苏合香酒下肚，范仲淹只觉得身上被河面晨雾带起来的那种阴凉感觉尽数消散，取而代之的则是一股融融暖意。

“这酒不但味道香气绝佳，竟然连饮入腹中的感觉也是如此畅达。那苏合香酒本是药酒，虽然也可日常饮用，但味道上定然有所损伤，怎么这仿制的反倒要更加绝妙……”

范仲淹此前在朝堂之上历经数职，公家私家的酒喝过不少，御酒也得赐过一些，一时间却没回想到能有与此酒相媲美的酒水。

韩琦似乎早就料到范仲淹会有这种反应，不由得再次抚掌大笑。

“从天圣五年（1027）皇上下了诏令，以白矾楼买扑出办课利，将脚店小店的制酒权收拢到那些大酒楼之后，东京城内的酒务便日益繁盛，酒的品类更是不断推陈出新。

“这仿苏合香酒喝起来极为爽口，似乎价格不菲，但其实只需要四十文就可以买上一斤，若是买上两坛，还可以得到这么一套小酒葫芦和杯子作为彩头。”

范仲淹看着手中的酒杯和韩琦手中的那个小葫芦，表情微微一变，几乎是脱口而出：“这仿苏合香酒，竟然如此便宜？”

东京城中米价常年在一斤三十文到四十文之间，少有浮动，虽说价格不算太低，但对于一般市井小民日均也有一二百文收入的东京人来说，这个价格算得上极为实惠。

而这种品质的好酒，一斤的价格竟然只比米价略高少许？

他猛然抬头，看向了韩琦，隐约意识到韩琦与自己述说此事，绝对不是分享好酒那么简单，很有可能这其中还蕴藏着其他的说法。

“稚圭接任监左藏库之后，接连在东京城内走动，暗中查访坊市酒楼，查探物价，想来是看了那些左藏库的卷宗之后，略有所感，想要上几道札子？”

韩琦笑了笑，又为范仲淹倒了一杯酒之后，自己一仰头将小酒葫芦里的仿苏合香酒全都喝光，这才说道：“希文兄果然眼光独到，立刻就明白了我的意思。

“实际上东京城内何止这仿苏合香酒，诸如此类的酒水物料、小吃杂货，一应可以自产之物，价格都极为便宜。

“但就是这等便宜条件，此时受制于前朝遗留坊市制度，难以蓬勃发展，民不得便利，朝廷不得增收，实乃制约我大宋进步的大大阻碍。”

这几句话，说明了韩琦此时所思所想，同时也正中范仲淹的下怀。

他的眼神闪了闪，有些激动地朝着韩琦道：“稚圭此举，与仲淹此前所想殊途同归，皆是思量强我国民之法。

“东京城内商贾经营现状，不过管中窥豹，若深入思之，我大宋诸多政令政策皆已老旧，早已经不适应当下，长此以往必然会阻碍我大宋国富民强。

“革新一东京坊市事，不足谋全域，难解根本弊病，不如推行新政，以大刀阔斧手段，将朝政顽疾尽数革除，如此才能促百业繁盛，从根本上富国强民！”

韩琦提起此事，本就是来征询范仲淹这个好友的意见，也好斟酌言辞，想想如何给那位亲政不久的皇上上札子。

仓促间他本来还对范仲淹的反应有些不解，以为范仲淹误解了自己的意思，但随后听明白了范仲淹的话之后，韩琦的眼睛顿时就亮了起来。

“原来希文兄早有此意！”

两人深入聊了不过几句，就已经知晓了对方心中的改革志向，几乎是一拍即合，除却大方向几近相同外，在一些细枝末节的小问题上，两人的想法倒是略有出入，不吝悍然一辩。

待到两人一抒胸中块垒，甚至不惜自比秦之商鞅，甘愿为国变法图强而捐躯之后，船舱外的船夫吆喝了一声，示意二人已经入了东水门，停靠在了一处外城内的小码头上。

船舱内的两人如梦初醒，对方才激烈的辩论仍然觉得并未尽兴，韩琦当即邀请范仲淹一起到太和楼小叙片刻，将请皇上决心变革的札子做出完善。

然而此时的范仲淹，却是陡然清醒过来，看着韩琦热忱又年轻的面孔，哑然失笑。

“稚圭，若是换作前几日，范某怕是真的要与你把臂同游太和楼，说不得趁着酒意还要作上几首诗词，然后一同跑到皇宫找皇上秉烛夜谈，以求变革之局了。

“但是今日，你我二人的谈话也只能到此为止，你若是要向皇上递上札子，最好也只去言谈述说坊市改革之策，不要妄议朝政改革。”

这简单的几句话，如同兜头凉水，把韩琦心中的热忱尽数浇灭。

他抬头看向范仲淹，一脸不解：“希文兄何故有此言论？虽说你我二人当下官职并不算高，但皆有上书议事之权，当今皇上年少力强，心存宏图之志，眼下又将诸多后党宰执驱出京师，正是我等大展拳脚之时。

“难不成，前次外放，已经将希文兄心中热血尽数浇灭，方才与我在船中侃侃而谈之人，并非希文兄本人？”

眼看着韩琦话里话外已经带上了丝丝怒意，范仲淹摆了摆手：“稚圭误会范某了。

“今日你我所谈诸多事项，皆是出于仲淹本意，但今日送别同叔，仲淹听过同叔几句劝慰，恍然有所觉悟，你我所思之变革局面，非一朝一夕可以达成。

“此时皇上才将诸位宰执大臣外放，参知政事薛奎如今病重卧床，拒不受皇上任命首相之职，次相张士逊中庸之辈，不足以与之谋，朝中各个派系之间几乎水火不容，若是你我以新政引动皇上兴趣，皇上强行推广新政，朝堂之上必将掀起惊涛骇浪。

“皇上掌政不久，权力尚且分散，一时间根本无法弹压大局，稍有不慎朝中必然大乱，若是经由此乱，我大宋朝堂尚且稳固若素还好，要是真的因此惊扰万民，生灵涂炭，你我二人便是大宋遗臭万年的罪人！”

范仲淹的话，犹如当头棒喝，瞬间就让韩琦醒悟了过来，他后退了半步，拱手一揖到地：“琦思虑过重，一时间竟然忘了分寸，若不是希文兄提醒，琦恐怕真个要跑去当这个万年罪人了！”

坦然受了韩琦这一礼之后，范仲淹捋须而笑，两人古怪的举动看得周围行人纷纷注目，但并未引起围观。

东京城中士子举人繁多，汴河上，城门旁，时不时就会出现依依惜别、临别赋诗之类的场面，东京人在类似的事情上倒算得见多识广，若是惜别老友不能当即作出一篇脍炙人口的佳作来，还引不动东京人的猎奇心理。

两人注意到了周围百姓的眼神，不由得相视一笑。

“仲淹欲往薛老相公府上拜会，稚圭既然眼下无事，不如同行？”

韩琦稍一思索就想起了近来几件与薛奎老相公相关的事情，心头顿时一动，下意识就要答应范仲淹的建议。

正在此时，不远处的街面上忽然传来了几道惊呼声，紧接着便是一阵急促马蹄声由远及近，纵马者穿着皇城司的公服，脸色严肃，行色匆匆。

“近日来皇城司的动作频繁，竟然有了肆意妄为的意思，若非紧急公文要件，放纵部下察子当街纵马狂奔这一条就够皇城司顾渭喝上一壶的了！”

“方才看那察子的手上正拿着蜡封竹筒，怕是真有什么要紧公文，皇上近来贬黜官员，召人入京的举动接二连三，又不愿意与朝中官员拉扯，必然要倚重皇城司。”

两人听着街面上百姓脱口而出的些许埋怨，同时皱起了眉头。

大宋较之前朝各代缺少北方草场，向来马匹紧缺，就连边军战马都极为稀少，东京城中权贵极多，也有不少人只能乘牛车出行。

像是方才这种纵马在闹市狂奔的场景实在是不多见，若是纵容下去，皇城司恐怕是要学会仗势欺人了。

原地商量了两句，两人都打算当天就给宫中递道札子提醒此事，随后却听到了一阵更为密集的马蹄声当街而来。

转眼的工夫，对方就到了近前，随后在两人身边勒住马头，翻身下了马。

来人正是当下皇城司司尊，方才范仲淹与韩琦所讨论的顾渭！

顾渭下马之后，便十分客气地朝着两人拱了拱手，见礼后才恭谨地说道：“范司谏、韩左藏库使，二位的小聚怕是无法继续下去了，皇上有旨意，命韩左藏库使入宫觐见。”

认出了顾渭的时候，范仲淹与韩琦都是一愣，不由得有些讶然。

皇城使顾渭在皇城司三位勾当官中稳坐第一的位子，除却张茂则等“中贵人”之外，算得上皇上身边难得的近臣红人，往日极少跟朝堂大臣有所交集。

今日他竟然领命亲自来找韩琦，此事之中处处透着点诡异，让人不得不心生诧异。

最重要的一点则是，顾渭稳坐皇城司司尊的位置，因为得宠且从龙有功，有右武大夫的正六品官身在，比起范仲淹跟韩琦的七品官身还高了一品。

虽说大宋重文轻武，向来以文臣为尊，又不重品级，但他在范仲淹跟韩琦面前也不至于如此恭谨才对，除非是这位皇城使在皇上那里听到了什么特别的传言。

联想起方才韩琦所说，最近走访东京街头巷尾各处商户酒楼，又上了那么多的札子，范仲淹心里有了些猜测。

看了韩琦一眼，他的眼角挂上了一抹笑意：“怕是稚圭少年得志，与皇上脾气相投又得皇恩浩荡，从监左藏库的位子上要再挪上一挪了。”

韩琦心中也是有些莫名，隐约猜到了一点因由，却无法直接坐定，只能朝着顾渭拱了拱手。

“皇城使竟然亲自来请，韩某人还真是有点儿受宠若惊了，不知道皇上让韩某入宫觐见所为何事？”

顾渭笑了笑，将身边空着的一匹骏马拉了过来：“顾渭不过是皇上身边一个保驾护航乃至于传信的小角色，对皇上所想不敢妄做揣摩。

“若是想要知道皇上所想，韩左藏库使稍后见到皇上分说便是，却是不要为难顾某了。”

韩琦哑然失笑，对顾渭这种滴水不漏的说法也是无可奈何，只能扭头跟范仲淹作别。

范仲淹眼神闪烁，心有所感地走上前，拉住了韩琦的手臂：“稚圭面见皇上，切记不要忘了你我二人方才所谈之事。”

韩琦朝着范仲淹深深地看了一眼，随后默然点头，翻身上马跟顾渭直奔皇宫的方向而去。

范仲淹目送这一众人远去，心中难得生出了一丝忐忑。

韩琦与他性格相仿，都是善言敢谏之人，此去与皇上对谈，未必能管得住心中直意。

倘若韩琦兜束不住，真在皇上面前一吐心中块垒，若是无法撬动皇上的心绪，又或者为朝中守旧大臣阻碍，恐怕明日韩琦就会被外放。

站在原地沉思良久，范仲淹悻悻地摇了摇头，晏殊与他所谈不过寥寥数言，却都说在了他的心坎里。

却不知道方才与韩琦所说的那些，韩琦又有多少听在了心中。

大宋朝堂积弊已久，想要变革并非一朝一夕的事情，好在晏殊、韩琦与自己都有此意，若是再能得薛老相公帮衬，在皇上面前步步为营，循序渐进，或许不需再等待许多岁月！

他攥紧了袖子里面早就备下的另一只竹筒，脸色肃然，转头径直向着薛奎府上而来。

回京之日，范仲淹就曾经到薛府之上拜会过，门子对这个自家主人都赞不绝口的文官颇有印象，恭恭敬敬地拿过了拜帖之后就转身回了院子。

范仲淹在门外没有等候多久，方才的门子就匆匆跑了回来。

“老相公收下了拜帖，也回了话，说是今天身体有恙不方便见客，若是范相公有事相商，可以明日上午再来。”

听到了门子的回复，范仲淹不由得一怔，收了拜帖说明薛老相公对他并无恶感，想来是身体真的不舒服，这才有此回答。

但是对他来说，这个回答却远远不够。

眼下皇上心绪不定，朝中境况几乎是一天一个样，薛奎老相公虽然接连请辞，但依旧为皇上器重，若是能得薛老相公支持，他与稚圭所思变革怕是只在旬日之间就能起草章程，半年内便可见初效。

倘若一再犹豫，朝中大权旁落，变革无人可依，党争朝斗又起，恐怕就只能如晏殊所言，再候上三五年等待朝廷安定，方才有机会了。

范仲淹稍作沉吟之后便不再犹豫，立刻将自己袖子里的竹筒取出，递到了门子的手中。

“若是老相公身体有恙，仲淹便不入府中叨扰，但是这信函却需要老相公斟酌一二，只消盏茶的时间便可，想来老相公不会介怀，仲淹可以在府外等候。”

门子张了张嘴，看着范仲淹一脸的认真坚持，忍不住摇了摇头，随后只能拿着竹筒又回返了府上。

这一次他去的时间明显要长了许多，大约过了两盏茶的时间之后，方才悻悻而回。

将手中抓着的一张信笺递给了范仲淹之后，门子叹了口气：“老相公强撑着看过范相公给的信笺之后就写了回信，并要求小人与范相公说明日不必再来了。”

明日不必再来了？这算是个什么回复？范仲淹微微皱眉，正要再问上两句，就听到砰的一声，薛府的大门在面前重重关上。

他后退数步，走下了府邸前的台阶，展开了那张叠着的信笺看了两眼，顿时哑然。

“韬光养晦，水到渠成，无须复议。”

短短十二个字，虽然笔锋虚浮，却依旧力透纸背，仅凭这一点就能看得出薛老相公在写这些字的时候情绪有多么激动。

并非一味驳斥，又没有盲目支持，而是给了这样一句忠告，与晏殊此前的建议有相合之处。范仲淹眼神略略闪烁了片刻，随后便将这张纸重新折起，塞到了袖袋里面。

就连薛奎在此事上给出的建议都如此深重，算是再次给范仲淹浇了一盆冷水。

但他并未因此气馁，只是稍稍整饬了一下心绪，又掸了掸身上的烟尘，便朝着紧闭的大门施了一礼。

十二个字虽然不多，但也足以让他安定心中的某个想法。

就在他刚刚转身的工夫，身后却忽然传来了一阵急促的脚步声，对方步伐急切，似乎连路都没看，等到发现此处还站着个人的时候已经来不及，仓促之下两人撞了个满怀。

范仲淹后退两步，看清楚来人模样之后，顿时就是一愣：“永叔？你怎么在这里？”

跟他碰到一起之人，正是他的好友，时任西京留守推官的欧阳修！

晏殊离开前，曾经提到过欧阳修的名字，言下之意是觉得欧阳修作为朝堂之上的少壮派，估计短时间之内有望调回东京，升迁有望。

但范仲淹如何也没想到，竟然当日就碰到了欧阳修！

“希文兄？”欧阳修回过神来，有些诧异地看了范仲淹两眼，顿时愣住了神，下意识地唤了一声。

范仲淹微微颔首，目光下移，注意到对方手中攥着拜帖，顿时忍不住笑了起来：“永叔突然返京，是得到了皇上诏命，还是因为私事而来？看样子永叔似乎也打算来薛老相公府上拜会？”

“方才我可是吃了一记闭门羹，永叔若是敲门不应，可千万别惊讶。”

揶揄了欧阳修两句之后，范仲淹主动让开了道路，任由欧阳修从自己身边经过。

欧阳修眼底闪过了一丝诧异，轻咳了两声之后，并未跟范仲淹解释，而是急匆匆地走上前敲响了大门。

片刻之后，门子再次从大门内探出头来，看到欧阳修之后，眼底闪过了一丝不耐烦：“这位官人有何见教？”

欧阳修逐渐回过神来，将名帖递上，又从袖子里抽出来一封信函，一起交到了门子的手上。

“我是西京留守推官欧阳修，此番前来，是得了前西京留守官，现崇信军节度使钱惟演举荐，拜会薛老相公的。”

俗语有云，宰相门前七品官。这门子做久了，迎来送往的都是朝中权贵大臣，眼界也就宽了许多，对于朝中大事也有所耳闻。

钱惟演前段时间因为拍马屁拍到了马蹄子上被再次外放的事情，门子也知晓一二，此时不由得轻哼了一声，就想再次关上大门直接拒绝欧阳修。

然而下一瞬，他就看到方才才递过拜帖，又被婉拒的范仲淹从后面站了出来。

“劳烦小兄弟再跑一趟，这位欧阳修先生颇具才名，薛老相公对他的文章赞不绝口，虽说身体不适，但见个拜帖的时间总是有的。”

门子被范仲淹这话噎得一口气没上来，忍不住嘟哝了几句，随后接过了拜帖转身离开，这一次他倒是连大门都懒得关上。

欧阳修看着门子远去的背影，脸上的惘然逐渐消失，随后讪笑了两声，转头朝着范仲淹拜了拜：“希文兄，好久不见。”

“方才我心思庞杂，怕是动作鲁莽了些，还望希文兄不要见怪。”

范仲淹捋须一笑：“无妨，我倒是十分好奇，到底是什么事情能让永叔如此慌张？永叔这拜帖已经投递上去了，不管能否入门都要等上片刻，不如与我分说一二？”

他这连揶揄带打趣的口吻，听得欧阳修苦笑连连，有些怅然地说道：“钱老相公之事，希文兄既然在东京，必然切身知晓了。

“此番被驱出东京，钱老相公在西京的职务为王曙学士接任，王学士对西京官场向来看不惯，说了几句不太好听的话，希文兄向来知道我这脾气，一时控制不住与王学士辩驳了几句，就算惹上了祸端。

“王曙学士大人大量，倒是并未将此事挂在心上，但忠于他的那些人……修自觉无趣，便寻钱老相公要了这信函，打算回京疏通一二，也好早日调任他处。”

欧阳修并未细说其中缘由，但其中隐情已经溢于言表，范仲淹忍不住摇了摇头，不光是西京处，举国上下各处城市，就连东京城也算在其中，冗官冗员现象日益严重，各处官场闲人成群，自然是要拉帮结伙，朋党一窝。

便是连欧阳修这等有真才实学之人，也要被排挤影响，此事殊为可笑！

朝着欧阳修看了两眼之后，范仲淹慨然说道：“永叔才华横溢，当得上治国良才，在西京处竟然也要遭受这等待遇，官场到底积弊过甚！

“钱惟演前番触了众怒，以他的信函来薛老相公处见礼，有所失当，永叔这一遭怕是有点儿病急乱投医了。

“待到再入廷议，仲淹必当上几道札子，将各地官场积弊陈说与皇上，并为永叔条陈举荐！”

欧阳修心神一动，朝着范仲淹躬身一礼：“如此，修先行谢过希文兄了。”

正说话间，大门内再次传来了一阵脚步声，已经来回跑了几趟的门子气喘吁吁地回到了门边。

“欧阳先生，我家老相公说了，今日身体不适，不愿见客，拜帖先行收下，信函便请欧阳先生收回，欧阳先生若是过几日还在东京，便再来府上吧！”

这一次，门子交代清楚了回话之后，特意探出头朝着外面扫了几眼，确定再没有人从门前街面上走过，这才悻悻地关上了大门。

欧阳修满脸惊讶，拿着门子塞回来的信函，发现上面连蜡封都未拆解，有些哭笑不得。

“没想到，钱老相公这次名声扫地，竟然夸张到如此地步，西京诸位同僚平日里多受老相公照拂，若是知晓了此事，不知道会作何感想。”

范仲淹抬手在欧阳修的肩膀上拍了拍，放声而笑：“既然永叔也吃了闭门羹，倒不如与我一起去太和楼小酌一杯，自上次在铁薛楼内畅饮后一别，你我已经三载未见，我可是有许多话要与你说上一说！

“方才刚与稚圭别过，稚圭为我推荐了太和楼的仿制宫廷苏合香酒，味道甘洌清爽，一口下去便沁人心脾，既然回京，永叔可不能错过了这般新鲜物什。”

欧阳修向来喜饮酒，酒量更是不错，在这一帮知交好友里，更是素来没有对手。

听到酒字，欧阳修的眼睛顿时亮了起来，似乎也被范仲淹此时的态度所感染，眉间的愁绪全都散开：“苏合香酒？此物不是药酒吗？竟然有酒楼仿制出来售卖？

“能被希文兄如此称赞的酒水实在不多见，倒是勾起我心头的馋虫了，说起来从西京回到东京这一路上，修便是半口酒都没沾得！

“不过修一路上舟车颠簸，手边盘缠所剩不多，今日这酒钱，可得是希文兄出了！”

两人相互打趣了两句，便把臂直奔九桥门街市的方向而去。

辰时已过，晨雾散尽，整个东京城都沐浴在温和的阳光之中，街面上人头攒动，依旧是一派繁荣景象。

朝堂之上的争论变动，只不过是百姓茶余饭后的谈资罢了，对百姓的日常生活倒是没有多大影响。

谁也没有意识到，随着赵祯这个方才亲自掌政不久的皇上一系列的动作，朝堂之上多股原本还算平和的暗流开始运动起来。

甚至就连赵祯那向来都不算太平的后宫，隐约也被卷入其中。

第三章

帝相联手强势废后　范仲淹直谏再遭贬

头枕在尚美人腿上，任凭尚美人十根葱管一样的纤纤玉指在自己的头顶之上轻轻按揉，赵祯焦躁复杂的情绪总算是舒缓了不少。

自从他重新起用吕夷简之后，郭皇后就如同吃错了药一样，在后宫之中不断搅扰。

今日他难得有些兴致，到皇后寝宫一起用了午膳，哪承想郭皇后话里话外又开始对吕夷简屡屡嘲讽，让他头痛不已，只好假推身体不适离开了皇后寝宫。

尚美人入宫时间也已不短，行事却乖巧懂事，深得他心。

“皇上近日来一直愁眉不展，似乎是因为什么事情忧虑？听闻今日皇后娘娘特意为皇上做了几样甜点，皇后娘娘手艺向来不错，想来皇上也很喜欢。

“臣妾听闻但凡人在心思繁杂之时吃上两口甜点，或可缓解紧张，想来皇后娘娘是见陛下烦心所以心疼，费了极大心血为皇上做的甜点，不像臣妾却只能为皇上按揉穴位。”

试探性地说了这么几句之后，尚美人立刻就注意到赵祯的眉头再次皱了起来，连忙不再多说，而是支开了话题，开始谈论起近日来在宫中的见闻。

赵祯缓缓睁开眼，朝着尚美人看了看，若有所思道：“你倒是愿意为皇后多说几句好话，皇后那里可是从来不说你半个好字。

“入宫之前，你倒也是个十指不沾阳春水的，这揉捏穴位的手法，不还是专门为了朕学的？”

尚美人听到赵祯的认可，顿时喜笑连连，手上的动作更是轻快了不少。

自从先太后大行以后，皇上到她与杨美人寝宫的频率明显高了不少，这引起了郭皇后的不满，处处针对她们二人。

好在皇上对她们二人荣宠有加，再加上她们二人暗中与当朝权相吕夷简也有些攀扯，时常能得到一些佐助，如此一来两人哪怕只是美人，却也能跟那位已经独掌后宫的郭皇后扳一扳手腕。

后宫之中的争斗，向来没有明面上的刀光剑影，但暗地里的紧张程度并不低。

但后宫争斗再紧锣密鼓，也是要看皇帝一人的心思才能定下输赢，若是能得到皇上的偏向，扳倒那个小肚鸡肠的醋坛子，岂不是指日可待？

两人正在说话间，外面伺候的宫女内侍们忽然提高了嗓音：“参见皇后娘娘！”

尚美人给赵祯揉捏头顶的动作顿时一僵，郭皇后竟然到她的寝宫中来了？

她的心头一慌，此时杨美人不在一旁，单凭她自己可不敢与郭皇后对垒，但随后她就意识到，皇上还在自己宫中，她自然不必担忧郭皇后会对她怎么样！

若是郭皇后真的失了心智，敢在皇上面前招惹是非，反倒是给了她一个扳倒对方的机会！

尚美人心中如此想着，下意识抬头朝着角落里看了一眼。

近来在宫中倍受重用，刚刚升了内副都知的宦官阎文应，此时正肃手站在一旁。

注意到尚美人的视线之后，阎文应不着痕迹地轻轻点了点头，这个动作给了尚美人极大的信心。

尚美人与杨美人在宫中联手对付郭皇后的事情早已为人悉知，更是通过这个阎文应与吕夷简搭上了关系，此时阎文应若是点头，就代表了吕相的首肯。

如此一来，尚美人更是对郭皇后再也不惧。

待到郭皇后进门，看到赵祯依旧躺在尚美人怀里，尚美人更是假借皇上之意，不便起身行礼，对她爱答不理，心中的怒火顿时就烧了起来。

“皇上在本宫那儿才吃过甜点，就假借身体不适想要出宫，本宫还未及追上皇上再叮咛两句，皇上竟然就扑到了尚美人这里，还真是很有闲情逸致！”

冷冷地嘲讽了一句之后，郭皇后立刻就将矛头对准了面带乖巧之色的尚美人。

“不要在皇上面前装出一副楚楚可怜的模样，难道是觉得皇上不知道你是个什么德行？

“整天像个狐媚子一样，将皇上拴在你的身边，以至于皇上连本宫的寝宫都不愿意去了，简直是祸水一摊！”

眼见着赵祯还躺在尚美人怀中，并没有起身的意思，郭皇后心中的火气便越发高涨，但一时间也不敢将矛头对准赵祯，目光流转之下，顿时看到了躬身侍立在一旁的阎文应。

“好啊，阎文应，原来你在这里！

“你这个内副都知倒是做得欢快，私下给外臣与宫中美人牵线搭桥，联合起来对付本宫，好大的手笔！

“那吕夷简门下最近弹劾我的札子又多了不少，言语之间对后宫之事倒是了解甚多，想来就是你与两个狐媚子一起说与吕夷简听的吧？”

阎文应在宫中再受器重，在赵祯面前再得宠信，毕竟也只是个宦官，此时在皇后面前自然不敢多嘴，被喝骂了几句之后，干脆利落地跪在了地上。

但话柄已经被郭皇后亮出，阎文应不敢不辩白，眼角余光朝着一旁扫了扫之后，他立刻计上心来。

“奴婢身为皇宫内侍，怎敢跟外臣勾结？那吕相对皇上一向忠心耿耿，又怎么可能将手伸到后宫当中来？谁不知道外臣与内宫之人勾连，是皇家与朝堂大忌，娘娘可千万不敢乱说！

“之所以在尚美人这里听差，奴婢是听了皇上诏命，皇上在尚美人这里，奴婢自然就在尚美人这里，若是皇上去了皇后娘娘宫里，奴婢自然也要到皇后娘娘的宫中！”

几句话下来，听着好似是在为自己辩驳，句句在理，实际上却是又往郭皇后的身上泼了点儿脏水。

听到郭皇后气愤之余竟然提起了内宫和外臣勾连的事情，赵祯本来已经舒展的眉头彻底蹙了起来，他缓缓起身，正色道：“皇后竟然在朕的面前直言内侍外臣勾结之事，难道是手中已经有了证据？”

这一问，问得尚美人跟阎文应都心头一抖，莫名出现了一丝恐惧的感觉。

倘若郭皇后真的掌握了什么证据，一旦拿到皇上面前，又得到了证实，按照皇上的宽仁性格倒未必会将他们直接赐死，但起码也要剥夺现下所有的利益。

而此事牵涉到了吕相，吕相若是被皇上问责的话，必然会将怒火发在他们身上！

两人相互看了一眼之后，同时都要发声，打算岔开赵祯此问，将郭皇后的话茬拉到别处。

但郭皇后的表现却让他们松了口气。

见了赵祯难得在尚美人寝宫内严肃的场景，郭皇后心头暗喜，还以为自己成功扳回了一局。

然而面对赵祯的喝问，郭皇后却顿时愣住了。

她方才的逼问，不过是从宫中传言推断出来的一些蛛丝马迹，想要当头棒喝在皇上面前吓唬这些不长眼的家伙，哪里有真切的证据在手？

眼看着郭皇后陷入了沉默，赵祯的眉头皱得更紧，他一向不喜欢这个处处小肚鸡肠的结发妻子。

当初娶她为皇后，全都是大娘娘一手操办，他连反对的机会也没有，原以为掐着鼻子认了就行了，却没想到郭皇后因为不受宠，处处找他的小毛病跑去大娘娘那里告状。

这种举动，倒是让大娘娘十分喜欢，却让赵祯越发讨厌这个醋坛子，等到大娘娘仙去，他原以为郭皇后能稍作收敛，却没想到这位竟然有变本加厉的趋势，在宫中处处打压自己所喜欢的妃子。

尚美人与杨美人样貌秀丽，举止端庄，最对他的胃口，这段时间以来他自然愿意多多亲近，经常在这两位美人的院子里流连。

结果郭皇后今日竟然追到这里兴师问罪，甚至还拿着内侍勾结外臣这种风言风语来指摘内侍与尚美人，这让赵祯感觉自己的面子上极为难看。

“如此说来，皇后并没有掌握真实证据，所谓的攻讦之言也只是捕风捉影了？”

赵祯的眼睛眯了起来，语气开始变得有些冰冷，这种从未有过的态度，让郭皇后心头一凉，她抬起头看向赵祯，张了张嘴想要为自己辩驳两句，却是什么话都说不出来了。

没有了太后的支持，她在赵祯面前本就处于弱势，加上近来朝堂之上不知道为何攻讦她的言语极多，极大地冲击了她的自信心，此时自然无力支应。

一旁的尚美人见状心头顿时狂喜，再次朝着阎文应看了一眼之后，眨了眨眼睛，几滴眼泪便顺着眼角缓缓流了下来。

“皇上可要为臣妾做主啊，臣妾本分服侍皇上，一丝一毫妖媚惑主的心思都没有！

“臣妾在后宫之中一向对皇后娘娘十分恭敬，言谈举止、行为之上都不敢有丝毫的僭越招惹，早请安晚祝福每样都不敢落下，谁知道皇后娘娘总觉得皇上喜欢臣妾，所以处处刁难。

“前几日更是克扣了臣妾的月钱，臣妾连自己院子里的这些宫女宦官都没办法打赏了，真是怨声载道，本来臣妾也没想着要跟皇上诉苦，哪想到今日皇后娘娘竟然又往臣妾身上泼脏水，这等罪责臣妾可是担不住的！”

看着尚美人哭得梨花带雨的模样，赵祯心头的火气又增加了几分。

“皇后无端攻讦宫中美人与内侍，甚至不惜攀扯上吕相，此举大为不妥，皇后难道不应该给朕、给尚美人一个解释？”

他冷冷地朝着郭皇后叱问了两句，态度依旧冷硬。

郭皇后本来还有些慌张的心绪瞬间崩塌，取而代之的则是一脸的不可思议，她虽说行事有些鲁莽，但无论如何也是贵为国母，皇上竟然打算让她给区区一个美人道歉？

此事实在是过于屈辱，让郭皇后难以接受！

她猛然看向了尚美人，一眼就看出了那梨花带雨表情当中隐藏的笑意，心头怒火再也按捺不住，下意识朝前走了两步，就要去抓尚美人的头发，扇她的耳光！

郭皇后的动作实在是太过突兀，让人意想不到，周围那些内侍根本来不及做出反应，自然也就没办法拦住郭皇后冲动之举。

就连尚美人跟赵祯，此时也是愣住了神，谁也想不到郭皇后身为一国之母，竟然会在这种场合之下直接动手打击报复。

赵祯眼看着郭皇后荒唐地冲到了近前，心中的厌恶更甚，低声呵斥了一句之后，迅速做出了反应。

任凭郭皇后再鲁莽愚笨，毕竟身份还是皇后，贵为一国之母，于情于礼赵祯都不好直接动手，所以他倒是没有阻拦郭皇后，只是将尚美人护在了身后。

尚美人此时满脸惊慌，再没有装出来的迹象，任她再怎么想象，也想不到郭皇后竟然会直接动手，而且一抬手就朝着她的面门比画了过来。

能在宫中得宠，尚美人可不仅仅是凭借着自己的按摩手法，最重要的还是因为长了一张俏丽出尘的脸。倘若这张脸被抓花了的话，那她距离失宠也就不远了。

郭皇后虽然鲁莽冲动，但是这个重点抓得还是很准！

不过赵祯此时明显偏帮的举动，却很好地维护了尚美人的安全，任凭郭皇后怎么努力也没有办法越过赵祯的阻拦。

与此同时，周围的那帮宦官和宫女，总算是反应了过来，纷纷上前想要帮手，但郭皇后带来的几个宫女宦官也不是吃素的，眼看着自家主人要吃亏，纷纷站了出来。

不敢跟尚美人动手，不代表他们不敢跟尚美人宫里面的这些宦官宫女撕扯。

一时间整个寝宫内已经乱成了一锅粥！

赵祯看着眼前的场景，心中的怒气再也抑制不住，大声呵斥了两句，随后便朝着前面一推。

这个动作刚好隔开了郭皇后想要拉扯尚美人的手，郭皇后一时之间失去了平衡，甩手就想保持住自己的平衡，随后却正好看到尚美人从赵祯身后亮出来半张脸，立刻就激愤起来，不顾自己已经站不稳，一巴掌甩了过去。

啪的一声脆响之后，郭皇后这一巴掌倒是的确打到了人。

但谁也没想到的是，她打中的竟然不是已经来不及躲闪的尚美人，而是赵祯！

才刚刚落下去的手，僵在了半空之中，郭皇后震惊地看着赵祯，心里头彻底慌了起来。

尤其是一息之后，她分明注意到此时在赵祯的脸颊下方，竟然出现了一道血痕，甚至还在缓缓渗出血迹。

哪怕只有一滴，那触目惊心的殷红色，依旧让人恐惧不安。

她堂堂大宋皇后，竟然出手扇了大宋皇上一个耳光，而且还给对方打出了血迹……

此时的郭皇后瞬间清醒过来，慌忙中想要弥补自己的过错，连忙从自己的怀里抽出一方丝帕，想要上前给赵祯擦拭。

然而这一巴掌不但把她自己给打害怕了，更将赵祯给打醒了。

赵祯抬起手在脸颊旁稍稍擦拭了一下，发现血迹并不显眼之后，便摇了摇头，向侧面让了半步，让开了郭皇后的方帕。

阎文应在一旁看到了这一幕，顿时就来了精神，连忙大声嚷嚷了起来："来人啊，快传太医，皇上受伤了，皇上被皇后给打伤了！"

他的喊叫声似乎是一道命令一样，随着他的声音响起来，尚美人宫中的那些宫女宦官也顾不得跟郭皇后身边的人厮打了，同样大声嚷嚷了起来。

这帮人算是抓住了郭皇后最为致命的把柄，此时唯恐天下不乱，唯恐事情没有搞大，叫喊声越发夸张。

他们越是喊叫，郭皇后越是慌张，抓着方帕不知所措："皇上，臣妾不是故意的，臣妾只是想要教训一下这个狐媚子，是臣妾手上的戒指碰到了皇上……"

看着她这手足无措的模样，听着周围那些人乱纷纷的叫喊声，赵祯的脸色瞬间阴沉无比，抬手一挥："全都不要叫了！"

赵祯性格向来宽仁，但不代表这位皇上没有脾气，此时怒喝了一声，顿时吓得周围这帮人全都没了动静，齐刷刷地跪了一地。

唯独不知所措的郭皇后，因为是皇后身份，此时并未跪下，但看她的样子，也被吓得不轻。

赵祯冷冷地朝着结发妻子看了两眼："不过是一道小伤口罢了，朕无碍！

"这种事情，不需要惊动太医，茂则你随后去御药院拿点儿药直接到崇政殿为我敷药。

"至于其他人，全都各回各处，谁也不得再胡闹，否则朕绝不轻饶！"

冷冷地甩下了这句话之后，赵祯一拂衣袖，转身就离开了此处。

张茂则的目光在几人身上扫过，随后落在了阎文应的身上，两个"中贵人"的目光交错了片刻之后，纷纷挪开，随后阎文应便后撤了两步，站在了距离尚美人稍远的角落里。

而张茂则则冷哼了一声，跟上了赵祯的脚步。

经此一事，郭皇后也没有心思再闹下去了，心思忐忑地看了低头不语的尚美人一眼，依诏带着众人回了慈元殿。

待到所有人都离开了之后，尚美人这才抬起头来，脸上之前梨花带雨的模样早就消失不见，取而代之的则是一脸窃喜。

"娘子的笑容，切不可在外人面前展露，若是被皇上的人看到了，必然要引起事端。"

阎文应眼角余光看到了这一幕之后，立刻就出言提醒道。

尚美人闻言收敛了自己脸上的笑容，表情逐渐和缓了下来。

"这个郭皇后还真是头脑发昏，私下讽刺吕相也就罢了，竟然在这种场合争论吕相与内侍勾结之事，偏巧还一点儿证据都拿不出来，皇上若是不给她找点儿麻烦，倒是有点儿对不起她这种没有脑子的行为了！"

她若有所思地朝着阎文应看了一眼，随后立刻说道："此件事情，立刻找人传播出去，不管是不是跟内侍有关系的外臣，只要是近期有机会在宫中出入的，全都要让他们知道发生了什么事情！”

尚美人的话，引得阎文应连连点头，他朝尚美人深深地看了一眼：“尚娘子果然心思缜密，竟然能想到这一处，不枉吕相经常关注尚美人在宫中的境遇。

“此番事情若是落定，想来郭皇后的位子是保不住了，伤到皇上这可是大罪!

“到时候吕相怕是要好好地酬谢尚美人一番了。”

两人商量了几句之后，都默然止声，下意识朝着周围那些人看了一眼，越发谨慎。

周围的那些宫女和内侍宦官，没有一个人敢凑到近前的，几个最识趣的更是低眉顺眼地朝着外面走去，生怕因为听到什么不该听到的，引起里面这两位的不满。

一个是最得宠的美人，一个是正当红的“中贵人”，在皇后面前或许还不敢太过嚣张，也比不上皇上百之一二的威风，但是想要在这深宫大院之中让几个人悄无声息地失踪，他们还是能够做到的。

不过一炷香的时间之后，有关皇后粗蛮打伤皇上的消息，迅速从宫中传开。

几个进来轮值，白日在皇宫之中处理札子政务的大臣也对此有了耳闻。

已经回京复职的吕夷简，早已经从阎文应的口中得知，早些时间他被罢官外放，其中有很大的原因来自郭皇后的一句话。

彼时皇上赵祯心血来潮，已经拟定了一份名单，要将刘太后朝中依仗的诸位大臣外放，顺势提拔自己的心腹人手。

这其中本来并不包括吕夷简。

此前生母一案，哪怕是八大王在其中的表现都没有吕夷简靠谱，经此一事吕夷简在赵祯心中的地位可以说是直线上升，尤其是在知道了之前刘太后为李宸妃着太后冠服下葬，其中有很大原因是吕夷简出言劝谏之后，赵祯心中更是对吕夷简越发信任。

偏巧郭皇后听闻此事，在赵祯耳边随口说了一句："刘太后监朝之时，吕相最为活跃，怎么那些人都是刘太后的近臣，唯独吕夷简不是？"

也正是这句话提醒了赵祯，让他当机立断，直接把吕夷简也算在了外放的名单当中。

虽说时间还未过半年，因为其间任职的首相张士逊不靠谱，吕夷简轻而易举就再次回到了政权中心，依旧坐定了首相的位置，但这个仇怨症结，却是无法轻易放下了。

派人找到了阎文应，将此件事情的准确性再次确定一番之后，吕夷简立刻就意识到，哪怕郭皇后真的只是误伤，但她毕竟伤到了皇上。

这件事情，可以成为他搞定郭皇后的一把利器！

作为当朝首相，名副其实的权臣，吕夷简做事向来不会拖泥带水。

意识到这是个良机之后，他二话不说，立刻就拉上前段时间骂翻了钱惟演，风头正劲，也正在向他靠拢的谏官范讽，一起入宫去了。

以他的身份，自然是有些特权，想要入宫觐见皇帝，无需太多的繁文缛节，几乎是一路畅通无阻地到了垂拱殿。

此时赵祯虽然知道了吕夷简要入宫觐见的消息，却没有提前做好准备，殿内一直伺候的内侍看到吕夷简到来，连忙上前："吕相公，皇上已经在来垂拱殿的路上，还请吕相公稍待！"

说完这句话之后，内侍的眼神飘忽了几下，压低了嗓音："吕相传信，阁副都知已经知晓。

“阁副都知说，眼下皇上正在气头上，若是吕相愿意以此契机进言，很有可能会起到出其不意的效果，但郭皇后曾在皇上面前说吕相与内侍之间牵扯不清，恐怕此事会让皇上心怀芥蒂，到底如何施为还望吕相自己裁决。”

说完这句话之后，内侍立刻躬身向后撤开，就仿佛刚才从没有说过什么不该说的话一样。

吕夷简眼神闪烁了两下，随后微微颔首，拱手而立，一旁的范讽也是同样恭谨，眼睛盯着自己的脚尖，似乎刚才身边什么事情也没有发生，他也从来没有听到过什么不该听到的一样。

垂拱殿中香烟袅袅，宫中的安神香效果一向不错，站在两侧的宦官宫女，都需要时不时地做几个小动作提醒自己，否则很容易直接睡过去。

偏生此时吕夷简与范讽丝毫不受影响，两人思量了片刻之后，相互交换了一个眼神，下定了决心。

片刻之后，赵祯背着手，阴沉着脸从屏风后面绕出，朝着吕夷简跟范讽看了两眼，径直坐在了椅子上。

“吕相匆匆而来，似乎是有要事要跟朕商议？”

吕夷简抬起头来，朝着赵祯看了一眼，发现这位年轻皇上的脸上除了神情有些阴沉之外，竟然再看不出一点儿其他的表情来，似乎无悲无喜。

这跟他记忆里的赵祯有些偏差，难道只是因为郭皇后闹了这么一场，竟然就让皇帝得到了长足的成长？

他的脑海之中闪过这个念头之后，自嘲地摇了摇头，随后目光下垂，谨慎地说道：“临时入宫觐见，并非臣之本意，而是谏官范讽有札子要上。

“此事虽然牵涉皇家内务，但对于皇上而言，家事便算得上天下事，范讽所言字字珠玑，老臣读完之后，顿时觉得耳清目明，豁然开朗。

“若是这道札子等到交由有司呈报，或者待到早朝呈报，恐怕又耽搁了时间，范讽想要入宫觐见又不太便利，所以老臣便斗胆带了范讽前来求见。”

他一边说着，一边转头看向范讽。

来这里之前，两人就已经商量过相关事宜，眼看着吕夷简将自己推了出来，范讽立刻就上前两步，直接将札子亮了出来。

“臣有本奏！”

旁边的内侍立刻上前，将札子接过，随后递到了赵祯的手里。

赵祯拿过札子之后，并未急着查看，而是朝着下面看了两眼，吕夷简跟范讽这两人都是眼观鼻鼻观口口观心，一副泰然自若的模样，根本看不出有什么端倪来。

这反倒让赵祯有些捉摸不透了。

范讽前段时间的操作，让赵祯都不得不为之敬服，作为一个谏官，范讽的确有着一身胆魄，愣是凭借一己之力将钱惟演推到了风口浪尖，赵祯不得不从众将钱惟演逐出东京。

此事过后，范讽一直韬光养晦，并未再出风头，今日却又借由吕夷简的资格跑来直谏，谁知道葫芦里卖的是什么药！

心头揣着些许疑惑，赵祯打开了札子。

范讽这个札子写得极为轻便，从头到尾不过百十来字，但的确字字珠玑，半句废话都没有，通篇下来的中心思想就只有两个字。

废后！

这札子可谓正中赵祯的下怀，他此前脸色阴沉，一直都在思量此事的可行性，毕竟废后事关国体，一旦他宣布此事，下面必然有各种反对的声音。

但郭皇后最近的所作所为，实在是冲破了赵祯的心理底线，让他再接受郭皇后作为皇后在后宫做主，倒不如让他辞了这皇上的位子。

此事自从有人弹劾郭皇后开始，便一直都有些争议，只不过朝中大臣保皇后的一派居多，所以一直争执不下。

此时范讽作为近来的言官典范，竟然主动站了出来支持废后，这无疑是极重要的助力！

放下了札子之后，赵祯的脑海之中如同潮水翻涌，缓缓抬起头朝着对面的两人看了两眼。

这件事情虽说是范讽上了札子，但他代表的却是吕夷简的态度，只不过这位权相经由上次被贬的事情，明显越发圆滑，纵然是站在了赵祯的心坎上，也要拉一个人出来垫背。

“既然吕相看过了札子，想来也已经胸有成竹，不知道吕相有何见解？”

吕夷简故作沉吟，朝着赵祯看了一眼之后，缓缓说道：“老臣虽然觉得范讽的札子句句有理，但仍然觉得此事不可轻易定夺，之前那些朝堂之上的风言风语，更是不足为凭。

“皇后毕竟是一国之母，又是先太后钦点，皇上的发妻，若是轻易便给贬黜了，反倒显得太过儿戏。”

说完这两句话之后，吕夷简朝前走了两步，做出了要与赵祯长谈的架势，但随着他抬起头来，看到赵祯脸上经过处理的伤口后，却骤然一惊。

“皇上这腮边的伤？宫中何人竟然敢伤到皇上？

“前段时间听闻皇上近来喜欢舞刀弄剑，莫不是与宫中侍卫比画之时，伤到了皇上龙体？若真是如此的话，皇上可万万不能包庇其人，须要重责！

“皇上龙体安危，才是国之大事，身为宫中侍卫竟然罔顾此项，将皇上伤到，简直罪无可赦啊！”

吕夷简一副苦口婆心的模样，连声音都在打颤，听得赵祯心头不由得有些腻歪，烦闷地挥了挥手：“此事无关宫中侍卫，是皇后不小心伤到了朕。”

听到了赵祯的话，吕夷简跟范讽相互看了一眼，同时向前了两步，都是大惊失色：“竟然还有这等事情？”

“看来此前朝中的风言风语并非完全虚无缥缈，皇后果然性子急躁，做事欠缺稳妥，老臣原以为皇后再经几年成长，必然能够母仪天下，或许能直追刘太后之荣也有可能。

“没想到，皇后竟然敢殴斗伤及皇上，行如此失德之事，实在是难以继续为后宫表率啊！”

抓住了这个赵祯主动递出来的话柄，吕夷简跟范讽立刻就来了个打蛇随棍上。

尤其是范讽，此时更是面色肃然，姿态激昂：“敢请陛下，废了失德皇后，以正后宫清明！”

看着范讽那有些夸张的表现，赵祯反倒有些犹豫：“皇后并非蓄意殴斗于朕，不过是她与尚美人之间有所争执，朕从中遮挡了一下，不小心伤了朕罢了，连轻伤都算不上，也无大碍！

“况且，皇后年纪尚小，此前在后宫仗着有大娘娘做主，行事略有乖张，也算正常，眼下大娘娘仙逝，皇后没了主意，做事有失妥帖，也在情理之中！”

眼看着赵祯似乎有些犹豫，吕夷简不再推着范讽向前，而是主动担起了担子：“皇上与皇后毕竟是结发夫妻，在这种时候有所疑虑也是人之常情，但此事不仅仅是皇上一家之事，更是牵涉到了国本！

“皇后与皇上大婚多年，身为国母已有九年，行事竟然依旧孟浪，甚至妒忌低位嫔妃，同时无子，而今竟然还敢殴伤皇上，便是在民间也可以七出之名将其休掉。

“老臣深知皇上宽仁，加之皇后又是当年刘太后钦点，皇上不忍直接废黜，夫妻多年相处更是情感难以割舍，但此事毕竟牵涉良多，皇上还需谨而慎之。

“皇后母仪天下，算得上天下女子之表率，若是以失德之人作为天下表率，皇上难辞其咎啊！”

一连串的话说到此处，吕夷简话锋一停不再追逼，而是再次施礼：“皇上还请三思！”

赵祯看着这个以圆滑世故著称，行事作风老练无比的宰相，心中陡然生出了一片快慰。

两人之间的对话虽然没有多少机锋，但吕夷简可谓为赵祯铺平了道路，连台阶都准备好了，此时要是再不顺势而为，更待何时？

范讽看出了赵祯已经意动，连忙上前又推了一把：“吕相所言极是，臣窃以为皇后九年无子，已然伤及国本，应当废黜！

“为国为民，为国本绵延，为皇室昌盛兴隆，皇上不可再有所犹豫，范讽敢以死谏言！”

眼看着范讽又要拿出一哭二闹三上吊的架势来，赵祯连忙摆了摆手，做出一副无可奈何的模样来。

“既然如此，朕便允了你们此请！

“拟诏，皇后郭氏以无子愿入道观，特封其为净妃、玉京冲妙仙师，赐名清悟，别居长宁宫以养。”

君无戏言，既然以此言拟诏，加上吕夷简的支持，就算是下面之人再有异议，也是无可奈何。

听闻赵祯此言一出，吕夷简与范讽身子微微一震，同时行了一礼：“皇上圣明！”

目送吕夷简等人离开，赵祯的目光逐渐阴沉下来，原地思考了片刻之后，朝着旁边挥了挥手，将张茂则叫到了身边：“顾渭何在？”

张茂则怔了怔道：“顾皇城现在应该正在宫门例行检查宫禁职务，皇上是要叫他过来？”

赵祯摇了摇头，表情里透出了一抹异样：“不必，你去找顾渭，让他着皇城司近来多看看吕相，宫中内侍与吕相勾连之事虽然荒谬，但绝非空穴来风，此事不管有何影响，须得让朕知晓。”

张茂则领命而去，赵祯沉吟了半晌，这才开始着手处理中书省交上来的诸多奏疏。

而站在角落里伺候着的阎文应，此时已经被汗打透了后背，眼底满是惊恐。

他还从来没想到过，这位仁厚的皇上竟然也有心思缜密，不显山不露水的一面。

幸好方才赵祯只是说了要将此事掌握在手，并未提出其他说法，若是他打算让顾渭将那个跟外臣勾连的内侍给抓出来，阎文应怕是连一个时辰都活不过去！

思来想去，阎文应依旧想不明白，为何赵祯只说了调查，却并没有给出处理办法，除非这位年轻皇上早已猜出阎文应与郭皇后所说一样，的确就是那个勾结外臣之人。

而方才的那些话，则是在敲打他！

阎文应心中思绪翻腾，越想越害怕，当即断了把此事也说给吕夷简的想法，否则一旦被赵祯发现，他便要吃不了兜着走了！

出宫门时，吕夷简忍不住回过头朝皇宫看了一眼，心中颇多感慨。

之前被郭皇后一句话影响以致外放，吕夷简还以为自己与郭皇后之间必有一场极为激烈的争端，却没有想到，双方之间才刚刚交锋，对面的郭皇后就已经自己寻了死路。

若是刘太后还在的话，这件事情岂能如此轻易了却？

吕夷简叹了口气，随后就听到一旁的范讽开了口："既然已经得了明诏，吕相何故叹气，莫不是在担心朝中的反对声音？

"御史台与谏官之中对此事一向分为两派，各有争议，除了范仲淹一行人之外，其他人倒也没有什么可担忧的。

"至于郭皇后势力，于朝中的影响力几乎可以忽略不计，加之皇上一力推行此事，郭皇后算是无力回天了，日后吕相于朝中再无绊脚石！"

范讽虽然只是谏官，但对于朝中事务风向的把控极佳，否则也不可能跟吕夷简的关系走得如此之近。

听到他的话之后，吕夷简摇了摇头："此事并没有你想象的那么简单，范仲淹既是右司谏，又是文坛大家，其影响力并非朝中谏官和御史台而已，若是此事他打算一参到底，除非皇上痛下决心，否则其间必然还有重重阻力。

"我所担心的是，眼下皇上尚且年轻，若是他日正了国本，又感怀发妻情谊，打算将郭皇后重新迎回中宫，又当如何？

“看样子，皇后之位的接班人，要早早选定才是！”

吕夷简的话说得轻巧，却让范讽莫名感觉到了一阵寒意，但此时他已算吕夷简门下，有些事情就算不理解，也总不能站出来反对，只能躬身点头，含糊应付了过去。

赵祯的诏令才出，立刻就有人将这个传言散播了出去。

范仲淹听闻此事之后，立刻跑到了宫中奏请与皇上辩白此事，力主保住皇后之位。

但这个请求直接被赵祯回绝在宫门外，连面都没有跟他见上一次。

范仲淹隐约察觉到事情不太对劲，转头又写了札子，打算通过有司上奏，直达天听。

然而他的札子却被撤了回来，并且被明令告知，吕相早已经下令“有司不可受台谏章疏”。

不光是范仲淹的札子，其他台谏官的札子，也尽数被撤回。

这种事情，此前还从未发生过，当即便引起了众怒。

御史中丞孔道辅跟右司谏范仲淹两人商议了半日之后，二人直接以自己为首，带着台谏官蒋堂、郭劝、杨偕、宋郊等人一起跑到垂拱殿门外直谏！

这个举动，顿时让赵祯紧张起来，几十号人同时跑到垂拱殿外直谏，乃至于狂呼皇后不可废，这种事情着实超出了他的预料。

要不是张茂则眼疾手快，先将垂拱殿殿门给关上落插，外面的台谏官们不敢直接闯门，估计这帮言官已经冲入垂拱殿当中，玩起了一哭二闹三上吊的套路。

无奈之下，赵祯立刻想到让吕夷简替自己背锅，直接给吕夷简下了一道诏令，让他解决这个事情。

平日里吕夷简这个宰相的办公地点，正是在大庆殿旁的政事堂，即中书省衙门所在，距离垂拱殿不远，诏令才下没有多久，吕夷简的传讯就回到了垂拱殿外。

得了吕夷简的传讯，范仲淹与孔道辅对视了一眼，也只能接受了这个安排。

言官毕竟是言官，做不得逼宫之事，这件事情皇上敢执行下去，其中有吕夷简绝大的功劳。

如果能将吕夷简这个宰相先行说服，或许还有转机。

几十号人浩浩荡荡开到了中书省，却意外地发现，吕夷简竟然并未拉上朝臣，也没有摆开架势，不过是在审阅奏疏，见到这帮人，连眼睛都没抬上一下。

范仲淹看着吕夷简泰然自若的模样，顿时便气不打一处来，当先站了出来，直言吕夷简身为宰执大臣，应该劝谏皇上不可妄谈废后一事。

三五句话而已，范仲淹之言直戳吕夷简心窝子，吕夷简的脸皮抖动了两下，知道在范仲淹的嘴下，自己兜束不住傲然气度，只能叹了口气，放下了手中奏疏。

“范司谏此言差矣，本官身为宰执，确有规劝皇上之责，但郭皇后本就有妒忌之行，行事孟浪至极，与皇上大婚九年，一无所出，种种如此，自然不能再为中宫！”

一众台谏官面面相觑，虽说吕夷简说得简略，但此中两件事都是事实，众人无力辩驳，顿时大部分人直接哑了火。

孔道辅面沉如水：“皇上与郭皇后年纪尚轻，正值鼎盛年华，就算是想要立国本，也不急于一时，九年无子一说实在荒谬！”

范仲淹点了点头，接着话茬道：“至于说郭皇后孟浪无德，更是无端指责，郭皇后既是刘太后钦点，才貌德行必然齐备，饶是与皇上不和，也可调和，岂能因噎废食，自古以来无端废后都是昏君所为，难道吕相公是要陷皇上于不义之地吗？”

这顶帽子一扣，换作其他人怕是立刻就会失了方寸，然而吕夷简却早就胸有成竹：“废后之事，前朝也有明君雄主为之，并非昏君专属。”

正当他还想继续辩白的时候，却被范仲淹直接抢白：“吕相公莫不是打算以汉光武帝废后一说来搪塞我等？

“汉光武帝的确为明君，更是千古圣君，但人无完人，此废后一事称得上光武帝生平污点，乃是失德之举！

“当今陛下有尧舜之德行，也有成尧舜功绩之潜力，难道吕相公是想要让皇上效仿光武失德之举吗？”

又是一顶大帽子扣了下来，吕夷简被噎得有些说不出话来，只好以退为进。

“此事皇上已然心意决绝，我有心相劝，也是无力回天，加之皇上盛怒之下，难免做出出格举动。

“若是诸君有信心劝说陛下收回成命，明日早朝吕某与陛下陈说，准了你们的奏疏，你们亲自与陛下理论此事便是！”

吕夷简这个态度倒是给得极足，台阶也已经给了众人，范仲淹与孔道辅对视了一眼，知道在吕夷简这里没了施展的余地，只能朝着吕夷简拱了拱手，转头便带着众人离开了政事堂。

此时的孔道辅与范仲淹等人，虽然并未志得意满，但也已经意识到此事似乎仍有可为。

皇上蹴鞠一样将此事踢到了吕相身上，却没想到他们转头便将吕夷简直接辩倒，明日朝会之上再与皇上奏对，必然还可以再创奇迹。

哪怕是心思缜密如范仲淹，此时竟然也未多想。

将这些难缠的台谏官送走之后，吕夷简转头就亲自去了一趟垂拱殿。

对于这位力主废后的宰相，垂拱殿自然不会拒之门外，一见到赵祯，吕夷简立刻就将此事说给了赵祯，随后直接说道："台谏官聚众闹事，并非太平时节应该出现的事情。

"孔道辅、范仲淹等人不依不饶，仗着我朝对言官宽仁，便大放厥词，对废后一事指手画脚，着实有些过分，若皇上不给他们定罪警告，难以服众。"

范仲淹等人完全没有想到，他们才刚跟吕夷简抬了杠，把这位宰相杠得头晕眼花，转头吕夷简就把抬杠大业坚持到了皇上的面前。

赵祯听过吕夷简的建议，心中也犯起了嘀咕，但是并未立刻就回复吕夷简，只是表示此事他已经知晓，就将吕夷简打发了出去。

在大殿之中来回踱了几步之后，赵祯脸上闪过了一丝怒容，猛地拍了一下桌子。

"欺人太甚，这帮家伙欺人太甚！"

一旁的张茂则被吓了一跳，随后之前正在奏对，顺便贴身保护赵祯的顾渭，也从屏风后走了出来。

"皇上息怒！"两人同时恭请赵祯平息怒火，随后将案几桌面上的东西全都给拾掇了下去，生怕赵祯悍然发怒将这些东西全都打翻破坏。

"范仲淹、孔道辅，这班愣种，是铁了心要跟我作对！"赵祯揉了揉自己的太阳穴，舒缓了心情之后，脸上满是无奈。

"幸好有吕相公为皇上分忧！"张茂则呵呵笑着顺了一句，却发现对面的赵祯脸色有些不太好看。

"吕夷简这厮，被朕贬了一回之后着实精明圆滑更多，先是借内宫手段把与他作对的郭皇后推到朕的对立面上来，趁机推动废后，又将台谏官们蹴鞠一样踢来踢去，转头便让朕贬黜众人，这是把台谏官们当猴耍，把朕还当个孩子来哄！

“顾渭，之前让你查的事情怎么样了？”

赵祯揉着额角，转头看向了一旁的顾渭。

顾渭的目光在张茂则的身上划过，随后扫视了一圈垂拱殿内的内侍们，这才道：“皇上猜得没错，副都知阎文应的确与吕相有些牵扯交集，虽然并不深重，但与废后之事的确多有牵扯。

“而且，宫内的尚美人与杨美人，似乎与此事也有牵扯，就是不知道两位是否也与吕相公有勾连。”

赵祯冷哼了一声，眼底闪过了一道寒芒：“安插手段竟然安插到了我的身边来了，看来这个吕夷简是想要做一代权臣啊！”

顾渭抿起了嘴角：“皇上的意思是，将阎文应给处理掉？监察百官乃至清理内侍，本也是皇城司职责所在，皇上若是有此意，半个时辰之后，皇城司就能将此事清理妥当，保证吕相公再也不会想起有这么个内侍帮手。

“不过，阎文应近日来在宫中走动颇多，似乎颇受杨太后喜欢，此间事了他说不定会为杨太后所用。”

赵祯微微一愣：“竟然跟小娘娘也有牵涉？”

这个消息，稍有些超出他的预料，沉吟了片刻后，赵祯摇了摇头：“吕夷简虽然圆滑过头，但作为宰执大臣、首相首辅，还是有些能力的，朕暂时还不想与之为敌，权且看他以后的动作，既然那阎文应可能为小娘娘所用，就先放置一旁。

“尚美人与杨美人，没有必要再留在宫中了，有时间让阎文应支应此事，将两人贬斥出宫，朕日后不想再见到她们！”

看着赵祯眼底闪过的一丝厌恶，张茂则点了点头，这两位美人仗着自己受宠，身边又有吕相帮衬，做的事情有些太过火了，竟然让皇上心中生出了厌恶之意。

“既是要将两位美人逐出宫去，那皇后娘娘与范司谏他们？”张茂则不敢妄自揣摩君意，但还是下意识地问了一句。

赵祯笑了笑：“郭氏毕竟行事鲁莽，的确有德不配位的嫌疑，既然诏令已定，就让她先移居长宁宫，一应供给如常，不谈贬黜之事，暂行贬黜之实。

“至于范仲淹等人，性子倒是率直，做事却没有深浅，该当贬出去再冷静冷静。

“拟诏，敕命孔道辅出知泰州，范仲淹出知睦州，孙祖德等一应台谏官各罚铜二十斤！”

做了这个决定之后，赵祯扭头看向了顾渭：“幼常，明日早朝之前，护送范仲淹、孔道辅出城的事情，便交给你了。”

“临走之前，与范仲淹详谈一二，看看这厮心中如何想，若是真想继续做个无暇君子，朕倒是要想想如何扶持于他，跟吕相斗上一斗了。”

直至此时，张茂则跟顾渭才总算是明白了赵祯的真实想法，范仲淹受诏回京，领右司谏职衔，到底只是个七品，作为言官难以施展拳脚。

若是只做一个无暇君子，每日纠结于奏对讽谏，实在是对此人的大大浪费，倒不如趁此机会再次外放积累资本，待到时机成熟再次入京，恐怕得授的官职，就要一跃平步青云了。

次日午时，早朝的时间已过，散朝之后的百官并未即刻归家，不少人直接乘了自家牛车马车，或者跑到汴河城内码头坐了客船一路而下，直奔城外。

孔道辅得了出知贬黜的敕命后，只是在家中稍作整饬，便草草离开，并未给人留下相送的机会。

反倒是范仲淹，与顾渭相谈良久之后，倒是不急着离开了，同顾渭一起候在城外两里的驿站处，遥望东京城。

“幼常从小就跟在皇上身旁，以完璧之身坐到了皇城司尊之位，也算尽忠职守。

“今日之事，幼常想必昨日就已经知晓，为何不劝谏皇上，改了章程？”

范仲淹与顾渭之间并无交情可言，但方才交谈了个把时辰，隐隐觉得此人心思深远，而且自身持正，并非一般庸人，言语之间的态度便越发亲和。

顾渭看着一脸快意自然的范仲淹，表情有些异样，从头到尾他都没有提到过皇上的深意，但对于被贬谪一事范仲淹非但绝口不提，甚至还能以笑面对。

这等心境，让人着实佩服，但同样的他也看出了范仲淹心中症结所在，在此人心中似乎并无模棱两可，一切事物非黑即白，这等锋锐性子倒是适合做谏官，但若是将他放在要职之上，恐怕是要将身边人给得罪个精光，变成孤臣！

“希文兄说笑了，顾某身为皇城司掌事之人，主司监察百官，护卫皇城安危之责，谏言献策并不在职责范围之内，何况朝中尚有孔道辅、希文兄这等忠臣言官在，何须我一个皇城司坐论？”

说到这里，顾渭感觉到范仲淹的眼神多了一丝揶揄意味，顿时觉得有些难堪，恍然意识到自己说的话出现了谬误。

若是朝中只有孔道辅和范仲淹这类忠臣，却又屡屡遭受贬谪，那眼下朝中岂不是只剩下了奸臣，当朝皇上岂不是个正儿八经的昏君？

轻咳了两声之后，顾渭慨然说道："今日早朝，希文兄并未见到，虽然没有孔道辅与希文兄带头，台谏官依旧没有放弃谏言郭皇后事，晏副相那个新得不久的女婿富弼，更是洋洋洒洒奏对数百言，要不是皇上心意已决，说不定就要被迫将希文兄给召回了。"

"彦国竟然在朝会之上直谏皇上？"范仲淹挑了挑眉毛，有些意想不到。

富弼被范仲淹推举入仕后，暂任将作监丞、签书河阳判官已经有了一段时间，成为晏殊女婿同样也是范仲淹引荐。

晏殊给这个女婿的第一条规劝，便是不可在朝堂之上太过张扬，必须要藏住锋芒，待时而动。

没想到因为自己的事情，富弼竟然直接站了出来。

不过顾渭并没有参加完早朝，就匆匆出来护送范仲淹了，所以对后事并不详知，直到如同范仲淹所料想一般，以台谏官们为首，几十名朝中官员纷纷出来给他送行，范仲淹才得知了后续之事，并且见到了富弼。

看着面前这些急匆匆赶到南城为自己送行的同僚，范仲淹满面笑容。

这已经是他第二次被贬出东京，上一次还是五年前，当时为他送行的队伍可远没有眼下这么隆重。

尤其是，当前送行众人，在今日早朝之上，都直谏过！何止同僚，更是志同道合之辈！

范仲淹举杯行酒，留下了一首简诗，飘然而去。

重父必重母，正邦先正家。

一心回主意，十口向天涯。

铜虎恩犹厚，鲈鱼味复佳。

圣明何以报，殁齿愿无邪。

时至此时，众人左右相顾，看着对方的面庞，都已经醒悟过来，虽然吕夷简位高权重，眼下将范仲淹等人压得死死的，但是范仲淹这个似乎注定要当“孤臣”的家伙，竟然已经在朝中初步编织出了自己的势力网。

虽然这个网络眼下还十分松散，却不乏年轻力壮的潜力股。

这些潜力股，一多半更是出自天圣年间的进士科，其间范仲淹正在应天书院执掌教席，与诸多士子都有亦师亦友的关系基础。

彼时学风焕然，同期士子重世风，严律己，崇品德，自然跟范仲淹都是一个派系的。

按照当下的矛盾来看，范仲淹与天圣进士集团那些年轻才俊，似乎已经跟吕夷简走上了彻头彻尾的对立道路。

范仲淹遭受此番贬谪，似乎是必然之事，但待他归来之时，朝堂之上又要掀起什么样的波澜，却是无人知晓。

将范仲淹送走之后，顾渭转头回到东京内，就将矛头对准了阎文应。

在南城之外，与范仲淹详谈之时，顾渭隐隐提起过此人之事，范仲淹当即指出此人算得上个中关键，这种论调看似新鲜，实则极为精准，瞬间就引起了顾渭的注意。

此人心思深重，为吕夷简所用的同时，竟然还能顺势搭上杨太后的关系，可见手段也非常人所能及，放着这样一个人在皇上身边，无论是范仲淹还是顾渭都放心不下。

所以范仲淹临行之前，百般叮嘱顾渭，若是能选准时机，最好是将此人拉出宫闱直接铲除！

以内侍身份祸乱宫闱之人，不可小觑！

然而历经此事后，阎文应似乎也察觉到了自己已经被盯上，转头入了杨太后宫中做事，就此低调了下来，完全没有给顾渭下手的机会。

直到次年皇上改元景祐，又立曹氏女为后，阎文应才从杨太后宫中重现崭露头角。

景祐二年（1035），皇上大病一场后突发念旧之想，时时送信给郭氏，似乎有意将郭后迎回宫中。

此事传得沸沸扬扬，惹得阎文应心中忐忑不安，随后主动请命带御医探视生了病的郭氏。

顾渭彼时领命出了皇城，在西夏与宋交界城池往来，对此事并不知晓。

待到他从皇城司的渠道得知郭皇后已死，且疑似死于阎文应投毒时，恍然想起了此前范仲淹的叮嘱，当即修书将此事告诉了范仲淹。

范仲淹知晓此事后，远隔千里给皇上上了道札子，弹劾阎文应这个内侍不遵法纪，行事嚣张跋扈，连同顾渭一起将此事揭示给了赵祯。

赵祯虽无直接证据，但也没有放过阎文应，转头就将他贬到了岭南，负责押送他的人，便是皇城司下辖的察子，阎文应不过旬日的时间，就死在了路上。

一场大病之后，哪怕是有皇后曹氏日夜陪伴，后宫诸多妃嫔美人相随，赵祯依旧觉得心头有些空虚，拿着范仲淹的札子，竟思念起这个远在睦州的诤臣来。

第四章

涉朋党案三起三落　元昊叛宋立国西夏

景祐二年（1035）十二月，拜吕夷简的功劳，已经回京数月的范仲淹得了个重要差使，以天章阁待制权知开封府。

范仲淹在吕夷简的眼前才消失不过一年多的时间，转头就又被召回了东京，才一回来便因为前皇后郭氏之死给吕夷简找了不小的麻烦。

皇城司司尊顾渭与范仲淹联手将吕夷简在宫中的线人内侍副都知阎文应直接送到了阎王殿，虽说没有查出此事跟吕夷简有多大的关系，但依旧让吕夷简着实不爽了一段时间。

恰好开封府的这个实职有空，吕夷简干脆就把范仲淹塞到了这个位置上。

开封府就在天子脚下，户籍人口庞杂无比，将近上百万人，各种事情层出不穷，范仲淹虽然两次被贬都有治理地方的经验，但在吕夷简想来，想要治理好开封府可没有那么简单。

更何况此时还有他这样一双眼睛在后面盯着，但凡范仲淹稍有差错，他立刻就能将范仲淹罢官贬黜，再次扔到哪个边边角角的地方去做外放官。

朝堂之上对此幸灾乐祸者有之，为范仲淹鸣不平者有之，台谏官们因此递上去的札子雪花般纷飞，却都被吕夷简这个首相给压了下来。

令他万万想不到的是，范仲淹不但言辞锋利能言善辩，此番回京更是带了极强手段，短短月余的时间，就将开封府整治得井然有序。

范仲淹顺手还在开封府实验了自己摸索出来的几样改革策略，大力整治冗官现象，剔除积弊政令，做了不少方便百姓的实事。

待到景祐三年（1036）初，京城之中便开始流传着这样一句顺口溜：“朝廷无忧有范君，京师无事有希文。”字里行间将范仲淹夸上了天。

吕夷简将范仲淹扔到了这个位子上之后，便一直等着他出丑，却没想到这次范仲淹才回来，两人之间的小小交锋就以他的失败而告终。这让吕夷简隐隐生出了一种挫败感。

同时他并没有意识到，自己这个看似聪明的举动，反而给他招来了不小的麻烦。

权知开封府的这段时间内，范仲淹不但积累了大量对于东京城的了解，更借此机会知晓了不少之前从未考量过的事情。

譬如从景祐元年（1034）开始，这两年的时间内吕夷简已经完成了从宰执大臣到掌政权臣的蜕变，除了对皇上依旧忠诚恳切之外，以吕夷简为中心赫然形成了朝堂之下的第二个小朝廷。

文武百官想要获得晋升，必须要先一步得到吕夷简的首肯，从他的门路而出，才能有机会向上走。

凭借手中职权，范仲淹直接将京中两年的官员调动任免全都摸了个清楚。

五月初，朝中因迁都之议又起了争执，最终却是不了了之，从谏官到实权朝臣都憋了一肚子气。

范仲淹与天圣年间的进士集团众人，此时都已经回返东京，联系日益密切，借由此事，在休沐日干脆将众人拉到了白矾楼饮酒畅谈。

一众人等此时官职都已升迁，或者稳固下来，虽说远不如吕夷简门下那些人来得高，但都已经算得上朝中中坚层次。

“稚圭这两年来接连与皇上奏对，深受皇上赏识，怎么想起自请外任地方了？”

为韩琦斟满了一杯两人常饮的苏合香酒后，范仲淹笑呵呵地朝着韩琦问道。

这两年韩琦先是被调为开封府推官，又迁度支判官，职务变换倒是不多也不快，但全都不符合他的心意，前两日韩琦刚刚递了札子，自请调任到外地做地方官。

皇上倒是没有压了札子不放，直接批了出知舒州，但这几日一直因事耽搁，并未直接放行，韩琦也只能暂时留任等待后效。

自请外任地方，远离东京，这种事情很少有人愿意干。

毕竟东京城中油水多，人口多，官场关系更是庞杂但有序，日后想要升迁，当以京官为妙。

“希文兄莫要拿我开玩笑，出知外地这种事情，还不是以希文兄为榜样弄的！

“眼下朝堂之上已见乌烟瘴气的迹象，若非吕夷简那老匹夫的门生，想要平地升迁几乎是不可能的事情，所以大家都觉得外放再待诏而回，方才是最佳的擢升方式。”

韩琦这几句话，惹得周围众人纷纷点头应和，深以为然。

范仲淹微微一愣，哑然失笑，倒是没有想到，自己接连遭受贬谪的事情，居然引起了这么大的反响。

众人聊起了此事，明显颇多怨言，纷纷当着范仲淹的面埋怨起吕夷简当朝掌政，皇上近日来更是怠于朝政，以至于朝政几乎成了吕夷简一言堂。

范仲淹对此也颇有感慨，但是自从回来后，大部分的时间全都耽搁于开封府实事之上，倒是少了跟吕夷简对峙的机会。

此时听到众人的埋怨，他慨然而叹，随后站起身来，朝着众人说道："吕夷简把控朝政已久，皇上又对此人极为放纵，以至于朝中积弊越发深重。

"若是长此以往，恐怕大宋江山倾覆在即，诸君既然食君禄，读圣贤书，理应忧国忧民。

"既然吕夷简事事皆有把柄疏漏，那便事事皆参，事事上疏，不能过中书省转呈皇上，就当等着早朝直接面谏，诸君以此为行事准则，经年累月未曾懈怠，皇上便是现在并无反馈，心中必然也早已有了想法。”

他举着酒杯侃侃而谈，眼神闪烁间，似乎胸中早有成算。

周围众人隐约猜到了什么，都有些吃惊："希文兄现下掌开封府事务，不司谏言之责，平日里上上札子骂骂人也就罢了，真个弹劾吕夷简之事，还是要由谏官出首。”

众人议论纷纷，但话题的中心思想只有一个，那便是与吕夷简斗切不可将自己的底牌与底气亮出，否则一旦被抓住把柄，很可能又要被外放贬黜，甚至丢官也未可知。

范仲淹两次外放又被召回，都与吕夷简有莫大关系，无疑成为众人精神乃至实质上的领军人物，若是贸然出手，再被吕夷简拉扯下放，对众人的士气也是极大的打击。

“诸君纵然有谏言议事之权责，但身份地位之上皆处于劣势，难以与吕夷简抗衡，若是能得一二重臣帮扶，效果或未可知？”

范仲淹建设性的意见，引起了众人的特殊反响，众人相互看了几眼之后，同时陷入沉默当中。

片刻之后，富弼才摇头说道：“朝中重臣，无非吕夷简、王曾、夏竦三人为首，王随、陈尧佐、韩亿、石中立等人尽皆老眼昏花，任人唯亲，与吕夷简沆瀣一气，不可与之共谋。

“夏竦为人两面三刀，竖子性格不足与谋，唯有枢密使王曾尚可，但以一人之力抗衡吕夷简集团，谈何容易，王曾老相公未必愿意站出来为我等举这面旗！”

开口间就将几位宰执大臣给梳理了个遍，更是直言不讳，大加针砭，这种事儿富弼已经不是第一次在公开场合如此说起，但仍然让众人唏嘘不已。

换作平民百姓，便是连皇上也能议论一二句，只要不妄加诽谤折辱，没有人会管束。

但众人皆是朝中官员，一言一行都有影响，若是在此间聚众言谈被人捅到朝堂之上，少不得又是一番口角。

尤其是富弼这些言论，更是毫不遮掩，与范仲淹此前行径大有异曲同工之意，几句话就把大部分宰执大臣给得罪了个遍，几乎没给自己留后路！

“只可惜，薛奎老相公景祐元年（1034）便已溘然仙逝，否则以皇上的倚重，薛奎老相公的行事之风，必然能成为制衡吕夷简的有力臂助。”

众人回想起薛老相公此前种种，都唏嘘不已。

范仲淹对于富弼所言大为赞同，随后微微一笑：“谏官上疏，针砭时事不避斧钺，自太祖承袭前朝设立台谏官，台谏官前辈繁多，无一不是尽忠职守。

“范某一日为台谏官，终身都不会丢了台谏官的风骨，今日与大家对饮，正有谈及此事的想法。”

权臣威压之下，哪怕是如富弼这样性子直率、做事果敢的年轻臣子也要被迫退避三舍，韩琦更是心灰意冷打算自请外放，这在范仲淹看来极为不可思议。

若是长此以往，台谏制度便形同虚设，吕夷简集团在朝中的势力已经有尾大不掉之势，宰执诸臣更是没有治世能臣，唯独吕夷简能力卓然，就连皇上也只好睁一只眼闭一只眼，此时必须要有人站出来，与之争衡！

众人听到范仲淹所言，齐刷刷地朝着他看了过来，一时间情绪各异。

“若是能得王副相支持，希文兄或可在廷议上与吕夷简争衡一二，我等亦愿追随希文兄之后！”

一众人纷纷应声，胸中豪气全都被逗引了出来。

“除此之外，范某在知开封府任上小有斩获，又有知交密友暗中帮助，已经罗列吕夷简数条罪证，明日早朝便可呈于皇上，诸君可与我协力向前！”

范仲淹看群情可用，大手一挥，随身陪同的小厮立刻就拿出了一卷画轴，恭敬奉上。

众人见到画轴，都有些好奇，随后欧阳修与富弼便一同出手接过画轴，在众人面前徐徐展开。

待到众人看清楚画轴之上的内容后，纷纷倒抽了一口冷气。

长达八尺的横向画卷之上，竟然林林总总地画着数十位朝中官员，样子惟妙惟肖，旁边更是列有批注。

“此《百官图》，是范某花费了足足月余时间整理而出，其中将吕夷简朝中党羽一一罗列，近年来升迁续任，都有标注，一眼便可明了。

“另外范某更是准备了札子数道，半数已经上了中书省等候批驳，半数明日早朝便要面呈皇上！

“《百官图》范某已交由王老相公阅览过，王老相公自身持正，虽未表态与我等一同弹劾吕夷简，但在廷议之上，必有帮衬。”

范仲淹洋洋洒洒数语，情绪平稳，语调淡然，没有半点儿激动或者兴奋，却反而将众人的情绪全都调动了起来。

一众人将《百官图》从头到尾观摩了一遍，全都赞不绝口，惊为天物。

谁人都知范仲淹当得上文坛大家，却并未以诗词进谏，而是呕心沥血画了这么一幅图文并茂的长卷出来，其决心可见一斑。

“明日我等必鼎力进谏，必要将那吕夷简参倒！”

众人举杯，齐齐应下了此事。

待到酒局散场，范仲淹负手站在栏杆处，看着远处的皇宫，心中思绪繁杂无比。

韩琦与富弼并未离开，此时看着范仲淹孤身一人站在栏杆处的场景，心底都有些悲凉之意，同时走到了近前，与他并肩而立。

“希文兄此番回京还不过年许，一直领着闲职，知开封府事务也才数月，政通人和，百废皆兴，百姓无不念着希文兄的好。

“明日若是廷议不合，无法参倒吕夷简，恐怕又会招致报复，何况皇上此时态度暧昧不明，隐隐有偏重吕夷简之意，这《百官图》或可择日再呈。”

韩琦跟富弼两人跟范仲淹想法高度一致，本来是十分支持范仲淹此举，但此时看着范仲淹的时候，隐隐想起之前两番遭贬黜的情况，还是忍不住规劝了他两句。

范仲淹笑了笑：“范某此番回京，心境早已有了极大改观，不比此前峥嵘偏颇，之所以想要参倒他吕夷简，不只是意气之争。

“稚圭可还记得明道二年（1033），范某送别晏副相后，你我二人于汴河之上所论？

“此番回京，我与彦国、永叔和晏副相或面谈或书信，皆有对谈。

“朝中吕夷简大肆罗织自家网络，一力把控朝政，不过是我大宋时弊冰山一角罢了。”

韩琦与富弼两人相互看了一眼，都有些讶然，着实没有想到，原来范仲淹此举，竟然还别有深意。

联想起几人此前多次书信来往，见面后的高谈阔论，两人隐约都觉察到了什么。

“不错，大宋眼下看似百业繁荣，民生富足，实则积弊太久，朝堂之上冗官冗员，军伍之中冗兵冗费，更有年年岁币，一派祥和的场景下，其实早已暗流涌动，危险四起。

“近年来四处水患、旱灾皆有起伏，便是民间义军也时常出现，情势并非一片大好，甚至有些地方对皇上、对吕夷简当朝颇有怨言，若是真个民生富足，百姓不愁吃穿，何至于此？”

稍作沉吟之后，两人都对范仲淹的说法做出了肯定答复，并且提起了近年来被吕夷简压下去的一些时事，更是坚定了此番决心。

“吕夷简代表的便是守旧思想，不将其扳倒，便是有什么新派革新政策，也无法推行，怕是连上达天听直接让皇上重视起来都会极为困难。

“明日弹劾吕夷简，不过是千里之行才行一步，若是连这等事情都要连连退避，不愿做这个出头鸟，怕是我大宋朝堂就没救了！”

三人提起新政之说，隐隐都有了一些想法，在这白矾楼之中又寻了一个小包厢，竟然畅谈彻夜。

若不是范仲淹最后引用晏殊劝谏与薛奎的十二字建议，示意时机仍未成熟，怕是韩琦与富弼就要开始着手上疏条陈。

与此同时，在皇宫之中，被范仲淹等人腹讥近年来少有建树，纵容吕夷简肆意妄为的皇上赵祯，却在曹皇后的宫中暴跳如雷。

天色已经近晚，后宫之中本不该再留有皇帝之外的男人，但此时本该在西北的顾渭，却不知道什么时候已经赶了回来，此时站在殿内，一脸严肃。

曹皇后见到皇上竟然罕见地暴怒，皇城司顾渭又风尘仆仆，一脸肃然，立刻就将周围宫女宦官遣散，自己也先行离开了前殿。

刘太后干涉朝政一事，对皇上影响极大，以至于后来牵连到郭皇后，曹皇后自小聪慧，近年来观其行，听其言，心中早已经有了城府。

但凡赵祯于内宫之中会见臣子，曹皇后都会主动避让，私下里更是从不与外臣有交集，以防给皇上留下皇后干政的印象。

此时顾渭仓促归来，恐怕是与边疆事务有关，比起朝堂之事更为严峻，曹皇后自然不敢轻慢。

赵祯对于曹皇后知趣的举动颇为满意，原本暴躁的情绪也和缓了不少，直到周围宫人全都离开之后，这才转头看向了顾渭，将手中那简短的札子放到了一旁。

“如此说来，之前皇城司在西北传回来的消息尽皆属实？元昊竟然真的打算谋反自立为帝？”

顾渭神色凛然，点了点头：“不错，明道年间此人已经尝试在兴州仿我大宋官制，搞出了一个小朝廷来，甚至还数次故意张扬此事。

“当时皇城司也曾有所风闻，不过皇上向来宽仁，对此只是置之一笑，并未深究，哪想到此人贪得无厌，野心极大，竟然暗中有改元自立的想法！

“而今党项人所掌控的地界，东尽黄河，西界玉门，南接萧关，北控大漠，地方万余里，已经成了一股不可小觑的势力，此人更是隐隐有想要称帝的念头，按照眼下事态，此事只在年许内就会成行。”

赵祯的脸色越发阴沉，对于顾渭的判断他没有半点儿怀疑，之前安排顾渭到西北折腾了数月的时间，为的就是查证那些风闻。

但是令他万万没有想到的是，此事竟然已经发展至此。

一旦元昊自立为帝，大宋对西北诸地的影响力就会降低到微不可闻的地步。

虽然并非实质性的丢失大宋疆土，但性质却也相差不多，到时候他怕是要被人在史书上狠狠地记上一笔！

“元昊此人狼子野心，称帝之事怕是已经提上了日程，我大宋周遭已有辽国强敌，不可再添一国！”

赵祯眼神闪了闪，眼底忽然露出了一抹狠意，猛然转头看向了顾渭。

“天圣年间开始，党项人就频频有所异动，皇城司趁势铺展势力到西北，算下来已经有十数年的时间，如今可堪大用？”

顾渭听着赵祯的问题，心头微微一颤，隐约明白了皇上的念头，连忙抱拳:“皇上，皇城司的察子，司刺探军情、搜集消息、捕捉风闻尚可，若是委以重任，未必能够成行。

“此时在兴州附近，皇城司人手不过数百，其中多数未曾经过战阵，怕是无法对元昊造成实质性的威胁。”

就在顾渭还试图分析兴州态势的时候，却发现此时赵祯的脸色已经彻底阴沉了下来，心头顿时一凛，不敢再多说什么，而是微微躬身，选择了沉默。

赵祯此时心绪庞杂，他也清楚顾渭所说的话句句在理，若是真有机会顾渭不用他说也会尝试将元昊刺杀。

党项人素来是一盘散沙，元昊之父德明在的时候，数次想要将党项各部统一，却迟迟没有效果，只能以臣子礼面对宋辽，获得一定的支援帮扶，才能在兴州站稳脚跟。

眼下党项人团结如一，靠的就是元昊此人的能力，若是能将此人杀死，党项怕是又要回到一盘散沙的状态。

只可惜皇城司这把刀还不够锋利!

无法暗中刺杀，那就只能等待此人事发，再遣大军压境，但到时候军费开支怕是又要极大一笔费用!

沉默片刻之后，赵祯抬起手揉了揉额角，朝着顾渭摇了摇头:“幼常一路鞍马劳顿，今日便早点儿回去歇息吧。

“这件事情，朕已经知道了，至于事后如何处理，再待后效，元昊虽然准备良多，但未必敢直接称帝，辽国对我大宋亦是虎视眈眈，未必能容忍他们所册夏王自立为帝。”

顾渭深吸了一口气，朝着赵祯道:“皇上保重龙体!”再三行礼之后，顾渭才离开，在内侍的引领下出了宫。

夜间入宫，实在是他情绪激动加上连续多日没有好好休息，以至于头脑混沌才做出来的荒唐事。

但更让他没有想到的是，最终皇上竟然还是高高拿起轻轻放下。

此事已经不能单纯地用宽仁慈爱来形容，顾渭竟然隐约在皇上身上看到了诸如韬光养晦、厚积薄发一类的心绪。

看来这两年皇上虽然对朝政并无大动作，甚至有些放纵吕夷简所为的意思，但并未就此懈怠了自身。

这让他隐隐产生了一个念头，经由元昊立国的事情这么一折腾，恐怕朝堂之上又要搞出一些波折了。

顾渭的预感在第二天就得到了证实。

早朝才开始，范仲淹画的《百官图》就已经到了赵祯的手上。

谁也没有注意到，在拿到《百官图》之前，赵祯的脸色就已经变得有些难看，在将《百官图》稍加阅看，搞清楚了范仲淹的意思之后，更是神色阴沉。

“臣上此百官升迁次序图，为的便是向皇上揭示这图中百官升迁调任当中的规律秘密。

“自从吕夷简把持授官要务，便开始滥用职权，任人唯亲，甚至毫不吸取教训，在阎文应一事之后，还敢将手伸向后宫内侍之中！

“但凡有违背其意愿者，下至百官，上至皇后，都难逃贬谪废黜，此行径堪称奸臣所为，陛下应当明察！

“诸如百官升迁调任，如何行使赏罚褒贬，陛下理当心有计算，万万不可将此大权旁落到别有用心之人的手中，让人以此结党营私，谋取私利！”

范仲淹侃侃而谈，不过几句话的工夫，就将朝堂之上众臣子的情绪全都调动了起来。

前一天方才与范仲淹一起饮酒，此时又能站在大殿之中议事的人，不过数名，此时纷纷颔首称赞，深以为然。

而余下众人当中，登上了那《百官图》的人也是不少，此时自然心怀不满，纷纷对着范仲淹怒目而视。

更有甚者直接抬头看向了吕夷简，只待这位老相公开口，便要出列与范仲淹对峙。

吕夷简眼神淡然地看了范仲淹一眼，竟然不以为忤，而是轻轻摇了摇头。

紧接着在他身后的队伍之中，便有两名身穿大红官袍的文官出列，指着范仲淹的鼻子便痛斥："范希文，你眼下是权知开封府职务，并非台谏官身，写札子画图弹劾吕相，已经是越职言事！

"想你范希文颇有才名，没想到这画图的本领也是如此之强，只不过将此等劣作铺张在朝堂之上，岂不是贻笑大方？"

两人一公一私，对着范仲淹直接亮起了刀剑。

范仲淹上疏批判吕夷简也就罢了，竟然顺手把他们也给带了进来，这让众人心情汹汹，都对范仲淹不满起来。

作为天子，赵祯这个年轻皇上最担心的肯定不是朝廷之中的大臣有多么奸诈狡猾，甚至就连吕夷简这种弄权的家伙也并不会第一时间被针对。

但对于勾结朋党一事，却是不得不敏感起来，大宋自太祖开国初期，就曾经反复叮嘱过皇室之人，要高度防范臣下结党营私之事。

如今范仲淹的大帽子扣到了他们的脑袋上，这让人不能不担心自家的乌纱帽还能不能保得住。

若是吕夷简这位权相还能保住位子也就罢了，一旦吕夷简出了问题，他们这名列《百官图》之上的众多大臣，恐怕有一个算一个都跑不掉。

到了那时候，别说乌纱帽了，便是脑袋还能不能保得住，都是两说！

范仲淹为了今日奏对，已经准备良久，此时面对着下面众人责难，丝毫不慌。

他的目光从吕夷简身上扫过，落在了站出来的两人身上，淡然道："自太祖来，我大宋行台谏官制度，向来对言官宽容，正是因为朝堂之上允许直言进谏，以正朝廷之风气，为陛下开言路，不闭目塞听。

"范某虽然已免谏官之职，但食君禄忠君事，眼见朝堂之上有不平不公之事，必然要直言进谏。

"诸君竟然说范某这是越权之举，身为台谏官属，却又不站出来为此事进谏，难道是想要让陛下身边只有吕相一人，只听歌功颂德之言，彻底闭了百官言路？"

又是一顶大帽子砸了过去，愣是把这两人给砸得无言以对。

吕夷简身后众人相互对视，脸色都有些难看。

朝堂奏对，当庭对峙，这些都是范仲淹的拿手本事，换作他们上场，依旧不是范仲淹的对手。

如今之计，他们也只能寄希望于一直没有出声的吕相能够有所表示。

赵祯看着下面面色各异的诸多官员，原本就十分阴沉的脸色，眼下几乎黑得要滴出水来。

"范卿有此议，正是心思坦荡、忠君爱国的表现，但此事既然牵涉甚多，连吕相也牵涉其中，朕不可全听一面之词，便草率做决定。

"这《百官图》范卿画得倒是有些意思，朕若有闲暇时，自然会好好看上一看！”

强忍着心中怒意，赵祯淡淡地说完此话，便一挥手让周围内侍将那画卷给收了起来。

眼见着赵祯有些顾左右而言他的意思，范仲淹略一沉吟，正要继续直言相逼，但随后就看到一旁王曾正朝着自己使眼色。

与此同时，角落里穿着金甲亲自执守镇殿的顾渭，也朝这边看了过来。

两人的眼神暗示，让范仲淹不得不放弃了继续紧逼的想法，略一拱手回到了原处。

事关首相任免之事，牵涉毕竟太多，此时朝中皇上可以依仗的大臣并不多，吕夷简已经算是个中翘楚，若是仓促将其废黜，对于朝堂的影响不会太小。

赵祯之所以高高抬起轻轻放下，未必没有这个原因。

想通了这一点之后，范仲淹也就没有再纠结此事，而是听起了其他奏本。

早朝一下，范仲淹方才出了宫门，就听到身后有人唤自己的名字，顿时止住了脚朝着后面看去。

叫住他的人，正是副相王曾还有匆匆换上了便服的顾渭。

这两人一老迈一青壮，一个满头华发一个黑发，一个穿着朝服一个穿着便服，看上去对比鲜明，实在是让人有些莫名意外。

范仲淹朝着周围扫了一眼，随后缓步走向了这两人。

从他们口中得知了西北边事之后，范仲淹才算是恍然大悟，原来皇上近日的情绪是因此而起。

“如此说来，那元昊的确是打算要自立为帝了？

“若果真如此，元昊若是大举犯边，朝中争议怕是只能暂时搁置，以待后效了。”

范仲淹皱着眉头仔细思量了片刻之后，立刻就明白了为何这两人在朝堂之上要用眼神示意自己。

此事牵涉国家根基，并非朝廷党争可以媲美的。

一时间范仲淹也陷入了沉思之中，直到片刻之后顾渭说道：“与公谈及此事，并不是要禁止公直言进谏吕相之事，而是打算让公避开此时。

“皇上心思庞杂，情绪不稳，吕相此时为皇上倚重，若是希文兄你因此获罪的话，便是得不偿失了。

“顾某帮希文兄收集那些传言讯息，可不是为了加速希文兄再次离京进程的。”

范仲淹哑然失笑，朝着顾渭微微一礼，随后看向了王曾：“老相公与吕夷简素来不和，此番竟然也要阻拦我，老相公倒是劳心了。”

王曾深深地朝着这个意气风发的后起之秀看了一眼：“吕夷简虽然行事越发乖张，但本性并非大奸大恶之人。

“希文与之相互攻讦，也是于公理之上对其不满罢了，总不至于势同水火，论以生死。

“王某此前并不知道西北之事，否则断然不能支持希文今日此举，恐怕今日之事不能善了，希文怕是要做好再次外放的准备了。”

这个预言，听得范仲淹一愣，就连一旁的顾渭也吃了一惊。

“王老相公何出此言，难道说方才皇上下朝之时，又曾有其他言语说下？”

范仲淹沉默了片刻之后，朝着王曾问道。

王曾摇了摇头：“皇上倒是未曾有言示下，是吕夷简主动进言，似乎这厮也找人写了一份名单，意为党人榜，交付给了皇上。

“这所谓的党人榜，自然是与《百官图》相对，其中所录写的人到底是谁，希文怕是不用王某述说，就应该已经知道了吧？”

范仲淹眉头紧皱，自然能够想得到那所谓党人榜针对的便是与自己交厚的台谏两司官员，加上天圣年间的那些进士。

以党争对党争，以结朋党之论对结朋党之论，吕夷简的手段倒是够直接，只不过他为何不在廷议之上就将此榜拿出，偏要等到下朝以后？

这等行径，着实让人难以理解。

王曾朝着范仲淹摇了摇头：“此举无非是不想将事情闹大，吕夷简并未知晓西北之事，贸然上党人榜，恐怕会触怒皇上，后效如何还未可知。

“希文国之大才，眼下与吕夷简争斗并没有多大的好处，若真是再度外放，且先泰然处之，朝堂之上有王某尚在，不至于让吕夷简太过得意忘形、一手遮天。”

安抚了范仲淹几句之后，王曾转头便离开了宫门外。

顾渭对于这种朝廷党争向来不愿掺和，之前能帮范仲淹搜集材料证据，也只是顺手为之，此时眼看着情况正朝着无法理解的方向发展，便也不再言语，拱手为礼之后，同样转身离开。

范仲淹束手站在宫门之外沉默良久，料想到王曾所说的话恐怕极有道理，心头顿时生出了一抹怅然。

以《百官图》进谏，辅以几道策论奏本，他本意是想借机将吕夷简直接参倒，可以说从上次离京开始，就已经在考量今日的事情，却没想到竟然是一拳打在了棉花上！

范仲淹独自回府不提，大臣们下了早朝之后，除却留在宫中做事的之外，竟是三两成群，各自找了地方讨论起了早朝之上牵涉出的《百官图》与朋党一说。

这个话题实在是太过敏感，尤其是从范仲淹的嘴里说出来，更是让人不得不警惕再警惕，朝中之事一旦牵涉到范仲淹，必然就要有人遭贬谪！

事情的发展正如王曾所言，当日午时，吕夷简一脸阴沉地自宫中离开，手里捧着一卷画轴，有明眼人认出那画轴正是范仲淹所画《百官图》。

而皇上当晚便下了几道敕命，范仲淹果然因为“越权”一事，被贬外放饶州，即日启程。

此事虽然并非在朝堂之上发生，却依旧在百官之中引起了轩然大波。

嘲讽者有之，忌惮者有之，惊慌者有之，当晚台谏官再次纠集了十数人想要入宫请对，却被皇城司的人直接拦在了宫外御街之上，连宫门都没有碰到。

以皇城司之人拦截台谏官，这个举动给百官带来了一个极其危险的信号。

此次范仲淹所上疏的朋党论，恐怕引起了皇上震怒，若是有人再掺和其中，必然要被牵连获罪！

一时间东京城内百官都是人心惶惶，就连吕夷简门下的那些大臣，也嗅到了一丝不太对劲的味道，纷纷安静了下来。

次日辰时，范仲淹乘坐的牛车摇摇晃晃出了南城，这一次皇上并未安排人护送他，只是限了三日内离京而已，但范仲淹并未拖延时间，连夜便将行囊整饬好，早早离开。

前一夜所发生的事情，范仲淹皆有耳闻，心中自然也是对皇帝的安排产生了一丝忌惮，若真是因为朋党论和吕夷简指使韩渎写出来的党人榜而牵连到知交好友们，范仲淹便是万死难辞其咎了。

所以此番离京，便是连稚圭和永叔他都未曾言说，而是独身一人出了城门。

此时范仲淹的心中倒是并无悲凉之意，反而无比淡然，两次被贬后起复，早就让他的心志坚强如铁。

只是苦了家中老小，要与他一起远跨十几个州郡，跑到鄱阳湖畔的饶州。

此时的范仲淹已经四十有八，身体大不如前，夫人李氏更是身体越发羸弱，一路奔波到饶州，又不知道是何景象。

家眷老小的马车先一步出了城，此时多半已经出城十里，遥望之下也是无法看到，但范仲淹的眼底，却泛起了丝丝缕缕对家人的愧疚。

令他没想到的是，才出城门不久，路经城外二里的驿站处时，竟然有一辆驴车等在此处。

车上一人穿着粗布直裰，须发花白，此时神态有些疲惫，见到范仲淹车驾之后，立刻就下了车，朝着这边迎上几步。

在他身旁，另外一个穿着黑色襕衫的男子亦随行而至。

饶是这几步走下来，也让此人脸色有些发白，忍不住咳嗽了数声，旁边的仆从连忙上前，为这老者轻轻捶打了几下后背，脸上满是关切之色。

范仲淹见状，连忙从牛车上跳下，快走了几步主动扶住对方："子野、仲纲竟然早在此等候为范某践行，范某真是感激不尽。"

来者正是时任集贤校理的王质，他旁边的则是龙图阁直学士李紘。这两人素来与范仲淹交好，但王质近来身体多有不适，不过三十几岁而已，头发竟然花白了大半，此时便是行走都有些困难，而李紘则是因事暂居家中，已经有一段时间并未上朝，没想到这两人竟然提前到此处等待。

“吕夷简以朋党论致仲淹外放，又有韩渎党人榜陈于皇上面前，此事极易勾连诸位，所以仲淹才选了早上匆匆离开，没想到子野与仲纲竟然扶病相送！”

范仲淹原本平淡冷静的心情，被王质和李紘的出现给打破，双手扶着王质的手臂，一时间声音都有些颤抖。

王质和李紘笑了笑：“正是早料到希文兄会早早离开，我们二人这才提前于此处等候。”

“若是有人以朋党论要问罪王某，王某倒是喜不自胜，希文兄乃是天下贤者，一般人等不配与公为朋党，若是真让王某做了这个朋党，王某与有荣焉！”

话音落下，王质便从一旁接过了两碗酒，一碗递给范仲淹，一碗自己端着：“范君此行，尤为光耀！”

李紘从一侧仆从手中接过酒碗，同样将酒碗举了起来。

范仲淹看着这两位朋友哈哈大笑：“若被贬即为光耀，范某可是已经光耀三次了！”

“光是饮酒，难消心中块垒，下次子野若是再想相送，可要备上一桌酒宴了！”

语罢，范仲淹将手中酒一饮而尽。

放下酒碗，看着几个仆从将驴车上的几坛酒搬到了自己的牛车上，范仲淹哑然失笑：“子野这是怕仲淹在路上无酒可饮，落得寂寞？”

王质笑了笑：“家中并未储存多少好酒，这些不过是酒坊当中随意称买下来的，比不得希文兄近来喜好的苏合香酒，但终究是东京之水酿的东京酒。

“希文兄在路上若是挂惦东京与诸多朋党，且自饮一碗！”

范仲淹看着喝过一碗酒后，面色略有些红润起来的王质，不由得放声大笑，之前的一些激动情绪彻底不见，取而代之的则是更加舒展的坦然。

“昔天圣年间，皇上在刘太后寿辰之时，率百官祝寿，想要为刘太后在天安殿跪拜朝贺祝礼，仲淹以为此事于礼不合，更有失仪之嫌，结果获罪出京，当时同僚相送者繁多，处处开慰，仲淹自诩坦荡事君，被贬也为荣光。

“再之后便是三年前，皇上亲政时欲贬黜郭皇后，仲淹与孔道辅率众叩门垂拱殿进谏，再被降罪出京，同僚皆有气愤，仲淹坦言不讳皇上之过，再贬依旧视为荣光。

“此次因上《百官图》奏对，请皇上贬黜罪责吕夷简，虽然未果，但已让吕夷简气急败坏，不惜行跳梁之举，拉着韩渎上党人榜以为对抗，到底是揭穿了这厮的权奸面目，此次被贬，更是尤为荣光。”

王质和李紘听着范仲淹自陈心迹，脸色肃然，后退了半步之后，朝着范仲淹再施一礼：“希文兄心胸豁达，必为宰相之资。”

“三起三落，不过数年弹指，近日听闻希文兄有意推行新政，方才打算将吕夷简等老旧一派连根拔除，却不想皇上竟然如此安排，实在可惜。”

范仲淹陡然想起了顾渭跟王曾说的话，不由得笑了笑道：“皇上的安排，倒也不无道理，吕夷简虽然有权奸之嫌，但瑕不掩瑜，治理朝政之事现下朝堂之上无人能出其右。

“子野与仲纲切不可因为这一件小事，便影响到忠君报国之意。”

王质和李紘深深地看了范仲淹一眼，再次拱手为礼：“希文兄若是再得起复，想来就是新政有望之时，彼时我们二人皆愿为马前卒！”

范仲淹离京之后不过旬月之间，余靖、蔡襄、尹洙、欧阳修几人接连上疏，或为范仲淹伸冤鸣屈，或者直接痛斥皇上偏听奸臣。

其间左司谏高若讷为讨好吕夷简，数次出言讽刺范仲淹行止，为欧阳修等人不齿，欧阳修转头便写了一封信给高若讷。

此封《与高司谏书》字字珠玑，将高若讷骂得目瞪口呆，哑口无言，气得高若讷带着原件直接状告到了赵祯面前。

虽说欧阳修因此被贬，但高若讷的噩梦还没有结束，这篇《与高司谏书》被人誊抄了几十份，在士子官员们当中广为流传。

原本为朋党论所胁，不敢当朝明言事实的众人，为此篇书信鼓舞，纷纷给中书省以及赵祯递交了奏请给范仲淹免罪的札子。

对于这些札子，赵祯给出来的回馈极为简单，转头便将这些自诩范仲淹朋党的家伙，全都贬出了东京，直接外放！

在他的有意影响之下，朝廷之中反对吕夷简一派的人不减反增，虽说在职务官位之上还远无法与吕夷简一派抗衡，但竟然隐隐形成了一种新的平衡局面。

这《与高司谏书》以及另外几首抨击高若讷和吕夷简的诗词转入范仲淹手中的时候，已经是一年之后。

从东京到饶州奔波一路，范仲淹的妻子李氏身染重疾，终究病逝在饶州。

范仲淹此时正处于人生最低谷之时，自己身体更是屡屡不适，一时间甚至觉得自己无法活过饶州一任。

此时收到东京寄来的信函，范仲淹心中感慨万千。

“修顿首再拜，白司谏足下：某年十七时，家随州，见天圣二年进士及第榜，始识足下姓名。是时予年少，未与人接，又居远方，但闻今宋舍人兄弟，与叶道卿、郑天休数人者，以文学大有名，号称得人。而足下厕其间，独无卓卓可道说者，予固疑足下不知何如人也……

“《春秋》之法，责贤者备。今某区区犹望足下之能一言者，不忍便绝足下，而不以贤者责也。若犹以谓希文不贤而当逐，则予今所言如此，乃是朋邪之人尔。愿足下直携此书于朝，使正予罪而诛之，使天下皆释然知希文之当逐，亦谏臣之一效也。

“前日足下在安道家，召予往论希文之事。时坐有他客，不能尽所怀。故辄布区区，伏惟幸察，不宣。修再拜。”

将其中洋洋洒洒千言通读一遍之后，范仲淹忍不住捋须而笑，为欧阳修这些笔墨咂舌而赞。

时隔一年之久，此时吕夷简也已经被皇上罢黜宰相之职，从这一点上看，当初朝中朋党之争和他的《百官图》反倒是起到了一定作用。

唯独这朋党论似乎成了赵祯的一块心病，近日来责令继任宰执的张士逊下诏禁止互结朋党。

《与高司谏书》是范仲淹离京不久之后被人私下誊抄寄出，所以路上兜兜转转耽搁了许多时间，而他所收到的东京信函，可不只是这么一件。

令他有些意外的是，顾渭竟然也给他修书一封。

其中的内容，让范仲淹大为震撼，一年前顾渭曾经因为皇上羞恼，给他透露过有关西北党项人元昊立国一事，彼时元昊不过是有所意向。

此时据皇城司在西北的察子回报，元昊暗中已经准备好了一切事项，甚至陈兵于三川口附近，恐怕年许之间就要称帝！

顾渭的观点极为简单，在西夏一事的压迫之下，大宋朝廷压力与日俱增，一旦元昊真的兴兵立国，张士逊等人的宰执团体根本无力镇压。

吕夷简毕竟精明强干，虽然被贬黜，但时间恐怕不会太久就会被起复。

而范仲淹作为平衡吕夷简的重要人物，必然也会在起复之列。

将顾渭的信反复通读了几遍之后，范仲淹将信函放在了一旁的桌子上，随后站起来踱了几步，本已经清冷下来的心中，开始澎湃起来。

若是再得起复，朝中党争一事怕是要放置一旁了，按照此前王曾副相之言，自己恐怕有机会更进一步。

新政一事，亦可提上日程。

思来想去，范仲淹立刻命人准备笔墨，当即便开始给韩琦、富弼、欧阳修等人逐一修书。

新政之言，他早已与这几位至交好友商论多年，眼下终于有望，自然喜不自胜。

直到最后一封信函落笔成章，范仲淹这才注意到，在方才的几封信函之下，竟然还压着另外的一封。

"圣俞的信？"范仲淹有些讶异信函上的署名。

梅尧臣此时就在饶州附近的县内做县令，之前经欧阳修引荐与他相识，关系虽说算不上莫逆，但也称得上知交。

自从他到饶州之后，两人时常往来，怎么今日梅尧臣竟然想起给他写信了？

打开信笺之后，范仲淹哑然失笑。

"《灵乌赋》？看样子圣俞是心有所感，出了新作打算让我品鉴一二？"

随着他目光向左移动，将整篇《灵乌赋》通读了一遍之后，表情顿时严肃了不少。

乌之谓灵者何？噫，岂独是乌也。夫人之灵，大者贤，小者智。兽之灵，大者麟，小者驹。虫之灵，大者龙，小者龟。鸟之灵，大者凤，小者乌。贤不时而用智给兮，为世所趍；麟不时而出驹流汗兮，扰扰于修途。龙不时而见龟七十二鑽兮，宁自保其坚躯。凤不时而鸣乌鵶鵶兮，招唾骂於邑闾。乌兮，事将兆而献忠，人反谓尔多凶。凶不本于尔，尔又安能凶。凶人自凶，尔告之凶，是以为凶。尔之不告兮，凶岂能吉？告而先知兮，谓凶从尔出。胡不若凤之时鸣，人不怪兮不惊。龟自神而刳壳，驹负骏而死行，智骛能而日役，体劬劬兮丧精。乌兮尔灵，吾今语汝，庶或汝听：结尔舌兮钤尔喙，尔饮喙兮尔自遂。同翱翔兮八九子，勿噪啼兮勿睥睨，往来城头无尔累。

将信笺放下之后，范仲淹哑然失笑：“圣俞这厮，是将我比作了讨人嫌的乌鸦？

“乌鸦的叫声宛如哀鸣报凶，自然讨人厌，若是管住嘴巴只管吃喝高飞，倒是可以不讨人嫌，说不得还可更上层楼，但乌鸦若是不叫，那还是乌鸦吗？”

换作此前这段时间，范仲淹苦于州郡政务，对于这封信函说不得只会一笑而过。

但是见了顾渭来信之后，范仲淹的心境骤然开朗豁达不少，心思潮涌下，提笔就以同名作赋一篇。

梅君圣俞作是赋，曾不我鄙，而寄以为好。因勉而和之，庶几感物之意同归而殊涂矣。“灵乌灵乌，尔之为禽兮，何不高翔而远翥？何为号呼于人兮，告吉凶而逢怒？方将折尔翅而烹尔躯，徒悔焉而亡路。”

彼哑哑兮如诉，请臆对而心谕：“我有生兮，累阴阳之含育；我有质兮，处天地之覆露。长慈母之危巢，托主人之佳树。斤不我伐，弹不我仆。母之鞠兮孔艰，主之仁兮则安。度春风兮，既成我以羽翰；眷庭柯兮，欲去君而盘桓。思报之意，厥声或异。警于未形，恐于未炽。知我者谓吉之先，不知我者谓凶之类。故告之则反灾于身，不告之者则稔祸于人。主恩或忘，我怀靡臧。虽死而告，为凶之防。亦由桑妖于庭，惧而修德，俾王之兴；雉怪于鼎，惧而修德，俾王之盛。天听甚迩，人言曷病。彼希声之凤皇，亦见讥于楚狂；彼不世之麒麟，亦见伤于鲁人。凤岂以讥而不灵，麟岂以伤而不仁？故割而可卷，孰为神兵；焚而可变，孰为英琼。宁鸣而死，不默而生。胡不学太仓之鼠兮，何必仁为，丰食而肥。仓苟竭兮，吾将安归？又不学荒城之狐兮，何必义为，深穴而威。城苟圮兮，吾将畴依？宁骥子之困于驰骛兮，驽骀泰于刍养。宁鹓鸽之饥于云霄兮，鸱鸢饫乎草莽。君不见仲尼之云兮，予欲无言。累累四方，曾不得而已焉。又不见孟轲之志兮，养其浩然。皇皇三月，曾何敢以休焉。此小者优优，而大者乾乾。我乌也勤于母兮自天，爱于主兮自天；人有言兮是然，人无言兮是然。”

笔锋提起，范仲淹只觉得心头畅然，自己通读一遍之后更是神清气爽。

知交好友的劝谏，他的确尊重，而且愿意应和，但此等敬意旨在和而不同。

作为一只“乌鸦”，他绝不可能去学做喜鹊，平时缄默，唯独报喜，只为了不招唾骂。

不管人们如何讨厌乌鸦的叫声，他都要坚持本我，坚持正义。

“宁鸣而死，不默而生！”

第五章

韩范携手坐镇西北　猛将狄青崭露头角

宝元元年（1038）到康定元年（1040）这几年，可以说是大宋的多事之秋。

党项族首领元昊蓄力多年，终于自立称帝，不再向大宋称臣，而且对河西走廊与关中地区不断派出兵马袭扰侵占，屡屡侵犯大宋边境。

赵祯由皇城司处早就对此事有了预料，提前向西北增兵多次作为预防，然而西北驻兵与日俱增，仗却打得不怎么样。

三川口一仗下来，大宋万余边军全军覆没，重要将领折损数人，其余人等尽皆被俘虏。

这个消息传回到朝堂之上，满朝文武尽皆为之震惊！

赵祯得知延州得保之后，心中怒火这才得以稍加平息，随后将原本镇守延州的范雍降职迁走，同时召见群臣，商议与夏对战之策。

刚从四川处理旱灾归来的韩琦，被任命为陕西安抚使，准备入陕接手与夏对战一事。

但此任重大，赵祯本意安排夏竦为安抚使，再委派两名副使随行，韩琦占了一个位子，还有一个位子空悬，一时间无法定夺。

韩琦稍作考虑之后，立刻就向赵祯举荐了此时仍在外放的范仲淹。

话音落下，韩琦便下意识地朝着身旁看了一眼，吕夷简此时正站在他的身侧，微微闭眼似乎正在养神。

此时吕夷简的贬黜期早已经结束，起复后重新拜相，在朝中虽说不再有一言堂的能力，但依旧举足轻重。

赵祯听到韩琦的举荐请求，顿时有些心动，但随后却还是转头看向了吕夷简。

若是此时吕夷简不松口，便将范仲淹召回也定然会困难重重，有各种阻碍。

朝中没有了范仲淹这只“乌鸦”已经有了几年时间，诸多大臣起用贬黜几轮，此前朋党之争时的那些人多数都已经不再有那么深的敌意。

但吕夷简这个范仲淹的头号政敌眼下还身居高位，此时众人再有想法，也只能等待吕夷简有所回应。

出乎所有人的预料，不等赵祯将目光转向吕夷简，这位年事已高，却依旧姿态卓然、行事安稳的宰执大臣，就主动站了出来。

“陛下，韩安抚使所言极有道理，臣附议，此番入陕安抚副使一位，范仲淹可列入其中。”

这个反应，让赵祯不由得有些好奇。

吕夷简是何等人精一样的人物，不用抬眼也能知道此时赵祯脸上写满了疑问，立刻回答道：“老臣与范仲淹此前的矛盾，皆是出自公事，并无私人恩怨。

“既然此番又是为了国家大事，老臣自然不会再阻碍范仲淹回朝脚步，何况范仲淹实在是贤能之人，若是重新起用，不能仅仅恢复旧职。

“此间西北事正可交由范仲淹与韩安抚使一同前往。”

韩琦闻言，沉默了片刻之后，丝毫不避讳此时正在朝堂之上，代范仲淹朝着吕夷简微微行了一礼。

能在这件事情上与韩琦站在同一阵线之上，足以证明此前范仲淹与王曾所言，吕夷简并非大奸大恶之人，此前不过是仗着皇帝信任，手中独掌大权所以骄横跋扈罢了。

从范仲淹第三次被贬出之后，吕夷简年许间行事安稳，直到被王曾副相以贪污受贿罪责弹劾，跟王曾一起被贬黜，都未曾再生事端。

此时忽然站出来为政敌范仲淹说话，甚至有保举之意，让众人都为之一惊，但随后全都开始为吕夷简的大度所折服。

赵祯眼看着连吕夷简都已经站出来保举，当即不再犹豫，下令将范仲淹召回，重新担任天章阁待制，出知永兴军，随后再次调整，以范仲淹任陕西经略安抚副使，与韩琦一起为夏竦副手，同时兼知延州。

获得诏命后的范仲淹感慨良久，回书赵祯表示自己对与吕夷简之间的政治对抗，的确只是出于公心，并没有私心。

原本在政事之上针锋相对的两人，在西夏外敌来犯的节骨眼上，反倒暂时性地讲和了。

范仲淹到任之时，已经是几个月后，韩琦与夏竦两人在延州已经有了一段时间。

两人带着范仲淹沿延州城、城外几座大营组成的防线逐一观摩，同时与范仲淹说明了当下情形。

“如此说来，三川口一战之后，元昊占尽了便宜，却并未能从我大宋夺走城池，延州既然已经守住，随时都可反击。

“之前我军不过一万余人，与西夏十万人大军相战，自然处处掣肘，能够保住延州，已经是诸将功绩。”

范仲淹听完两人所说的情况之后，顿时忍不住感慨连连。

延州地处要冲，战略位置极其重要，幸亏之前诸将力保，而后援军又及时抵达，这才算将延州保了下来。

若是没有了延州，此时西夏大军恐怕已经长驱直入，西北几路必定不保。

之前朝中对刘平等人战绩极为不满，痛斥其为败军之将，要不是赵祯这个皇上多少有些能力，能够分辨事态缘由，恐怕当时的诸多将领及其家眷都要受到牵连。

夏竦此人虽说能力并不抢眼，但是做事温吞，还算靠谱，尤其是面对范仲淹跟韩琦的时候，更是愿意听取两人意见，所以虽说他在三人之中处于正职，但三人之间的关系，倒更像是平级对等。

这种关系，保证了三人小组做事的效率。

此时元昊已经暂时退兵，延州周围并没有敌军动向，为了确保己方安全，范仲淹与韩琦商议之后，将外出巡查的游哨和探马放到了七十里开外。

每组探马和游哨的身上，都带着足够多的柴火和引火之物，只要看到敌方军马，就会立刻就地寻找高处点燃烽火狼烟。

七十里的距离前后一共布置了足足三十多道游哨，足以让延州大营在一个时辰之内接收到有敌来犯的信号，做好充足的准备。

完成了这几样布置之后，范仲淹拉着韩琦一起，花费了几天时间在宋军各个营地之间巡视，果然发现了不少问题。

大宋军制，将无常兵，兵无常将，以至于兵将之间的配合从来都没有那么圆融，尤其是延州附近这些新调集过来的援军，更是如此。

除了一些低级武官时时与士卒同吃同睡，还能起到鼓舞士气的作用之外，几处大营之中的气氛，都让人难以接受。

范仲淹与韩琦在军营之中浸淫了三五日之后，顿时意识到了这个极其重要的问题。

恐怕西北边疆之危，重点并不在元昊，而是在宋军内部。

各处大营之中流传着之前三川口一战的种种传闻，无数的官兵在听到元昊和西夏兵的时候，第一时间露出来的竟然是畏惧之色。

大军临境，双方随时可能进行下一次的战斗乃至于大规模战争，己方士兵却满怀畏战情绪！

在范仲淹的眼中，此时的宋军大营，就宛如他当年在泰州海陵所面对着的那道年久失修，眼看着就要为洪水冲垮的海堤一样，千疮百孔，毫无生气。

不，那海堤起码在滔天洪水当中尚且能坚持一段时间，而宋军大营之中的这帮家伙，却是连那个海堤都不如，按照眼前的这种情况来算，恐怕还不等西夏军队来攻，这帮士卒就先将自己给吓个半死了！

深知官军冗兵严重、兵畏死而不敢战这一弊端的范仲淹，无论如何也没想到在前线碰到的士卒竟然会如此夸张，比他想象的还要差上几筹！

带着这种兵马去跟气势正盛的西夏大军作战，就算是孙武复生，恐怕都没有胜利的希望。

将自己的想法与夏竦和韩琦说过之后，两人立刻就同意了范仲淹的想法，随后便商定出了一系列整治办法。

原有的军队制度被直接取消，各军营加延州守军一共一万八千人被直接打乱，以临时遴选的方式分成了六部，每部以一员将领统率。

同时加强训练，增加兵将之间的熟悉度，同时再次外放出一批游哨，专门在边境处寻找那些偶尔出现的落单西夏军队伍，以延州六部轮番出战。

短短几个月的时间之后，延州兵的整体状态逐渐恢复到了最佳，打了几场胜仗之后，士气更是高涨。

也正因如此，西夏军注意到了宋军易帅，立刻就改变了策略，再不放出落单的部队进行试探，双方暂时相安无事。

眼看着如此练兵不成，范仲淹、韩琦两人简单商量之后，找上夏竦，打算将之前被西夏军攻占的几处营寨给夺回来。

因为大军回撤，西夏军在金明寨、万安城等地驻扎的军马数量极少，加上城池营寨本就破损严重，西夏人修筑城墙的本事几乎等于没有，此时想要将几处营寨夺回，正是最好的时机。

夏竦眼见两人胸有成竹，想也没想就直接答应了下来。

不到两个月的时间，金明寨、万安城全都收归宋军之手。

这些小捷报虽说不足以宣示宋军胜利在望，但是对于提升士气有极佳的作用。

不到半年的时间，韩琦三人明显感觉延州这些士卒已经不再是之前的颓废状态，已经成为一支可以随时用来战斗的威武之师。

夏竦半年来朝着东京递的札子就没断过，三五天的时间，便会有新的“捷报”传到赵祯的面前。

朝中官员们在得知喜报连连之后，胆魄也是空前高涨，无数人开始跃跃欲试，打算催促身处西北前线的夏竦开始反攻。

这个说法在朝堂之上越吵越凶，最终被赵祯给压了下来。

赵祯虽然并不太懂得如何用兵，却懂得用人，范仲淹与韩琦，尤其是韩琦近些年来大部分的时间都在御前做事，跟赵祯之间的关系反倒超过了普通君臣。

西北接连几十道报喜的札子几乎千篇一律，抬头必称皇上康健万寿，末尾全都是夏竦的名字。

而范仲淹和韩琦的札子加一起也就四五本，多数都在提练兵之事，几乎没怎么提过有喜报之说。

足以见得所谓喜报捷报，不过是夏竦夸大了宣传，三人在西北确有建树，不过是练兵的副产物罢了。

一众朝臣在三川口之战后，早就被仇恨和羞恼蒙蔽了双眼，此时压根看不到札子之中的问题，唯独吕夷简淡定自若。

眼看着赵祯将众臣子的兴奋劲儿给压了下来，吕夷简这才出列说道："陛下近日收到的札子，喜报已经日趋减少，想来是因为边军练兵接近了尾声。

"现下范仲淹与韩琦麾下军马不过两万余人，若是用来守城或许还够用，但若是与西夏大军对战，怕是捉襟见肘。

"老臣以为，元昊狼子野心，绝不会仅仅满足于三川口一战的战果，必然会再次兴兵前来，倘若西夏挥大军而来，以此前十万之数为例，韩、范二人坚持不了太久。"

"老臣斗胆敢请皇上下诏令，将陕西各路军马尽数抽调部分，会入韩、范两人下辖，归其统属指挥，以备不时之需。"

言语间，吕夷简半句都没有提到夏竦，句句都是以韩琦、范仲淹为中心。

赵祯自然清楚，吕夷简这是清楚夏竦并非能臣，若不是担心韩琦与范仲淹资历不够，都火速提拔上来，这个夏竦是没有机会做安抚使的。

所以对吕夷简的建议，他只是稍有犹豫，便予首肯。

与此同时，赵祯下令以尹洙为陕西经略判官，前往延州辅助韩范两人。

尹洙颇具才名，但对军伍之事并不通晓，在陕西任经略判官时并未有多大建树，但是在抵达延州之后，却给了范仲淹一个不小的惊喜。

大宋建国初期，便确定了募兵制度，军人多半职业化，很少征调农民打仗，但是普通士卒的待遇并不算高，不少部队需要在士卒脸上刺青，这就导致招募形成的部队战力并不算高。

三川口之战前，延州驻守军马当中，便有一支从东京附近招募而来的部队，叫作“万胜军”。

这支“万胜军”，只是名字听起来好听，实际上组成成员多半都是东京城的泼皮无赖和破落户，平日里打架闹事一个顶好几个，一旦打起仗来，实力却极差。

受赵祯诏令，“万胜军”被调到西北作战，还未归入延州军编制之时，就在路上碰到了一支西夏派出来的小股部队。

“万胜军”七千余人面对着不过一千多人的西夏军队，竟然直接被冲散，死伤数百人，却只换来十几个西夏士卒的死伤。

好在延州军正好有一支虎翼军在附近巡逻，及时赶来将得了便宜的西夏军冲走，才算保住了这群溃兵的编制。

这种“支援”来的军马，让当时的诸多将领和官员都有些头痛，商量之后便决定将所谓的“万胜军”直接打散，分成了三营人马，与几支本地的虎翼军间隔驻扎，以为照应。

随后的几次试探交战，“万胜军”的屡败之名，几乎为西夏军中熟知，凡是见到“万胜军”旗号，西夏士卒便在冲锋的时候，加速前进。

直到宝元元年（1038）十一月，元昊忽然安排一支军马围攻保安军，一支虎翼军与“万胜军”的混编部队就在保安军西南八十里的地方驻扎，闻讯之后立刻前往驰援。

这支混编部队的军事主官，正是时任三班差使、殿侍、兖州指使的狄青。

比起其他的将领来说，狄青面对西夏部队的时候极为冷静，意识到西夏军不可力敌之后，果断采取了偷梁换柱的办法，让手下虎翼军与“万胜军”交换服装旗帜，以“万胜军”的旗帜吸引西夏军进攻，随后用精锐的虎翼军打了对方一个措手不及。

这一战，狄青连升四级，被提拔当上了“右班殿直”，调拨到了安远寨执守。

三川口一战，延州城被围攻，金明寨被攻陷，宋军主力全军覆没。西夏军队唯独在安远寨狄青这里碰了钉子，狄青身先士卒，鏖战良久将西夏人打退数次，这份战功可以说在三川口一战当中鹤立鸡群。

尹洙到任经略判官的时候，狄青便被划归到尹洙手下任职，尹洙在打听到狄青此前战绩之后顿时见猎心喜，将此人拉到了自己帐中促膝长谈，确定其确实为将才后，直接带到了范仲淹和韩琦的面前。

范仲淹与尹洙私交不错，所以非常清楚这位知交是个纯粹的书生，一不懂治军二不懂战争，此时带来的“宝贝”恐怕是言过其实。

但出于对尹洙的尊重，范仲淹还是跟狄青深入浅出地聊了几句。尹洙就注意到，范仲淹与狄青聊得越久，范仲淹的眼睛就越亮，顿时心头一稳，知道自己押对了宝，立刻就将狄青之前的功绩一一说出，马上就赢得了范仲淹与韩琦的交口称赞。

待到狄青从延州军营里出来的时候，手中攥着范仲淹送给他的《左传》，成了此时延州军中的嫡系将领。

“将不知古今，匹夫勇尔！”范仲淹这句叮嘱，成为狄青随后的人生格言。

将狄青遣出后，范仲淹与韩琦抚掌而笑，都极为高兴：“师鲁，这次你可是找到了个真宝贝！

“这个狄青，正是我们所需要的将才，得此一人能抵上万精兵了！

“若是此人能敏而好学，愿意多读读书，日后便是登堂入朝，成为国之重臣也未尝不可！”

尹洙看着两人的样子，多少有些意外，身为此事的发起者，他反倒并未有太多的感触，只是微微一笑：“此人在之前的西北军中就已小有建树，两位既然没有听说过他，怕是此人被人蓄意遮掩了起来。

“而今陕西各路纷纷派遣援兵过来，恐怕军中又要多出一些山头，二位安抚使可是要忙上加忙了。”

尹洙提到的这个可能，顿时让范仲淹和韩琦心头一动，两人对视了一眼，深以为然。

“我们在此处已经经营良久，如今军中已经整饬得十分妥帖，也选拔出了不少可用人才，若是等到援军抵达，怕是还要乱上一阵子。

“西夏军看似已经撤回，实则不断在周围挑衅，伺机而动，若是被他们抓住机会，我们反倒要再陷入被动境地。

“不如趁此机会，再兴兵事，积小胜为大胜！”

在对待西夏兴兵一事上，韩琦跟范仲淹的态度一向截然相反，范仲淹主张积极防御，小规模多频次出击，一则可以练兵，二则可以试探西夏军虚实，但大军不可盲目出战，尤其不能仓皇与西夏决战。

而韩琦与其他众人则是主张速战速决，所以双方一直僵持不下，此番韩琦忽然以退为进，正好迎合了范仲淹的想法。

两人一拍即合，与夏竦商议之后，将这一年来从军中挖出提拔的将领们尽数召集了起来。

中军大帐之中，夏竦坐于主帅位置上，范仲淹、韩琦分列两侧，下面则站着两排身穿戎衣、腰悬刀剑的将领。

狄青站在队列之中，表情之中的惊讶还未散尽，他着实没有想到，自己才被尹洙推荐到范仲淹与韩琦这里，竟然立刻就被列入了作战会议之中，自然受宠若惊。

对于这个突然冒出来的将领，周围众人倒是并不惊讶，大家全都是被火速提拔，于军中都没有什么根基，如此一来反倒是方便范仲淹与韩琦指挥。

夏竦看着下面站立的两排将领，满意地点了点头："诸君练兵已久，眼下正是为国效力之时，两位副使商议后，决议安排诸君率兵讨伐贼夏兵马，一雪前耻。

"诸君可有愿出战者？"

夏竦笑呵呵地朝着众人说了两句，随后愣是被众人的反应给吓了一跳，二三十号粗壮的汉子齐刷刷朝前一步："末将愿往！"

看着这些将领激动的神情，夏竦顿时一愣，下意识地看向了范仲淹与韩琦。

此件事绝大部分都是两人主持，他不过是充个样子罢了，此时真被武将们的气势唬住，他反倒是不知道该如何作答了。

范仲淹连忙抬起手朝着下面挥了挥，顺势接过了话茬。

“诸位将军倒是不必争抢，此间任务我与韩副使都已经安排停当，诸君只需领命！”

韩琦从袖子里面将早就准备好的军令取出，开始照本宣科。

“着将军任福，领本部人马直取白豹城！

“着将军种世衡，向北二百里，寻一处地点构筑营寨城基，与延州形成掎角之势，以备屯田实边之策。

“其余人等，狄青、张亢、郭逵、王信各率本部兵马向西界芦子平处进军，若能夺取此地便夺，若无法夺取便做佯攻之势，为白豹城争取时间！

“剩下的人，各分半数兵马留守延州大营，本部随中军逐步推进，伺机支援各处。”

范仲淹这斩钉截铁的态度，让下面众武将尽皆面露异色，纷纷应诺。

大宋从太祖以来一直都重文轻武，他们这帮人大部分都在中低级武官的位子上摸爬滚打了不少年头，却一直见不到升迁。

如今为范仲淹、韩琦两位安抚使提拔重用，自然对这两位尊崇备至，再加上前段时间两人指挥着他们轮战练兵屡屡得胜，早已经让两人纯粹文人的形象在众人心中模糊掉。

此时听着他们的安排，武将们心中都产生了一种念头，恐怕接下来这两位以文御武的儒帅，是打算要搞一次大动作了。

至于大动作的真实目的，到底是反攻西夏，还是进一步巩固战果，两位副使似乎并没有说明的意思。

但这并不能影响众人的激动情绪。

众多将领从大帐之中走出去的时候，个个都是昂首挺胸，满脸兴奋。

武将无功，想要升迁简直犹如龟速，太平盛世之下大部分的武官待到爬上五品的时候都已经垂垂老矣，就算是想要再提刀跨马都成了奢望。

如今西夏百般试探，正是好男儿建功立业的大好时机，哪怕是韩范两公这种文人都已经提剑到了沙场之上，他们又怎么可能不舍命以搏？

范仲淹与韩琦反复磋商最后定下来的战略安排被武将们执行得极为彻底，任福一路军马不负众望，率军假借巡视边境的名义，兜了一个大圈子，随后在柔远砦假装奉命安抚本地土族，大肆张扬这个消息用以麻痹西夏人，随后夜间突然发动直冲白豹城，只用了不到三个时辰的时间，就将白豹城拿下。

白豹城地处战略要冲，卡在西夏人进兵陕西儿路的喉咙要道之上，任福此举直接断了对方的补给线，迫使此时已经侵入保安军和镇戎军的几支西夏军不得不绕路撤离。

种世衡一部，在剿灭了两支西夏小股兵马之后，也在指定的位置找到了合适筑城的地方，就地驻扎了下来，按照种世衡回报的消息来看，不过旬日的时间就能将城基打好，半年时间内一座土城就可以拔地而起，作为战时之用绰绰有余。

这也正符合范仲淹积极防御徐徐图之的战略意图。

两处兵马行动神速，效果更是极佳，唯独狄青他们那一支遇到了点儿麻烦。

西界芦子平处算不上什么地理要冲的位置，但地处平原之上，周围方圆数十里之内都一览无余，想要发起奇袭根本不可能。

最重要的是，此处西夏营寨的守军是西夏野利部的人，作为西夏皇后的族人，那个守将野利百成虽然名不见经传，但依旧受到了军中优待，一个小小的指挥使职务而已，手下一营兵马竟然有四千余人。

平原之上，又有修筑已久的营寨工事作为凭依，哪怕是夜袭恐怕也难以起到奇效，狄青等人所部军马加在一起也只有六千余人，更是无法形成绝对优势，这一下子就让他们犯了难。

“范公、韩公所率中军尚有万余人马，此时距离我们不过十几里，随时都可调派过来，我们不如将此处情形汇报两位副使，以待定夺。”

“兵法有云，十则围之，五则攻之，倍则分之，敌则能战之，少则退避其锋，我们现在手中兵马数量虽说多于此寨，但对方据寨而守，辅以地壕拒马陷阱，实则处于优势，韩范二公安排三路兵马齐进，另外两路现都已经获全功，我们若是久攻不下或是败于寨外，怕是要被问责。”

其余几人简单商议片刻之后，都有了一些退意，便是范仲淹也在提倡不打无准备之仗，何况他们。

唯独狄青对众人的说法不以为然。

“诸公看似在担心久攻无果，为范公责备，实际上却是畏惧不前吧？毕竟我可是听说，在此地营寨之中，似乎是有一支铁鹞子在。”

听到狄青提到“铁鹞子”三个字，众将的脸色都是微微一变，冷哼了几声之后，却是齐刷刷地闭上了嘴巴，没有人辩驳什么。

显然，他们在自己本部的探马回报之下，也知道了这个消息。

所谓铁鹞子，是元昊手下党项八部当中平夏部的一支特殊骑兵，建立的时间不久，却凶名赫赫。

整个铁鹞军骑兵的数量不过三千多人，战力却极为惊人，若是在平原作战，恐怕能够轻易将数万步军冲垮。

眼见众人都不再吭声嘴硬，狄青冷笑了一声也不再说话，一只手抓着他平日里上阵惯常佩戴的青铜面具，脸色有些阴沉。

铁鹞子以冷锻法打制全身铠甲，比起正常的甲胄来说要更薄却更加坚硬，防护效果极佳。

最重要的是，这支骑兵队人马具装，选拔的都是整个部族当中最为强横的骑兵士卒，战斗时更是喜欢将自己捆绑在战马之上，人马一体，一损俱损。

这种凶悍且强横的打法，前所未见，之前在元昊袭扰河西走廊各处的时候，曾经立下了不少凶名。

据传在之前的三川口之战中，铁鹞子便派出了两支骑队出战，斩杀宋军无算，是击败宋军的重要力量。

这种情况下，宋军众人心中有所畏惧也属正常，哪怕是狄青自己也有些许忌惮之心。

宋军之中可以与铁鹞子正面交锋的兵马倒也不是没有，只需一支装配标准“步人甲”的重装士卒，在人数上稍有优势，起码也能拖住对方。

但此时西北边军之中，多数都是轻甲皮甲装身，就算有重甲士卒，一时间也无法形成系统性的战力。

最重要的是，步人甲消耗和限制都非常巨大，五十八斤的重量披挂在身上，哪怕是最为健硕的士卒也很难坚持太久，若是用来守营或者在优势情况下拔寨都是极佳，但如果在需要远距离冲营的情况之下，等到重装步兵冲到十几里外的营寨前，对方的铁鹞子恐怕已经杀了几个来回，而重装步卒却已经精疲力尽！

思来想去，狄青忍不住猛地在青铜面具之上敲了一下，恼怒不已。

可恨大宋缺少战马，就是此时西北边军聚集陕西各路军马，恐怕也凑不出一支数量过千、可以用之一战的骑兵，否则牵制住那支铁鹞子并不困难。

众将都不言语，场面顿时陷入一片怪异的寂静之中。

直到另外几将已经起身，打算回返中军找韩、范二人禀报此事的时候，狄青却福至心灵一般，再次一敲青铜面具，低声叫住了这几人。

“虽说此处地形平坦，但敌营所能防护的区域不过营地周围两三里左右，天色已晚，若是在夜间不亮火光，人皆勒口卸甲，分散潜行进入五里之内，以鸣镝为号冲锋，未必不可靠近营寨，换取破寨机会。

“铁鹞子以三百人为一队，素来不与普通士卒连营，加上辅兵民夫不过千把人，若是以两千人冲其营，将之限制在营寨之中，人不及马马不及人，甚至不给他们机会披挂甲胄，这些铁鹞子也不过是一些悍勇武卒罢了！”

狄青此话，惹得众人一怔，随后眼神逐渐火热起来，历经范仲淹和韩琦安排的半年多轮战练兵，众人早已不是只会纸上谈兵的低级武官，此时哪怕不愿轻举妄动，但也都是胸有成算。

只是稍加思量，他们就意识到狄青此话不假，若是此战得成，他们很有可能可以将这一支铁鹞子尽数斩杀！

若是此等战功上报上去，众人怕是能原地官升三级，日后高升指日可待。

“诸君若是敢战，狄青愿为头阵，率我手下这些兄弟卸甲为先，第一个冲入敌营之中。

“但若是得了功劳，狄某绝不贪功，必然与诸君共分之！

“好男儿征战沙场，最好的结果不过是功成名就荣归故里，其次便是马革裹尸报效君恩，诸君既然领了范公之命，自然当勇往直前，同心协力！”

狄青此话，给了众人极大的底气，既然有人愿意打前锋，而且还不贪功，众将自然愿意齐心协力，几人稍作商量之后，便将一道道命令放了下去。

让部下将随身的物品全都卸下，除了戎衣之外只剩下随身武器，又扎紧了袖口裤口，狄青带着自己所部两千余人分成了十几支队伍，沿着周围可以依托的地形分散开来。

剩下的几支军马，也配合着他们的行动，逐一分散开来，伺机而动。

是夜，六千宋军轻装上阵，以狄青所部为前锋，成功杀入西夏西界芦子平大营之中。

野利部守将还在睡梦之中，就被宋军一刀砍了脑袋，狄青头戴青铜面具，披头散发犹如神将降临，身先士卒勇猛无比，几乎是刀锋落鲜血起，刀刀毙命，将那些仓皇反击的西夏士卒砍成了滚地葫芦！

紧随狄青身后的士卒们见状，士气顿时高涨，眼看着杀入敌营之中，也就不再继续掖着藏着，嗷嗷叫嚷着开始喊杀，一时间杀声震天！

作为率军之将，狄青一战竟然斩获首级三十余，砍倒营旗两面，随后更是拎着野利部那个将领的脑袋一路威吓，在后续援军跟上来之前，就已经将西夏军营搅成了一锅粥！

这一仗打了足足四五个时辰，直到天亮时分，宋军还在营地周围翻看尸体清理战场，时不时仍有野利部的西夏士卒从昏迷之中苏醒，或开口求饶投降，或者翻身寻找武器，伺机再战。

对这些家伙，狄青的命令十分简单，直接就地斩杀，不留活口！

时至晌午，西界芦子平西夏大营彻底为宋军占领，四千守军尽数诛灭。

就连分营之中那一支铁鹞子，也几乎全灭，唯独那个率军的悍将带着十余骑突围而出，剩下两百余人也全都死在了宋军刀下。

狄青摘下面具，看着周围还在游走补刀的宋军士卒，还有燃烧着熊熊烈火的营帐，表情依旧十分凝重。

他手下这两千多士卒，在西北边军延州各部当中，虽然算不上精锐，但也算得上中坚力量，进退有度战力不错，但是在面对西夏军队的时候竟然依旧无法势如破竹。

六千人夜袭四千人营寨，袭击成功且第一时间斩杀了对方主将的情况之下，竟然还阵亡两千余人，轻重伤六百余人。

虽说其中半数都损伤在铁鹞子分营之中，但这个数字对比依旧只能算得上小胜，不足为乐。

在狄青的心中，陡然升起了一股子强烈的念头，那就是一定要频立战功，尽快升迁，趁着韩、范两公尚在西北治军，火速练兵！

如今大宋北有契丹强敌虎视眈眈，西有西夏冉冉崛起，东南皆为海域，时有海盗海贼侵扰，边疆部族时不时还会跳出来闹事，可谓多事之秋，处处都需精兵猛将。

奈何朝廷之中重文轻武，仅凭些许战功难以获得提拔，眼下希望全在韩、范两公身上！

狄青攥紧了手中面具，心潮澎湃之下，再次朝着面具之上敲了一下，金属脆响嗡鸣而起，犹如虎啸龙吟，一时连绵不绝。

看着不远处正面带喜色朝着他走过来的其他诸将，狄青脸上的神色一肃，立刻就迎了上去。

西界芦子平得胜的战报，不过半个时辰的时间，就已经摆在了中军大帐里面。

夏竦将战报看过之后，猛地一拍桌子，大声叫起好来："希文、稚圭，你们两个选的好将领！

"这个狄青，真是喜欢给人惊喜，他们竟然还斩杀了一支铁鹞子，虽然并未全歼，但在我军当中还是首例，此举当传颂全军，鼓舞士气！”

夏竦一直都没怎么掺和行军布阵的事情，一是很清楚自己的能力不够，没有办法完成大规模的兵力指挥，更没有办法力压下面这两位副安抚使；二是对西北局势不算放心，生怕再次出现三川口之败那样的败局，到时候自己身为主帅必然会获罪。

眼下范仲淹与韩琦两人心高气盛，愿意为这西北局面呕心沥血，他自然愿意乐享其成，到时候一旦有所建树，功劳簿上必然是要有他的名字，但如果出现意料之外的情况，他也会第一个上札子直接弹劾两位副安抚使，让这两位给他背锅！进退两向的道路他都已经做好了规划，所以才会心甘情愿地在上面做这样一个傀儡。

而眼下韩范两人安排的三路兵马竟然接连取胜，尤其是西界芦子平这一仗，竟然杀了那么多的铁鹞子，这让夏竦的情绪顿时高涨起来。

范仲淹与韩琦两人对望了一眼，心中积郁的阴霾被驱散了大半。

这种胜利虽然并不足以影响西北大局，但既然能有一次就能有第二次，只要日积月累，迟早可以将西夏军的有生力量消耗掉，到时候必然可以逆转败局。

报喜的札子还没有送到东京的朝堂之上，众人便一鼓作气，再派朱观、狄青等将领反复出击，一连击破西夏洪州界郭壁等处十几个营寨。

种世衡所兴建的清涧城才刚刚成型，前沿的鄜城也已经拔地而起。

接连攻下十几寨，又能连续筑城巩固防御，算得上狠狠打击了西夏的气焰，赵祯再次接到报喜的札子，总算是真正兴奋起来，当即决定给延州军以年号赐名，为康定军！

从赐名诏书之上，范仲淹依稀能够感觉得出来，赵祯兴致颇高，干脆斗胆在回信的札子上提出，要额外修筑承平、永平共十二座要塞，变废为宝，把原本荒废的田地重新分派下去，吸引流民重新形成聚所。

一段时间之中，西夏竟然连小股军队袭扰的事情都已经极少进行，西北军民逐渐能够恢复之前的生机，休养生息，民间逐渐传出了“军中有一韩，西贼闻之心胆寒；军中有一范，西贼闻之惊破胆”这四句歌谣。

范仲淹广纳流民，重筑堡垒，徐徐图之的这个建议，很快就被赵祯采纳，并不吝称赞地在随后的圣旨之中，将范仲淹之举大大地夸奖了一遍。

但前后不到几个月时间，赵祯下旨的频率便加快了，原本交口称赞的徐徐图之一说被他逐渐驳回，随后更要求夏竦三人养精蓄锐，暂缓攻势，准备全面反攻！

范仲淹从这个圣旨之中看出了一些端倪，此时朝中怕是又有争端，竟然不顾当下西北实情，一味催促进攻！

韩琦与夏竦两人，此时却与范仲淹起了争端。

经历此前几番小规模的胜利之后，两人都以为此时反攻已经有了底气，若是能一鼓作气必然能够获得大胜！

狄青此时已经擢升官职至西上阁门副使，在军中算是有了一些话语权，此时站在范仲淹一方，同样拒绝大规模进攻西夏，偏向于徐徐图之一策。

其余诸将则是各有想法，一时间争论不休，原本算得上是铁板一块的康定军中，第一次出现了大规模的分歧。

正值西夏军再次来犯，韩琦按捺不住，安排时任环庆路副都部署的任福率军反击，并且直接一路追入西夏境内。

任福一路连战连胜，不由得有些得意忘形，犯了孤军深入大忌。

范仲淹得知情况后，立刻找到韩琦、夏竦，打算再派兵马将任福接应回来，然而此时任福孤军深入太久，想要取得联系所需时间太久。

站在中军大帐门口，范仲淹看着西夏的方向，心中隐隐生出了一丝不安。

纵观全局，他已然感觉到，此时西夏一方恐怕早就做好了准备，之所以连战连败，并非西夏军势颓，而是打算以小败换大胜。

但此时召回任福的命令已经发出，派兵支援完全来不及，命令能否及时落到任福的手中，任福又能否如约归来，西夏军是否能够给他们这个机会撤回，这些事情都已经不在他的掌控之中。

此时诸多想法都已没有意义，只能期盼天公作美，站在他们这一方，让任福能够踏实归来！

然天不遂人愿，半个月后，延州康定军中便得到了噩耗。

任福孤军深入，一路追击西夏溃军到了六盘山麓下好水川处，果然碰到了敌军埋伏。

此番元昊似乎是为了报之前数次失败之仇，竟然直接投入了八支铁鹞子骑兵参战。

任福军虽然装备齐整，但为了方便追击，早已经将重装改为轻装，连整套的步人甲都凑不出千套，被铁鹞子冲散了阵营之后，各自为战。

哪怕从任福以下十几名将领都是死战不止，好水川激战三天之后，万余康定军尽数损失。

此消息一出，延州大营为之激怒震荡，一向支持韩琦主战的夏竦脸色苍白，几乎晕倒在地。

韩琦自责不已，当场拟了一道请罪的札子，自请贬黜罚俸禄，如实向东京奏报。

“任福将军战死前，曾经高呼：吾为大将，兵败，以死报国尔！

“羊牧隆城守将王珪曾率军四千前往救援，渭州驻泊都监赵津更是带了两千骑兵打算冲阵会合任福将军，但地形复杂，久攻不下。

“全军上下，唯独朱观将军带着的千余人杀出重围，得以幸免，其余将领尽数以身报国！王珪将军身负重伤，当晚逝于营中。

“纵然如此，我军依旧斩敌五千余人，歼灭西夏铁鹞子一部三百余人，众将无不奋勇杀敌，以身报国，死得慷慨！”

一道道奏报在东京朝堂之上亮出，赵祯当即震怒！

“元昊贼子，欺人太甚，我大宋整备多年，原以为此战可定乾坤，竟然为元昊贼子斩杀大将，又折损我万余精兵，不灭元昊，朕有何脸面入地见先祖！”

若不是吕夷简率众拦住了赵祯，怕是这位以仁德著称的皇上，几欲御驾亲征！

范仲淹和韩琦率军将好水川一战的残兵逐渐收拢，顺势将部分阵亡将士遗骸全部接回，队伍拉长到十数里之远，一路逶迤退回延州，防止西夏趁机大军来犯。

行至延州附近，两人看到了令他们终生难忘的一幕。

沿着大路两侧，成千上万名老弱妇孺身穿白衣，手持白幡纸钱，一路为阵亡将士招魂。

在知道了此时领军的人就是他们口中相传的韩范两位相公之后，这些百姓亲眷，非但没有生气怒骂，反而纷纷将自己带来的各种酒水餐食犒劳军伍。

两人站在高处，看着这令人震惊乃至于感怀的场面，范仲淹脸色肃然，韩琦则终究按捺不住心头激愤，垂泪而泣。

“若是当初听了希文兄建议，不一意孤行的话，恐怕不至于今日惨状！”韩琦追悔莫及。

范仲淹深深地朝着这位至交好友看了一眼，摇了摇头：“任福将军为国捐躯死得其所，这万余将士也都可得抚恤，更是虽死犹荣。

“既然是战争，总是要死人的，西夏此番大举兴兵，实力已然不容小觑，便是你我二人若是稍有不慎也有为国捐躯的可能。

“好男儿自当马革裹尸，不畏生死，稚圭切不可因为一时之败，断了强国之心。”

虽说在范仲淹的规劝之下，韩琦坦然接受了此间败局，但是范仲淹依旧能够感觉到，这位比自己年轻了十多岁的至交，在心态上似乎发生了些许转变。

对于好水川再败一事，朝廷的反应极为干脆果决。

月余之后诏令便到了西北边境，夏竦被贬为濠州通判，韩琦和范仲淹也被贬黜，但仍旧领原本职务。

夏竦离开之后，原判大理寺，担任天章阁待制的庞籍，被复职为龙图阁直学士，接替了原本夏竦的鄜延都总管位置，改经略安抚使为经略安抚缘边招讨使，星夜赶往延州为主帅。

对于这位无论是在军事上还是在政治上都有极多共同话题的同僚，范仲淹与韩琦都表示了欢迎。

此前在朝堂之上，所有人都不看好范仲淹与韩琦这两个文官率军的时候，吕夷简也不过是持中庸态度，不偏不倚，唯独庞籍第一个站了出来，驳斥众多大臣。

在三川口一战时，庞籍更是第一个站出来为刘平等被俘将领说话：“黄德和退却应当诛杀。刘平尽力而战，裹尸疆场，应该抚恤其子孙。”

此举为范仲淹和韩琦大为认同，恨不得引以为知己！

此番共同镇守西北边境，二人比起之前跟夏竦合作的时候更加自然。

尤其是庞籍慧眼识珠，来此之后立刻选择了重用狄青，并且跟范仲淹稍作商议后，就以屯田为由，安排狄青在桥子谷旁修筑了一处招安砦，再次广纳流民。

短短半年的时间，在庞籍主持之下，宋军逐渐转纯守势为徐徐渐进的攻势，这跟范仲淹徐徐图之的想法不谋而合，相得益彰。

两人联手，再次收复了十一处营寨城池，再次将败局扭转，跟西夏军形成了对峙状态。

不过好水川一战，对于宋军士兵的士气打击并没有那么容易进行扭转，哪怕是收复了十一处营寨，甚至又打了几场漂亮的小仗，但是宋军士卒的士气一直都处于一种一蹶不振的低迷状态之中。

范仲淹与庞籍商量之后，暗中筹备月余，干脆利落地发起了一次反击，趁着西夏人以为大宋绝不会再战的时候，让自己的长子范纯祐领兵偷袭西夏驻军，将庆州西北的马铺寨收回。

而这个举动不过是一次佯攻，真正的攻击方向，却在西夏和大宋交界处！

范仲淹此番亲自率军，携带辎重器具良多，加上民夫壮劳力数万人蜂拥西进，给西夏造成了极大的压力。

然而大军抵达西夏与宋交界处时，却并未发起进攻，而是就地驻扎，开始筑城！

这一次他们的速度，比之前种世衡修筑清涧城的时候更加迅速。

短短十天的时间，一座坚固无比，可以作为实际依托的新城便拔地而起，范仲淹亲自为其起名为大顺城！

这大顺城周围并没有什么可以形成掎角之势的城池，可以说是一座孤城，若是不长期驻兵守护，很难坚持长久，但范仲淹却毫不客气地在附近接连修筑了几处军营和堡寨，愣是把这大顺城跟远处城池在某种意义上连接到了一起。

西夏方发现了这个情况，当即就觉察到情况不对，接连安排了几路兵马前来试探性进攻，却都无功而返，最终也只能掐着鼻子认了这座大顺城。

范仲淹此举，为大宋在西北战局之上狠狠地扳回了一局，同时也终于让西夏方面认识到，范仲淹在西北边军集团当中虽然一直处于守势，看起来像是守旧派，但实际上却是其中最为不好惹的一个。

在西夏人之中，开始流传起了这样一句话："今小范老子腹中自有兵甲，不比大范老子可欺也。"虽然是将范仲淹拿出来跟范雍做了比较，却依旧指出了两人不可同日而语。

对于这个称呼，范仲淹一笑而已，更是将此事写在了札子里面，直接呈交到了赵祯面前，让这位心中积郁了太多不满的皇上也莞尔一笑，将札子展示给了朝中众人，朝中众人自然皆是以此为乐，甚至在随后的信函之中有过戏称。

西北边事，向来起伏不定，范仲淹才刚刚以大顺城作为依托，打了几次漂亮的胜仗，顺利收服了附近的羌人，顺手连吐蕃部明珠和灭臧两部族收归大宋，转头元昊就觉察到了情况不对，九月时兵分两路，再次大举进攻。

时任泾原路经略安抚招讨使的王沿得知了消息之后，仓皇之间做出了错误决定，让自己麾下副使葛怀敏带兵跑到了定川寨，跟西夏军队来了一场硬碰硬的战斗。

这种打法，对宋军本来就极为不公平，更何况此番元昊更是调拨了主力前来。

在没有其他各路援兵支持的情况之下，葛怀敏拼死力战依旧战败，十六名将领战死，万余宋军全军覆没，比起上一次的好水川之战更加惨烈几分。

尤其这一次元昊亲自领军，大败泾原路守军之后，转头直接南下，直逼潘原。

陕西各路军马听闻消息之后，全都为之一震，幸好范仲淹此时正在近处，直接带了六千军队西进，做出了与西夏再次决战的架势。

听闻领军之人是范仲淹，西夏军立刻就有所忌惮，随后更是听闻周围各城纷纷派兵支援，似乎有拼死决战的意思，愣是将西夏军逼得一退再退。

军心一散，西夏军哪怕是乘胜而来，也无法继续逞凶，无奈之下只能从另外一处撤出宋境。

月余时间，朝堂之上众人的心，全都提在嗓子眼里面，生怕元昊率军直接东进，此人若是孤注一掷，就算无法杀到东京，恐怕也会给腹地造成极大破坏，此时全国精锐半数在西北，半数在宋辽边境，根本无力抵抗这等攻势。

赵祯坐在垂拱殿当中，看着手中的札子，脑子里面百般杂乱，一旁的曹皇后秀眉微蹙，看着自家官人，这位大宋的皇上满面愁容，一时间竟然不知该如何是好。

“皇上可是为西北边事烦恼？”曹皇后从张茂则的手中接过暖手炉，稍作犹豫后，并未递给赵祯，而是轻轻放在了一旁，随后眼角余光斜瞥了一眼那札子上的字迹。

赵祯被曹皇后惊扰了一下，下意识转头看来，朝着曹皇后轻轻点了头，随后抬起手在额角揉了揉，脸上满是疲惫。

“西北边事已经持续多年，那元昊接二连三挑衅，竟然致使我西北边军损兵折将，先是有三川口一战，再接着便是好水川，如今定川寨之战更是再次惨败！

“元昊纵然狼子野心，但我大宋幅员辽阔，人才济济，范仲淹胸有格局，心思广远，屡次小战逢战必胜，韩琦用兵奇妙，敢于强战，功勋也是不少，还有狄青等人，虽然于行伍之中出身，但能力卓绝，算得上我朝急缺的大将之才。

“奈何诸人皆有文韬武略，我大宋在西夏弹丸之地面前竟然接连败绩，难道是我这个皇帝的错？”

赵祯在天下人的眼中无疑是个仁爱之君，很少有恼羞成怒的时候，更是极少自怨自艾，处事一向泰然。

哪怕是曹皇后这个身边人，也从未看到过皇帝如此模样，心中不由得有些爱怜之意生出，下意识抬起手为赵祯揉捏起了额角和头上穴位。

这个动作，惹得赵祯怔了怔，随后紧皱着的眉头便舒展开来。

“虽说接连三场会战皆是我大宋战败，但这些年来范先生与韩琦在西北也有建树，几十座城寨几经易手，我方也曾连续攻入西夏境内，算下来我们也未必吃了多少亏。

“虽说定川寨再败，他元昊就算能攻入大宋境内又能如何？西北各路回过神来，以范先生之明毅果敢，必然会率军围堵，到时候元昊怕是要成为瓮中之鳖！”

曹皇后斟酌着赵祯的想法，顺势点了两句，惹得赵祯的眼睛瞬间就亮了起来。

“不错，范仲淹必然能有主意！”赵祯将一旁的一幅舆图展开，简单翻看了两眼之后，稍稍松了口气，眼神一闪变得坚定了不少。

“定川寨一败已经时隔多日，范仲淹必然已经有所动作，只要他出援，朕自然无忧！”

曹皇后眼看着赵祯重新恢复了信心，微微一笑，随后帮着他将桌面上的舆图重新收起，这才继续说道：“只是附近各路百姓和那些好不容易归附而来的羌族、吐蕃族平民，受了几年罪。”

相处数年下来，曹皇后已经十分懂得赵祯心意，三五句话下来就将赵祯的念头从思虑西北边军的得失成败之上，转移到了百姓安危之上。

比起此前的郭皇后来说，曹皇后显然更加让赵祯满意，此时两人浅谈几句，赵祯的状态恢复不少，曹皇后这才将暖手炭炉送到赵祯的手上。

赵祯接过炭炉，心思稍定，便招了招手，让张茂则到了近前。

“顾渭现在在什么地方？让他速速入宫，皇城司的渠道比起兵部、三衙四厢、枢密院的渠道要快得多，想来此时应该已经探听到了一些消息！”

张茂则领了命，转身就朝着外面跑去，一时不察差点儿绊倒，惹得赵祯大摇其头，曹皇后则微微蹙眉。

还没等张茂则跑出垂拱殿外的院门，他便惊呼了一声：“顾皇城？”随后猛然转身又跑了回来。

“皇上，顾皇城求见，此时已到了垂拱殿院门外！”随着他说话的工夫，顾渭已经风尘仆仆地走到了大殿外面，拱手而立等待召见。

赵祯眼前顿时一亮，将手中暖炉随手扔到地上，随后便大步走了出来：“幼常，你总算是来了，皇城司处可有西北的消息？”

顾渭看着赵祯的模样，立刻就明白过来，这位皇上恐怕一直都在担心西北的局势，已经到了彻夜难安的境地。

若非如此的话，赵祯绝对不会在他面前如此失态。

顾渭一步跨入到大殿之中，随后恭声说道：“皇上不用担心了，范先生已经率两路军马六千余人追击西夏军而去，周围城池更是纷纷派出军马，不用旬日的工夫，便能将西夏军队合围！

“定川寨一战后，西夏军已经深入我大宋腹地，若是想要将他们留下来，也不是什么难事！”

顾渭的声音十分沉着，更是如同给赵祯吃了一颗定心丸，立刻就让他紧绷的心神放松了不少。

“很好，很好，朕便知道仲淹可堪一用，若是有了仲淹出手，朕也就不用担心了！”

挥了挥手之后，赵祯从激动的状态之中恢复如常，眼底闪过了一抹疲态：“既然此事已经定了，幼常你就顺势将其告知吕相，让他宣告给诸大臣吧！

“朕有些疲惫，几日来都没有睡好，怕是要好好睡上一觉才好了！”

顾渭匆匆而来，正是担心此事，眼看着赵祯的状态恢复如常，立刻拱手一礼：“臣告退！”

曹皇后扶着赵祯从屏风后走出了垂拱殿，一旁的张茂则朝着顾渭看了一眼，嘴角勾起了一抹笑意：“顾司尊今日可算是立了大功，皇上近日来茶不思饭不想，身体怕是都要垮了，幸好顾司尊消息给得及时，这才让皇上轻缓了一些。”

说到这里，张茂则的声音微微一提：“但顾司尊所言，的确属实？”他的眼睛有些发亮，作为赵祯近侍，宫中近年来最为炙手可热的“中贵人”，张茂则对于朝政以及战事的了解，不输于朝中大臣，甚至还有一些更别致的见解。

顾司尊与皇上的关系，与一般君臣不同，自皇上还是太子时，顾渭就是皇上亲随，如今坐在一个区区皇城司司尊的位子上多年未曾向上，为的就是能够随时护卫皇上安全，这份兄弟情谊怕是比君臣情谊还要深厚。

所以张茂则此时才会对顾渭有所怀疑！

“若是因为关心皇上安危，以谣传示君，可是有欺君的嫌疑，顾司尊向来懂得大局为重，想来不会做出这等不智的事情吧？”

张茂则脸上堆着笑容，殷切地提醒了两句，却只换来了顾渭的一张冷脸：“顾某做事自有分寸，倒是多谢中贵人提醒了！”冷冷地说完这两句话之后，顾渭甩袖径直离去。

看着顾渭的背影，张茂则干笑了两声摇了摇头，这等费力不讨好的事情，除了他以外，怕是不会再有其他人愿意做。

好在方才顾渭的表现无比淡然，应该不会出现什么问题，若是范仲淹已经出兵，就算没有办法将西夏兵马尽数铲除，起码也能起到震慑作用，西北边境，应该已是无忧了！

顾渭从政事堂中出来之后，原本阴沉的表情舒缓了不少，兵部的消息虽说比皇城司的消息慢了不少，但方才也已经抵达京城内。

虽说还不如皇城司的消息清晰详细，但也起到了一定的互补作用，同时印证了顾渭消息的准确性，让他略有忐忑的内心安稳了不少。

随着张茂则经由自己的渠道将消息放出去，顾渭也将此消息告诉了吕夷简，短短一个时辰不到的时间，整个东京城的官员几乎全都知道了此事，原本乱纷纷的气氛顿时为之松缓了不少。

随着范仲淹与韩琦两人在西北镇守这些年来，他们二人在朝堂之上乃至于东京城之中的影响力，不减反增。

在这二人的影响之下，军中一些将领的名字，也逐渐为人所知晓，诸如此时在西北军中炙手可热的狄青，因为个性鲜明极有特点，此时早已经被列为西北战事之中广为传颂的人物之一。

西夏退兵之后，范仲淹转而积极进言，上了几道札子之后，赵祯立刻从谏如流，恢复了陕西路之前所设的安抚使、经略使和招讨使职务，分别让范仲淹、韩琦和庞籍担任。

同时因为范仲淹的举荐，文彦博、滕宗谅和张亢等人纷纷被起用或者调任西北，进一步巩固了西北的局面。

站在大顺城的城头，看着蔚蓝无云的天空之中，无数南飞的大雁在呼啸的凛冽之风中缓缓飞过，范仲淹抬起手在自己的发际缓缓捋过，脸上闪过了一抹怅然。

在西北镇守数年，此时他已经五十四岁，逐渐步入暮年，心中的沟壑棱角正在逐渐消失，十来年前所想新政一事却迟迟未能有机会，思来想去心中极为悲凉。

西夏一事不可操之过急，元昊却正值壮年，野心从未减少，虽然战斗连年，西夏国内的情况也已经出现了极大的变动，甚至开始有点儿民不聊生的意思，但元昊一日不决议与宋和解，西北之事就不会解决，他也就没有办法回到东京！

“范公修筑此大顺城，可以说是在西夏人的眼皮子底下扎了一根木刺，让西夏之人寝食难安，再难嚣张跋扈。”

狄青的声音从身后传来，惹得范仲淹微微一愣，随后看向了身后。

狄青此时身穿甲胄，缓步上前，朝着范仲淹施了一礼：“渭州又遭西夏人袭扰，末将受命前往泾源，正好从此处路过，远远地就见到范公正在城头之上，所以末将便临时停靠，想要上来拜会范公。”

两人的关系，算得上亦师亦友，狄青对于这位亦师亦友的老相公极为尊崇敬重。

这几年接连战斗下来，狄青一路靠战功走到现在，已经成为秦州刺史，泾原路副都总管、经略招讨副使。

站在这个位置上，狄青早已经脱离了大宋寻常武官的命运，正式站在了贵人一列，日后随时都有可能再次擢升，登堂拜相也不是不可能。

他很清楚，如果没有范仲淹这位恩师，他可能一辈子都只能在军伍之中摸爬滚打，眼下的这点儿待遇恐怕就是他一生的目标。

所以此时哪怕是绕路而行，他也要跑过来找到恩师见礼。

范仲淹看着这个自己一手提拔起来，越发稳重能力又越发卓然的年轻将领，心中再次生出了些许感慨。

“此番前往渭州，切不可鲁莽行动，西夏几次接连小败，必然又在酝酿一场大战，胜战不可盲目追击，败战不可盲目死战！”

对于范仲淹的告诫，狄青立刻就应了下来。

两人并肩站在城头之上，指点江山挥斥方遒，一时间将范仲淹隐隐有些冷淡下来的情绪再次燃了起来，同时两人方才还有些生冷的气氛，更是逐渐融洽。

狄青干脆以学生自居，范仲淹也并未纠正于他，而是默认了这个称呼，这让狄青心中不由得有些雀跃。

他是行伍出身，虽然近年来在范仲淹的教导之下读了不少书，但是依旧是个粗人，日后若是到了朝堂之上很难跟文官集团的人拉扯。

但眼下这位恩师，文采极佳，能力卓然，日后回到东京怕是立刻就能拜相！

再加上他早就听闻，范仲淹与政敌吕夷简已经讲和，甚至书信来往颇多，此时就算不是莫逆之交，日后也不太可能再针锋相对，这意味着范仲淹已经进入文官集团的中上游，并且稳如泰山，若是能成为他的学生门人，日后仕途恐怕是可以一片通坦。

直到狄青拜别，范仲淹这才忽然想起了什么，指着狄青身上的甲胄问道："汉臣身在军伍多年，想来很清楚在行军之时，不可一直身披甲胄，否则极易疲惫，到了战时反倒影响战力发挥。

"此一时彼一时，汉臣现在已任高职，不可再轻易身先士卒率军砍杀，应该坐镇中军运筹帷幄，穿着这身甲胄哪怕是在这大顺城处，也是有些愚鲁了。"

狄青被范仲淹揶揄了两句，忍不住笑了起来，随后抱拳说道："恩师说笑了，我自然不愿穿着这甲胄四处奔波，确如恩师所说，此等物什穿在身上，实在疲惫。

"之所以着甲，却是因为皇上有命，本欲让学生回东京面圣，但正值渭州有难，学生无法归京，也只能让来使临时画上一幅肖像画，以供陛下阅看。

"至于返京面圣之事，日后自有大把的机会。"

范仲淹听到了狄青的话，忍不住放声大笑，心中的积郁一扫而空。

将狄青送走之后，看着狄青远去的背影，范仲淹心中似乎有什么东西呼之欲出，立刻就打发从人找来了笔墨。

稍作凝神之后，范仲淹便长出了一口气，笔锋向下，凝神草书。

塞下秋来风景异，衡阳雁去无留意。四面边声连角起，千嶂里，长烟落日孤城闭。

浊酒一杯家万里，燕然未勒归无计。羌管悠悠霜满地，人不寐，将军白发征夫泪。

一首唱词《渔家傲·秋思》跃然纸上。

一旁从人看到这首唱词，不由得纷纷心生感慨，交口称赞！

唯独范仲淹本人，看着纸面上的唱词，心中竟然再次升起了些许悲凉之意。

来到西北多年，最初之时他还胸怀澎湃，想要为大宋与西夏血战，杀元昊斩八部，开疆拓土成不世之功劳，若是能以一代儒帅的身份被记入史册，虽死无憾。

但这么些年来，他看到更多的反而是此处的百姓因为战争的缘故穷困潦倒、颠沛流离，见多了妻离子散家破人亡的场面，范仲淹本来便忧国忧民的心境越发沉重。

这唱词其他人看到的，无非是君王天下事，生前身后名，但对他来说，却是有心变革却着手无力的悲恸！

范仲淹初来乍到之时，与韩琦频繁商量出战，而今却常常以逸待劳，以守代攻，正是因为这种心境上的变化。

这也是为何当初元昊来信和议，提出了诸多无理要求的时候，范仲淹并未暴怒斩杀使者，反而写了洋洋洒洒两千余字的《答赵元昊书》让那使者带回。

若非当时因为他主和的想法为朝廷大臣窥出，以此作为通敌论罪的要挟，恐怕范仲淹还要多写上几封信好好地规劝一下赵元昊这厮。

只不过后来接连几战，元昊这厮撕破脸皮给大宋造成了极大伤亡，范仲淹的想法才又再次转变，虽然处于守势，依旧求稳定发展，但绝对不会放过痛击西夏的机会！

从疑似畏战到此时威震西北，范仲淹一路走来万分坎坷，眼下终于见到了边境稳定的机会，自然感慨颇多。

不过旬月的时间，渭州之乱也已经平息下来，西夏一方彻底安稳，西夏的兵马就如同突然间消失一样再也没有了声息。

不出范仲淹所料，经过数年战争之后，西夏此时境内也已经乱成了一锅粥，元昊自觉年事已高，之前的蓬勃野心削减不少，竟然班师回朝，只在宋夏边境留下了少数军马。

范仲淹期盼良久的宋夏和平，似乎已经在望。

第六章

耶律宗真趁火打劫　富弼出使两定盟约

庆历二年（1042），大宋西北边境正跟西夏打得如火如荼，朝中上百双眼睛都一直盯着西北边境的事情，就连皇城司的大部分力量在赵祯的授意之下都将注意力全都放在了西北边境的战事之上。

尤其是定川寨一战，更是将所有人的心全都提到了嗓子眼，若不是范仲淹临危不乱成功调用各路兵马将西夏军给压了回去，恐怕整个大宋都要被元昊牵着鼻子走。

无人注意到，此时在辽宋边境，辽朝正在偷偷增兵，虽说并未大张旗鼓，但数目同样不少，似有趁火打劫之意。

直到边境守将发现辽人动向向朝廷告急，朝中大臣连带着赵祯才如梦初醒。

类似的事情从辽宋澶渊之盟开始，时有发生，所以朝中倒也并未因此完全着慌，赵祯召吕夷简、晏殊、八贤王入对。

八贤王此时年事已高，原本用来蒙骗外人的阳狂病早已经不再拿出来显摆，但到了这个年龄之后，素来养尊处优的八贤王到底是有些眼花耳背，出现了老态龙钟之相。

对于这个八皇叔，赵祯一向都十分尊重，却极少以实事叨扰这位地位尊崇的皇叔，而是给八贤王挂了许多虚衔，颐养天年。

之所以此番想到了八贤王，一是因为此事牵涉到国之根基，二则是因为前段时间八贤王的义举。

听闻西北战事吃紧，八贤王竟然将朝廷划拨给他的五十万钱全都上交，打算资助给边军将士，虽然最后赵祯实在舍不得如此施为，还是给赵元俨留下了一半的钱以备支用，但这个举动给皇亲国戚起了个好头。

随后不少人都主动拿出资财资助边军，虽说于军费来说依旧寥寥，却在朝堂之中引起了极正向的效果，上下团结一心，人心可用！

此番召对八贤王，赵祯揣着个别样的心思，就是打算看看以八皇叔的影响力，能否让皇族之中有人主动站出来，面对辽国之举，为皇室扬威。

对于此事，八贤王心知肚明却并未直接应承，只是含含糊糊地将赵祯所说的西北边事给听了进去。

除了忍不住破口大骂吕夷简这个首相当得太废柴，居然花了这么多年时间都没有把元昊那个贼子给打跑之外，廷议之中八贤王竟是半句佯狂之言都没有。

吕夷简作为首相，哪怕是在廷议之时也可以端着姿态，若是上朝的时候有人指着他的鼻子跳脚骂人，吕夷简甚至敢抬起拐棍给对方狠狠地来上几下子，唯独面对着八贤王实在是招架不住，廷议结束之后，几乎是黑着脸离开了垂拱殿。

此时的吕夷简也已经六十有四，比起八贤王还要老了六岁，偏生八贤王生为皇族，又是皇叔，哪怕吕夷简已经气得不行，依旧没有办法靠倚老卖老的办法教训八贤王。

被八贤王这么一闹，原本赵祯都已经计划好要由皇族出人的事情，直接搁浅，但依旧需要有人出使辽朝，以询问辽朝屯兵缘由。

这种听起来便是困难重重，很有可能会把脑袋送到辽国的任务，只是稍有风声就在朝中引起了一片哗然。

此时朝中大臣已经不完全都是吕夷简手下的“上图百官”，但冗官依旧严重，便是有资格站在早朝班上的，也有大部分庸碌之徒、滥竽充数之辈。

治世能臣，朝中的中流砥柱们各有职司，大部分人的劲头全都用在西北战事之上，赵祯自然不愿意轻易动用这些人出使辽国。

自从澶渊之盟订立后，宋辽两国之间不但贸易频繁，就连出使之人也是往来翕忽，极为正常。

换作平时的情况之下，这种出使任务还算得上肥差，朝中这帮家伙说不定要抢破脑袋，偏生眼下这帮家伙提前知晓了其中利害关系，都知道极为危险，所以都恨不得把自己的脑袋垂到胸口以下，根本不敢抬头。

从赵祯的角度看过去，下面官员一个个如同硕鼠一般，不堪入目，引人不悦。

一个早朝，下面众人都在为此事争论不休，竟然都没有商量出个结果来。

赵祯回到宫中正为此事纠结恼怒，就接到了顾渭的皇城司情报，辽国屯兵边境动作为假，实际上是想要趁火打劫，所以早已经安排了两位使者等候入宋。

此时此刻，那两个家伙恐怕已经入了宋境之中，眼下所需要的并非出使辽国使臣，而是如何接待这两个使臣的接伴之人。

皇城司情报向来精准，况且此番又是顾渭亲自递送，想来此事已经板上钉钉。

不等辽国或者边城的消息传递而来，赵祯第二日早朝立刻就来了个广而告之。

下面诸多臣子听闻此言，却并未有所松懈，依旧一个个将头埋得深沉。

这接伴使臣的活计听起来比直接出使辽国要简单和安全不少，实际上二者之间的危险程度并没有相差太多。

从礼节上来说，接伴使臣之人自然不可能在国都等候，而是需要奔赴边境，礼迎使臣入境，这就意味着被选人依旧要去辽宋边境。

此时辽宋边境之上陈兵数十万，已经有了剑拔弩张之势，随时随地都有可能不小心打起来，谁要是去做这个接伴使臣的人，很有可能会被卷入边境之战当中，甚至还有可能被辽军掳掠到辽国境内也未可知。

赵祯本来已经心怀希望想要从下面这帮人之中选拔出一两个得心应手之人，再次看到他们的反应之后顿时气不打一处来，差点儿直接当庭发怒。

但随后吕夷简便站了出来：“聘答之人，老臣心中早已经有了成熟人选，陛下不用为此烦忧。”

之前在廷议之中的时候，吕夷简几乎是一言不发，虽然有八大王故意将其贬斥痛骂的原因在内，但是这也让赵祯产生了一种错觉，那就是吕夷简压根就不想管这个事情。

所以他发出此问的时候并没有将这个老首相放在计划之中，忽然听到对方站出来做出了如此胸有成竹的回答，赵祯顿时一愣，随后若有所思地点了点头：“若是吕相早有安排，不妨与朕说上一说！”

吕夷简捋了捋胡须，脸上露出了一抹古怪的笑容：“若说老臣所想，此人之选莫非知制诰富弼可为。

“富弼既是副相晏殊女婿，自身才能又是绝佳，为人刚直有骨气，行事颇有风范，若是让他去做这个接伴之人，既能展现我大宋不卑不亢之风，又可以合理顺畅地将此事办好！”

听到吕夷简的话，赵祯顿时眼前一亮，富弼此人的确是一个绝佳的人选，但紧接着他就注意到大臣们的表情都有些不太对劲，不由得心生疑窦。

难不成，吕相推荐富弼，竟然还有别的缘由？

想到这种可能，赵祯的心中便有了忐忑之意，一时间无法抉择。

而朝中众人看向吕夷简的时候，却都多了几分感慨。

吕夷简之所以推举富弼，恐怕与范仲淹镇守西北的例子并不相同，后者两人公事之上的敌对关系早已淡化，私交又没有多少冲突之处，于公无私心，于私无拉扯，自然能本着忠君爱国之心做出举荐。

但前段时间，富弼出任知制诰后，领了纠察东京案件的差使，第一时间就发现了在官吏之中竟然有人伪造僧侣名册，从中获利繁多，而开封府竟然推诿再三，不敢以此为凭拿人问罪。

此事引起了富弼的不满，转头就插手到了此事之中，坚持要将幕后之人绳之以法，最终下狱，而此事的幕后主导者，正是吕夷简门下之人。

虽说此事是吕夷简门下私德有亏，还利用公物谋取不义之财，根本没有道理可讲，但是老了之后的吕夷简再没有之前的胸怀和城府，颇有点儿睚眦必报的意思。

之前没有找富弼的麻烦，显然是时候未到，现在趁着这个机会给富弼摆了一道，这才是吕夷简的真意！

欧阳修眼看着赵祯还在犹豫之中，隐约猜到了其中缘由，立刻站了出来："此事万万不可！"

"皇上若是想要以使者接伴辽使，只需要找一些名不见经传的小吏便可，何须非要安排有名的臣子？

"辽人向来阴险狡诈，便是与章圣皇帝立有'澶渊之盟'，这些年来依旧没有安定过，边境之上时有小冲突发生，无一不是辽人搞的鬼。

"若是执意找名臣接伴，很有可能会出现昔年唐朝大臣颜真卿出使怀宁节度使李希烈一事，时至如此，无论是皇上还是我们，怕都是追悔莫及！"

吕夷简听了欧阳修侃侃而谈的话，一张脸瞬间变得黧黑，朝着欧阳修看了一眼："昔年颜真卿为李希烈所扣押致死，是因为宰相卢杞善妒，排挤朝臣才会出现那种情况。

"你以此为例，难道是打算影射我吕夷简心胸狭窄，容不得富弼在朝？"

欧阳修冷笑连连，丝毫没有害怕的意思，站出来看着吕夷简冷声说道："若是吕相不收回建议，下官说不得就要按照卢杞之事，狠狠地参上几本了！"

朝堂之上的气氛瞬间变得剑拔弩张，一时间所有人全都紧张了起来。

赵祯此时此刻算是听明白了他们之间剑拔弩张的缘由，脸色变得极为难看。

欧阳修在朝堂之上一向沉默寡言，很少站出来与人挑事，此时站出来后却专门盯上了吕夷简，足以见得此事确有蹊跷之处！

他蹙眉看向吕夷简，开口便要讯问一二，然而就在此时，大门之外忽然有内侍和侍卫传言入内，竟然是富弼在提请的休沐日内匆匆赶来上朝！

几步匆匆入殿，富弼直接一躬到地："听闻皇上需要富弼出为接伴之人，富弼愿往！"

此话一出，整个大殿鸦雀无声，便是连方才一直都为富弼说话的欧阳修，还有执意要让富弼接下任务的吕夷简，此时也都愣住了。

赵祯深深地看了富弼一眼，又朝着外面的角落处看了一眼，此时顾渭正在殿外守候，方才分明是这家伙将富弼带来的！很显然他也是极为赞同富弼出任这个职务的。

毕竟富弼此前曾经出使过辽朝，对于跟辽朝人打交道还是有些经验的，若是换作其他人，未必能顺利成行。

这也是富弼一进门就已经知道了朝中所发生的事情，更是第一时间提请赵祯让自己出行的原因。

赵祯的表情和心情都有些复杂，若有所思地朝着富弼看了一眼："富卿为何执意如此？"

富弼淡淡地拱了拱手："朝中既然无人应答，自然需要有人站出来，人主为这么件小事儿烦恼忧愁，是我们这些做臣子的耻辱，富弼身为臣子，怎么可能因为爱惜生命就贪生怕死，让君主感到为难？"

这些话听起来好像是在拍赵祯的马屁，实际上却依旧是在嘲讽吕夷简，只不过话里话外要比欧阳修柔和了不少。

吕夷简听明白了这话里话外的意思之后，一张脸直接阴沉了下来，但此时富弼已然一副为国赴难的姿态，他这个举荐人更是不好多说什么，只能咬着牙忍了下来。

赵祯看了一眼吕夷简，心中已然明了，只是轻轻摇了摇头之后，便直接做了决定，任命富弼为使者，接伴辽使！

辽国派来的两位大臣萧特末和刘六符，在辽朝都并非柱石之臣，行事机变能力也属一般，由此可以看得出来，对于此番出使大宋，辽国其实并未真的放在心上。

在边境处见到了这两人之后，富弼就从他们的状态之中看出了一些端倪。

为确保富弼安全，跟随他一起接待辽国使团的小团队成员，有一多半都换成了皇城司的人，就连顾渭这个司尊此时也乔装打扮，做一亲随模样，跟在富弼身边。

富弼对于这个皇城司的掌事人极为看重，并没有因为对方的品级低又是武职就稍有轻慢，正相反，一路之上有什么拿不定主意的事情都会来找他商量。

此时面对辽国两位使臣的时候，便是如此，富弼隐约看出了这两人身上的不对劲之处，立刻就将眼角余光朝着顾渭的方向瞥了一眼，随后便发现顾渭此时也是嘴角噙着一抹冷笑，顿时心中恍然。

双方身份都极为敏感，有些话题不太可能直接拿到台面上来讲，所以富弼只是微微一笑，就将自己跟顾渭的猜测暂时搁置一旁，收拾好了心情开始与这两人接触。

萧特末、刘六符两人皆是壮年，单单是从外表看起来就知道平日里身子骨颇为硬朗，此时却一起靠在车驾之上，远远看到宋朝来接伴的车队，丝毫没有下车的意思。

直到富弼主动下了车靠近辽国使团车驾，坐在前面车里的刘六符才从车上下来，不情不愿地朝着富弼一揖为礼，而后面车驾之上的萧特末，却连动都没动，只是朝着富弼看了一眼，就开始继续闭目养神。

这个举动，显然有些无礼，此时富弼作为接伴之人，代表的并非自己，而是代表了大宋皇帝，更是代表了大宋朝堂！

两国使臣接洽，在某种意义上也等同于两国朝堂的接洽，代表的都是各自国家的脸面，不管国力如何，这脸面若是丢了，那便是真的丢了，想要再拾起来便是千难万难。

富弼自然看得出来对方有故意刁难的意思，顿时忍不住眯起了眼睛，还不等他主动问话，一旁的刘六符就笑呵呵地上前说道："这位富相公还请不要见怪！

"何宁身为皇族贵胄，身子骨娇贵得很，这一路上舟车劳顿，实在疲惫，不承想感染了风寒，此时身体正不舒服间难以下车行礼，姑且一见权作礼节了！"

刘六符不过是一个副使，又非辽国皇室，此时站出来跟富弼平等交流，已经有轻慢大宋的意思在里面，忽然提起了这个话茬，更是让人闻之色变。

一众从人朝着车上那生龙活虎，看上去比起刘六符还要壮了好几圈儿的萧特末，纷纷明白过来，此人哪里是感染了风寒，恐怕是感染了骄纵傲慢之症，想要轻辱大宋接伴大臣！

富弼此时在朝中地位并不算高，也并非皇亲国戚，但毕竟是晏相的女婿，又是皇帝钦点，代表着皇家脸面，若是能将此人踩上一脚，便是为辽国皇室争光了。

一种莫名羞恼悲愤的情绪，开始在大宋众人心中蔓延开来。

类似的事情他们听说也见过很多次，辽国一直仗势欺人，凭借草场丰富，骑兵发挥了天然优势，屡次对大宋北疆施压，但凡出使大宋的时候，都能变着法地压大宋一头，行事极为嚣张跋扈，难以令人忍受。

此时先是陈兵于双方国境线之上，再做出这种姿态，显然又打算故技重施。

富弼脸色如常，似乎并没有注意到自己身后同伴的羞愤目光和情绪，只是微微颔首，似乎同意了对方的说法："辽国幅员辽阔，但是一路上舟车不便，想来劳顿奔波颇为辛苦，染上疾症倒也不足为奇。

"不过萧特末既然能成为这次出使大宋使团的正使，想来依靠的可不只是这个皇亲国戚的身份，'四书''五经'总能读过几本，也能知道一些礼节规矩。

"身为辽国礼节、契丹使者，总不至于委派一个不懂礼节不通礼教的化外蛮人！"

这等犀利的言辞，说得对面的萧特末脸色瞬间变得有些难看，辽国自从起家占据北部半壁江山之后，就一直在努力地融入汉文化，普遍汉化的同时，一直都在用各种礼教文化包装自家门面，意图获得正统文化认同。

经历了这些年头之后，他们早以为自己算得上正统传人，尤其是这些契丹贵族皇族，平日里最讨厌的就是别人说他们是不开化的野蛮子。

富弼这软绵绵的嘴刀子，一刀就直接戳在了萧特末的心口上，虽然没有见血却比见了血还要疼几分。

"富相公这是何意，难道在这辽宋边境之上，富相公就打算与我撕破脸皮，拒绝我们出使南朝，双方直接开战不成？"

富弼代表的是大宋朝堂和皇室，他萧特末代表的也是辽国契丹皇室，这时候自然要跟富弼当面对垒，不能有丝毫轻慢，更不能展现出丝毫的畏缩。

此话一出，辽国使团成员精神抖擞，脸上纷纷露出了得意的神色。毕竟此时两国边境之上还是他们大辽的军队更胜一筹，隐隐有力压逼迫宋朝的趋势。

在大部分的时候，讲道理需要靠的都是拳头，尤其是两国之间，自然是谁的拳头大谁就说得有道理!

富弼的目光在这帮人的身上扫了一眼，眼底闪过一抹冷意，接着负手而立，淡然说道:“还能知道反驳呵斥，足以证明富弼之前想法并无不妥，辽国使臣果然也算得上知书达理之人，学富五车之士。

“既然识得文字，懂得礼节，辽使可知礼尚往来之说，可知人之荣辱、臣子之忠君报国意乎?”

萧特末眼神一凛，隐约感觉到有些不太对劲，自己很可能掉到了富弼的语言陷阱之中，但此时后悔也已经晚了，他也只能硬着头皮冷哼了一声，盯着富弼等待后话。

富弼微微拱手:“富弼当年出使契丹的时候，一路之上也是舟车劳顿，不小心感染了些风寒之症，但纵然在缠绵病榻，对北地的接待之人依旧是礼貌对待，作为外臣对辽国皇命也没有丝毫怠慢，这便是知礼!

“萧特末与富弼同样读圣贤书，又代表了辽国皇室尊严，此时却故意在车上装病，面对我大宋接待人员毫无礼貌，连下车拜谢都做不到，这到底是你萧特末私德有亏，还是辽国尽是一群无礼之徒?”

虽然浪费了一些口舌，但富弼的态度不卑不亢，骂起人来连同辽国的萧家以及皇室一起卷了进去，却又让人找不到毛病，这种气势着实逼人，把刚才还一脸傲慢的萧特末给说得哑口无言。

若是这个时候他还坚持坐在车上不下来，那就等于承认了辽国之人荒蛮无礼，等于是自己把自己给卷了进去。无奈之下他也只好掸了掸衣服从车上走下，对富弼施了一礼。

“方才本使的确身体略有微恙，所以才会不经意间失了礼节，富相公切勿见怪！”

富弼当之无愧地先代表皇帝受了这一礼，随后双手虚托，作势让他站起身来：“既然都是误会，解释明白了就好！

“本人随行带了几名我朝皇上亲自指派的太医，正是怕辽使成员有抱恙之人，若是真个在我宋境内出了岔子，可就得不偿失了。

“稍后自可以让他们为萧特使诊断一番，安排调理身体之策。”

听着富弼这无比关切的话，对面的萧特末一张脸直接就绿了。

到了这时候，富弼都没忘记要将他一军！他压根就没有病，自然不需要有医者给他看病，当然就算他真的身上有什么毛病，肯定也不敢随便让南朝的人给他看病，否则一旦真的看出了什么问题，那他肯定就真的要出什么问题了。

是药三分毒，恶医手更毒，那些医者或许无法将久病之人给治好，但是想要将一个正常人治出点儿毛病，却是轻而易举！双方既然已经将关系搞得这么僵，谁知道富弼有没有安排这种后手？

讪笑了两声之后，萧特末直接拒绝了来自富弼的“好意”，这第一场双方使团之间的交锋，辽国大败，大宋完胜！

一路之上，富弼倒是并未持续性施展这种高压性的言语刺激，而是见好就收。

但逢这两个家伙再有什么歪心思，富弼便会立刻拿起守礼和国家脸面这两杆大旗全力施压，在路上的半个月时间之内，将这两个家伙压制得死死的。

待到东京时，两人面对着富弼的时候，再没有了嚣张气焰，甚至于看向富弼的眼神之中，还多出了一点儿崇拜的意思在里面。

对于这种情况，富弼自然是淡定处之，一点儿意外的感觉都没有，反倒是一直跟在他身旁的顾渭，随着越靠近东京城，就越发觉得有趣。

东京城外，眼看着前面那两个大辽使者的车驾顺利通关，来到了东京城内，跟在后面的一行车马也陆续跟上，此时已经落在最后的富弼跟顾渭，反倒是减缓了脚步。

“顾某任职皇城司也有些年头了，借着这个职位的便利倒是见到过不少稀奇古怪的使臣，但像这两位这般妙人还是第一次见到，恐怕这其中的关键还是在彦国身上，竟然能将这两个妙人给压制得死死的！”

顾渭似笑非笑地朝着富弼看了一眼，眼神之中满是笑意：“似乎早在出行之前，彦国就已经胸有成竹，莫不是之前在出使辽国的时候，彦国已经了解了这两个人，所以才可以制定相应的对策？”

作为皇城司司尊，顾渭对于一切不在掌控之中的秘辛，都抱有极其夸张的好奇心，譬如眼前这个场景，他还是第一次看见辽国使臣在大宋境内如此吃瘪，心中感觉到有些爽意的同时，自然也是万分好奇。

这会儿眼看着已经将两位辽使安全送入东京城中，顾渭便再也按捺不住心中的好奇，将问题问了出来。

富弼似乎早就料到会经受这一问，朝着顾渭看了一眼：“此前经常在与范公、稚圭兄之间传信的时候，听他们提起顾司尊的一些小癖好，似乎巴不得将所有的秘密全都收拢在自己的手里才好，眼下看来还真是如此。”

打趣了顾渭一句之后，富弼并未推脱，而是低声解释了起来：“富某入辽时，的确曾经与这两个家伙有过一面之缘，但彼时双方并无切实交集，我对他们的感观也并不深刻，直到此番再次看到了这两个人。

“两人分明都是书生，却偏生要装出粗蛮不讲道理的模样，分明是打定了主意，要以此为由占便宜，或者干脆撒泼打滚装聋作哑，削我大宋的面子，进而拿到先机，到时候在献辽主书信之时，恐怕在朝堂之上就能予取予夺了！”

顾渭深以为然地点了点头，装成蛮子自然可以蛮不讲理，这种手段实在是常见，倒也不足为奇，但能够破解的人却少之又少。

富弼见顾渭跟得上自己的想法，旋即便继续说了下去：“这种前后矛盾，表面粗鲁心中却又拉着底线之人，其实最好对付，只需要拉住他们最关键的那一点，那就是死要面子！

“武人要的面子无非是拳脚上得来，文人的面子便是在这诗书礼仪之上，这两人怕是没什么文字才华，就会更注重礼节，顾司尊可以见得我正是从此处下手。”

顾渭听过富弼的解释，心下恍然的同时，不由得觉得有些好笑！他原以为这种手段是富弼经过深思熟虑之后得出来的办法，却没想到内核的想法竟然还是如此“简单粗暴”，无非就是借力打力，直击内心。

他忍不住朝着富弼看了两眼，神色有些古怪：“这还真是够直接的，但彦国你可曾想到过，若是对方真就是两个浑不吝的话，这等方法岂不是毫无用处？”

“讲理自然是要跟讲理的人来讲。”富弼摊了摊手，脸上露出了些许笑意，“若真是两个浑不吝，我们的办法就可以更加简单。”

他抬起手，攥紧拳头在顾渭面前轻轻挥了两下：“若是真碰到了浑不吝的主儿，我们只消用拳头便把事情给解决了，他们不服那便将他们打服！

“富某虽说是文官，但自小君子六艺还算熟稔，弓马娴熟，也曾学过几手摔跤相扑的手段，想要对付个把泼皮还是很容易的。

“至于使团之中其他人，不是还有顾司尊与其余皇城司的兄弟们在？”

顾渭瞪大了眼睛，看着面前一脸理所当然的富弼，原本只是有些好奇和诧异的表情逐渐变成了不可思议，随后再也忍不住，放声大笑！

这位深受晏相喜爱的女婿，范仲淹百般欣赏的至交小友，果然算得上是个妙人！

两人在城门口的放声大笑引得周围路人纷纷投来了好奇的目光，就连皇城司众人，也是满脸的好奇。

自从西北战事一起，他们还从来没在司尊的脸上看到过如此灿烂以至于有些夸张的笑容。

难不成是发生了什么了不得的事情？

一群人抱着古怪而迷惘的念头，将辽国使者送到了专门为接待契丹使者建立的班荆馆处，随后皇城司众人便交接了自己手中的活计，转头各自奔赴了原本的职务。

皇城司之中，向来不怎么养闲人，大部分的察子和公人不是在执行某项任务的过程当中，就是在奔赴下一次任务的路程当中。

就连顾渭，也是立刻就交接了手中职务，跟富弼拜别，随后径直回到了皇宫之中。

赵祯此时在垂拱殿中召对群臣，想的就是能够提前计算出辽国可能的要求，到时候也好及时针对性给出回馈。

西北边境跟西夏的战事已经消耗了大量精力，如今辽国屯兵东北边境的事情，给大家带来的压力实在不小，一时间诸位大臣虽说议论纷纷各抒己见，却都没有人能提出足够有用的纲领来。

赵祯看着下面议论纷纷的诸位大臣，只觉得脑子里面混乱无比。

到底是战是和，是怀柔还是刀兵相见，一时间争论不休，他自己也极难定夺。

思虑良久后，赵祯才恍然意识到，此时想要得到这个答案，似乎有些操之过急了。

眼下双方之间的局面，明显是辽国占据了绝对的主动权，无论是战是和都要看对方的决定，大宋虽然此时尚有余力，不至于被打成完全一面倒的局面，但最好的办法也只能是见招拆招，根本没有办法进行主动挑衅或者攻击。

甚至于，就如同先帝一样，连战连胜，击垮辽国以定澶渊之盟的机会都未必能有，除非他将西北驻军提到东北边境全力对抗辽国。

如此一来西夏兵马必将长驱直入，此时看起来西夏与辽国已经有翻脸的预兆，双方却同时给大宋施压，逼迫大宋两面作战。

此时赵祯所面临的危险，却比此前他老爹所面临的更加严重。

眼看着廷议争论无效，赵祯颇有些不耐烦地挥了挥手，将一众大臣直接解散。

自从吕夷简老迈，晏殊主要态度转为怀柔，这帮老臣子所能给出来的中流砥柱作用便越发减少。

这让赵祯觉得，自家这个朝堂都开始变得老朽乃至于腐烂开来。

他回过头，看了一眼桌面上的几件信函，心神有些不定。

若是范仲淹、韩琦，或者那个递了画像入京的狄青能在京城之中，所能给出来的建议，怕是会大不一样吧？

若不是西北边境情况仍然十分不乐观，赵祯还真想速速将这帮子少壮派和革新派全都给召回来主持大局!

“辽国来人，无非是趁火打劫，臣妾听说西夏与辽国之间的关系似乎出现了不小的裂痕，辽国一方似乎也不愿意看到西夏坐大，若真是如此的话，这便是我们与辽国商讨此事最好的切入点。”

曹皇后的声音响起，让赵祯的心头微微一动：“这等想法，朕也曾有过，但是从一路上辽国使臣的表现，还有顾渭给出来的回馈看，对方明显有狮子大开口的嫌疑。

“若是对方确有合作的想法，但要求却是要我们割地赔款甚至称臣纳贡，此事朕怎可答应下来？”

曹皇后怔了怔：“既然富弼还未带着使者将出使信函交上，事情就暂时无法定性，皇上还是稍待半日，再等等富弼的消息。

“之前十几日在路上，富弼可是一直都在压着辽国使者，顾渭既然亲自见证了此事，必然不会有太大的偏差，陛下不必忧心。”

再三提到富弼与顾渭这两个靠谱的臣子，曹皇后的话总算是起到了作用，很快就将赵祯的情绪给平复了下来。

赵祯想了想此前发生的事情，还有这些天顾渭跟富弼同步的奏报，不由得哑然失笑：“罢了罢了，就等着今日晚些时候，富弼若是能给朕一个惊喜，便是再好不过了！”

就在赵祯还在宫中思量此事的时候，富弼已经转身入了班荆馆。

两位使臣进入东京城之后，一路上看着周围的场景都有些吃惊，此时正坐在寝房之中相对无言。

“东京之盛，远超我之想象，竟然连我辽国上京和中京两座城池都远不如之。”

“此等繁华美景，若是能为我辽国所乘，却是不知道又会变成何等景象？”

两人聊了几句之后，神情都有些怪异，原本被富弼一路上打压得提不起来的精神头，忽然又有萌发的迹象。

凡人无不钦羡美好事物，眼前这繁华东京，怕是世上最为美好之地，两人就算是身为辽国大臣，平日养尊处优久矣，对于这种美景也是极为向往。

但以辽人根植于骨子里面的思维，在看到如此美好的景象的时候，两个人第一时间想到的并不是依靠自己的双手将辽国上京和中京同样建设到如此美好繁华的地步，而是先一步想到如何将此处窃为己有！眼下出使大宋，逼迫大宋朝廷服软献地，未尝不可以成为此举的先行功劳！

“虽说你我二人使宋，并不为人所看好，在他们看来我们充其量只不过是递交书信就要速速赶回，但你我二人绝对不能如此自暴自弃。

“南朝皇帝对我等如此重视，专门修了这么豪华的馆驿给我们居住，可见对我北朝的敬畏之心，若是我们真只不过匆匆而来匆匆而去，却是要叫他们小觑了！”

两人低低地商议了几句之后，心中某种热烈的念头越发高涨，一时间恨不得立刻去找上富弼，直接进宫去见一见那位以仁德见长的宋国皇帝。

在南朝的朝堂之上颐指气使，将一众宋臣打压得连声都不敢吭，强行要来几处城池作为补偿，这等威武之事，便是想一想就让人热血澎湃！

“两位使者似乎对东京城中的场景不太适应？”就在两人热血激昂正不知道如何发泄之时，就听到外面传来了富弼的声音。

虽说这说话声洋溢着热情，却依旧如同一盆冷水，将两人的热情浇灭了一半。

经过这一路上的相处之后，两人对于富弼此人也算是有了长足的了解，很清楚此人的性格虽然直爽，说话更是时时夹枪带棒，做人却是绝对厚道。

一路之上哪怕是再讽刺怒怼两人，但是该有的礼节却让人一丁点儿都挑不出毛病来。

如此一来却让这两个人始终无处着力，哪怕抡圆了拳头想要跟富弼较量，也始终是一种一拳打在棉花上的感觉，让两人颇为无可奈何。

眼看着才刚刚别过，富弼竟然又找上门来，两人连哭的心都有了。

“两位使者有这种感觉在所难免，我大宋物华天宝，东京城更是繁荣无比，无论是乡野村妇还是蛮夷之地来的人，一旦入了这城中，就很容易被这些繁荣景象给迷了眼。

“曾经有坊间之人戏言：东京真是富贵迷人眼，便是地方豪富也不敢说在这里有使不完的银钱！”

富弼颇有些自傲地朝着两人说道，字里行间又是有点儿夹枪带棒的意思。

两人面露苦色，早已经被富弼给挤对得没了脾气。

“富相公匆匆而走又匆匆而归，这是有什么事情要吩咐我们两个？”

萧特末深吸了一口气，努力让自己的情绪维持在正常状态，强行挤出了一丝笑容朝着富弼问道。

“富相公若是没有其他的事情，我们二人倒是有些乏了，今夜打算好好歇息歇息，也好将状态调整好，等到明日面圣之时，拿出最好的状态来！”

刘六符干笑了一声，跟萧特末来了个一唱一和。

双方的态度都算得上极为克制，并没有再夹枪带棒，但两个辽国使者似乎已经对富弼恐惧到了骨子里，此时完全不敢再跟他有太深的交集，只想将他快点儿打发走。

偏巧富弼并没有离开的意思，只是微微一笑："眼下天色还早，便是连我这个不熟弓马的文人都尚未觉得疲惫，两位怕是过谦了。

"既然入我东京城来，富弼不好怠慢了两位，在下方才已经差从人将奏表递了上去，明日早朝两位与本朝官员一同觐见皇上便是。

"如此一来，今日的时间还有太多，不若两位随我到九桥门街市走走转转，也好领略一下这难得的人间繁华盛景，却是如何？"

原本这两人早已经商量好，不管富弼说出什么天花乱坠的话来，两人都不会应承，打定了主意在驿馆之中待上一夜。然而此时富弼突然给出来的建议，却让两人卡在嗓子眼里面的拒绝，全都哑了火。

天下之人，但凡有点儿见识的都知道世上最为繁华的城市便是东京汴梁，而东京汴梁之中最为繁华的街市便是九桥门的酒楼一条街。但凡手中尚有一二两的银钱，就必然要到九桥门去长长见识。

即便喝不起那稍贵的酒水，就算在旁边的小酒肆当中打一角酒，回去之后也可在十里八乡吹嘘好一阵子了。

"就算二位不喜欢饮酒作乐，也可在州桥附近的夜市转上一转，从朱雀门开始，到龙津桥，一路向着南面走，路上的野狐、肉脯、姜豉、抹脏、红丝等物，怕是在上京等地怎么也吃不到的。

"两位在东京城待的时间怕是不会太久，不如先去购置些东西，日后带回给家中亲眷后辈，也是美事。

"当然，彼处瓦子戏楼也是不少，今日富某也算休沐，再没有公事要做，愿意陪二位在这东京城中好好转上一转。"

两人相互看了一眼，都看出了对方眼神之中的热络，不由得慨叹了一句富弼的确会拿捏人心。

哪怕刚才富弼直言不讳地嘲讽了他们就是两个乡下来的土包子，也没有让他们多么生气。

“富相公所言极是，我们二人这便换上便服，随富相公一起出去吧！”

“家中小女倒是多次提起东京的繁荣景象，对那龙津桥下的几处果子极为好奇，若是能搁置得久，今日我便为小女买上两匣。”

这两人沉默了片刻之后，纷纷拱手为礼，随后便跟着富弼出了门。

富弼一路引着换了便装的二人，说是奔着朱雀门去龙津桥附近转悠，实际上虚晃了一枪之后，便直奔九桥门街市而来。

一路上到处都是皇城司的察子暗哨，看到他们一路走来之后，立刻纷纷撤离准备起了相关事项。

最重要的便是将一些年轻官员、清贵言官纷纷聚拢过来。

早在顾渭离开之前，富弼就已经跟他交代过这件事情，但当时他也不知道后效如何，所以并没有跟顾渭细说。

此时如此顺利地将这两个家伙给拉了过来，倒是让富弼自己都有些惊异。

为了追求最佳的震慑效果，富弼一路之上带着他们在各处都是走马观花，随后直奔白矾楼而来。

作为东京城之中规模最大、实力最强也最受欢迎的酒楼，就算说它是当世第一酒楼也不为过。

萧特末和刘六符跟在富弼身后，这一路上真的见识到了什么叫富贵迷人眼，此时早已经眼花缭乱。

骤然看到了金碧辉煌、五栋楼交相辉映、楼台殿阁灯火通明、宛如人间仙境的白矾楼，两人都哑然失声。

七拐八拐之下，此时天色已经逐渐晚了下来，但借着灯光与落日余晖，依旧能够看得清楚酒楼内外的气派场景。

彩楼欢门外，甚至还竖立着朱黑木条交驳成的拒马杈子，哪怕是一些胆敢穿着公服前来饮酒的官员，也得在这杈子前停车下马下轿子，交由专门的小厮去管，自己则要步行而上。

各色衣着、各层次人物来来往往，看不出有丝毫芥蒂，就是只穿着粗布麻衣，只要手中银钱足够，在这里也能与公衣士子同桌共饮。

哪怕是皇亲国戚，身上穿着蟠龙袍的王爷，到这里来也不过能得到个不错的雅间，并无夸张排场。

门口的几个伙计，戴着方顶头巾，身上穿着紫衫，脚下踩着方便奔走着力的丝质鞋子，干净整洁的白袜，丝毫见不到半点尘土，显得极为清整。

这等繁荣景象，是辽国这两个人生平从未见过的景象，单单是从两个人震惊的表情便已经知道。

“这便是诸多诗词当中传颂，堪称天下第一酒楼的白矾楼？”

“能到此处饮一壶酒，此生足矣。”

单单从建筑上来说，这白矾楼虽说气派恢宏，但毕竟只是民间建筑，就算比起上京之中的宫殿也是远有不如，算不得什么稀罕物。

真正让他们震惊的，却是这种繁荣景象，还有来往的人流。

不过转眼的工夫，在这酒楼之中就有数百人进进出出，这一晚上怕是起码要有数千人之多吧？

都说东京城中最少有百万人口，两人此前还没有多少有关的概念，但是现在两人却深切地知道了这到底是个什么景象！

两人才刚刚感慨了两句，就听到一旁有人笑着打趣了两句：“两位兄台恐怕是第一次入这东京，也是第一次见到白矾楼吧？

“近日来，周围的会仙楼、清风楼和潘楼好几家都不知道从哪儿得来了酒方，最近调制出了一种叫‘长相醉’的酒水，抢了不少白矾楼的生意，不然你们所见到的白矾楼可是要比眼下还要热闹不知道多少倍了。”

一旁搭话的人，刚刚从白矾楼之中结伴出来，说话间都有些热络：“听说那‘长相醉’，是从西北边军传过来的，就连范相公都觉得极为好喝！”

“韩相公与狄将军对那‘长相醉’似乎也是赞不绝口，这等佳酿竟然每日都只有百坛，真是可惜了！”

“若是下次来了这东京城，倒是希望‘长相醉’能被周围几家酒楼买下方子，让大家全都喝得到！”

只是说话间这帮人便好像根本没有跟他们搭过话一样，转头就消失在人群之中了。

两个使臣顿时有些哑然：“大宋子民倒是习惯了这般热络，当街之上不认识的人竟然也能聊得如此欢畅。”

“方才他们所说的范相公和韩相公，以及狄将军，可是近年来威震西北，多次为南朝力挽狂澜的几位大人物？”

两人隐约想到了什么，下意识朝着富弼问道，富弼淡淡一笑没有理会他们，而是转身拉着他们就进了酒楼，在二楼的位置找了个阁子坐下。

富弼也没跟这两位客气，知道他们第一次来，显然也点不明白菜肴酒水，干脆随随便便点了七八个碗碟荤素，还有不少果蔬，又叫了两坛苏合香酒。

萧特末本来听说附近竟然有范仲淹都赞不绝口的酒水，颇有些跃跃欲试的意思，但随后他就听富弼说那所谓的“长相醉”不过是某种用来卖酒的噱头，到底有没有被范仲淹喝过还不知道，但这百坛肯定是早早已经预订出去。想要喝上这种酒，怕是要排到猴年马月去，但他们所点的苏合香酒，倒是曾经被范仲淹跟韩琦交口称赞，这一下子就提起了两人十二分的兴趣。

辽人虽然仿照大宋建立了长久政权，并且以正统自居，但到底脱不开游牧的习性，就连皇帝的政治中心也并不是百分百就在上京或者中京当中，时时都会变换，那些大臣更是极为喜欢饮酒。

酒水一上手，再一上了口，两人都有些兜束不住，出乎富弼的预料，不过转眼的工夫，两人就喝掉了整一坛子的苏合香酒。

“此酒味道清冽，香甜可口，竟然没有一般酒水的那种刺痛辣感，果然并非寻常酒水所能及。”

“到底是繁华的东京，连酒水都如此特殊，真是让我们难以想象！”

整整一坛酒下肚之后，这两人竟然看不见丝毫醉态，反而眼神越发清亮，很显然喝得非常尽兴。

富弼嘴角带笑，心里面却犯起了嘀咕，难怪顾渭百般叮嘱他不可自己一个人轻举妄动，一定要找多人作陪，想来顾渭对这帮家伙的情况是深有了解。

不多时的工夫，外面稀稀落落地竟然又出现了十几个身穿公服的年轻官员，看到了富弼之后，纷纷表示要合桌共饮。

欧阳修、包拯、胡瑗等人都在其中。

双方交换过眼神之后，富弼立刻站起身来，开始极为热情地给这两个使者介绍自己的同僚。

两人酒意已经翻涌上来，一听到来人都是难得的青年才俊，顿时更是欣喜若狂，主动拉上了这帮人一起饮酒。

富弼眼看着酒局已经促成，转头就找了个借口脱身而出，出去找了个清凉的地方开始醒酒。

不知道是不是皇城司的人正在周围伺候，他所到之处，来往的人都逐渐减少，尤其是站在围栏旁吹着夜风的时候，周围更是一个人都没有，除了他偶尔还能看到的皇城司察子身影，倒是安静得不得了。

辽国这两个使臣着实酒量不低，两个人愣是拉着富弼灌下了足足半坛酒水，要不是那苏合香酒自身的烈度并不是很高，加上富弼的酒量本来也算不错，恐怕还不等欧阳修等人赶来，他就已经被喝趴下了。

“彦国酒量倒是不错，但跟那两个辽人比起来，还是差了不少。”一个带着点儿促狭之意的声音忽然从他背后响起，惹得富弼猛然转头看了过去。

“皇上？您怎么从宫中出来了？”看到对方的模样之后，富弼顿时就是一愣，随后慌忙后退了半步，就要给对方见礼，却被赵祯给直接拦了下来。

“既然是在宫外，就不需要那么多的繁文缛节了，你没看我今日穿的也是寻常衣装，便把我当成个普通士子就好。”

眼看着赵祯都发了话，富弼笑了笑也就不再多纠结此事。

在此时出现在此地，就算赵祯没有多说，富弼也能猜到到底是怎么回事，显然是皇上对辽宋谈判的事情仍然有所忌惮，所以打算先一步过来看看这两个使臣！

至于是谁“出卖”了他，显然跟顾渭脱不开关系。

朝着周围扫了几眼之后，发现并没有顾渭的身影，富弼这才悻悻地回过头来，跟赵祯聊了几句，就将赵祯拉到了一侧的窗户外，透过缝隙给他指出了辽朝的那两个使者。

十几号年轻官员推杯换盏，豪气干云，虽然没有蓄意猛灌这两个辽朝使者，但是也已经让这两个人有些招架不住。

这才又过了盏茶的工夫，两人就各自又喝下去了足足半坛酒，算下来每人都已经喝了足足一坛，十几碗清冽酒水下肚，就算是擅长豪饮之人，此时也已经萌生了醉态。

赵祯看得心中痒痒，有些跃跃欲试，但最后还是摇了摇头，并没有贸然近前。

“若是换在明道年间，朕怕是要与众人同乐，欢饮达旦了，只可惜现在朕已过而立之年，却并未有卓然建树，空惹得两大强敌环伺，朝堂之上更无功绩可言，便是想要饮酒竟也找不到事由！”

感慨了两句之后，赵祯便看向了一旁的富弼，富弼会意，朝着赵祯拱了拱手，向后退了两步之后，重新进了这小阁子当中。

那两个辽使恍惚之间，并未察觉到富弼去而复返，还以为他一直就在身边，说起话来开始变得口无遮拦。

眼见大家的目的已经达到，诸多青年官员立刻纷纷请辞，不多时这小阁子里面就重新只剩下了三人。

与此同时，这两个家伙对富弼的警惕心也降到了最低。

三人再次推杯换盏了半天，眼看着这两个家伙已经开始有些迷糊，富弼立刻就把话题掉转到了双方之间的盟约会谈之上。

果不其然，在这种酒醉的状态之下，对方完全失去了应有的辨别能力，不过盏茶的工夫，就将心里面想的一些事情倒豆子一样全都说了出来。

富弼脸上挂着温和的笑容，心里面却是越发冷漠：“所以说，辽国皇帝其实并没有做好与大宋开战的准备，只不过是想借机敲打敲打大宋，所以才故意在边境之上屯兵？”

“不错，陛下已经明确表态，想要拿下关南十县作为盟约的基础，如果大宋朝廷答应下来，这十个县暂时就已经足够，若是大宋朝堂不答应的话，那就换个由头继续要东西，总之绝不能空手而归。”

刘六符大着舌头直接把底牌给抖搂了出来，一旁的萧特末完全没有意识到刚才这家伙到底说了些什么，一边嘲笑他酒量不好一边又给自己倒了一碗酒。

“要是我来说的话，要什么关南十县，干脆把东京城的这些酒楼全都迁到上京去，这样我们每天都能喝上如此美酒，岂不快哉？”

萧特末一边笑呵呵地说着话，一边将手中那碗酒倒在了自己的衣襟上，随后再将酒碗凑到嘴边的时候，却直接愣住了：“我的酒被谁给偷喝了？富弼你看起来倒是个厚道人，怎么做起事情来如此不厚道，竟然连我的酒都偷着喝了？”

眼看着这两个家伙已经彻底喝多，估计接下来也问不到什么需要的答案，而且自己想知道的东西也已经问了个清楚，富弼便不再搭理他们两个。

随着富弼出了阁子的门，立刻就有十来个穿着青衣的汉子冲了进去，将这两个家伙直接打晕，随后带出了酒楼。

其动作之快，远远超过正常人能够理解的极限。

“皇城司的这帮察子做事仔细，速度又快，这倒是顾渭的功劳了。”

赵祯十分满意地朝着这边看了一眼，笑呵呵地朝着富弼说道，随后不等富弼说话，便直接开口：“方才这一会儿，应当是已经问到了他们的底线？”

“辽国皇帝到底想要什么东西？土地，金钱，物资还是美女？”

朝着赵祯深深地看了一眼之后，富弼的眼神闪烁了起来。

“皇上似乎对此事并不担心，难道是觉得我们只要给足够的东西，他们就会满意不成？”

赵祯斜瞥了富弼一眼，并没有直接作答，只是轻轻摇了摇头。

“朕自然是没有那么天真，但眼下西北边境战事仍然未见分晓，辽国趁火打劫的意思实在太过明显，若是现在不能暂退一步满足他们的条件，辽国就算不会举大兵压境，也会不时袭扰北方各路，到时候损伤的还是我大宋百姓。”

说到这里，赵祯的话锋忽然一转：“不过就算退几步，向他们让利益，也要看看到底需要退几步、怎么退，绝不能轻易被他们牵着鼻子走。”

这种态度，听得富弼忍不住皱了皱眉头，皇上此时说的话，实在是有点儿模棱两可，竟然再不似之前有无限锋锐。

换作其他人，富弼怕是要当场怒驳回去，但眼下跟皇上争辩显然不是个好的选择，无奈之下他也只能深吸了一口气：“辽国皇帝的意图看似明显，其实不过是试探罢了。

“眼下我大宋虽然屡遭败绩，但是并未伤筋动骨，辽国只是想要趁机占个便宜，无论是拿下关南十县还是顺手要点儿其他的好处，对他们来说都是收获。

“至于所谓的边境屯兵，并非真的打算要与我大宋开战，其实就是借机施压，随后找到我方的底线，至于知道了底线之后会不会故意真的派兵攻打，还未可知。”

为了防止这位大宋皇帝作出太错误的决定，他不但把对方的原话直接给说了出来，更是加上了自己的理解和建议，帮助赵祯进行剖析。

果不其然，随着他说完了这两句话，对面的赵祯一双眼睛立刻就眯缝起来："只是试探？这个耶律宗真倒是有点儿意思。"

"关南十县原属于幽云十六州之地，当初后晋的儿皇帝石敬瑭为了委曲求全，将十六州之地割让给契丹，后来是太祖皇帝随周世宗北伐之后，苦战才得以收复其中三州三关，岂能轻易交割出去？

"此事既然已经知道他们的底线，后续倒也好谈了，明日早朝之上，卿可将这两人引入拜见，至于他们所要的关隘土地，一律不给！

"若是他们真的想要，那就来打！"

知道了对方底线之后，赵祯稍稍松了口气，但还是立刻就因为对方的态度而感觉到了一丝不爽，扔下了这句话之后，转身直接离开。

富弼本来正因为赵祯的态度而感觉到有些心寒，还以为赵祯会效仿石敬瑭委曲求全，割让东北边境城池以全西北局面，此时陡然听到赵祯的回答，不由得松了口气，随后恭送赵祯离开。

片刻之后，顾渭的身影再次出现，站在了富弼的身后："既然已经知道底线，皇上又决意不肯割让土地，仅凭几封书信无法解决此事。

"接下来，估计还会需要人前往契丹出使，纵观眼下朝堂之上，除了你之外，再没有人适合这个任务。

"恐怕彦国你难以推辞此等重任！"

顾渭的话，惹得富弼轻笑了起来："若是皇上方才稍有迟疑，甚至愿意做第二个儿皇帝，富弼或许还会迟疑此事，但既然皇上决意不会退让，富弼不用他人攀扯，明日自然会自请入辽。

"此番使辽之事，比起西北边事来说未必轻松，作为皇上身边少有的能完全信任的心腹，怕是顾司尊又要跟我走一趟了。"

两人在北上迎接两个辽使的路上，已经养成了些许默契，此时根本不用对方多说，便已经能够猜到对方所想，待到富弼话音落下，两人相互看了一眼，都忍不住笑了起来。

第二天的早朝之上，两位醉酒已醒、完全不记得昨日之事的辽国使臣，面对着早已经做好了准备的赵祯和群臣，被驳得哑口无言。

不过盏茶的工夫，两人就彻底败下阵来，随后赵祯以增加岁币、准备联姻的许诺将两人暂时安抚了下来。

这两人的反应，与顾渭和富弼所猜想的几近相同，只是稍作考量之后，立刻就答应了赵祯的说法，随后还专门提出了一个要求，那就是一定要让大宋派遣使臣跟他们一起回去！

吕夷简再次站了出来，依旧首推富弼，群臣立刻应和，生怕这件差事落在自己的脑袋上。

富弼既然心中早有准备，此时自然是当仁不让，立刻就将此事大包大揽到了身上，赵祯稍有犹豫之后，便允了富弼的请求。

与此同时，赵祯还宣布了一项任命，擢升富弼为枢密直学士，以示鼓励。

出乎所有人预料，富弼二话不说直接选择了拒绝，再次拱手："此事并非只为皇上一人，亦是国家急需，富弼愿意为君分忧，为国分忧，都是义不容辞之事，怎么可以为了这种事情收取酬劳，更何况还是官爵？"

富弼的话，几乎等于将此时朝堂之上众人的脸按在地上狠狠地摩擦了几下，并且还敲出了声响，赵祯心中顿时升起了一股敬意，随后撤销了自己的任命。

直到下了早朝，一众大臣才从之前富弼的讽刺之中回过味来，脸色越发难看。

但此时富弼身负重任，还是替了他们而行，一众人谁也不敢再多说什么，只能悻悻地将一些念头塞回肚子里憋着。

吕夷简与晏殊并肩向着宫外走去，看着身边这个才到中年，行事作风却已经有了老派气象的副相，吕夷简心中感慨良多："晏殊，你的好女婿！"

晏殊听出了吕夷简语气之中的无奈情绪，嘴角微微一扯："说起来，我这个好女婿还是范希文帮我选出来的，若非希文百般推荐他给我和王曾老相公，想要在一众青年才俊当中将他这块拗石头挖出来，着实不容易。"

吕夷简愣了愣："范仲淹？竟然还有这等事情？"手中拐棍在地上顿了顿之后，吕夷简不由得哑然而笑："老夫原以为跟范仲淹在朝堂之上斗了这么多年，在皇上的偏帮之下算是得了上风，加上推举范仲淹坐镇西北一事，老夫已经将朝堂之上的政敌一扫而空。

"哪怕是你晏殊重被起用，回到这里时也未曾与我敌对，老夫当时还以为自己得计，没想到啊！

"这个范仲淹，倒是一直站在这朝堂之上，时时刻刻都在跟我作对！"

晏殊主动抬起手，扶住了吕夷简的胳膊："老相公倒是多虑了，我等或正或反，或言辞激烈或处处怀柔，不过都是为国为民、为君为朝罢了，如今大宋几乎两线作战，若是我们这些朝臣相互间再不能团结合作的话，又当如何面对外敌？"

这段时间之内，晏殊在朝堂之上的确极少发出犀利措辞，更是从来都没有站在吕夷简的对立面，此时诚恳交谈说出来的话，更是字字珠玑，全都戳在了吕夷简的心窝子里面。

吕夷简深深地朝着晏殊看了一眼之后，冷哼了一声："此番富弼前去辽国，皇上必然要委派皇城司之人暗中保护，但辽国危机重重，仅有皇城司和明面上的护卫恐怕捉襟见肘。

"你晏副相手中抓着的一些人手，该北上便北上，我吕某或许也会帮衬一二，尽可能保证富弼安全，至于朝廷之上的消耗，就先停下吧！"

说完这几句话之后，吕夷简轻轻一扭胳膊，挣开了晏殊扶着他的手，随后加快了脚步，不多时就回到了政事堂处。虽说吕夷简年事已高，但作为首相依旧不时要到政事堂当值，今日更是正好轮到他。

朝着吕夷简远去的背影瞄了一眼之后，晏殊眼底闪过了一抹喜意，随后背起手缓缓离开了宫中。

吕夷简并非大奸之人，更是十分信守承诺，既然他已经明确地说出了要做什么，那就必然会按照这个说法去做。

能够将手下掌握的一些私兵死士放出去保护富弼，这在吕夷简的身上简直算是破天荒的进步。

倘若朝堂之上都能如此和睦互助，便是富弼此次出使辽国失败了，又有何妨？

大不了大宋两线作战，将范仲淹留守西北，着庞籍与狄青北上抗辽，说不定还能借着频繁的战争起用一批可用的将领。

此前被范仲淹起用的那些新人，此时在各地方做得还不错，若是沿用这种方法，用不了多久朝堂之上就会出现极大变动。

吕夷简为首的老旧派掌控朝政的时间实在是太久了，大宋朝堂也该换一换新鲜血液了。

晏殊走出宫门之后，便看到富弼正在跟顾渭低声商量着什么，片刻之后顾渭转身离开，富弼则朝着他的方向看了过来。

两人年纪相差不过十余岁，因为这翁婿的关系却差了一个辈分，不比他们两人分别跟范仲淹的关系融洽，翁婿两人之间总是觉得有些隔阂，哪怕力向一处使的时候，也无法完全统一脚步。

对视了片刻之后，富弼恭敬地朝着晏殊施了一礼，晏殊微微颔首，背着手从富弼面前走过，在即将擦肩的时候忽然停了下来，随后抬手在富弼的肩膀上轻轻拍了拍。

“此去辽国，注意安全，若是事有不逮，可先委曲求全，回来之后不过丢官弃爵，还可韬光养晦以待后效，万不可行意气之事，断送性命！

“清素已有身孕，彦国此去怕是要经年累月，清素生子之时尚有我这个老父在身旁可挡，若是孩儿牙牙学语之时无父亲照拂，可就苦了清素与那现在还未出生的孩儿了。”

淡淡地说完了这几句话之后，晏殊施施然离开了此处，富弼站起身来，看着岳父的背影，表情越发复杂起来。

昔年经过范仲淹推举，他才得到了这位岳父泰山的高看，不但与王曾一起举荐他，更是将女儿许给了他续弦，这等恩德换作任何人都会没齿难忘。

偏巧这位岳父泰山近年来行事风格发生了不少变化，甚至在朝堂之上也很少再如同原本一样刚直犀利，这让富弼极为不适应，下意识地就跟晏殊拉远了关系。

方才那几句话听起来，似乎有些耳熟，当初明道年间自己这个岳父泰山被贬出知外地的时候，似乎曾经以同样的话说给过范仲淹。

至于妻子晏清素已身怀六甲之事，则是被晏殊暂时忽略，此事他早已知晓，并且提前为孩儿起过名字，且早就请好了一应婆子丫鬟等人，不至于到时候手忙脚乱。

晏殊提起此事，无非是想要让他切切挂怀此事，不可有些许妄动，须得保全自己性命。

韬光养晦，以待后效！

莫不是这位岳父泰山，也是在韬光养晦，等待什么时机不成？

富弼转头朝着远处的一顶小轿看了两眼，心中隐约生出了一种猜测。

此时朝中已经并非吕夷简单人把控之局面，但吕夷简依旧是第一权相，门下门人弟子众多，又都是守旧派，说是仍然能够一手把控朝政，也不为过。

再加上两处边境危局，朝堂之上不宜再发生其他的变动，此时风平浪静实属正常。

但之前他屡次听闻晏殊与范仲淹、韩琦书信来往密切，似乎正有所商议，他在与范仲淹的文书之上也曾经提及此事，范仲淹态度明朗，直言大宋需要变革，以改颓败之势。

欧阳修也曾坦言，对范仲淹的变法之想极为感兴趣，此时又已归入岳父门下！

一条条的线索掺杂在一起，让富弼的头脑越发清晰，随后隐约明白了过来。

他的想法，恐怕没有出错，大宋朝堂之上乃至于朝堂之下，可能都要开始出现极大的变化了！

第七章

增发币促辽同施压　元昊再称臣求和谈

正如同富弼所料的一样，皇城司司尊顾渭果然又被赵祯安排到了他身边，作为此次使辽的副使一起北上。

这一次顾渭并没有遮掩面孔，虽然并未以皇城司的身份出现，但也表明了自己的武官身份，所以一路上倒也不必遮遮掩掩，很快就跟整个使团的人打成了一片。

作为皇城司司尊，顾渭多年间一直都在大宋境内活动，哪怕是暗地里对辽国和西夏皆有长足的了解，但还从未出过大宋境内。

此番随同富弼一起北上辽国，倒是遂了他的心愿，正可以领略一下北国风光。

白矾楼的事情之后，萧特末跟刘六符两人一直都没有反应过来之前到底发生了什么事情，在富弼的照顾下临走前又在东京城之中转了一圈儿，虽说没有能将各处新奇光景全都走遍，但在九桥门街市周围倒是好好地喝了几顿美酒。

此时在北上的车队之中，专门留了一辆马车，上面装了足足几十坛好酒，据两人所说是打算回去找各家亲朋好友一起分享，但还没等他们出了宋境，那几十坛好酒就已经有半数见了底。

北上一路，萧特末与刘六符两人对富弼越发信服，富弼对他们的警惕心则是越来越少。

这两个家伙一旦喝多了酒，几乎逢问必答，若不是两人并不清楚，富弼和顾渭都怀疑他们是否会将辽国皇帝宫中有几个嫔妃被宠幸过这种事情都抖搂出来。

除此之外，这两人倒是给他们两个提供了不少有用的信息，譬如辽国皇帝耶律宗真的个人喜好、言语习惯、性格特点，但凡是这两个臣子能想到的，全都被他们给掏了个干净。

待到两人还想再从他们嘴里套出点儿什么东西的时候，辽国这两个家伙却直接就昏昏睡了过去。

富弼将手中酒碗放下，抬起手在萧特末和刘六符的身上拍了拍，确定这两人果真睡了过去之后，不由得一笑。

若是辽国那位皇帝耶律宗真知道自己的两位臣子竟然如此沉迷于美酒，顺势还将他这个皇帝的情报全都给抖搂了出来，怕是决计不能让这两人出使大宋。

正当富弼打算拉着顾渭一起下车，不再理会这两个呼呼大睡的酒虫时，忽然觉察到周围的气氛有些不太对。

此时的顾渭，正一边喝着手中酒碗里的“神仙醉”，一边饶有兴致地看着那两个全都醉倒了的大辽使臣，眼睛里面泛起了一阵精光。

这个表情变化，把一旁的富弼给吓了一跳。

看着身边顾渭闪烁起来的目光，富弼顿时有些紧张，这家伙该不会是听了这两个大辽使臣的话之后，在算计着如何刺杀辽国皇帝吧？

稍作思量之后，他隐约觉得自己的猜测十分准确，这种猜测放在其他人身上或许不太准确，但是放在顾渭这种家伙身上，那就极有可能真的出现这种情况。

思来想去，富弼不由得打了个哆嗦：“顾……副使万万不可有多余作想，你我身上背负着的可是宋辽两国边境处上百万军民的性命安危。”

顾渭笑了笑，一摆手：“不过是这两个人给出来的信息实在是太详实，所以下意识地做了个假设罢了。

“若是放在十年前，以皇城司在辽国的能力，加上此番随行带来的精干察子，想要趁机将那个辽国皇帝给杀了怕是并不困难，但是现在哪怕是藏在辽国的皇城司也已经尽数将注意力集中在了西夏一处，很多便利条件早就消失。

“若是贸然行动，估计除了将你我折损进去之外，不会再有意义。”

他这轻描淡写的话，把富弼给吓了个够呛，心说果然不出自己所料，这家伙真个是想要趁机将辽国皇帝给砍了。

谁都知道皇城司是什么德行，若是觉察到事情有希望成行，这帮家伙转头就容易将整个使团全都给卖出去！

想到这种可能，富弼突然有些后悔为什么要将此人给带到辽国境内了。

但是顾渭随后的话，却让富弼松了口气，他朝着富弼看了一眼，撇了撇嘴：“彦国能力卓绝，算得上治世能臣，日后恐怕确能有一番大作为，若是将你陷到辽国当中，我这个皇城司司尊便是死了恐怕也要遗臭万年。

“当然，若是我能侥幸得脱回到大宋，估计也要被希文他们直接骂死，用笔锋戳死！”

难得听到顾渭说这些笑话，富弼不由得愣了愣，随后勉强挤出了一点儿笑容：“幼常兄说笑了，便是没有幼常兄方才的想法，我们此行前往辽国也是危险重重。

“若是只以书信回复，双方不过是有些拉扯怨怼罢了，但是眼下我们以人为质送上门来，等同于将自己变成了案板上的鱼肉，虽说那个辽国皇帝听起来还算妥当，但谁知道辽国朝堂之上会有什么声音！”

富弼的担忧让顾渭忍不住心头一动，他朝着富弼看了一眼之后，拉开了这辆马车一旁的布帘子，朝着外面看了过去。

此时他们已经越过宋辽边境许久，距离中京大定府不过剩下百余里，沿着官道北上，看着大路周围的景象，顿时让人心旷神怡。

大片空旷平原间杂着远处的丘陵矮山，看上去此起彼伏，碧绿一片，宛如掀起了阵阵波涛的草海。

辽国既是游牧民族统治，虽说在大城市之中汉化严重，但是依旧放不下游牧习性，外面大片耕地放荒，退耕还草原之事比比皆是。

如果此时他们还在大宋境内，此时大路周围原应该是各种错落村庄、鸡犬相闻的阡陌田垄，而在辽国境内，他们所能看见的却只有大片的碧绿色草场，足有半人多高的牧草随风起伏，隐隐约约还能看到一里外山坡之上大片聚集在一起的白色羊群。

一种莫名的感触从顾渭的心头升腾而起，顾渭长出了一口气，声音低沉地吟诵起一首南北朝时流传下来的民歌。

“敕勒川，阴山下。天似穹庐，笼盖四野。天苍苍，野茫茫。风吹草低见牛羊。”

富弼听着顾渭略显低沉苍凉的声音，心头微微一动，随后顺着顾渭的目光朝着外面看了一眼，同样感慨起来。

“若是此处草场能够归于我大宋境内，怕是用不了三五年的时间，就能培养出一批可堪大用的战马，到时候搭配上我军的步人甲战阵，何愁幽云十六州不能复入我手！”

顾渭方才油然升起的些许豪情，此时被富弼给破坏殆尽，忍不住朝着他撇了撇嘴：“此地草场丰茂是不假，但同样地势广阔平坦，数百里内几乎无险可守。

“此地不比陕西各路气候干燥，想要就地筑城并非易事，尤其是周围上百里连个像样的树林都看不到，大军开拔到这里，就算临时安营扎寨都有些困难，何谈筑城据守？

“除非我们什么时候能拥有大批骑兵，如同辽人一样近乎在马背上生活，逐水草而走，追天光而活，来去如风，才能在这种草原之上占便宜，但也不过是占便宜而已！”

顾渭的话，引发了富弼的不满，虽然他也很清楚顾渭的话很有道理，但是心中的骄傲却由不得顾渭一味“胡说”！

“昔年汉武帝命大将军卫青、骠骑将军霍去病几出塞北，在大草原上接连击溃匈奴，一度将匈奴驱赶到大漠深处，这等丰功伟业难道也只是虚妄之说！”

富弼此话脱口而出，着实是有些心虚，果不其然，顾渭随后便嗤笑了一声，若有所思地看了富弼一眼：“想不到彦国已近不惑之年，竟然还喜欢做梦。

“汉朝之所以能屡次击败甚至击垮匈奴，是因为汉朝一直在拼命跟匈奴争抢河套平原地区，虽说几次易主，无法长期占据，但那可是极好的养马场。

“我们大宋连河套平原都没有，养马全靠军户马户用精细饲料喂养，一旦需求数量拔升起来，仅靠民间养马远远不够支用，只能跟辽国贸易买马！”

说到这里，顾渭的眼底闪过了一片怅然，只可惜这关南十县之中，也并未有适合养马的地界。

“与辽国互市的马场之上，多数都以次充好，甚至有以驽马当成战马售卖于我朝的情况发生，我方受制于人只能忍气吞声。

“至于民间所饲养战马，常年不经运动，怎么可能跑得过草原上长大的战马，双方骑兵在战马一项之上就已经被落得极远，想要正面硬拼几乎不可能实现。

“能在守城战之上十有九胜，已经是我宋军人人用命、将领人人用心的结果，倘若稍有不慎，便是被攻城略地，一退再退！”

顾渭所说的话，实在是句句扎心，字字泣血，富弼默然坐了回去，无力反驳。

凭借着一张嘴将朝中众人骂得狗血喷头、舌战群儒之力仅次于范仲淹的富弼，也败在了顾渭的嘴下。

诚然他所败给的其实并非顾渭，而是当下大宋缺少战马的实情。

大军无马，何以马战？在草原上无险可守，就算一时间夺了草场也无法长期占据，最终只能被辽国骑兵吊打，长此以往大宋何日才能收服幽云十六州，何日才能恢复汉唐荣光？

顾渭看出了富弼眼神之中的颓然，不由得摇了摇头，将车窗上的布帘子拉上，随后转头看向富弼：“彦国倒是不必为此气馁，我朝虽然于马政惫懒，但并非没有解决之策。”

这句话宛如昏沉暮色之中恍然亮起的火光，让富弼的眼睛再次亮了起来。

“此前富弼以为幼常兄不过一介寻常武夫，每日钻营钩心斗角阴谋诡计，难以有高瞻远瞩之能，所以才会于此事之上轻慢于幼常兄。

“而今幼常兄既然有破解此马政怠惰危局之法，还请幼常兄教我！”

说完这两句话后，富弼甚至不再顾忌这马车之上还有辽国的两个醉鬼使臣，竟然挺身而起再俯身下拜。

此举看得顾渭有些哑然，他沉默了片刻之后，悻悻地摸了摸鼻子：“办法嘛其实有两个，其一便是如同我之前所想的一样，等到了中京的时候，我伺机发动皇城司将耶律宗真那个家伙给弄死，然后任凭两国边境大乱。

“皇帝死了，辽国攻打大宋的战事不会持续太久就会转为内乱抢夺皇位，若是运气好的话，大宋能多出五到十年的时间趁机夺取河套地区和幽云十六州，还不必担心辽国报复。”

富弼闻言不由得哑然，这种建议说了就跟没说一样，谁也说不好辽国到时候会不会真的内乱，倘若对方能够迅速立嗣登基，巩固国本，反过手来直接攻打大宋，到时候大宋根本毫无还手之力。

彼时辽国必然会联合西夏，两线进攻大宋，到时候大宋恐怕便入了死局。

眼看着富弼脸上的神情再次发生变化，顾渭的表情微微一变，略有些严肃地说道：“第二个办法，便是行新政，革除时弊，百废俱兴，将马政摆在最为重点的位置上来关注，号召民间大量养马培育良种，并且着重处理冗员冗官之事，以求马政新令得以实施，如此一来依旧是需要五到十年的缓冲时间。

“同样的结果是，若是新政能够坚持五年以上，马政效果出来后，我军需要携新战马主动出击，以实战锤炼战马，归根到底都是要打上一场！

“不同的则是，前者是我们被迫卷入战争，后者则是我们主动入场！”

这番话掷地有声，虽说算不上治世良方，却与富弼心中的某些想法不谋而合，富弼沉默了片刻之后，抬起手朝着顾渭再行一礼：“谢顾皇城赐教！”

顾渭讪讪一笑，坦然受了这一礼，却并没有继续聊下去。

如同富弼所说，他不过是一介武夫罢了，偶有灵光乍现，讨论几句时政，针砭两句时弊，或许尚有能力，但要是真跟富弼这样的济世之才坐而论道，怕是盏茶的工夫就能让他败下阵来。

方才所说，也只是他心有所感，将此前听到赵祯与人论马政之时的一些想法剖析一遍罢了。

此时他也不知道，自己到底给富弼带来了什么样的启发，但他隐约觉察到了富弼眼神之中的变化，竟然与此前他再送范仲淹出京时，范仲淹身上的那种气势变化有些相似。

两人的谈话并没有持续多久，随后萧特末跟刘六符这两个家伙就悠悠转醒，本来这两个家伙眼看着富弼跟顾渭竟然一点儿醉意都没有，立刻就打算拉上二人再痛饮一场，结果外面的人却忽然叫嚷了起来。

众人将车帘掀开，循声朝着前方眺望了过去。

大路两侧那些半人多高的牧草已经逐渐稀疏，原本还略有瑕疵、斑驳不平的官道路面开始变得无比平整。

而远处的地平线上，一座远远看过去竟然跟东京城有几分相似的城池出现了，正是辽国仿开封府建成的陪都中京大定府城池！

辽国的这座中京城建成到此时也不过是三十几年，但是多年来修缮不多，一直以来也只是作为陪都使用，只有近年来耶律宗真登基后，才将主要的政事活动转到了此处。

所以无论是从规模、人气还是繁荣程度来说，此地比起大宋东京城来说都是远有不如，但在辽朝已经算得上是难得的雄城。

现下从十几里外看过去，外部城墙竟然已经有些斑驳痕迹，城墙外面的大片荒地上散布着一些小的聚落，依城而立，却并非东京城外的那种连片村落，而是大片的毡帐。

对于这种场面，富弼并没有感觉到好奇，只是淡淡地看了一眼，便重又坐回到了车中，显然上一次出使辽国的时候，已经见过了这里的模样。

反倒是顾渭忍不住多看了两眼，眼底满是惊讶，这帮契丹人到底是有多喜欢住毡帐？竟然连城下的聚落都是以毡帐为主，如果攻打这里的时候放上几把火的话，那得多壮观？

一旁的萧特末和刘六符明显猜不到顾渭心中的想法，看着顾渭一脸的惊讶不由得轻笑了起来，耐心地为他解释道："我们大辽虽然承袭了北地正统，但按照本族传统，契丹族人依旧喜欢结毡帐而居，不光是在城外，便是城内也有不少毡帐存在。

"大型城池之中长期居住的，多半是汉民，双方早已经相互融合，虽说整体商业发展一时间比不上南朝东京之中繁荣，但也别有趣味。"

萧特末一边说着有关中京的情况，竟然一把拉住了顾渭的胳膊，勾肩搭背地说道："顾副使虽然不善言谈，但喝酒倒是一把好手，比起富相公来说要踏实得多，可亲得多！

“在东京城里，你们招待我们喝遍了东京城各处酒楼的好酒，我们也要招待你们多多地喝上我们中京的烈酒，要是说起我们大辽的酒，当数富谷泉的官酒最为爽洌，你们在富谷馆驿站歇息的时候，就可以喝到！”

顾渭笑了笑，不动声色地将萧特末搭在自己肩膀上的手拉开，随口应了几句，随后便是看向了一旁的富弼。

此时的富弼已经收起了之前那些别样的心思，对于顾渭的眼神权当看不见，别过脸去不知道心中在想些什么。

顾渭的嘴角抖了抖，立刻就明白了富弼的意思，这摆明了是要让他这个粗蛮又擅长喝酒的副使负责解决萧特末这个酒鬼。

作为正使的富弼，即将面临辽国皇帝耶律宗真的召对，必然是要经受重重的刁难，接下来的几天在等待过程当中都不适合再饮酒。

至于一旁的刘六符，清醒之后隐约觉察到了这大宋正、副两位使者的眼神交流，不由得抚掌而笑，心中开始嘀咕起南朝之人都太过小家子气，连喝酒都不能爽利。

出乎他们的意料，不等车队转入城外招待使臣的富谷馆停歇，耶律宗真派来的迎接队伍就已经跟了上来。

直到此时萧特末和刘六符才知道，他们那位热爱按照四时捺钵，也就是在各处巡游狩猎的皇帝耶律宗真，此时正在城外驻扎。

一行车马很快就转了方向，从官道之上逶迤离开，在那一队骑士的引导之下，转入中京城北侧的一处猎场之中。

耶律宗真此时年纪尚轻，不过二十六岁而已，却已经独揽大权，亲问政事。

将两位大宋使臣召入行营御帐内之后，耶律宗真甚至连眼睛都没抬一下，朝着旁边一挥手，示意给两人赐座，随后就看向了已经彻底醒酒的萧特末和刘六符。

这两个家伙此前在马车上的豪爽模样早已不见，在面对着那位年轻君主的时候竟然有些小心翼翼的意思。

毕恭毕敬地将赵祯回信奉上，萧特末和刘六符不等耶律宗真看过信函，便干脆利落地撤了下去，转而坐在了北侧下首的位置上。

此时在这行营御帐当中，本就坐着不少大臣，一派穿着典型的契丹服装，在北侧端坐；另外一派则是穿着汉人的官袍，坐在南侧，双方泾渭分明却又显得极为和谐。

契丹人以国制治契丹、以汉制治汉的策略，在辽国之中极为有效，北地汉人早已接受契丹人主动融入主体文化，所以在朝堂之上的正面对抗，反倒是少于大宋。

耶律宗真没有主动搭茬，富弼与顾渭自然也就没有主动见礼，径直到了赐座位子上端坐静候。

作为大宋使臣，他们此时代表的可不只是皇上的脸面，更是大宋的脸面!

直到耶律宗真简单地将赵祯所写信函看完后，发出了一阵爽朗的笑声：“这个赵祯倒是有点儿意思，说话的底气可比元昊那厮强硬得多，南朝果然实力雄厚，同时对抗西夏与我大辽，也能如此慨然，手段真是了得!

“不过，纵然你们南朝有这个能力同时招架辽夏两国，何必派遣使者前来应答，干脆纵兵北上，与我大辽军马一战便是！”

赵祯在那信函之中所写的话，定然不会言语激烈，充其量只会在措辞上略显端正自抬以正国威罢了，所以此时耶律宗真一把脸拉了下来，富弼就知道这位辽国皇帝正是在故意找茬!

顾渭作为副使，没有皇帝专门召对，此时没有资格回答问题，同样他很清楚富弼的嘴巴有多管用，所以这会儿干脆将自己当成了空气，眼观鼻鼻观嘴嘴观心，毫不在意场中气氛的变化。

富弼在车队转路直奔此处的时候，就已经做好了心理准备，面对着耶律宗真的刻意刁难根本不惧："我朝皇上与陛下所写的毕竟是国书，言辞端正实属必然，宋辽两国更是兄弟友邦，难道说国书之中不以端庄态度行文，还要字字讥讽、句句折辱？"

看出了这位辽国年轻皇帝的蓄意试探之后，富弼直接上来便是一个反向拉扯质问，直接占据了相对的主动权。

"更何况，此番北朝趁着西夏于我大宋边疆闹事之时屯兵南疆，似乎有染指我大宋北疆之意图，更派遣使者索要我大宋关南十县，简直是在破坏昔年的澶渊之盟！"

富弼反将一军之后，立刻就把这个问题摆在了台面上，防止耶律宗真主动掌控话锋。

果不其然，随着他这两三句话把耶律宗真的兴师问罪，变成了他在向耶律宗真兴师问罪之后，局势顿时变得明朗起来。

周围那些大臣看样子平时被耶律宗真给压得极狠，此时面对着富弼的咄咄之言，竟然都敢怒而不敢言。

耶律宗真丝毫没有意识到双方的主动权已经易主，顺口说道："索要关南十县，是因为南朝先一步违背盟约！

"此时南朝在雁门关一带聚集了大量兵马，同时积极修缮边境堡垒，一副跃跃欲试打算作战的姿态，难道不是为了备战？

"南朝先一步违背盟约，在我北朝朝堂之上早就引起了不满，若非朕强行压制，众臣早已经商议要兴兵攻打南朝，朕为你们解决了这么大的麻烦，要十个县的土地作为弥补，自然不过分！”

耶律宗真上来就给富弼扣了顶大帽子，随后毫不遮掩自己的强硬态度，摆明了我辽国兵强马壮，随时都可以伸手来抢，但是看在盟约的分儿上只是问你们要，却没有抢，算得上仁至义尽。

这种几乎只保留着最后一丝底线的威胁，着实令人难以作答，富弼上次出使辽国的时候，只不过是跟这位皇帝打了个照面，并未深入交流，所以也没想到这家伙竟然如此蛮横。

稍作沉吟之后，富弼并未选择退避迂回，而是选择了硬刚：“我朝雁门关的确囤积了大量兵马，甚至还在军垦备战，但那是针对夏贼元昊，而非北朝辽国。

“这种事情只要稍加深究就能搞清楚其中缘由，根本没有理由作为威慑出兵的借口。北朝与我大宋向来是友邻兄弟之邦，更当相互理解支持，此时夏贼元昊在西北行事汹汹，不只牵涉到我大宋，更牵涉到了辽国安危。

“昔年我朝章圣皇帝澶渊之战中，正是顾全辽宋友邦情谊，所以才没有将辽国将领尽数击杀，反而为辽国留下了有生力量，稳定了大局，否则现在辽国可能还在内乱之中。

“如今作为兄长的大宋被元昊小贼袭扰，辽国非但不帮衬，竟然还打算趁火打劫，以此威胁兄长想要侵占财物土地，这算什么道理？”

这些话句句都带着锋锐，可以说毫不客气，直接把耶律宗真给架了起来，这位年轻皇帝的脸色瞬间就是一变，看向富弼的时候，表情开始阴沉下来。

萧特末和刘六符这会儿冷汗直冒，开始疯狂地朝着富弼使眼色，想要让富弼放低姿态，有什么话好好说，毕竟他虽然代表的是大宋朝堂，但个人身份只是个外臣。

以辽宋两国的实力局势对比，就算这位年轻皇帝暴怒之下砍了他这个外臣，随后再修书一封到东京随便自责两句，他这脑袋就算是白掉了。

双方这段时间相处下来，就算不是朋友，也算得上酒友，萧特末和刘六符对富弼极为赞赏推崇，自然不愿意看到出现这种事情。

顾渭坐在富弼一侧，此时情绪也是有些复杂，朝着富弼看了几眼之后，顾渭心中感慨良多，都说文人重心、武将重胆，他怎么感觉富弼心没多长几颗，这胆子却挂满了一身。

顾渭在奉命一路护送富弼来到辽国之前，曾经与赵祯长谈过一次，所以此时察觉到富弼可能有危险，立刻就扭过头看向了耶律宗真，眼神之中的杀意不再遮遮掩掩，而是十分淡然地展示了出来。

虽然进来之前，他身上的所有金属器械、一切可以视为武器的东西都被卸下，但作为皇城司司尊，顾渭的手段绝非常人所能想象，只要他需要，手边的一切东西都可以成为武器。

辽国皇帝若是在宫殿之中召对使臣，到时候周围武士环绕，顾渭想做点什么可能有些难度，但现在在这个毡帐之中，却给了他极大的便利。

双方距离不过十几步而已，顾渭可以转瞬即至。

匹夫一怒不过血溅十步，只要有必要施为，顾渭有把握在对方反应过来之前，将这毡帐之中的重点人物斩杀三到五人。

若是能用一个皇帝和几个辽国栋梁之臣来换他跟富弼的性命，也算他们两人死得其所！

这种毫不遮掩的杀意，顿时引起了耶律宗真的注意，他的目光从富弼的身上微微偏移，落在了一脸淡然的顾渭身上，心头微微一凛，后背竟然升起了些许凉意。

直到这个时候他才忽然间注意到富弼身边竟然跟了这么个副使！之前此人一直没什么存在感，明显是在有意隐藏自己的身形。

若是方才此人突然暴起，一时不察之下恐怕自己就危险了！

耶律宗真思虑至此，眼神顿时变得有些凛然，朝着周围看了一眼。

本来围坐在毡帐内侧，拱卫着耶律宗真的四名斡鲁朵近卫立刻挺直了身体，同时朝着顾渭的方向看了过来。

富弼的注意力，一直都集中在耶律宗真的身上，并没有注意到自己身边的顾渭有什么变化，此时陡然注意到了毡帐之中气氛的变化，眼角余光瞥了一下顾渭，隐约觉察到了什么，心头开始狂跳起来。

两人在路上的时候已经就此事进行过磋商，顾渭不该在此时展现出杀意才对，除非方才辽国皇帝曾经有过什么不好的念头，还被顾渭看了出来。

“陛下若是罔顾事实，一定要与我朝为敌，难道就有绝对的把握大获全胜？

“如今我大宋朝廷内外团结一致，西北、东北两处都是精兵强将，禁军总数多达百万，上下一心，民心士气皆堪大用，夏贼之乱平息只在眼前，到时候就能腾出手来全力对付任何来犯之敌。

“若是陛下一意孤行，非要与我大宋刀兵相见，怕是陛下也不敢保证百分百战胜我大宋威武之师，到时候在军中徒增伤亡，对陛下有何好处？真正受到损失的可不是那些劝谏陛下与我大宋为敌的奸佞臣子，而是陛下自己。”

眼看着气氛越来越不对，富弼虽然依旧步步紧逼，却没有再上纲上线，而是转而给耶律宗真布下了一个台阶。

果不其然，随着富弼这极具理性的“分析”说完，耶律宗真微微一愣，话锋一转问道：“宋使此言却是何意？”

随着耶律宗真顺着台阶走了下来，大帐之中的气氛顿时为之缓和下来，不再杀气腾腾。

只要耶律宗真能顺着台阶往下走，就意味着接下来还能继续谈，富弼顿时松了口气，立刻说道：“眼下我大宋与北朝交好，以澶渊之盟约计，每年都会赐岁币银十万两、绢二十万匹，除此之外更是开放南北互市，民间也可交互有无，对于双方发展皆有好处。

“一旦双方开始交战，赐岁币一事必然将要停止，双方互市也会减少，到时候辽国税收锐减，最终减少收入的还是陛下自己，如此算下来，若是开战必将受损的只有陛下一人，若是不战获利的却是陛下与北朝百姓，孰轻孰重难道陛下也分不清么？”

耶律宗真听完这个说法之后，眼神开始闪烁起来，此前他倒并没有从这个角度来考虑，此时经由富弼提点，他立刻就意识到富弼所言极有道理。

纵然如此，耶律宗真依旧没有直接认同自己做出了错误决定的说法，而是继续进行着试探：“宋使所言极有道理，但是关南十县的土地，向来都应是我辽国土地，此番朕想要收回不过是顺应祖宗章法而已，宋使难道还有什么说法？”

富弼挺直了身体，朝着上方的耶律宗真拱了拱手：“陛下此言差矣，昔年石敬瑭割让幽云十六州与契丹，那是他个人的行为，无法断定幽云十六州便从汉地转为契丹所属。

“在后晋之前，幽云十六州一直都是中原王朝的辖地，关南十县之所以现归大宋，则是周世宗率军攻取，此间事情都已经过去数代，难道还要强行追究下去么？恐怕这对辽国并没有什么好处！”

富弼再次强硬起来的态度，让耶律宗真不由得悻悻而笑，在引经据典一项之上，他可远不是富弼的对手，此时也只能掐着鼻子暂时认输。

毕竟富弼所说的极有道理，如果辽国有权力索要关南十县的话，那么大宋就更有权力追索整个幽云十六州，里外里辽国还得搭进来不少土地，耶律宗真自知理亏，自然不愿意再攀扯下去。

但是作为皇帝，耶律宗真被富弼在言语之上占了便宜自然心有不满，立刻就絮絮叨叨地将话题重新转到了西夏一事之上。

西夏此前同时向辽和宋称臣，为了争取辽国同时稳住与宋的战争，所以近期来对辽国的态度依旧恭敬，从名义上来讲，宛如大宋在与辽国的藩属开战，尤其是辽夏两国还存在姻亲关系，若是以此为凭，自然又是辽国占据了道义，可以居高临下指摘大宋。

眼看着耶律宗真接连退步，最终只能祭出这么一手来，富弼微微一笑。

来此之前，他就对耶律宗真可能出现的各种问题全都做过预演，眼下这个问题正好问到了点子上。

他当即便大手一挥，十分认真地做了个总结：“夏贼元昊，虽说与辽国称臣，看似辽国藩属，但实则与宋同样称臣，也属于大宋藩属，尤其是在大宋封赐之中元昊尚且未立王国，若是称帝即为叛逆之举，这对两国其实都是不敬，大宋攻打西夏，其实是为了宋辽两国一起征讨逆贼。

“若非如此，大宋攻打西夏便犹如昔日契丹攻打高丽和黑水，无须与友邻之邦沟通，至于辽国与西夏有姻亲之约的事情，此前大宋并未知晓，不可加之为罪。

“何况此番与西夏战争，全是夏贼元昊主动挑衅，危及我大宋边境，伤害我大宋边民，大宋不得不反抗攻伐，如果这种事儿发生在辽国身上，作为兄弟友邦，我大宋不但不会指责，反而还会派兵支援，震慑西夏，难道还能坐视不管？”

这几句话有理有据，又直接给耶律宗真扣了一顶大帽子，直接将耶律宗真架在了高处。耶律宗真再也没有可以反驳的话，只能是悻悻地点了点头。

“此前朕为西夏一家之言所蒙蔽，考虑确实有失偏颇，南朝反击西夏，的确是应当之事！”

身为皇帝的耶律宗真都被富弼给直接拿下，下面本就没有插过话的随行朝臣更是哑口无言，第一次辽朝对大宋使臣的召对就此结束。

直到一众人从耶律宗真的大帐之中走出之后，富弼才恍然觉察到，回到辽国之后反过来成为自己接伴使的萧特末和刘六符，此时的神态都有些古怪。

仔细看过去，这两人的后背竟然都已经被汗液浸透，很显然之前的召对对他们来说没有那么简单，在富弼看起来极为自然的召对，却是将他们给吓了个半死。

而一旁的顾渭，此时的脸上却满是玩味之色。

“今日召对，既然是辽国皇帝的临时起意之举，很显然我们在辽国的事情还没有完全成功，这位年轻皇帝的想法似乎极为执拗，若不是方才你的表现实在是太过令人精奇，恐怕他不会轻易放我们出来。”

顾渭对方才的谈话似乎十分满意，心中对富弼的种种大胆行为更是赞赏无比，完全没有意识到之前他竟然敢在耶律宗真的大帐之中表现出对耶律宗真的杀意，而且还能顺利地从里面走出来，这才是真正骇人听闻之举。

富弼脸色肃然，点了点头之后，正要说些什么，就看到一旁的刘六符走了过来，有些尴尬地朝着富弼低声问道："富相公召对之上的表现实在是令人佩服。

"不过依照我们对于陛下的了解来看，此事恐怕未必能就此定夺下来，若是陛下执意想要关南十县，又当如何？"

刘六符虽然说话的时候有些局促不安，但问出问题的时候眼神里带着莫名的审慎和严肃。

再加上顾渭的提醒，富弼瞬间就意识到刘六符并没有开玩笑，这不单单是刘六符自己的变相提醒，很有可能也是辽国皇帝对他的试探！

稍作沉吟之后，富弼十分明确地表示："陛下坚持索要关南十县，所图恐怕并非那十县之地，关南之地已为我宋地良久，地面上的百姓也都是我大宋子民，又兼地广人稀，赋税效果并不怎么样。

"辽国并不缺少草场，无须清退居民退耕重化为草原，何况彼处土地已然贫瘠，不堪大用。

"富某无论是从外臣个人之心，还是以大宋忠臣之心，都是觉得陛下应该选择增岁币一项结盟条件最为恰当，还望刘兄为富某转此建议与辽帝陛下！"

朝着刘六符施了一礼之后，富弼转头便离开了这大营处，奔着中京城外为使者准备的富谷馆而来。

不得不说大辽各处建筑的仿制痕迹虽然很明显，但是院落格局和各种设施倒是十分完善，在这富谷馆当中，富弼跟顾渭也未感受到丝毫异样，生活起居都十分自如。

虽然并未进入中京城之中，顾渭却也只用了不到一个时辰的时间，就在这里联系上了皇城司潜伏在中京城内的人手。

皇城司的情报效率向来极高，甚至比他们先一步知道顾渭是什么时候能够抵达中京城，却没有想到顾渭还没有等到进入中京城就被直接拉到了外面的聚落当中。

那处聚落毕竟是皇帝所在，守备极其森严，哪怕是皇城司这些察子的手段通天，也没有办法混进去。

好在顾渭他们并没有待上太久，皇城司潜伏在中京城的这帮察子才算是松了口气。

紧接着皇城司察子们便带来了一封从中京城外驿站提来的信函，交到了富弼的手中。

这信函的速度竟然比起他们使团的速度还要快上不少，后发先至，早已经在驿站之中等着他们，富弼看着蜡封上晏殊的印信标记，一颗心直接提到了嗓子眼儿。

家中是何大事，竟然需要岳父泰山动用皇城司的驿站渠道，甚至不惜使用副相职权启用这种渠道来送信？

一种莫名的紧张感从他心中油然而生，直到片刻之后他打开了信函，看着其中的内容，表情忽然变得有些异样，先是长舒了一口气，随后露出了一抹笑容，最后却逐渐严肃起来。

看着他如同变脸一样的表情变化，顾渭不由得有些诧异，这一路之上两人已经相互熟悉得不得了，对于对方的性格更是了解得极为详细，顾渭很难想象得到，信函之中到底会是什么样的内容，才能让富弼这样一个人短短时间之内，做出了如此多的表情变化。

直到片刻之后，富弼干脆利落地将信函一把火烧掉，他才抬起头看向了顾渭。

“清素生了，是个儿子。”

顾渭微微一愣，随后才反应过来，富弼口中的清素，正是晏殊的女儿晏清素，也就是富弼现在的妻子。

他微微一笑，朝着富弼一拱手：“彦国喜得公子，可喜可贺，可惜现在我们还在辽国，这满月酒却是来不及回去喝了。”

富弼抬手一礼，算是受了这份恭喜，随后表情逐渐变得严肃起来：“除了此事之外，信上还说了另外两件事，一是西北边境暂时安稳了下来，元昊西夏境内似乎出现了一些变动，元昊有意上表求和。

“二是皇上因西北边事稍稳，似乎有意调范仲淹、韩琦回京拜相。

“这两道消息，全都是出自皇城司之手，以我那位岳父的心思，恐怕未必会想得到借用皇城司之手来巡查这种信息，恐怕这件事情跟顾司尊也脱不开关系吧？”

顾渭微微一笑，朝着富弼摊了摊手，转身坐在了一处案几后，手指轻轻敲打了两下桌面：“我就说这种事情瞒不过你，用了晏副相的印信也是画蛇添足，倒不如直接拿着皇城司的信函给你看。”

富弼深深地朝着顾渭看了一眼，并没有笑，脸色越发严肃：“若是说岳父与希文兄搅和在一起，再加上稚圭乃至于永叔，我都不会觉得有什么不对劲的地方，但是顾皇城看样子也位列其中。

“你们到底想要干什么，为新政做准备，还是单纯想要再次扳倒吕夷简和他门下的那些老旧派？”

顾渭朝着旁边一摆手，示意富弼坐下，随后脸上露出了一抹快慰的笑容：“离开东京城之时，此事还尚未有所定夺，加上彦国即将出使辽国，我又必须随同，所以此事并未与你细说。

“按照计划来说，我们原本需要静待出使辽国一事顺利结束，才会有所动作，但是西北边境之事，元昊既然有了称臣之心，皇上又跃跃欲试打算将范公调回，此事自然也要提上日程。”

说到这里，顾渭的脸色忽然一变，低声说道："新政之行，已经迫在眉睫，所以此番使辽之事，彦国怕是要加快脚步，而且这结果之上，我们须得掌握好尺度，绝不能有所懈怠。

"想要推行新政必定困难重重，七位宰执大臣当中我们必须要占下最少四位，方可徐徐图之。

"范仲淹、韩琦二人以西北战事功劳调回东京，拜相已成必然之事，加之晏殊副相暗中支持，大事已然可期，若是彦国可将使辽之事完美收官，拜相怕是亦然可行，大事可期也！"

看着顾渭一改之前的疲懒状态侃侃而谈，富弼眼神和心中都是有些复杂，很难将眼前这个开口闭口新政之人，跟之前动不动就要掏刀子砍死辽国皇帝，乃至于要拉着自己一起以身殉国的那个皇城司使联想到一起。

不过此时顾渭所说的事情牵涉甚大甚广，他却不敢怠慢，背着手原地踱了几步之后，便猛然一挥手："若希文兄与稚圭都已经定下此事，富某自然不能再有推诿！"

他深吸了一口气之后，做下了决断，尽快将使辽一事敲定，一旦辽国答应新的盟约，为示好大宋，必定主动与西夏出现较量，到时候势必还能促使西夏和谈成行。

如此一来，范仲淹与韩琦被召回朝堂之上主政的速度也会为之提升，富弼也可以伺机而动，争取先一步将新政一事提上廷议！

大宋东京城中，御花园内，赵祯正与晏殊同游商讨西北边境战事与富弼使辽一事。

富弼此时已经在返回大宋途中，预计不过旬日的时间就会返回东京，而他此番在中京之中与耶律宗真的奏对过程，也是早已经通过皇城司的渠道呈递到了赵祯的面前。

听闻富弼几番正面与耶律宗真奏对，将耶律宗真这个辽国皇帝说得哑口无言，赵祯笑得合不拢嘴，颇有一种扬眉吐气之意。

此番将晏殊叫到宫中来，正才提起此事，晏殊的脸上也难得多出了一抹笑容。

富弼毕竟是他的乘龙快婿，往日来晏殊对富弼的要求极高，他对这女婿越发严格，日后对方的成就便越大，晏殊自然也就会越发欣慰。

“彦国此番使辽，虽然并未直接奏效，但效果也算极佳，恐怕再难生出其余变动，只要辽国最终接受盟约要求，加上西夏近来挑衅越发嚣张，双方之间的关系越发紧张，必然会引发辽夏之间的争端，一旦辽国同样终止与西夏互市，西夏就等于再也没有办法用毛皮岩盐换取生活之物，国中必然要大乱。

“最多不会超过明年，其国中之变必然让元昊不堪重负，必然要来投递降书，以求和谈，到时候西北边境处便是可以恢复安定，再无重重危局。

“到了那个时候，我们便可以抽出时间来处理朝堂之上的诸多杂思愁绪了！”

赵祯的眼底闪过了一抹亮光，声音慨然，说话的时候更是激昂无比，显然此时早已胸有成竹。

晏殊从头到尾都是满面笑容，对赵祯的说法极为认同：“眼下朝堂之上的问题，莫过于冗官冗员冗兵，这些问题便是范仲淹与韩琦等人上书谈起，也已经不止十次八次，算得上是老生常谈的内容。

“单单是将这几个问题处理干净，朝堂也能充实仓廪，吏治清明，以皇上的仁德胸怀，未必不能创造出一个属于我朝的‘文景之治’啊！”

赵祯面对晏殊的自然恭维，虽说没有觉得刺耳，但也只是稍稍笑了笑："以朕之能力，便是能再创'文景之治'，怕也只是无用功，难道同叔还以为朕之子孙后代里，能出现一个犹若汉武帝般的强国之君？

"汉武帝倒是打出了我汉人的威武，自家名垂千古，只可惜穷兵黩武之下，汉之百姓越发苦弊，'文景之治'的底子逐渐消磨光，日后大汉便是逐渐落了颓势。

"天下百姓，没有人喜欢战火纷飞、战祸连连，更不喜欢穷兵黩武的皇帝！

"便是以马背上打天下为信条的契丹人，在入主汉地之后，不也是逐渐转变了思路，主动融入我汉人文化，日渐褪去野蛮气息。若是真的有朝一日我大宋商贾可遍行天下，将我大宋的绸缎、瓷器、茶叶等物货通四海，到时候恐怕才能得到真正的天下太平！"

晏殊微微一怔，朝着自家这皇上深深地看了一眼，眼神之中多出了一抹凝重，他原以为赵祯心中所想，无非是开疆拓土成不世之功，成为一个足够名留青史的好皇帝罢了。

此时听到赵祯的言论，却是让他隐约感受到了一种难以言喻的境界。

身为一代仁君，在其他皇帝还在憧憬建功立业的时候，这位皇帝竟然已经开始忧虑起天下万民了！

此等胸怀，若是自己不能辅佐其建起一代丰功伟业，怕是自己万死也莫能辞其咎了！

赵祯此时倒是并不知道身边的晏殊心中感慨千万，背着手站在了一旁廊道之上，看着不远处的团簇花圃，心中一时间感慨良多。

从他登基为帝至此时，一路坎坎坷坷从无畅然之时，起初他以为是上天罪责于己，修仁德想做个仁君，后来又觉得是年号不好，频繁修改年号，至今已然经历了天圣、明道、景祐、宝元、康定、庆历六次变更。

如今庆历年间，西北之事日渐稳定，富弼使辽又得喜报连传，似乎一切正在朝着好的方向发展。

此时赵祯的心中，再没有了之前的丰功伟业之心，而是开始细细思索起自己多年来的为君之道、为政之责来，或许此时真的已经到了改弦更张、肃清朝政以求革除政治积弊的时候了。

心中有了这个念头，赵祯虽说算不上行动派，但行动起来也是极为果断。

富弼回朝之后请对，与赵祯在垂拱殿密谈两个时辰，赵祯随后便是发起廷议，将一众实权大臣拉到了宫中商讨半日，便决定了与辽国之间的对策。

以增加岁币换取辽国对西夏施压，同时将宋辽之间的争斗可能性降低到最低，进一步维系双方之间自澶渊之盟以来的和平状态，以求四边皆稳，万事顺遂。

富弼回京不过数日时间，便带着国书再次北上辽国，这一次顾渭却并未随行，回到东京城之后顾渭几乎脚不落地就被赵祯又指派到延州去见范仲淹和韩琦，字里行间已经透露出了新政在望的意思。

此番再去辽国，富弼更是雷厉风行，前后不过旬月时间，就将新的盟约签订下来，新订盟约一事以每年大宋赐辽岁银二十万两、绢三十万匹的数目作为终局。

比起屯兵东北伺机而战或者直接与辽国作战，新增的十万两岁银和十万匹绢的消耗不值一提，最重要的一点则是获得了辽国施压西夏的机会。

短短几个月的时间之后，辽国与西夏之间的关系便急转直下，元昊再也无法从辽国手中获取半点儿支援，在与辽宋全都无法互市的情况之下，西夏举国上下的生活开始陷入潦倒边缘。

一时间西夏全国上下反对之声一片，若不是元昊手中依旧掌兵，怕是连各处民变都无法弹压，各部族也忙得焦头烂额，无奈之下元昊接连修表到东京与中京，自降身份称臣求和。

与此同时，庆历增币也为宋辽之间再次争取了一定时间的和平。

如此一来，大宋总算是从数年的战乱之中挣脱出来，可以喘息一下，而赵祯心心念念的新政，也随着范仲淹与韩琦返京，富弼二次使辽、带回了新订盟约的国书而归拉开了帷幕。

第八章

吕夷简病危托朝局　天章阁皇帝问新政

从景祐三年（1036）因朋党案被贬出京，再到康定元年（1040）为西北边事吃紧临时起复仓促回京又出知延州，至今时庆历三年（1043）得诏回京，范仲淹离开东京城已经足足六年有余。

才一跨入东京城内，范仲淹原本已是安宁祥和的情绪，便如同一石激起千层浪，产生了道道波澜。

宦海沉浮二十八年之久，范仲淹在官职之上起起伏伏多次，便是被贬出京城也已有两次，每次都是几无起复可能，但是每一次又都绝境逢生。

这一次更是得皇上赵祯委派皇城司使顾渭密谈召回，明明白白地确定了是为新法变革之事才召他回京。

从明道二年（1033）时与晏殊谈及此念至此，足足十年的时间过去了，他终于有望一展政治抱负，自然心中感慨万千。

同时被召回京城的韩琦，此时心境倒是并不相同，比起范仲淹接连因为直言直谏而受到贬黜不同，韩琦的宦海生涯相对来说略为顺畅，此时回京更是有一展鸿鹄之志的念头。

两人并肩而立，虽然表情、心境都不尽相同，却意味着此前无数人心心念念或者期盼或者担心的东京城乃至于大宋的大事，终于要发生了。

再次迎接范仲淹回京，此时的晏殊与以前心境大为不同，负手站在不远处看着范仲淹与韩琦，脸上的笑容略显淡然。

“晏相竟然亲自来接，仲淹二人不胜惶恐啊！”范仲淹朝着远处看了一眼，认出了晏殊之后，便笑着与韩琦一起走了过去。

相互见过礼，晏殊简单说过此番赵祯召他们回来的大致安排后，便将话锋一转，切到了另外的事情上。

听晏殊所言，两人回来之后都是要拜枢密副使职务，一同参与执政，这个消息给两人再次加了点底气。

但紧接着，晏殊说的话，就让两人心头一惊，有些不敢相信自己的耳朵。

“同叔所言可是确凿，吕相竟然身染重疾，卧病数月了？”

范仲淹能够起复镇守西北一事，与吕夷简关系匪浅，骤然听到晏殊说的这个消息，让他着实有些意外。

那个曾经一手遮天、手握重权，几乎直接导致了他前两次被贬黜的老相公，似乎已经处于弥留之际，范仲淹满心骇然。

晏殊点了点头：“不错，前几日我方才过去探望过吕相，彼时正有皇上安排过去的御医看诊，状况似乎不妙，我与御医细细问过情况，以吕相的年岁加上身体状况，恐怕撑不过今年了。”

眼见晏殊说得严重，范仲淹的神色微微一动，一旁的韩琦也是大为惊讶。

“希文兄回返途中便曾与我多次说起，回京之后定要去拜见吕相，若是如此这般，干脆择日不如撞日，今日便一同去吕相府上拜见？”

韩琦的目光从晏殊深沉的脸上挪开，随后看向了范仲淹，试探性地说道。

这个建议一提，顿时获得了范仲淹与晏殊的双重赞同。

三人从马行街一转，便直奔吕相府上，此时三人身份地位皆是卓然，一位现下正是宰执大臣，两位方才受诏回京，恐怕转眼也要成为宰执团队成员，都是炙手可热的大人物。

吕相门前便是再多沟壑，也是拦不住这三个人一起出现。

眼见这三位一起出现在相府，吕夷简府上的门子立刻就激动了起来，门前洒扫的洒扫，跑到后堂去禀告的禀告。

连府上的女眷们，听说是镇守西北边疆四年、威震陕西各路、力压西夏逆贼的韩、范两人前来，也纷纷跑到各处，远远地朝着这边眺望。

到了他们这个身位，想要拜见吕夷简自然不再需要投递拜帖，甚至就连门子通报的过程都给省略掉了，三人直接到了内堂之后，这才被家中的管家截住，寒暄了几句随后才说明吕夷简此时正在后堂歇息，需要等待请示才能入后堂。

与此同时，吕夷简原本正躺在床榻之上，在几个侍女小厮的照顾下，舒筋活血，服用御医给下来的丸药。

忽然听到皇上让人传信，说是“范相公”“韩相公”“晏副相”几个人同时前来拜访，吕夷简顿时就皱起了眉头。

“范希文和韩稚圭竟然这么快就回到了东京城？这个晏殊还真是爱多

嘴，竟然将他们两个全都引了过来！”

吕夷简身前正有一个婢女手中捧着一面铜镜，通过铜镜的映射，吕夷简看着面容枯槁、白发凌乱的自己，眼底闪过了一抹落寞。

此时的吕夷简已经六十有五，饶是范仲淹跟他斗了那么多年，自从举荐范仲淹到了西北镇边，同时往来通了极多书信之后，吕夷简心中对范仲淹的怨怼也已经近乎消融殆尽。

但此时他仍然不愿意让这个老对手见到自己如此落寞的样子，低低叱骂了两声之后，他便将周围的婢女和侍从全都驱赶了出去，随后只留下三五个贴身侍从，伺候自己更衣，梳理发髻。

范仲淹三人等在后堂前的庭院之内，隐约能够听得到内间里面传来的那一阵阵呵斥声音，却都不以为意。

在听到了吕夷简的声音之后，范仲淹反倒是稍稍松了口气。

此时吕夷简既然仍然有叱骂埋怨晏殊的力气，更有叱骂身边下人的精神，就足以证明吕夷简的生病状况仍在乐观的范围之内，还不至于行将就木。

直到盏茶的时间之后，吕夷简这才让人唤了他们几人近前，范仲淹三人相互看了一眼，进了后堂之中，随后便看到吕夷简正穿着官服，正襟危坐在坐塌之上，一脸的正色。

“范希文、韩稚圭、晏殊，你们三个倒是挑个好时间过来，是打算过来看一看老夫现在死没死吗？”

吕夷简冷冷地看了三个人一眼之后，冷声说道，态度绝对算不上和蔼，但是这有些难听的话听在耳朵里，却带着点异样的感觉。

范仲淹朝前一步，拱手施礼之后，忍不住笑了笑：“看样子吕相公倒是中气十足，仲淹心中担忧可以放下一二了。

“同叔与仲淹说起吕相公身体近来有恙，仲淹还在担忧吕相公是否能与我等如常对话，若是不能听吕相教诲一二句，仲淹回到了东京城内，总是觉得少了些什么。”

此时的范仲淹在面对着吕夷简，正如两人之前书信往来时所提到的一样，公心无算，私心无怨，说起话来的时候倒更像许久未见的老朋友，而非在朝堂之上争斗了多年的政敌。

这些话带着点儿打趣的意味，以吕夷简的身份怕是多年来还从未有人敢与他如此说话，偏生此时范仲淹说起来水到渠成，听得吕夷简微微一怔。

深深地朝着范仲淹那同样开始花白的须发之上看了一眼之后，吕夷简长出了一口气。

“好你个范希文，在西北镇边待了几年，竟然也是学得如此老于世故，面对着老夫的时候，居然也能说出这两句打趣的话来，还真是士别三日当刮目相看！

“幸好你与天圣年间那帮举子关系素来交厚，行事思维一向狷狂气盛，否则老夫还真要怀疑眼下的你是否还适合变法革新了！

“若是老夫花费了如此大的心思，从西北沉淀了那么久，弄回来只是一个与老夫一样老于世故，与晏殊一样多于圆滑，却彻底没有了锐气和意气的老家伙，可就得不偿失了！”

吕夷简此时也不知道是不是人之将死其言也善，开口闭口不但连自己一起骂了进来，甚至连带着晏殊也没有放过，不过言辞倒是并不犀利，更不恶毒，反而与范仲淹方才的话一样，带了点儿揶揄的意思。

晏殊皱了皱眉头，似乎对吕夷简所说的话略有不满，但是并没有接茬，只是拉着韩琦在一旁坐了下来。

范仲淹则是稍作犹豫，坐在了吕夷简旁边的位置上。

吕夷简并未邀请三人坐下，但对于他们的举动也不以为忤。

看着他们自然而然地坐在一旁，吕夷简嘴角略略勾起，做出了一抹笑意。

“范希文、韩稚圭二人看样子便是舟车劳顿、风尘仆仆，怕是才从外地回来，刚刚入得东京城？

“竟然没有先去有司或者皇宫之中，而是第一个就来到了老夫家中，老夫脸上颇有荣光啊！”

吕夷简笑呵呵地捋了捋胡须之后，面露精光：“既然是为新政而回，却又先来拜会我这个老旧派的坚守者，几位的举动是不是有些鲁莽了点儿？

“人人皆知我与范希文是政敌，人人也知我于新政是个绊脚石，在朝中更是罗织党羽，眼下我这一派人物全然都是阻碍新政发展的拦路虎，你们如今直接过来找我，怕是会寒了天下士子能人渴求新政之心，还以为你们要对老夫投诚了。”

这半是忠告半是打趣的话一说出来，吕夷简的脸色微微一变，忍不住抬起手捂住了嘴巴，随后剧烈地咳嗽了起来。

足足咳嗽了十几下，吕夷简方才在身后老管家的帮助下，含下了一口药汁，这才舒缓了过来。

“老相公注意身体，若是想要说些什么，晚辈等人就在这里候着便是，千万不要动了气性。”范仲淹脸上露出了一抹真心实意的关切，低声说道。

近年来两人之间的信件往来次数颇多，关系早已缓和很多，范仲淹对这位老相公的一些感观更是随之而变，早已没有那种针锋相对的意向，此时的关切自然也是真的关切。

“皇上亲政太晚，前者朝政皆是刘太后把控，朝堂之上多有纷乱，吕相强力支撑多年，随后朝中罕有支柱能臣，又无中流砥柱，全凭吕相一力支撑，当时晚辈心中满是锋锐，完全无法体谅其中辛苦，所以时时冒犯。

“如今看起来，若是没有吕相一力支撑，恐怕大宋朝堂早已经乌烟瘴气，很难有如此清明的局面，这一切都是吕相的功劳，不可稍有轻视。”

这些话，范仲淹在书信之中也曾想说出来，却从未能说出口，此时当着面反而侃侃说出，一时间惹得众人全都吃了一惊，但随后没有人表示出任何异议来。

大家都很清楚，范仲淹所言绝对真实，而吕夷简在听过范仲淹的话之后，脸色微微一变，忍不住颤抖了起来。

同行者的千句赞扬，抵不过对手的一句认可，自古以来无论是为政者经商者，还是三教九流各行各业，无一不是这么一种观念。

此时范仲淹竟然主动认可了吕夷简这个政敌多年的辛苦付出，而且情真意切并无敷衍，这怕是吕夷简数年来听到过的最为畅快的一句话。

“此生能得范希文此评，老夫可慰平生，死已足矣！”

吕夷简缓缓闭上眼睛，平息了一下心中的激动情绪，抬起手在范仲淹的手臂上拍了拍，不无感慨地说道。

晏殊和韩琦两人相互看了一眼，同时拱手说道：“吕相过谦了，希文此言在当今朝堂之上，唯有吕相能担得起，也对得住！”

片刻之后，吕夷简长叹一声，精气神明显都恢复了不少，睁开眼睛之后，眼里竟然是有一道精芒闪过，随后看向了范仲淹。

“虽然老夫抱病已经有一段时间，但是对于朝堂之上的情况还是十分关注，也很是了解，皇上急着将辽国和西夏的事情安定下来，为的便是早行新政。

“这一次召你们回来，更是打算以你范希文为主导，建立一个专司新政的辅政团体，大刀阔斧地进行改革。

“吕某年事已高，对于新政的接受能力着实不强，所以今日便已经递交了札子，自请辞去首相之位，给你们腾出了地方。”

这句话一出，范仲淹几人都吃了一惊，谁也没想到竟然会出现这种情况，吕夷简此举无异于退位让贤，更是承认了自己这个“前浪”不如范仲淹等人的“后浪”。

对于做了一辈子权臣的吕夷简来说，这怕是比生死更难的抉择，然而吕夷简竟然如此轻易就做出了决断。

吕夷简对他们震惊的表现十分满意，笑了笑之后一摆手：“你们倒是不必急着感谢老夫，朝中的阻碍可不只老夫一人，老夫门下的那帮家伙，也足够你们难受一段时间。

“新政之行，不可能一帆风顺，必须靠你们才能在前进的道路当中时刻自省，永远都能看见自己存在的问题，若是真让你们彻底顺风顺水了，怕是要嚣张跋扈得意忘形。”

如此堂而皇之地将这些话说出来，恐怕整个朝堂之上也只有一个吕夷简能够做到了，听着他的话下面三人都是一愣，随后忍不住苦笑起来。

吕夷简接下来的话，更是让众人颇有些不可思议，朝着众人再次看了两眼之后，吕夷简又咳嗽了几声，缓缓说道：“前段时间老夫以病请辞首相职务，皇上不允，并到我这宅子里探望过老夫。

“皇上行新政之心意已决，曾经问策于老夫，老夫问皇上以为新政基础何在，皇上答曰使民服，老夫便为皇上谏言，既然想要使民服，须以德行正直，可使万民崇敬者为政。

“同时也是向皇上推举了范仲淹、韩琦、富弼三人！”

吕夷简虽说口里仍然在称其他二人之名，但此时的眼睛之中似乎已将坐在一侧的晏殊和韩琦两人置于一旁，仅剩下了范仲淹一人。

“范希文，老夫怕是旬日之间未必能死，在老夫死之前便让老夫看上一看，你们到底要如何施为！”

“仲淹感恩吕相荐举，吕相所言，仲淹受教了！”

范仲淹心头一震，一改之前的心态，端正无比地朝着吕夷简行了一礼，诚心实意说道。

眼看着这个多年政敌一而再，再而三地在自己面前低头，甚至有些吃瘪，吕夷简脸上闪过了一抹笑意，有些得意地说道：“老夫到底做了首辅宰相这么多年，除此之外还是有些能耐的，送你们离开之前，再送你们两句话，你们若是愿意听进去，或许会有所受益，若是不愿意听的话，便当是一个将死老者的疯言疯语吧！”

嘟哝了这么两句之后，吕夷简忽然正色说道：“虽说当下朝堂之上积弊甚多，但毕竟依旧可以完美运转下来，而且并未出现太大的问题，这足以说明先人留下来的东西必有其道理，你们改则改矣，万不可想着动摇祖制根本。

“就算是皇上，也不过是想要靠着新政来解决冗官冗员冗兵的‘三冗’现状罢了，皇上未必愿意或者说真的敢推翻祖宗的规矩，改掉祖宗的毛病的！”

这两句话看似啰嗦陈腐，却一语中的，切中了范仲淹三人心中的某些弦线！

尤其是坐在最远处的晏殊，此时眼底更是闪过了一抹异色，似乎对吕夷简此话深以为然！

吕夷简的身体情况，由不得他与人交谈太久，只是将想说的一些话说与众人之后，便毫不客气地来了个逐客令。

从吕相府上离开之后，三人面色各异，心中各有所感。

沉默片刻之后，三人同时转身，朝着吕相府上再次一礼。

吕夷简一席话下来，等同于将接下来的朝堂半推半就地扔到了他们的手中，只要皇上默许他们便可以随意施为。

新法之初，若是强行大刀阔斧，必然要伤及诸多根本，方才吕夷简的话既是以朝局相托付，更是在警醒他们不可贪功冒进。

仅以这几句言语，便可称得上对三人有大恩德！

不可不敬，不能不敬！

西北、东北两边之事暂定，赵祯心意也已经决然，新政的脚步开始逐渐加快，这等行事之时，赵祯丝毫没有吝啬高官厚爵，授命范仲淹为枢密副使，顺手提拔了余靖、欧阳修、王素和蔡襄等此前号称范仲淹一系之人为台谏官。

紧接着又擢升范仲淹为参知政事，富弼为枢密副使，韩琦同样任枢密副使，青壮派支持新政的诸多大臣皆有升迁机缘，虽然新政尚未开始，但是朝中已经是一派欣欣向荣的景象。

其间赵祯几次单独召范仲淹入对，每次无不是秉烛夜谈，慷慨激昂，但时有月余，赵祯在范仲淹这里所得到的回答只有一句。

“朝廷改革须从吏治改革开始，然而此事朝廷积弊良久，并非一朝一夕就可以改变。”

这种收而不发的态度，惹得赵祯极为光火，随后干脆赐予范仲淹手诏一道，这等于是给了他一道随身携带的圣旨，但凡有所需要便可以直接拿出手诏行事。

几日后，赵祯甚至开了天章阁，将两府的大臣聚拢在一起，专议新政之事。

这个举动震惊了朝野之上百官，更是让东京城内的百姓津津乐道。

天章阁平素里几乎从不开启，只有每逢极重大之事，才会以天章阁作为议事厅召大臣奏对，这对于大宋朝臣来说，已经是最高规格待遇。

范仲淹看出了赵祯行新政的决心，下朝之后与富弼、韩琦三人彻夜长谈，随后当天夜里便写了几道论新政的札子。

第一道札子《答手诏条陈十事》方出，便震惊了朝野。

范仲淹在札子里面将朝堂积弊归纳总结到了十条之中，并且逐一提出了解决办法和政策建议，条理清晰，字字珠玑。

（一）明黜陟，即严明官吏升降制度。

以当初吕夷简的“百官图”事为例，此时朝中升降官员不问劳逸如何，不看政绩好坏，只以资历为准。所以经由此途径爬上来的官员大多不求有功，但求无过，因循苟且，全无作为。

所以必须要定期进行政绩考核，破格提拔有大功劳和明显政绩的，撤换有罪和不称职的官员。

（二）抑侥幸，即限制侥幸做官和升官的途径。

朝中大官仗着朝廷的恩荫惯例比较好，对待官员家属的待遇更是优渥，每年都要自荐其子弟充京官，而且朝廷大部分都会夺情起用，学士以上的官员若是每年都进行举荐，十年下来便能举荐十个京官，二十年便可以举荐二十个京官。

这样未经过考核的官员一个接一个地进入朝廷，不仅增加了国家开支，还大大地增加了京城官场上乌烟瘴气的程度，这些官宦人家的纨绔子弟平日里正事不干，只知相互包庇，结党营私，更有甚者早已形成了贪污受贿、腐败成风的各种长期团体，代代相传。

为了国家政治的清明和减少财政开支考虑，应该限制大官的恩荫特权，防止他们的子弟充任馆阁要职。

（三）精贡举，即严密贡举制度。

与减少恩荫、清除无用的庸官相互对应，为了培养有真才实学的人，开始着手改革科举考试内容，把原来进士科只注重诗赋改为重策论，把明经科只要求死背儒家经书的词句改为要求阐述经书的意义和道理。

如此一来，科举考试选拔出来的官员，才能拥有可以实用的真才实学，而且学有所用，真正地为朝廷尽力，为百姓谋福祉。

（四）择长官。

地方官员人浮于事，而且多半抱着天高皇帝远的想法，欺上瞒下的事情屡见不鲜，分布在州、县两级官不称职者十居八九，因此朝廷想要解决这个问题，需要派出得力的人往各路检查地方政绩，奖励能员，罢免不才。

同时也要严格地方官的选拔派遣，选派地方官要通过认真的推荐和审查，以防止冗滥。

（五）均公田。

当下地方官员的薪俸组成部分，除了现银之外，最重要的组成部分便是公田的收入，公田也称为职田，其田产收入是地方官的定额收入之一，但因为官职、派系甚至向相应官吏给出的好处不同，分配往往高低不均。

不患寡而患不均，一旦地方官员觉得自己的既得利益并不符合心理预期，也没有合理的评判标准，很容易心生不满，导致人心浮动，难以实干。

朝廷应该均衡官员所获得的职田收入，没有发给职田的按明确的等级制度发给他们，使他们有足够的收入养活自己。如此一来便可以督责他们廉洁为政，对那些违法的人也可予以惩办或撤职。

（六）厚农桑，即重视农桑等生产事业。

大宋虽然不抑经商，商税繁茂，但依旧是以农为本，必须要重视起与农业相关的一应事务，农业又以水利为重，所以朝廷需要降下诏令，要求各级政府和人民，讲究农田利害，兴修水利，大兴农利，并制定一套奖励人民、考核官员的制度长期实行。

（七）修武备，即整治军备。

当下募兵制度对于朝廷财政来说压力巨大，吃空饷的事情也时有发生，所以在裁撤冗兵的同时，应该适度在京城附近地区招募强壮男丁，充作京畿卫士，用来辅助正规军。

这些卫士，每年大约用三个季度的时光务农，一个季度的时光教练战斗，寓兵于农，实施这一制度可以节省给养之费，京师的这种制度如果成功了，再由各地仿照执行。

（八）推恩信，即广泛落实朝廷的惠政和信义。

此番新政必然要触犯原本既得利益者的权益，新法推行必然要重重受阻，政令在京城附近或许还能顺利推行，一旦出了京城，各地地方官肯定会虚与委蛇，找种种理由蓄意拖延，此类事情以前屡见不鲜，甚至有些政令被故意无视，拖沓两三年才开始实行者都曾有之。

所以针对新法的普及，必须要制定严苛的制度，以保证新法能够切实进行实行，不被人故意拖沓进度，主管部门若有人拖延或违反赦文的施行，要依法从重处置。

另外，还要向各路派遣通过层层选拔绝对可靠的使臣，巡察那些应当施行的各种惠政是否施行。这样便处处都将没有阻隔皇恩的现象。

（九）重命令，即要严肃对待和慎重发布朝廷号令。

古有徙木立信是为取信于民，而今朝廷法度若是能得公允，就该做出一定的姿态来示信于民，政令新法若是颁行不久便随即更改，很容易导致失信于民，下级官员更是束手束脚，不利于新政推行。

为此朝廷必须讨论哪些是可以长久推行的条令，删去繁杂冗赘的条款，裁定为皇帝制命和国家法令，颁布下去。这样，朝廷的命令便不至于经常变更。

（十）减徭役。

如今户口已经减少，但是赋税徭役并没有及时清整，算下来民间对官府的供给，却更加繁重。应将户口少的县裁减为镇，将各州军的使院和州院墙署并为一院；职官厅差人干的杂役，可派一些州城兵士去承担，将那些本不该承担公役的人，全部放回农村。

如此一来，等于解放了可以从事农业生产的大量劳动力，农忙之余还可以从事一些闲杂生产改善生活，民心自然向着朝廷，同样民间便可以不再为繁重的困扰而忧愁。

此议一出，顿时引得朝堂之上议论纷纷，不过两三日的工夫，不等皇上最终批示，已经成为东京城中大街小巷的热议话题。

大宋向来对坊间言事论政并没有太多管束，百姓对于新政都有耳闻，更有甚者将那条陈十事列于当街，以供百姓围观。

正如吕夷简曾言，新政一启，朝野震荡，此时再想回头已经不再可能。

这条陈十事看似缜密，实际上也只能算作新政之中开始的一个大的总纲。

随着范仲淹上书这条陈十事后，赵祯也是极快就给出了答复。

除了其中的府兵一法，因为牵涉重大，一时间不好推行，其他九条全都被首肯。

得到了皇帝的准许之后，范仲淹立刻大刀阔斧，开始了新政的第一次尝试。

十月初，朝廷以新政团体为政令推行者，任命了四位转运按察使。

在选拔这四人的时候，下面举荐而来的班簿之上，被范仲淹毫不客气地勾挑了无数笔，只要发现其中有不称职的官员名列其中，便直接下手。

这等干脆利落的举动，惹得朝中之人无不为之感慨乃至于羞恼，仅仅是第一项尝试，就在朝中试出了无数表面上支持新政、实际上心中无比抵触的家伙来。

隐约感觉到了事情有些不对劲的富弼，忍不住跟范仲淹提起朝中百官私底下批判他做事太过严苛、不留情面的事情，顺口说道："希文兄的一笔下去，怕是就要有一个家庭接下来要痛哭流涕！"

朝堂之上冗官严重，这些人能够位列候选簿之上，不知道花费了多少精力，浪费了多少时间，透支了多少心思，才能排上号。

如今被范仲淹随便一笔就等于是打落尘埃，这帮家伙自然会心有不甘，由此而来就直接站在了范仲淹乃至于新政的对立面之上。

由此可见，新政随后的阻碍怕是要越增越多！

范仲淹将手中方才写到一半的札子放到了一旁，抬起头看向富弼，眼神清亮无比。

“彦国是听了什么风言风语，对新政产生了些许怀疑，还是因为新政之初就受到了太多的阻挠，感慨于朝中旧派势力猖獗，以至于惧怕得罪朝中权贵，所以有了裹足不敢前行的想法？

“方才彦国所说，我那一笔下去便会有一家人痛哭，若是以朝中旧派做法来言，怕是要手下留情，为其夺情安排其余官职。

“但朝中冗官已经如此严重，我那几笔画下去所裁撤冗官，不过是数量庞大的冗官数目的冰山一角，若只是因为担心这一家哭，便将其放到并不适合的地方去，引得一个地区的百姓哭，这其中事由孰轻孰重，难道彦国分不清楚？”

义正辞严的几句话问出来，站在范仲淹对面的富弼顿时哑口无言。

他看着范仲淹一脸坦然的表情，隐约明白了过来，范仲淹或许对他们在吕夷简府中所听到的衷心谏言表示了赞同，却并没有打算依此而行的想法。

饶是明道二年（1033）晏殊那一通发自肺腑，乃至于劝住了范仲淹想要进谏直言新政想法的谈话都没能让范仲淹稍敛锋芒，以至于随后二次被贬。

此时新政已经开始实行，新政团体又得到了皇上的支持，还有谁能拦得住范仲淹推行新政的信念和脚步？

沉默了片刻之后，富弼没有再尝试规劝范仲淹，而是开始与范仲淹商讨起进一步推广新政的策略来。

皇上虽然明面上在全力支持新政推行，甚至不惜重开天章阁，但对于新政的具体实行反而显得有些模棱两可，这是新政团体众人唯一担心的事情。

若是无法揣度上意，行差一步导致新政失败，几人怕是要追悔莫及。

富弼对于范仲淹的雷霆手段虽然极为敬服，也觉得新政需要如此手段才能迅速推行，但隐隐总觉得此等行事必然会有后患。

与范仲淹详谈半日之后，富弼转而到了晏殊府上，请见他这位地位尊崇、一向都是范仲淹至交的岳父。

晏殊在此前也曾参与过他们的商谈，但不知为何自新政开始就隐隐有退居幕后之意，虽说在朝堂之上乃至平日里的行为举止之上对新政仍然十分支持，却并没有表现出全力以赴的姿态。

对于这个情况范仲淹和韩琦也有所察觉，但并未放在心上，正巧此时副相章得象等人对新政隐隐有抵触之意，不愿出手相助，给他们带来了不小的阻力。

反倒是晏殊这种姿态，给他们提供了更多的行事便利，范仲淹连晏殊府上都未曾去，便直接对晏殊采取了只借其名、不用其权的策略。

富弼从政事堂离开，才出宫就直奔晏府，这个事情早在富弼敲响大门前，就已经为晏殊知晓。

新政之事，他虽然没有全力掺和进来，却一直都在暗中观察，众人行止自然也在观察之列。

甚至此时列在范仲淹等人身前的那些资料册子，绝大部分也都被誊写出了副本，就摆在晏殊的书房之中。

见过岳父之后，富弼便开门见山，直接将范仲淹近日来的举动一一说明，随后征询起了晏殊的意见。

晏殊虽然也几次遭贬，但一直高来高去，虽说导致了他很少有机会真的去体察民情，但同样也意味着他距离大宋权力中心比新政团体之中的任何人都要近。

在某种程度上，吕夷简下台之后晏殊便接替了他那个权相的位子，而因为晏殊与赵祯之间的授业关系，那位才开始展露宏图野心的皇上对晏殊的倚重甚至远超之前对吕夷简的倚重。

若是新政能够得到晏殊的全面支持，恐怕当前局面又会截然不同。

“希文动作迅速，新政才开始便已经大刀阔斧，眼下却有走得太急的嫌疑。

“中书省接到的札子接连不断，虽然下面官员对新政一事不敢妄加论断，却都有怨言。”

“希文这才在政事堂待了不到月余的时间，就将京畿附近的官员划下去上百名，虽说其中大部分官员都有尸位素餐的嫌疑，但这种步子迈得确实是太大了些！”

晏殊的回应简单明了，直接就将他最近接到的反馈和他的个人感觉说给了富弼，引得富弼顿时就是一愣。

富弼抬起头来，有些不敢置信地看着自己这位岳父泰山，心中五味杂陈，晏殊说过自己的想法之后，也并未继续开口，轻轻捋了捋胡须之后，靠在了椅背上，等待富弼做出反应。

一时间厅堂之内陷入了莫名的寂静当中，唯独室外的清风偶有吹拂入户，将一旁的书页轻轻翻动，或者将一旁香炉内袅袅向上的青烟拨散，这才隐约点出了房间内两人复杂的情绪活动。

沉默了片刻之后，富弼深吸了一口气，拱手为礼，声音肃然：“朝中之人无不认为岳父与范公关系莫逆，私交更是远超师生之谊，就连此前十数年间也曾多次相互探讨新政一说，怎么到了此时反倒做此论调？

“难道说，岳父竟然也在忌惮那些顽固的旧派官员，还是说岳父如今也想要学那吕夷简，再画上一幅百官图，所以不愿意与我等携手而行？”

晏殊端坐在上，似乎并未想到女婿的态度竟然会如此强硬，甚至不惜在言语之上刺激得罪他这位岳父泰山，竟然会发出质疑。

晏殊将原本捧在手中的那本书搁在了一侧，看着面前态度刚直强硬、跟从前的范仲淹竟然有七八分相似的女婿，脸色有些阴沉。

深深地朝着自己这位贤婿看了一眼，晏殊到底没有直接发怒，而是朝着旁边一招手，示意富弼看向一侧的那些案牍：“彦国来此，是要代希文找我寻求支持，还是要兴师问罪？

“彦国与希文近来一直都在一起，指点江山，就算是看到了一些风浪，怕是也没时间分身看到真正的危险吧？”

晏殊半是嘲讽半是佯怒地冷笑了一声，随后站起身走到了一侧的案几旁，猛地抬脚一踹，哗啦啦一大片的札子信笺全都散落在了地上，竟然连富弼的脚面都已经盖住。

“短短两个月的时间，从各路各州送上来的札子已经不下三百余封，此时在路上源源不断而来的札子连带朝廷中那些人的札子加在一起，恐怕不久就会逾千。

“若非晏某帮忙将这些札子挡了下来，你们以为这新政还能继续推行下去？简直愚蠢至极、鲁莽至极、荒谬至极！”

富弼被晏殊突然出现的脾气吓了一跳，忍不住向后退了半步，看向晏殊的时候，眼底满是不可思议。

直到此时他才注意到，自己这位身为首相的岳父脸上满是疲惫之色，原本微阖的双眼此时圆睁，眼底竟然全是血丝，三百多道札子岳父怕是已经一一通读过。

新政团体所掀起来的风浪不是不大，而是全都被中书省或者说是被晏殊给挡了下来！

倘若不是有这位首相帮忙，他们现在恐怕是要面对着如山的压力，想要再那么大刀阔斧地进行改革，绝对不可能！

最重要的是，倘若真的将这些杌子堆到皇上的面前，会不会直接将皇上心头那点儿热火直接浇灭？

眼下新政实行靠的可不是范仲淹的直横气势，更不是他们在一旁出谋划策忙前忙后，凭借的全都是那位皇上的一腔热血，一股子富国强民之念，若真是让这股子热火被浇灭了，他们立刻就会成为无根之萍！

富弼隐约想到了某种可能，方才那点怒意和质疑迅速消失，取而代之的则是满脸的无奈和愧疚：“岳父泰山，方才小婿行事孟浪了，还望岳父泰山原谅！”

看着这位贤婿总算服了软，晏殊冷哼了一声，不再继续咄咄逼人，而是叹了口气，随后一挥手：“我与希文曾经说过许多次，此前在吕夷简府上拜会，吕老相公话里话外更是对他进行过暗示。

“过刚易折，这个道理连初出茅庐的小子都能懂得，为什么他范希文都已经到了知天命的岁数，竟然还如此执拗，还要带着你们这群什么都不懂的小子一起执拗？”

理清思路之后，富弼面对着此时依旧一脸愤怒的晏殊，根本不敢有丝毫的怨怼，只能是讪讪而笑。直到晏殊接下来的话，隐隐戳中了富弼心头的某些执拗处。

“被贬黜乃至于直接剥夺了官职俸禄之人，不是依靠祖上荫庇便是十数年寒窗苦读，好不容易才得到了登入厅堂的机会，如今一笔就将其祖上阴德和自身努力全都削除，实在太过荒谬！

“范希文的那支笔，已然惹了众怒，他还想再走到哪一步？待你回去，便告诉他，日后的事情要谋定而动，再三考虑，不可再继续鲁莽下去，否则最终被坑害的，只能是你们自己和新政！”

晏殊的话纵然有几分道理，但是在富弼看起来已然显得有些迂腐老旧之态，尤其是提及荫庇与读书之时，富弼眼神闪动，脸上满是不可思议之色。

他猛然抬起头来看向了晏殊，之前的少许谨慎和惭愧完全消失不见，取而代之的则是一脸愤然。

“晏相此言差矣！

“若是仅仅由于这两条原因，就可以放松对那些官员的约束和要求，甚至减轻对他们的责罚，岂不等同于因噎废食？

“倘若是受到了祖宗荫庇，作为我大宋官员，他们就更应该为祖宗之名声、大宋之兴盛考虑，兢兢业业做事，而非尸位素餐。”

随着他越说越多，富弼的声音越发铿锵有力，到了这时候，他便是完全忽视了眼前自己这位岳父泰山的表情变化，侃侃而谈直抒胸中块垒。

“倘若是花费了十数年时间寒窗苦读，方才获得了眼下的官职官位，难道他们不应该恪尽职守，以求积极向上？难道说他们之前十数年的努力仅仅是为了换取一个后半辈子不愁吃喝的位子，最终变成混在烂泥堆里面的猪猡不成？”

晏殊的脸色骤然一变，猛地一拍旁边的案几：“荒唐！你这是什么意思，难道是将我大宋官场想成了那些不堪的猪栏瓦舍不成？不堪入耳，荒谬绝伦！

“若是没有这种种优厚待遇，何人能愿为我大宋朝堂用命，何人愿意跻身朝堂之上？难道只是为了留一世清名，为天下、为万民、为继往开来？

“混迹官场数十年，范希文骨子里仍然带着一股子热血，这也就罢了，难道彦国你也要学着他一起走上不归路？”

翁婿两人之间的谈话至此，算是图穷匕见，富弼看着面前对自己狠声开口，再没有遮遮掩掩的岳父，瞳孔巨震，随后倒抽了一口凉气，拱手一礼直接转身退去。

时值此刻，他算是彻底明白过来，当初范仲淹所言与吕夷简的谈话到底是什么意思，他这位号称天才神童、一路高来高去的首相岳父，已经彻底成为吕夷简一样的人物。

圆滑且世故，做事喜欢滴水不漏，纵然有改革之心也已经无改革之胆。

扶持范仲淹与自己等人为新政团体正是因此！

如此行事做派，作为一个老成持重、愿意帮着皇上守成的首相足矣，但想要再将晏殊拉上他们的这条新政之船，却是万万不能了。

听闻富弼竟然因为清除冗官的事情与晏殊吵了一架，翁婿两人甚至不欢而散，范仲淹并未觉得惊讶，只是笑呵呵地带了瓶苏合香酒与富弼共饮。

“此件事牵涉甚大，总需要有人为先，同叔早年间也经历过几次波折，每每都是急流勇退，并非善于赌赛之人，更不喜赌赛之事，此番能够表面上不动声色，背地里却是帮着我们堵了札子，已经是极大的努力，不可苛求太多。”

此时的范仲淹眼眸清亮，神色坦然，似乎早就料到了富弼会碰到什么事情，此时话里话外没有半点怨怼，反而一派欣慰。

“新政之行，若是以同叔之言、吕相之谏，应当缓缓行之，怕是没有三五十年的时间无法推行，便是连掌政之人也要换下来几批。

“朝堂之上的人等得，皇上尚且年少也可等得，倘若没有大的变故乡间民众也是等得，但我怕是等不得了，大宋若是继续积弊下去恐怕也是等不得了。”

此时的范仲淹，虽然眼神清明态度洒脱，但是说出来的话，却让人难以置信。

富弼看着眼前这位亦师亦友的同行者，心头微微一颤，连忙将酒杯放下，面带关切地问道：“希文兄与皇城司司尊顾幼常关系素来不错，难道是从他那里听说了什么？”

范仲淹怔了怔，看了一眼富弼摇头笑了起来：“倘若真是从幼常那里听到了什么消息，仲淹此时怕是没有心情喝酒了。

“只不过，这新政的事情我们的确耽搁不得，只能越快越好，否则必然是夜长梦多，到时候想要做出反应也已经来不及了。

“新政团体可以被贬黜，新政理念可以被废除，但新政不能丢！”

范仲淹的说话声带着一股子让人难以拒绝的意味，此时更是深深感染了富弼，沉默片刻之后，富弼缓缓点了点头，再次举起酒杯敬向这位亦师亦友的长者。

两人饮酒本无由头，但偏巧此时有事相商，三五句话掺杂着三五杯酒，喝着喝着便已经下了足足两坛酒水，不多时范仲淹便伏案沉沉睡去。

富弼看着满脸倦容的范仲淹伏案而眠，呼吸逐渐平稳了下来，不由得哑然失笑。

新政开始不过两三个月而已，作为主政之人的范仲淹就已经疲累如此，倘若真是要按照那些人的说法缓缓图之，恐怕范仲淹的确是看不到新政真正成型见效的那一刻了。

为大宋呕心沥血，鞠躬尽瘁，本是人臣该有的格局，但这等事情若是牵涉到派系纷争、钩心斗角，便显得没有那么令人振奋，连富弼此时竟然也生出了一丝疲惫之意。

整饬过心情之后，富弼在范仲淹居所外小待了片刻，便差人找上了韩琦与欧阳修。

三人在铁薛楼内找了处雅间，对新政一事所面临的处境进行了一次详谈。

与富弼不同，另外两人的态度无比鲜明，那就是全力支持范仲淹，必须要大刀阔斧，迅速迈步，不能有一丝一毫的迟滞！

这等想法做派，怕是晏殊亲自前来教诲，也不会让他们有丝毫的退让。

此时的欧阳修不过任谏官，在三人之中职权最低，但态度反而最为鲜明：“徐徐图之不过是托词，若是真的按照这个想法做了，恐怕那些不称职的官员立刻就会有了应对之策。

“新政若是执行得稍慢，下面官员立刻就会有所准备，到时候亡羊补牢行那临时抱佛脚之事，一旦时间久了便可以此为将功补过之由，再加上那些朝中大臣的帮衬，再想将他们一举拿下，便是千难万难，若是连京畿附近都无法彻底掌控，我们这新政何以解救整个大宋？”

欧阳修字字珠玑，掷地有声，听得富弼与韩琦都是表情肃然，无比赞同。

晏殊转支持为坐观，但仍然保持着相应的帮衬手段这件事情，被富弼说给了两人听明之后，两人沉默了片刻，都没有做出回应。

新政团体能够站在这个位置上，此前多靠了晏殊帮衬，倘若这个时候再去兴师问罪，只会让晏殊心生不满，到时候撕破脸皮对他们没有任何好处。

范仲淹任参知政事，便是副相，此时在宰执团队之中几乎独木难支，若是此时再将晏殊得罪了，那等于是又给范仲淹釜底抽薪，到时候新政必然要被中断！

一时间三人都无比怅然，谁能想到这新政方才开始的如火如荼场面，竟然只是表象，真正的情况却是如履薄冰，很难看到胜利的希望。

好在范仲淹态度坚决，从头到尾都没有出现过哪怕些许动摇，这种态度给众人带来了极强的信心。

晏殊虽然与富弼吵了一次，但随后依旧保持着那种略有偏向的中立姿态，并未暗中阻挠，更从未破坏新法进程，如此一来，光是吏治改革一项，范仲淹众人便足足做了半年有余。

六七个月下来，京畿附近几路的冗官被摘得七七八八，外围各路州的官员，也是开始进入新政要求的吏员考核之中。

一时之间各处官场之上人人自危，提起范仲淹、韩琦、富弼三人的名字便如同谈虎色变，其中有自觉过不去考核的更是恨得咬牙切齿，恨不得生啖其肉。

朝堂之上的风言风语越发增加，不只是晏殊这个首相，其他几位副相手下的一些利益链条也被牵动，不光是札子，就连私下的信笺也已经多如牛毛。

仗着身份地位，几位副相都曾想过私下宴请拜访范仲淹，相商新政吏治一项，却被范仲淹一一回绝。

韩琦和富弼两人倒是没有范仲淹做得如此决绝，但不管两人受了多少邀请，只要是谈及新政，两人便直接闭口不言。

不过两个月的时间，原本多如牛毛的各地信笺消失了七七八八，那些如同热锅上蚂蚁的官员竟然被裁撤了大半。

朝堂之上针锋相对的声音越发减少，就连章得象和夏竦这两个典型的守旧派也不再针锋相对，让人嗅到了一丝不太对劲的气味。

新政整饬吏治效果鲜明，还不到一年时间，就将全国冗官裁撤了将近三成，但同时也带来了一些不小的问题。

朝中各个派系的利益全都被牵扯了进来，导致大家直接抱成了团，明面上对范仲淹整饬吏治越发赞许帮衬，实际上却一直都在暗中协调，准备对范仲淹下死手！

九月，一道从陕西发来的札子引起了朝中诸多大臣的关注。

如今的陕西四路马步军都部署、经略安抚招讨使郑戬以滥用官府公财、以权谋私的罪名弹劾天章阁待制滕宗谅。

滕宗谅这个天章阁待制，还是范仲淹举荐而来，这满朝文武谁人不知谁人不晓，虽说滕宗谅算不上新政团体之中比较重要的存在，但也算范仲淹的亲信。

札子里的内容更算不上什么秘密，此前滕宗谅知泾州时，曾经花费大量银钱打赏犒军，帮助范仲淹为各路军马提升士气，这等事情早已经过了几年时间，早不发晚不发，偏偏赶到这个时候被拎出来，显然目标明确，正是对准了范仲淹。

范仲淹反应过来之后，立刻主动站了出来，为好友滕宗谅辩护，同时在朝堂之上直接说明当初钱款去向，一力保全滕宗谅。

在他的力保之下，饶是滕宗谅慌张发昏，唯恐牵扯到无辜之人以至于将账本与抚恤名录全都烧光，此事也并未造成太大影响，赵祯略作考量之后，甚至都没有问询宰执们的想法，只是给滕宗谅官降一级，贬知凤翔府，但仍然充任天章阁待制。

这个看似并未引起风浪的波澜，让新政团队纷纷松了口气，原以为对方会知难而退，哪承想此事风波才过去不到三个月，御史中丞王拱辰忽然翻脸。

一连五六道札子送上去，全都是弹劾滕宗谅的内容，其中内容详细，字字狠辣，几乎将滕宗谅此前做过的一切错事全都罗列到了纸面之上。

赵祯不堪其扰，干脆顺水推舟将滕宗谅贬知岳州巴陵，将此案草草了事。

第二次弹劾事件，任由范仲淹上书力保也是无济于事，无奈之下也只能接受了这一变动。

这件事情，也让所有人都嗅到了一丝不同寻常的气味。

经由将近一年时间整饬吏治，朝中清明一片，逐渐安定祥和，但范仲淹此时已经到了天怒人怨的地步。

滕宗谅一事，既是百官的一次试探，也是百官在朝堂之上反攻范仲淹的一次号角，随着滕宗谅被贬黜到岳州，双方之间的斗争从暗地里转移到了明面之上。

经过足足一年的奋战，此时范仲淹已经感觉到心力交瘁，为确保就算自己也被人攻讦再次遭受贬黜，新法依旧能够继续实行下去，下了早朝之后他便直接去了晏殊府上。

两人自从晏殊与富弼吵了那一架之后，竟然已有数月都未私下见面，此时范仲淹突然求见，晏殊不用细想就能明白其中缘由。

稍加思量之后，他终究没有拒绝范仲淹，而是将范仲淹召入府中，两人密谈了数个时辰。

对于新政一事，两人争论许久无果，范仲淹便不再咄咄逼人，转而将话题转到了滕宗谅被贬黜的事情上。

“按照晏相的说法，对方虽然紧追着滕子京的事情不放，却并非只是关注在滕子京的问题，而是项庄舞剑，意在沛公。

“这个说法，倒是与范某之前的某些猜测不谋而合，想来既然晏相与我都能想到这种可能，那便是事实了。

“既然如此，便请晏相与我一起再入宫中，向皇上力保滕子京，以正视听！”

范仲淹脸色肃然，朝着晏殊慨然说道，此时他的心中已然有些激动，既然能在晏殊这里得到同样的感触，那就说明他之前的想法并没有错谬之处。

滕子京作为他的好友，又一起在陕西共事多年，他自然清楚对方的为人和能力，所谓挪用公财一说的确有之，但是既然是作为军务之用，于情于理都说得过去。

就算是因此受到责罚，也不该至于被贬黜那么严重。

然而就在范仲淹心中如此作想，想要起身与晏殊一起出门的时候，却发现晏殊只是微微蹙眉地看着他，并没有动弹的意思。

这个表现，看得范仲淹心头一沉，恍惚间似乎在晏殊的身上看到了吕夷简的一些影子！

“晏相莫不是不愿意与范某一起出首，为滕子京辩驳一二？滕子京之事虽说不是子虚乌有，但……”

还不等范仲淹将话说完，就被对面的晏殊打断：“希文已经身为中书省内参知政事，朝中权力不比我小，既然已经坐在了这种位子上，怎么做事的时候考虑得还是如此天真？

“倘若滕子京一事，真的只是受到你的牵连，被人顺势剪除，此前在早朝之上，我便已经向皇上禀明缘由，毕竟朝中眼下裁撤官员甚多，滕子京能力不错，留下来比起驱走要有更多好处。

“但事情真就只有这么简单？”

晏殊的表情有些古怪，这跟范仲淹记忆之中的那位老师、那位亦师亦友的至交相去得有些远了，不由得让范仲淹心头一颤，缩回了脚步重新坐回位置上。

“同叔这是何意？朝中那些家伙，无非是被仲淹触动了一些利益，所以伺机报复，只不过攻讦仲淹所需要的手段和准备显然庞杂无算，他们一时间没有能力如此作为罢了！”

说完这几句话之后，范仲淹自己先是沉默了下来，他的性子的确是直来直去坦荡荡，但不代表所有人都这样，朝中那些家伙考虑事情的时候，不知道要多出多少个弯弯绕。

剪除自己党羽，对着自己进行试探，这真的就是他们的深层想法么，还是说他们已经做好了万全准备，随时打算将自己拉下马？

滕子京一事，如果只是进攻前被吹响的号角，那他若是此时再入宫中为滕子京说话，立刻就会被人捉住痛处，大做文章！

“新政一年有余，你裁撤官员如此之多，遭到贬黜的更是数不胜数，如今你身边之人被人揪住了错误，遭到贬黜，你转头就要为他求情？

“如此说来，难道你的新政是为了党同伐异，将守旧派全都剔除出去，接下来如同前些年你进献的百官图一样，将所有权臣换成新政派系，进一步把控朝政？”

晏殊的叱问，直击灵魂，将范仲淹问得不由得沉默了下来。

他不得不承认，此时晏殊的政治想法和分辨能力，已经不是他能够望其项背的了。

“我对官员进行考核，依靠的可不是个人喜好，而是他们自己呈递上来的考校结果。

“倘若他们的考校结果都能让人满意，我就是对他们个人再有不满，也不可能会将之贬黜甚至罢官。

“如果是因为考校的结果跟实际情况并不相符，他们自然可以将真凭实据拿出来，驳回我给出来的结果，我自然会秉公处理。”

沉默了片刻之后，范仲淹依旧无法认同晏殊的说法，本着一切都要讲究真凭实据的想法，再次朝着晏殊说道。

此事之中，他行得端坐得正，自然不该成为处处掣肘，以至于无法直抒胸臆的那一方。

“我之所以力保滕子京，那是因为当时他正在我治下，我对于其中钱财出入知晓得一清二楚，此事又已经过去两年有余，突然指摘此事，便是捏造罪名！”

晏殊早就料到自己无法通过利害一说劝动范仲淹，此时听到范仲淹的辩驳，不由得摇头苦笑了起来。

“范希文啊范希文，你让我该如何说你是好，倘若你真是普通官员，即使站出来为滕子京具保，将自己的身家性命全都压上，又有何妨？

“但此时你是什么身份？你是当朝执掌着百官任命罢黜的执政，可以说手中掌握着所有大臣的生杀大权，随便说一句话，便是牵一发而动全身，眼下滕子京之事，属于上司举报，御史核实，几乎是板上钉钉的事情，你若据理力争也就算了，仅凭空口白牙就想要为他脱罪，岂不是痴心妄想？

“他的事情你知道、你确定，那是你的事情，但皇上怎么知道、朝中大臣怎么确定？众人大部分又将信将疑，若是你这时候突然站出来，很难不让大家怀疑，你是借着执政之机，勾结朋党，排除异己，甚至是想在朝堂之上一手遮天啊！”

这一番话说得范仲淹的后背开始冒起了凉气，任凭他的性子再直爽，做事再慷慨爽利，此时也是明白过来，晏殊所言并没有故意恐吓的意思，而是句句属实。

此时的范仲淹心中突然升起了一片凉意，疲惫之色顿时涌现于眼中：“晏相所言极是，但仲淹终究是有些不解，到底是众人的看法重要，还是真凭实据重要？”

晏殊默然：“真凭实据在何处，在你的心中，还是在于公允？你身居高位便要有这种觉悟，必须要有决心将这等觉悟坚持到底，方能真正将新政坚持下去。

“为了新政，你甚至可以得罪皇上，据理力争，侃侃而谈乃至在天章阁指着皇上的鼻子跳脚，但是不能屡次在朝堂之上触犯众怒，否则你恐怕距离失势不会再远。

“试想一下，倘若朝中没有了你这个中流砥柱坚持新政各项措施，朝中所剩下的全都是老旧派系的那些家伙，新政还有什么机会继续坚持下去？”

这个说法有些含蓄，晏殊心中对于范仲淹的坚持到底是十分崇敬，虽然并不能赞同，但仍然是将话锋轻柔了不少，似乎有在这种关键时刻拉上范仲淹一把的意思。

然而这一次范仲淹并没有立刻做出回答，而是端坐在座位上，微微闭上眼睛沉思了好一会儿这才再次看向了晏殊。

“仲淹实在是无法苟同这种想法！

“昔日在延州之时，我大宋接连兵败，几乎一败涂地，危急关头，正是滕子京四处奔走相告，苦苦求来各路援兵，才能够奠定延州反攻基础，大部分的公用钱也都花在了这件事情上。

“至于犒军一事，也并非滕子京独断专行之事，范某也曾为此事首肯，若是真要以这件事情作为罪证责难滕子京，范某岂不是也要同罪？

“范某明知事实不可不言，若是晏相不愿意与范仲淹一同掺和此事，范仲淹便自己去给皇上上札子，纵然事不可为，也要将实情一一说出。”

说完这几句话之后，范仲淹这才豁然站了起来，朝着晏殊拱了拱手：“晏相所言都在实处，但范某既然做了这个执政，日后行事必然还要恪尽职守，决不能有半丝马虎或者懈怠。

“选拔仲淹作为这个执政，是皇上所选，倘若有朝一日皇上真的觉得范某做事儿不满心意，可以将范某再次贬黜，关押下狱，甚至当街斩首，范某绝对没有一句怨言。但既然在其位，就要谋其事。

“今日与晏相交谈，范某受益良多，这便先行告辞了！”

甩下了这句话之后，范仲淹转头就走，根本没有给对方挽留自己的时间。

看着范仲淹洒脱而去的背影，晏殊的表情阴晴不定，抬起的右手在空中轻轻抖动了两下，最终也只是缓缓放下作罢。

事情走到这一步，范仲淹日后再做什么，都已经变成大势所趋，就算是临时想要改变政策也已经来不及。

他的劝解，与其说是在尝试让范仲淹改变想法，倒不如说是在说服自己不再去尝试管束范仲淹这个犟种！

半年的时间里他都并未与范仲淹再谈新政，就是因为知道这个犟种绝对不会因为他的几句话就转变思维。

眼下看来，恐怕用不了多久，范仲淹就会因为触犯众怒而再次遭受贬谪，至于新政恐怕也会因此土崩瓦解。

那位坐在龙椅上的皇上看似十分温和，实际上手段着实不低，不可能容忍范仲淹一家坐大，范仲淹近日这札子不递上去也就罢了，一旦真的把札子递上去，那就会让皇帝心中产生一丝疑虑，真的将范仲淹与滕子京之流看作朋党！

这种疑心病一旦种下根源，再想让它消失，可就是难上加难。

直到范仲淹的背影彻底消失在庭院末端，晏殊这才忍不住叹了口气，一手按在了旁边的案几上，大摇其头。

待到范仲淹从晏殊府上离开，竟然已经是日上三竿，过了晌午。

转头朝着晏府的门楣上看了一眼，范仲淹心情极为复杂。

晏殊所说对方是项庄舞剑，意在沛公的说法，与范仲淹所想基本吻合，但晏殊并未就此提出任何建议，反而顾左右而言他很快就将话题岔开，这个态度已经十分明显。

新政一事，恐怕晏殊不会再过多参与，甚至很有可能在一段时间之后，从中立转为反对，毕竟他也无法与整个官场抗衡。

两人争论了数个时辰，最终也没能达成一致，追根溯源，双方的分歧便卡在了新政推行的快慢之上。

范仲淹站在晏府外的大街上，竟然是头一次感觉到无力，新政推行不过一年的时间，便已经阻力重重，眼看着冗官已经得到大规模缓解，之前一力支持新政的皇上竟然也有动摇之意。

日后的新政方向，又在何处？大宋的方向，又在何处？

第九章

朋党案再提引纷争　庆历新政无疾而终

庆历四年（1044）算得上大宋朝堂的多事之秋，年初的时候，有八贤王之称、当初一力支持赵祯调查生母案、将刘太后影响力在朝中几乎抹平的八大王赵元俨溘然离世。

紧接着在十月份，历经几朝官至极品，一向都有把控朝政之能，能力卓然又极受皇上赵祯信任的前首相吕夷简，也在郑州老家撒手人寰。

赵祯在得知这个消息之后，忍不住悲恸而泣："吕相离世，我还去哪儿找像吕相这种忧国忧民以至于不顾自身安危的人呢？"

这等评语放在吕夷简的身上，或许有些言过其实，但足以见得赵祯心中对吕夷简之看重！

朝堂之上一下子少了两位元老支柱，对原本看似平和的朝堂局面产生了不小的影响。

尤其是这两位在生前隐隐都有支持新政或者说支持范仲淹之意，两人先后离世等于是在新政的篝火之下撤掉了几根柴火。

原本就已经开始随风飘摇的火焰竟然有越发暗淡之意。

年初时，吕夷简就以病为由归隐到郑州老家之中，远离了朝堂纷争，更是不再影响时政。

没有了吕夷简的压制，原本就归属于他大旗之下的那些守旧派在沉寂了整整一年之后，开始变得活跃了起来。

郑戬在完成对滕子京的弹劾、成功剪除了范仲淹的“羽翼”之后，立刻就遭受到了“反击”。

此时郑戬在陕西路所任职务是陕西四路都部署，本来这个位置是与西夏战时所设立出来的职务，职权相差之大十分夸张，可以说是整个陕西四路某种意义上的土皇帝也不为过。

作为滕子京的上司，他上书弹劾滕子京一事，除了让守旧派满意之外，自然也会招来不满，韩琦在条陈时弊之时，顺口便向赵祯提了一句，此时已经并非战时，倘若继续让地方官拥有如此大的职权，无异于让地方官做大，很容易出现尾大不掉之事。

为了确保赵祯能够重视这件事情，韩琦还专门以唐代节度使的例子说明，引得赵祯立刻就产生了警惕心，随后下令将郑戬的四路都部署职衔去了，同时调任至内地任职。

这个安排有些明升暗降的意思在里面，打了郑戬一个措手不及，更是让朝中那些看过滕子京笑话的守旧派警惕了起来。

在他们眼里，韩琦这个举动无异于是在向他们宣战，一时间群情激奋，纷纷开始找机会，想要抓住范仲淹等人的小辫子来弹劾。

与此同时，郑戬从陕西四路离开的同时，接任主管陕西四路事务的尹洙立刻就行动了起来。

此时西北边事早已经平息，跟西夏之间的协定也已经签订，西北已经不再像韩琦与范仲淹在时那么铁板一块。

郑戬在时，多次利用职权倾轧原本韩、范两人在西北留下来的底子，这让接任的尹洙到底有些不满，转头就打算裁撤一批郑戬的心腹。

其中就包括了此时正在修建水洛城的内殿崇班刘沪。

尹洙此时以知渭州的职责代掌周边事务，觉得此前与西夏作战接连失利是因为修筑了太多的城寨，导致兵力分散，所以有意收缩各处修筑城寨的队伍，同时也因为刘沪隐约算是郑戬的心腹，便委派瓦亭寨主张忠替换刘沪。

哪承想刘沪直接拒绝了此项命令，并且修书一封给尹洙强调修城的重要性，却没有想到这封信直接将尹洙触怒，立刻安排狄青前往水洛城，直接将刘沪抓了起来。

不过三日的时间，皇城司的信息渠道就将此事传递到了东京城中，赵祯将此事广而告之后，群臣顿时大惊。

此事看似不过是西北边事之中的一次小小人事调整后遗症，但谁都知道这里面牵涉颇多，尤其是尹洙分明就是范仲淹一伙儿的！

守旧派人人自危。

出乎所有人意料的是，在得知这个消息之后，范仲淹竟然第一个站了出来反对尹洙，并且指出刘沪此人在此前与西夏作战时功劳卓著，算得上是大功臣，不该担此罪责。

欧阳修更是立刻上书表明，刘沪修筑水洛城一事，功劳不在范仲淹与种世衡修筑边城的功劳之下。

朝中大臣虽然有些看不懂范仲淹与欧阳修等人“仗义执言”的举动，

但并未因此刻意站在他们的对立面之上，纷纷站出来为刘沪说话。

眼见群情激奋，赵祯立刻下令让尹洙放了刘沪，并且重又执掌修建水洛城之事。

此时距离他们捉住刘沪已经过去了二十余日，刘沪似乎是在狱中受到一些非人般的待遇，导致身体出了点儿问题，回去执掌水洛城后，水洛城才建立完成，他转头就因为头部之前的溃疡伤势发作去世。

本来边军将领因为身上有伤英年早逝的事情比比皆是，但刘沪这件事情牵涉到了新、旧两派，尤其是根据皇城司察子回报来看，刘沪脑袋上的伤势竟然是在狱中出现的。

这让本来已经逐渐平息下去的事情再次起了波澜。

新、旧两派的摩擦，已经从之前的私下争斗转为明面上的龙争虎斗，新政吏治一项还未完全铺展开来，便再次遭逢大难。

眼看着因为刘沪一事，皇上对于新政一派的人产生了些许不满，本就已经蓄势待发的参知政事贾昌朝、御史中丞王拱辰和枢密使陈执中等人，立刻就抓住这个机会，开始尝试掀翻范仲淹，击垮以范仲淹为首的新政集团。

跟吕夷简在时的守旧派不同，这帮家伙并非食古不化、冥顽不灵，正相反，他们同样也觉得当前朝堂之上时政弊端太多，心中同样藏着一些改革之法，只不过觉得范仲淹这个新政团体所提出来的新政之法并不靠谱，太过激进。

这帮人承袭了吕夷简的一些政治理念，形成了一种极为偏颇的主张，那就是可以行新法，可以改制度，但是必须要在祖宗之法的范畴之内进行，可以小范围地改动，却不能直接改弦更张。

说白了，这种理念就是可以变法，但必须要在守旧派的理念之下进行变法改革，并不是所有人都有这个资格，而眼下作为新政领导者的范仲淹等人，在他们眼中自然是没有这个资格的。

王拱辰一击奏效之后，立刻就意识到想要掀翻新政团体，需要做的事情实在是简单无比。

新政团体的根基更显浅薄，所以在抱团的情况之下，根本没有隐蔽性可言。

而这种相互勾连牵扯的情况，很容易让人联想起之前闹得沸沸扬扬的朋党案。

他当机立断，立刻就修书一封给了与刘沪一样被尹洙下过狠手的董士廉，让对方上书控诉尹洙行事不端，并且来了一手旧事重提，直接将当初好水川一战宋军失败的缘由全都塞到了韩琦与尹洙的头上，做出了揭发状。

不得不说，这个手段极为高明，不但激发了赵祯心中的一些不满，更让韩琦百口莫辩。

虽说最终这道折子被赵祯按了下来，并未直接发作，但它便如同一道隐藏在皮肤下的症结一样，随时都有可能爆发出来。

朋党一论再现朝堂，让范仲淹等人逐渐嗅出了一点儿危机感，尤其是作为守旧派魁首的夏竦、章得象等人，此时竟然都一言不发，更让人能够觉察到，后面恐怕还有极大的风浪在等着他们。

值此危急时刻，本来就走得急的新政团体众人，一时间没有仔细计量，竟然开始接连犯错。

面对着对手咄咄逼人的朋党论一说，范仲淹当庭直斥对方居心叵测，并说己方新政团体都是清流之人，就算是结党也不会营私，就算是结成朋党那也是君子之党，与对方的小人之党截然不同。

欧阳修更是直接下场，写了一篇《朋党论》，洋洋洒洒上千言，直接以札子的形式扔给了赵祯。

对于欧阳修的文采，赵祯给出了十分中肯的赞许，但朋党论的内容却按住不提，但从张茂则给顾渭的反馈来看，这篇朋党论怕是触动了赵祯心中的某些不快之事。

这就意味着，这篇文章似乎是在皇上那里起到了截然相反的效果。

直到事后他们才反应过来，皇家忌惮朋党，可不只是忌惮小人之党，而是讨厌一切结党营私之人，欧阳修此举看似慷慨激昂，实际上却如同将自家的小辫子塞到了对方的手里。

五月上，范仲淹跟韩琦以再议兵屯、修京师外城、密定讨伐之谋等七件事情作为新政第二轮议事重点，同时申请皇上放宽宰相权力，增加辅臣兼管军事和官吏升迁调动之类的事情，如此一来也方便将新法的改革深度、广度进一步增强。

两人却没有想到，这一番建言并未取得任何回应，朋党一案的影响还在，两人竟然在这个时候与皇帝提到军权以及相权之事，无异于自找没趣。

尤其是军事一项，向来为赵氏皇家所忌惮关注，范仲淹与韩琦两人毕竟都曾经领军，而且在军中威望都不低，两者叠加下来，更是让赵祯心中产生了一丝不满和忌惮。

这种谁都没有注意到、怕是连赵祯自己都没有意识到的忌惮不满已经积累下来，随时都有可能爆发。

压死骆驼的最后一根稻草，在六月的时候悄然出现。

夏竦在之前的一年多的时间之内，从来都没有找过范仲淹等人的麻烦，更是一直刻意隐藏着自己对新政的不屑和不满。

直到此时，眼看着种种事情叠加在一起，让赵祯对新政团体多出了一分忌惮，这让夏竦备受鼓舞，同时也意识到之前准备好的小手段已经无须再隐藏，而可以直接动用了！

暗地里一张大网开始朝着新政团体逐渐笼罩了过来。

庆历三年（1043）三、四月的时候，赵祯多次在紫宸殿召见百官，并且颁布了几次重大的任命，其中就包括确定新政团体的地位，同时为了平衡朝中的势力，将夏竦等人的位子动了动，这就导致中高层的人几乎都被动了一遍，当时服丧期满，再次被召为国子监直讲得石介感慨庆历新政一事，精神振奋，情绪高涨，一时之间不能自已。

为赞颂庆历新政百官变动，在皇上诏令之下盛世即将开启，作了一首《庆历圣德颂》呈上。

其内容洋洋洒洒上千字，看似在效仿唐代大儒韩愈的《元和圣德颂》称赞皇帝明德仁义，实际上确实在称赞庆历团体革新之举，同时各种贬斥守旧派。

其中更是有数据直指夏竦等反对革新的守旧派是大奸臣，这个行为在朝堂之上并未引起太多的争议，但实际上暗地里确实已经将夏竦等人给得罪到了极致。

原本双方在赵祯的调整之下，或许已经有了平衡的趋势，但是在这一篇赋的刺激之下，夏竦等人几乎将石介视为己方的死敌！

石介完稿之时，曾经将这篇赋交给好友孙复品读，孙复通篇看过之后赞不绝口，但最后给出来的评价极为中肯："兄若是以此赋呈上，触怒守旧派诸君，便是兄要惹祸上身的由头了！"

对于这个说法的可能性，石介自然也是十分清楚，却并未将此放在心上，依旧是我行我素，于朝堂之上将此赋献出，一时间更是引得群情激奋，在士林之中广为流传，此赋被赞誉的程度竟然与此前欧阳修的《与高若讷书》不相上下，被传为一时佳谈。

夏竦等人虽说怀恨在心，但并没有立刻就将此事作为攻击目标，而是隐忍了下来。

比起新政团体来说，他们更懂得朝堂之上的尔虞我诈、钩心斗角，做官的时候更是圆滑得多，眼看着皇帝对新政团体十分支持倚重，新政团体风光权力更是一时无二，全体守旧派立刻就转为隐忍不发的状态。

这一隐忍便是一年多的时间，直到庆历四年（1044）三月，石介被韩琦引荐为直集贤院，一年之前的旧账顿时被翻了出来，夏竦眼看着自己的死对头步步高升，自然不可能心甘情愿，恰逢此时新政团体实行新政处处受阻，已经惹得赵祯对此颇为不满，再加上范仲淹处处直来直去，在朝廷当中已经惹得众人怨声载道，夏竦立刻就意识到时机已经来临，所以干脆选择石介作为开刀之人。如此一来，不但报了当时之仇，还可以进一步试探打击革新派。

他的手段算不上高明，却极为刁钻。

彼时夏竦家中长年豢养着一位擅长临摹字迹的婢女，因为这一手绝活深得夏竦喜爱，常常在书房中让其伴读伴书，关系亲昵无比，更是引为心腹。

此番对付石介的手段，正落在了这个婢女的身上。

如此重要的事情他自然不会跟一个婢女说明，不过三五句简单吩咐，便让婢女俯首帖耳，模仿着石介的笔迹写了一封交由富弼亲启的书信。

不但用了石介的字迹，更加盖了几方仿制的印玺，倘若不是有个中好手仔细辨认，根本分辨不出真伪。

这封信前一天才完成，第二天就被人秘密地送到了富弼的府门外，在进行这一步骤的同时，一个骇人听闻的消息也被散播了出去，那就是夏竦命人在坊间传言，石介与新政团体之中有人竟然打算秘密将当今圣上直接废除，换一个新皇帝！

虽说这种消息并未查实，根本无法流传太广，但夏竦的目标也不是依靠流言就将新政团体击倒，他的想法很简单，那就是将新政团体拖进一摊泥潭当中，到时候就算他们可以做到出淤泥而不染，也逃不过皇室的怀疑。

所以这只拖他们进泥潭的手绝对不能是夏竦自己，更不能是跟他有关系的任何守旧派大臣，他的目标极为明确，直接就瞄上了皇城司！

与此同时，依照赵祯的命令，在各处暗中巡边而回的皇城司司尊顾渭，也已经回到了东京城中，第一时间就听手下的人回报了这个消息，顿时就吃了一惊，随后嘱咐手下之人不允许将这个消息外放出去，而是亲自来到了富弼府上。

在双方都刻意盯着对方的情况之下，顾渭才在富弼府外的一处茶肆内坐下，便听到自己手下的探子来报，已经在富弼府门外发现了不少可疑人。

紧接着一个外面罩着黑袍、里面则穿着石介家中仆役衣着的小厮，出现在了富弼府门外，看对方的样子鬼鬼祟祟。顾渭看到此人的时候便生出了某种疑惑，难不成新政团体的这帮家伙真就如此嚣张，竟然敢在光天化日之下用这种家伙来传递绝密消息？这简直有些荒谬！

但此事牵扯实在是太大，他也不敢直接就下了定论，所以立刻差人将那个小厮直接捉住。

这小厮早就在周围的街上徘徊了一段时间，就等着皇城司的察子们发现自己，眼下终于确定远处茶肆内的那人便是皇城司使顾渭后当机立断，在察子们冲过来还没有直接将他擒拿的时候，便直接咬碎了藏在牙尖的一颗药丸，直接将自己毒死。

待到察子们低低咒骂着将他拉到顾渭身边时，此人已经面色铁青眼看着活不成了。

顾渭脸色肃然，亲自下手掰开了这家伙的嘴，朝着里面看了一眼："嘴里面一直都含着一颗砒霜捏成的药丸，这家伙来到这里定是报了必死的决心，没打算活着回去。

"在周围，你们可曾有其他发现？或者是疑似同党，或者是有其他关注此地的人手？"

顾渭没有轻易断言，顺手接过了手下人在这个家伙身上发现的书信之后没有急着拆开，而是再次朝着手下这些人询问。

对于他自己手下的这帮察子，顾渭倒是有着充足的信心，这帮人虽然在查案方面未必有多大的天赋，但是在跟踪、反追踪之类的手段之上却是常人所不能及。

倘若对方真的是有组织的行动，必然会露出一些蛛丝马迹，那些小小的痕迹根本逃不过皇城司的查探，顷刻之间就会被他们给揪出来。

周围众人相互看了几眼，纷纷摇摇头："司尊，我们早在半日前就已经接到消息，在周围安排了不下上百个兄弟，甚至就在石府外也安排了二三十号人，一路上确保了这家伙身边根本没有另外的人跟着，看样子你应该是多虑了。"

听到手下人的说法之后，顾渭的瞳孔猛然一缩，转头看向说话的这人："你是说这个家伙真的是从石介府上出来的，而不是从其他地方跑出来的？"

说话的察子点了点头，下意识抬起头察言观色，注意到顾渭的表情有些不对之后连忙说道：“虽然这小子真的是从那里跑出来的，但也不能确定他就是那里的人，毕竟栽赃陷害之类的手段还未进行筛查，一切皆有可能。”

随后更是不等顾渭再次提问，自己就主动说道：“传递给我们消息的那个小厮，同样也是石介府上的人，找到我们之后，将这个消息传递过来，随后他就不见了踪影，我们的兄弟已经在暗自查访，甚至跑到了石介府上暗中查探。”

这察子的话还没有说完，后面立刻就匆匆跑上来另外一个察子，朝着同僚看了一眼之后，抱拳转向顾渭：“顾司尊，刚才我们已经找到了那个传递消息的小厮，他死在了城东的一口枯井内，目前看起来并没有他人谋害的痕迹，很有可能是这小子发现了被人跟踪，为了确保自己出卖主家的消息不被泄露出去，干脆选择了自裁。”

顾渭手里捏着的信笺发出了轻微的响动，这出卖了顾渭此时紧张无比的心情。

凭借他多年来办案无数的经验，这件事情肯定不像表面上看起来这么简单，其中必然隐藏着极大的阴谋，但对方究竟有何目的？难道为了诬告石介与富弼谋反？如果真的只是这个想法的话，那这个手段显得太过粗糙了一些，哪怕那些下人都已经死掉，完全是死无对证的状态，但依旧无法凭借一封书信就给大臣定罪。

对方究竟是何人？顾渭一时间心乱如麻，根本无法判断出来对方的想法，随后沉默了良久之后，朝着手下的那些人一挥手：“将两个下人的尸体全都带回咱们衙门，让仵作好好地辨析一下其中门道。”

“一旦有什么特殊的发现，第一时间就要报给我，千万不能有丝毫拖延！”吩咐下去之后，顾渭转手就将那封信笺打开，抽出了其中的两张纸来。

不出他所料，上面的内容与得到的线报几乎完全一致，正是石介与富弼商量着如何拉范仲淹等新政团体一起，以皇帝至今没有子嗣为由头，将皇帝罢黜换上另外一个皇帝，以求国本安稳。

其信中字里行间言语犀利无比，倒还真有点儿石介的架势和语气，换作一般人来看，根本就分辨不出是不是真迹。

偏巧顾渭此前曾经亲眼见过石介手书信函，又与新政团体关系莫逆，所以第一时间就发现了一些不太对的蛛丝马迹，几乎可以断言，这封信并不是出自石介之手，而是有人在模仿石介的字迹。

猜到这一点之后，顾渭稍稍松了口气，既然石介没有昏头昏脑到这种程度，那事情就好办了！

眼看着顾渭将信笺收了起来，周围的几个察子都是一愣，其中一个家伙更是眼神闪烁地凑了过来："司尊，这封信事关重大，您怎么就直接给放起来了，难道不是应该交给陛下的么？"

对方这个问题问到了顾渭的心尖上，顾渭猛然转头看向了自己的手下，脸色有些异样："难道我做什么事情还需要向你请示不成？"

他的这个异常反应，吓得周围几个察子全都脸色煞白，不敢再多说什么，虽说顾渭这些年来脾气已经收敛了不少，极少跟手下这帮人动怒，但是谁都知道顾渭是个什么性子，当年顾渭可是有着"活阎王"的称号，手中死掉的不只是朝中大臣和一些敌国察子，就连皇城司那些不服管教的人，惨死在他手中的人没有一百也有八十了。

倘若真是把这个家伙给得罪了，他们真是连怎么死的都不知道！

眼看着已经将众人唬住，顾渭眼底的冷意减轻了不少，随后说道："这件事情牵涉实在是太大，不能不经查实就直接呈报给陛下，否则很容易在朝堂之上引起一番腥风血雨，我们皇城司的职责就是将这些不实的信息查证，难道你们连这个道理都不懂吗？”

顾渭的反问，将这帮人问得哑口无言，全都闭上了嘴巴。

若是到了这个时候他们还听不出来顾渭话里话外的意思是在偏帮石介，那他们的脑袋很可能就只能寄存在脖子上一小段时间了，随时都有可能被顾渭从自己脖腔上面摘下来！

纵然如此，有几个平日里跟顾渭算不上亲密的察子依旧眼神闪烁着相互看了几眼，不知道心中在想着什么东西。

顾渭也注意到了他们的表情变化，冷笑了一声：“事涉谋反，对于我们来说，的确是一次查办大案的机会，倘若把这件案子给办好了的话，很有可能会步步高升，你们之中说不定有人能坐到皇城司使的位置，甚至直接把我这个司尊的位置也给顶替了也有可能！”

此话一出，那几个刚才还眼神闪烁的察子顿时大惊，齐刷刷地跪在了地上，连连叩头：“属下不敢，司尊切莫多心！”

饶是他们心中再有念想，眼看着顾阎王都发了怒，他们也只能把自己心中的想法全都给压下去，直接来了个装傻充愣。

顾渭的目光在这些家伙的身上一一挪过，随后语气稍稍缓和了不少：“你们这帮家伙不要总想着急功近利，更不要想着跟朝中大臣攀扯关系，皇上最信任的便是我们皇城司，正是因为我们从来不会跟那些大臣勾勾连连，而是可以一直相对独立地存在于朝堂和官场之上。

“倘若你们之中有谁不开眼，真的去跟那些大官勾勾连连地牵扯到一起，让我发现了，我第一个将他碎尸万段，省得以后犯了什么案子，将兄弟们全都牵扯进来！

“至于今天这个案子，我自然会好好调查，到时候不管查证与否，在场的诸位都会得到相应的赏赐，顾某人绝对不会贪恋个中好处，这一点你们大可以放心！”

说完这句话之后，他站起身来转身就走，根本没有给下属们任何接话或者辩驳的权利和机会。

直到片刻之后，顾渭消失在众人视线之中，几个人这才抬起头来相互看了一眼，随后便意识到，几个人此时都已经是浑身冷汗，其中有几个平日里胆子就略小一些的，这会儿衣服都已经被完全浸透，看上去倒好像是刚从水里面捞出来的一样。

“刚才那封信当中明明是提到了要谋反，我在司尊身后看得是一清二楚，绝对不会有丝毫的谬误，怎么司尊竟然还是选择隐瞒下来，难道真的只是想要将此事压下，进而讨好革新派？按照我们对司尊的了解，他不太可能会做这种明显是找死的事情，莫不是里面还有我们不知道的隐情？”

方才站在顾渭身后的那个察子一脸疑惑地朝着同僚们问道，周围几个人也是同样吃惊于顾渭的反应，但是此时都没有那么大的胆子，竟然敢直接怀疑顾渭，只是同样摇了摇头。

直到片刻之后，最先开始说话的察子这才再次开口：“我们还是要小心一些为妙，正如同司尊所言，此事毕竟牵涉极大，若是真的有人想要谋反，我们皇城司却秘而不发，到时候等待我们的就是清一色的谋逆之罪，别说我们自己了，就连九族都保不住！”

此人说的话极具煽动性，周围几个人的脸色瞬间都是一白，同时点了点头，示意各自小心。

而方才已经离开的顾渭，此时却正站在对面的一处拐角朝着这边观望，发现竟然有人在自己下属之中煽动情绪，顿时眯起了眼睛。

果然不出他所料，这件事情没有那么简单，对方不但准备要对新政团体下手，就连皇城司也没打算放过！

不管对方到底是谁，这胆子也太大了一些！

确定了自己心中的疑问之后，顾渭立刻就明白过来，有关这件事情他决不能有半点儿差错，按照正常情况来说，他第一时间想到的肯定是去找范仲淹商谈此事，如果真的这么做了，就等于进入了对方的圈套。

毕竟朝中大臣对他与范仲淹之间的情谊都十分了解，想要设计这么一个小圈套，到时候以皇城司暗中勾连新政团体意图谋反的名头一甩出来，他这个皇城司司尊的帽子必定要丢掉，甚至连皇城司能不能保得住都是个未知数！

思来想去，顾渭立刻做出了最为正确的决定，顺坡下驴，干脆将信笺揣好径直入了皇宫之中。

对方这种阴险做派，明显是将他逼上了唯一的一条路，只能顺势而为，先一步保全自己和皇城司，才能进一步保全新政团体，否则一旦把皇城司先拖下水的话，到时候新政团体这唯一的帮手都被拿下，新政团体必然要受到更加猛烈的冲击。

顾渭不懂政治，更是不懂朝中纷争，但是很清楚一旦事情发展到了那个地步，范仲淹等人就算是不死，也要脱层皮下来！

顾渭回到了东京城的消息，一大早就递交给了赵祯，对于这个自小便一起长大的老友，赵祯极少将对方视为臣子，更多的时候依旧是当成了至交好友。

这也是多年来他一直都让顾渭屈居小小的皇城司司尊之位的原因，因为只有在这个职位上才能让他发挥最大的作用，在这个职位上，也只有是皇帝最为信任的人才能真正胜任。

但是随着顾渭回来的消息一起呈报到皇宫内的一道札子，却让赵祯这数十年都未曾有过变化的情谊发生了些许的变化。

“夏竦和章得象竟然联名上奏，说顾渭在陕西四路代朕巡边的时候，受到了韩、范两人旧部的刻意优待，双方关系如胶似漆，竟然有勾连结党的趋势。”

将手中札子扔到一旁之后，赵祯只觉得自己的心头冒起了一团无名火，有些不敢相信地说道。

曹皇后此时正在赵祯身后为他揉捏肩颈，听到赵祯的话之后，也是吃了一惊：“皇城司向来与朝中大臣关系疏远，为的就是可以站在旁观者的角度看清朝中之事，更可以在一定程度上监察百官，这是从太祖时就定下的规矩。

“顾渭一向懂得洁身自好，很少与朝中大臣来往，便是此前与范仲淹有过几次交集，但也算不上知交情谊，怎么忽然会被曝出如此荒唐的事情来？”

这几句话看似站在皇帝角度责难顾渭，实际上却提醒了赵祯，顾渭绝非那种趋炎附势、愿意与人勾连之人。

这两句话，也的确起到了应有的作用，赵祯立刻就醒悟了过来，若是自己真的被一道札子就说得对顾渭起了疑心，岂不是要被朝中这帮老奸巨猾的家伙给玩弄于股掌之中？

但夏竦与章得象这两个家伙必定不是无的放矢，这事情之中肯定还隐藏了其他的门道！

正当赵祯心中如此作想，准备将顾渭召入宫中的时候，张茂则从一旁急匆匆地凑了上来：

“皇上，皇城司司尊顾渭请见！”

赵祯挑了挑眉毛，朝着桌面上那道弹劾顾渭的札子，心中原有的愤懑竟然消散了不少，忍不住笑了起来：“这个顾幼常，倒是知道挑时候，这边的札子朕才刚刚看完，他就冒了出来，倒是省得朕四处去找他了！

“快让这厮进来！”

张茂则在一旁察言观色，皇上脸上表情的变化，看得他有些稀里糊涂，但这会儿也不敢稍有怠慢，连忙抽身退出，直接找上了顾渭。

“里面刚拿了份儿弹劾顾司尊的札子，虽说不知道是谁递上来的，但皇上此时的情绪有些不稳定，顾司尊稍后与皇上说话，可是要小心谨慎些，千万不要触了霉头！”

张茂则作为“中贵人”，到底跟顾渭关系匪浅，更是深知顾渭跟皇上之间的情谊，生怕顾渭一个不小心触怒了皇上，到时候责罚顾渭的命令还得由他来传递，一来二去最倒霉的还是他这个倒霉蛋，所以此时自然愿意先行提醒顾渭两句。

顾渭默然地点了点头，早在进宫的路上他就已经想到了这种可能，只是没有想到对方的札子竟然来得这么快！

不过对于他来说，对方既然敢上书弹劾自己，就等于对方出了一次昏招！弹劾他的札子最终必然要落入他的手中，到时候他第一时间就能知道对方的身份，就算不能确定对方就是伪造逆罪信笺，想要诬陷石介之人，最起码也能说明对方之间的关系不同一般，所以才会搞出这种连环计来。

“多谢茂则提醒了，正巧我这里也有一道信笺要交给皇上看一看，其中牵涉甚大，最好不要让太多的人知道，就是皇后也不行，茂则身为内侍都知，想要先一步屏退左右应该不难。”

这个要求听得张茂则更是有些稀里糊涂，但他敏锐地察觉到了此时顾渭的情绪也不太对，立刻就明白过来，此件事恐怕是那种多一事不如少一事的类型，顾渭提前提醒他，便是想要让他避险，防止被牵扯进来。

虽然并未说明具体事由，但是这个建议明显是为了他好，作为皇帝近侍，张茂则自然知道什么时候该进什么时候该退，只是朝着顾渭躬了躬身之后，便匆匆离去。

片刻之后，曹皇后就收到了自己宫中的消息，与赵祯告罪了一声便离开了垂拱殿，紧接着殿内的内侍也稀稀落落地被调走，只剩下了三五个近身伺候的宫女和近侍。

就连张茂则自己也从殿内退出，站在了殿门外的一处，躬身等待召唤。

顾渭从他身边经过，两人交换了一下眼神之后，心头坦然，随后一步跨入了垂拱殿门槛："臣顾渭不辱使命，历经年许将我大宋四边尽皆巡视了一遍，代陛下将隆恩广施于四边将士与百姓，万民无不感激陛下仁德，将士们无不愿意为我大宋效死，天下归心！"

听着顾渭说出了这一大通拍马屁的话，赵祯忍不住摆了摆手："幼常，这句话从你嘴里说出来总是不太对，你什么时候也学会了这些乱七八糟的马屁！

"赶快坐下，仔细与朕说一说这一年多在边境所见所闻！"

顾渭站起身来，朝着赵祯看了一眼，并没有从这位皇帝的脸上看出多少异样神色，心中稍稍一定，随后笑了起来："皇上若是愿意听，臣自然愿意说上一说！"

作为大宋皇帝，赵祯并非太祖那般能文能武，又没有御驾亲征的能力，更无法轻易深入民间，此时已经过了而立之年，却连这东京城都没有出去过，自然愿意听顾渭说一说各地的风土人情。

以至于就连弹劾顾渭的札子和朋党营私的事情，也是被他下意识地放到了一旁。

顾渭耐着性子没有将怀中信笺的事情说出来，而是笑呵呵地顺从赵祯心意，将自己一路上碰到的奇闻逸事全都说了出来，听得赵祯感慨连连，似乎恨不得亲身前往经历一番。

直到过了个把时辰，顾渭说得有些口干舌燥，赵祯这才命人为顾渭上了一盏清茶。

此时无论是宫中官场还是坊间，喝茶都以点茶煎茶为主，各大茶坊更是以茶百戏之类的花巧出名，很少有只以清汤茶水示人的时候，唯独赵祯只喜欢喝上一盏冲泡清茶，连带着顾渭也是如此。

将一盏茶啜饮完毕，顾渭的脸色变得严肃了不少，注意到赵祯的脸色同样发生了变化，顿时就意识到两人之间的寒暄已经结束，接下来要说的事情便是要正经不少了。

他站起身来，一只手伸入怀中，正要将那封疑似伪造的信笺取出，就看到赵祯抄起一本札子，朝他扔了过来。

顾渭抬手接住札子，下意识地翻看了几眼，本来就已经沉下来的脸色，顿时越发难看！

“诬告，这摆明了是诬告！陛下还请明鉴！”将札子合拢前，顾渭的目光落在了尾部落款处，在夏竦和章得象联合署名盖章的位置看了一眼，心头顿时恍然。

章得象是朝中出了名的守旧一派，能抓住机会对付范仲淹一行人，他自然不会放过，而夏竦的情况更是简单，之前在陕西四路，夏竦与韩范两人一起司各路兵马以及对西夏防务的时候，明明他才是正职，却被手下韩、范两人几乎架空，事后虽说因此得到了封赏，但一直都耿耿于怀。再加上他回来之后便投身到了吕夷简一派的守旧派之中，此时出手对付韩范等人，顺手剪除一下石介这种羽翼还未丰满的新政帮手，自然是乐不得的事情。

反倒是顾渭被卷入其中，颇有些无妄之灾的意思，顾渭眼神闪烁，一瞬间的工夫脑子里面已经转了不知道多少个弯儿，却依旧没有彻底想通对方的想法，最终也只能是摇了摇头，满脸的疑问。

赵祯看着顾渭脸上的表情变化，心头原本的一丝不满和疑虑逐渐消失，他与顾渭自小一起长大，自然清楚这家伙的性子，虽说已在皇城司司尊的位置上坐了多年，但顾渭从来没有养出太多的城府。

倘若真是有这种私下勾连的事情存在，顾渭第一时间必定是恼羞成怒，随后央求皇帝将对方法办！此时顾渭表现得越是淡定，便意味着其中事情越是没有可疑心之处。

“朕倒是愿意相信幼常为人坦荡，更知道范仲淹与韩琦两人行事作风，不至于做出这种私相授受的小人行径。

“但此札子毕竟是两位宰执联名上奏，若是朕全无动作，怕是会寒了臣子拳拳之心。”

赵祯笑呵呵地应和了一句，就打算将此事揭过，在他的心中顾渭毕竟算得上彻头彻尾的自己人，既然他能判断出对方并没有私下勾连与新政团体结为朋党的意愿，那这件事情也就不必追究，那札子就算是借来敲打顾渭的小手段也就罢了。

然而随后赵祯却注意到，顾渭脸上的表情非但没有丝毫松缓，反而越发凝重，随后更是从怀中掏出了一封信笺，朝着一旁的内侍看了一眼。

那内侍会意，连忙跑到近前接过信笺，随后转到了赵祯面前的案几上。

整个过程倒是行云流水毫不拖沓，但赵祯在看到信笺上的名字时，脸色却骤然一变。

“这是石介给富弼的书信，怎么会到了幼常的手里？难道说是这书信之中有什么见不得人的内容？”

对于皇城司的工作内容与流程，赵祯一向都十分清楚，像这种私人信笺，如果不是其中有什么见不得光的内容，皇城司是绝对不可能进行拆封的，更何况还是顾渭亲自动手。

大宋朝堂之上，向来崇信言论自由，就算牵涉到皇家之事，也不见得那些官员有多收敛，皇家更是从不将那些事情放在心上。

之前的生母一案，牵涉到了那么多的人，到最后也不过是其中最关键的几个人物被他贬了出去而已。

顾渭面沉如水，没有将自己的想法说出，而是将时间留给了赵祯自己。赵祯深深地朝着顾渭看了一眼之后，转手将那信笺打开，铺展开内部的信纸，简单扫了几眼，一张脸瞬间阴沉得如同要滴出水来。

“找死！”一向好脾气的赵祯陡然暴怒，不等看完信笺之中的全部内容，霍然站了起来，猛地一拍桌子，脸色铁青。

“这个石介，竟然敢在信笺之中谈论要行废立之事，简直荒谬绝伦，难道他就不怕朕将他的九族全都……”

事涉皇位，这是大宋皇族最为紧张的事由，哪怕是赵祯这向来温和的脾气，也是有些按捺不住心中的恼怒，差点儿直接爆发。

拍过了桌子之后，赵祯注意到，坐在下面的顾渭竟然从头到尾都不动声色，一丁点儿多余的表示都没有，甚至就连脸上的表情都未出现变化，显然对此事已经有所准备。

“幼常，既然你能将这封信交到朕的面前，显然是已经有所揣测，甚至有了线索，此事实情到底如何，快快与朕说来！”他将那封被他揉捏成了一团的信笺扔到一旁，深吸了一口气朝着顾渭说道。

顾渭深深地朝皇帝看了一眼，心中有些惊讶，以他对赵祯的了解，此时赵祯本不该暴怒，但同样也不该立刻就能将心中怒意压制下去才对，看样子在他离开东京城这一年的时间之中，皇帝的身上也有了不小的转变。

比起之前那个满身都是仁善的皇帝来说，此时的赵祯倒更像是一个无情帝王家的合格继承人。

心中闪过了这个念头之后，顾渭站起身来，态度比起以往更加恭谨："陛下，这封信笺是从富枢密副使府门前截下来的，怀揣信笺之人似乎的确是石介府上之人，但其中存在着种种疑点，臣不敢妄加断言，但事涉太大，臣更是不敢有丝毫的拖延怠慢，所以立刻就将这信笺交了上来。

"依臣所见，此事蹊跷甚多，一时间不便作为罪证直接调查双方，但不得不谨慎以待！"

顾渭揣摩着赵祯的心思，有些含糊地说完了这几句话之后，不等赵祯给出回应，立刻继续说道："臣已经命属下之人前往石介府上秘密查探，相信立刻就会有所反馈，还请陛下少安毋躁，静待一二。"

这种话换作其他人来说，现在怕是已经被赵祯用札子砸到脸上了，偏巧顾渭一向都是赵祯的心腹，但凡顾渭所说的话，向来都极为精准，极少出现谬误，赵祯只是沉默了片刻，就点了点头，随后重新将那信笺展开，通读了一遍。

信笺之中的内容，毫不避讳皇家私密，言语之间毫无尊敬可言，这跟之前石介所写《庆历圣德颂》截然不同，但是话语之间的讽刺倒是有异曲同工之妙。

单以其内容论，赵祯隐约也察觉到了一丝不太对，随后更是不避讳顾渭，从一旁的札子里面翻找出了几本此前石介的上书，对比观看了几遍之后，摇了摇头。

“字迹可以仿照，印信也可盗刻，这其中语气措辞更是能够进行模仿，所以单单一封书信并不足以为凭，而今最为关键的，便是那个传递信笺之人的真实身份，倘若他的确是石介心腹眷属，此事就算只是诬陷，也能断定七八，但若是有人蓄意栽赃陷害，此事可疑之处颇多。”

赵祯反手将札子与信笺扔到了一旁，内侍连忙收起放好，随后便听到了赵祯与顾渭令人有些胆寒的对话，唬得这个临时被调来的内侍后背直冒冷汗。

“倘若此事真的牵涉到了石介与富弼，新政一党便是脱不开关系，到时候幼常怕是要辛劳一二了。”赵祯背负双手，看起来表情淡漠，已经没有了之前的惊怒，但是说出来的话，却让人心惊胆战。

所谓辛苦一二，自然是指到时候需要顾渭带人去将所有牵涉进来的官员一一抓捕，按照赵祯的这种算法，恐怕新政一派从范仲淹开始到石介之类的边缘人物，一个都不会落下，朝中数十位新政官员全都要被抓起来。

以皇城司牵头去抓捕这些官员，等同于直接给他们定了罪，毕竟皇城司的职务便是监察百官不法之事，这谋反大罪自然便是其一。

下了皇城司的牢狱之中，再想囫囵个儿出来，便千难万难，事涉皇位之时，皇上竟然没有丝毫迟疑，竟然连范仲淹与韩琦也归算其中！

顾渭心头一颤，微微颔首以示认同，心寒的同时在这件事情上丝毫未敢争辩。

早在大宋建国之初，就曾经有坊间传言，说大宋皇族得位不正，毕竟是军中黄袍加身，又抢了柴氏皇位，虽说近年来皇族对于柴氏族人越发荣宠，但民间总有汹汹议论之说，这就导致无论什么事情，一旦事涉皇位，赵氏皇族之人都会平添几分怒意。

这个情况多少有些超出顾渭的预料，此时心中更是有些后怕！

在进皇宫之前，他对于此案尚未有所定论，更是一时间无法猜出对面站着的究竟是谁，所以才敢贸然进宫请见，倘若他知道夏竦和章得象竟然给他上了弹劾的札子，倘若在札子里面对方将他与废黜皇帝一事联系到一起的话，此时他还能坦然坐在这里与皇帝对话吗？

也幸亏夏竦与章得象并未想到这种可能，也未必有这种孤注一掷的胆色，毕竟那谋反的信笺应该也是伪造出来的，否则……

就在顾渭越想越是后怕，后背已然冒出了一片冷汗之际，外面站着的张茂则匆匆跑了进来，手中拿着一个拇指大小的竹筒，递交到了顾渭的手中。

看着上面封着的皇城司蜡封，顾渭此时只觉得紧张无比，但在赵祯面前仍然不敢有丝毫怠惰，而是脸色肃然地将竹筒上的蜡封撕开，随后抽出了其中的皇城司情报。

简单展看了两眼之后，顾渭稍稍松了口气，这一次并未将那纸张呈递给赵祯，而是恭敬地说道："陛下，皇城司已经查明，此人虽然的确是石介府上之人，但并非心腹眷属一流，而是一个月前才刚刚入了石介府上，现下只是在柴房之中烧火的伙夫。

"他身上的那套衣装，也是今日辰时从其他下人的房间之中偷出来的，怕是别有用心！"

顾渭这几句话说出来虽然都是实情，但怎么听起来都有所偏向，话里话外都是在替石介辩解，或者说是在替新政团体辩解，饶是赵祯还在盛怒余波之中，仍旧能听出来这话里话外的意思。

赵祯的眼底闪过了一抹异色，一只手搭在夏竦和章得象的札子上，若有所思："看样子这件事情的确没有那么简单，一个伙夫就算敢做这种谋逆之事，也没有门路和能力，这其中必然隐藏着其他的人，或者是为了陷害石介与富弼，或者是假借他们之手行谋逆之事。

"纵然第一时间摆脱了嫌疑，幼常也不可对他们掉以轻心，正好你已经回到东京城，接下来这段时间你就把心思全都放在监察百官这件事情上吧。

"无论这件事情幕后的主谋到底是谁，无论对方到底揣着什么心思，一定都要给我查出来！"

赵祯的命令听着似乎十分严苛，但听在顾渭的耳朵里，却让他顿时一怔。

从刚才赵祯的反应来看，皇上显然对此事十分不满，甚至已经有了要大动干戈的意思，但此时竟然颇有一种高高拿起、轻轻放下的意思，这让他顿时有些措手不及。

稍作沉吟之后，顾渭的瞳孔再次一缩，隐约想到了一种可能！

夏竦和章得象的札子，怕是起到了一些难以言说的作用，对方既然诬告他与新政一派结成了朋党，新政一派若是与谋逆之事有所牵扯，那他顾渭岂不是也跟这件事情有关？

纵然此事是他主动递交出来的，难道这就不能是贼喊捉贼的把戏？

顾渭下意识地抬头看向赵祯，正好从皇上的眼神之中看出了一抹怪异的情绪，心头顿时恍然明悟，他此时不敢再犹豫，立刻朝着赵祯说道："皇上所言甚是，监察百官本来就是我们的职责所在，眼下竟然出现了这种问题，的确是皇城司失察所致，臣愿意领罚！

“另外臣斗胆有一言，请陛下明鉴！”

此时对于顾渭来说可以说危险万分，如果他不能争分夺秒地将自己的揣测说出来的话，恐怕下一刻在赵祯的心中就真的会将他与新党划归一派！

若是此前被划归到君子之党当中，顾渭只会觉得与有荣焉，但此时事涉谋反大逆，他若是真被牵涉进去的话，新政一派就会跌落尘埃，永无翻身之日！

眼看着赵祯只是微微颔首表示了默许，并未开口，顾渭也顾不得许多了，连忙说道：“臣不过方才回到京城，便接到了有关此信笺的消息，所以亲身前往，与此同时，这道弹劾臣的札子就送到了陛下手中，而臣方才将那信笺交到陛下手中，几件事算下来实在巧合甚多。

“所以臣斗胆猜测，此事是否有可能与夏相、章相有些干系？”

说完这两句话之后，顾渭心中如同打鼓一般，当着皇帝的面质疑当朝宰执，除了朝中那些台谏官，还真没有谁有这个胆子，毕竟大宋朝堂规矩就是不杀言官。

但顾渭身份特殊，毕竟是皇城司司尊，又是皇帝自小玩伴，此时充任武职又并非言官，说起这种话来更是牵涉到了谋逆大罪，几样叠加起来，无异于是在正面指证夏竦和章得象意图谋反并且嫁祸于新政一派！

当局者迷，旁观者清，赵祯方才压根就没有朝着这个方向去想，但此时顾渭一提，他却陡然想到了这种可能，表情微微一变，再次深深地朝着顾渭看了一眼。

“幼常所言颇有道理。

“倘若此事真的牵涉到夏竦与章得象，那朕这个皇帝怕是要成了真正的孤家寡人了，朝堂之上诸多臣子，朕还能相信几人？那些宰执大臣又有几个是可以为了朕鞠躬尽瘁的？

“时至此时，朕倒是有些想念吕相在的时候了。”

赵祯的眼底闪过了一丝迷惘，随后叹了口气，朝着顾渭摆了摆手：“罢了，既然此事可能是诬告，便将范仲淹、韩琦等人并石介一起给朕叫入宫中来，朕要与这些治世能臣好好聊上一聊！”

话说到这里，赵祯心中怒意已经逐渐消失，取而代之的则是满脸疲惫和怅然，在提起治世能臣四个字的时候，竟然多了几分讥讽之意。

顾渭心头一颤，不敢再多说什么，连忙站起身来拱手后撤，片刻之后领命离开了垂拱殿。

张茂则看到了顾渭离开，心头悬着的石头总算是放了下来，随后稍作犹豫立刻就跟上了顾渭的脚步，直到出了垂拱殿院门，这才喊住了顾渭。

“顾皇城此前怎么也不将详情与某家讲上一讲，这等重大事项，换作平时说起倒也无妨，今日仓促提起，却是顾皇城有些鲁莽了。”

张茂则的脸上闪过了一抹惊惧，叫住了顾渭之后，连忙说道：“近日来张贵妃身体欠安，皇上一向担忧张贵妃身体，就是连皇后宫中都未曾去过几次，心中正是烦闷的时候，顾皇城陡然将此事禀上，自然容易惹得皇上恼怒！”

顾渭怔了怔，停下脚步看了张茂则一眼，眼底闪过了一抹不可思议：“不过是一个后宫嫔妃罢了，怎么能与朝堂大事相提并论？”

他张了张嘴，还想继续说些什么的时候，却发现张茂则的脸上满是惊恐，冲着他连连摆手，他这才注意到周围正好是有一队宫女路过，这才压住了声音。

在皇宫之中谤君，这可是重罪，话不传六耳，倘若真被那些宫女宦官听到了，再在这个敏感的时候传到了赵祯的耳朵里，那这件事情可就没有那么简单了。

顾渭悻悻地朝着张茂则一拱手："说了便是说了，这件事情也是突发之事，恐怕接下来范仲淹等人入对，中贵人还要小心应对，就是辛苦则个了。"

张茂则恍惚反应过来，原来方才皇上竟然又差顾渭叫范仲淹等人入宫进对，顿时叫苦不迭。

等他回过味来，还想找顾渭请教几句的时候，却忽然发现，顾渭不知道什么时候已经从他身边离开，不多时连背影都已经看不到，顿时苦起一张脸来。

直到从皇宫之中走出来，顾渭才站住脚步，转过头看了一眼身后的宫墙，眼底闪过了一抹异样之色，巡边一年归来，朝堂之上的变化似乎极大，以至于他一时间都无法适应其中的节奏，唯独夏竦与章得象这两人，倒是让他有些意外了。

难怪两人抓住了这个时机诬告石介，怕是正看重了张贵妃病重一事，参照之前吕夷简与两位美人之事，这张贵妃到底有没有病重也是个未知数！

可惜皇上已然有过三个龙子，却尽数夭折，所以现在心思全都在早立国本之上，此时恐怕比谁都心急在后宫之上，以至于被牵扯了极大精力，否则今日之事怎么可能会闹到这种地步。

他已经谨小慎微到如履薄冰，奈何夏竦等人抓的痛点太过尖锐，看样子接下来范仲淹等人是要经历一场疾风骤雨了。

就是不知道以范希文的性子，会不会被再次贬出去。

顾渭在宫门口站立良久，最终不过是慨叹了一声，随后召了几位皇城司的察子，带着他的亲笔手书分别前往范仲淹、韩琦、富弼、石介等人府上。

垂拱殿之中，本该早早清退出去的曹皇后，不知道什么时候从屏风后绕了出来，此时脸色有些阴沉："顾渭所说一事，到底是真是假，莫非那个石介真的想要勾连富弼行伊、霍之事？他有这个胆子？"

曹皇后贵为后宫之主，行事向来雷厉风行，赵祯虽然不喜后宫干政，但是一旦碰到难题竟然也愿意与曹皇后相商，此件事也是在他的首肯之下，曹皇后才敢留在屏风后探听一二。

赵祯看了一眼曹皇后，轻轻摇了摇头："石介就算有这个胆子，也没有这个能耐，朝中大臣虽然个个位高权重，但手中都并无兵马职权，从太祖始，我大宋兵将分离，极少有实权将领拥兵自重，更何况只是这帮手无缚鸡之力的书生。

"无兵无将，空谈废立，除非他石介与富弼都已经疯了，此事幕后必然有人指使，很有可能便是夏竦与章得象。"

赵祯淡然的论断，听得曹皇后脸上露出了一抹惊疑："既然皇上知道这件事跟新政一派并没有太大干系，为什么还要引他们入宫？

"难道皇上是打算借着此事敲打敲打新政一派？"

近来新政一派掌权，早在朝中树敌无数，虽说并未激起民怨，但在朝中已掀起了滔天巨浪，早就让赵祯这个皇上觉得力有不逮，心生不满，若是顺势敲打敲打他们倒也正常，但借谋逆一事作为由头，怕是有些太重了！

赵祯的眼底再次闪过了一抹疲惫之意，示意曹皇后上前为自己继续揉捏颈肩："不只是新政一派众人，便是那些守旧派，也是时候敲打敲打了。

“一部分人表面上忠贞刚烈，实际上处处与朕对着来，借机撒泼打滚；一部分人表面上看着恭顺朕意，实际上背地里总是搞这些小动作，甚至就连谋逆这种事情都能拿出来栽赃陷害！

“他们一个个的仗着祖训章法，太没把朕放在眼里了，简直是将朕这个大宋朝堂当成了儿戏之地！

“他们眼下的确是没有谋逆之心，更没有谋反之意，但若是由着他们继续这么搞下去，用不了多久这天下恐怕就不再姓赵了！”

赵祯所说的每句话，都让曹皇后心头巨震，一时间瞠目结舌竟然不知道如何接顺下去好了。

不过片刻的工夫，曹皇后就感觉到素手之中赵祯那原本僵直的脖颈变得松缓了不少，随后稍稍一歪，赵祯竟然疲惫得直接睡了过去。

曹皇后幽幽地叹了口气，命内侍取来了一件衣袍，盖在了赵祯的身上，随后坐在了一旁，一只手倚在案几之上，开始打量起这位许久都未到过她宫中的皇上来。

意识到此时的赵祯竟然比年前瘦削了不少，曹皇后心头顿时涌出了一抹心疼之意。

垂拱殿之中的淡淡温情，并未影响到此时正在朝着皇宫聚集而来的新政一派诸多臣子心中的阴寒之气。

范仲淹与韩琦两人，第一时间就接到了皇城司察子递交的密函，上面顾渭写下的只言片语虽然并不多，却把整件事情的重要性给说了个一清二楚。

知道此事竟然牵涉谋逆之论后，众人都吃惊无比，尤其是作为这件事的核心人物石介，更是在见到韩、范两人时，差点儿惊掉下巴。

“如此说来，守道竟然对此事全然不知？”范仲淹看着一脸茫然的石介，心中闪过了一片疑云，至于旁边的富弼更是同样疑虑。

“看样子这件事必定是有人陷害，恐怕诬告二位的札子已经在路上了。”韩琦的思维也是极为活泛，很快就意识到了事情的严重性。

他们两人跟顾渭的关系最好，所以接到的信函跟其他人又有不太一样的地方，譬如时间紧急，此时顾渭根本没有时间将所有实情一一托出，便只能将大致的情况写在他们两人的信中。所以相对其他人的一脸茫然来说，两人倒是隐约猜到了一些其中关节。

直到到了皇宫外，众人才看到了一直都在此处等待着的顾渭。

看到众人果然一同前来，顾渭先是松了口气，随后苦笑连连：“诸位倒是结了君子之朋，顾某竟然忘了告诉诸位尽可能避开外面的视线，分别前来，这君子之朋现在在皇上看来，恐怕便是结党营私、聚众而谋了！”

他不等众人问询，便主动将自己所知道的事情全都说了出来，没有丝毫懈怠和隐瞒。

不过短短十几句话而已，愣是把众人听得倒吸了几口凉气。

尤其是作为其中关键人物的石介和富弼，更是脸色有些苍白，骤然被人诬告为谋逆大罪的核心人物，换作是谁恐怕都没有办法安稳心情。

好在众人此时有顾渭提前提醒，只是相互看了几眼之后，便隐约明白了此事的前因后果，随后同时看向了范仲淹与韩琦。

这两人毕竟身份最高，同时也算得上新政的领军人物，若是此时连他们两个都没有办法给出最适合的建议，那恐怕他们就真的没有办法面对皇上的责难了。

事涉叛逆罪名，就算不能查实，恐怕也要落下个贬黜罪责。

新政团体说到底已经形成了一整个团体，相互之间的关系更是藕断丝连，即便没有朋党嫌疑，也是牵一发而动全身！

范仲淹沉默片刻之后，朝着众人拱了拱手："此事牵涉甚大，必然是冲我们整个新政团体而来，守道与彦国不过是被当成了开刀对象，若是此事不能妥善处理的话，就算这番事情可以糊弄过去，用不了多久，我们将会一一被人针对，到时候新政必然夭折！"

"如此说来，怕是守旧派的那些家伙搞出来的事情，此事恐怕跟夏竦等人脱不开关系，说不定那个王拱辰也在此事之中占有一席之地！"富弼眯起了眼睛，冷声说道，根本不用顾渭说明，立刻就猜到了其中的利害关系。

顾渭看着这些三五句话就把事情前因后果搞清楚的新政一派文官，不由得有些哑然，这帮家伙果然是在朝堂之上浸淫了许久，对于这些党争乱斗如此熟稔，这是自己这个武夫远不能及的。

直到目送几个哄哄闹闹的文官进了皇宫，顾渭这才隐约觉察到情况有些不对。

从刚才的情况来看，以范仲淹为首的几个人，似乎根本没有低头的意思，显然是对此事极为坦荡，若是真的要跟皇上讲明其中缘由，恐怕所采取的措辞未必讨喜。

倘若真是在垂拱殿之上争吵起来，对他们又能有什么好处？

然而此时顾渭再想追上去已经来不及了，作为刚刚被夏竦弹劾的"罪人"，他要是在垂拱殿前与这帮家伙聊上几句，即便不是结党营私，也是结党营私了。

不出顾渭所料，这帮人在进入垂拱殿之后，没到半个时辰的时间在大殿之中就传来了愤懑不平的争吵声，带有那种言官以死直谏的气势在里面。

张茂则站在殿门外，被里面的声音吓得不轻，竟然直接调来一队宫中侍卫在大殿周围拱卫，若是觉得稍有不对，就立刻会带兵闯入大殿之中。

其中的争吵持续了半个时辰左右，便缓缓平息下来，紧接着一众人便鱼贯而出。

从为首的范仲淹开始，一众人的脸色都十分阴沉，看不到半点儿解决问题的喜悦，仿佛一路人刚刚是跟皇上大吵了一架。张茂则连忙快步跑到了垂拱殿之中，却发现此时的皇上正坐在案几之后，脸色淡然无比，比起那些臣子似乎淡定了不少。

甚至之前的愤懑情绪，此时也得到了缓解，这情况看得张茂则满脸疑惑，随后便听到赵祯轻笑着说道："拟诏，范仲淹此前所补呈八事极有先见之明，对于边事颇有助益，范仲淹果然是治世能臣，朕便从了他的自请，任命他为陕西河东宣抚使，去边军之中再走一走，看看这八条还有没有可以进益的地方。

"此前滕宗谅一案已经了结，但滕宗谅尚且待在京师并未出知他地，着滕宗谅再贬两级到岳州巴陵郡。"

张茂则听到赵祯的安排，顿时吃了一惊，心说方才新政一派的这些官员在大殿之中到底跟皇上说了些什么，怎么会导致这样的后果。

滕宗谅虽说算得上新政一派的成员，但毕竟身份地位并不算太高，而且自己也颇有一些能力，今朝贬官，明日就能起复，这在大宋朝堂都是很常见的事情。

但作为新政一派执政之人，范仲淹竟然也遭到了这等待遇？虽说累加了官职，但这明升暗降的路数连张茂则这个内侍也能听明白。

难不成，新政一事就要就此作废了？

张茂则顿时感觉到，此时在朝堂内外已经开始酝酿起一股子难以描述的庞大风暴，这风暴恐怕不只是要将朝堂之上现有的格局给掀翻，甚至很有可能会席卷全天下！

眼看着张茂则在原地呆立了片刻，并未行动起来，赵祯朝着这个近侍看了一眼，笑了笑：

“这两件事情不过是最简单的官员调动，与新政并无太大牵涉。

“这件事情在宣诏的时候一定要着重说上一说。

“一帮子脑袋不会转圜的家伙，朕真是怕了他们了，朕惹不起他们总躲得起，既然朕是九五之尊，没有办法从东京城出去躲避，那就只好让他们出去躲一躲了！”

这个说法让张茂则微微一怔，随后讪讪地笑了起来，看样方才这位皇上跟那些大臣之间的辩论是皇上占了上风？

眼看着皇上似乎心情大好，张茂则自然不敢再怠慢，连忙拾掇起东西来。

注意到张茂则忙碌起来，赵祯背着手在大殿之中转了几圈，脸上的神色逐渐变得落寞黯然：“罢了，拟诏一事放在明天，今日朕打算去看看张娘子，茂则你随朕一同过去吧！”

张茂则应了一声，连忙将手边的东西放下，正抬头的时候，却恍然在屏风后看到了一抹淡蓝色的衣角，似乎是曹皇后新近做的那件宫装裙，待他再细看的时候，对方却不见了踪影，这让张茂则的心头越发紧张，连忙命人提来了灯笼，亲自为皇上掌灯，从垂拱殿转出。

此时外面已经暮色沉黯，最后一抹落日余晖也随着太阳下山而彻底消失，张茂则手中的一盏宫灯光亮虽然稳定，却显得有些微弱，这让他不得不尽可能侧着身子，将宫灯递到赵祯身前，生怕没办法为赵祯照亮脚下的路。

赵祯注意到这个细节，朝着张茂则看了一眼，忍不住轻笑了两声："茂则这般近侍，倒是时刻知道贴合朕意，比起那些外臣要强了许多。"

张茂则突然听到夸奖，心头稍稍一喜，随后声音有些颤抖地说道："茂则多谢皇上赞许，但茂则毕竟只是内侍，只能于生活起居之事上为陛下鞠躬尽瘁，却无法协助陛下定国安邦，必是晏相与范相公等人才有此经天纬地之才。"

赵祯全然没有想到，张茂则竟然能说出这样的话来，不由得怔了怔，随后一摆手："倘若朝中大臣都能如此作想，朕何至于如此疲累？

"朕行这新政，为的是铲除弊政，去冗官冗员，不但能够富国，顺便还能富民强兵，如今虽然新政已经出了一点儿成绩，但是这帮官员派系相互倾轧，搞得朝堂之上一片乌烟瘴气，朕心不喜，自然是要让他们出去躲上一躲，否则若是朕不小心破了祖宗章法，又怎么做得好这一代仁君？

"朋党便是朋党，何来的君子之朋一说，唐文宗曾经说过一句话啊，去河北贼容易，去朝廷朋党难，若是新政一派同样成了勾连不断的朋党，怕是比之前范希文给我画的那幅百官图还要夸张。"

听出了赵祯语气里面的厌烦，张茂则不敢再多说什么，只能是讪讪地笑了笑，随后闭上了嘴巴。

与此同时，范仲淹与新政一派的诸多官员出了皇宫，破天荒地没有继续寻找地方商谈政事，而是三三两两地分开，各自归家。

最后就只剩下了范仲淹、韩琦、富弼和欧阳修这四个新政的主要人物，四人在宫门外花了些许时间，便将一直等候在这里，并未回到皇城司衙门的顾渭找到。

此时顾渭的心已经提到了嗓子眼里，看到四人面色如常之后，这才稍稍放下心来，但是等到他被四人拉着一起到了白矾楼饮酒之后，听懂了他们所说的话，顾渭的心瞬间沉到了谷底。

“皇上竟然打算将范相公驱离出京？

“滕子京一事早就已经有了定夺，为什么到现在还揪着不放？

“列位为何没有据理力争，若是真让此事按照这种情况发展下去的话……”

顾渭接连几个问题问出来，自己反倒沉默了下来。

看着几人默然不语的模样，顾渭瞬间就明白了过来，所谓据理力争他们自然是尝试过，但最终的结果便是眼前这般景象。

偏巧谋反一说并未成行，这证明皇上其实已经知晓此事是有人故意使坏，但是他依旧依照这种毫无道理的办法，对新政一派众人做出了处置，这意味着眼下新政一派已经失去了皇上的庇佑和支持，新政或许不会就此败落，但是眼前众人在新政上的建树以及展望，恐怕是再也没有机会施展了。

“此番夏竦等人闹出来的事端看似机巧愚钝，但确实给皇上找了个最为恰当的借口，皇上方才着重斥责了我等结朋党之事，尤其是将永叔此前所论朋党一说贬斥得体无完肤，怕是心境受到了极大影响。

“若是我等再想着激流勇进，恐怕会再次触怒皇上，到时候别说我们这班人，就是连新政也是难以为继，所以范某才自请了要去陕西巡边。”

范仲淹脸色如常，但是朝着顾渭说出来的话，却带了一点儿让人心生戚戚的意味。

“仲淹一走，新政未必无法为继，但诸君怕是也要早早做好打算，接下来的这段时间里，恐怕诸君也要因故被调离眼下职务了。”

众人全都默然，顾渭更是一脸的不敢相信，能说出这种丧气话的竟然是一身浩然正气、身上从来没有见过气馁之意、敢为天下先的范先生！

众人纷纷举杯："所幸新政已经成行，眼下新政一年有余，各地的冗官已经裁撤大半，无论是继续大刀阔斧地进行新政改革，还是转为重视农商根本，都已经有了一定的基础，对于大宋来说远比之前的窘境要好得多。"

顾渭默然地看着一众人脸上的那种暗淡神色，下意识地跟着举起了酒杯，唯独欧阳修此时脸上仍有不忿之色。

"不过是被贬黜下放而已，修却是没甚害怕的，皇上若是能将修直接贬黜到一介白衣，修倒也感到荣幸！倘若是不能贬黜到一介白衣，那修便有东山再起之时！"

这几句话，起到了一定的振奋之作用，周围几人相互看了一眼，释然笑道："范相公算上这一次，已经是三起三落之身，官场生涯便是跌宕起伏，远超常人所能想象。

"此去西北巡视边务，怕不会一帆风顺，若是新政再有起复，希文兄怕是又要颠簸一二了。"

范仲淹举杯笑了笑："新政既然已经初见成效，想来皇上不会轻易放弃，至于我这个只会下烂棋的臭棋篓子，未必会再被皇上想起，若是能顺利归来便是仲淹的福气，若是将这七尺之躯留在边塞，倒也算是死得其所。"

这些话说得实在是太过悲凉，一时间酒桌上众人默然，谁也说不出话来。

一众人此番没了再讨论新政之意，反而颇有一种相互践行的意思，任凭谁在这里见到他们欢饮达旦，也是没办法再说他们结朋党共同乱政。

顾渭从头到尾也只是陪着喝了几杯酒，连话都没能插上几句，但与众人相交已久，尤其是范仲淹与富弼两人同他关系都极为不错，看着两人此时一脸怅然的模样，顾渭也忍不住心有戚戚。

直到众人皆是酒醉半醒时分，顾渭下意识地转身走到了一旁的凭栏处，朝着内间楼子里扫了两眼，在楼上隐约看到了两张熟悉面孔，正当他要仔细辨看的时候，对方立刻转过身去，消失不见。

站在原地待了片刻之后，顾渭哂笑了两声，转身回到了雅间之中。

而原本在楼上消失的两人，则是有些迟疑地露出头来又朝着下面看了一眼，这两人不是旁人，正是夏竦与王拱辰！

“夏相此举真是卓有成效，宫中传出来的消息在垂拱殿当中与皇上大吵了一架，范仲淹自请调出，滕宗谅连贬两级只能去岳阳巴陵郡当个地方官，剩下的人恐怕一个也落不下，都会陆续遭到贬谪。

“如此一来，这帮激进的家伙再也不会干涉朝政，惹人眼烦了。”

王拱辰与众人政见不同，但算不上纯粹的坏人，此时看着新政一派众人失意的模样，反倒有点儿心生戚戚，至于他对面的夏竦，此时脸上却满是淡定和警觉。

“此事看上去已经尘埃落定，实际上还有很多可能，那范仲淹是自请出调，皇上虽然已经应允但并未行诸纸面，而另外的几个人更是干脆还没有接到调令，至于滕宗谅那厮一直都仗着范仲淹的护持，所以并未得到处理，此时不过被贬了两级而已，算不上多大的处罚。

“最重要的是这次我针对的是石介那厮，他们虽然与皇上吵了一架，但宫中并未传出如何处理石介的消息，这意味着皇上还在犹豫不定，甚至很有可能已经猜出来这件事儿是我们做的。

“所以眼下大家的结果还都掌握在皇上的手中，倘若皇上再有一念之差，那被贬谪出去的就会是我们，而不会是他们！”

夏竦一捋胡须，声音虽然沉稳，但语气之中仍然是夹杂了一丝狠辣警觉。

他说的这几句话，立刻就给王拱辰提了个醒，王拱辰轻吸了一口气，朝着夏竦拱了拱手：“若非夏相提醒，拱辰恐怕此时还蒙在鼓里，拱辰谢过夏相提携了！”

夏竦微微一笑，随后认真地说道：“在我大宋朝堂之上，不坚持到最后一刻是无法判断胜利与否的，就算是对方突遭贬黜，很有可能几年甚至几个月就又遭逢起复，更何况是范仲淹等人这种人中翘楚，但凡皇上碰到什么事，想起他们的时候，就会立刻将他们重新召回。所以除非一口气将对方直接弄死，否则没必要如此高兴。”

这个说法，让王拱辰深以为然，随后对于夏竦的忌惮更是越发增加，没想到此人言语之间竟连当朝宰执的性命都没有放在眼里，倘若自己有朝一日做了宰执，不小心得罪了这档人物，岂不是连自己怎么死的都不知道？

王拱辰顿时有些高兴，自己竟然跟这个完全不知道深浅和收敛的夏竦是一伙儿的，这就意味着在短期之内，对方肯定不会在自己的背后下手。

如此算下来，王拱辰自然难得松了口气。

第二天的早朝，正如同新政一派所预料的一样，原本正常的早朝，几乎成了贬黜大会。

范仲淹自请巡边，被皇上直接允了，随后被任命为陕西河东宣抚使，但是依旧保留着参知政事的头衔，随后富弼也保留着枢密副使的身份，赴任河北宣抚使。

剩下众人虽然暂时并未被贬黜，但新政集团的领导者三去其二，剩下的一个韩琦独木难支，以枢密副使的身份更是无法大力推行新政，只能暂时搁浅新政的翻新和扩张。

第二年正月，范仲淹被罢参知政事，出知邠州，同时兼任陕西四路缘边安抚使，富弼的枢密副使职务也被罢免，转任京东西路安抚使，到郓州做知州。

新政的另外一个关键人物杜衍，随后也被罢官，以尚书左丞的身份被赶到了兖州。

到了三月初，庆历新政的最后一个领导人物韩琦，被罢枢密副使职务，以资政殿学士身份出知扬州，过了几个月之后，欧阳修被罢河北都转运使，转知滁州。

出乎所有人意料的是，除了之前裁撤的冗官并未得倒恢复之外，庆历五年（1045）三月，几条重要的新法尽数被废除，尤其是科举新法，竟然也被恢复旧制。

待到欧阳修到了滁州时，庆历新政所有排得上名号的人物全都被开革出了东京城，庆历新法宣告彻底失败。

早在之前风暴之中就被戴上了叛逆帽子的石介，也未能幸免于难，同年被外放到了濮州任通判，从被戴上叛逆帽子之后，石介便是终日心神不宁，哪怕是与范仲淹等人多有书信来往，仍然无法化解，不过转年的时间，还未到濮州赴任，便在家中病卒。

夏竦为了对新政赶尽杀绝，更是起了狠招，眼见皇上对此前他伪造书信一事并未追查，便来了个变本加厉，借着徐州孔直温谋反查抄出了石介书信之事大做文章，上书说石介是假死脱身，实际上是被富弼秘密安排前往辽国借兵，与富弼里应外合卖国求荣。

这等事由加上一些佐证，让赵祯多少有些坐不住，竟然想要发棺查看石介生死，若非杜衍和欧阳修几次具保，恐怕石介死后也不得安宁。

欧阳修对此事实在义愤填膺，哪怕尚在滁州任上，一言一行皆有人时时关注，他提笔写下了一首《重读徂徕集》。

我欲哭石子，夜开徂徕编。

开编未及读，涕泗已涟涟。

勉尽三四章，收泪辄忻欢。

切切善恶戒，丁宁仁义言。

如弭子谈论，疑子立我前。

乃知长在世，谁谓已沉泉。

昔也人事乖，相从常苦艰。

今而每思子，开卷子在颜。

我欲贵子文，刻以金玉联。

金可烁而销，玉可碎非坚。

不若书以纸，六经皆纸传。

但当书百本，传百以为千。

或落于四夷，或藏在深山。

待彼谤焰熄，放此光芒悬。

人生一世中，长短无百年。

无穷在其后，万世在其先。

得长多几何，得短未足怜。

惟彼不可朽，名声文行然。

谗诬不须辨，亦止百年间。

百年后来者，憎爱不相缘。

公议然后出，自然见媸妍。

孔孟困一生，毁逐遭百端。

后世苟不公，至今无圣贤。

所以忠义士，恃此死不难。

当子病方革，谤辞正腾喧。

众人皆欲杀，圣主独保全。

已埋犹不信，仅免斫其棺。

此事古未有，每思辄长叹。

我欲犯众怒，为子记此冤。

下纾冥冥忿，仰叫昭昭天。

书于苍翠石，立彼崔嵬巅。

询求子世家，恨子儿女顽。

经岁不见报，有辞未能铨。

忽开子遗文，使我心已宽。

子道自能久，吾言岂须镌。

北宋
长篇历史小说系列
王祥立 著
繁盛的江山
NORTHERN SONG DYNASTY
Prosperous Country

（下）

辽宁人民出版社

第二卷

九死南荒吾不恨　兹游奇绝冠平生

第一章

新政支柱尽数离场　面涅将军平侬智高

庆历五年（1045）初，范仲淹请求出知邠州，被赵祯准奏，顺便罢免了他参知政事的职务，随后改任资政殿学士，以此身份出知邠州。

同年十一月，范仲淹自觉身体出现了不小的问题，恐怕已经无法在邠州继续坚持下去，无奈之下只能接连上表，请求赵祯让自己改知邓州。

此时的赵祯已经不再记恨之前范仲淹等人在朝廷之中闹出的朋党之争，突然间想起这位老臣年龄已经颇高，因为常年在陕西边路做事，对于苦寒之地更是颇为抗拒，若是强行留在邠州，恐怕用不了多久就会因为疾病缠身而仓促离世。

或者是念旧情，或者是忽然想起了之前范仲淹屡次在边境所展现出的功绩，赵祯并未在这件事上为难范仲淹，而是干脆利落地允了此请，范仲淹整饬心情，再次起程前往邓州。

之所以选择了邓州作为下一站，范仲淹早就有所准备，对邓州的情况进行过全面了解，此地虽然不及东京城附近环境秀美适合居住，但是比起之前所在的邠州来说，邓州所处环境还算优美，范仲淹入知邓州后，屡次周游附近山川河流，反倒有心旷神怡之感，一改之前在东京城内的紧张急迫心情，重修了览秀亭，又着人构筑了春风阁，营造百花洲，将邓州城整饬得焕然一新。

与此同时，范仲淹也没有忘了兴修文馆书院，竟然在原本邓州一处书院的基础上，在百花洲内设立了花洲书院。

自此除却公务繁忙时，但凡有闲暇，范仲淹都会到书院讲学，一时间邓州人心振奋，文运亨通。

与此同时，范仲淹听说尹洙被贬到了筠州，此时已经陷入疾病缠身的状态之中，便干脆再次奏请朝廷，将这位故交老友邀请到邓州养病。

相比范仲淹最终还能到邓州养老，尹洙的下场有些凄惨，若不是范仲淹奏请将他带到邓州养老，他在筠州的生活宛如流放一般，极为凄苦。

饶是到了邓州这个风景秀丽的地方，尹洙最终也没有扛过太多时间，跟着范仲淹享受了一把难得的闲适晚年时光之后，尹洙的生命终于在邓州走到了终点。

在弥留之际，尹洙虽然依旧浑身病痛，甚至连说话都已经有些吃力，表情却十分安详，正如他与范仲淹这一年来经常相互以死亡打趣，除了向范仲淹托孤之外，只留下了一句：死生乃是正常的因果，既没有鬼神，也没有恐惧。

远隔千里的欧阳修听闻尹洙的死讯，当即亲自为尹洙撰写了一篇墓志铭，不远千里送到邓州。

送别了老友，范仲淹站在花洲书院前，听着里面传来的琅琅读书声，一时间有些心力交瘁，隐约感觉到自己也是大限将至。

幸而在邓州，范仲淹虽然形单影只，但同样被贬的新政一派诸多朋党此时尚且年富力强，时常有书信往来。

滕子京在巴陵郡并未垂头丧气，不过年许便习惯了巴陵郡的生活，转而发动民夫，将本已经凋敝的巴陵郡岳阳楼重新修筑扩建了一番，与此同时给范仲淹写信，邀请他为这件事儿作一篇文章。

范仲淹自然是当仁不让，命花洲书院当中的学子为他研墨，强行控制着自己已经有些颤抖的右手，挥毫泼墨将自己半生的感慨挥挥洒洒，全都写了出来。

一篇《岳阳楼记》虽说是受邀为楼作赋，实际上却将范仲淹这一辈子的理念全都写了出来。

庆历四年春，滕子京谪守巴陵郡。越明年，政通人和，百废具兴，乃重修岳阳楼，增其旧制，刻唐贤今人诗赋于其上，属予作文以记之。

予观夫巴陵胜状，在洞庭一湖。衔远山，吞长江，浩浩汤汤，横无际涯，朝晖夕阴，气象万千，此则岳阳楼之大观也，前人之述备矣。然则北通巫峡，南极潇湘，迁客骚人，多会于此，览物之情，得无异乎?

若夫淫雨霏霏，连月不开，阴风怒号，浊浪排空，日星隐曜，山岳潜形，商旅不行，樯倾楫摧，薄暮冥冥，虎啸猿啼。登斯楼也，则有去国怀乡，忧谗畏讥，满目萧然，感极而悲者矣。

至若春和景明，波澜不惊，上下天光，一碧万顷，沙鸥翔集，锦鳞游泳，岸芷汀兰，郁郁青青。而或长烟一空，皓月千里，浮光跃金，静影沉璧，渔歌互答，此乐何极！登斯楼也，则有心旷神怡，宠辱偕忘，把酒临风，其喜洋洋者矣。

嗟夫！予尝求古仁人之心，或异二者之为，何哉？不以物喜，不以己悲，居庙堂之高则忧其民，处江湖之远则忧其君。是进亦忧，退亦忧。然则何时而乐耶？其必曰“先天下之忧而忧，后天下之乐而乐”乎！噫！微斯人，吾谁与归？

时六年九月十五日。

这一篇《岳阳楼记》可谓范仲淹这一生当中最完美的一处句号，从这个时候起，范仲淹跌宕起伏、堪称文人风骨的传奇一生其实就已经算是完成。

然而在接下来的几年当中，范仲淹的人生道路却依旧没有完全平息，在邓州这个他比较喜欢的地方，不过是待了三年，便让百姓安居乐业，同时兴旺了邓州的文脉，深得百姓喜爱，直到三年后被调任杭州，范仲淹出资购买了良田千亩，拒绝了家中后辈央求他直接归老田园的想法，转而成立了范氏义庄。

这个举动影响了范氏一族数百年的兴旺命运，也是范仲淹这一辈子做成的最完美的一件事情。

皇祐四年（1052），范仲淹带病前往颍州上任，然而此时他身体已经无法支持远途旅行，最终在徐州病逝。赵祯感其一生功绩，又感慨新政之事，亲自为范仲淹题了匾额，又加赠兵部尚书职，谥号“文正”，其后又接连几次加赠官职，最终追封到了楚国公。

相比范仲淹的落寞不如意，新政团体当中的其他人反倒略显顺心了不少。此前在洛阳的时候，欧阳修早就养成了寄情山水、纵情肆意的生活习惯。这种生活习惯并不是短时间之内就能够改掉的，碰巧滁州的风景和环境都不错，再加上他被贬之后心情一直都不是很好，所以更加寄情于山水，除却必需的政务以外，其他的事情几乎不怎么去管。

如此肆意妄为的宽简政策，反倒使滁州的社会秩序越发井井有条，从他这个头头开始，到滁州最下面的贩夫走卒都过得比较轻松。

如此一来，欧阳修反而在自己的生活当中形成了一个比较宽松的良好循环，凡是没事儿的时候便会拉着一些友朋周游山水，欢饮达旦。

除此之外，他还用了不少时间与之前新政一众友人通信往来，只不过此时的欧阳修心思已经全不在新政之上，每每写信不是张扬文采，便是关心旧友。

在滁州一任之上，欧阳修认识了一位对他影响极为深重的朋友——智仙禅师。这位大和尚是开化禅寺的住持，这位住持不但性格极好，更为欧阳修排解了不少苦闷心情，一来二去，两人便成了极好的朋友。

此时的欧阳修寄情山水之余，特别喜欢喝酒，偏巧酒量又不好，逢喝必醉。几次前往开化禅寺拜访大和尚智仙的时候，欧阳修都会在半路上喝醉，同行之人在半山腰上下都不容易，经常叫苦不迭。为了让这位太守与手下从人能够在山上歇息，智仙还专门找人在半山腰修建了一个亭子。

欧阳修再次上山，正值醉眼蒙眬，见到亭子之后喜笑连连，提笔写下了一首几乎阐述了他人生态度的作品《醉翁亭记》。

环滁皆山也。其西南诸峰，林壑尤美，望之蔚然而深秀者，琅琊也。山行六七里，渐闻水声潺潺，而泻出于两峰之间者，酿泉也。峰回路转，有亭翼然临于泉上者，醉翁亭也。作亭者谁？山之僧智仙也。名之者谁？太守自谓也。太守与客来饮于此，饮少辄醉，而年又最高，故自号曰醉翁也。醉翁之意不在酒，在乎山水之间也。山水之乐，得之心而寓之酒也。

若夫日出而林霏开，云归而岩穴暝，晦明变化者，山间之朝暮也。野芳发而幽香，佳木秀而繁阴，风霜高洁，水落而石出者，山间之四时也。朝而往，暮而归，四时之景不同，而乐亦无穷也。

至于负者歌于途，行者休于树，前者呼，后者应，伛偻提携，往来而不绝者，滁人游也。临溪而渔，溪深而鱼肥。酿泉为酒，泉香而酒洌；山肴野蔌，杂然而前陈者，太守宴也。宴酣之乐，非丝非竹，射者中，弈者胜，觥筹交错，起坐而喧哗者，众宾欢也。苍颜白发，颓然乎其间者，太守醉也。

已而夕阳在山，人影散乱，太守归而宾客从也。树林阴翳，鸣声上下，游人去而禽鸟乐也。然而禽鸟知山林之乐，而不知人之乐；人知从太守游而乐，而不知太守之乐其乐也。醉能同其乐，醒能述以文者，太守也。太守谓谁？庐陵欧阳修也。

这篇《醉翁亭记》似乎是欧阳修前半辈子的写照，恣情肆意，但愿长醉，从滁州离开之后的欧阳修，在经历了这个人生的重大转折之后，无论是为人处世还是在朝堂之上的表现，甚至写出作品的文风风格都发生了不小的变化。

此前年轻时候的各种锋芒毕露、锐气难当全都消失不见，取而代之的是一种难以言喻的沉稳和凝滞。

韩琦与富弼两人的遭遇，比起欧阳修来说要好一点儿，两人此时年岁同样不高，虽然遭受贬黜，但心中仍有气力，在地方为官做事仍然有所建树，没过多久全都获得了重归朝堂的机会。

庆历八年（1048）闰正月十八日，坤宁宫附近发生了一场变故。

赵祯难得在坤宁宫中与曹皇后过夜，夜半时分却忽然听到外面传来了一阵骚乱的叫嚷声，先是人声嘈杂，紧接着隐隐还有惨叫之声传来，似乎是坤宁宫外发生了什么乱子。

赵祯在曹皇后服侍下换上便装，来到了前堂殿内，顿时注意到随侍的内侍和宫女们全慌作一团，直到看到皇帝出来这帮家伙才安稳了心神。

内侍都知张茂则与新任内侍副都知梁怀吉两人此时都不在坤宁宫内，剩下的这帮家伙要么是年轻才入宫没有多久的内侍，要么就是手无缚鸡之力、只会惊声尖叫的宫女，放眼望去，竟然没有一个可用之人。

曹皇后从后面姗姗而出，立刻就将近侍招呼过来询问情况。

这近侍是最近才入宫的，对宫中一切都算不得熟悉，此时自然不可能知道到底发生了什么事情，稀里糊涂地敷衍道："许是宫中处罚不懂事的宫女，有些过了火，这才导致宫女尖声惨叫。"

似乎是为了增加自己所说内容的可信度，这厮顺口还加了一句："这种事情在宫中极为常见，皇上与圣人不必为此忧心。"

殊不知眼前这两位对宫中情况了如指掌，怎么可能会被这种小谎话欺骗。

话还没有说完，就被皇后直接制止，随后曹皇后朝着旁边看了一眼，立刻就有两个宫女上前将这个小内侍拉到了一旁开始扇耳光。

几声脆响之后，赵祯的眉头皱了起来，却并没有多说什么，此地既然是坤宁宫，便是皇后的地界，责罚一两个不守规矩甚至敢欺君罔上的内侍而已，皇帝自然不好管束太多。

片刻之后，曹皇后将外面的内侍叫了进来，低声询问几句之后，隐约猜到了真实情况，立刻转头朝着赵祯说道："皇上，外面有火起，怕是有人在宫中大举杀戮放火，还请皇上暂时退避到厅房当中。"

赵祯朝着曹皇后看了一眼，知道这个一直不受自己待见，却精明强干的妻子此时所猜测的便是实情，便没有拒绝曹皇后之请，跟着内侍一起来到了偏厅躲避。

片刻之后，众人便听到在外面传来了阵阵喊叫声，似乎那些杀人的家伙从远处已经来到坤宁宫外，正在逐个房间搜人。

赵祯走到窗口，戳开了窗纸，朝着外面观看了片刻之后，隐约察觉到情况似乎有些不太对。

“外面搅乱宫廷之人，似乎人数不多，宫廷卫队五个指挥，一共有三千余人，此时若是听到了宫中传来的声音，必然已经入宫，为何到现在还没有将贼人擒拿？

“从这帮家伙的声音判断，进入宫中的贼人恐怕不会超过百十来人，一支宫廷卫队便足以将其擒杀！

“皇城司何在？若是宫廷卫队出了问题，责问皇城司安排人手入宫，或者是找到殿前司指挥，都可以入宫清剿叛逆，为何到现在为止没有一个人入宫护驾？”

此时这帮宫女内侍全都被吓成了傻子一般，根本没有人能回答他的问题，唯独曹皇后立刻站了出来：“皇上勿忧，此时宫中既然并无兵马依仗，只需将内侍聚集起来，拱卫陛下，并迅速安排人手出皇宫寻找皇城司、殿前司与宫廷禁卫。

“宫中内侍数量众多，若是将周围的内侍聚集起来也有百十号人，对方就算有数十人手，一时间想要近前也不可能。”

不得不说，曹皇后的这个建议十分中肯，但赵祯点头之后，却依旧不是十分满意，将自己的性命全都寄托在一群无后的内侍身上，这种事情他赵祯还做不来。

在曹皇后安排内侍寻人拱卫皇帝的同时，赵祯自己找到了一把用来把玩观赏的长剑，直接仗剑在手，随时准备应敌。

外面的乱子并未持续太久，曹皇后发出的击杀贼寇重赏命令才发出，内侍宫女们便成为重赏之下的勇夫，一众人蜂拥而出，赵祯紧随其后跟了出去，这才发现原来所谓冲击皇宫的乱贼竟然只有四个人。

对方这四个人被蜂拥而出的内侍宫女们吓了一跳，但随后立刻开始了砍杀，内侍宫女们虽然手里面都拿着一些称手的家伙，但怎么可能是这几个披甲持刀的家伙的对手，一时间死伤不少，甚至冲突间几个人距离赵祯越发靠近，赵祯几度想要持剑上前，却都被曹皇后拦住。

片刻之后，侍卫长王中正带兵赶到，完全没有给这四个家伙反抗的机会，当场便是一通乱箭，直接射死了其中的三个人，剩下的一个人虽然受伤却侥幸得脱。

赵祯将长剑收起，朝着救驾的众人扫了一眼，淡然吩咐众人继续在宫中全面搜索，但是必须要留下活口。

此时的赵祯心中已经堆满了疑问，他想不到究竟是谁才能指使这四个人闯入宫中，想要杀了自己，更是想不到是谁有这个能力将四人送到宫中，还顺手阻拦住了宫廷禁卫护驾的脚步。

几个杀了人的家伙并未搅扰赵祯的清梦，确定坤宁宫已经安全之后，他转身就回到寝宫当中美美地睡了一觉。

然而那个受伤失踪的家伙，直到三天后才在北楼被发现，发现他的内副都知杨怀敏带着人当场将其砍杀，丝毫没有顾及皇帝下的留下活口的命令。

这件事立刻引起了宫中众人的议论，甚至有人怀疑这个杨怀敏是在杀人灭口。

当天晚上，本来正在皇城外处理事务的皇城司司尊顾渭就被召回皇宫之中问责，对于此事顾渭几乎是一无所知，但随后便调查到，四个闯入宫中乱杀的乱贼，似乎与当夜孤身救驾的张贵妃家中有千丝万缕的关系。

此事被赵祯知道后，不过转念之间就叮嘱顾渭放弃继续追查，随后将此事匆匆结案。

最终的结果，不过是皇城司当日值班的皇城司使杨景宗、内副都知杨怀敏和郑宝吉三人被罢官。

顾渭原本还打算一查到底，但是被赵祯叮嘱过后隐约明白了什么，只能悻悻放弃追查。

此事原本不过是一场惊险的插曲，随着赵祯宣示此事已过，不可再轻举妄动便告一段落。但谁也没有想到，随后这件事情在朝堂之上传开，夏竦竟然大肆夸赞张贵妃英勇救护皇帝的举动，随后甚至还暴露了想要废后再立张贵妃为皇后的野心。

这件事情在朝堂之上吵嚷了数月，最终不了了之。

但此事的前因后果为顾渭所知晓之后，顾渭立刻就将此事写信告诉了此时仍在四处颠沛的范仲淹，两人书信来往月余后，顾渭立刻就开始盯上了夏竦。

此时的顾渭，几乎可以断定皇宫之乱和妄论废立的事情全都是夏竦所为，此人再次拜相之后，明显是打算效仿之前吕夷简做一代权臣，奈何他无论是能力还是手段都远远比不上吕夷简，所以便打算从内宫路线走起。

没想到这一番乱子并未做成，废后立后一事更是任重道远，无奈之下夏竦也只能放弃，顾渭的推断几乎鞭辟入里，连同皇宫内的张贵妃算上，恐怕答案随时呼之欲出，只不过对方隐藏极深，哪怕是以皇城司之力，依旧无法直接抓住把柄。

再加上皇帝钦命不可继续追查，这个案子被拖了数年的时间，依旧没有见到确切结果。

直到拖到了皇祐三年（1051），夏竦突然发病病逝，顾渭到底也没有将此事追查清楚，不由得写信与范仲淹说明此事，唯恐抱憾终身。

范仲淹此时正在抱病四处任官的路上，对顾渭的信笺依旧极为上心，劝说顾渭将此事放下的同时，范仲淹似乎也已经将此前新政凋敝之事逐渐看淡。

次年四月，侬智高在邕州起义，成功攻破邕州，随后带着七千兵马顺着郁江而下，接连攻破了九处州府，随后直逼广州。

彼时范仲淹刚刚过世，朝堂之上虽说已经稳定下来，新政一派残余几乎全都不再为范仲淹等人上书说事，但追思范仲淹之人不在少数，一时间朝堂之上再次涌动起各种暗流。

作为朝廷耳目的皇城司突然将侬智高叛乱的事情交代出来，顿时就将所有人的注意力全都吸引了过去。

侬智高此前归属于交趾统属，因为不堪交趾皇朝贪得无厌，屡次收取高额的赋税，广源州之人心生叛逆，随后侬智高在傥犹州建立了大历国，发动周围百姓与交趾的李朝相互抗争，但屡屡战败，转而就想到要依靠大宋，一是获得一个可靠的官职，用以统摄周围的各个部族，二则是想要从大宋借兵，借以威慑交趾李家王朝。

但是此前大宋一直纠结于西夏与辽国之间的各种博弈，根本无法分出精力管辖交趾的事情，所以对此事并未上心，他的这个请求屡次遭受拒绝，最终恼羞成怒。

广西各部族向来凶狠好斗，战力更是不俗，在侬智高的率领之下更是越战越勇，不过数千人马而已，竟然接连攻克了数座城池，甚至进逼到了广州城墙之下，朝中巨震的同时，前报又传来了一道足以稳定人心的讯息。

广州城坚固异常，防守更是极为严密，再加上周围几座城池秘密调动军马作为策应援助，侬智高在包围了广州城五十余天之后，终于无奈撤出。

侬智高本来打算转路直奔英州，没想到英州的知州苏缄早有谋算，竟然在四十米长的官道和小路之上接连布设了各种阻碍，一时之间侬智高根本没有办法将通路开出，无奈之下转而渡江。

从英州开始算起，侬智高因为宋军接连收到信息积极备战，在各个城池之中都受到了严防死守，一时间竟然连一座城池也攻不下来，连战连败。

直到年底时，侬智高转攻昭州，因为知州柳映晨畏战逃跑，城中无人看管统率，被侬智高攻下。

这一战彻底引起了大宋朝堂的注意，赵祯火冒三丈，痛斥西南边军全都是废物、各处知州守将全都是废柴的同时，立刻准备调集兵马南下作战的事宜。

与此同时，时任枢密副使的狄青听说西南边事告急，立刻就主动请见赵祯，慷慨陈词："听闻西南边事告急，陛下手中唯恐无将可用，臣是兵卒出身，在东京城中作为枢密副使为朝堂做事唯恐没有多少贡献，不如此时上阵杀敌。

"侬智高此人为西南蛮人，作战未必有策略，不过是逞一时之勇，乘着西南边城没有防备，这才成功攻下数座城池罢了。

"只要让臣上阵，不过需要带领五百骑兵，加上两三千禁军，就可以将此叛贼的脑袋砍下来，献给陛下！"

狄青说起自己的计划时，脸上满是淡然，脸颊之上的刺字微微发亮，信心十足。

此等气势，除了在前往西北边疆之前的范仲淹身上之外，赵祯还从未在朝中臣子的身上看到过，一时间心中百感交集，心头热血被激发了出来。

不过赵祯并未立刻颁布任命，目光在狄青的脸上再次瞟了两眼，下意识地说道："卿于军中微末而起，脸上的刺青尚未除掉，朕的太医曾有秘方可用珠玉配合药物，使用不过月余就可将这伤疤祛除，几乎不用留下痕迹。"

此时的狄青已经身居高位，以武将身份进入枢密院任副使，在大宋一朝历史上凤毛麟角，然而此时他脸上的刺青却依旧显眼，似乎无时不刻不在提醒周围之人，狄青是从底层一步步爬上来的。

这让赵祯看着多少有些不太适应，不过平日里狄青都是在群臣之中，他高高在上坐在龙椅之中，很难看清狄青的面容，倒是从未将此事放在心中，此时两人相距不过数米，狄青脸上的痕迹着实太过明显。

狄青笑了笑，朝着赵祯抱拳道："陛下高恩厚德，便是如今让臣立刻献出性命，臣也心甘情愿，但唯独是这个命令臣恐怕不能立刻执行。

"陛下不以臣出身不好而鄙夷，将臣从微末兵卒一路提拔到了如今的地位上，除了陛下的恩德以外，凭借的全都是身上的伤痕与脸上的刺字，臣希望一直保留住脸上的刺字。

"如此一来，军中将士在看到臣的时候，才会一心奉公为君，力争上游，因为他们会清楚地知道，在陛下的统御之下，哪怕是一介寻常武夫、一个普通的士卒也能有机会成为臣这样的官员！”

这一通话说完，赵祯的表情顿时发生了微妙变化，心中感慨无比：“得卿一人，胜过庸才数百，此番卿主动请战，朕心甚慰！”

未等再上朝，赵祯便直接下令任命狄青为宣徽南院使、宣抚荆湖南北路，专门负责处理广南侬智高叛乱的事情，甚至当场命人在垂拱殿之中设置了一桌酒席，为狄青饯行。

狄青所言只需要两千五百兵马一事，赵祯虽然欣赏其勇气可嘉，但是自然不可能真的按照这种要求指派兵马，而是以泾原路藩落、广锐军等步骑一万五千人南下。

侬智高接连打胜仗，相对应的便是宋军节节败退，一连十几战死了不少宋军士卒，这对于所有宋军的士气都是极大的打击。

为了鼓舞士气，狄青在整军出征之前，命人在大军面前拿出了一百枚钱币，当着所有士卒大声祝祷：“此番用兵，胜负难以预料，末将狄青请神明预示，若是用兵可以成功制敌，便请神明让所有钱币正面朝上！”

这个如同儿戏一般的举动，引得众位将领纷纷不解，此时他们已经身处南方，此地历来都有尊敬神明的习俗，若是此时他的祝祷结束，钱币不能同时正面朝上的话，无疑对于宋军士气来说是一个极大的打击。

但是此时想要阻止他已经来不及了，众人无奈之下也只能看着他的操作。

对于众人的阻拦和无奈，狄青全当没有看到，随后将那一百枚钱币挥手扔出，等到一百枚钱币全都落在了地上之后，众人再来看的时候，发现所有的钱币竟然全都是正面朝上，一时间所有人全都激动万分，顿时以为自己有神明保佑。

狄青同样也是大喜过望，立刻要人拿来了一百根铁钉，将这一百枚钱币原封不动地钉在了地上，随后更是盖上了布片，亲手将其封存。

随后他便朝着众将士说道：“我们此番南下必然有神明相助，大家尽可以放心杀敌，一同取胜。

“这一百枚钱币，等到我们胜利归来，我再亲自将其取回！”

听着他板上钉钉的话语，全军士气大振，一时间所有士卒全都觉得此番南下，必然是胜利在望。

大军南下到宾州，便与孙沔、余靖等部会师成功，合计双方兵马一共三万有余。

在狄青抵达之前，原领军将领陈曙唯恐狄青到来以后争抢功劳，率领本部八千余人主动出击，却在昆仑关被侬智高击败，八千兵马所剩无几，溃兵竟然只收拢回来不到千余人。

狄青才到此处，就听到了这个消息，顿时火冒三丈，将自己亲兵尽数派出，在昆仑关外重新收拢残兵，随后将随军出战的三十多位将领和武官全都拉了出来。

众人被士卒拉出来时，还以为狄青只不过是想要问罪立威，言语间都有讨好之意，甚至有人眼光闪烁，用钱财金帛贿赂狄青，这让狄青本还有些犹豫的想法瞬间落定。

“号令不一，不从军令，这就是你们以优势兵力都无法将贼寇击败的原因所在。

“军令如山，狄某来此之前就已经颁布军令，不可轻举妄动，汝等率军贸然出击以致损兵折将，按照军令当斩！”

眼看着狄青的脸色十分严肃，众人隐约猜到了他的确是认真的，顿时慌了神，一群人纷纷挣脱了身后士卒的押解，“扑通”跪了一地。

“将军饶命！”

“将军，我们愿意戴罪立功！”

“狄青，你敢杀我？我可是……”

一时间连求饶声带威胁声接连不断，三十几个武官将领簇拥到了一起，几乎抱成了一团。

这个情况，就连孙沔、余靖两人也没有想到，两人同时看向了狄青，表情犹疑不定，很显然也打算上来劝谏。

然而此时狄青是全军统帅，令行禁止之下，军令既然已经发出，他们若是贸然劝谏狄青再留活口，很容易被理解为包庇罪将。

就在他们犹豫的这一会儿工夫，狄青大手一挥，数十名亲兵立刻上前，将这帮家伙全都推了出去。

眼看活下去无望，原本的求饶声逐渐转变成了喝骂声和痛苦声，最后在一连串的刀光之下戛然而止。

片刻之后，三十余颗大好头颅被齐刷刷地拎了回来，在众多将领面前摆了整齐的两排。

看着还在冒着热气的大好头颅，周围诸多将领武官的脸色变得有些难看，宋军才遭大败，结果士气还未重新整饬过来，转头就被狄青砍翻了三十多号将领，此时众人心中纷纷忐忑不安起来。

狄青的目光在一众人身上扫了两眼，冷笑连连：“不过是三十几颗脑袋罢了，便将诸君吓成了这个德行，若是放诸君与侬智高手下的那些士卒作战，诸君怕是要被吓得丢盔弃甲，只顾着亡命而逃吧？”

这种简单明了的讽刺，在军中最为有用，众人虽说能力不强，被侬智高率领的叛军吓得不轻，但是毕竟仍然敢于出战，此时骤然被人说成是脓包、胆小鬼，一众人顿时心气一沉，脸上露出了激愤情绪。

“狄将军为何如此看不起人？若不是侬智高那厮作战诡异，手下蛮子更是悍不畏死，我等更是爱惜士卒，怎么可能出现如此多的败绩？”

“若是狄将军如此自信，不如先去与依智高战上一场，何如？”

一众将领义愤填膺，虽然不敢直接与狄青对峙，但嘟嘟囔囔的话里话外已经将不满全都抖落了出来。

狄青鄙夷地转过头来，仿佛就连多看他们一眼都会污了自己的眼睛。

“一群鼠胆废物而已，也配与本将军讨价论价？你们想要本将军与依智高一战，本将军便去与他一战，让你们看看什么叫作真正的战斗、什么叫威武之师！”

扔下了这几句话之后，狄青便不再搭理这帮家伙，竟然直接带着自己率领过来的兵马就地找了个地方安营扎寨。

等到这帮家伙反应过来的时候，狄青手下的兵马已经撤走，在距离他们原本营寨不到五里的地方扎了寨子。

一众人相互看了两眼，表情都有些怪异，尤其是孙沔、余靖两人，身为两军主将，此时竟然也被这家伙扔到一旁，让两人心中极为不满。

但是面对着狄青的强势威压，两人只能悻悻地笑了笑，随后将一众武官将领全都扔到了自家营寨之中，随后率领着几位亲兵跑去找狄青商谈作战事宜。

然而狄青连搭理都不搭理他们，直接让亲兵把他们两个拦在了营寨之外，任凭两人如何叫门也不予理睬。

两人在营寨之外等待了足足一个时辰，直到营寨彻底落成，大门在两人面前轰然关上，两人这才低低地咒骂了几声，率着自己手下亲兵离开。

等到两人回到了各自营寨之中后，狄青派来传令的亲兵也几乎同时抵达。

得到狄青的命令之后，两人同时陷入了沉默之中。

方才信誓旦旦要立刻率军出击，最好是将侬智高直接击溃的狄青，竟然要求两人率军继续收拢溃兵，按兵不出死守营寨，最好连免战牌全都挂上。

同时要求诸军一起备上足够十日食用的粮草，暂时等待上元节至，犒军张灯结彩三日。

这些命令看得人稀里糊涂，孙沔、余靖两人心中的不满逐渐削减，转而开始轻视起狄青这个主将。

言而无信，畏惧不战，倒是在面对着自己人的时候下手狠辣，一时间两人都是开始为之前被砍掉了脑袋的三十多名将领感觉到冤屈。

与此同时，狄青本营当中上万人却同时得到了命令，当夜人不解甲，马不下鞍，随时准备出营作战！

营寨外围的景象无比忙碌，各个区域都在埋锅造饭，甚至还有开始在营寨外栏上糊裱起了灯笼的，这种景象在此处年节的时候也难以见到，侬智高手下的那些探子看到之后，纷纷将此处情形汇报给了侬智高。

侬智高听闻此事之后，顿时觉得这个新来的援兵将领也是个废物，竟然在此处过起了日子，简直蠢不可言。

尤其是在听到宋军援兵不过一万五千人左右，还是一路舟车劳顿从北而来，越发觉得这支援兵不足为惧，索性连哨马和探子都没有增加。

当天夜里，狄青便悄悄打开营寨后门，率领万余人马绕路而出，以轻骑开路迅速绕过了昆仑关，在归仁铺列开了阵势。

此时的援兵营寨之中，剩下的五千士卒仍然还在欢饮达旦，人声鼎沸，看上去如同闹市一般，侬智高的探马接连回报，侬智高还以为宋军依旧在就地休憩，顿时越发轻敌。

直到第二天早晨，孙沔、余靖两营之人才接到了狄青再次发来的军令，命令两人迅速进军昆仑关，两面夹击侬智高！

这道命令一到，两人才恍然大悟，前一天狄青是故作疑兵，此时竟然已经抄了侬智高的后路，此时昆仑关形同虚设，双方夹击之下侬智高必败无疑！

想通了这一点之后，本来就并不畏战的两人立刻率军出击，齐齐扑向了昆仑关！

宋军突然之间的大动作，让死守昆仑关的侬智高顿时被打了个措手不及，转头立刻就将自己手中的兵马尽数拉出了昆仑关，足有三万余人直奔狄青本阵。

双方之间的距离不过十余里，转眼的工夫大军已经形成对峙之势，侬智高一方人数众多，威势更是极猛，一时间竟然将狄青手下兵马唬得有些紧张，狄青看出这些兵将远不如自己在西北所率领的军马强横，亲自率领亲兵前后巡视，为将士打气。

为了让众将士能够随时认出自己，狄青戴上了标志性的青铜面具，顿时让宋军将士们士气大振。

狄青看到士气可用，转头朝着侬智高叛军方向看了一眼，发现敌军仓皇整军，一时间竟然队形纷乱，有种溃不成军的意思，心思顿时活泛了起来。

“右班殿直张玉，出列！

“如京副使贾逵、西京左藏库副使孙节，出列！

随着他一声令下，三名身穿盔甲、身材魁梧的武官应声而出，手中提着佩刀目光炯炯地看向狄青：“将军有何令下？”

比起那些士气才刚刚提起来的士卒来说，这三名武官的状态明显要更好一些，此时不但是目光炯炯神采飞扬，状态更是极佳，明显已经做好了备战准备。

狄青难得脸上露出了一抹笑容：“本将军有意与依智高叛军正面冲突，反击作战，尔等可有胆色共同前往？”

这句话问得恰到好处，三名武官相互看了一眼，纷纷用拳头敲击起自己的胸口：“誓死追随将军，唯战而已！”

“面涅将军”的名声，早在军中流传许久，谁都知道狄青是个好汉子，更是个好将军，每逢战斗身先士卒，上阵杀敌更是第一个冲出去，随军撤退时则留下来断后，从来都把军中士卒当成自家子侄来对待。

尤其是之前这位喜欢戴着青铜面具上阵杀敌的将军屡屡战胜，几乎在军中积累起了常人难以想象的威望。

哪怕这些军卒从来都没有见过狄青本人，此时也是很容易就被他鼓动。

狄青大笑了数声，猛然抽刀出鞘，朝着前面一指：“张玉任先锋官，贾逵任左军统帅，孙节任右军统帅，中军徐徐压阵，等待孙、余两位将军率军支援，准备与依智高叛军对冲！”

三人立刻纵马回归本阵，左右招呼，指挥起军马行止来。

而狄青自己，则是带着一队不过一千人的精骑后撤，隐蔽在了大军后侧。

此时他们所处的位置偏高，加上大军后侧正好有一处向下的缓坡，从他们这个角度看过去，完全可以将敌军的情况全都收归眼底，敌方却根本就看不见他们大军后面隐藏着一支骑兵队伍。

他这一支，不但是骑兵，更是奇兵！

依智高一行军马好不容易列阵成功，突然发现宋军竟然一改常态，不但列起了阵型，而且还打算以阵型队列与他们冲阵，这比起一窝蜂地冲阵要强横得多，各部之间互有支援，战力叠加可不只是一加一那么简单。

面对这种近乎完美的阵势进攻，依智高立刻就意识到，此时他面临的这一支部队跟以前所碰到的大宋军兵完全不一样。

倘若还是以之前那种乱哄哄的攻击战术来应对，恐怕他们会吃极大的亏。

但等依智高想明白这一点的时候，已经来不及了，等到依智高的军马整军成功的时候，双方之间的距离已经不到三里，三里的距离在蓄意进攻之下，顷刻间就能抵达。

双方的前锋瞬间就搅和到了一起，战斗瞬间打响，喊杀声、辱骂声，甚至刀枪剑戟碰撞的声音瞬间混作一团，此时依智高想要指挥兵马，已经再没有了之前的方便。

他手中这支队伍本来成分就十分复杂，其中绝大多数是四处拼凑而来的杂兵，唯独他手中的八千精锐还算真正的百战之卒，此时尚未动用的也正是这八千兵马。

眼看双方的人马搅和成一团，此时想要抽身止步或者调转方向离开都已经不再可能，依智高咬着牙，立刻就做出了一个看似精明，实际上极为愚蠢的决策——集中力量，强攻一侧！

八千兵马被他孤注一掷般直接全都扔到了左路兵马，也就是宋军的右路军马对应一侧。

有了八千生力军的加入，右路战况急转直下，前后不过是盏茶的工夫，依智高这八千军马就将右路宋军彻底淹没，哪怕是之前列成的战阵，也经不起在数量上的绝对碾轧。

再加上这些宋军，其实本来战力并不算多么强悍，右路几乎瞬间就崩散开来。

右路军统帅孙节带着数百精锐和亲兵被包围在侬智高的兵马之中，如同激流之中的坚硬石头一样，顽强抵抗。

然而此时他身边这些士卒，每一个都要同时面对三五个敌人的攻击，双拳难敌四手，更何况是一把刀面对四五把刀剑。

又过了盏茶的工夫，这数百人也被直接湮没，孙节力战之后身中数刀，大骂着战死。

而此时宋军的中军与左路兵马一边与侬智高叛军厮杀，一边竟然仍然在向前推进。

如此一来不过转眼的工夫，双方的位置便做了一个交换。

侬智高手中的部队还未反应过来到底发生了什么事情，昆仑关处就传来了震天的喊杀声，孙、余两人率领着两万军马浩浩荡荡地杀了过来。

此前侬智高本意是倾巢出动，将狄青迅速解决随后撤走，所以在昆仑关内只留下了五百人马。

没想到，对面的宋军竟然孤注一掷，拼了命地攻打城墙，以四十倍的人数优势花费了不到两个时辰的时间就将昆仑关占领，同时赶来支援。

侬智高看着蜂拥而来漫山遍野的宋军，脸直接就绿了，随后带着亲随打算撤离，然而此时他们的军队全都被宋军纠缠住，一时间根本无法撤走。

无奈之下侬智高也只能下令死拼到底，随后自己则带着一群亲信随时准备跑路。

三万人对三万人，在双方都已经乱糟糟一团没有了战阵可言的情况之下，一时间倒是打了个难分难解。

贾逵远远地看到了狄青的旗语指挥，立刻就带着本部两千人马从战团之中稍稍抽身，随后翻身上了一处高地，找准一处侬智高军马比较薄弱的地方，如同刀子一般直冲而下，将侬智高的军马彻底断为首尾不能相顾的两截。

最重要的是将这家伙手中的八千精锐同样分成了两部分，在无法进行统一部署指挥的情况之下，两支四千人的兵马战斗力急速下降！

与此同时，狄青这才挥舞着手中用来指挥军马的白色棋子，带着一千骑兵分作两支队伍，从左、右两侧同时杀出，分别穿透了侬智高的两支兵马。

对方还从未见到过如此凶猛的骑兵冲阵战法，一时间被打了个措手不及，狄青更是亲自率军冲阵，一路冲杀下来，戴着的青铜面具给敌人带来了极大的震慑效果。

侬智高的军兵被连续冲杀了两阵之后，终于扛不住这种夸张的心理压力，直接大乱，随后士气崩散，所有人开始崩解逃遁。

侬智高运气不错，率领着一支不到五百人的队伍趁乱逃窜，直奔邕州逃遁。

剩下的那些家伙，则没有那么幸运了，在没有了主将指挥、士气直接涣散的情况之下，那些宋军追砍起这些本来前几天还无比凶猛的家伙，就跟砍瓜切菜一样，简直容易得不得了。

一方一路逃窜，一方自然就是一路追杀。

因为双方此时都黏在了一起，短时间之内也难以分开，狄青干脆来了个放任自流，带着骑兵队一路跟着逃兵溃兵的队伍，不停支援那些落入下风的宋军追击队伍。

如此一来，追击侬智高叛军的那些宋军简直就如同追兔子一样，硬生生追杀到了邕州城外。

此时侬智高已经逃到此城之中，在没有了兵马傍身的情况下，这里已经是他最后的据点。

原本这家伙还打算在这里暂时停歇，继续收拢溃兵，只要他能够在宋军抵达之前收拢两千以上的溃兵，就还有东山再起的可能。

但他无论如何也没有想到，之前一向唯唯诺诺的宋军竟然在那个戴着青铜面具的将军率领之下，一下子追出了五十余里，这分明是要将他们斩尽杀绝。

眼睁睁地看着自己手下的溃兵在城下被宋军砍掉了右耳，侬智高站在城墙之上目眦尽裂。

此时时间已经接近傍晚，心知没有东山再起机会的侬智高随便在城中找了个屋子歇息，才刚刚有了睡意，就听到城门处传来了阵阵雷鸣般的鼓声，紧接着便是宋军传来的呼喊庆贺之声。

单单是从声音听起来就仿佛宋军已经攻破了此处一样，已经被此时一败吓破了胆子的侬智高吓得忙不迭跳了起来，拉着手下的亲卫就打算赶紧逃离，但随后他隐约想到了什么，立刻就咬着牙拉着一众人手找到了之前囤积在城中各处的草堆油料，随后开始在城中四处放火！

直到全城各处全都是滚滚浓烟、熊熊火光，这厮才扔下了兵马，只带着几十名亲随转身逃出了城。

这一逃，侬智高就直接逃到了大理，从此销声匿迹，再也没有出现过。

而狄青这边在收拾战场的时候，简单统计了战果之后，却发现这次大胜，足足斩杀了侬智高叛军两千两百人，俘虏了五百多人。

这其中所清点的，只是侬智高手中的精锐兵马，并未算上被裹挟而来的流民或者被征召过来的民夫，也没算上那些被他裹挟而来的其他部族成员，否则这个数量怕是要再翻上几番。

站在城墙之上，狄青慨然而叹："之前在东京城的时候，人人都说侬智高实力强劲，竟然连破我大宋十几座城池，绝对不可力敌，没想到却这么不堪一击。"

周围士卒听到之后，都是忍不住讪讪而笑，心说将军果然谦虚谨慎，打了这么大的胜仗，还只是归结于敌人太脆弱，谁不知道这是因为狄将军太勇猛，才能打出如此强横的战绩出来？

孙、余两人远远看到狄青，连忙跑了过来，以军礼参见。

这两个家伙虽说最开始让狄青十分不满，但后来的表现还算中规中矩，尤其是率军突进的时候，并没有丝毫犹豫，这一点深得他的心。

所以此时看到两人的时候，便没有了之前的那种不屑与鄙夷，取而代之的则是一脸欣慰和欢迎。

两人此时看到这位脸上带着刺字的将军，就如同看到了战神一般，话里话外除了崇拜还是崇拜，若不是狄青随后就板起了脸，恐怕两人会立刻以大礼参拜。

随后狄青才知道，这两人匆匆而来是为了什么。

军功一项上，自然是要以狄青为首功，两人不敢争抢，但是在城下的尸堆当中，两人竟然发现了一具穿着黄袍、面目已经残破的尸体，有人怀疑那正是穿着伪造黄袍的侬智高，对方很有可能在最后选择了殉城而亡。

倘若这贼首被诛杀了的话，他们的功劳本簿明显会增添浓墨重彩的一笔。

"倘若确定那便是贼首的话，首功依旧要交给将军，我们只需要得个协从之功便可！”两人眼神之中满是热切地朝着狄青说道，很显然他们是想要让狄青敲定此事。

然而狄青只是在他们的面目之上扫了一眼，就明白了真正的情况：“我手下的探马回报，说依智高应该是带着一些亲随一路朝着西面去了，还有可能是去了大理，恐怕以后都不会再出现。

“虽然那具尸体上面穿着黄袍，但并不代表他就是贼首，更是无法确认他的身份，倘若就这么贸然领了军功，我们岂不是成了欺君罔上的贼人？”

狄青的话说得有理有据，让两人完全无法应对，谁也想不到，在这个世界上竟然还有不贪军功的人。

随后狄青的话更是让两人生出了敬佩之意，狄青大致清点过战果之后，立刻断定依智高再也成不了气候，自己没有必要再耽搁下去，应该即刻班师回朝，所以干脆利落地将清理战后军功和事务的事情全都交给了孙、余两人。

这无异于将到手的军功推出了一大半交给其他人，最开始这两人不过是觉得狄青作战勇猛，此时却感觉到了狄青的为人是两人无法望其项背的存在。

回到当初钉下那百枚钱币的校场之后，狄青亲手将那一百枚钱币一一取下，随后展示给手下的将领们看，这帮人才意识到自己是被狄青给骗了，那一百枚钱币竟然全都是特制的钱币，正、反两面全都是正面！

得知了真相的将领们非但没有感觉到自己的智商被羞辱，反而全都开怀大笑起来，一时间所有人都开始称赞起狄青有勇有谋，不愧为范老相公最得意的门生。

对于这个说法，狄青倒是引以为豪。

回京之后，狄青因战功卓著，复职枢密副使，后擢升枢密使，将那个“副”字给摘了下去，同时升为护国军节度使、河中尹，此时的狄青已经站在了大宋武将的巅峰位置，一时风光无二。

在某种意义上来说，他的文治武功在武功一项上，甚至达到了与他的贵人，也是被极为认可的“老师”范仲淹有了相提并论的资格。

但狄青的好运似乎就此用光了，随着朝堂内外没有了战事，他这个突然在大宋权力中心冒出的大老粗，到底玩不过权力核心区域之中的那些文官。

狄青在朝堂之上受到的弹劾札子接连不断，好在赵祯从未将那些弹劾当回事，直到嘉祐元年（1056），东京城之中发生了百年难遇的洪涝大灾，为了躲避水患，狄青将全家搬到了大相国寺，随后他堂而皇之地就住进了大雄宝殿之中，这个举动让同样在大相国寺里面避灾的民众十分不解，一时之间流言四起，传言很快就在朝堂之上传开，随后又有台谏官数人以狄青恣意妄为、做事无端无状而弹劾他，最终赵祯只能罢免了他的枢密使职务，随后加了同中书门下平章事的头衔，随后安排狄青离开东京城，任陈州知府。

这个举动其实是在保护他这个大老粗，防止他继续被朝堂之上的那些文臣挤对。

但赵祯也没有想到，即便是将狄青逐出了东京城，依旧没能让他逃过那些文臣的毒手。

嘉祐二年（1057），屡次被文官们弹劾胁迫，乃至于用计恐吓的狄青突发疾病，嘴里面长起了毒疮，一时间无法医治，最终死在了任上。堪为武将表率的狄青遗憾离世，几乎代表了大宋前半段时间文治武功当中的武功彻底走向衰败废弛。

而与此同时，文治却悄然来到了另一个巅峰期。

这一年的科举殿试，出现了不少人才，甚至比起当年天圣年间的进士集团都不逊色，苏轼、苏辙和二程兄弟紧接在列。

欧阳修回京之后，到底是得到了重用，嘉祐二年（1057）的科考便是由他来主持的。作为主考官的欧阳修，因为苏轼的卷子答得太好，又与自己学生曾巩的文风略有相似之处，为了避嫌便将苏轼的卷子判了个第二。后来开了卷封，欧阳修才得知真相，主动说明了此事，一时间传为文官集团之中的趣闻。

权知开封府，任右司郎中的包拯对于此事极为感兴趣，与欧阳修多次打趣此事，惹得欧阳修懊恼不已，差点按照年轻时的习惯撰文与包拯好好谈上一谈。

但此事的余温并未持续太久，转年到了嘉祐三年（1058），包拯升为右谏议大夫，同时权任御史中丞，立刻就将矛头对准了皇帝本人。

此时赵祯年岁已经不小，却一直都没有生出皇子，太子之位空悬太久，国本不稳，包拯立刻就抓住了这个事情，接连催促赵祯早立太子。

随后时任馆阁校勘的司马光，还有升任同中书门下平章事、集贤殿大学士的韩琦同时加入了这个队伍，随后就连已经任参知政事、刚从嘉祐二年大考事件当中抽身而出的欧阳修，也接连附议。

赵祯不堪其扰，最终在一场大病之后，无奈之下选定了堂兄赵允让的儿子赵宗实作为皇太子，随后将赵宗实改名为赵曙。

随后几年时间内，赵祯的身体状况一直处于极其微妙的状态之中，直到嘉祐八年（1063）三月，赵祯一病不起，宣告驾崩，得庙号仁宗。

皇太子赵曙登基为帝，是为宋英宗。

谁也没想到，这位看似胸有大志、似乎聪明无比的宋英宗才一继位就突然患上了一场暴病，无奈之下曹太后只能效仿前朝刘太后垂帘听政。

两宫之中因为此事生出了不少嫌隙，直到已经身为宰执的韩琦和欧阳修接连劝谏调和，才缓解了些许。

赵曙这个短命皇帝，从继位到驾崩，前后不过经历了四年的时间，几乎没有什么建树可言，却做了一个极其重要的决定。

那就是命司马光设立一局，专门修撰《资治通鉴》一书。

治平四年（1067），赵曙此前的暴病再次发作，驾崩于福宁殿，庙号英宗。

其子赵顼登基，改元熙宁。

赵顼继位的时候，已经深感国朝积贫积弱，对于当初的庆历变法念念不忘，引以为自己的榜样，觉得想要强国富民，必须要行新政、立新法。

所以他才刚刚继位，就将接连几次拒绝英宗征召、曾经在治所试行改革之法的王安石召入皇宫。

庆历新政没能做到的，赵顼想要做到，范仲淹没能做到的，王安石想要做到，胸怀大志的君臣二人碰到了一起，立刻就产生了极大的能量，熙宁变法由此而生……

第二章

赵顼排众议问变法　王安石妙舌战群臣

熙宁二年（1069）二月，东京城中飘起了阵阵细雨，汴河两侧的柳树抽出了嫩绿色的枝芽，各处街市高悬的门牌幌子颜色逐渐加深，似乎是要在这细雨之中增加一抹凝重。

原本各处街市之上时不时就会传出来的叫卖声，甚至是笑骂声，此时都已经藏进了绵绵细雨当中。

倒是方才从东水门逆流而上的漕运船队，此时依旧热闹无比，身上穿着蓑衣的船夫们不断喊着号子，将沉重的货船一点点挪到上游。

此时已经将近傍晚时分，淅淅沥沥下了一天的细雨却依旧没有停歇下来的意思。

皇宫当中，垂拱殿的龙椅之上，才刚刚走上皇位亲政不过一年多的皇帝赵顼，看着外面淅淅沥沥的雨点，心情无比烦闷。

一旁已显老态，却领了入内内侍省都知职务，依旧算得上“中贵人”的张茂则，朝这个年轻皇帝看了一眼，脸上闪过了一抹异样的神色。

“陛下可是为了王安石一事气恼？”他微微躬身，朝着赵顼恭敬无比地问道，惹得赵顼冷哼了一声：“不是为了这件事情，那还有什么事情？

“朕就不明白了，其他几个老顽固想不通其中的问题也就算了，怎么连枢密使富弼竟然也要化身为老顽固，反对朕再召王安石入对？

“当年庆历新政时，他富弼可是其中的关键人物，若是连他都不能理解朕的做法，现在文武百官还能有谁理解？”

赵顼之所以如此气愤，是因为今天傍晚他在垂拱殿召见当朝的几位宰执大臣，本来是想要跟诸位宰执大臣宣布他要起用王安石进行变法新政。

结果没想到，就连他原本以为会第一个站出来支持自己的枢密使富弼，竟然也跟其他几个宰执大臣一样，立刻选择了反对。

这让心心念念了一年多，想要立刻大刀阔斧进行新政的赵顼，被打了一个措手不及。

突然间跟几位宰执大臣进行摊牌，并不是他一时之间冲动的结果，而是深思熟虑，足足进行了一年多的准备才产生的想法。

治平四年（1067）先帝驾崩以后，他才登上皇位，一时间不敢有什么太大动作。但心中早已经翻腾着豪情壮志，打算励精图治，将大宋从积贫积弱的局面当中拯救出来。

早在登临皇位之前，他就对国家近三十年来一直积贫积弱的局面深恶痛绝，而且对当年的庆历新政更是进行过极其深入的了解和研究。

原以为经过了将近两年的准备和磨合，他在跟朝中那几位重臣进行沟通之后，就可以将他们打动，君臣携手并肩前行，最起码那几位重臣也不至于阻挠他进行新政改革。

然而事与愿违，在如此重要的时刻，他得到的回馈却跟心中所想截然不同。召见了几位重臣之后，他们在垂拱殿之中给出来的回馈完全是跟他所预料的相反。

四位宰执同时不动声色地开始装聋作哑。随后只是相互交换了一个眼神，便同时表示了反对。

此时听到了张茂则在一旁的问询，他的心中更是百般疾苦，忍不住拍起了桌子。

一旁的张茂则听明白了新皇帝所说的话，不由得哑然失笑："陛下殚精竭虑，这个想法已经足有两年多的时间。恐怕在此之前也曾经对当初的庆历新政进行过很多了解。此时突然遭受他人责难，心中有所愤懑，也实属当然。

"不过陛下可曾想到过，当初仁宗皇帝想要开新法进行庆历新政的时候，所遭受的阻挠或许不比陛下少。但仁宗皇帝从未屈服，而是在大臣当中不断协调，最终才促成了新法实行。虽然最终新法只进行了一年多，但是也取得了不错的成绩。陛下若是真想行新法，不妨效仿仁宗皇帝之策。"

张茂则毕竟在宫廷之中多年，至此已经辅佐了三代皇帝，此时此刻所说出来的见解更是极有见地，顿时就让这位新皇帝产生了一种恍然大悟的感觉。

他沉默了片刻之后，转头看向张茂则："张都知所言极有道理，昔年大禹治水之时，便曾经说过治水之策不在堵而在于疏，当下朝堂之上这帮老顽固岂不就是我实行新政之举面前的洪水猛兽？

"既然他们无论如何都不赞同我实行新政的想法，不如我就想办法先将他们逐个击破，只要能让其中一半的人同意我的想法，甚至只是不做出反对，这件事便大有可为。”

顺着张茂则的建议和鼓舞，赵顼立刻就想到了可行之策，心中顿时无比喜悦，猛地朝着旁边一挥手，竟然真的就不再去顾虑此事。

眼看着周围的那些侍从和宫女开始为大殿之中掌灯，年轻皇帝原本激动不已的心情逐渐平复下来。

为了等待这一天，他已经足足准备了两年多，他的耐心已经足够长久，如果从当初得知庆历新政的时候开始算起，甚至已经做了足足十余年的准备，就算再花上几天等待又能如何?

当时他还并未成为皇太子，也并未成为皇帝，仅仅是凭借着一届皇族后辈的身份，就敢于去想帮着大宋变革更新，而他现在已经成为大宋朝廷的九五至尊，哪怕朝中大臣对他的见解仍有不解之处，又有谁能够彻底拒绝他的想法呢?

这个念头在心中通达之后，赵顼便不再去想着如何解决朝中这帮老顽固，而是开始思量起新法之事。

在即位之初，他就曾经思考过有关中兴大宋王朝的肱股之臣。仁宗一朝能够行新法，在于朝中有范仲淹、韩琦、欧阳修和富弼等诸多治世能臣。

他想励志图新，很显然也需要为自己准备一队绝对忠心于自己，又有精明才干的臣子队伍。

放眼望去，此时朝中欧阳修、韩琦、富弼等人依旧还在为国效力。他也曾尝试与这三位年老臣子进行过沟通。但是当年曾经一力主持庆历新政的几位老臣在经历过三朝交替之后，心境和思维方式都已经发生了极大的转变。面对皇帝突然说出的变法图强想法，竟然没有一个人表示赞同，更没有人提出任何有用的见解。

这种得不到回应的感觉，让新皇帝顿时觉得几位老臣都已经腐朽老迈，再没有了当年的锐气。

除了这帮老臣之外，此时朝中还有其他可用之人，时任翰林学士的司马光颇有见地和胆识，但新皇帝总觉得此人少了几分锐气，可以辅佐守成之君，却没有办法成为开革新政的臂助。

至于此时风头正劲、已经由彭山县服丧而归的苏轼、苏辙兄弟，则是被他认为身上的书生气实在太过浓重，作为言官行清谈论政之举也就罢了，真正想要实行新政，确实没有办法让他们来主持大局。

思来想去之后，他灵光一闪，命人将案牍库当中仁宗一朝的诸多有关庆历新政的条陈变法札子取出了大部，一一通读翻阅，最终找到了当年王安石在庆历变法后期敬献给仁宗皇帝的《言事书》。

方今之法度，多不合乎先王之政故也。孟子曰："有仁心仁闻而泽不加于百姓者，为政不法于先王之道故也。"以孟子之说，观方今之失，正在于此而已。夫以今之世去先王之世远，所遭之变、所遇之势不一，而欲一二修先王之政，虽甚愚者犹知其难也。然臣以谓今之失患在不法先王之政者，以谓当法其意而已。夫二帝三王，相去盖千有余载，一治一乱，其盛衰之时具矣。其所遭之变、所遇之势，亦各不同，其施设之方亦皆殊。而其为天下国家之意，本末先后，未尝不同也。臣故曰当法其意而已。法其意，则吾所改易更革，不至乎倾骇天下之耳目，嚣天下之口，而固已合乎先王之政矣。虽然，以方今之势揆之，陛下虽欲改易更革天下之事，合于先王之意，其势必不能也。陛下有恭俭之德，有聪明睿智之才，有仁民爱物之意，诚加之意，则何为而不成，何欲而不得？

然而臣顾以谓陛下虽欲改易更革天下之事，合于先王之意，其势必不能者，何也？以方今天下之人才不足故也。臣尝试窃观天下在位之人，未有乏于此时者也。夫人才乏于上，则有沉废伏匿在下，而不为当时所知者矣。臣又求之于闾巷草野之间，而亦未见其多焉。岂非陶冶而成之者非其道而然乎？

……

这篇文章前前后后洋洋洒洒近万字，除了最开始有些老生常谈的拍马屁之论以外，其中的内容实在是让人看着便热血澎湃。其中抨击弊政一说可谓字字珠玑、句句在理，其中诸多言语并非空中楼阁，而是脚踏实地，见地非常豪气干云，其中变革图强之志更是如同炙热火种，哪怕只是通读一遍，其中内容便让人心生热情。

为防止这种想法成为迎合庆历新政时事之举，又为了确保此人的确如自己所想算得上治世能臣，赵顼立刻安排人手将有关王安石的札子全都翻找了出来，一一通读。

经过短短数日的研读，王安石的形象便跃然出现在宋神宗的脑海之中。

人品端方、性格执拗，不爱财，不贪图名利，敢于谏言，典型属于难得的德才兼备之人，唯独是这执拗一项着实让人有些咂舌。

除此之外，那些札子之中倒是有些有趣的乐事，譬如谈及王安石日常生活时，诸多札子当中无不指摘他行事荒唐，昔年仁宗皇帝邀请诸多臣子钓鱼，结果王安石不知道心中正思量何事，竟然在一旁将鱼饵当成了食物，吃掉了整整一盘！

又比如一次朋友聚会的时候，众人都在一旁高谈阔论，王安石却只顾着埋头吃饭，愣是将面前的一碟菜吃了个干干净净，其他菜品却分毫未动，让朋友误以为他独独喜欢那一味獐脯肉，谁知待到夫人问起此事，王安石便一问三不知，愣是连自己吃的是獐脯肉都不知道。只因为那菜品是在眼前方便夹取，他心中思量事务繁多，懒得去夹其他的菜罢了。

这些指摘琐事的札子不多，却让赵顼看得津津有味，如此一个有趣的臣子，正是合了他的心意。

尤其是在读到王安石当年在鄞县四年的政绩，兴修水利，扩办学校，更是在当地尝试进行过变法改革，虽然只是小事，牛刀却初见成绩，这让赵顼不由得眼前一亮，当即决定将王安石征召入宫！

彼时的赵顼还有些忐忑，毕竟皇祐三年（1051）的时候，文彦博便多次想要提拔王安石，欧阳修又想提拔他为谏官，彼时式微，王安石正缺少向上的机遇，但这些机会都因为不符合心意被他以种种理由拒绝。

再加上之前在仁宗皇帝朝上不受待见，王安石又多次推辞馆阁职务。就连赵顼那位不怎么靠谱的父亲都曾经尝试要召王安石入京为官，却也都被接连拒绝。

赵顼唯恐王安石心态已冷，此次征召王安石入京，言谈措辞之上极为恳切，先是任命他为江宁知府，确定王安石愿意蒙受君恩后，这才诏为翰林学士兼侍讲。

同年四月，王安石入京就被赵顼直接召对，王安石似乎也认定了赵顼便是他想要遇到的明君明主，一见面就没有藏着掖着，直言不讳："陛下诏令臣入京为官，想来不是真的缺少一个伴读的书童，而是想要一个治世能臣来辅佐陛下。

"若果真如此，臣恳求陛下以大权加于臣之双手，以重任担于臣之臂膊，以江山社稷压在臣的肩头，臣得高位实权，方可推行新政、开新法，为陛下筑造太平盛世，富国强兵！”

有些话一旦说出来便有若九天惊雷，此时王安石还没有在赵顼面前展现过自己的真才实学，却已经敢于直接要官，并且将宏图伟业随口说出，仿佛一切都已经在掌握之中，这等豪气干云的气势，果然并非一般常人所能拥有。

赵顼虽然心中早有准备，但一时之间也是被王安石的这种气度惊到了，不由得细细打量起这位自己亲手遴选出来的治世能臣。

王安石此次火速入京，衣不解带，舟车劳顿，根本没有来得及休息，便直接入宫面圣，外表看上去自然狼狈不堪，一身青黑色道袍沾满了尘土草屑，须发都有些乱糟糟的，明显有些不修边幅，唯独一双眼睛炯炯有神，光是与之目光交集的一瞬，便让人心头微微一震，难免生出一抹火热之感。

这番形象与赵顼心中的王安石略有偏差，但相差也不多，换作一般人这副德行，恐怕赵顼第一时间就会觉得对方是殿前失仪，对其产生不喜的情绪。或者会觉得对方是沽名钓誉之徒，故意在皇帝面前展现出自己舟车劳顿、辛苦疲惫的样子来。

偏巧是眼前的王安石，哪怕是如此狼狈模样，却依旧是让他觉得十分自然随和，甚至还有几分亲近，这种怪异的宿命感让赵顼心头越发安稳，此时面对着王安石的语出惊人，赵顼只是微微向后一靠，便笑了起来。

“卿一路辛劳，星夜入了东京城，想来也有些疲惫，所以才会说出这等荒谬话语来，不如先行歇息一夜，等到明天早上朕再召对，如何？”

他这话听着亲和，实际上却带了点揶揄之意，明显是在暗示王安石因为一路舟车劳顿，所以此时有些头脑发昏，才会冒出这种说法，新法尚未开始，甚至于召对还未谈及新法变革，竟然就跑上来要官做，这不是发昏是什么？

王安石似乎早就料到了新皇帝会这么说，微微一笑，抬起头看了一眼赵顼：“敢问陛下，此番将臣召入京中，可是为了变法图强？可是为了中兴我大宋朝堂？可是为了改变我大宋积贫积弱的局面，力争压制西夏，抗衡契丹？”

接连三句提问，非但没有让皇帝觉得王安石荒谬无状，反而是让赵顼脸色陡然一肃，身体微微前倾：“这是自然，王卿难道是觉得朕心意不诚，所以才不愿意许诺高官厚禄，所以才会发此问？”

他意识到王安石话里话外的一些意思，却并没有摸透王安石的真正想法，更不愿意在这第一次君臣交锋之中彻底落败，所以干脆又将皮球踢了回来。

王安石看穿了皇帝的念头，微微一笑：“倘若陛下真的想要中兴大宋，又何必在意许诺高官厚禄？更何况臣想要的高官厚禄，并非为了臣一时的虚荣富贵，而是为变法图强做准备。

“臣在仁宗朝时，曾有幸与当朝几位宰执，包括当年庆历新政的主导者范相公有过不少交集，也曾慕名投递拜帖，虽然身份地位低微，无法攀扯附会，但依旧受益匪浅。

“陛下觉得，当初庆历新政之所以昙花一现究竟是为何？”

这个问题让赵顼微微一愣，一时之间还没有回过味来，随后就被王安石带了节奏：“庆历新政之所以昙花一现，最重要的一点便是新政团体手中权力不够，范相公以新政执政身份，却一直未能位列首相之职，手中权力空泛而不集中，加上仁宗皇帝虽然支持新政，但想法一直都不稳定，这就导致了庆历新政看似十分稳妥，实际上不过是空中楼阁，想要稳妥实行，根本没有着力点。

“如此新政，岂能不败？如此新政若是放在陛下手中，又焉能有中兴大宋之望？”

赵顼轻吸了一口凉气，面对着王安石的再三提问，心头不由得微微颤抖起来，饶是他心理准备再多，也没想到王安石竟然胆大包天到了这种地步，进宫之后第一件事情便是要官做，紧接着居然开始在他面前针砭当初庆历新政的弊端，同时叱问他这个皇帝是否有能力处理如当年一样的弊端。

而这一切，不过是为了呼应他最开始要官的举动，这哪里是在要官，这是在要他这个皇帝递投名状！

王安石就是要到了官职，也不过是位极人臣，做上几任宰执大臣乃至首相，就算是在朝中能够找到诸多的盟友，也没有办法像当年庆历新政一般人才济济，满朝新政党派，所以王安石的意思便是，他其实无力强行推动新政之变，真正的源头还是在赵顼这个皇帝的身上。

从头到尾，王安石不过是在要他的一句话，一个态度！

想通了这一点之后，赵顼不由得哑然，随后陡然正色：“王卿所言，朕已经明白，此番既然将王卿召入宫中，朕自然做好了万全的准备，新法一事必然成行！

“为官一任，就要兢兢业业，忠君爱民，为君一任，自然也要展宏图立伟业，决不能昏庸无为，窝窝囊囊地过上一辈子！

“王卿有何谏言，便请直言，变法一旦开始，朕必当全力支持，为卿在朝中扫除一切阻碍！”

看着赵顼斩钉截铁的模样，王安石心中的某块石头总算是稍稍放下，随后深吸了一口气：“既然能够得到陛下的允诺，臣也就放心了！

“以臣之所见，陛下想要兴盛大宋江山，必须也只能走的一条路，便是效法尧舜，简明法制，行先王之道！”

此话简单明了，振聋发聩，让赵顼隐约产生了某种触动，再次朝前倾了倾身体，认真地看着王安石：“效法尧舜，朕自然懂得，简明法制，朕也懂得，但该如何去做，王卿可细细道来！”

王安石打开了话头之后，便不再藏着掖着，大马金刀地坐在了内侍搬来的椅子之上，侃侃而谈。

“治国之道，必须要先确定革新的方法，从最基本的法制入手，以根本之变带动国家之变，法理不可动但法度可改，道德风尚不可动但风俗可改。

“昔日庆历新政已经为我们打开了一条路，那便是以管理官吏为先，从朝堂之上开始变法革新，事实证明这种变法虽然有效却无法治疗根本疾症。

“所以臣以为，想要真正变法革新，必须从民间而起，民为国之根本，《荀子·哀公》有云‘水能载舟，亦能覆舟’，说的便是君民之间的关系，民强之后国自然便强了，至于强民的根本，同样也在于民间。

“倘若以朝廷之力强行开革变法，勒令万民循规蹈矩亦步亦趋，只会越发臃肿不堪，不如先生天下财，再取天下财，最后以天下之财反哺天下之费，一改朝堂冗费之沉疴之疾，到时民与国同富，国库充盈自然可强兵壮马……”

此时的王安石，虽然已经胸有成竹，但因为屡次不得重用，哪怕深思熟虑多年，却依旧无用武之地，并未将全国变法之详细策略一一想出，所以大部分的话依旧只是侃侃而谈，并不能落于笔墨之上。

但纵然如此，赵顼依旧听得极为入神，随着王安石坐在那里挥斥方遒，激昂文字，他的眼睛越来越亮。

直到这个时候他才突然间明白过来，将王安石征召入京是多么正确的一个选择，此时他来不及将王安石所说的种种全都弄清楚，但依旧被王安石展露出来的学识、想法和见地折服。

同样也是在王安石所说的这些内容当中看见了中兴大宋的希望所在。

若是可以富民以强国，就算不能恢复秦汉强盛、盛唐威势，也足以让大宋一改疲态，真正强盛起来，到时候大宋之富庶，怕是可以达到前无古人的地步。

待到王安石将自己的想法逐步说明，赵顼心情激动，猛地站了起来，“砰”的一声拍响了自己面前的案几：“王卿所言，朕深以为然！

“今日王卿既然已经疲惫，便先回到馆驿休息一日，待到闲暇之时，将今日所谈诸多法令思绪一一着于笔墨之上，过些日子便以札子的形式，呈递上来，朕当首肯！

“变法革新就在眼前！”

此时的赵顼情绪异常激动，觉得自己找到了王安石便如鱼得水，欣喜异常的同时，告诫自己不可轻举妄动，得意忘形，毕竟他才登基亲政不久，朝中的诸多大臣都已经是三朝元老，自己想要有什么举动，还是逃不过他们的眼睛。

倘若那些老东西不同意进行改革变法之事的话，他一时之间恐怕也没有什么雷厉风行的手段来应对。

所以这件事儿必须要尽快提上日程，却不能太过草率，他必须要自己一个人冷静冷静，想一想应对之策。

结束了这略显匆匆的召对之后，王安石情绪激动无比，一时间觉得兴盛大宋只在明日，自然不愿意回到馆驿当中休憩。

站在皇宫门外，看着御街之上一片通途的景象，王安石心中无比畅快，多年以来因为郁郁不得志，无法实行变法的症结豁然开朗，此时他根本无法冷静下来，急需找到一个人将心中的想法一吐为快。思来想去之后他想到了一个人——时任翰林学士的司马光！

两人此前关系不错，虽说在一些政治见地上略有分歧，但是私交一向甚好，阔别数年，除了偶有书信往来之外，竟然从未见面。

如今突然回返东京城，王安石自觉可能要大刀阔斧进行改革，一时之间都未必离得开东京城了，自然乐得与这位老友分享一下心情。

当然最主要的还是他打算跟司马光了解一下当前朝堂之上的局面。

行变法，最主要的阻碍不是来自民间，而是在朝堂之上，王安石虽然对自己的各种想法都是极有信心，但是从庆历新政的失败当中也窥探出了一丝规律。

想要真正变法成功，不说要将朝中诸位大臣全都一一搞定，让他们站在自己这一边，最起码也要将绝大部分的反对意见压下去，根本不给他们与自己争锋的机会。

只有这样，他才能够将皇帝的信任和支持发挥到极致，真正开始进行变法革新，而不是将大部分力量全都消耗在无用的内斗之上。

司马光早就听说了，这位老友已经回返京城，却没有想到他竟然连夜就跑到了自己的府邸中，听到门子汇报之后，司马光欣喜之余竟然只披了一件外袍，便跑到了门口接待。

此举惹得王安石大笑不止，随后便与司马光把臂一同进了司马府中。

司马光此时不过是小小的翰林学士，此处府邸倒也不大，两进的院落配上两侧厢房，雅致有余，此时司马光家中眷属皆外出访亲，倒也不必避讳，司马光直接将王安石安排在自己的卧房之内。

虽说两人都不喜饮酒，但毕竟是接风洗尘，司马光立刻差人到附近的潘家酒楼叫了一桌索唤，搭配上丰乐楼出的眉寿酒，两人小酌了几杯，心绪都极为雀跃。

不等司马光主动问询，王安石便将今日皇帝召见入对的事情一一说来，甚至干脆将自己准备与皇帝联手进行变法的事情也全都告诉了司马光。

司马光有些惊讶，深深地朝着王安石看了一眼："介甫多年以前就已经有此想法，今日既然得到陛下垂青，自然不该继续束手束脚，而应大刀阔斧进行变革。

"只不过这朝中情况鱼龙混杂，虽然我在朝中已经待了许久，此时也不能将其中各种勾连问题一一摸清，介甫此番回返京城，可有心理准备？"

听到老友一句话就戳中了他的心事，王安石不由得放声大笑，随后立刻就朝着司马光拱了拱手："君实此言，正中安石下怀！

"此番前来寻找君实，可不只是为了叙旧，更不是为了要向君实感谢点了犬子为进士一事，而是专门为了朝中之事。

"知己知彼，方能百战不殆。

"倘若是安石连朝中这帮大臣的底细，还有相互之间的勾连都无法知道的话，恐怕这所谓的变法革新也不过是水中月、镜中花罢了，根本没有施行的可能。

"所以君实若是略有知晓，还望不吝赐教啊！"王安石说得诚恳，听得司马光却无奈摆手："我就知道你这家伙来找我就没有什么好事儿。

"也幸亏你是私下里来找我，倘若是明日早朝之时，当着所有人的面与我攀谈，日后等你对付起那些朝中臣子的时候，岂不是要连带着我把他们得罪个遍？”

话虽然是这样说，但是司马光依旧没有藏着掖着。

不过短短盏茶的工夫，便将朝中的情况一一列明。

如今宰相韩琦已经不如以前那样励精图治，反而有堵塞言路之嫌。宰执大臣张方平可谓奸臣当道，贪腐猥琐臭不可闻。就连此前一直精心朝政、愿意以革新兴盛朝堂为己任的富弼，此时竟然也有老迈昏聩的嫌疑。

哪怕从司马光的角度来看，眼下的朝堂竟然也是百废待兴，一无是处。当然，在司马光的眼里，对于眼下的这个新皇帝赵顼，还是有几分认同感的。

这些说法让王安石心中的石头再次向下沉了沉，心中原本的激昂情绪平稳了不少，同时也认清了现实。

倘若朝中情况真的如司马光所言，想要变法革新并不是一朝一夕就可以实行的。但偏巧此时朝中的病症已经有深入膏肓的意思，新政之行又迫在眉睫。

这与当初庆历新政开始之时的情况颇为相似。

王安石捏着手中酒杯，感慨连连，下意识喝下了这杯酒，竟然有些心神不宁，呛到了自己，不由得连连咳嗽起来。

对面的司马光见状，放下了酒杯轻轻摇头：“难得见到介甫竟然会忧心如此，只可惜早些年一直在坊市间流行的苏合香酒如今竟然已经变得罕见，否则我定当要以当初范相公最为喜爱的那苏合香酒与你大醉一场。

“虽说你我皆不喜欢这杯中之物，但适合用来解忧的，终究还是这杜康啊！”

王安石笑道：“此番既然已经入京，安石便是再有忧虑，心中也已经坐定了要推行变法，必然是大刀阔斧不避斧钺，无须杜康便已似人生一场醉，又何必非要托借实物？”

两人各自心领神会，同时放声大笑起来。

令王安石没有想到的是，赵顼所言不可急于一时，需要稍待一些时日的说法，竟然一拖便是整整一年！

任凭这君臣二人几番商讨思量，一时间也无法奈何朝中的这些老臣。

再次被几位宰执大臣拒绝之后，赵顼几乎暴怒，将几位老臣驱逐出了垂拱殿之后，有些无力地坐在椅子上，颇有些头痛。

要不是正好张茂则这个同样身为三朝老臣的近侍在一旁随侍，并且提供了极为重要的建议，恐怕此时赵顼已然发疯了。

“前段时间，韩相在先帝的永厚陵复土，随后就上了札子不愿再入中书门下办公，陛下纵然想要挽留，却依旧拗不过老相公的想法，只能令其判相州。

“韩相此举，明显是在为陛下要行新政之举主动退避让位，若是韩相能有此举，其他老臣为何不能有此举？”

张茂则微微欠身，注意到赵顼的表情变化之后，声音有些低沉地朝着赵顼说道，虽然声音并不尖利，但是话里话外的意思足以刺痛人心。

赵顼张了张嘴，足足花费了几息的时间，才总算想明白了张茂则的意思，不由得轻吸了一口凉气，随后看向张茂则。

这位三朝内侍，平日里看起来不声不响，一向脾气温和，从来也没有提出过任何朝政意见，在赵顼的心中绝对是极为靠谱的内侍都知，这也是他有那些年轻的宦官可以调用，却一直都没有将张茂则这个老内侍换掉的原因。

令他万万没有想到的是，此时张茂则真是不开口则已，一开口惊人。

随随便便提出一个建议，竟然就是在暗示他将朝中的几位老臣全都开革出去。

倘若他真是这么做了的话，朝中岂不是要乱成一团？这个建议看似锋芒毕露，实则夸张滑稽，甚至不可理喻。

但赵顼并未因此轻视张茂则，反而沉思了片刻，随后低声问道：“这是你自己的意思，还是太皇太后的意思？”

太皇太后，自然便是仁宗朝的皇后曹氏，此时历经三朝之后，已经贵为太皇太后，同时享有垂帘听政的权力。

赵顼平日里对这位太皇太后极为尊崇敬爱，哪怕是在朝政之上的见解有所不同，最终也几乎都会遵照太皇太后的想法去办。

而作为同样历经三朝的内侍，张茂则其实是太皇太后的亲信，倘若他说的这个话代表了太皇太后的意思，那就意味着太皇太后也要支持他进行变法革新！

朝中大臣，他向来不怎么忌惮，但太皇太后的想法他不得不多多注意，倘若这位太皇太后真的能够跟他有同一个想法的话，那他接下来的动作岂不是要顺风顺水？

然而下一刻，对面的张茂则就立刻跪了下来，连连叩头：“奴婢不敢攀扯太皇太后，方才的想法都是奴婢自己的想法，不过是想要为陛下分忧罢了！

“陛下非常人，自然要行非常事，朝中几位老臣处处与陛下作对，若是不能一次性剪除祸根，日后就是行了新政，也会处处掣肘。”

“倘若陛下不愿意行此等非常手段，尽可想办法将诸位大臣召集起来，以变法之急迫威慑众人，借此机会压服人心，或许也能行之有效，但若陛下愿意行此非常之事，奴婢倒有一人可以推举。”

听到这里，赵顼总算明白过来，这位三朝内侍，明显是在经历过庆历新政之事后，心有所感，担心自己的新政也受到重重阻挠，所以紧张之余才出了这么个昏招。

纵然是昏招，倒也是快刀斩乱麻的巧招。

沉默了片刻之后，赵顼朝着张茂则看了过去：“你要推荐的人是？”

张茂则听到赵顼的问题，顿时松了口气，随后连忙说道：“奴婢要推荐的，是已连任皇城司司尊数十年之久，历经先帝仁宗、英宗两朝，如今正在东京城内退隐颐养天年的顾渭。”

赵顼的眉头微微一皱：“顾渭？先帝英宗崩时他就借故退了官职，眼下不过是个垂垂老矣的老头子，皇城司使的位子不是交由他儿子顾基坐了么？”

不同于宋仁宗对于皇城司的倚仗，英宗皇帝对于皇城司惯常在暗地里出手搞动作的做派略有不满，所以一向不怎么重用皇城司之人。

这个做法，顺势给赵顼也带来同样的习惯，如此一来皇城司在近些年来反倒是越发清闲，再加上四周边事越发安定，朝中大臣更是少了蝇营狗苟的事情，皇城司一时间竟然有销声匿迹的意思。

顾渭此时年事已高，眼看着不能再为大宋朝堂出更多的力，干脆辞了官，同时将自己的长子顾基扔到了皇城司里面历练，没想到转头赵顼就将他这个儿子给安排到了皇城司使的位子上。

此时皇城司已经改制，三位皇城司使并立，同领六品职务，不再有司尊一说，相互制衡的同时，也出现了些许竞争的意思，如此一来倒是方便皇城司提高效率，但同时也失去了之前的凝聚力，再加上赵顼与顾基之间的关系并没有那么亲密，一时间早就将皇城司忘在了脑后。

“顾渭老则老矣，但是在皇城司之中的影响力依旧存在，若是想要调用一些案牍文档，查证一些不为人知的事情，也并不困难。”

张茂则不敢再继续说明自己的想法，但赵顼一点就通，瞬间就明白了这家伙的意思，脸色顿时阴沉了下来。

“大胆！张都知难道是想要让朕这个天子暗地里构陷几个国之重臣，好以此威胁他们为自己所用么？”

“这等举动，与昏君有何差别？谁给你的胆子，竟然能提出这样的建议来？”

简单几句话就探出了这位皇帝的意思，张茂则自然知道见好就收的道理，连忙跪在地上接连叩头，不敢再多说话。

赵顼冷冷地朝着他看了几眼，冷哼了两声，也并没有再继续追究的意思。

片刻之后，赵顼站起身负手在垂拱殿之中来回转了几圈儿，最后做出了决定：“既然这帮家伙朕没办法说服，那就让王安石来说服！

“王安石这个家伙向来不按常理做事，若是真能将那几个老顽固给说动了，朕便给他记个首功！

“至于你所说的建议……派人去找顾渭，让他为朕分忧，随时做好准备吧！”

张茂则跪俯在地上，心中生出了无限感慨，连声应是之后，激动无比。

赵顼并不知道此时身后这位三朝内侍已经泪流满面。

此时张茂则的心中如同掀起了惊涛骇浪一般，诸多想法难以言明。

正如他刚才所说，非常之事，需要非常之人做出，而在他的眼中，变法革新之事便属于非常之事，顾渭等人便是非常之人，这一切究竟如何去办，当然还要看这个皇帝的意思，不管最终结果如何，皇帝竟然能够考虑他这个内侍的建议，同意以顾渭的调查作为后手，可以见得他的心思缜密，对于变法的决心远超之前的仁宗皇帝。

若是此事真能成行，就算朝中会有一时之乱，变法之格局也必然能够打开，到时候新法的推行不会有人阻拦，大宋强盛指日可待！

虽然不过是一介阉人，但张茂则同样也是心怀天下，从不敢有一丝一毫的懈怠，如今竟然能够在新法变革之中起到如此重要的作用，张茂则心中自然感慨良多。

一封密信从宫中发出，个把时辰之后就落到了顾渭的手中。

仁宗驾崩之后，顾渭便很少过问宫中之事，再到狄青竟然被朝中大臣排挤以至于英年早亡，让顾渭对朝中之事产生了倦怠之心，随后英宗一朝更是逐渐淡出，直到英宗驾崩的时候，他更是引咎辞职。本来已经打算颐养天年，却没想到突然间会收到宫里面发来的密信，其中内容让他大惊失色，一时间难以相信。

但密信末尾的印章做不得假，竟然是皇帝亲手印下的！

这位神宗皇帝，竟然为了推行新政，打算以皇城司作为基础，将朝堂之上的几位重臣全都撬动，甚至于直接扳倒？

不管最后这件事儿是否做成，单单是这位皇帝竟然产生了这种念头，就让顾渭难以相信，他那早已经苍老年迈的心头，赫然生出了一抹怪异的念头。

倘若当年仁宗皇帝有如此胆魄心思，又有如此施行之果敢，庆历新政是否会顺利成行？范仲淹又是否会抱病遗憾而亡？

百般情绪在他的脑海之中翻来覆去，一时之间竟然难以言明。

足足沉默了一炷香的工夫之后，顾渭这才将自己的思路整理好，随后亲笔书写了几封信笺，其中一封发到了皇城司使顾基的手中，另外一封则发到了曹皇后的手里。

至于顾渭，则干脆利落地跑到了富弼的府上。

此时的顾渭已经不再是皇城司司尊，身上并没有官方职务，想要去拜访富弼自然并不冒昧，尤其是所有人都知道他此前同富弼一起出使辽国，建立了十分深厚的友谊，所以哪怕平日里顾渭都是在养老，却时不时出入富弼府上，所有人都不敢阻拦这位老先生。

看着眼前同样是头发灰白，明显已经有了老态的老友，顾渭不由得叹了口气。“真是没有想到，一晃这么多年下来，我们两个竟然都已经是头发斑白的老头子了。”

“幼常说笑了，不过才耳顺之年而已，算不上太老！”

富弼朝着顾渭看了一眼之后，继续翻阅起了自己手中的册子，并没有放下工作的意思，这倒并不是对顾渭的轻视，而是因为两人的关系早已经超出了同事同僚，此时既然没有外人，自然也没有必要拘束于礼节。

对于富弼的态度，顾渭自然不会太较真，舒服地靠在了椅子之上后，直接说道：“若是你没有老的话，为何会阻挠王安石变法一事，毕竟是那位年轻的皇帝亲自应允，我也曾经听说过那个王安石的一些消息，这后生不是一般人，若是变法能够成行的话，恐怕会比你们当年折腾的庆历新政更有效果，算得上是大宋中兴的希望。

“按照我的想法，既然有人能够帮你们实现当年未竟的理想，你应该第一个站出来赞同才对，为何在这个时候却推三阻四，反而跑出来阻碍？”

富弼微微一怔，怎么也没想到这位老友今天突然跑过来提起这件事情，稍作沉吟之后，就将手中的册子放了下去。

“难不成，幼常也是来为那个王安石做说客的？”

眼看着富弼竟然做出了正襟危坐的姿态，顾渭不由得一愣，随后沉默了片刻之后，同样也坐直了身体，极为认真地说道：“彦国，我这一次来你这里，可不是为了那个王安石做说客的，而是为了当今陛下做说客！

“虽然我已经退隐，但是在皇城司之中的影响力依旧，所以一些需要皇城司做的事情依旧会经过我的手，今日我方才接到了宫中的密信，其中措辞有些激烈，直指朝中的诸位老臣。

“若是王安石的变法有可行之处，那便允了他去，不然对朝中这些大臣没有什么好处。”

碍于皇帝的面子，顾渭自然不能将所有事情和盘托出，但是言语之间也已经将大致情况说明。

就算是个榆木脑袋，此时也能听明白他的意思，更何况是富弼。

“如此说来，皇上竟然是打算用皇城司来对付我们这些老臣了？何必如此？

“欲加之罪，何患无辞，皇上只需要随便找几个罪名给我们安上，就可以将我们外放出去，何必一门心思找几条罪证，看来皇上尚且年轻，还没有看清楚一些事情。

“但纵然是皇权有此能力，他真的就敢这么做么？别忘了上面还有一位太皇太后，当今这位太皇太后似乎有直追仁宗朝刘娥太后的架势，倘若这位太皇太后不点头的话，就算想要将我们甩出京城，哪有那么容易？”

顾渭哑然，心中的那点儿疑惑瞬间消失，直到这个时候，他才忽然明白过来，原来这帮老臣之所以肆无忌惮，是因为身后站着一个比当今皇帝陛下还要强硬的主儿，就是那位同样经历了三朝的太皇太后！

倘若这位太皇太后想要站在守旧派一方的话，任凭王安石跟那位年轻皇帝怎么用力蹦跶，恐怕都难以收到太大的成效。

说到底此时的纷争并不是在朝堂之上，更不在皇帝与这几位老臣之间，而是在宫廷之内，在太皇太后与皇帝之间！

天下事变成了家事，饶是顾渭一时间也是没有了主意。

富弼冷哼了一声，一拍面前的案儿："幼常既然已经决定归隐田园了，为何不归隐得干脆一点儿，这时候站出来掺和到这件事情里，对你又没有什么好处！

"顾基那小子在皇城司的能耐远不如你当初，能安稳地借此为跳板向上走几步，虽然是武职，但我们这帮老家伙总是能帮扶一二，混上个四五品的官职便已不错，你图的是什么？

"难不成你到了耳顺之年，竟然还想着重归朝堂，打算再往上走一走？倘若你真的想往上走一走的话，也根本不用等到现在，之前一直将自己困在皇城司那一亩三分地，不是你自己选的么？"

顾渭被富弼说得哑口无言，足足过了好几息的时间，才反应过来："我来这里不是要劝你这个老东西识趣一点的么，怎么说来说去反过来被你给指责起来了？"

话说到了这个份儿上，顾渭突然生出一股子无趣的感觉，朝着富弼一摊手："皇城司的事情我已经提过醒了，便是老友仁至义尽，你们怎么办我这个草民管不了，但最好不要闹得太凶，眼下的皇帝不比当初的仁宗皇帝，年轻气盛不说，又并非太皇太后亲孙子，若是真闹出什么事情来，你们怕都要成为千古罪人。"

扔下这句话之后，顾渭也不再啰嗦，转头就离开了富弼的书房，随后也不理睬冲上来想要引路的门子，径直出了院子。

富弼身体一僵，眼底闪过了一抹怒意，原本想要起身去送一送老友的想法径直被压下。

顾渭突然之间跑过来警告他的这个做法，让他多少有些不太理解，但旋即意识到皇帝竟然打算对付他们这些老臣之后，富弼虽说在顾渭面前依旧硬气，心中却想到了某些可能，脸色越发阴沉，待到顾渭离开之后，便立刻在案几上书写起了信笺，打算将此事一一通知几位宰执大臣。

但信笺上的内容才写了一半，就被他直接扯碎，此事是顾渭冒险告知，若是付诸信笺之上，一旦有所泄露便等于将顾渭卖了出去，富弼自诩还没有老迈发昏到这种地步，自然不愿意出卖自己的老友，沉思片刻之后，便亲自出了门，打算一一登门拜访几位宰执大臣，商议对策。

然而就在他即将出门的时候，皇帝的诏令却突然到了府上，将几位宰执大臣的休沐日全都延后，明日召几位宰执大臣尽数前往垂拱殿赐对。

拜领了皇帝诏命之后，富弼将传递命令的中贵人送走，转头立刻就命人将府上最好的马车备上，加快了脚步。

顾渭所说的事情虽然荒谬，却在这个赐对的诏令之中得到了验证，看样子赵顼的确是打算对他们这些大臣动手了，他们必须尽快想出一个万全之策，防止接下来被集体贬出皇城！

当下朝中宰执不比吕夷简或者夏竦之时的权势滔天，众人无一不厌恶私相授受、结党营私之类的事情，所以从未构架过诸如《百官图》之类的团体。

这就意味着，即便皇帝真的打算将他们尽数贬出皇城，或许对朝政的影响也不会牵涉根本。

与此同时，几封书信则被秘密送到了后宫之中，交到了曹太皇太后的手中。

将几封书信通读之后，曹太皇太后还未来得及动怒，就接到了内侍的奏报，前皇城司司尊顾渭求见！

如果没有特殊情况，夜入宫禁是被明令禁止出现的事情，哪怕是皇城司的人也是同样如此，更何况顾渭还并非此时皇城司执掌大臣，不过是一个退休的平民老者。

若不是顾渭之前积威甚重，以至于到现在执掌宫禁的那些禁军依旧不敢违拗他的命令，便是连宫门他都进不来！

太皇太后到底陪伴仁宗皇帝过了几十年，对于仁宗的这个老友同样足够尊重，虽然知道他的这个举动十分不妥，但依旧没有责备，而是命人将自己的凤辇抬到了宫中一处偏偏的院落，并且在此处见了顾渭一面。

诸多宫女和内侍在一旁见证了此次会面，已过耳顺之年的皇城司老司尊在凤辇外恭敬站立，不知道低声与太皇太后到底是说了些什么。

总之两人见面说话的时间加在一起也没有超过盏茶的工夫，太皇太后便直接摆驾回宫。

而那位老司尊则是摇摇晃晃地离开了皇宫，依旧没有一个人阻拦。

待到太皇太后回到自己的宫中后，立刻就将那几封来自皇宫外的书信全都烧毁，随后一段时间之内，不但不再支持朝中几位老臣，也不再垂帘听政，直到后来赵顼主动央求太皇太后帮着参政议政，太皇太后才偶有闲暇帮忙建言一二。

只有顾渭自己清楚，他跟太皇太后说了小盏茶工夫的时间，其实围绕的不过是一个简单的核心："娘娘似乎忘了当年的刘太后与张、尚两位美人？忘了当初庆历宫变时候的那四个人了？"

这种简单到不能再简单似乎没有任何深意的提醒，却直接点醒了这位到现在为止还没有完全摆清自己位置的太皇太后。

并非所有女人都能成为吕雉和刘娥，更不是所有人都能成为女帝武则天。

想想曹太皇太后当初做的事情，若不是仁宗皇帝阻拦，顾渭早就能将这位看似功劳直追刘娥的皇后给拉下马来。

此时作为一个身上没有官职，却依旧带着威望的老头儿，顾渭的威胁反倒比之前更加具有威慑力。

光脚的不怕穿鞋的，正是这个道理。

没有了曹太皇太后的帮衬和阻挠，次日在垂拱殿的召对，并没有出现太多的问题。

面对着咄咄逼人、早已经商量好了应对之策的王安石和新皇帝，几个宰执大臣一时间竟然节节败退。

原本面对着变法一说，几位宰执大臣都选择用沉默的办法拒绝沟通。

他们的态度十分明显，那就是此时不需要变法革新，大宋已经基本稳定，倘若贸然再搞什么变法，只会将原有的基础支柱全都破坏，到时候大宋必将内忧外患，永无宁日。

这种说法有一定理论依据，皇帝纵然怒意冲天，却没有办法将他们的嘴巴撬开，到底还是王安石甩出了杀手锏。

一道《本朝百年无事》札子递交上来，赵顼看完之后眼皮狂跳，表情更是显得有些狰狞，随后直接将札子甩给了几位宰执大臣。

臣前蒙陛下问及本朝所以享国百年，天下无事之故。臣以浅陋，误承圣问，迫于日晷，不敢久留，语不及悉，遂辞而退。窃惟念圣问及此，天下之福，而臣遂无一言之献，非近臣所以事君之义，故敢昧冒而粗有所陈。

伏惟太祖躬上智独见之明，而周知人物之情伪，指挥付托必尽其材，变置施设必当其务。故能驾驭将帅，训齐士卒，外以捍夷狄，内以平中国。于是除苛赋，止虐刑，废强横之藩镇，诛贪残之官吏，躬以简俭为天下先。其于出政发令之间，一以安利元元为事。太宗承之以聪武，真宗守之以谦仁，以至仁宗、英宗，无有逸德。此所以享国百年而天下无事也。

仁宗在位，历年最久。臣于时实备从官，施为本末，臣所亲见。尝试为陛下陈其一二，而陛下详择其可，亦足以申鉴于方今。伏惟仁宗之为君也，仰畏天，俯畏人；宽仁恭俭，出于自然，而忠恕诚悫，终始如一。未尝妄兴一役，未尝妄杀一人；断狱务在生之，而特恶吏之残扰。宁屈己弃财于夷狄，而终不忍加兵。

……

然本朝累世因循末俗之弊，而无亲友群臣之议。人君朝夕与处，不过宦官女子；出而视事，又不过有司之细故。未尝如古大有为之君，与学士大夫讨论先王之法，以措之天下也。一切因任自然之理势，而精神之运有所不加，名实之间有所不察。君子非不见贵，然小人亦得厕其间；正论非不见容，然邪说亦有时而用。以诗赋记诵求天下之士，而无学校养成之法；以科名资历叙朝廷之位，而无官司课试之方。监司无检察之人，守将非选择之吏。转徙之亟既难于考绩，而游谈之众因得以乱真。交私养望者多得显官，独立营职者或见排沮。故上下偷惰取容而已，虽有能者在职，亦无以异于庸人。农民坏于繇役，而未尝特见救恤，又不为之设官，以修其水土之利。兵士杂于疲老，而未尝申教训练，又不为之择将，而久其疆埸之权。宿卫则聚卒伍无赖之人，而未有以变五代姑息羁縻之俗；宗室则无教训选举之实，而未有以合先王亲疏隆杀之宜。

其于理财，大抵无法，故虽俭约而民不富，虽忧勤而国不强。赖非夷狄昌炽之时，又无尧、汤水旱之变，故天下无事，过于百年。虽曰人事，亦天助也。盖累圣相继，仰畏天，俯畏人，宽仁恭俭，忠恕诚悫，此其所以获天助也。

伏惟陛下躬上圣之质，承无穷之绪，知天助之不可常恃，知人事之不可怠终，则大有为之时，正在今日。臣不敢辄废将明之义，而苟逃讳忌之诛。伏惟陛下幸赦而留神，则天下之福也。取进止。

全文通篇不过千余字，更只是王安石用一晚上写就，其中内容通俗易懂，看似深入浅出，实际上却下手极黑极狠。

先是高度赞扬了大宋建国百年以来一直太平无事，随后便开始直接剖析仁宗一朝的各种弊端，揭露了百年平安无事之下危机四伏的事实，紧接着直接提出了自己的各项见解主张，不但将仁宗一朝给骂了一通，将在场的诸位大臣骂了一通，顺带着连赵顼本人也骂了一通。

要不是赵顼心中早有准备，恐怕早就已经被骂得暴跳如雷。

几位大臣默然将这篇文章通读了一遍之后，脸色都有些难看，他们之中大部分是亲身经历过庆历新政的，尤其是富弼当时还是庆历新政的主要领导者之一，王安石这篇文章对仁宗朝的批判，简直等于将富弼这个变法失败者的脸面按在地上疯狂践踏。

若不是富弼这些年早就学会了养气的功夫，就算是泰山崩于前也面不改色，此时恐怕早就已经发怒。

“比较起王卿的改革之心，诸位总是自诩已经老迈，无法及时辩证弊政之策，唯恐变法一来就会将朝堂搅乱。

“但王卿此时也已经近知天命之年，算下来年龄可并没有比诸位小上多少，却仍然不掩鸿鹄之志，依旧有为大宋进取之心，若是诸位相公觉得自己实在是年迈不堪大用，是不是可以考虑退位让贤了？”

乘着读完这篇百年无事札子之后的怒意，赵顼丝毫没有给这几位老相公留面子，开口闭口竟然直接以罢官作为威胁。

这种事情哪怕是在正常朝堂之上也从来没有发生过，更何况是私下奏对。

连同富弼在内，几个老臣相互看了一眼，都觉得自己受到了极大的侮辱，猛然抬起头看向了赵顼。

然而此时赵顼已经杀到了兴头上，根本管不得这帮老臣还要什么面子，冷笑了一声之后，竟然将矛头直接指向了一旁的富弼：“彦国先生，庆历新政一事虽然已经过去多年，但是当时彦国先生之风光依然历历在目，难道今日之彦国先生，就不想承袭庆历新政之望，协从帮助此番变法么？”

这句话将富弼架在火上烤，周围几人都面露难色，富弼沉默了片刻之后，知道自己无法再沉默以对，便干脆站起，以退为进：“昔年我朝庆历年间的新政变法，皆以内政自强为主，极少牵涉外事，而他王安石打算掀起的变法，所谋太大，未必适合我大宋眼下的情况，老臣曾经见过人以虎狼之药医治垂死之人，虽说当下效果看似极妙极佳，但是那近乎回光返照，用不了几日便是受不得重药侵伐，直接一命呜呼。

“王安石所说条陈策略，几乎无一不是猛药，若是如此下药的话，大宋岂不是再往下走，到时候必然要出现极大问题，敢问这等责任到时候谁敢承担，谁能承担？”王安石看了一眼富弼，二话不说立刻说道：“富相公竟然将大宋比作病入膏肓的病人？看样子老相公应该也知道我大宋的问题，已经积重难返。

“倘若真的已经是病入膏肓的话，此时必须要进行医治，否则一旦连医治的必要都没有了，又当如何？”

这句话帮富弼弥补了一下言语上的不敬失误，但同时趁机将富弼的话说到了头儿。

富弼沉默了片刻，发现自己竟然给自己挖了个坑，一时之间再也跳不出去，只能悻悻地说道：“便是如此，臣依旧要告知陛下，如今朝中积弊太深，若是强行改革的话，很有可能会出现难以预料的后果。

“所以就算进行变法改革，也不可贸然动作，而应该一步步地来，最好是收敛心神专治内政，以求步步强国，最起码二十年之内不可再言兵事。”

这一招算是以退为进，起码将他自己的主张给强加到了大家的视线当中。

不得不说他的说法的确有几分道理，哪怕是王安石，一时之间也没有办法再直接攻讦，只能转着弯说道：“富相公所说的虽然有些道理，但是并不全对。

“倘若大宋一直如此，积弊不改，拖延下去的话，自然是要二十年不言兵事，但若是新法得以实行，变革得以开始，用不了五六年，大宋必然将会焕然一新，绝对不会重蹈庆历新政覆辙。

“安石的变法策略，与庆历新政有本质上的不同，图的是根本的强盛，不只是寄希望于简简单单的内政改革，届时不但可以富民，更可以强兵！

“若是二十年之内不言兵事，的确有助于休养生息，但富相公可曾想到过，我大宋等得起，他辽国与西夏是否能等得起，他们是否愿意等？若是等到西夏与辽国的兵马杀入我大宋疆域之中，甚至将我大宋朝堂踩在脚下，便悔之晚矣！”

富弼目光一凝，盯着王安石看了片刻之后，冷哼了一声不再说话。

赵顼心头一喜，但并未表现出来，而是转头又看向了一旁的唐介：“子房先生又有何高论？”

唐介此时身体已经老迈非常，连从椅子上站起身来都有些困难，但是仍然强挺着说道：“臣以为，王安石此人太过虚浮，做事贪功冒进，并无根基城府，便是入朝为官也不可靠，更何况要让他来当宰执大臣，举行变法之事！”

这就已经不简简单单是讨论时政了，而是直接进行人身攻击。

王安石若有所思地看了一眼唐介，丝毫不以为意，知道这位老相公是因为实在找不到其他的说辞，没有办法才会说出这种荒谬的言论。

换作正常的情况之下，立刻就会有台谏官上来参这老相公一本殿前失仪了！

“老相公此言差矣，安石此番入京已经两年有余，得幸与陛下几次入对，所有想法策略都已经与陛下说明，若是安石并非可靠之人，陛下何至于与诸位老相公动怒？

“还是说，唐老相公是觉得陛下识人不明，但若是识人不明陛下又怎么会任用唐老相公作为参知政事，难道唐老相公与安石是一丘之貉，都是庸碌无能之辈？”

对付耍无赖的人，就要用耍无赖的办法，对方既然已经决定不要脸面，倚老卖老，王安石自然不会放弃这个攻讦他的机会，反过来直接把几顶大帽子扣了过去，饶是唐介自诩身经百战，对于这种小小的挑战根本毫不在意，此时也哑口无言，一时间无话可说。

看到这一幕，赵顼眼底闪过了一抹亮光，对王安石越发满意。

他知道，经历了这么一吵之后，这帮家伙肯定再也不会找他的麻烦，最起码在王安石开始变法的时候，他们不会主动站出来进行阻挠。

至于说在变法的过程当中，如果他们想要使出点儿什么小手段和小绊子的话，倒是在正常的阻挠之列，毕竟变法必然会触及一部分人的利益。

只不过，那些小问题已经不用再放在心上了，对于现在的赵顼和王安石来说，最为重要的一点就是眼下最大的障碍等于已经扫除。

只要赵顼愿意，明日开始王安石就可以走马上任，直接开始变法！

赵顼转过头来，目光在曾公亮、富弼等人脸上扫过，随后丝毫不掩饰自己的得意，猛地一拍桌子。

“很好，既然诸位老相公都没有反对意见，今日的召对就到这里吧！

“朕意已决，即刻任命王安石为参知政事，专辖变法图强一事，其余朝中百官，须全力支持，不可有丝毫怠慢！”

眼看着这件事情已经无法再逆转，几个老臣沉默了片刻，最终还是选择了认同，只不过他们再看向王安石的时候，眼底已经多出了一抹忌惮和嫌恶！

事情走到这一步，就意味着他们已经成为政敌。

日后在朝堂之上少不了纷争，自然不会有什么好脸色。

跟他们不同，王安石在确定了自己的政治理念将有机会得到施展之后，当即拱手向赵顼施一礼，口中称颂陛下圣明，随后则极为高兴地转头看向了几位老臣。

“日后安石在变法之上若是有什么阻碍无法跨越，还请几位老相公多多帮衬！”

这等看上去犹如小人得志的嘴脸，让几位老臣都有些不满，随后纷纷直接从垂拱殿离开，唯独剩下了王安石跟赵顼两人。

这君臣二人年龄相差二十余岁，此时却如同同龄的好友一般，相互看了几眼之后，忍不住同时放声大笑。

之前这两年因为无法施展变法而产生的积郁和愤懑，瞬间一扫而空，取而代之的则是满面荣光。

君臣二人都清楚，属于大宋的中兴时代，一个足以影响接下来数百年大宋国运的盛世，即将在他们君臣二人手中开启！

第三章

荐二苏入朝起争议　熙宁党争再出苗头

擢升王安石为参知政事，让王安石近乎平步青云，直接成为宰执大臣之后，除了四个早就已经被王安石以绝对实力说得哑口无言的宰执大臣以外，满朝文武竟然没有一个站出来直接反对的。

这让早就蓄力做好了准备，打算效仿王安石来一次舌战群臣的赵顼竟然觉得有些空虚和遗憾。

相比较作为皇帝陛下一拳打在棉花上的无力感，王安石此时才真正感觉到有些无力。

成功拜相之后，王安石立刻就开始为自己的新法新政做起了准备。

与庆历新政不同，王安石这一次变法除了将皇帝说动之外，身边竟然没有一个可用之人，相对于当年庆历新政竟然能够形成队伍的情况来说，此时的王安石略显形单影只，所以在当时下了早朝之后，他就立刻赶到了司马光的府上。

在他想来，自己这位挚交好友，就算不能全力以赴帮助他一起实行新政，也能够帮他出谋划策，最起码举荐几位靠谱的人来辅助他做事。

然而令他没有想到的是，在司马光的家中，他非但没有得到司马光的帮助，或者是引荐其他人，反而挨了当头一棒。

对于王安石当场舌战群臣，将几位老相公全都说得哑口无言一事，司马光并未表示出反对，甚至忍不住称赞王安石临危不惧，泰山崩于眼前而不慌，颇有大将风范。

但对于王安石给出的几项新政草拟，却给出了极大的批判，在他的口中，王安石诸多变法想法都有些操之过急，其中当数青苗法的草拟最为不妥。

“若是将这等钱财掌控，放钱收息的事情交付给底级官员，除了会滋生更多的贪污腐败现象，根本没有其他任何利处，就算能够在一时之间帮助国库增加收入，长久算下来也不利于民生。

“介甫所说，以青苗法取代民间放贷收息，可以平息民间纷争，这倒是极有道理，甚至可能在某种程度上解决民间械斗的案件发生频率，但介甫可曾想到过，若是真的如此做了，无异于将这种矛盾从民间对民间层面转移到了民间对官府层面？

“倘若一县之地有知县仗着权力欺压百姓，将放贷条件提高至苛刻，把利息放高上下欺瞒，甚至借着法令强行逼迫民众贷钱，到时连一县之地都民生凋敝，民怨沸腾，倘若是一州之地、一路之地呢？”

司马光一只手按在那青苗法的草拟文件之上，侃侃而谈，对于王安石的辩解，根本不以为意。

随着司马光越说越多，王安石也隐约察觉到自己的草拟之中有些漏洞，但一时之间根本无法想到如何去弥补此中漏洞，所以干脆朝着司马光一拱手：“君实既然能够帮我看出这个漏洞，想来也是能想到解决办法，若是这等变法措施能够成功实行，便也有君实的一份功劳！”

看司马光突然间有些无奈，王安石顿时笑了起来：“这便是今日我前来找你的重要原因。

“虽说这几年我对变法深思熟虑，前后列下了九种变法规制，但是以一个人的思维方式毕竟会产生不小的漏洞和偏颇，若是能有人与我一起商量此事，想来会好很多，君实才华横溢，能力更是卓然，若是愿意与我一起行这变革之事，岂不是可以携手并进，共同创造这大宋盛世？”

王安石摊了摊手，表情之中多出了一丝恳切，然而对面的司马光确实并没有顺着他的话接茬，更没有表示要跟他一起进行变法，而是同样双手一摊：“先帝有命，着我修撰《资治通鉴》一书，如今已经数年下来，总纲尚且没有处理好，于政事我怕是抽不出多少时间来。

“想要找人与你一起进行变法革新，或者是奏请当朝皇上指派同行者，或者我给你指派一条明路。”

司马光本来是想要将王安石从头到尾都拒绝透彻，但隐约想到了某种可能之后，他却微微一笑，随后直接说道：“近日苏轼、苏辙两兄弟服丧期已满，已经回到京城之中，若是你能将他们兄弟二人拉上你这条船，何愁没有办法解决眼前的种种问题？”

司马光这句话，算是点醒了王安石。

此路不通，必有旁路，苏轼、苏辙两兄弟是王安石与司马光都极其看重的后生。

而且此前王安石曾经与这兄弟二人交谈过有关变法一事，兄弟二人似乎对变法也有兴趣。既然此时兄弟二人已经服丧期满回到了京城之中，想必接下来就会受到擢升重用，毕竟兄弟二人无论是诗文才华还是真才实干，都在同期学子之中算得上翘楚。

若是能够将这兄弟二人拉到自己的变法队伍当中，无异于如虎添翼。

心中如此想着，王安石自然就不在司马光这里耽搁，毕竟他还是十分懂得自己这位朋友，既然他说不可能掺和到变法当中，那就必然不可能出手。若是王安石继续在这里耽搁下去，恐怕只会浪费时间。

出了司马光的宅院门之后，王安石立刻就差了随从到九桥门街市各处去探访有关苏门二学士的消息。

这两位年轻才子加上他们的父亲，一向都以苏门三学士代称，说的便是这苏家一门出了三位才子，此前在嘉祐二年（1057）的科举考试时，父子三人全都考取了名次。

当时的主考官是刚回东京城不久的欧阳修，小试官是梅尧臣，因为苏轼诗词的风格实在是清新洒脱，正好中了锐意于诗文革新的两人下怀。

也正好当时欧阳修的弟子曾巩同时参加了科举，欧阳修误以为苏轼是自己的弟子曾巩，为了避嫌便将苏轼从第一降到了第二，后来放榜之后，苏轼拜见两位座师，谈及此事又传为一时风闻。

原本所有人都以为这兄弟二人即将步入仕途，顺风顺水，一路青云直上。但是天不遂人愿，就当兄弟二人已经准备大展拳脚，在官场之中、在朝堂之上打拼一番，谋得个一官半职好为朝廷效力的时候。苏轼与苏辙两兄弟的母亲忽然病故，二人只能随父亲苏洵一起回乡奔丧。

待到三年守孝期满，已经是嘉祐四年（1059）十月份了，苏轼、苏辙两兄弟连同父亲苏洵一起返回了东京城，苏轼成为河南府富昌县的主簿，而苏洵则成了秘书省校书郎。

之前对他们一直心心念念的欧阳修也是一直没有忘了他们兄弟二人，

在嘉祐六年（1061）的时候举荐兄弟二人参加了贤良方正、能直言极谏科制科考试，因为当时的对策写得极好，所以苏轼拿下了一个“百年第一”，擢升大理评事，签书凤翔府判官，任期四年之后回到东京城，做到了任直史馆。

苏辙则是留任京城修《礼书》，直到治平二年（1065）的时候，出任大名府推官。

两兄弟相比较之下还是苏辙的官运显得更加顺畅一些，不过在治平三年（1066）四月的时候，两兄弟的父亲苏洵在东京城逝世，两兄弟由汴河转入淮河一路从长江返回蜀地安葬父亲，并再次守孝服丧。

直到熙宁二年（1069），苏家兄弟二人方才从接连的颠沛之中挣脱而出，此番回返京师，显然是拥有了长期留任官职，并且积极向上爬升的能力与时间。

王安石听到这兄弟二人回来的消息如此高兴，自然也是由于这个缘故。

苏家兄弟二人的声望着实不低，在东京城之中更是极受欢迎，此番回来不过数日时间，竟然一直没有来得及到衙门报备，一直在各路朋友的拉扯之下，流连于九桥门街市的各个酒楼之中。

接连十数日的欢饮达旦，早就让兄弟二人有些不胜酒力，奈何友朋繁多，众人热情难当，若不是两人本来酒量便不错，怕是多日接连喝下来，确实要大病一场了。

王安石在自己亲随的引导之下，找到两兄弟的时候，两兄弟才刚刚从归云楼之中出来，挥手别过一众朋友，唏嘘连连。

待到两人转过头来，便正好见到了已经等候在小巷之外的王安石，醉酒之下两个人见到王安石的时候，还有些不敢确认，直到走到近前认清了王安石的样貌之后，两人才吃了一惊，忍不住朝着王安石一拱手：“王相别来无恙！”

不过是两三天的时间而已，王安石被皇帝拜为参知政事的事情就已经在京城之中广为流传，苏家兄弟二人这些天的酒局之上，要么是达官贵人，要么是文坛巨客，对于王安石即将推行新法改革之事都十分感兴趣，这几日相互闲聊之间谈及的也都是与新法改革有关的一些事情。

两人此前在京城的时候就与王安石有过交集，虽说算不上至交密友，但也并不陌生，所以此时突然看到王安石，兄弟二人顿时觉得有些诧异。

“王相此时为何会出现在此处，莫非是专为我兄弟二人而来？”

两人认出了王安石的身份之后，悚然一惊，原本就不算特别醉的酒意一下子醒了一大半，随后认真地朝着王安石问道。

以他们的聪明才智，自然一眼就能看出王安石到底是为什么而来。

朝堂之中乡野之内对王安石不喜欢饮酒的事情传得极广，两兄弟自然不可能认为他是跑到这里喝酒解愁或者庆祝的。

尤其是近几日来，两兄弟在跟那些文人墨客聊天的时候，陡然发现大部分人对王安石此番变法并不看好，甚至有不少人以庆历新政作为前例，暗讽王安石属于不自量力，根本没有办法将变法坚持下去。

其中更是有不少人暗暗讽刺王安石不过是孤家寡人一个，除了皇帝的赞许和支持之外，手下竟然一兵一将都没有，若是这种情况之下他依然能够将变法坚持下去，大家才算彻底服气。

而此时王安石一脸笑意，那副想要招揽两人的意图已经非常明显，两兄弟相互看了一眼之后，同时向后转身，让出路来朝王安石做了个邀请的手势。

王安石微微一怔，恍然明白过来，苏轼、苏辙这两兄弟，怕是要邀请他到酒楼之中再喝上一杯，顺便一起商讨新政之事。

此时各处酒楼之上，早有一些好事者探出头来，对于苏家兄弟如此恭敬之人，他们满心好奇，不一会儿便有人认出王安石的身份来，这位拗相公的名声在外，尤其是此时已经身居参知政事一职，比起苏家兄弟还要声名远播，一时间无数人朝这边观望而来。

一众人纷纷猜测为什么王安石会出现在这个地方，等到他们发现苏家兄弟与王安石并肩而行的时候，才恍然意识到，原来王安石竟然是冲着苏家兄弟而来，一时间所有人都开始讨论起这件事情。

苏家兄弟的才名在外，谁都知道倘若他们能够加入王安石的阵营，必然会将王安石的新政推到更高的高度。

但是这两位真的能加入王安石的队伍么?

数家酒楼都盯准了这件事情，纷纷以此为引在各家的酒楼当中攒出了一个又一个才子局。

不光此时在酒楼当中的这些才子、文人雅士，就连一些刚刚从不远处听到消息的官员，还有与新政息息相关的一群人也纷纷跑到附近打探消息。

此时此刻，三人还没有意识到他们三个人的相遇在东京城当中引起了多大的波澜。在小厮无比恭敬的引导之下，三人上到了白矾楼的三楼，随后找了一个靠窗的雅间坐下。

在这个位置上刚好能够将皇宫的所有景象全都收归眼底，换作寻常人，根本就不可能拿到坐在这个包厢之中的机会。

哪怕是苏家兄弟二人以绝世才子的名义进来，顶多也就是在二楼坐一坐，想要上三楼，除了皇亲国戚之外便是当朝宰执大臣抑或一些比较出名的相公。

偏巧后面两样，王安石都位列其中，所以此时根本就没有受到阻碍，自然而然就上了三楼。

兄弟二人默认了这个优惠条件，虽说两人都觉得自己日后必然会有凭自己登上三楼的机会，但毕竟此时两人身份低微，若是能提前观览一下三楼的风光，倒也不是不可。

王安石背着双手，与苏家两兄弟站在凭栏处，朝着外面看了几眼之后心生感慨。

“能够允许一家民间酒楼比皇宫还要高，甚至可以凭借酒楼高层将整个皇宫鸟瞰在下，这种事情恐怕只有我大宋才能发生。

“若是能够通过变法将这等盛况遍布大宋各地，每个城市都能多出一两座白矾楼这样的大酒楼，方才是我辈真正的荣耀所在。”

此时的王安石，并未直接邀请苏家兄弟二人参加自己的新政团体，但是仅凭这三言两语便让人感觉到他身上激昂的情绪，在苏家兄弟二人看来，此时的王安石背影宛如高山一般，让人只能仰望。

片刻之后，王安石从那种臆想之中恢复了过来，朝着苏家兄弟二人笑了笑：“这白矾楼的三楼，我也是头一次上来，看着皇宫的景象，一时之间有些失态了。”

苏轼和苏辙听到这话不由得笑了起来：“人人都说王相是个拗相公，平日里生活极为古板枯燥，就算是跟人说话都是大嗓门，总是拒人于千里之外。

“我们兄弟二人虽然之前也曾与王相有过些许交集，但终究没有如此亲切地交谈过，现在看来，之前所听到的那些传闻，终究只是传闻而已。”

两人虽然没有直接说明他们说出此话的原因，王安石依旧听明白了他们两个的打趣之意，不由得再次笑了起来。

“三人成虎，人言可畏，有些事情本来并不存在，但一旦说出来的人多了，很有可能也就变成真的了，若不是今次有此机会与你们兄弟人在白矾楼同饮，我这个古怪的印象，怕是要在你们兄弟二人的心中多留上一段时间了。

“不过接下来既然是同朝为官，你们兄弟二人与我相见的机会也越发多了起来，像这种根本无凭无据的谎言，终究有被戳破的那一天。”

苏家兄弟二人听到王安石略带揶揄，还算一本正经的回答，不由得同时放声大笑。

白矾楼三楼的雅间之中，不知道什么时候多了一个规矩，那便是登上三楼者不必亲自点菜，厨子自然会将当天最特色的菜品逐一奉上。

连当日所供出来的酒水也是从各个酒楼当中筛选出来当日最受欢迎的几样，一起被酒保端了上来。

这等排场看得三人都有些愣神，紧接着苏家兄弟二人莫名其妙地看了王安石一眼：“王相既然也是第一次来到三楼之上，可曾知晓过这白矾楼三楼的餐食费用?

“我们两个可是听说过在这白矾楼的三楼之上吃上一顿饭恐怕是要花上几十上百贯，饶是以王相贵为参知政事的俸禄，这一顿饭就要吃掉半个月的俸禄，颇有些夸张啊！”

兄弟二人的言下之意，自然便是想要问询王安石是否请得起这顿饭。

毕竟王安石当上这个参知政事还没有多久，第一个月的俸禄尚且没有拿到。

王安石愣了愣神，随后忍不住笑了笑，下意识朝着自己的袖子里摸了摸，虽说他现在所任参知政事的俸禄还未拿到，但之前在外奔波拿下来的俸禄也不算少，平日里的花销更是不多，若是这里吃上一顿饭只需要花一百贯的话，他倒是立刻就能拿出来。

但如果比这个数字相对来说夸张得更多的话，他恐怕就只能派人回到家中去取了。

两人注意到王安石的表情之后，都忍不住再次笑了起来，随后表情逐渐变得严肃了起来：“东京城繁华如此，白矾楼作为第一大的酒楼反而并未太过铺张浪费，我们兄弟二人倒是曾经听闻，有官员在巨丰楼大摆宴席，所选食材皆用当前市面上最好的，一餐下来就要花费三五千贯，其奢靡可见一斑！”

两人骤然严肃下来，惹得王安石再次一愣，随后顺着两人的话茬说道：“便是如此，自从庆历新政裁撤冗官冗员之后，几十年来竟然再无其他新政措施，以至于冗官冗员的现象比起此前来更加严重。

“漫说一餐吃掉几千贯钱，此前我还曾经听到过一些风闻，说是某个酒楼之中特制的蟹黄馒头，一道菜竟然要花费一千贯钱。

“若是如此算下来的话，那一餐饭恐怕是要花上上万贯的银钱。”

三人同时默然，他们三人之中并没有那种从出生便在云端之上的存在，对于民生疾苦都极为了解，知道当下市面上一般的杂工杂役每天工资换算下来不过是百来文，一个月能拿上三贯钱，一年下来倒也有三十多贯。

若是维持一个小家庭的普通生活，三十多贯的钱每年下来也就能省下四五贯而已。

也就是说，漫说那些小商贩商户杂工这辈子都没有机会登上白矾楼的三楼来吃饭喝酒，就是有这个机会登上三楼吃饭的话，他们也需要攒上足足二十年。

而有些官员竟然能够在一餐饭食当中吃下这些小门小户两百多年的收入，这种差距简直是天壤之别。虽说大宋皇朝一向都对官员采取高薪养廉的政策，但这并不意味着让官员如此奢靡挥霍。

便是王安石这个参知政事，已经算是朝中收入和地位最高的官员，每年也不过是两三千贯的俸禄，若是加上一些奖赏和封赏，每年拿到的资财也绝对不会超过上万贯。

官做得越大，平日的花销就会越发变多，每年哪怕是拿到上万贯，到最后能够剩下的也未必有千贯。

若是换作其他官员，自然远远不如这个收入，在这种情况之下，怎么可能会出现花费上万贯只为了吃上一顿饭的情况。

所以那以万贯购置一桌餐食的人，必然是贪官污吏，而且还是国之蛀虫当中最为夸张的那种存在。

能让三人探听得知，便意味着就算不是本朝之人，也不会相去太远。

“就算不以王相的变法作为巩固国朝之根本，朝堂之上的变革也迫在眉睫，倘若真由着这帮蛀虫一而再，再而三地利用手中职权侵吞财务，只怕整个大宋朝堂用不了多久就会毁于一旦。”

苏辙猛地一敲桌子，脸色有些阴沉地说道。一旁的苏轼点了点头，深以为然：“这个事情只是在东京城之中才会发生，东京城之中已经少有民间疾苦，但若是这等事情被百姓纷纷传出，正如王相方才所言，三人便可成虎。

“等到这些流言传到边塞之地，怕不是要说成全东京城都是榨取民脂民膏、敲骨吸髓的贪官污吏了？”

只不过仅有一个小小的话题而已，三个人相互看了几眼便达成了某种共识，那便是新法必须要尽快实行，而且其中必须要加上一条惩治贪腐，甚至其力度必须要超过当初庆历新政时的裁撤冗官之策。

有了这个前提，三人之间的对话便越发顺畅，待到十几样菜品上齐的时候，三人已经是喝下了小半坛酒。

饶是王安石并不喜欢喝酒，此时在苏家兄弟二人的劝慰之下，竟然也有些招架不住，此时只觉得浑身发热，情绪激昂。

酒过三巡，双方的关系自然显得越发亲密，之前一些不方便说出来的话，此时反倒说得更容易了些。

苏辙朝着兄长看了一眼之后，主动开口对王安石说道："其实就算王相不主动来邀请我们兄弟二人，我们兄弟二人也会去主动拜访王相。

"此番回返京城，我们第一时间就听说了王相被拜参知政事的事情，更是知道了王相即将开启新的变法，一时间大为震动，这段时间在各个酒楼之中流连忘返，来来往往的人也都在讨论此事。

"若不是正好王相带着我们上了这三楼，恐怕现在我们所在的地方就已经被那些官员和士子们给围住了。"

苏轼在一旁笑了笑，接着话茬说道："大家都觉得王相的变法手段必然要比当初的庆历新政更加犀利，所以取得成功的概率也会更大一些。

"前段时间不知道是谁传出了消息，说是王相之前在垂拱殿当中怒斥几位守旧派的大臣，将几位宰执大臣说得哑口无言，所以才取得了这一次变法的机会，原本我们还觉得这件事多少有些荒谬，但方才与王相商谈讨论之后，我们却明悟过来，非常人自然用非常手段。"

说到这里，苏家兄弟二人同时笑了起来，似乎对于王安石这个非常人大为赞赏。

紧接着苏辙更是说出了让王安石有些意想不到的话："这几天除了流连忘返于各个酒楼之中的应酬之外，我也曾多次翻阅王相的《万言书》

和《本朝百年无事札子》，一时间心有所感，却一直都没有机会跟王相讨论一二，此时既然抓住了这个机会，倒不如让小子一抒胸中块垒，不知道王相觉得何如？”

王安石除了在皇帝面前之外，还是头一次听说有人愿意通读自己的札子，并且还能对其进行分析了解，此时顿时脸色肃然，朝着对方点了点头示意对方可以继续说下去。

眼见着王安石正色，苏家兄弟二人也不再饮酒，而是端坐一旁。

苏辙沉吟片刻之后，缓缓开口：“我们兄弟二人虽然之前并无改革执念，但也深感朝廷时政弊端极多，颇为苦恼，所以私底下也曾经讨论过弱势可行新政，又当何去何从？

“王相在札子里面所言，革除时弊、抑制兼并、强兵富国等一系列的大目标上，几乎都跟我们兄弟二人之前所讨论的一些策略完全相同，所以我们二人觉得王相的改革方针必然会让大部分士子赞许，新政必然有望。”

这个说法听得王安石心潮澎湃，这两年来除了偶尔跟司马光对谈，却屡屡被司马光否决自己的想法之外，他几乎就只有在皇帝那里才能得到肯定的回答。

再加上那些守旧派的大臣恨不得把他的各种想法全都驳斥为无妄之谈，王安石心中的块垒早就被磨得差不多了，这时候竟然能有年轻官员表示认同，甚至颇有高度赞扬的意思，顿时让他心中产生了一丝快意，但紧接着苏辙的话，却让他忍不住皱起了眉头。

“但是，在这些大目标上，我们兄弟二人所持的实施方略，态度却并不一样，我们兄弟二人都觉得，若是做这等大事，最好以缓缓而行作为开局之策，必须要让所有人逐渐适应起新政的节奏，方才可以逐步将新政策略一步步推行，如此一来才能无后顾之忧。

“而王相的想法，似乎是想要将所有的调整策略都在一段时间之内集中完成，这种急切与我们所追求的舒缓有些泾渭分明。

“眼下看来王相不但是个拗相公，更是个急相公，不知道王相是否想过，若是真将新政这辆马车驱赶起来，一味贪图速度，甚至恨不得一日千里，迅速达成目的，若是前面一路坦途也就罢了，倘若其间有些沟壑纵横，稍有不慎就会人仰马翻，甚至很有可能会将整辆马车全都撞散，倘若到了那个时候，王相又该以何自处？”

苏轼的语气越发诚恳，几乎将自己心中最为真实的想法全都给抖了出来。

一旁的苏辙任凭兄长提起建议，并未进行阻止，甚至还深以为然地连连点头。

很显然在这一点上，他们兄弟二人的想法都是一致的。

王安石的眉头一直紧蹙着，哪怕兄弟二人言语再过轻缓，甚至诚恳无比，也没有让他的情绪稍有缓和。

若不是此时喝了点儿酒，换作平时，王安石性子极为执拗，加上最近春风得意，根本不可能听进去这么多。

但此时对面坐着的毕竟是苏家两兄弟，他们对新政变法的一些态度更是让王安石极为欣慰，所以此时哪怕并不愿意听他们给出来的这所谓建议，甚至王安石隐约还能感觉到，两人怕是在以退为进，对他这变法有些抵触，也没有直接发怒。

沉默了片刻之后，王安石霍然站起身来，恭恭敬敬地朝着对面的苏家兄弟二人行了一礼：“两位虽说年纪比王某小，若是论辈分似乎也要差上一筹，但安石仍愿意以兄弟之名互称相交，今日两位贤弟真是一言惊醒梦中人，此时安石正是春风得意之时，虽然身边并没有同行之人，但是顶着这个硕大的名头，一路上走来所看到的都是笑脸。

“若不是两位贤弟突然点醒我，怕是我真要在新法开始之初，就要出乱子了。”

他一边说着一边站起身，背着手在屋子里面来回走了一圈，脸色越发坚定：“原本安石准备了九条法令，打算一口气全都公布出来，将新法从一开始便推到顶峰，但是现在想来多少有些冲动，但若一条接着一条地颁布，又恐怕各地相互之间没有办法及时进行相互监督配合，以至于京畿周围与各地相差数个法令，全国上下无法走成一盘大棋。

“我看倒不如这样，将这九条法令分门别类，分成几年陆续发布，如此一来也好给民众一个接受的时间，更能够彻底推行法令的执行。”

他的说法引得苏家兄弟二人表情微变，没想到一向都不怎么听人建议的王安石竟然如此轻而易举地就听从了他们的建议。

倘若王安石能够一直坚持如此的话，这个新政恐怕很快就能见效了。

匆匆接受了苏家兄弟二人的建议之后，王安石并没有立刻就邀请两个人加入自己的新政队伍，而是转身离开了白矾楼。

正如同他们所料，三楼的这一通酒席花费了足足一百三十多贯钱，这还是看在王安石是参知政事，而苏家兄弟二人更是美名远扬的才子的分儿上，店家少收了不少的银钱。

这让王安石不由得哑然，随后心中却暗自下了决定，下一次如果没有什么特殊的事情，是坚决不会再来白矾楼三楼了。

纵然能够看到皇宫的鸟瞰景象，但那东西多看一会儿便会感觉腻歪，更何况毕竟是皇家的宅院，也不是想看多久就看多久的。

若是他在上面站的时间长了点儿，怕是用不了多久就会有皇城司的人找上门来。

王安石虽说没跟皇城司的人打过交道，却深知皇城司那些家伙的凶狠残暴，自然不愿意跟他们牵扯太多，更何况他还是当朝宰执大臣，总不至于在那种楼子里丢了脸面。

暗自下定了这个决心之后，王安石便直接赶往皇宫之中请旨。

苏家兄弟二人所说的那些话不但提醒他要分得清轻重缓急，更是让他突然意识到此时他太过孤掌难鸣，与其自己四处碰运气，不断拉着人到白矾楼去胡吃海塞打机锋，倒不如直接找上皇帝，让皇帝帮自己找点儿手下过来。

除了像苏家兄弟这样能够了解他苦衷的人之外，他倒是不介意多找一些对新法根本就不懂的俗人，只有这种人才方便指挥，在某些特定的时候更是能发挥出极大的作用。

跑到皇宫之中请旨，王安石为的便是设立一个专门属于变法的机构，对于他的这个提议，皇帝自然是举双手赞同，这种临时性的机构虽说不至于能够有机会与两府三司抗衡，但终究是一个可以用来平衡这些臣子的工具。

王安石竟然自己主动要求给自己套上一个枷锁，他自然乐见其成。

这道旨意请了下来之后，相应的机构自然立刻设置——制置三司条例司，这个名字听起来多少有些怪异的决策机构一经出现，就在东京城之中掀起了一片惊涛骇浪。

不只是因为这个名字实在是太过怪异，也不是因为他的主官并不止王安石一人，而是因为它的权力实在是有些夸张。

作为全盘掌控变法的领导机构，在变法以及涉及变法一项之上的任何事情里，制置三司条例司的权力都凌驾在三司之上，甚至就连中书及门下省都不可以过问。

如此一来就等同于皇帝在主要的决策机构之外，单独为王安石设立了一个变法的衙门，既将王安石与大部分朝臣给隔绝了，以后大家不至于同流合污，另一方面则有效地增加了王安石手中的权力。

以变法之名凌驾于三司之上，这个权力可是远远超出了一半的宰执大臣，也就是说王安石此时虽然不是挂着首相的名头，但是他的权力其实已经超过了首相，有过之而无不及！

但请旨之后，王安石脑袋上顶着这个衙门的头衔，却依旧是个光杆司令。

到了这个时候不用他主动跟皇帝说，皇帝就意识到了这一点，既然是自己新政的首要人物，皇帝自然舍不得让他自己一个人孤苦伶仃地四处得罪人，所以立刻就下旨找了一帮人给他当下属。

这其中便包括王安石“顺口”提了一嘴的苏家兄弟二人。

确定了这个机构成立并且确定了其所拥有的权力之后，王安石的脑袋上便多了一个同制置三司条例的官名。

之所以带上了一个“同”字，这是皇帝在暗地里玩的一个花活，在机构之中并不以王安石作为唯一领导者，而是把知枢密院事陈升之也给塞了进来。

这个陈升之对新法一事的看法，与苏家兄弟略有相似，虽然赞成推行新法，却觉得王安石的想法并不可靠，两人才几日共事商谈之后，便引得王安石极为不满。

为了确保自己后院不起火，王安石另辟蹊径，干脆举荐这个陈升之升任宰相职务，皇帝虽然不明就里，但还是应允了王安石的推举，任命陈升之为同中书门下平章事，集贤殿大学士，同为宰执大臣，陈升之立刻就以不便沾染过多钱财事务，不可将两个执政同时放入新法变革之中，需要在在职大臣当中寻求一定的平衡为理由，辞去了在制置三司条例司的职务。

王安石早就料到他会做出这样的决断，所以立刻转身就举荐了另外一位枢密副使韩绛代替了陈升之的职务，同领制置三司条例司。

相比较之前的那位伙伴，这个韩绛虽说更像是个闷葫芦，对于新法之事很少发表见解，更是从来不说反对的意见，极为符合王安石的想法。

将这个同行的伙伴敲定之后，王安石再次将自己的目光转向了苏家兄弟二人。

虽说是王安石亲自看上的两人，但毕竟由他亲自出手邀请并没有结果，所以王安石干脆就把这个事儿扔到了赵顼的手上。

赵顼为了帮王安石网罗可靠的下属，倒也算煞费苦心，不但先帮他调离了不合群的同伴，更是下旨调来了不少可靠的下属。

苏家兄弟二人才将苏家在东京的宅院重新整饬好，一家老小再次住了进去，转头就接到了圣旨。

跟王安石所想的不同，皇帝竟然在这里又留了一个心眼，临时更改了主意，并没有将两个才子全都扔到他这里来。

苏轼因为才学优异，文章卓越，再次被安排到了殿中丞、直史馆、判官告院的位子上。

这个殿中丞是个官阶的名称，代表了他眼下的官位和俸禄，直史馆等于文官的荣誉贴衔，没有什么实际意义，只有判官告院算得上有拆迁的工作职务，但是这个职务有也等同于没有，算是没有什么实权的闲职。

不过这个位置虽然算是闲职，一般所承办的事情却都跟宫里面有关，换句话说就是接下来苏轼在很长一段时间之内恐怕会经常出入宫廷，很有可能会跟那位皇上经常见面。

所以这个官职未必就是坏事。

至于苏辙，则是毫无例外地被安排到了制置三司条例司之中，做了一名检详文字官。

这个职务说到底，便是辅助王安石颁布各项新法条例的位置，其权力可大可小，若是向上算去的话，权力甚至可以达到上只听皇命，下又可以通达各路。

但这些权力确实仅限于有关新法一项事务之上。

除却肯定在一段时间之内可以炙手可热，同王安石一起大放异彩之外，这个位子可以说有百害无一利。

毕竟这个临时的衙门侵占了二府三司的不少职权，一旦到了某些特殊的时候，必然要被抛弃，而其中的官员恐怕会因此开罪一大批守旧派甚至各地的地方官。想一想那些让人深恶痛绝的新法条例就是出自他们之手，便是再德高望重的人，也很容易引起公愤。

苏家兄弟二人在接到了命令之后，都是有些惊讶，随后苦笑不迭。

尤其是苏辙，更是看得透彻。

王安石设立的这个临时衙门，可以说是横空出世，根本没有给任何权力机构任何准备的机会，竟然如此强势地就将权力从二府三司抢夺过来，非但不能彰显这个衙门的强大力量，反而是一切灾祸的根源。

经过几天的沉淀之后，新法的小团体几乎已经成型，吕惠卿、曾布、谢景温、章惇等人逐渐在朝王安石靠拢，而曾公亮和富弼等守旧派元老依旧虎视眈眈，算下来因为这个衙门出现，很有可能皇宫之内的那些后妃也不会太过甘于寂寞，欧阳修、张方平这些人更是不会一直安静下去。

苏辙甚至觉得，就连近期一直都醉心于修撰《资治通鉴》的司马光，恐怕也会时不时出来插上一杠子。

新法还未公布条令，这个突然间横空出现的衙门就将整个东京城里面的风风雨雨全都搅和了起来。恐怕此时那个年轻的皇帝还没有意识到他究竟是埋下了多大的一个暴雷，王安石肯定也没有意识到，接下来他恐怕要经历的疾风骤雨比预想到的还要多得多。

兄弟二人相互看了一眼，坐在一起沉默良久，有些话此时根本就不用明说，两人便已经知晓对方心中的想法。

苏轼此时所想的，无非是辞掉这个闲职，干脆自请调到一些偏远的地方去当知州，甚至就连知县也未尝不可，他只想专门为百姓做一些实事。

而苏辙现下的想法，则是先行观望一番，等到看明白王安石的这个做法究竟能为百姓带来福利，还是只能搅浑一摊泥水，再进行抉择。

兄弟二人稍作考量之后，决定以苏辙的想法为基准，两人暂时都不要辞官或者离开京城，而是暂时留在此处，等待后效。

他们的想法很快就得到了证实，制置三司条例司这个衙门才刚刚露头，立刻就成为整个东京城之中，上至官员皇亲国戚、下至平民贩夫走卒热议的话题，街头巷尾乃至茶楼酒肆，接连几天之中无一人不是在讨论有关这个横空出世的衙门。

其中最重要的一点便是这个衙门的权力实在是太大了，甚至大到超过了二府三司，但凡是对官场之中的事情稍有了解之人，此时都保持了沉默。

他们之中大部分人都开始了恐慌，很是担心这位年轻冲动的皇帝真的要配合那个不知进退，甚至看起来有些疯癫的王安石进行一些什么毁天灭地的改革，甚至于连祖宗法度都要给彻底破除。

若真是这样的，他们这帮人的所有既得利益恐怕就会完全消失，甚至可能连生命安全都保留不住。

一时间在王安石看不到的暗处，竟然有无数双眼睛纷纷升起，朝着他投来了怨毒和不解的目光。

这种全天下所有人惴惴不安的状态，并没有持续太长的时间。

很快王安石就在这个新衙门的配合之下，宣示了以理财和强军作为核心的变法新政方略，并且强调了政事与理财一事之间的详细关联。

与此同时，王安石更是毫不避讳朝野上下无数双盯着自己的眼睛，直接将自己即将逐一实行的各项变法法度的总纲先行公示了出来。

整个总纲分为几个部分，分别是富国之法、强兵之法、取士之法。

而每个部分，又有各自的详细条例。

富国之法

青苗法：

在每年年初青黄不接的时候，由各地方官府筹备并且给当地农民进行贷款贷粮，每半年的时间取利息二分或者三分，分别随夏季和秋季两次的税收一同归还。

这个办法可以在本源上增加政府的收入，还可以减少一定程度的民间借贷，让有心人利用高利贷盘剥农民，导致大量农民失去土地，流离失所的情况得到缓解，可以在一定程度上缓解当下的各种阶级矛盾。

免役法：

将原本按照户头人口进行轮流服差役的事务，改成由本地政府雇佣人手承担，那些有能力或者是不愿意服役的民户，可以按照他们自身的贫富差距和等级和需要服的劳役缴纳一定数量的钱币，用来免除自身杂役。

这样就使得农民从庞杂的各种劳役当中解脱了出来，可以保证他们花费在地之中的劳动时间，在某种意义上又无形增加了政府的财政收入。

方田均税法：

立刻下令全国进行土地重新测定丈量，将各处土地所有者全部核实登记，以五个层次划分土地的土质好坏，作为按照等级征收田赋的标准和依据。

可以丈量出大量被隐瞒的土地，又可以增加政府的收入，还可以让部分农民免除赋税，得到真正的实惠。

农田水利法：

鼓励农民进行开荒，新修各处水利，可以由各地百姓，农户自行出资，也可以有人牵头向州县政府进行贷款，解决建设问题。

通过水利工程的广为修建，保证了大部分土地的灌溉效率和效果，不仅增加可用耕地面积，又发展了农业生产，同时也可以继续增加政府税收。

市易法：

在东京设置市易务，出钱收购滞销货物，市场短缺时再卖出。

限制大商人对市场的控制，有利于稳定物价和商品交流，也增加了政府的财政收入。

均输法：设立发运使，掌握东南六路生产情况和政府与宫廷的需要情况，按照“徙贵就贱，用近易远”的原则，统一收购和运输。

降低国家支出，减轻了纳税户的额外负担，限制了富商大贾对市场的操纵和对民众的盘剥，便利了市民生活。

强兵之法

保甲法：

将乡村民户加以编制，十家为一保，民户家有两丁以上抽一丁为保丁，农闲时集中，接受军事训练。

加强对农村的统治，维护农村社会治安；建立全国性的军事储备；节省了大量的训练费用。

裁兵法：

整顿厢军及禁军，规定士兵五十岁后必须退役。测试士兵，禁军不合格者改为厢军，厢军不合格者改为民籍。

提高军队士兵素质。

将兵法（又叫置将法）：

废除北宋初年定立的更戍法，用逐渐推广的办法，把各路的驻军分为若干单位，每单位置将与副将一人，专门负责本单位军队的训练，以提高军队素质。

改变了兵将分离的局面，加强了军队战斗力。

保马法：

将原来由政府的牧马监养马，改为由保甲民户养马。保甲户自愿养马，可由政府给以监马或者给钱自行购买，并可以免除部分赋税。不久废止，改行民牧制度。

马匹的质量和数量提高；政府节省了大量养马费用。

军器监法：

监督制造兵器，严格管理，提高武器质量。

武器生产量增加，质量也有所改善。

取士之法

改革科举制度：颁布贡举法，废除明经科，而进士科的考试则以经义和策论为主，并增加法科。

把科举的立足点放在选拔具有经纶济世之志和真才实学的天平上，扩大考选名额。

三舍法：

实行分上、中、下三班不同程度进行教学的太学三舍法制度。

以学校的平日考核来取代科举考试，太学生成绩优异者不经过科举考试可直接为官；同时，提举经义局，修撰儒家经典，编纂《三经新义》；设置武学、医学、律学专科学校，培养专门人才。

惟才用人：

重视对中下级官员的提拔和任用，使许多低级官员和下层士大夫得到发挥才干的机会。

这一整套新法一经公布，就让天下人都感受到了震荡。

很显然王安石要借着这个机会直接摧毁所有的黑暗官僚、无良富商、地主豪强对百姓的盘剥和压榨，同时又可以防止全国上下因为财产分配越发集中在某些特定的人身上，导致财富差异日渐悬殊而产生的民心不满情况。

若是每一条新法都能够得到妥善并且完整的实行，便等同于国家大力扶持农户，百姓都可以在田间安然自得地耕种，发展各种副业生产，如此一来，不但增加了国家的税收，更是增加了天下之财，达到了富国强兵的根本目的。

之前那些蠢蠢欲动的有心人，立刻有一部分人不再敌视王安石，转而采取了更加柔和的态度对待王安石的变法。

但绝大多数人还是觉得王安石的各项变法凑在一起，还是威胁到了自己的利益，所以此时对他的敌视与日俱增。

对于这帮家伙的敌视，王安石自然不会放在心上。

才过了一个月而已，他便立刻将手下遴选出来的激进骨干刘彝、谢卿材、侯叔献、程颢、卢秉、王汝翼、曾伉和王广廉等八人安排了出去，直接避开了二府三司的各项手段和压制，前往各路去监督已经颁布的法令执行程度，并且开始考察各地的赋税利弊，就连农田和水利现状也是进行逐一的勘察测验，为彻底推行新法做起了准备。

如果说之前叫嚷着将整个变法的各项条例以及总纲列出来，只不过是开胃菜，那么他的这个举动便等于给那些守旧派上了一道大餐。

这帮人立刻就意识到王安石究竟想要做什么了，他竟然打算越过二府三司，直接将整个新法全都掌控在自己的手中，这无异于将百官全都架空，自己成立了一个小朝廷。

原本还在观望的那些家伙，包括那些一直都反对新法的守旧派，此时全都坐不住了。

无数道弹劾王安石和制置三司条例司的札子，如同雪花般飞到了皇帝面前。

幸好此时这位皇帝并未对王安石产生丝毫的怀疑，反而因为众人的反对和不理解，越发觉得王安石的变法行之有效。

到了五月份，王安石忽然意识到变法人才缺乏，不只是因为守旧派的阻挠，想要从根本上解决问题，应该在科举考试上做一做文章。

所以他干脆利落地变更了科举考试制度，直接将吟诗作赋一项从考试中剔除，重点考察经议论策能力。

这个想法一出，包括皇帝在内，所有人都大为不解，但经过王安石的简单交代和解释之后，皇帝立刻为他拍了板。

这件事情成为引爆王安石与东京城之中百官敌对关系的最后一道惊雷。

原有的科举制度已经实行了多年，所有的官员都是按原来的制度选拔上来的，相互之间早已习惯之前的种种，突然间更改选拔条件，无异于断了一些学子的前程，更是断了他们早就为自己子孙后代准备好的后路。

是可忍，孰不能忍，从这件事情开始，百官跟王安石作对的这条路，走得越发坚定。

而原本一直坚定支持王安石的皇帝，在听到如此多的反对意见之后，心中竟然生出了一丝疑虑。

他怎么也没有想到，只不过是三个月的新政试行期，实际上真正颁布的法令还没有三两条的时候，王安石竟然就给他惹出了这么多的大乱子。

为了求得心安，六月的时候赵顼专门召见了性格相对平稳，一向做事稳妥，很少出现纷乱的司马光，还有据说与王安石差点儿走到一起，却因为理念不合导致并未精诚合作的苏轼。

与这两人密谈了半天之后，赵顼得出了一个令人惊讶的结论。

那就是这两人虽然心中反对王安石的变法，但是以目前的情况来看，竟然都十分赞同王安石此时变法的效果和展望。

两人更是明里暗里用商鞅变法来代指王安石变法，似乎有意提醒皇帝，不可让王安石成为下一个商鞅而不得善终。

这个暗示让赵顼心中升起了无限烦躁和郁闷，同时产生了一种感觉，那就是王安石的速度可能太快了，说不定需要他这个驾车的皇帝勒一勒缰绳，减缓王安石的速度。

此时的王安石还在想着如何大刀阔斧地进行下一步，对于皇帝召见司马光和苏轼的事情压根就没有放在心上。

直到司马光在被召见之后，当天晚上就找到了王安石。

两人之间已经有两个月没有见过面，此时再见面依旧没有任何怨怼之气，正相反王安石还极为感谢司马光为自己举荐了苏辙一事。

最近这两个月的时间之中，苏辙在衙门里办事还算妥帖，甚至还为青苗法提供了不可多得的见解，隐约与司马光的想法不谋而合。

这让王安石仔细重新审视了一下青苗法，对其中的一些细节进行了调整，这才继续颁布出去。

司马光朝着王安石看了两眼之后，心中隐隐生出了一些不安，随后低声说道："方才宫中召对，陛下曾经问过我对吕惠卿的看法，我思来想去应该将我心中所想与你诉说一下。

"吕惠卿此人看似良士，实际上却是邪佞小人，近来他在新法变革过程之中，明面上一直都在为你推波助澜，似乎是促进了新法变革，实际上暗地里一直在利用你的固执，导致有些法令颁布的时候太过强硬，再加上他从中进行的调整和改变，原本应该温和推行的政策，往往会用一种极为夸张的形式展现出来，这就导致了现在文武百官对你十分不满，甚至有不少人已经斥责你是奸臣。

"这个说法虽然只是我一家之言，但作为朋友，我还是要劝谏你两句，千万要注意此人，不能让他再继续在暗中影响你，否则之后新政之败必然会有他的影响！"

简单的几句话听得王安石心头一凉。

他原以为司马光不过是来提醒他一些有关新政的事项，对于这种事情他还是十分欢迎的，毕竟司马光的很多见解都是站在旁观者的角度，这就意味着在一些大事上面，他很有可能会看到王安石所看不到的东西。

若是能得到司马光的一些建议，对于新政的颁布和实行都有极好的助推作用。

然而他万万没想到对方来这里居然会提起这样的事情，这让他对司马光有了截然不同的感觉，仿佛眼前之人是在蓄意挑拨他与同伴之间的关系！

虽然明知道司马光并非这样的人，但王安石心中依旧有些不爽。

两人这一次的谈话不欢而散。

但是紧接着发生的一件事情，却让王安石隐约觉察到，恐怕司马光所说的话是有些道理的。

一向在衙门之中做事妥帖从来不与人争执的苏辙，竟然与吕惠卿之间发生了一次无法逆转的争执，甚至在衙门之中大打出手。

两个文人将笔墨砚台扔得漫天飞舞，场面极为难看，好在王安石及时出现调停，才算将这个事情暂时压下，而吕惠卿当时并未多说什么，却是在事后暗中与王安石说起了苏辙的坏话。

王安石自然不会把这种说法当真，随后转而找到了苏辙，这才了解事情的真相。

原来吕惠卿竟然在制定青苗法的详细制度时，妄图以强制手段勒令各州郡逼迫农民进行借贷，这等于将青苗法的本意给完全扭曲，苏辙立刻指出了对方急功近利的想法，随后才爆发了争吵。

将这件事情的前因后果了解清楚之后，王安石立刻去找吕惠卿，勒令对方不可继续胡闹，对方暂时应允了下来，但王安石依旧感觉到心里有些不安。

但是政务要紧，新法一步步地推行，眼下依旧是有条不紊的状态，王安石也不愿意因为这种小事浪费时间，所以很快就将这件事情抛之脑后。

随着几样比较重要的法令相继颁布，朝中反对的声音越发激烈，但是在如火如荼的新法变革之中，这些声音越发显得微不足道。

纵然如此，作为新法实际上最大的支持者和背后大老板，赵顼立刻就展现出了对这些反对声音的不满。

原本在朝廷之上可以说逮谁骂谁，从来都不必考虑后果的台谏官们，此时反而首当其冲。

短短几个月的时间里，谏官范纯仁、李常、孙觉、胡宗愈，御史张戬、陈襄、陈荐等人都因为跟王安石的意见不合，多次弹劾无果导致赵顼震怒，所以将他们尽数驱逐出了朝廷。

这件事顿时引起了司马光的警觉。

虽说司马光一直都没怎么掺和朝堂之上的这些事情，大部分心思全都放在了修书之上，但是这件事情不但牵涉着他的好友，更是关系到天下的未来、大宋的未来，这让他不得不时刻留神朝中所发生的动向。

就连范仲淹之子范纯仁竟然也是因为反对王安石而遭到贬谪，这直接触动了司马光心底的某根心弦。

紧接着他手下的官员从外地回返时，带来了一个他早有预料却并不愿意听到的消息。

远在千里之外，青苗法、均输法等法令的实施，已经开始变了味道。

一些不太可靠的下层官吏，故意扭曲这些新法的含义，将大部分利益掌握在了自己手中，借着变法的幌子为自己谋取利益，同时无限度地压榨百姓，竟然让百姓的生活比变法之前还要苦闷。

司马光立刻就意识到，如果不能将这些不法官吏全都给清除掉，恐怕原本意义深远的青苗法将会成为难以根除的祸患！

这个事情让他不由得再想到曾经在皇帝面前，他跟苏轼同时以商鞅比喻王安石。

他很是担忧自己这个好友最后也会落得商鞅一样的下场。

为了保证自己这位好友能够及时在错误的道路上转回来，司马光犹豫再三，还是拉着王安石一起去喝了顿酒。

两个本不喜欢喝酒的人跑到了酒楼之中喝酒，偏巧又碰到了一对赶场唱曲儿的父女，惹得两人都是有些哑然。

那父女二人都是江西人面孔，唱出来的曲调儿自然也是江西的一些小民谣，听起来咿咿呀呀的倒是不难听。

司马光原本打算直接给了他们赏钱，让父女二人快快离开，但随后注意到了两人衣服上的破絮烂绳，隐约猜到了什么，并未继续驱赶，而是与王安石一起听了几段。

眼看着两位相公有些提不起兴趣，那机灵的小女孩儿立刻提起了精神，唱起了最近东京城里最为流行的那首《雨霖铃·寒蝉凄切》。

寒蝉凄切，对长亭晚，骤雨初歇。

都门帐饮无绪，留恋处，兰舟催发。

执手相看泪眼，竟无语凝噎。

念去去，千里烟波，暮霭沉沉楚天阔。

多情自古伤离别，更那堪，冷落清秋节！

今宵酒醒何处？杨柳岸，晓风残月。

此去经年，应是良辰好景虚设。

便纵有千种风情，更与何人说？

一段唱完，那小女孩儿竟然是猛地咳嗽了起来，看样子快要直接晕倒过去，司马光不动声色地让店家为两人上了两碗面，随后抓了一把铜钱塞到了那父女手中。

眼看着那对父女相互搀扶着又是道谢又是抹眼泪地坐到了角落里，王安石脸色有些阴郁。

“柳七的词总是那么咿咿呀呀的在温柔乡里面徘徊，让人听了浑身酥麻，又有些压抑。”

司马光笑了笑，眼神闪烁着打趣了两句那首柳永作的词曲。

“新法若是再行年余，东京城中便看不到这等逃难而来，四处赶场的难民了。”

王安石的语气有些生硬，很显然是经由那对父女，忽然联想起了最近新法颁布得并不顺利。

司马光哑然：“介甫，若是我说他们正是因为你颁布的青苗法才会导致逃难如此，你会怎么想？”

这句话直接让王安石瞪大了眼睛，完全不敢相信司马光所说的话。

司马光沉默了片刻之后，将自己下属所言一一说给了王安石，并且还拉来了那两父女佐证。

不出司马光所言，那父女二人，竟然真的是来自江西，而且还真是因为青苗法一事逃难而出。

若不是正好在东京有可投靠的亲戚，两人在官府买下了路引过来投靠，恐怕早就饿死在了半路上。

证人就在眼前，由不得王安石不信，但转而这对父女却低声骂起了家乡的那些官员，指责他们没有将好好的政策如约履行，反而借机坑害百姓。

在来到东京城的路上，父女二人早就了解了青苗法的真正情况。

此时他们对于王安石并没有丝毫怨气，只是对家乡那不成气候的贪官污吏十分痛恨。

王安石与司马光都哑然了，随后同时沉默了下来。

尤其是王安石此时心中的忐忑逐渐散去，取而代之的则是一种怅然若失。

这对父女是因为一路逃难到了东京城才知道了新法的种种利害关系。

倘若是那些，根本无力从家乡逃出来，甚至于死在半路上的那些百姓，他们心中也会如此作想吗？

第四章

司马君实自请离京　上皇帝书苏轼遭贬

熙宁三年（1070），司马光接连上了好几道弹劾王安石的札子，但是屡次都以失败告终。

跟其他的政敌不同，司马光在弹劾王安石之前，都会将弹劾的札子里面近乎所有的内容，全都给王安石看上一遍，并且陈说利害，将自己为何要弹劾对方的各项理由全都一一说明。

就算不能得到王安石的谅解或者是理解，也一定要让王安石知道自己如此做的目的。

随后才会坦然地将弹劾书交到皇帝手中。

在这种情况之下，司马光可以说是越挫越勇，每次弹劾失败之后，都会去想办法找到更多的新法罪证，并且反复陈词，哪怕每一次王安石的脸色都不太好看，甚至铁青到跟他跳脚叫嚣，司马光依旧从来没有放弃过弹劾王安石。

接连弹劾了四五次之后，司马光隐约察觉到那位年轻皇帝对自己已经十分不满，便暂时停下了这个举动。

王安石还以为这是司马光打算停止对自己的弹劾，转而弃暗投明，十分高兴地想要邀请司马光商谈要事，却被司马光直接拒绝。

屡次弹劾失败，让司马光隐约意识到，此时皇帝的心中恐怕已经为新法初实行后所带来的收益所占据，根本不会顾及任何严重的后果。而此时他所要针对的主要对象，其实已经并不是皇帝或者新法本身，而变成了作为新法主持者的王安石。

想要将新法的弊端完全割除，甚至将新法直接扼杀，他唯一可以选择的方向便是将王安石劝服。

对于这种可能，沉思良久之后，虽然认为几乎没有可能，但司马光还是开始给王安石写信。

两人见面的时候，谈及一些事情，总是无法放开手脚，如此一来，写在信中反而会更加具有说服力。

司马光在不到月余的时间里，接连给王安石写了三封《与介甫书》，其中的内容繁复无比，无非是从头到尾都在为王安石分析新政的弊端。

今天下之人恶介甫之甚者，其诋毁无所不至。光独知其不然，介甫固大贤，其失在于用心太过，自信太厚而已。何以言之？自古圣贤所以治国者，不过使百官各称其职、委任而责其成功也；其所以养民者，不过轻租税、薄赋敛、已逋责也。介甫以为此皆腐儒之常谈，不足为，思得古人所未尝为者而为之。于是财利不以委三司而自治之，更立制置三司条例司，聚文章之士及晓财利之人，使之讲利。孔子曰："君子喻于义，小人喻于利。”樊须请学稼，孔子犹鄙之，以为不知礼义信，况讲商贾之末利乎？使彼诚君子邪，则固不能言利；彼诚小人邪，则固民是尽，以饫上之欲，又可从乎？是知条例一司已不当置而置之，又于其中不次用人，往往暴得美官，于是言利之人皆攘臂圜视，炫鬻争进，各斗智巧，以变更祖宗旧法，大抵所利不能补其所伤，所得不能偿其所亡，徒欲别出新意，以自为功名耳，此其为害已甚矣。

……

《诗》云：“周爰咨谋。”介甫得光书，倘未赐弃掷，幸与忠信之士谋其可否，不可以示谄谀之人，必不肯以光言为然也。彼谄谀之人欲依附介甫，因缘改法，以为进身之资，一旦罢局，譬如鱼之失水，此所以挽引介甫使不得由直道行者也，介甫奈何徇此曹之所欲而不思国家之大计哉？孔子曰：“巧言令色鲜矣仁。”彼忠信之士于介甫当路之时，或龃龉可憎，及失势之后，必徐得其力；谄谀之士于介甫当路之时，诚有顺适之快，一旦失势，必有卖介甫以自售者矣。介甫将何择焉？国武子好尽言，以招人之过，卒不得其死。光常自病似之而不能改也。虽然，施于善人亦何忧之有？用是故敢妄发而不疑也。属以辞避恩命未得清，且病膝疮不可出，不获亲侍言于左右而布陈以书，悚惧尤深。介甫其受而听之，与罪而绝之，或诟詈而辱之，与言于上而逐之，无不可者，光俟命而已。不宣。光惶恐再拜。

其字里行间对于王安石的友情之真，对于王安石的恳切拳拳之意更是极为明显。

只可惜司马光再三投递书信，却全都是在劝阻王安石继续进行变法。

这在根本上就让王安石无法接受。

所以哪怕他接连几次用了无数的语言去赞美司马光的真诚友善，作为朋友讲义气，做人如何仁义，甚至还反复表现出了自己对于惹得司马光着实生气的种种愧疚。

但他却连一封信都没有给司马光回复。

直到第三封信罢，王安石感叹司马光其心之诚，才终究回复了一封信《答司马谏议书》，不过数百字而已，却将这一次的书信往来画上了句号。

某启：昨日蒙教，窃以为与君实游处相好之日久，而议事每不合，所操之术多异故也。虽欲强聒，终必不蒙见察，故略上报，不复一一自辨。重念蒙君实视遇厚，于反覆不宜卤莽，故今具道所以，冀君实或见恕也。

盖儒者所争，尤在于名实，名实已明，而天下之理得矣。今君实所以见教者，以为侵官、生事、征利、拒谏，以致天下怨谤也。某则以谓受命于人主，议法度而修之于朝廷，以授之于有司，不为侵官；举先王之政，以兴利除弊，不为生事；为天下理财，不为征利；辟邪说，难壬人，不为拒谏。至于怨诽之多，则固前知其如此也。

人习于苟且非一日，士大夫多以不恤国事、同俗自媚于众为善，上乃欲变此，而某不量敌之众寡，欲出力助上以抗之，则众何为而不汹汹然？盘庚之迁，胥怨者民也，非特朝廷士大夫而已；盘庚不为怨者故改其度，度义而后动，是而不见可悔故也。如君实责我以在位久，未能助上大有为，以膏泽斯民，则某知罪矣；如曰今日当一切不事事，守前所为而已，则非某之所敢知。

无由会晤，不任区区向往之至！

司马光接连三封信都没有能够起到效果，反而是将自己陷入了一个尴尬的境地，让他顿时觉得眼前的新政、王安石乃至于新皇帝结合在一起，竟然变成了一条滑溜溜的泥鳅，让他根本无处着手。

悻悻之余，司马光突然生出了心灰意冷之感。

正逢与他一起修撰《资治通鉴》的刘攽，因为同时修书给王安石，结果导致听闻此事的赵顼有些恼怒，干脆将此人外放到泰州去做通判。

为给友人送行，司马光难得铺张一次，令人带了铁薛楼的席面送到城东驿站，跟刘攽席地而坐畅快地喝上了一场。

等到临走之时，刘攽同样是有些心灰意冷地朝着司马光提起了修撰《资治通鉴》一事，直接建议司马光为修撰《资治通鉴》，干脆选择辞官或者外放，远离政治斗争的中心。

“公此时职务，不过是区区翰林学士兼侍读学士而已，原本便是虚衔，如今越职反复弹劾介甫无果，更是显得政途并无光明，司马公不若弃此职衔自求外放，也好能将《资治通鉴》完美修撰完成。”

这个建议顿时让司马光眼前一亮，瞬间就明白了对方的意思。

眼下新政正如火如荼，就算他想要发挥什么作用，留在这里也没有办法打断新政的进程，反而会遭受各种冷眼待遇。

既然如，倒不如出知一地，起码可以保一方平安，不受新政弊端所害，而且还可以踏踏实实地做学问。

相比之下，继续留在东京城可谓有百害而无一利。

想明白这一点之后，司马光做事倒是干脆利落，立刻接连上了五道札子，向皇帝自请离开东京城，随便找个地方去待着。

皇帝本来对司马光还是十分倚重，但自从他接连拒绝帮衬新法，又反复指摘阻挠新法进程之后，皇帝看他就不太顺眼，只不过因为他一直都挂着闲职，皇帝也没有什么好理由把他贬出去。

此时见他竟然主动请罪，想离开东京城，赵顼顿时大喜过望，立刻就将这个新政的绊脚石给送了出去，以端明殿学士知永兴军。

这个安排很合司马光的心意，陕西永兴军此时已经算不上苦寒之地，刚巧又在边塞，正是用来默默做学问的好地方。

随后他便直接带着书局径直离开了东京城，直奔永兴军。

这一次他离开东京城，甚至连王安石都没有告诉，以至于王安石知道他直接离开了东京城的时候，已经是几天之后的事情，就连送别的最后一面也没有见到，让王安石不禁懊恼无比。

与此同时在得知司马光竟然被贬出了东京城之后，原本一直郁郁寡欢的苏轼，也是自觉无趣，开始酝酿起一记猛料。

前一年年底，苏辙因为河北转运判官王广廉搞起了僧人度牒生意，顺手私自实行青苗法一事，跟王安石起了争执，随后被贬出外，到河南府任职留守推官，一离便是年许的时间，此时司马光竟然也被迫离开了东京城，让苏轼心中的愤懑一时间无法排解，他转而就将矛头对准了变法。

与其他人不同，苏轼一没有给王安石写信，二没有跑到皇帝面前上札子，而是回到家中，提笔磨墨，开始写起了一篇随后广为流传的上疏。

与其说是上疏，倒不如说是某种类型的檄文，甚至是诗词。

……臣今知陛下可与为尧舜，可与为汤武，可与富民而措刑，可与强兵而伏戎狄矣。有君如此，其忍负之！惟当披露腹心，捐弃肝脑，尽力所至，不知其它。乃者臣亦知天下之事，有大于买灯者矣，而独区区以此为先者，盖未信而谏，圣人不与；交浅言深，君子所戒。是以试论其小者，而其大者固将有待而后言。今陛下果赦而不诛，则是既已许之矣；许而不言，臣则有罪；是以愿终言之。

臣之所欲言者三，愿陛下结人心，厚风俗，存纪纲而已。

人莫不有所恃，人臣恃陛下之命，故能役使小民；恃陛下之法，故能胜服强暴。至于人主所恃者谁与？书曰："予临兆民，凛乎若朽索之驭六马。"言天下莫危于人主也。聚则为君民，散则为仇雠。聚散之间，不容毫厘。故天下归往谓之王，人各有心谓之独夫。由此观之，人主之所恃者，人心而已。人心之于人主也，如木之有根，如灯之有膏，如鱼之有水，如农夫之有田，如商贾之有财。木无根则槁，灯无膏则灭，鱼无水则死，农无田则饥，商贾无财则贫，人主失人心则亡。此理之必然，不可逭之灾也。其为可畏，从古以然。苟非乐祸好亡，狂易丧志，则孰敢肆其胸臆，轻犯人心。昔子产焚载书以弭众言，赂伯石以安巨室，以为众怒难犯，专欲难成，而孔子亦曰："信而后劳其民，未信则以为厉己也。"惟商鞅变法，不顾人心，虽能骤至富强，亦以召怨天下。使其民知利而不知义，见刑而不见德，虽得天下，旋踵而失也；至于其身，亦卒不免负罪出走，而诸侯不纳，车裂以狗，而秦人莫哀。君臣之间，岂愿如此。宋襄公虽行仁义，失众而亡；田常虽不义，得众而强。

苏轼从一旁抓过了酒壶，酣畅淋漓地喝了一口，顿觉神清气爽，心中气度斐然，脑子里更是思绪翻飞，剑尖随后径直对准了他所认定近期多事的罪魁祸首——制置三司条例司。

今者无故又创一司，号曰制置三司条例使。六七少年，日夜讲求于内；使者四十余辈，分行营干于外。造端宏大，民实惊疑；创法新奇，吏皆惶惑。贤者则求其说而不可得，未免于忧；小人则以其意度朝廷，遂以为谤，谓陛下以万乘之主而言利，谓执政以天子之宰而治财。商贾不行，物价腾踊，近自淮甸，远及川蜀，喧传万口，论说百端。或言京师正店，议置监官；夔路深山，当行酒禁；拘收僧尼常住；减刻兵吏廪禄；如此等类，不可胜言。而甚者至以为欲复肉刑。斯言一出，民且狼顾。陛下与二三大臣亦闻其语矣，然而莫之顾者，徒曰"我无其事，又无其意，何恤於人言"。夫人言虽未必皆然，而疑似则有以致谤。人必贪财也，而后人疑其盗；人必好色也，而后人疑其淫。何者？未置此司，则无其谤，岂去岁之人皆忠厚，今岁之人皆虚浮？

……

行文至此，苏轼心中已经再无半点忌惮，挥笔洋洋洒洒，话里话外连同青苗法一起骂了进去，待到这一篇近乎檄文的文章尽数写完，竟然已经有数千言。

苏轼将手中毛笔摔在一旁，只觉得醉意朦胧，心中却无限畅快。

若不是此时他仪态不整，怕是就要将桌子上这篇檄文直接拿着去皇宫叩响垂拱殿院门。

次日清晨，苏轼便是将这封洋洋洒洒数千言的上皇帝书交给了王诜，借由王诜的手，交给了皇帝赵顼。

自从这上皇帝书递交上去之后，苏轼便开始了焦急的等待。

然而一连二十几天过去，皇帝却一丁点儿反应都没有，不说给苏轼做出回应，就算是出声驳斥他的意思竟然也都没有展现出来。

这让苏轼一时间有些摸不着头脑，他并不知道此时的皇帝不只是因为他的一封上皇帝书而闹心，更是因为某位本来正在河北任安抚使，原本不该出现在东京城的老臣竟然匆匆赶了回来。

听到韩琦竟然赶了回来，赵顼只觉得自己的心中冒起了阵阵凉风。

这位同样是历经三朝的老臣，可不是那么简单就能对付得了的。

眼下变法正在如火如荼地进行，韩琦竟然在这个节骨眼上回来，就算赵顼脑子再不好用，也能猜想得到他回来的缘由。

肯定又是因为那该死的青苗法！

就是因为这青苗法他已经收到了不下上百封的弹劾札子，如今竟然连韩琦也要跑回来因为此事而搅闹？这让赵顼只觉得头皮发麻。

倘若韩琦真的要将此事摆在台面上逼迫他解决，他该怎么办？

诸如司马光或者苏轼这样资历浅无甚影响的臣子，他倒是有无数的办法来对付，但面对着韩琦这样老成持重，甚至于威望极高的老臣，他是半点儿办法也没有。

哪怕就连在富弼面前，他都敢跳上一跳，唯独这位当年被西夏人称为“韩范”两人之中的韩……

赵顼忍不住抬起手揉了揉自己的额角，原本因为司马光终于离开而感觉到了轻松些许的心境算是彻底崩盘，取而代之的是满心的无奈。

此时的皇帝并没有意识到，之所以韩琦会突然间跑回来，并不完全是因为青苗法一事，而是因为王安石得罪了这位韩老。

早在二月份的时候，韩琦便曾经上疏反对青苗法，在札子里面更是将自己反对青苗法的原因说得一清二楚，认为青苗法此法实行起来不论贫富，完全按照户等进行匹配，这就导致了上三户容易钻空子，反而利用青苗法贷取青苗钱进行兼并，非但不能抑制住兼并趋势，很有可能还会愈演愈烈。

这道札子里面的内容极为丰富，更是分析得极为鞭辟入里，甚至于一度让赵顼察觉到了青苗法之中存在的弊端，开始动摇对变法的决心。

王安石在得知这个情况之后，立刻就将韩琦的奏章给拿了过去，随后在制置三司条例司的衙门之中进行逐条批驳，并且做出了注解，反过来用来验证自己的青苗法是正确的。

等到在衙门之中让众人观看之后，他甚至转而将这封奏疏张贴了出去，公布于天下。

这件事情没过多久就被韩琦得知，顿时引起了韩琦的极大不满。

在此之前，他就曾经收到过富弼的书信，其中极为严正地说明王安石此人不容小觑，甚至于将几位老臣全都辩倒，最终成功推行新政。

作为当初实行庆历新政未能成功的新政一派残留者，韩琦心中对新政以及变法之说都极为敏感，知道后继有人的时候，不光没有怨怼，甚至暗地里还为此高兴过。

毕竟他与范仲淹之间的关系非常人所能比拟，眼看着当初他与范仲淹的理想竟然有人能够实现，自然老怀安慰。

甚至他在回复富弼的书信中，还忍不住嘲讽了几句这位当年的老伙计，驳斥他失去了强盛大宋的初心，此时已经垂垂老矣，坐在宰执大臣的位子上，似乎有点儿德不配位。

这种话便是在他们之间也不太好说，富弼立刻回信骂了回来，两个早已到了耳顺之年的老臣愣是为此骂了数月的时间。

直到青苗法一经颁布，在各处偏远地区产生了一些意想不到的反响，经过了仔细查证之后，韩琦立刻就意识到这个青苗法存在着极大的弊端，所以才会上疏说明此事。

让他万万没有想到的是王安石居然敢将他的札子拿出去公之于众，

而且还是进行批驳修改过的版本，这无异于拿着札子在他的面前晃悠。

韩琦心中对王安石的那点儿好感顿时荡然无存。

而这一次亲自回来，便是要当着皇帝的面驳斥青苗法，同时站出来反对变法一事！

早朝之上，韩琦抖擞精神，不用任何人的搀扶大步走进了紫宸殿中，随后傲然站在了前列。

朝中诸位大臣看到韩琦竟然已经归来，顿时精神一振，大家都知道之前韩琦的上书竟然被王安石拿过去戏弄这个事情，纷纷觉察到此番韩琦肯定是为了此事而来，一时之间心情都极为激动。

满朝文武百官近两年来因为新政一事被王安石压得根本抬不起头，就连被大家寄予厚望的富相公都没办法压制王安石，如今总算是看到了一个老成持重，十分有威望的老臣归来，大家自然兴奋异常，就等着韩琦主动站出来弹劾王安石。

然而出乎所有人的意料，韩琦开口之后并没有提起有关王安石的任何事情，甚至就连青苗法都没有提。

在众人有些诧异的眼神中，韩琦侃侃而谈，居然提到了有关辽国与西夏的边事。

这个举动着实打了众人一个措手不及，所有人都没有提前准备，只能眼巴巴地听着这位老臣不断说出自己的想法。

“辽国近年来内乱不断，以至于接连有人谋反夺权，耶律洪基虽然成功平定了叛乱，但眼下辽国境内损耗十分严重，恐怕三五年之内根本没有办法恢复，相对比之下，我朝依然稳定无比，此消彼长之下，辽国必然不敢在短时间之内南下袭扰，如此说来，我朝北部边境在三五年之内几乎可以保持安稳状态，高枕无忧。

“倘若辽国境内再乱，或者是我方正巧已得兵强马壮之势，或许可以寻找机会北伐，一雪澶渊之耻，甚至将辽国大片疆土重新划归我大宋疆域也未尝不可。”

不得不说韩琦这个转移话题的能力的确远超常人。

将近两年的时间来所有人的目光全都集中在了王安石的变法之上，早就已经精疲力竭，根本不愿再提及，此时忽然听说竟然有望北伐辽国，大家的注意力立刻就集中了过来。

尤其是皇帝本人此时更是神采奕奕，恨不得立刻就让韩琦将后面没有说出来的话，全都倒豆子一样说出来。

赵顼励精图治，想要中兴大宋，可不只是寄希望在变法图强这个方法之上，同样也希望开疆拓土，收复失地。

毕竟除了太祖一朝之外，接下来接连几个皇帝，哪怕包括仁宗皇帝在内，对外战争多半都是十打九输，唯独是守城战打得比较精彩，但根本没有办法扩大战果，总体来说几乎还是被动挨打的局面。

倘若他这个皇帝能够一改颓势，成功反攻辽国的话，必然将会青史留名，在他作为皇帝的个人履历上留下浓墨重彩的一笔。

眼看着连同皇帝和周围的大臣在内，全都被自己吸引住了目光，韩琦不由得微微一笑，心知肚明，是自己正好抓住了他们的命脉，所以不再犹豫，立刻继续起了刚才的话题。

“反观西夏国，皇帝被部下刺杀，继承者与我朝定约友好。随后病死，眼下那个皇位之上的黄口小儿，不过才八九岁而已，然而西夏之中各位大臣竟然又开始大肆宣扬起之前与我大宋三战连胜的功绩，更是有增兵到边境的意向，看起来我们双方之间的和平条约也已经到了极限。

“如果老臣猜测得没错的话，恐怕三两年之内我们就会与他们有一次大战。”

韩琦说起有关战争一事的时候，神采奕奕，并没有半点儿迟滞，甚至精神状态比起刚才入朝的时候又好了一些。

听说辽国有可乘之机的时候，赵顼兴奋无比，此时听说西夏又有侵犯边疆的迹象，赵顼的表情开始变得凝重起来。

前者是展望未来说明大家还有继续进步的机会，而后者则是说明眼下又有外贼惦记着自家的东西，这种前后不一的感觉撕扯得赵顼心头有些别扭。

赵顼算不上好战之人，之所以盼着辽国再出问题，并不是想要打仗，只不过是想要趁机让自己留下身后名罢了，更何况他的心中还存在着一丝芥蒂。

那就是仁宗一朝的时候，大宋分明已经占据了优势，随时都可以在范仲淹和韩琦的引导之下反攻西夏，结果最终还是签订了有些耻辱的条约，变成了大宋朝着西夏供给岁币。

虽然名义上是赏赐给下属藩国，但是到底吃亏的还是大宋，这笔账就是傻子来算都能算明白。

一时之间不光是皇帝，就连周围的大臣们也是纷纷闭上了嘴巴，明显都有些紧张起来。

范仲淹早已经离世许久，韩琦更是垂垂老矣，狄青就算是活着也没办法上战场了，眼下朝堂之上似乎是无人可用。

倘若西夏真的领兵前来，大宋应该安排谁前去应战？

难道要安排最近一直在继续变革新法的王安石去？一时间所有人都将目光转向了正站另一侧前排的王安石，表情都有些古怪。

先不说这位力主革新变法的大臣自己本来也已经快到知天命的年纪，

单单是看着他身上的气质，似乎也没有那种从军提刀砍人的莽气。

正当所有人心思庞杂的时候，韩琦立刻调转了话锋：“陛下此番行新政，立新法，算得上是高明之举，绝对有利于我大宋繁荣强盛。”

听到韩琦这样的老臣竟然主动拍了两句马屁，赵顼顿时十分受用，便是他那个老爹英宗皇帝赵曙，都没怎么得到过韩琦的夸奖。

光是这一条就足以证明他混得比他爹要好得多，自然难得满足。

但是下一秒，韩琦说的话却让赵顼的脸色发生了变化：“臣之所以匆匆而回，正是为了这新法一事，尤其是青苗法推行之事！

“臣此时领河北四路安抚使，身为四路军政主官，虽然不能事必躬亲，但是对于下面的大部分情况也是十分了解，此前臣专门对于青苗法的推广实行进行过了解，结果却发现了十分荒唐的一幕，原本这青苗法是有利于农人做事，本可以造福万民，但现在很多地方竟然已经将其偏离正道，转而跑到城郭城池之中大行其道，原本应该是应用于农人的青苗法，对农人却处处盘剥，恨不得将农民全都从土地之中驱逐开来，转而让那些地主进行兼并。

“而有些不法的低级官员更是直接在城池之中以青苗法名义直接放起了印子钱，其行为简直比高利贷还要过分，如此手段比商人独立更加夸张，以至于边区人人唯利是图，恐怕再没有人关心边区安危。

“陛下，方才臣所言，我大宋已经可以北伐辽国又或者需要抵抗西夏攻击，凭借的可全都是那些底层士卒，与我大宋百姓齐心协力，而今士卒不敢用命，百姓对我大宋又无归属感，朝廷政策更是让人寒心，若是长久下去，我大宋可还能有未来否？”

韩琦到底是三朝老臣，套路比其他人多得多，更不是富弼这个直性子的人能够相比的。

短短数句话下来，韩琦竟然直接引起了众臣子的共情，更是让赵顼第一次跳出了新法变革的层面，开始放眼到整体政局之上。

如此一来，赵顼自然立刻就感觉到了青苗法的弊端，此时影响甚广，根本不是王安石三言两语就能应对过去的。

韩琦见好就收，注意到皇帝的目光已经朝着王安石看过去之后，立刻就闭上了嘴巴，连连拱手。

王安石的脸色略有些异样，非常清楚韩琦这一次回来，就是针对自己的，却没有想到韩琦这招围魏救赵指东打西玩得实在是太高了些，一时间他根本就想不到应对之策，干脆同样学起了旁人，装聋作哑。

早朝在韩琦的搅和之下，最终还是不欢而散。

有关青苗法弊端的事情，竟然没有人再提起，反观王安石倒是老实了不少，接下来半个月的时间里，竟然没有再推广其他的新法。

直到半个月后，等待了足足一个月时间的苏轼，终于等到了他那封上皇帝书的回馈。

赵顼命苏轼以直史馆权开封府推官。

这个人事调动，表面上看起来并没有太大的影响，甚至就连苏轼原本的官职也没有发生变化，好像只不过是给他推了一个实际上的事务，让他去忙罢了。

但实际上只要是明眼人就能看得出来，这其实已经将苏轼给逐出了朝廷。所有人都以为这又是王安石的套路，却没有想到其实这不过是王安石与皇帝商量之后得出来的最佳结果。

苏轼行事作风并不偏颇，唯独是这一双手一张嘴愿意多说那么两句，却又说不到点子上，很容易招人嫌。

所以两人干脆就将苏轼直接安排到一个比较忙碌的职务之上，借以将苏轼的那种逆反心理压制下去，却没想到苏轼颇有一种越战越勇的气势。

在开封府做了推官之后，苏轼可以说是恪尽职守，不过半个月的时间就得到了清正严明的赞扬，甚至被誉为开封府的第二个包青天。

这个消息传到了皇帝和王安石的耳朵里，顿时让两人觉得有些离奇，同时不由得赞赏苏轼的办案能力的确不错。

但是令他们两个谁也没想到的是，在解决完了手头比较忙乱的案件之后，苏轼竟然写了一封《再论时政书》。

……臣以为此法，譬之医者之用毒药，以人之死生，试其未效之方。三路之民，岂非陛下赤子，而可试以毒药乎！今日之政，小用则小败，大用则大败，若力行而不已，则乱亡随之。臣非敢过为危论，以耸动陛下也。自古存亡之所寄者，四人而已，一曰民，二曰军，三曰吏，四曰士，此四人者一失其心，则足以生变。今陛下一举而兼犯之。青苗、助役之法行，则农不安；均输之令出，则商贾不行，而民始忧矣。并省诸军，迫逐老病，至使戍兵之妻，与士卒杂处其间，贬杀军分，有同降配，迁徙淮甸，仅若流放，年近五十，人人怀忧，而军始怨矣。内则不取谋于元臣侍从，而专用新进小生，外则不责成于守令监司，而专用青苗使者，多置闲局，以摈老成，而吏始解体矣。陛下临轩选士，天下谓之龙飞榜，而进士一人首削旧恩，示不复用。所削者一人而已，然士莫不怅恨者，以陛下有厌薄其徒之意也。今用事者，又欲渐消进士，纯取明经，虽未有成法，而小人招权，自以为功，更相扇摇，以谓必行，而士始失望矣。

今进士半天下，自二十以上，便不能诵记注义为明经之学，若法令一更，则士各怀废弃之忧，而人材短长，终不在此。昔秦禁挟书，而诸生皆抱其业以归胜、广相与出力而亡秦者，岂有它哉？亦徒以失业而无所归也。故臣愿陛下勿复言此。

民忧而军怨，吏解体而士失望，祸乱之源，有大于此者乎？今未见也，一旦有急，则致命之士必寡矣。方是之时，不知希合苟容之徒，能为陛下收板荡而止土崩乎？

去岁诸军之始并也，左右之人，皆以士心乐并告陛下。近者放停军人李兴，告虎翼吏率钱行赂以求不并，则士卒不乐可知矣。夫谄谀之人，苟务合意，不惮欺罔者，类皆如此。故凡言百姓乐请青苗钱，乐出助役钱者，皆不可信。陛下以为青苗抑配果可禁乎？不惟不可禁，乃不当禁也。何以言之？

这一次的书信之中，苏轼措辞更加狠辣，毫不客气地对新法进行了各种批判，完全没有顾及皇帝可能会暴怒的情况。

随后苏轼竟然借着担任开封府科举试官的机会，出了一道试题：晋武平吴以独断而克，苻坚伐晋以独断而亡；齐桓专任管仲而霸，燕哙专任子之而败。事同而功异，何也？

这摆明了是历史上胜败兴亡的事情，跟自己所试的学子抱怨自己的遭遇，顺便还将赵顼跟王安石一起影射了一遍，斥责皇帝用人不当，王安石则独断专行。

这件事情之后苏轼再也扛不住心中的那种愤懑，主动找到了皇帝请辞，想要外放做官，皇帝深思熟虑之后，最终选择了尊重苏轼的选择。

当然很有可能皇帝只是想给王安石留下一个更加安静的变法环境。

所以作为当前王安石身边最大的乌鸦，经常叽叽喳喳给王安石捣乱的苏轼，被授为杭州通判，即日就要离开东京城。

司马光走的时候，老臣们都没有动静，后宫之中更是安静无比，此前顾渭代表着仁宗皇帝或者说代表着大宋的未来对他们所说的那些话，依旧还起着不小的作用。

但这种简单的威慑作用终究会有土崩瓦解的那一天，在苏轼即将离开东京城的时候这一天终于来到了。

原本正在垂拱殿翻看近来札子奏本的皇帝，在首肯了苏轼想要外放的想法之后，不多时就接到了太皇太后的邀请。

赵顼对于这个历经了三朝的太皇太后实在是太过尊崇礼敬，根本不敢有丝毫的怠慢，一听到竟然是太皇太后邀请自己过去，连忙便带着内侍赶紧赶到了太皇太后的寝宫。

待到给太皇太后请安之后，赵顼有些讪讪地朝着对方笑了笑，随后便试探性地向对方问起了到底为何召自己来这里。

太皇太后深深地朝着孙子看了一眼，随后便直接朝着赵顼问道："听说那位苏轼苏学士，就要外放到杭州去做通判了？"

赵顼的心头微微一怔，一时间还没有反应过来。

他才通过了苏轼想要出东京城去杭州的请求没有多长时间，怎么身处后宫的太皇太后就知道了这个消息，难不成在他的身边竟然还有太皇太后安排的暗桩不成?

想到这个可能，赵顼的脸色顿时一变，皇宫之中这种相互监督、相互监视的情况并不少见，就连他在太皇太后身边也安插了好几个自己的人。

但是这种情况一般来说都是在后宫之中比较常见，赵顼还是第一次听说，竟然有人敢在皇帝身边安插暗桩，尤其是自己身为皇帝，此时已经成年并且亲政了！

对于赵顼的神情变化，对面的太皇太后似乎并没有当回事儿，而是有些忧虑地说道：“皇帝可有感觉，此举似乎有些太过鲁莽了？虽然那苏轼主动要求离开东京城，但那毕竟是文人的直性子，只不过是有些口无遮拦，下笔的时候毫不注意自己的措辞想法，以至于显得自己极为嚣张癫狂罢了。

“这种人既然恃才傲物，就证明他有骄傲的本领，若是在朝堂之上得罪了一些人也是正常，总不至于因为这点儿事情就将他贬到外地。不过话说回来，既然这个苏轼口无遮拦，惹了祸端，就该将他送出去，让他自己长长记性。

“杭州算是个好地方，到底不是那种让人无法接受的酷寒之地，他一个文人雅士若是真放到那种烟瘴遍地、毒虫满山的地方，倒是难为了他了。”

言语之间似乎对苏轼颇有怜惜之意。

赵顼看着太皇太后那颇有些感慨的神情，心中不由得生出了淡淡的异样，倘若早就知道太皇太后竟然对那苏轼如此看重，或许他就真将苏轼给贬黜到那些毒虫遍地的地方去了……

他对于太皇太后极为尊重是不假，但是并不意味着他就愿意被太皇太后辖制，意识到身边竟然被太皇太后安插了人手之后，他的心中就升起了一丝不满的情绪。

此时竟然没来由地对苏轼产生了厌恶，虽说这种感觉只是转瞬即逝，但依旧是让他起了极其严重的逆反心理。

甚至此时他的心中竟然生出了一种冲动，开始迟疑起是否要将这位苏大学士改判其他的地方。

好在随后太皇太后并没有继续啰嗦有关苏轼的事情，而是开始谈论起近日来宫内的饮食，话里话外是在埋怨眼下宫里面的饮食有些不太好。

这让赵顼的心情一下子从之前的事情上扭转了过来，开始轻声细语地安抚太皇太后的情绪，随后吩咐周围的那些宫女内侍，让他们合理地调整宫中的饮食安排，绝不能再让太皇太后产生类似的感觉。

此时皇帝表现得越是谨小慎微，越是让那些宫女和内侍感觉害怕，一时间所有人都陷入了恐慌之中，末了还是太皇太后笑骂了几句，将这件事给遮掩了下去，周围那些宫女和内侍才松了口气。

而此时的赵顼，早已经将苏轼的事情忘在了脑后。

七月中，苏轼确定了自己要通判杭州的消息，开始嘱咐家人整饬行李，准备一同出了东京城直奔杭州。

之前苏辙被贬出京师的时候，已经将一家老小全都带走，所以现在府上就只剩下了苏轼一家。

此时一家老小十余口相互扶持着等候在院门之外，片刻之后才有一个侍从将雇来的马车从远处缓缓拉来。

苏轼家眷人数众多，老的老小的小，没有办法全都留在东京城，只能一路同行，所以无论是留还是走都没有那么随意洒脱。

直到将家中的亲眷全都安排在车上之后，苏轼这才转身将房门缓缓关闭，随后看了一眼站在院子之中，看上去有些形单影只的老仆刘伯。

偌大的院子之后只剩刘伯一个人看护，的确有些冷清。

刘伯默然地朝着苏轼看了两眼，勉强挤出了一抹笑容，朝着苏轼问道："大郎这番前去杭州，不知道什么时候能够归来？二郎又是什么时候才能回来？

"这么大个家业靠我一个老头子来守着，到底是有些担心。"

苏轼深深地朝刘伯看了一眼，勾起了嘴角，尽可能淡然地说道："辛苦刘伯了，二郎在仕途之上自然是要比我好了许多，恐怕用不了多久就会回到东京城中来，到时候刘伯也就不必担心自己一个人太孤独了。

“倒是我……此一去却是不知道什么时候才能回来了。”

不知道为什么，苏轼此时忽然间升起了一种念头，那就是对于自己的人生似乎有了一种明了，恐怕他的仕途旅程并不会那么顺畅如意，很有可能要像范仲淹先生那样，经历几次起落才能平息下来。

就是不知道他能不能有范先生那样的运道，最后到底是坐上了宰相之位！

正如苏轼自己所料的一样，他这一次离开东京城，下一次再回来的时候就已经是十几年之后。

此时的苏轼尚且还不知道自己的命运竟然多舛到了何种地步，心中戚戚地朝着不知道是否是最后一次相见的老仆刘伯微微欠身鞠了一躬之后，便转身大步离开，随后坐上了马车。

别了，大宋的权力中心！

别了，熙宁变法！

别了，东京城！

第五章

天下大旱介甫罢相　乌台诗案子瞻遇险

熙宁七年（1074），王安石的九项最大法令已经全部搬到了台面上，均输法、青苗法、市易法、免役法、方田均税法、农田水利法、置将法、保甲法、保马法在各自的层面和领域都大放异彩。

哪怕是诸如青苗法很容易产生一些弊端，但仍然瑕不掩瑜。

几年下来不但国库充盈，百姓也确实得到了初步的富足，再加上前两年的熙河开边、梅山之捷，可以说让熙宁变法的光辉达到了极致。

整个大宋朝廷可以说是万象更新百废已兴。

若是继续按照这个情况发展下去的话，用不了三五年的时间，赵顼与王安石所期待的大宋中兴很有可能就会到来。

十年休养生息，再来十年养精蓄锐，一旦变法真的能够走上二十年的大关，到时候等待着大宋朝廷和大宋军民的就将是另外一番天地。

可以说此时王安石无论是人生机遇还是在历史上留下的足迹都已经达到了他个人的巅峰水准。

此时此刻他还在殚精竭虑地为以后的事情做着考虑，想要继续改变大宋积贫积弱的问题，然而他却怎么也没想到，最终天还是不遂人愿。

七月开始，河北路、京西路、京东路、河东路、淮南东路、淮南西路各处纷纷出现了干旱的情况。

接连数月没有下雨，引发了一场相当大的旱灾，趁着百姓青黄不接的时候，将所有的收成和苗裔全都毁掉，甚至连山中的野菜和瓜果都已经完全消失不见。

大部分百姓的家中并没有多少存粮，已经开始出现了吃树皮甚至吃观音土的情况。

而后一场蝗灾更是悄然而至，连树叶、草根都给吃了个干干净净，一时间哀鸿遍野，饿殍遍地。

万千流民最终都开始陆陆续续朝着东京城缓缓而来，这个大宋乃至当时整个东亚最为繁华的城市，也被这漫长的天灾人祸改变了原本繁华的景象。

不过短短一个月的时间，东京城内所有的街道和小巷就聚集了上万流民，每日以乞讨为生。

原本新法所促成的一片大好形势，此时受到了极大的挑战。

原本在熙宁变法之下，皇帝本以为天下已经逐渐安稳下来，就算不能让天下万民都过上富足的日子，起码也都能保证温饱，早就已经准备好了，为自己歌功颂德，甚至将自己的功绩记载在史书上。

毕竟能让天下万民都可以吃饱这件事儿，一般的皇帝都很难做到。

然而他却怎么也没想到竟然会发生这种天灾，将他心中所有的梦想和期待全都击碎。

……

因为皇帝下令必须每天大开城门，接纳四方跑过来的灾民，城中的偷窃和抢劫事件越发增多，开封府下的衙役和捕快全都紧张兮兮的，每天就算是在大街上走来走去，都在担心会不会从哪儿冒出来个强盗。

也正是因为东京城内向来没有宵禁之说，导致城中的流民越积越多，以至于不过一个多月的时间，数以万计的流民开始朝着皇宫的方向而来。

皇城司的人为了保护宫墙安危，不让别有用心的人趁机爬过宫墙，加派了不少人手在宫墙之外巡逻。

更有甚者，直接明火执仗地朝那些流民发狠。

如此一来，竟然将事情闹到了皇帝面前。

时任皇城司使的顾基，此时正站在赵顼身前，一张脸上满是紧张的情绪。

自从接任父亲的位置之后，他还从来没有经受过如此大的考验。

今日清晨竟然有几百名流民妄图冲击宫禁，要不是皇城司的人反应极快，立刻就将周围的禁卫军全都调集了过来，很有可能被他们钻了空子。

虽说此时情况特殊，但是顾基本着忠于职守的想法，还是第一时间就将那些敢于冲击宫墙的流民都给抓了起来。

令他万万没有想到的是，他做出这个举动之后，外面包围皇宫的流民不但没有减少反而越聚越多，而且看他们的样子似乎都想冲击皇宫宫墙。

这样他在紧张之余、无奈之下也只能将这个情况赶紧禀报给了皇帝。赵顼虽然早就知道有流民每日涌入东京城之中，但怎么也没想到，情况竟然严重到了这种地步。

“竟然发展到有流民想要暴动冲击朕的皇宫？”赵项攥紧了拳头，满脸的不可思议，脸色有些苍白地朝着顾基问道。

别说是顾基，就连赵项自己也没有想到，居然会发生这种情况，这也是他第一次碰到类似的事情，一时之间更是不知道该怎么办好了。

此时太皇太后与太后都是身体不适的状态，已经多日没有跑到前面来，像这种事情也不可能惊扰到后宫那些女人，所以赵项自然也就没在后宫提起这事。

赵项攥紧了拳头，在原地转了好几圈之后，依旧拿不定主意，到底该如何对付那些流民？

“朕颁布了那么多新法法令，就是为了要让他们吃饱喝足，如今突然间天降大灾，并不是朕人为的，朕也完全没有办法提前预防这种灾难，他们竟然要将这件事怪在朕的头上？”

赵项的脸色越发难看，猛地朝着一旁挥了一下拳头，看他的表情似乎已经十分生气，如果没有人阻拦的话，说不定他下一秒就会下令将那些敢于冲击宫墙的人全部击杀。

毕竟此时在皇帝的心中，那些人都已经成为十恶不赦的刁民。

顾基此时虽然不知道该怎么办好了，却依旧保持着足够的冷静。

他冷静地等待着皇帝的命令。

皇城司的职责，便是保护皇帝和皇宫的安全，并且坚定不移地执行皇帝的命令，别说皇帝让他们去杀一帮敢于冲击宫禁的流民，就算皇帝打算让他们将城中那些流民全都就地击杀，他们也会毫不犹豫。

就在这君臣两人都有些犹豫不定的时候，内侍小宦官忽然急匆匆地跑了进来禀报皇帝，原皇城司司尊顾渭求见。

这个消息如同救命稻草一样，顿时就让赵顼看到了曙光。

他二话不说立刻就让小宦官将顾渭请了进来。

此时的顾渭依旧精神矍铄，看到皇帝之后拱手为礼，随后便将目光投向了一旁的顾基。

“爹……您怎么来了？”顾基此时还在职务之上，不方便给自己亲爹见礼，只能有些期期艾艾地朝着顾渭问道。

顾渭冷冷地朝这个不成器的儿子看了一眼，上去就是一巴掌。

啪的一声脆响，这耳光的声音开始在大殿之内回荡，一时间把在场的所有人全都给扇蒙了。

众人都不可思议地看向了顾渭，谁也想象不到顾渭会突然间在这里发飙。

尤其是身为皇帝的赵顼，还是第一次亲眼看见别人在自己面前打人，下意识地有些惊慌。

但是紧接着他就明白了顾渭的意思，顿时心头一定。

此时顾渭这一巴掌倒不是非要打出来，只不过是因为现场这帮人都有些慌张，因为刚才君臣两人的表现实在不够淡定，以至于周围那些宫女和内侍多少有些慌乱。

如果这个时候不能以非常手段将他们全都震慑住，恐怕接下来还会出现一些乱子。

果不其然在这一声脆响之后周围的那些宫女和内侍同时都安静了下来。

但作为刚才这个举动当中唯一的受害者，顾基却下意识地捂住了自己的脸颊，满脸不可思议地看向了自己的父亲：“爹，您这是干什么？这可是在皇宫之内，而且还是在陛下的面前，难道你就不害怕陛下纠察你殿前失仪的罪过？”

顾基的性子与顾渭年轻的时候极为相像，都有些桀骜不驯，此时忽然没头没脑地被扇了一巴掌，哪怕对方是自己的亲爹，也有些不爽，竟然不自觉地斥责起了顾渭。

顾渭顿时再次朝着顾基瞪了一眼，看他的样子倒是有些恨铁不成钢的意思。顾基看着父亲的表情更是有些迷茫，直到片刻之后，他才听到父亲冷冷地说道：“我怎么就教出了你这么个蠢货？

“方才你是不是已经给陛下提了建议，打算对那些流民出手？”

在皇帝面前说起了脏话，这依旧是殿前失仪的罪过，但是都到这个时候了，谁也不可能追究这种毛病。

顾基隐约猜到了父亲想要说什么，下意识地点了点头：“非常时期自然用非常手段，倘若不将那些流民驱赶走的话，恐怕他们就会再次尝试冲击宫墙，到时候万一外面的那些人挡不住怎么办？

“难道说在我们皇城司的手里，竟然还要再出现一次庆历宫变不成？”

这个问题问得多少有些刁钻了，毕竟庆历宫变发生的时候，顾渭还是皇城司司尊，所以这个问题与其说是在向顾渭提问，倒不如说是在搅乱他的情绪。

顾渭咬紧了牙根，眼角余光朝旁边的皇帝看了一眼，发现此时赵顼依旧在等着自己跟顾基之间的对话结束。

对于方才顾基所说庆历宫变一事，他竟然没有任何多余的反应。

思来想去，顾渭这才悻悻地明白过来，庆历宫变的时候眼前这皇帝甚至连自己能当上皇帝的事情都不知道，全然就只是一个最为普通的皇家小屁孩罢了，自然不清楚当年的案子详情，所以此时并未感觉到好奇，也实属正常。

思量至此，顾渭冷笑了一声之后再次朝亲儿子来了一巴掌："倘若事情真是那么好办，你也就罢了。

"但如果这事件里面还有其他隐情，你该怎么办？倘若那些灾民之中还隐藏着一些高手，正是要趁着你们空虚的时候打进宫中攻击皇上，你们该怎么办？

"最重要的是，倘若你们一个不小心将真正的流民给杀了，到时候该怎么向陛下交代？"

这个问题问得有些突兀，却问在了最关键的点子上。

眼下的皇帝赵项虽然不以仁德著称，但是一直以来都在行仁德之事，尤其是进行变法之后，更是一向以此自居，若是贸然击杀流民，必然会在流民之中引起慌乱，到时候一传十、十传百很有可能会误传成皇帝陛下屠杀流民。

这种事情一旦传出去再想收回来那就难了，难不成为了保全名声将那些难民全都给杀了？

东京城一百多万百姓还在那里，怎么可能会允许这种事情发生？

被扇了两个耳光之后，顾基总算彻底醒悟了过来，此时表情有些慌张："那我们该怎么办？这也不行，那也不行，难道还要把这些敢于触犯天威的家伙给老老实实放回去？"

赵项也是一脸的迟疑，若是将那些被抓起来的流民全都放走，岂不是会给流民们营造出这个皇帝软弱无能的感觉来？到时候剩下的那帮家伙岂不是随时都会对皇权产生威胁？

顾渭默然地朝顾基扫了一眼，不再将自己这个儿子放在心上，随后转头看向赵项："陛下以为这些难民为何会突然冲击宫墙？"

赵顼眼底闪过了一抹异样，下意识地说道:“他们自然是不可能造反，也不敢造反……难不成只是为了抢一点儿吃的？从我这个皇帝的嘴里抢一点儿吃的？”

隐约想到了某种可能，赵顼顿时越发沉默，流民进城已经将近二十多个时辰，作为当朝皇帝，他竟然没有第一时间想到安排人手赈济灾民。

灾民之中竟然有人暴怒，进而生出这样的情绪也实属正常。

顾渭点了点头，随后又摇了摇头：“他们的确是为了一口吃的，但绝对不是想要从皇宫中抢出一口吃的，而是打算通过冲击宫墙而被抓起来……眼下还躺在大街上，很容易就被饿死，但是如果能被关进大牢里面，反而能得到一口吃的……”

顾渭的话，让对面并没有此类经验的皇帝和皇城司使恍然大悟，一时之间只觉得羞愧难当。

“立刻把那些被抓起来的灾民全都放了，在放走他们之前，每个人都吃上一顿饱饭，并且告诫他们不能再用这种手段来谋取食物了。”

赵顼沉默了片刻之后，彻底冷静下来：“没想到这种惨事竟然会发生在朕的宫墙之外，这可是天子脚下，竟然险些出现饿死人的情况！

“若是真的发生了这种事情，朕就是现在去追随列祖列宗于九泉之下，恐怕也没有面目去见他们了。

“朕是大宋的皇帝，是外面万千子民的皇帝，怎么可能看见自己的子民在外面受着如此苦难却没有办法呢？”

赵顼深吸了一口气之后，立刻就做出了决断：“立刻命人将皇宫内库之中的粮食全都搬出来，在御街之上开设二十处粥棚，为灾民施粥！

“另外，用开封府的名义向全城之中的富庶商户征集存粮，若是有人愿意售卖，便以高出平常价的十分之一的价格收买，补入赈灾的粮食之中。”

眼看着皇帝终于重新振作起来，并且开始不断地颁布足够冷静而且足够有效的措施，顾家父子同时松了口气。

紧接着太皇太后的声音便从宫殿之外传了进来。

“不错，陛下此举果然老成持重，是我赵家的好皇帝！”

等到三个人反应过来的时候，后宫之中一群女人竟然簇拥着太皇太后与太后两人走了进来。

与平时空手进出不同的是，此时这些娘子手中都捧着一些金银首饰，看起来脸上都有凄凄之色。

将手中的金银首饰放在一起之后，太皇太后慨然说道：“天下遭逢大难，竟然连东京城都受到了波及，足以证明此番大旱有多么严重，我们这帮女子作为皇室，看似尊贵，实际上也不过是陛下治下的万民之一罢了，此时更不能独善其身。

“本宫已经让后宫所有人都献出了几件最为值钱的金银珠宝，请皇城司的人拿出去典当，换来的钱全数用来买米赈灾吧！”

赵顼看着曹太皇太后一脸淡然的模样，心中感慨万千，顾渭深深地朝这个女人看了两眼，随后躬身为礼：“太皇太后果然高义，在这种时候能够挺身而出，带着宫中女眷行此善举，若是仁宗皇帝地下有知，必然也要为太皇太后的善举而感怀！”

直到此时，太皇太后仿佛才看到了顾渭一样，露出了些许惊讶的表情来。

“竟然是顾司尊？”这个问题问得轻飘飘的，落在顾渭的耳朵里，却带着点儿别样的分量，顾渭微微一笑，朝太皇太后点了点头，两个历经了三朝的人，此时于无声中再次进行了一番博弈。

只可惜这一次顾渭手中并没有拿着太皇太后的什么底牌，所以没有办法对其造成威胁，正好对方还做出了如此善举。

此时他未做攻击姿态，便等于默认太皇太后开始重新对朝政进行干预……

直到出了皇宫之后，顾渭才恍然意识到自己这个默认很有可能带来什么样的后果。

作为眼下除了皇帝之外，唯一能够制约太皇太后的他，竟然默许太皇太后继续干政，那就意味着太皇太后接下来很有可能会变本加厉。

至于究竟会往哪个方向发展，他一时半会儿还无法确定。

但后宫干政、垂帘听政之类的事情，怕是再也无法阻挡，时间长了未必不会形成更多弊端。

最主要的是，太皇太后可是站在守旧派一方的，假如她真的出来干涉朝政，那王安石的末日恐怕就不远了。

顾渭站在宫门口，看着远处御街上那些衣衫褴褛的灾民，心中百感交集，一时间不知道该如何形容自己的心情。

直到片刻之后，他才苦笑一声，之前在仁宗皇帝死之前接过那道遗旨的时候，他就不该拿出来展示给宫中众人，倒不如直接装作没有那道圣旨。

到时候他就可以假装没有收到仁宗皇帝要求他制约太皇太后的命令，真正选择归隐田园，而不是像现在这样，时不时就得站出来蹦跶一下。

他眼下已经六十余岁，眼看就要到古稀之年，不知道什么时候会撒手人寰，到那时可如何是好？

思量来思量去，他陡然意识到当初那位曹皇后的能力到底是远远不如刘太后，再加上她也年岁已高，当下的皇帝赵顼又不是曹氏的嫡亲血脉，未必就会一直受到压制！

想明白了这一点之后，顾渭突然就像得到了解脱一样，竟然直接将自己怀中的一小块黄色布帛掏出，团了团径直扔到了一旁的河中泥水里。

这个突然的动作把顾基吓了一跳：“父亲，您这是？”

顾渭笑了笑：“没什么，只是想到有些东西没有什么用了，干脆就给扔掉吧。”

嘟哝了这么一句之后，顾渭转头离开了皇宫门口，顾基看着父亲离开的背影，心中满是疑虑。

不过那团东西早已经顺着泥水漂走，完全没有办法追回，顾基最终也只能放弃寻找。

只不过他看着父亲离开的背影，总觉得此时的父亲跟之前有点儿不太一样。

那种感觉，仿佛是放下了某种沉重的担子，突然变得前所未有的洒脱。

不到一天的工夫，一道名为《广求直言诏》的诏书从宫中发出。

朕涉道日浅，晻于致治，政失厥中，以失阴阳之和。乃自冬迄春，旱暵为虐，四海之内，被灾者广。间诏有司，损常膳，避正殿，冀以塞责消变。历日滋久，未蒙体应。嗷嗷下民，大命近止，中夜以兴，震悸靡宁，永惟其咎，未知攸出。意者朕之听纳不得于理与？讼狱非其情与？赋敛失其节与？忠谋谠言郁于上闻，而阿谀壅蔽以成其私者众与？何嘉气之不久效也？应中外文武臣僚，并许实封直言朝政阙失，朕将亲览，考求其当，以辅政理。二事大夫，其务悉心交儆，成朕志焉！

这是一道不算罪己诏的罪己诏，显然是为了安抚灾民，将天灾人祸的源头牵涉到了自己的身上，同时也向万民表了态度，自然要以非常姿态处理掉一些弊政源头，还天下清明，如此一来才能得到天之怜见，不再继续降灾祸。

这种话，话里话外说下来听在大家的耳朵里，意思并不太一样，但只要是长点儿脑子的人都能知道，恐怕这一次王安石要失宠了。

就在赵顼这个皇帝正在宫中反反复复想办法暂时缓解灾情，甚至不惜发布诏书责备自己，四处求直言纳谏的时候，王安石带着一众新法一派的大臣正聚集在衙门里，同样在想着对策。

与以往不同的是，这一次似乎是因为大家都嗅出了一点儿不同的味道，所以在会议开始之前，就有几位宰执大臣借着生病的理由拒绝参加这次会议。

他们的表现等于向王安石明白无误地说明了当下的局面，很有可能因为这件事会引起朝中党争。

出乎所有人预料的是，王安石并没有因此紧张，反而乐于顺水推舟，将这些明摆着摆出了不跟自己站在一派姿态的家伙排除出去之后，反倒有利于将会议决定变得异口同声。

然而王安石却没有意识到，因为皇帝的《广求直言诏》所透露出来的一点儿消息，导致现在支持他的这帮人也有些心神不宁。

曾布的表情有些异样，一直缄口不言，吕惠卿神色如常，但是目光却一直都不在房间中，时不时就会往外看一眼。吕嘉问此时脸上满是怒意，不知道之前是被谁招惹了，情绪有些激动，王雱则是忧心忡忡地时不时朝场中这些人的身上看上两眼，显然是在为父亲为这些人担忧。

唯独王安石此时依旧没有进入那种悲催担忧的状态之中，他的注意力依旧集中在如何处理当前局面的想法之上。

“竟然连续有十个月都没有下雨，各地旱灾频发，饿殍遍野，甚至灾民都冲到了京城中，这种事情实在是罕见。

“我们恐怕要想一想办法，怎么将眼前这个情况给处理一下。否则很快就会有人借机站出来，以此为凭攻击我们的新法。

“以鬼神天意之说评判政论自古以来并不少见，倘若这次真是被他们抓住了机会的话，我们的新法便遇见了有史以来最大的阻碍……”

王安石隐隐约约将自己心中的想法和猜测全都说了出来，这时候才发现周围这帮人竟然没有一个人顺着他的想法继续研究，不由得皱起了眉头。

“事到临头，怎么还在这里畏畏缩缩的，竟然没有一个人敢扛起责任？此前市易司的事情，是我失察没有及时监管，无论如何也算不到你们的头上，而今之计还是要想想怎么把眼前的问题处理好！”在王安石的百般催促之下，这帮人才总算打起了精神。

暂时权且代表了朝廷的这个小团体，总算在灾情之前继续运转了起来。

王安石并不清楚的是，皇帝的《广求直言诏》看上去是为万民准备，是在向万民表决心，实际上却是在针对某一个人。

某一个已经在偏远的地方待了数年之久，本来已经打算不再谈论朝政的人。

司马光在接到了这个诏令之后沉思良久，按照自己之前的一些想法，写出了一篇《应诏言朝政阙失状》。

……诸州县奏雨，往往止欲解陛下之焦劳，一寸则云三寸，三寸则云一尺，多不以其实。……帝王之责，当以人事而胜天命。方今朝之阙政，其大者有六而已：一曰广散青苗钱，使民负债日重，而县官无所得；二曰免上户之役，敛下户之钱，以养浮浪之人；三曰置市易司，与细民争利，而实耗散官物；四曰中国未治而侵扰四夷，得少失多；五曰团练保甲，教习凶器以疲扰农民；六曰信狂狡之人，妄兴水利，劳民费财。若其他琐琐米盐之本地足为陛下道也……

在这篇札子里，司马光没有丝毫迟疑地将所谓的天人感应跟当前的熙宁新法给联系了起来，同时直接说出了熙宁新法的六大罪证。

拿到了回信之后的赵顼通读之下，越发觉得其中所阐述的很多东西极为有道理，一时之间对熙宁变法的坚定决心开始从根本上动摇起来。

待到王安石下一次上朝的时候，才发现情况已经完全脱离了他的掌控。

尤其是一直都是他忠实拥趸的皇帝，此时竟然也变了脸，很明显已经被所谓的天人感应之说迷惑。王安石一气之下当众驳斥了种种歪理邪说，甚至连孔夫子也没有放过，愣是将朝中众人全都给说得张口结舌，这才算作罢。

然而这一次兹事体大，就连太皇太后那边也朝着赵顼发来了懿旨，谴责这一次正是因为王安石行新法乱政，才导致上天怨怼，无数札子以及反对他的弹劾叠加在一起如潮水般涌向王安石。

任凭他有再强大的能力，此时也挣扎不过，只能把之前的执拗劲头给用了出来，坚决不同意皇帝打算暂停新政的说法，一时间竟然跟赵顼掰上了手腕。

若非王安石深为赵顼器重，恐怕赵顼早就气得让人砍了他的脑袋！

然而这种执拗并没能坚持多久，就被最后一棵稻草直接压倒。

一个叫郑侠的小官去了一趟受灾地区后星夜赶到东京城，进献了一幅《流民图》，画面之上可谓触目惊心，对方更是以血泪谏书，字字泣血。

去年大蝗，秋冬亢旱，麦苗焦枯，五种不入，群情惧死；方春斩伐，竭泽而渔，草木鱼鳖，亦莫生遂。灾患之来，莫知或御。愿陛下开仓廪，赈贫乏，取有司掊克不道之政，一切罢去。……皆不欲与之言……料无一人以天下之民质妻鬻子、斩桑坏舍、流离逃散，遑遑不给之状，图以上闻者。臣谨按安上门逐日所见，绘成一图，百不及一，但经圣览，亦可流涕，况于千万里之外，有甚于此者哉！陛下观臣之图，行臣之言，十日不寸，即乞斩臣宣德门外，以正欺君之罪。

听闻这个自己顺手提拔起来的小官竟然以赌约的方式来构陷自己，如此荒唐的举动，竟然还被皇帝以及诸多大臣默许了，顿时就让王安石感觉不可思议。

更让他感觉不可思议的是，几天之后，在皇帝几乎决意要停止新法的时候，原本干旱的天气忽然变得阴凉下来，紧接着那个一直等候在宫门之外的小官，还真的就迎来了一场大雨。

大雨倾盆，将原本的旱季彻底结束，同时结束的，还有王安石那颗一直热忱于变法的心。

这如同瓢泼般的大雨，持续下了好几天，直到将干旱的土地全都给浸透，这才缓缓收场。

王安石心灰意冷，将手中早已经成稿的《三经新义》交给了皇帝之后，便落寞地回到家中等待宣判。

此时此刻的王安石突然间感觉到似乎上苍有一种不可抗拒的力量，正在阻止他进行变法，这种念头越演越烈，导致他接下来再也没有心情去考量变法之事。

当然最让他意想不到，也是最让他心冷至极的是，自己努力了足足六年多的时间，就在形势一片大好的时候，一直作为他忠实支持者的皇帝，竟然在所谓的天人感应一说之下不再支持他。

心灰意冷之下，王安石直接给皇帝上了辞呈，一时间皇帝还没有拿捏好情绪，更没有想好怎么处置王安石。

毕竟新法进行了六年多，皇帝也不是一块榆木疙瘩，对新法乃至王安石都有着深厚的情感。

然而事已至此，王安石自然不可能还想留在京城之中，一连上了六道札子辞职之后，皇帝到底经不住他的软磨硬泡，大手一挥认可了他的要求。

王安石解除了中书门下平章事，选择了出知江宁府，在离开之前，他朝皇帝建言，以吕惠卿出任参知政事，用韩绛代替自己成为中书门下平章事，这两人到底是他一手带出来的，一直选择坚持王安石制定好的成熟法令。

不知道是不是被司马光与苏轼不幸言中，此时的王安石虽然没有被追杀，但是他的下场竟然真的与商鞅有相似之处。

同样都是变法接近成功，同样都是本人受到了责难，同样都是远离了新法中心，也同样都是人虽走法未亡。

任谁都没有想到的是，王安石这一次在江宁府并未待太久，不过十个月的时间，就再次回到了东京城之中，这一次他之所以回来，并不是因为皇帝需要他，也不是因为变法需要他，而是因为一个让他意想不到的人在背后对他捅了刀子。

他离开之前力荐的吕惠卿，竟然在他离开的这十个月中搜集了几十条他之前在新法颁布执行时发生的失误事件，用来暗中弹劾他。

若不是韩绛发现了这件事情，偷偷密奏皇帝，力请将王安石召回，恐怕王安石就再也没有机会回来了。

确定了这个消息属实之后，王安石再也忍不住自己心中的愤懑和不解，长吁一声涕泗横流。

好在皇帝赵顼对王安石的人品百分之百地信任，所以根本没有把吕惠卿的种种诬告当回事，还反手把他卖给了王安石。

吕惠卿怎么也没想到自己做的春秋美梦会这么快就破碎，待到他知道王安石恢复了中书门下平章事的职务，自己却被贬出东京城，只能去陈州做知州后，顿时傻了眼。

然而此时木已成舟，吕惠卿再也无力反抗，只能乖乖地将此事应了下来。

这件事情的影响极大，熙宁变法整整七年的时间，最大的一桩权奸弄利案，竟然发生在一个协同主持变法的重要人物身上。

随着之前一连串的事情被揭露出来，吕惠卿包庇家人以权谋私的嘴脸暴露无遗，这个陈州也没有去上，就被勒令在家抱病，实际上是被软禁在了家中。

然而此人的手段还没有结束，同年年中此人再次曝出了之前与王安石之子王雱之间的一些信笺，指责王雱弄权，以此诬告王雱。

王雱接连受到打击，心理承受能力远不如父亲王安石那么强大，竟然一病不起，最终在六月的时候病逝。

七月的时候，王雱的灵柩被送到了江宁，安葬在了王安国的坟墓旁，两座坟墓的距离不过十六步。

政治理念上受到了致命打击，儿子病逝，接连的打击让王安石心力交瘁，从此再也没有提起新政和变法之说。

十月的时候，赵顼为了达到一劳永逸让朝中不再进行各种纷争，罢免了王安石中书门下平章事的官职，再判江宁府。

熙宁十年（1077）春，王安石离开了他呕心沥血拼搏了十年的东京城，留下了一首《一日归行》。

贱贫奔走食与衣，百日奔走一日归。

平生欢意苦不尽，正欲老大相因依。

空房萧瑟施繐帷，青灯半夜哭声稀。

音容想像今何处，地下相逢果是非。

新政仍然在继续坚持，变法也没有凋敝，甚至东京城在经历了流民潮之后，非但没有变得脏乱不堪，反而越发繁荣。

在这里待了十年的时间，王安石似乎什么都没有来得及改变，又似乎什么都改变了。

而对于大宋朝堂来说，唯一的变化就是，王安石的时代结束了。

比起辛劳了九年之久，终于从权力中心退出来的王安石来说，一直都在外面奔波，从来都没有回到过权力中心的苏轼，却显得要幸福得多。

虽说一路之上接连奔波，把不停赶往各处赴任几乎当成了家常便饭，但苏轼的心态却一直都保持得还算不错。

元丰二年（1079），苏轼刚刚结束了马不停蹄的奔波，从徐州到了湖州做知州。

这一次他才刚刚把自己的行李放下来，便提笔挥毫向皇帝赵顼写了个奏表，一是禀报自己已经抵达了地方就任，二是向皇帝卖弄一下文笔，示意皇帝他还活着。

这其实不过是每个赴任之人第一时间就会做的公务而已。

但是苏轼万万没有想到就是这一篇《湖州谢上表》，差点儿将他连同家眷直接送走。

臣轼言：蒙恩就移前件差遣，已于今月二十日到任上讫者。风俗阜安，在东南号为无事；山水清远，本朝廷所以优贤。顾惟何人，亦与兹选。臣轼中谢。伏念臣性资顽鄙，名迹堙微。议论阔疏，文学浅陋。凡人必有一得，而臣独无寸长。荷先帝之误恩，擢置三馆；蒙陛下之过听，付以两州。非不欲痛自激昂，少酬恩造。而才分所局，有过无功；法令具存，虽勤何补。罪固多矣，臣犹知之。夫何越次之名邦，更许借资而显受。顾惟无状，岂不知恩。此盖伏遇皇帝陛下，天覆群生，海涵万族。用人不求其备，嘉善而矜不能。知其愚不适时，难以追陪新进；察其老不生事，或能牧养小民。而臣顷在钱塘，乐其风土。鱼鸟之性，既能自得于江湖；吴越之人，亦安臣之教令。敢不奉法勤职，息讼平刑。上以广朝廷之仁，下以慰父老之望。臣无任。

苏轼毕竟是一个诗人，写东西的时候难免带着一些文人的狂气、酸气，时不时可能还会发点牢骚抱怨抱怨。

但是通篇上表哪怕有再浓重的个人色彩，却并没有不忠于大宋或者皇上的那种凶戾之气。

然而明枪易躲，暗箭难防。

此时在御史台中，御史中丞李定曾经与苏轼有旧仇，熙宁三年（1070）的时候，李定在王安石的照顾之下入朝为官，当时改嫁了的母亲病故，按照正常情况来说哪怕母亲已经改嫁，也应该发孝服丧，但是他却担心因为自己母亲改嫁而遭人耻笑，所以将此事给隐瞒了下来。

哪承想天底下没有不透风的墙，就是因为这件事被苏轼跟司马光给抓住，以他不孝为由狠狠地参了一本。

要不是他运气好，再加上当时王安石正如日中天，极其惊险地将他给保了下来，恐怕他便要仕途断绝再也没有机会入朝当官。

算下来这肯定是宿怨，说成深仇大恨也不为过，所以这一次在苏轼的《湖州谢上表》之中抓住了一些字眼之后，他毫不犹豫地射出了冷箭。

他一道札子就将苏轼给弹劾到了皇帝那里。

知湖州苏轼，初无学术，滥得时名，偶中异科，遂叨儒馆。有可废之罪四：昔者尧不诛四凶，至舜则流放窜殛之。盖其恶始见于天下也。轼初腾沮毁之论，陛下犹置之不问，容其改过。轼怙终不悔，其恶已著，一也。古人有言曰，教而不从，然后诛之。陛下所以俟轼者可谓尽矣，而狂悖之语日闻，二也。轼所为文辞虽不中理，亦足以鼓动流俗，所谓言伪而辨；当官侮慢不循陛下之法，操心顽愎不服陛下之化，所谓行伪而坚所当诛，三也。刑故无小，盖知而故为，与夫不知而为者异也。轼读史传，非不知事君有礼，讪上有诛，而敢肆其愤心，公为诋訾。应制举对策即已有厌弊更法之意，及陛下修明政事，怨不用己，遂一切毁之以为非是，四也。罪有四可废而尚容于职位，伤教乱俗，莫甚于此。伏望断自天衷，特行典宪。

在李定之后，御史舒亶继续上表弹劾。

轼近上表颇有讥切时事之言，流俗翕然争相传诵，志义之士无不愤惋。盖陛下发钱以本业贫民，则曰“赢得儿童语音好，一年强半在城中”；陛下明法以课试群吏，则曰“读书万卷不读律，致君尧舜知无术”；陛下兴水利，则曰“东海若知明主意，应教斥卤变桑田”；陛下谨盐禁，则曰“岂是闻韶解忘味，尔来三月食无盐”。其他触物即事，应口所言，无一不以诋谤为主。小则镂版，大则刻石，传播中外，自以为能。

与此同时，李定更是担心仅通过几道札子还没有办法将苏轼定为死罪，又四处搜寻了不少苏轼的诗作，开始在鸡蛋里挑骨头。

这两个人带动了一阵风潮，一些之前被苏轼得罪过的人纷纷站了出来，恨不得一口气直接把苏轼给整死。

一时间整个朝廷之内全都是反对苏轼的声音，哪怕皇帝赵顼一直都喜欢苏轼的诗作，也扛不住大家扣帽子，最终下令让人前往湖州去抓捕苏轼。

苏轼无论如何也没想到自己只不过是上了个表奏而已，结果到任还没有三个月的时间，竟然就被一群皇城司的察子给抓了起来。

领队的人是御史台太常博士皇甫僎，皇城司的那些人则由顾基带着，十几号人用来抓捕苏轼一介书生，显然有点儿小题大做。

这帮人见到苏轼之后，一句多余的话都没有，便将苏轼直接给捆了起来。

紧接着连同苏轼的家眷全都被封到了府邸之内。

一时间整个府邸被翻了个天翻地覆，苏轼脸色木然地看着他们动手，转头看向了一旁的顾基。这个年轻的皇城司使，他似乎有些印象，此前在欧阳修门下的时候，还曾给一个叫顾渭的老皇城司司尊投递过拜帖……苏轼脑子里闪过一道灵光，瞬间就响起了顾基的身份。

“你们到底想要干什么？为什么如此对待我？难不成我苏轼犯了什么天大的罪过？”

想到对方的身份之后，苏轼立刻就不再保持沉默，而是朝着对方急切地问道。

顾基对苏轼并不陌生，无论是从他的作品还是从他本人来了解都是如此，然而此时面对他的问题，顾基一时之间竟然不知道该如何回答。

直到片刻之后，他才忍不住苦笑了起来：“劳烦苏学士受苦了，这次的事情不太好说。很有可能还会牵连到其他人，您不是前段时间刚刚给陛下写了一道奏表吗……”

顾基身为皇城司使，而且还是负责跟随抓捕的主要人员，自然知道整件事情的大体脉络，等他把所有的细节讲清楚之后，苏轼立刻就反应过来，自己竟然是被人给蓄意报复了。

以文字论罪过，这种事情并不罕见，苏轼试图劝说自己这并不是什么了不得的大案子，并且尝试将提着的心放下来。

但是等他反应过来对方的身份竟然是皇城司之人后，一颗心彻底沉到了谷底。

究竟什么样的情况才需要派出皇城司之人前来抓捕他，难不成是有人已经给他直接定了罪？

他在奏本之上的确有些书生意气，但就冲那些话无论如何也不可能给他定罪才对。

一时间他心乱如麻，就算是想问出两句话竟然也张不开嘴。

府中的那些信笺、文书、诗文从各个角落被翻了出来，根本就没有一丁点儿的遗落。

苏轼看着他们将所有的纸张堆积到一起，彻底明白了为什么顾基那小子会说这件事情牵涉良多。

这帮人把那些信纸拿走，完全是为了在他身边制造出一个网络把跟他有书信来往的人来个一网打尽！

此时他虽然已经意识到了情况有些不对，但对方根本没给他辩驳的机会。

顾基虽然对苏轼十分同情，但是在面对着那个御史的时候，也不敢太过冒失，除了时不时给苏轼垫一垫枷锁，送上一口水之外，竟然再也没有办法帮苏轼缓解心情和身上的苦楚。

就地的审讯并没有持续几天，他们很明显知道在苏轼这里根本审问不出来什么东西，所以干脆将苏轼押解回东京城。

湖州城诸多码头，水路畅通，这一次自然是要从水路离开。

他到底是没有想到，在外面辗转奔波了这么多年下来，最后回到东京城的时候，竟然是用这种办法，在无数人的看押之下，戴着镣铐和枷锁沿着水路而行，这般狼狈模样竟被治下的百姓所见，一时颜面尽失！

回到了东京城之后，苏轼没有被给予任何机会，更是找不到任何人求援，仓皇之间就被扔到了御史台的监狱之中。

从这个时候开始，苏轼正式成为监狱囚徒，御史中丞李定专门负责此案，皇甫僎带回来的那些书信成为直接的罪证，苏轼被斥责为结党营私，攀扯各种人一起讽刺时政，辱骂皇上乃至国体，甚至还有人试图将谋反的帽子给他扣上。

一个月的严刑逼供，对于苏轼这样一个书生来说，达到了心理和生理上承受的双重极限。

饶是他心里再强大，也终于扛不住了。

苏轼低下了一直昂着的头，承认了第一条罪状。

在游杭州附近村庄时所作的《山村五绝》里“赢得儿童语音好，一年强半在城中”是讽刺青苗法的，“岂是闻韶解忘味，迩来三月食无盐”是讽刺盐法的。

这两条罪状，倒也算不上欲加之罪，毕竟他也曾经主观这么想过，只不过问题远远没有那么严重，而且苏轼也没有想到对方会捕风捉影，万分扩大，只根据他这两句话就将他的罪名直接坐实。

到二十二日，御史台又开始审问他《八月十五日看潮》里“东海若知明主意，应教斥卤变桑田”两句的用意。

为了拖延时间，等候有人救援，他拖到二十四日，才说是“讽刺朝廷水利之难成”。

随后的指摘里，《戏子由》诗违抗“朝廷新兴律”的主旨，他到二十八日才作了交代。

得到了这几个回应之后，御史中丞李定向皇帝报告案情进展，说苏轼面对弹劾已经全部承认。

赵顼对于这个答案直接暴怒，立刻就觉得要么是有人屈打成招，要么就是其中果然隐藏着极大的问题，所以他立刻就追问是否有人用刑。

面对这种问题，李定自然不可能如实回答，立刻就说苏轼名望颇高，根本不是一般人敢随便攀扯的，自然没有人敢对他动手。

这个解释让皇帝顿时大怒，尤其是听到李定隐约提起苏轼竟然跟皇城司使顾基也认识，双方竟然还有些交情之后，赵顼立刻严命御史台继续审问，一定要将所有可疑人物全都给抓出来。

得到了这种另类的“皇命”之后，李定自然不敢怠慢，转头就把所有跟他有书信来往，还有诗词相互赠与关系的那些人全都清算了一个遍。

前后一共三十九人受到了牵连，就连司马光都没能幸免于难。

这件事引起的浪潮顿时席卷了整个大宋朝堂。

后知后觉的人们开始组织起了营救苏轼的行动，苏辙作为苏轼的亲弟弟自然是当仁不让，从应天府立刻赶了回来。上疏赵顼投案自首，写了一篇情真意切的《为兄轼下狱上书》。

臣闻困急而呼天，疾痛而呼父母者，人之至情也。臣虽草芥之微，而有危迫之恳，惟天地父母哀而怜之！

臣早失怙恃，惟兄轼一人相须为命。今者窃闻其得罪，逮捕赴狱，举家惊号，忧在不测。臣窃思念，轼居家在官，无大过恶。惟是赋性愚直，好谈古今得失，前后上章论事，其言不一。陛下圣德广大，不加谴责。轼狂狷寡虑，窃恃天地包含之恩，不自抑畏。顷年，通判杭州及知密州，日每遇物，托兴作为歌诗，语或轻发。向者曾经臣寮缴进，陛下置而不问。轼感荷恩贷，自此深自悔咎，不敢复有所为。但其旧诗已自传播。臣诚哀轼愚于自信、不知文字轻易，迹涉不逊，虽改过自新，而已陷于刑辟，不可救止。

轼之将就逮也，使谓臣曰：“轼早衰多病，必死于牢狱。死固分也，然所恨者，少抱有为之志，而遇不世出之主，虽龃龉于当年，终欲效尺寸于晚节。今遇此祸，虽欲改过自新，洗心以事明主，其道无由。况立朝最孤，左右亲近必无为言者。惟兄弟之亲，试求哀于陛下而已。”臣窃哀其志，不胜手足之情，故为冒死一言。

昔汉淳于公得罪，其女子缇萦请没为官婢，以赎其父。汉文因之，遂罢肉刑。今臣蝼蚁之诚，虽万万不及缇萦，而陛下聪明仁圣，过于汉文远甚。臣欲乞纳在身官，以赎兄轼，非敢望末减其罪，但得免下狱死为幸。兄轼所犯，若显有文字，必不敢拒抗不承，以重得罪。若蒙陛下哀怜，赦其万死，使得出于牢狱，则死而复生，宜何以报？臣愿与兄轼洗心改过，粉骨报效，惟陛下所使，死而后已！

臣不胜孤危迫切，无所告诉，归诚陛下，惟宽其狂妄，特许所乞。臣无任祈天请命，激切陨越之至！

宰相吴冲紧随其后，紧接着三司使章惇一边抨击监察御史以权谋私，一边也是投身到了营救行动中。

范稹、张方平等人更是毫不吝啬笔墨，纷纷上书奏表。

这件事情造成的影响已经牵涉到了太多的人，不光是在官场之中，就连民间也有不少文人雅士纷纷站了出来为苏轼喊冤。

就在这个时候，远在千里之外的王安石也听到了这件事情，立刻上书援助苏轼。

此时的王安石早已经失去了对朝堂争斗的念想，更是连新法都已经不再去想，此时整个人都处于理想破灭冰冷麻木的状态之中，但是在听说苏轼被捕入狱的消息之后，他还是如同五雷轰顶，瞬间就蒙了。

整整两年的时间他都没有给皇帝写过哪怕一个字，但是因为苏轼的事情，他却立刻就写出了第一份奏表快马送往东京城。

短短十几天的时间，反应过来的群臣递上来的札子，竟然如同雪花般将皇帝的桌子全部覆盖。

这隐约让赵顼感到了一丝莫名的压力，难道说他真的做错了？难道说民心真的站在了苏轼的一边?

就在他依旧有些犹豫不决的时候，王安石的奏疏快马赶来。

这奏报等于在赵顼的心中打了一针强心剂，不管其中的内容如何，这毕竟是王安石的想法，足以左右赵顼的判定。

等赵顼打开王安石的奏疏之后，眉毛微微皱起，脸色变得异常严肃起来。

在赵顼的印象中，王安石与苏轼算得上是政敌，哪怕之前有些友朋关系，也早在相互的斗争中消磨干净。

所以这封奏疏，赵顼原本以为王安石就算不落井下石，也不会是帮着求情的。

然而令赵顼万万没想到的是，王安石的奏疏中，竟然真的是在为苏轼求情，甚至义正词严地说明赵顼不可以设立文字狱，否则将会影响到天下万民，影响到江山稳固。

奏疏里的道理可以说是字字珠玑，鞭辟入里。

任凭赵顼对这件事有多么的不满，却依旧沉思了起来。

拿着王安石的奏本在灯下枯坐了个把时辰之后，赵顼才定了心神，决定按照王安石的说法，将此事尽早定夺，不再继续拖下去了!

御史台的监狱里，苏轼披头散发地看着周围黑漆漆的环境，心中百感交集。

在这里他已经待了足足一百来天，如此狭窄幽暗的环境，换作正常人，恐怕早就已经疯狂，幸亏之前苏轼经常被提审，所以反倒没有那么孤单。

但是在经历了前几次的折磨之后，现在的苏轼反倒没人光顾，已经接连二十多天没有人跟他说话，这让苏轼十分难挨。

此前的这二十天里，他想尽了办法，要将自己的精神状态调整过来，甚至不惜按照要求在自己之前的诗集里面逐条批注，将所谓的讽刺和心境一一标注出来。

他每多写一条，就意味着身上的罪证将会增加一条，但此时的苏轼已经觉察到了情况不太对劲，对方恐怕早就想整死自己，就连那位皇帝陛下也是如此。

所以苏轼为了避免牵涉到更多的人，突发灵感，若是自己早早地被弄死，或许就不会再牵扯到更多的人。

他此时所做的就是争取给自己加重罪过，最好皇帝看到了他的批注之后，干脆直接将他赐死。

鹤顶红，三尺白绫，甚至一把短刀都可以。

此时的苏轼已经没有多少挑剔的想法，只求能够顺理成章地速速死去。

将最后一笔写完之后，苏轼转身写下了一篇绝命诗。

予以事系御史台狱，狱吏稍见侵，自度不能堪，死狱中，不得一别子由，故和二诗授狱卒梁成，以遗子由。

圣主如天万物春，小臣愚暗自亡身。

百年未满先偿债，十口无归更累人。

是处青山可埋骨，他年夜雨独伤神。

与君世世为兄弟，更结来生未了因。

这首诗写完之后，苏轼长长地出了口气，随后委托狱卒等到他死了之后将这首诗转交给自己的弟弟，但是狱卒担心他写的东西里面又藏着什么了不得的东西，根本不敢随便传递，最后只好采取了一个比较折中的办法，就是将这诗作交给了一个新来的人。

这个人站在牢狱门口，朝着苏轼观察了片刻之后，不由得摇了摇头，随后拿着那首诗就离开了御史台的牢狱。

谁也想不到，这个突然出现又突然离开的陌生人，竟然会是皇帝的贴身内侍，历经了三朝的那位老都知张茂则。

皇帝竟然将这位老都知给派了过来，可想而知对这件事情有多么重视。

拿到了苏轼在狱中所写的两首诗之后，皇帝原本紧皱着的眉头舒展开来。

尤其是在看到那两首诗最开始写的“圣主如天万物春”顿时让他觉得心头松缓不少，苏轼这个家伙难道是在向自己忏悔罪过吗？还是说是在祈求他的赦免？

听张茂则说起苏轼在狱中居然还能美滋滋地睡觉，赵顼顿时哑然失笑。

单单从这一点似乎就能看得出来，苏轼心中根本就没有鬼。

就在赵顼开始松动心中的想法，几乎准备要将苏轼放出来的时候，最后的一把柴火也递了过来，太皇太后给了懿旨，让赵顼去拜见他。

上一次太皇太后忽然提起这个事情的时候，同样也是因为苏轼，这一次显然也是这样。

赵顼虽然已经打定了主意，但依旧是没有仓促下决定，而是先去了一趟太皇太后的宫中。

此时的太皇太后已经病入膏肓，但仍然牵着皇帝的手，对他进行了百般叮嘱。

“换作历朝历代被杀被剐的臣子，不管是不是被冤枉致死，还是本来就该死，在临死之前肯定还是要骂上两句昏君暴君，到底是心中有些怨气。就连屈原在投汨罗江之前也是忍不住抱怨过。但苏轼在临死之前竟然仍然可以说出‘圣主如天万物春’这样的话，说明他还是有一颗忠君爱国之心，哪怕是身处必死之境地，仍然不愿对皇上有任何怨怼，如果这样的人都算不上忠臣的话那还能去哪儿找忠臣呢？”

太皇太后的话平白直接，根本没有半点儿遮掩和虚伪，想到什么便直接说了出来。

“像苏轼这样的人是肯定杀不得的，先不说我太祖皇帝曾经有严命不可杀言官，不可轻杀士大夫，单单是苏轼才名在外，就足以影响到天下士子，若是将他杀了，很有可能会失去民心，而且这件案子本来就是一个可有可无的冤假错案。

“如果只是为了封住百姓的口舌，没有必要将事情闹到这种地步，人都说人之将死，其言也善，皇帝陛下就当是为了圆满我这个老婆子最后的一个心愿吧，将苏轼放了。”

话音落下，太皇太后的声音逐渐沉寂了下去，随后缓缓闭上了眼睛，沉沉睡去，很显然，已经精疲力竭，根本没有办法再继续说话。

当天夜里，太皇太后曹氏，历经三朝垂帘听政，一直都想以刘娥太后作为榜样，但是始终不能望其项背，不过倒也为三朝皇帝起到了正面作用的女人，终于走完了六十四年的人生旅途。

临死前，曹氏为大宋为皇帝做了一件大大的好事，那就是促使皇帝最终下定了决心释放被冤枉的苏轼，将乌台诗案尽快解决，减少了对于朝堂之上官员的株连迫害。

为了奠定这件事情的基础，赵顼在宣布自己的决定之前还特意召来了一些相关的大臣进行廷议，想要听一听大家的意见。

众人此时还不知道皇帝到底是怎么想的，有说流放的，有说砍头的，甚至还有说要诛杀九族的，唯独之前一直坚持要将苏轼放走的那些人，此时依旧在坚持放苏轼走。

赵顼在确定了自己的念头之后，已经算得上旁观者，此时面对着众人的时候，却能够很好地掩藏起自己的情绪。

直到片刻之后，赵顼这才说道："苏轼以诗赋讥讽朝政，有罪有过，应当受罚，责其授检校水部员外郎，黄州团练副史。

"苏辙以自己官身为苏轼赎罪，虽然其情可嘉，但是毕竟轻视朝廷官职，贬为筠州监酒。王巩拒绝交出苏轼诗文，逐放宾州。驸马王诜对抗朝廷法令，本该剥夺官爵，但念公主养病，特赦无罪。

"其余司马光、张方平等人，虽然牵涉良多，但是罪过不大，每人罚铜二十斤权作警告！"

这宣判说出来之后，众人立刻口赞圣上英明。

比起之前的大动干戈来说，这已经算是高高拿起，轻轻放下。

从最开始的那种势头来看，他们还以为要将苏轼以及一干人等全都大肆株连，没想到最后竟然如此轻而易举就将他们放了。

这么安排下来，几乎所有人都极为满意，尤其是并没有折损皇帝的脸面。

乌台诗案就此落幕，哪怕苏轼是被强行扣上的帽子，但是他终究还是为自己的诗词轻狂付出了一些代价。

这件事情立刻就广为流传开来，那些之前一直支持苏轼的黎民百姓，顿时为之欢呼雀跃，他们之中大部分人根本不明就里，还以为真的是有什么天大的罪过，最后被皇帝赦免。

如此一来，倒是成就了赵顼一个英明君主的名头。

一天之后，被关了一百多天，此时身上一片狼藉的苏轼，总算从那个狭窄的牢房中走了出来，此时的东京城下了一场大雪，整个城池都变得白茫茫一片。

看着周围银装素裹的景象，苏轼心中略有激荡，但是沉吟了片刻之后，不由得哑然失笑。

看样子短时间之内他是很难再写出什么脍炙人口的诗词了，甚至就连诵读其他人的诗词都未必能够顺当。

站在雪地之中，他犹豫了良久，最后还是回到了老宅。

拿起冰冷的门环轻轻敲了几下之后，他听到里面传来拖沓的脚步声，紧接着刘伯那张已经老态龙钟的脸便出现在了他的面前。

老人对苏轼的遭遇显然一点儿也不知道，此时仓惶之间看见一个披头散发胡须脏污的男人站在门口，竟然没有认出来他，下意识地问道："这位相公，你找谁？我们家主人不在家，出了远门了，若是有事的话，您或许可以到他的朋友家打探打探。"

苏轼看着刘伯那张熟悉而又略显陌生的脸，不由得苦笑了一声："刘伯，是我啊！"

他一边说着，一边将自己脸旁的那些须发全都给拨弄开，露出了一张脸。

在认出苏轼的一瞬间，老人顿时就愣住了，随后便热泪盈眶。

"大郎，你，你受苦了！"

老人没有询问苏轼到底发生了什么事，只是低低地嘟哝了一声，便立刻将他让进了院子里面，紧接着为他翻出了一身合身的衣服。

苏轼整饬好了自己之后，重新站在院子里，看着被老人收拾得清整无比的院子，心中不由得无限感慨。

只可惜，他在这里最多只能待上三五天，就要再次离开了。

这一次，他的目的地在黄州。

第六章

苏轼黄州怡然自乐　大宋梦碎永乐城下

经历了乌台诗案之后，几经折磨，身心俱疲的情况之下，换作一般人恐怕是要颓废一段时间，才能走出阴影。

但是作为大宋难得的才子，苏轼的心境竟然强劲如此，不但只用了两天时间就走出了阴影，还迅速调整好了自己的状态。

苏轼先是进了皇宫，拜别太皇太后灵柩，紧接着向皇帝陛下拜谢不杀之恩，随后干脆利落地拿着文书直接从京城消失，直奔黄州而来。

这一套行程几乎没有拖泥带水，甚至就连一些书本文件都没有携带。尤其是这一次，他还是孤身一人，并没有携带家属，所以一路上都是顺风顺水，很快就到达了黄州。

因为弟弟苏辙早就得到了他的调令，又早早地将这个消息告知了家中，所以此时苏轼家里十几口人早就在杭州等着他。

经历了足足半年的别离，一家人看到苏轼仍然安然无恙的模样，顿时都松了口气。

御史台牢狱，大家都曾经听说过一二，都知道那里凶险无比，正常人进去就算不是横着出来也要被扒掉一层皮。

但苏轼看起来竟然恢复得还不错，身上也没有留下什么疤痕，这让大家心头越发冷静下来。

黄州虽然地处偏僻，但是无论是风景还是人文都算不错。

虽然他这一次只拿了团练副使的官职，比起之前的各种官职来说，简直就是穷困潦倒，但是这些情况并没有击垮苏轼，反而让他变得越发坚韧。

黄州这个地方倒是没有什么可以寄情的山水，但是好在有个妙人。

在黄州待了一段时间之后，苏轼那喜欢寄情山水的想法就又钻了出来，随后便带着家中书童在黄州城周围四处找一些比较奇峻的地方兜兜转转。

谁知道还真的叫他在附近的山中发现了一处好玩的地方，一座不高的小山，山腰之上坐落着一个小竹院儿，在竹院中挂着一个大大的“佛”字，看上去应该是给四处云游的和尚落脚的地方。

原本苏轼还以为这里应该没有人居住，所以带着书童便斗胆走进了院子。

哪承想两人才刚刚进去就碰到了一个小沙弥。

这小沙弥看着两人穿的寻常衣服，顿时愣住了：“两位莫非是在家居士？”

书童看着小沙弥有些愣神的模样，眼珠子滴溜溜地转了转，立刻就点了点头。

苏轼倒没有阻止小书童点头，毕竟小书童虽然带着点儿欺骗的意思，却没有完全在骗人。

这个问题问得实在是巧妙，苏轼虽然并不信佛，却曾读过很多佛教的经典，对于里面很多玄妙的东西十分感兴趣，所以也曾称自己为东坡居士。

但这个居士跟佛家的居士并不一样。

然而小书童肯定是不懂得这些，还以为对方知道自己叫东坡居士，所以便立刻就应了下来。

对面的小沙弥一听居然是在家的居士，立刻就变得热情了不少，连忙将自己怀里抱着的柴火扔到了一边，随后便邀请两个人进入房间。

“两位居士快请进，我家师父正在里面打坐，等待诸位师父的到来。”

这话说的，让苏轼更加有些疑惑，难不成在这里还真的有什么大和尚不成?

他之前也曾认识过一两个。据说有些道行的和尚，关系虽然不错，但一向没有什么太过深入的交集，此时听到那房间里很有可能有大和尚，顿时就来了兴趣。

也不管对方到底等的是不是自己，他立刻就掀开帘子朝里面走了进去。

才一转眼的工夫他就注意到这个小竹舍里面反倒十分别致，不过方寸地界竟然就摆放着不少精巧的物件，墙边更是有一整面的书，看上去琳琅满目。

在这样一个小山环绕的地方，竟然还能有如此别致的房舍，可见对方是个多么精致的和尚。

这情况多少有些超出苏轼的预料，原以为只会看到残砖破瓦和一个穿着破烂的老和尚，结果却看到了一个穿着一袭青色僧袍，正端坐在坐榻之上，不停敲着木鱼念经的大和尚。

对方在看到苏轼之后脸上露出了惊讶的表情："这位施主，我们是不是在什么地方见过？"

问出了这句话之后，不等苏轼回答，对方便恍然大悟："你是那个大才子，苏轼苏子瞻！"

看着这个略显陌生的大和尚，苏轼顿时就愣住了神。

什么时候自己变得如此出名，竟然随便来一个和尚都能叫出自己的名字？

正当他满心疑惑，想要问对方到底是如何知道自己名字的时候，脑子里却忽然闪过了一道灵光。

在这一瞬，他忽然间想起了对方的身份。

"佛印大和尚，竟然是你？"

早在东京城的时候，他就曾经与这位佛印大和尚有过一两次交集，只不过当时他公务繁忙，双方之间的关系也没有走得多么亲密，最主要的是两人之间并没有经过他人介绍，所以他也不知道对面这个佛印到底是个什么样的人。

这次能叫出声，只不过是因为有一种他乡遇故知的感觉而已。

对方见苏轼竟然认出了自己，脸上也露出了惊喜的表情。

"没想到竟然会在这里碰见苏学士，真的是让贫僧大喜过望啊！"对方倒是不见外，颇有一种自来熟的感觉，直接将木鱼放到一旁，随后站起身来，朝苏轼施了一礼。

这个举动看得苏轼有些意外，但还是立刻就还了一礼："大和尚怎么如此客气，难不成最近没有碰到愿意布施的施主，现在手里没有银钱使用，打算从我这里榨取点银钱的？”

苏轼对这帮僧人其实并没有太多好感，他认为这些人不事生产，不承担赋役，不利于国家财政。

尤其是之前还有官员私下买卖僧人度牒，这就导致有一批人跑到寺庙里面躲灾，素质自然是良莠不齐。

就是在东京城中，苏轼也曾经看到过有做那些偷鸡摸狗一类事情的家伙假装僧人。

之所以他并不讨厌佛教，是因为之前读过不少佛教的经典，对于其中的一些理念还是觉得比较靠谱。

这会儿跟大和尚打趣，自然也是占着这个念头。

印象之中这个佛印大和尚为人还算宽善，并不是那种一脸凶相的出家人，此时听到苏轼说的话之后，佛印微微一怔，随后沉默了片刻之后，双手合十说道：“苏学士倒是真猜中了。

“贫僧是行脚的僧人，除了本院的居士施主之外，一般只会化缘，不会接受身外的钱财，不过眼下我与外面的小沙弥确实已经两天没有吃食了，原以为今天会有两位居士到这里来，却没想到是苏学士与我有缘。”

听到大和尚说的话，苏轼哑然失笑，没想到就连这种窘迫的情况也能被他猜中。

“既然也能接受本院的居士施舍，我这手里正好有些钱，不如让你那小沙弥随我一起下山找个地方吃些素斋。

“毕竟肚子还是要吃饱的，权当我也是你们院里的施主便罢了。”

苏轼这话说得斩钉截铁，丝毫没有给对方拒绝的机会，佛印大和尚倒是个直爽之人，沉默了片刻之后立刻决定带着小沙弥与苏轼一起下山。

苏轼见他如此直爽，心中反倒有些欣喜。一时之间跟他说的话也就多了起来。

待到双方一起下山的时候，关系也就不再像之前那么陌生，反而生出了几分亲近之意。

山下果然有一个小酒店，那店家对佛门中人似乎十分尊重。不用大家招呼，便直接下了两个素菜，随后更是直接给两个和尚每个人准备了一大碗素面。

至于苏轼跟小书童，则是入乡随俗，跟着一起吃了两碗清水素面。

等到这一顿饭吃完，肚子里混了个暖融融，双方的关系更拉近了一分，到了这个时候，苏轼才算搞清楚佛印的情况。

云门宗僧、法名了元，字觉老，俗姓林，饶州浮梁人。自幼学习儒家经典，三岁能诵《论语》、诸家诗，五岁能诵诗三千首，长而精通五经，被称为“神童”。

当然这些都是佛印自己说出来的情况，苏轼一时间也无法查证，不过对佛印说出来的情况，他也并没有当真，只是权当听了个开心，至于他的情况，自然不用过多解释。

随着两人聊天的深入，苏轼越发觉得这个和尚真的有些不简单，不但的确通读各种常见的书籍，更有些文才在身上。

只可惜他自小就遁入了佛门，不然倒是可以引荐他入朝为官。

心中闪过这个念头之后，苏轼不由得一愣，随后自嘲地笑了起来。

入朝为官，便是他自己现在也不知道今后的路该如何去走，竟然还能想到要引荐别人入朝当官！

佛印似乎看穿了苏轼心中的想法，说了两句佛偈之后，安慰了苏轼两句，便飘然而去。

这种来去如风的做派更让苏轼有些好奇，转而记住了对方的位置，接下来的一段时间里便频繁前来拜访。

双方之间的关系突飞猛进，不过三五个月的工夫，就几乎成为莫逆之交。

对于这个突然多出来的僧人朋友，苏轼自然是极为慷慨，时不时便会资助供养，这就导致佛印在此地的生活越发清闲。

在两人这种君子之交淡如水，却又时时起些波澜的关系之中，倒是出现了不少趣事。

这些事情后来被人稍作改动，编成了故事广为流传，一时间街头巷尾都在传说。

两人交集久了，苏轼发现，这个佛印大和尚倒是个荤素不忌的酒肉和尚。

他对于荤素之说，信奉的是“酒肉穿肠过，佛祖心中留”，更喜欢吃鱼喝酒。

有一日佛印在舍内已经烹煮好了鱼准备下酒，正好赶上苏轼前来拜访，情急之下，连忙将鱼藏在了一旁的大磬里面。

这个举动并没能瞒过苏轼，早在进门的时候，苏轼就已经闻到了鱼香味，此时进了门之后却没有发现鱼，下意识朝着旁边的大磬看了一眼之后，苏轼立刻就明白了七八分，但是依旧不动声色，而是故作镇定地坐在了一旁。

与大和尚说了半天八竿子打不着的话之后，估摸着鱼已经快凉了，苏轼这才忽然开口谦虚地问道：“敢问大师，‘向阳门第春常在’这句的下一句是什么？”

这个问题极为简单，算是祝贺新春特别常用的一副对联，佛印本身算得上见多识广，更是有才学在胸，自然第一时间就反应了过来说道：

“积善人家庆有余。”苏轼一听这句话，顿时就笑了起来，朝着对方说道：“既然是庆里有余，大师还不快积德行善，赶紧拿出来一起吃了就酒啊！”

佛印这才反应过来，原来苏轼是在故意逗自己，不由得抚掌大笑，随后干脆利落地将那条鱼拿了出来，与苏轼对饮。

两人关系越发亲近，既然是打趣，自然是相互有来有往，佛印也没有藏着掖着，一直都在伺机转过来戏弄一下这个大才子。

没过多久他就等到了这个机会。

一日两人谈论起一些字体字意的时候，不经意间提到了“鸟”字。

众所周知，这个字在汉字中带着一点不太好的含义，苏东坡本来想要借此来调侃佛印，所以便对佛印说道：“诗人竟然使用僧来对鸟，比如鸟宿池边树，僧敲月下门，或者是时闻啄木鸟，疑是叩门僧，我还真是敬古人的智慧，竟然能够对得如此佳妙！”

原本苏轼这就已经占了上风，却没想到佛印立刻就反应了过来，淡淡地朝苏轼看了一眼之后说道：“不错，这就是我这个僧人总是与你混在一起的原因了。”

苏轼目瞪口呆，丝毫没有意识到自己不小心竟然给自己挖了个坑，佛印愣是装作没看见，顺手就把他给推了进来！

……

原本在黄州一地做这个团练，对于苏轼来说应该是一种煎熬，毕竟在皇帝一方来说，这已经算是对他的惩罚。

但谁都没有想到，正是因为有佛印这个大和尚在，才让苏轼的生活过得还算不错，就算物质上并不富足，但精神上总算有了一些依托。

相较于他的淡然洒脱，远在东京城的皇帝赵顼可就没那么顺利了。

将新政改革团队的人逐一赶了出去，随后又在乌台诗案里扔掉了不少守旧派出去之后，朝堂之上变得安静了不少，赵顼总算能清闲下来。

但是这种清闲，并没有持续太久。作为一个总想着励精图治，年岁也不过才而立之年的皇帝，他自然不愿意一直都在东京城这一亩三分地等死，再加上前面十来年熙宁变法的确取得了一定的效果，所以此时的赵顼开始做起了展望。他陡然之间想到了当年韩琦所说，北方的辽国眼下不知道有没有稳定，据说辽国之中出现了另外的一些部族争斗。

西夏最近两年一直在边境施展手脚，似乎随时打算跟大宋再掰一掰手腕子。

赵顼在心中产生了一个念头，或许他也可以像太祖皇帝一样，身为皇帝御驾亲征，在沙场上斩杀无算，甚至获得难以想象的军功。

这种念头在他的心中一旦燃起，便一发不可收。

再加上之前熙宁八年（1075）的时候，交趾多次挑衅，赵顼安排郭逵率军攻打交趾，差点儿把交趾打得亡族灭种，这一战给大宋带来了极大的声威和士气，同时也让赵顼产生了一种错觉，那就是现在大宋的确已经开始达到兵强民富的水准。

无论是面对辽国还是西夏，似乎都有一战的实力了。

老天并没有给他这个机会，或者说给了他机会，只不过是用另外的一种方式展现了出来。

元丰四年（1081），西夏的梁太后多次出兵攻打宋朝，想要借着这个机会提高自己在西夏国内的政治威望，但是每次都惨败而归。

此时，西北边疆的宋军已经形成了强有力的实力和战力，面对着西夏那些气势汹汹的战士丝毫没有惧色，甚至大部分时候都能占上一些便宜。

接连几番战斗，都是传来大捷的消息，这让赵顼产生了一种古怪的念头。

那就是他忽然觉得自己可以带领大宋好好地教训一下不开眼的西夏了。

掺杂上之前的那种汹汹之情，这个念头终于在元丰四年（1081）十一月的时候开花结果。

一直潜伏在西夏的皇城司有线报传了回来，西夏境内出现了国内政变，那个意图效仿中原王朝垂帘听政的梁太后将夏惠宗囚禁，结果群臣部族竟然出现了相互攻伐的情况。

确定了消息属实之后，赵顼立刻意识到这属于天赐良机，攻占西夏的时刻已经来临，所以二话不说，立刻趁机发动了五路兵马一起攻打西夏。

部署李宪部出熙河路，种谔部出鄜延路，高遵裕部出环庆路，刘昌祚部出泾原路，王中正部出河东路，欲一举攻克西夏兴、灵二州。

若是按照最初的作战计划，应该是泾原、环庆两路合取灵州，随后另外两路在夏州会师，同时攻取怀州。

几路兵马作战倒是都极为勇猛，很快就接连胜利，李宪一路用李浩作为先锋，在九月初二的时候，成功将兰州拿下，李宪当仁不让，直接将帅府建在了城中。赵顼欣喜之余，改熙河路为熙河兰会路，就此将兰州归入北宋版图。

种谔一部作战也是极为积极勇敢，一路势如破竹，接连攻占了西夏的米脂寨、石州、夏州、银州等地，但是很快就因为经验不足，导致了后续的粮草根本无法供应上，拖累了大军的进程，随后更是遭逢大雪，并没有提前准备冬季衣服的部队立刻就迎来了非战斗减员，很快整个部队的减员人数竟然达到了将近三分之二，无奈本路兵马只能先行后撤。

泾原路刘昌祚也是连战连胜，但是在灵州城下的时候，在没有大型攻城器械的情况下，竟然盲目直接攻城，接连打了将近大半个月依旧没能成功，随后被西夏人找准了机会，放水将宋军营地冲散，无奈之下只能后撤。

虽说整体战斗效果都不错，但算下来接连几番战斗，大宋只不过是占领了银、石、夏、宥诸州和横山北侧一些军事要点，对西夏产生了些微的威胁，距离原本打算将整个西夏全都灭掉的战略展望，实在是相差甚远。

虽然依旧是以损兵折将告终，但从整体战局来看，这已经是大宋对外战争中难得的胜利场面，朝廷当中一片欢愉，所有人都开始相信皇帝的判断，此时的大宋已经开始有了战无不胜的能力，有了与辽国和西夏国正面抗衡的能力。

甚至很有可能将西夏灭国，直接纳入大宋版图！

满朝文武全都沉浸在这种有些虚幻但又无比真实的狂喜之中，一时之间对皇帝的交口称赞如同雪花般不断扑到了赵顼的案几之上，这些大臣几乎想要将这位年轻皇帝捧成绝代明君。

赵顼心潮澎湃，立刻就策划起一场更加宏大的战争。

既然一次没有办法将西夏全都灭掉，那就通过第二次战争来实现这个目标。

第二年九月，赵顼命给事中徐禧、鄜延道总管种谔带兵攻打西，这一次他给下面的命令极为明确，那就是一定要一举将西夏灭掉！

在他的督促鼓舞之下，徐禧等人再次打出了一定的成绩，不但在永乐川成功构筑永乐城，甚至还将兵马战线一路推到了西夏的首都兴庆府外。

接连的捷报传来，再次让大宋君臣有些昏了头脑，所有人都以为这一次必然又是大胜，哪怕是将西北边军的军马全都打光，只要可以彻底消灭西夏，到时候西北边疆便永远没有了祸患。

赵顼为此兴奋不已，甚至命人提前准备好了欢庆大胜的仪式。

九月中旬，皇宫外御街之上已经张灯结彩，人声鼎沸，有五百名被从西夏押了回来的战俘此时正齐刷刷地跪在广场备好的栅栏之中，宛如待宰的羔羊。

无数僧侣围坐在侧，仿佛是要趁着这个机会举行一场盛大的法会。

就连一直都在大宋皇城之中驻扎的各国使臣，此时也都掺和到了这场莫名其妙的狂欢之中。

看着那些威武的大宋士卒，看着这繁荣的景象，高丽、大理、回鹘等国使节此时全都乱了心神。

难道说，在他们心中一向积贫积弱，只有国富没有国强的这个大国，竟然真的开始中兴了吗?

难道说大宋真的要成为东方最强大的帝国了吗?

这些人的心中开始有了这种想法，而大宋的军民心中，早就已经将这件事看作板上钉钉。

章惇站在一处小楼之上，看着下面那宏大夸张的场面，心中百感交集。

比起朝堂之上的其他人来说，他此时能够感觉到的，竟然只有荒谬!

当初熙宁变法的那些主持者，此时此刻已经全都不在朝堂之中，唯独剩下他一个人还站在这里，而在这几年间，他一直都在主管三司，自从专门的衙门被取缔之后，新法成效便归于三司管辖，所以章惇对眼下大宋的情况，或者说新法的情况比起任何人都要更加清楚。

新法早已经废弛，这几年之所以国库的收入一直都在增收，是因为大旱之后的风调雨顺，是因为老天爷赏饭吃，但这两年对西夏的战争花销，远远超过了这几年税收的收入，相比较之下，朝廷依旧是在不停地亏钱度日。

所以章惇到现在依旧想不明白，皇帝为什么要举办这个所谓的预庆大典。难道现在前线真的已经胜利了吗？

前线的战士还在拼命厮杀，后方却已经开始大吃大喝，倘若是前线失败了呢？

这种想法章惇自然是不敢说出来，否则说不定就要被扣上一个国之逆贼的帽子。

但是章惇很快就注意到，在依旧热闹无比的人群角落里，几个身着打扮与周围人截然不同的人，正在拼命向里面挤。

为首的一个人，正是皇城司使顾基。

几年的沉淀，使顾基早已不复之前的青涩，此时行事作风跟之前顾渭颇有几分相像。

章惇对这个年轻人有几分印象，此时注意到对方的举动之后，立刻就提起了心思，连忙招呼一旁的禁军过去帮忙。

不多时这几个人就被禁军从人群中拉了出来。

看到章惇之后，顾基原本阴沉的脸色，骤然变得黧黑一片：“章副相！”

章惇心头越发紧张，意识到此时顾基肯定带来了什么了不得的消息，朝着周围看了一眼之后立刻就屏退左右：“到底发生了什么事情？赶紧告诉我。”

顾基之前在人群之中挤来挤去，呼吸已经有些急促，此时稍稍和缓了一下之后，立刻从怀中拿出了一方布帛。

那原本是白色的绢帕之上，竟然沾染了大片的血迹，除此之外便是一连串的黑色字符，只不过那黑色的字符已经被大片鲜血浸染，看得有些模糊。

“这是西北传回来的军报，带着军报回来的那个士兵已经死了！”

顾基将绢布展开，亮在了章惇的面前：“章副相，我们打输了。

“永乐城已经沦陷，我们的二十万兵马所剩无几，徐禧将军、李舜举将军已经以身殉国了。”

顾基所说的，都是那方绢布上所写的内容，但是这些内容从他的嘴里说出来，配合上那些沾染的血迹，很明显比起上面的那些字更加有感染力和震撼力。

章惇的心头一沉，之前还抱有的些许侥幸心理彻底消失，取而代之的则是一脸惊恐。

虽然这种惊恐只是在他脸上稍稍一现就转瞬消失，但还是让顾基捉了个正着。

“章副相，这件事情我们要不要立刻与陛下说？”他有些迟疑地朝着一旁那些还在欢庆的队伍看了一眼，心中只感觉到一阵阵的荒唐和无奈。

章惇将布帛收好，深深地朝顾基看了一眼，随后脸色肃然：“带人维护好周围的安全，随时准备接圣驾回宫，兹事体大，不能轻易让其他人知道，还是让我去告诉皇上吧！”

章惇咬了咬牙，不再跟顾基说话，而是转身大步朝着赵顼此时所在的那个小楼走了过去。

十几位大臣此时将赵顼簇拥在了中间，几乎是把马屁拍出了花样，哄得赵顼脸上的笑容已经堆不下。

眼看着章惇黑着一张脸走了上来，赵顼心头顿时就是一颤，隐约感觉到事情有些不太对。

“章相，今日连逢喜事，为何面色阴沉得好像是要滴出水来，莫不是又在担心那些国库钱财的问题，只要将西夏给灭掉，再将新法推广过去，用不了一两年的时间我们就能把这两年打仗花的钱全都收回来。

“好歹是个掌管三司的宰执大臣，参知政事，章相何必像个吝啬家翁一样？”

赵顼虽说心中产生了一丝不好的预感，但是并未向太坏的方向去想，以为顶多就是花费超支一类的情况，在他想来也就只有这些事情才值得章惇黑脸。

但紧接着赵顼看到，章惇从怀里拿出了一包红白相间的包裹，在他面前缓缓展开。

“永乐城，失陷，兵马尽没，徐禧阵亡，李舜举殉国！”

看到上面那粗豪但是清晰的字体，赵顼只觉得自己脑袋嗡的一声，差点直接炸开。

他瞪大了眼睛，嘴唇忍不住颤抖了起来：“章相，这种玩笑可是万万开不得的！”

周围的大臣同时也看到了上面的字，此时表情都变得有些难看。

谁都知道章惇不至于拿着鲜血来开这种低劣的玩笑，所以眼下就只有一种可能。

那就是，大宋真的败了！

败了！

而且还是惨败!

这个念头在众人脑海之中开始回荡，赵顼忽然间想到了什么一样，如同抓住了救命稻草：“这样的战报一向都是由皇城司的人呈递，皇城司的人呢？”

章惇面色依旧铁青：“陛下，皇城司的人已经在准备护送您回宫了，既然眼下都已经确定了战况，难道陛下还要在这里继续玩闹下去？”

他朝着旁边一指，众人下意识地顺着他手指的方向看了过去，顿时觉得此时广场上的那些欢庆活动显得无比刺眼。

大宋败了，而且还是惨败，那他们在庆祝什么，庆祝谁的胜利?

赵顼胸口一震，再也按捺不住心中的情绪，一张嘴噗的一口鲜血，直接喷了出来。

周围这帮人被吓了一跳，纷纷扑了上来，忙将皇帝抱住。

赵顼的眼神有些茫然，胸口之上已经染了大片的鲜血，看上去极为血腥和诡异。

这血迹与章惇手中那沾染了大片血迹的布帛形成了鲜明对比，一个殷红惨然，一个满是黑红色的血块。

“皇上！”

“陛下！”

“快传御医！”

周围的几个大臣一时间乱成了一团，纷纷叫嚷了起来。

此时反倒是刚刚吐过一口血的赵顼最先恢复了过来，他抬起头看了一眼章惇，表情缓和了不少，随后轻咳了一声：“朕还是太想当然了，竟然白白断送了二十万大军，朕，有罪！”

就在这个时候，外面悠扬的曲调悠悠传了进来。

神兵十万忽乘秋，西碛妖氛一夕收。

匹马不嘶榆塞外，长城乍起玉关头。

君王别绘凌烟阁，将帅今轻定远侯。

莫道无人能报国，红旗行去取凉州。

那是王珪所作《闻种谔米脂川大捷》，才刚刚谱上曲子不久，便被拿来当作庆贺之歌，此时听在众人的耳朵里却显得无比嘲讽和刺耳。

“朕，竟然得意忘形，开始学会自欺欺人了！”

他惨然一笑，再也没有了继续玩耍下去的想法，好在此后并没有什么比较大的活动也不需要他这个皇帝出席，否则要是有人发现他不见的话，恐怕立刻就会引起动乱。

是夜，皇宫外御街上的闹剧总算收场，除了零星还在兜售糖果小吃的商贩之外，剩下的人早已经陆续归家。

但仍然有稀稀拉拉的声音响起，仿佛有人还在回味之前的歌声和曲调。

相比之下，此时的皇宫里却是一片寂静。

诸多大臣同时违了外臣夜不入宫的规矩，此时齐刷刷地聚在皇帝寝宫之中。

两名御医跪在床头，正在有些紧张地低声商讨着什么，看起来面色严肃。

王珪、章惇、蔡确等人此时都站在一旁，脸色都不太好看。

西北用兵招至惨败，虽然现在还没有详细的消息传递回来，但几乎已经是板上钉钉的事情。眼下他们倒是要商讨，此事到底需要谁来负责。

朝堂之上，不需要那么多背黑锅的，打了胜仗便是打了胜仗，打了败仗便是打了败仗。

但是这种话在朝野之外，在百姓之中却根本没有任何效果。

百姓只希望看到有人站出来负责，却从来不管这个人，到底是不是真的需要负责任的那个人，就算是个背黑锅的，也是百姓喜闻乐见的。

毕竟在西北边疆战死的人可是足足二十万。

两年打仗花费了上千万两银子，培养这二十万大军所花费的又何止这么多，详细算下来，他们这一次已经不只是赔本那么简单，几乎将之前十几年变法所积攒下来的本钱和积累全都砸了进去。

此时西北边境更是已经空虚，随时都有可能会被侵入，到时候便是丢土赔款，再无宁日。

这样一口巨大的黑锅，应该让谁来背，又有谁能背得住?

至于躺在床上的那位皇帝，此时看起来已经有些危险，倘若真是因为这个事，导致龙体崩溃，以至于直接驾崩，谁又能负得起这个责任?

一时间十几个大臣全都陷入沉默之中。

此时的赵顼，已经隐隐陷入沉睡之中，若不是一旁的御医说明此时他身体并无大碍，恐怕大家都以为这是陷入弥留之际了。

确定了这位皇帝已经没有大碍，只是需要休息几天就可以恢复过来，大臣们总算是稍稍松了口气，随后纷纷退出了宫殿。

只要这皇帝还能继续活着，那么最大的锅肯定要由皇帝来背，他们反倒不用像之前一样紧张了。

赵顼这一次足足昏睡了六七个时辰，直到第二天日上三竿才悠悠醒转。

清醒过来之后，他立刻就回忆起了前一天所发生的事情，本来还有些茫然的脸上，瞬间变得阴沉无比。

“西北战事……眼下可有战报？朕便是败了，也要知道败在什么地方！”

皇后看了一眼赵顼，心头顿时一喜。

原以为这次昏睡之后起来的皇帝将会昏昏沉沉，一蹶不振。

她确实是没有想到，此时的赵顼竟然如此坚定，第一时间想到的居然还是怎么总结战况！

此时的皇后，也早已经知道了西线战败的消息，所以一直都在为皇帝的龙体担忧。

此时看着勉强打起了精神的皇帝，皇后立刻安排人去找御医，先是备好了一些丸药，接着准备好了膳食，让赵顼吃下了一些提神醒脑的东西，让苍白的脸恢复了一点儿血色，这才送他来到垂拱殿。

不出他所料，前一天夜里，前线就已经有详细军报递到了中书省，这帮玩笔杆子的书生怕直白战报再刺激到皇帝，所以干脆便人为地将上面的消息重新给“翻译”了一遍。

此时赵顼所看到的战报倒是比较直白，但是少了很多惨烈的景象。

只是扫了两眼之后，赵顼便有些疲惫，干脆一摆手让旁边伺候的张茂则上来为他通读战报。

张茂则小心翼翼地拿过战报，略微一扫，便开始逐一诵读起来。

……八月末，永乐城初建完成，现敌军大批军马绕过永乐城，威胁我方边境，永乐城守军立刻派人前往米脂城请求援助，徐禧接到奏报并未放在心上，并且扬言，若是对方赶在这个时候过来，那便是我们建功立业的时候到了。沈括对于徐禧的表现极为忧虑，暗中提醒或许可以先行放弃永乐城，将所有西北路兵马召集到一起，再与敌军决战。徐禧依旧不以为然，但明确指出，此时永乐城只需要他出马，随后不顾劝阻，给沈括留下了一万人马之后带着剩下的两万多部队星夜赶往永乐城……

这个战报一开始，便是让人有一种不安的感觉，赵顼心头猛然一沉，隐约察觉到了问题所在，各路军马都无法及时协调，将帅之间的关系更是达不到令行禁止，这样的部队怎么可能作战成功？难道是因为去年的仗打得太容易了，以至于现在大宋的军马都十分骄纵？

张茂则瞥了一眼赵顼，确定皇帝没有问题之后，转而继续诵读道。

……九月初，西夏大军三十万调转锋头，进逼永乐城，徐禧以鄜延军出城列阵准备应战，此时西夏军马前锋渡河，高永能建议以兵法见，兵半渡而击之，然而徐禧却没有允许，并且以宋襄公所谓王者之师不鼓不成列的说法自居，高永能劝谏无果，随后西夏军铁鹞子也开始渡河，曲珍也上前请战，徐禧依旧拒绝，直到西夏大军大部过河，徐禧以我方骑兵精锐与铁鹞子对冲，大败，步兵被我方溃兵冲散，鄜延军因而直接大败。曲珍再次提出临时建议，想要绕后攻击敌军后军，借以逆转局面，再次被拒绝，城外大军为铁鹞子反复冲突，折损无数，归城后仅剩一万五千余人……

赵顼攥紧了拳头，此时心中已经满是愤懑和羞恼，直到此时此刻他忽然间明白过来为什么这番进攻西夏会导致如此悲惨的后果。

所托非人！他竟然会愚蠢到相信这个骄傲自大的徐禧，让他拥有掌军的权力，此人简直就是毫无章法，乱指挥一气！空有胆色而无指战能力!

……永乐城被围，水寨被攻占，城中无水逐渐恐慌，沈括率军增援，半路为绥德求援吸引，李宪一部在西夏大军背后，无法绕过，种谔与徐禧素来有旧怨，拒绝增援，城中苦熬十余日，城破，高永能、马贵、李舜举力战而死，徐禧生死不明，疑似战死。

听完这些战报之后，赵顼原本已经捏紧的拳头放了下来，脸上满是苦笑。

此时此刻他总算是明白了过来，其实这一次西北边军战败，根本怪不得任何人，要怪就只能怪他这个好大喜功的皇帝。

如果不是他急于进兵，根本就没有选拔好将领，仓促之间就想督促大进攻，或许西北边军不会出现这么大的问题。

如今西北虽然尚有各路军马相互牵制，但是整体上来说，在西夏大军面前根本不堪一击。

如果西夏梁太后真的打算一举进攻大宋的话，只需按部就班地将周围几个城池全都拔除，就可以轻而易举地率军直接攻入大宋境内。

一时之间他竟然也想不到什么好的对策，只觉得心口再次发闷。

难不成真的是上天要灭了大宋吗?

他的心中如此想着，一口鲜血再次喷涌而出，这一次比起之前更加夸张、更加危险，其中还掺杂着之前吃下去的丸药，若是细细辨认，可以看到那丸药根本就没有被消化吸收。

这一次年轻皇帝并没有及时醒过来，而是昏昏沉沉地睡了好几天。

皇宫之中消息被直接严格把控。没有任何人敢把皇帝吐血昏倒这个事情传递出来，甚至就连给皇帝看病的几个御医，包括那几个知道详情的大臣，此时都被暂时看管在了皇宫外的房间之中。

得知这个消息之后，前一晚还在皇宫中的那些大臣全都变得谨慎无比，生怕自己不小心在睡梦之中说出点儿什么东西来。

作为皇城司使的顾基竟然连续几天没有轮休，更是没有回家，这个特殊的情况立刻就引起了顾渭的注意，作为前任皇城司司尊他立刻敏锐地察觉到了一些异样。

随后试图从那几个宰执大臣的嘴里套出点什么东西的时候，他陡然发现对方竟然全都开始装聋作哑，这顿时就让他确认了自己心中的怀疑。

很显然，那位皇帝是出了什么大问题。

犹豫再三，顾渭还是没有忍住，将自己的发现还有永乐城兵败的事情写成了几封信。交给了皇城司特殊的渠道，分别发到了洛阳司马光处，江宁府的王安石处，甚至还有黄州的苏轼处。

此时的司马光已经半身偏瘫足足半年多的时间，说话迟缓，疑似中风，在看到顾渭发出来的信之后，竟然大叫一声，立刻就晕了过去。

司马家中的众人，立刻乱成了一团。

好在司马光的身体素质还算不错，虽然是因为太过惊讶一下子晕了过去，但是很快就恢复了正常。

刺激之下，他的精神状态反而恢复了不少。

感慨于自己有心杀敌却无力报国，司马光将家中所有人都驱赶到了外面，随后自己一个人孤坐独室良久，等到家中人再进来时，却发现司马光竟然已经体力不支昏睡了过去。

于是便七手八脚将司马光扶到一旁的床上后，众人才发现在司马光的桌子上，已经摆上了厚厚的一叠纸。

抬头之上，赫然写着“遗表”二字，在一旁的镇尺之下，更是写着给儿子的嘱托，倘若他要是一睡不醒，便将这些遗表呈现给当朝陛下。

司马康拿着那些纸张，表情有些异样。

臣光言：臣世受国恩，常思补报，但以性识愚戆，不合圣心。是以比年以来，屏居杜口，不敢复言。今衰疾日侵，将填沟壑，敢以平生忠恳，一达天聪，庶几陛下知臣无求于朝廷，而未尝忘国家也。臣光诚哀诚切，顿首顿首。

伏惟皇帝隆下天纵睿哲，烛物精敏。践作以来，锐志求治，图任奇杰，恢张洪业。得王安石委而信之，不复疑贰。听其言，从其计，人有沮毁之者，责而逐之。虽周成王之信周公，齐桓公之任管仲，燕昭王之倚乐毅，蜀先主之托诸葛亮，殆无以及。斯乃不世出之英主，旷千载而难逢者也。不幸所委不得其人，安石既愚且愎，不知择祖宗之令典，合天下之嘉谋，以启迪聪明，佐祐丕烈。乃足己自是，谓古今之人皆莫己如。有人与之同则喜，与之异则怒。喜则数年之间，援引登青云；怒则默逐摈斥，终身沉草莱。凡人之情，谁不喜富贵而畏刑祸？于是忠直远屏，奸谀竞进，为之腹心羽翼，以干禄侥利，遂使中外权要之任，非其党与，不得处也……

写到这里的时候，司马光的体力似乎有些跟不上，竟然是停顿了少许，以至于墨水都有些干涸，这才继续写了下去。

……臣窃见十年以来，天下以言为讳，大臣偷安于禄位，小臣苟免于罪戾。闾阎之民，憔悴困穷，无所控告，宗庙社稷，危于累卵，可为寒心。人无贤愚贵贱，莫不知之，而讫无一人敢发口言者，陛下深居九重，徒日闻谀臣之言，以为天下家给人足，太平之功十已八九成矣。臣是以不胜愤懑，为陛下忍死言之，庶几陛下览其垂尽之辞，察其愿忠之志，廓然发日月之明，毅然奋乾刚之断，悔既往之失，收将来之福。登进忠直。黜远佞邪。

看到这里，司马康眼中已经泛起了大滴的泪珠，若不是害怕将这遗表沾染上泪水，怕是早已经滑落下来，父亲此时已经病入膏肓，却依旧挂惦着朝廷，挂念着皇帝，如此心怀天下，却只能垂垂老矣，于此处……司马康深吸了一口气，继续看了下去。

审黄发之可任，寤谝言之难信。罢苗役，废保甲，以宽农民。除市易，绝称贷，以惠工商。斥退聚敛之臣，褒显循良之吏。禁约边将，不使贪功而危国。制抑近习，不使握兵而兆乱。除苛察之法，以隆易简之政；变刻薄之俗，以复敦朴之化。使众庶安农桑，士卒保首领，宗社永安，传作无穷。则臣没胜于存，死荣于生，瞑目九泉，无所复恨矣！臣不胜瞻天恋圣之至，谨手书遗表以闻。臣光诚衰诚切，顿首顿首……

洋洋洒洒千余言，其中间杂着各种复杂情绪，他们看下来都觉得心潮澎湃难以形容。

再看此时的司马光，似乎正经历着什么极为可怕的事情一样，双眉紧皱，咬紧牙关，竟然发出了一阵宛若上阵杀敌一般的喊杀声。

司马康心头一紧，连忙走上前去，轻轻抱住了年迈的父亲，轻声安抚了好几句之后，这才看到司马光的身体逐渐恢复了正常。

一时间，在这房舍之中，悲戚之情升腾而起……

江宁王家府上，王安石端坐在院子里的石桌旁，手中的信笺悄然滑落，王安石却仿佛并未察觉一样，怅然若失。

永乐兵败的消息并没有让他感到太过惊讶，西北边事向来飘忽不定，倘若没有一定的能力，根本没有办法将西北边事梳理清楚。

当年的范仲淹和韩琦两人联手，算得上有这个能力，狄青在进京之前也算有这个能力，只是眼下朝堂之中的人，哪怕是王安石自己都自觉没有这个能力。

边疆战事与朝堂之上可完全不一样，不但要会带兵打仗，还要有各种谋略能力，倘若稍有不慎就很有可能满盘皆输。

眼下西北边境的那些家伙，没有一个能称得上有这种能力的。

但行军打仗，胜败乃兵家常事，就算偶尔丢失一座城池，对于整体战局的影响，也未必有那么严重。

真正让他忧虑的是皇帝赵顼，此时不过才三十几岁，而身体已经虚弱到如此地步，倘若真是因此而一睡不起，或者是伤了内腹……

王安石将自己的心思收敛了起来，不敢继续再多想。

一旁皇城司的察子眼看着老相公并没有发生什么意外的情况，心中稍稍安定了一些，连忙拱手说道："若是老相公没有其他差遣，小子这便离开了，老相公还请保重身体，千万不要太过……"

这家伙的话还没有说完，就看到王安石站起来之后直接仰头栽了过去。

这个情况顿时把皇城司的察子吓了一跳，连忙一边招呼旁边的人来帮忙，一边担心王安石的情况，倘若这位老相公在他面前出了什么问题的话，他就算把自己这个脑袋砍下来也不够顶罪的！

王安石接连睡了十几个时辰，这才悠悠醒转，随后在无人注意的情况下，自己在房间内外来回转了几圈，更是提笔将去年秋天所吟出来的一首《千秋岁引·秋景》写到了纸上。

别馆寒砧，孤城画角，一派秋声入寥廓。东归燕从海上去，南来雁向沙头落。楚台风，庾楼月，宛如昨。

无奈被些名利缚，无奈被他情担阁。可惜风流总闲却。当初漫留华表语，而今误我秦楼约。梦阑时，酒醒后，思量着。

等到大家发现王安石已经清醒过来的时候，他却已经回到床上再次沉沉睡去。

接连几天的时间里，王安石折腾了好几次，这才算是彻底恢复了正常。

但是家里所有人都能感觉出来，此时的王安石虽然看似正常，精气神儿确实已经大不如前。

妻子吴氏伴随在王安石身边的时间最长，对于他的情况更是最为了解，此时甚至能感觉到，似乎有种东西正一丝一毫地从王安石身上不断抽离，那种东西已经不简简单单的只是精气神儿，似乎还是他的生命。

“既然已经选择了归隐生活，朝堂之上的事儿，你就不要再多操心了，就算是边疆的战事也有相应的武将去管理，你就算是忧心忡忡，也没有什么好的办法。至于那位皇帝，他毕竟才过而立之年，总不至于比我们还要先去了吧？”

心中关心王安石的身体健康，吴氏说起话来的时候，嘴上就没有了遮拦，听得王安石不由得连连苦笑：“也幸亏我们现在已经归隐田园，倘若是此时还在东京城中，你刚才的那句话，就已经给我们引来杀身之祸了。”

说完这两句话之后，王安石突然间感觉有些疲惫，朝着妻子摇了摇头，随后便闭上眼睛缓缓睡了过去。

妻子看着王安石哪怕是在睡觉时也无法松缓开来的眉头，心中没来由地升起了一丝焦躁……

比起另外两个先一步得到消息的家伙来说，苏轼此时的状态依旧略显闲适，那个给他送信的皇城司察子，正是在山腰的那个小佛堂里找到了他。

彼时的苏轼，还在与佛印相互打机锋，两个年岁都已经不小的人，却如同两个顽童一样，愣是要拼出一个输赢。

直到皇城司的察子将那封信笺递给苏轼，苏轼这才朝着佛印欠了欠手，随后缓步走出了佛堂。

无论是西北兵败还是皇帝突然间重病的消息，在他这里都没有引起任何波澜。

苏轼只是将手中的信笺反复看了几遍之后便将其揉成了一团，奋力扔向远处。

这个举动看得皇城司负责送信的察子满脸惊惧，一时之间竟然忘记了说话。

苏轼微微一笑，将信笺的封皮重新递给了那个察子，随后摇了摇头道：“看样子你是担心回去没有办法交差吧？

“我这里可是跟其他地方并不相同，顾渭司尊与我并没有旧交，除了之前寥寥几面之缘外，我们似乎连话都没说过几次。

“这两件事我知道了，但是我也没有办法改变什么，除非我现在就被召回东京……”

苏轼自嘲地笑了笑，没有继续说下去，只是朝着对方摊了摊手：“我相信顾渭司尊也没有要求你必须拿到回信。

“既然如此，你也没有必要在这里耽搁了，回去吧！”

挥挥手之后，苏轼便转身回到了佛印的佛堂之中，这一系列的表现看得那个察子心中满是茫然。

他着实是想不明白，为何眼前这个男人竟能如此洒脱？

乌台诗案的事情，似乎根本没有在这个男人身上留下一丝半毫的痕迹！

沉默了片刻之后，察子不敢再耽搁时间，连忙离开了此处。

待到察子离开了之后，苏轼和佛印从佛堂中走了出来，两人沿着山路一路向北，表情都有些凝重，尤其是苏轼，完全不像刚才那么洒脱。

“子瞻眼下还在被贬黜期间，短时间内想要起复几乎是不可能的事情，西北边事和朝堂之上，对于你来说似乎都很遥远，按理说子瞻便应该如方才一样，洒脱才对。

“怎么这个时候反而又开始忧心忡忡了？”

苏轼扭过头朝佛印看了一眼，这个大和尚平日里爱打机锋，说起话来的时候经常飘忽，但碰到一些需要建议的事情时还是十分可靠的。

此时的劝慰，正说在了苏轼的心坎里。

“的确如此，但身为大宋官员，遭逢此事，竟然不能有所建树，这种感觉实在是……仿佛报国无门！”

再次自嘲地笑了笑之后，苏轼忽然听到了一片滔滔的江水声，心头顿时一动，连忙拉着佛印朝着声音传来的方向走了过去。

“此地，便是赤壁矶了，山高水急，平日里若是形单影只，万万不可到这附近来，不然一时落水便再没有生还的机会。”

佛印朝对面看了一眼之后，脸色淡然，突然极为认真地朝着苏轼说道。

苏轼怔了怔，并没有将佛印的话当回事，而是又朝前面走了两步，看着那滚滚浪涛砸在了山壁之上，拍出了无数碎掉的白色浪花，空气之中传来了淡淡的水汽，一种异样的情绪忽然在苏轼的心中翻腾起来。

自从乌台诗案之后，他已经许久没有好好地吟诗作赋，此时似乎有万千语言堵在了嘴边，呼之欲出。

一旁的佛印大和尚注意到苏轼的古怪动作，被吓了一跳，连忙上前抬手扯住了苏轼的衣角，试图拉住他不让他摔落下去。

与此同时，苏轼却怅然笑了起来。

大江东去，浪淘尽，千古风流人物。

故垒西边，人道是，三国周郎赤壁。

乱石穿空，惊涛拍岸，卷起千堆雪。

江山如画，一时多少豪杰。

遥想公瑾当年，小乔初嫁了，雄姿英发。

羽扇纶巾，谈笑间，樯橹灰飞烟灭。

故国神游，多情应笑我，早生华发。

人生如梦，一尊还酹江月。

此时苏轼的声音，竟然带上了一丝异样的苍凉之感，声音隆隆而去，与周围的滔滔江水之声竟然融为一体，在周围的山壁之间来回激荡。

一旁的佛印怔了怔，脸上的谨慎表情逐渐转为洒然，随后变成淡淡的笑意。

这位友人以诗词著称，但是在黄州许久，跟他打了无数机锋，破了无数谜语，自己竟然从来没有听到过他赋诗，如今看起来应该是有某个横贯他心间的症结已经被破除。

此前佛印也曾经多次听到过苏轼的作品，与当下这种苍凉悲怆的豪迈之感截然不同，看样子这位友人以后诗词歌赋的风格，怕是也要为此变上一变了。

就在佛印心中如此作想的时候，却注意到苏轼忽然从怀里摸出来一个酒囊，朝着他晃了晃："大师今日可饮得酒呼？"

佛印拉着苏轼向后退了两步，不由得哈哈大笑，顺势在怀里摸出了一包油纸，打开之后赫然是两块四四方方，红嫩滑软，看上去极为诱人可口的东坡肉！

这东坡肉，正是前段时间苏轼难得有空闲时间研究出来的一道菜肴，虽说是以猪肉烧做而成，却极为香甜可口。

苏轼之前赋诗无方，倒是为这东坡肉写了一首打油诗《猪肉颂》。

净洗铛，少着水，柴火罨烟焰不起。待他自熟莫催他，火候足时他自美。黄州好猪肉，价贱如泥土。贵者不肯吃，贫者不解煮。早晨起来打两碗，饱得自家君莫管。

两人盘膝而坐，面对着滔滔江水，以东坡肉配当地的烧梅酒，一时间好生快意。

直到酒肉全都下了肚，佛印这才感慨道："说起来，苏兄在这烧菜做羹一项，似乎也有长处，日后便是罢官不做了，倒也可以考虑开间酒肆过活。

“到时这东坡肉，岂不正是招牌菜了。”

苏轼微微一怔，扭头有些古怪地看了一眼佛印：“这东坡肉一说，却是不知道谁传了出去，苏某号东坡学士，若说这肉便是东坡肉，倒不知道那些猪是东坡学士，还是苏某便是猪了！”

佛印听到苏轼的自嘲，再也忍不住，放声大笑，一旁的苏轼神色洒然，但眉宇间的一丝忧心之意却是怎么都抹不掉了。

第七章

过江宁王苏再相聚　神宗皇帝英年早逝

熙宁七年（1074）七月，苏轼告别尚在筠州任职的弟弟，返回了九江，随后携家带口在湖口送别了即将赶赴江西德兴赴任的儿子苏迈。

在与儿子临别前，父子二人一起到石钟山游玩了一番，留下了名篇《石钟山记》。

《水经》云："彭蠡之口有石钟山焉。"郦元以为下临深潭，微风鼓浪，水石相搏，声如洪钟。是说也，人常疑之。今以钟磬置水中，虽大风浪不能鸣也，而况石乎！至唐李渤始访其遗踪，得双石于潭上，扣而聆之，南声函胡，北音清越，桴止响腾，余韵徐歇。自以为得之矣。然是说也，余尤疑之。石之铿然有声者，所在皆是也，而此独以钟名，何哉？

元丰七年六月丁丑，余自齐安舟行适临汝，而长子迈将赴饶之德兴尉，送之至湖口，因得观所谓石钟者。寺僧使小童持斧，于乱石间择其一二扣之，硿硿焉。余固笑而不信也。至莫夜月明，独与迈乘小舟，至绝壁下。大石侧立千尺，如猛兽奇鬼，森然欲搏人；而山上栖鹘，闻人声亦惊起，磔磔云霄间；又有若老人咳且笑于山谷中者，或曰此鹳鹤也。余方心动欲还，而大声发于水上，噌吰如钟鼓不绝。舟人大恐。徐而察之，则山下皆石穴罅，不知其浅深，微波入焉，涵澹澎湃而为此也。舟回至两山间，将入港口，有大石当中流，可坐百人，空中而多窍，与风水相吞吐，有窾坎镗鞳之声，与向之噌吰者相应，如乐作焉。因笑谓迈曰："汝识之乎？噌吰者，周景王之无射也；窾坎镗鞳者，魏庄子之歌钟也。古之人不余欺也！"

事不目见耳闻，而臆断其有无，可乎？郦元之所见闻，殆与余同，而言之不详；士大夫终不肯以小舟夜泊绝壁之下，故莫能知；而渔工水师虽知而不能言。此世所以不传也。而陋者乃以斧斤考击而求之，自以为得其实。余是以记之，盖叹郦元之简，而笑李渤之陋也。

全文看似不过是在游玩观赏石钟山，实际上却是在提醒与自己同游的儿子，想要认清楚事物的真相必须要目见耳闻，绝不可以凭借臆断的主观猜测，更不能道听途说。

此时的苏轼，已经彻底改掉了之前身上骄纵狂躁之意，在儿子面前已经可以完全展现出一个成熟且稳重的父亲形象，可以在生活乃至工作上教会儿子许多人生哲理，更可以帮助儿子找到人生追求的方向和信条。

在与儿子苏迈分别之前，苏轼送给了儿子一方砚台，随后更是亲自在背面刻上了一篇《迈砚铭》。

以此进道常若渴，以此求进常若惊。

以此治财常思予，以此书狱常思生。

告诫儿子始终要追寻真理，永远都要同情百姓，永远好学求进。

这不但是对儿子的谆谆教诲，更是作为一个父亲，对自己人生的总结。

送别了儿子之后，苏轼转而带着家人过芜湖当涂，抵达了此行最为重要的一个目的地——江宁。

此时正值盛夏时分，气候炎热无比，他们在一船中待了足足两个月的时间，一家老小轮番病倒，快到江宁的时候，苏轼才出生不到十个月的小儿子苏遁在船上夭折。

苏遁的母亲朝云悲痛欲绝，几次想要与儿子一起归去，苏轼自己也是老泪纵横，亲自将小儿子的尸身抱走埋葬。

此时苏轼已经人至中年，陡然遭受丧子之痛，对于苏轼来说是极为深重的打击，为此他作了一首《哭子》。

吾年四十九，羁旅失幼子。

幼子真吾儿，眉角生已似。

未期观所好，蹁跹逐书史。

摇去却梨栗，似识非分耻。

吾老常鲜欢，赖此一笑喜。

忽然遭夺去，恶业我累尔。

衣薪那免俗，变灭须臾耳。

归来怀抱空，老泪如泻水。

我泪犹可拭，日远当日忘。

母哭不可闻，欲与汝俱亡。

故衣尚悬架，涨乳已流床。

感此欲忘生，一卧终日僵。

中年忝闻道，梦幻讲已详。

储药如丘山，临病更求方。

仍将恩爱刃，割此衰老肠。

知迷欲自返，一恸送余伤。

直到抵达了江宁城，苏轼的情绪才稍稍稳定下来。

眼看着船就要靠岸，苏轼下意识朝着岸边看了过去，顿时便是一愣。

早在筠州之时，他就想到回返一路正好路过江宁，所以极早就给眼下住在江宁府赋闲的王安石写了一封信。

此时的王安石身体已经恢复了健康，虽然整体上已经大不如前，但是好在看上去也算精神矍铄，此时看着苏轼所在的客船靠岸，王安石立刻就笑呵呵地抬起手，朝着船那边摆了摆。

苏轼抬眼之间便看到了王安石，此时的王安石身穿一件微短的蓝色粗布衣袍，头顶顶着草帽，身边还牵着一头油光水滑的小黑驴。

要不是早就辨认出来，仓促之间看上一眼还要让人把他误当成一个常见的农家邻居阿伯。

虽说已经多年未见，但是隔着渡口这几十米的距离，两个人还是一眼就认出了对方。

一时间两人心中都生出了无限感慨，往日种种又浮上了心头。

此时的王安石已经彻底脱离了朝堂，自以为闲云野鹤，每日除了读书作画之外，便是修身养性，反倒将身体养得好了不少。

此时隔着渡头相对而立的两个人，之前在变法的朝堂之上针锋相对，几乎可以说是死对头。然而此时相见之后，王安石心中却产生了一个古怪念头，他隐约觉得似乎只有眼前这个当年的对头，才能理解自己当初八年变法苦苦上下求索，而今被罢官八年更是心中积郁良多的心境。

之前早早地接到了苏轼的书信，对于何时何日抵达江宁，苏轼也并没有确切时间，只能前后估量个大概。

于是乎，从三日前开始，每每到了将有客船靠岸的时候，王安石就会牵着他这头小毛驴跑到岸边等候。

一连三日，日日不辍，今日终于等到了这位旧友。

虽说两人之前在朝堂之上针锋相对，但那都是因公而起，自从不再掺和变法之后，王安石的心境就发生了极大的转变，尤其是心中对苏轼的印象更是有了极大的改观。

此前乌台诗案的时候，王安石还曾专门写信给皇帝，几番劝谏之下，倒是起到了不小的作用。

至于苏轼后来被贬谪到了黄州，非但没有因此而气馁消极，反而时不时就会有三五逸事传出，这样让王安石对这个后辈的人品、学问和才气增加了不少认识，自然对苏轼的关注也增加了不少，所以此番听到苏轼要转知他州，顺江拜访筠州的苏辙，同时归来江宁竟然要来拜会自己，王安石顿时喜出望外。

原本苏轼还沉浸在丧子之痛中，一时之间情绪难以自抑，但在见到王安石的一瞬间，之前的种种压抑沉郁，便全都消失不见。

取而代之的则是些许感慨和唏嘘。

只不过是相互见了一面而已，之前的种种不快如同过眼云烟，直接消散不见，取而代之的是矛盾消融，凄凄感慨以及满怀释然。

没有新法在两人之间成为沟壑天堑，两人自然也就不必再过拘束。

苏轼将家中众人一一唤出，见过了王安石，王安石立刻注意到苏轼身旁的王朝云此时脸带泪痕，下意识地询问了两句，这才知道原来苏轼的幼子方才过世数日，心中不由得生出了凄凄之意。

昔年王安石在东京城中丢盔弃甲，一败涂地，何尝不是因为爱子病逝？

他早听说苏轼的幼子眉眼之间与苏轼最为相像，深得苏轼喜爱，却没想到还未尝得见，那小娃娃就已经夭折。

王安石默然无声地按住了苏轼的臂膊，随后便带着苏家众人回到了自己的居所“半山园”。

王朝云自有夫人前去照顾安慰，王安石则与苏轼把酒言欢。

两人虽然相差了十五岁，但是学识见地却都在同一个层次之上，无论谈及什么事情，两个人都能很快达成共识。

“常言道，道理不辩不明，越辩越明，这句话对于你我二人却是不太适合了，若是早年间你我没有新法作为阻碍，恐怕早已成为至交好友，便是连这星星点点小事都能想到一处，简直难以想象！”

王安石再次与苏轼聊到高兴处，不由得抚掌而叹。

苏轼心头感慨万千，也有点儿相见恨晚的意思。

倘若两人在变法之前便已经成为好友，怕是正如王安石与司马光一样，纵然政见不同，平日里也能相互护着，变成一对诤友吧！

随后的几天，两人没有一直在半山园中耽搁，而是把臂同游，在钟山之上观赏碧湖泉流，芳草游鱼，顿生心旷神怡之感。

心思豁达，思绪纷飞之时两个人还纷纷作了一首小诗相互印证。

王安石看出了苏轼对此处景色的喜爱，不由得心头一动，直接劝慰道：“既然子瞻喜欢这里，不如在此地购买田宅，依山傍水而居，正好与我做个邻居，日后倒也方便相见。

“汝州之地，距离京都太近，若是真去了的话，怕是很难能有闲适的时候了！”

苏轼隐隐听明白了王安石话里的意思，心头微微一动。

这种话自然不是要阻挠他的前程，而是真真切切地在劝他，不要再牵扯到京都的种种事务之中。

苏轼的年纪还未到直接萌生退隐之意的时候，此时陡然听到王安石的劝谏，不由得有些愣神。

王安石只是笑了笑，并没有继续追下去，转而拉着苏轼一起上了山。

苏轼搀扶着这位老相爷，心中突然冒出了一点酸楚。

当初与王安石才相见时，王安石虽然年岁也已不低，但终究还是壮年，年富力强的同时身上气势更是威慑人心。

然而此时他身边的这位老者，身上确实已经看不出任何的气势可言，反而真的如同邻家的老翁一般。

片刻之后，站在山顶之上，两人俯视大江，一时间心中再生种种激慨。

待到两人回到了半山园的时候，王安石已经有些走不动路了。

“毕竟年纪大了，恐怕也没有几年的时间可以安然活着了，一时间想要爬山登高，竟然如此疲惫，真是老骥伏枥，虽志在千里，却终究是有些走不动了。”

苏轼看着已经服老的王安石，心中戚戚之意越发明显，不由得出言安慰起了王安石来。

王安石摆了摆手，倒是并没有将此事放在心上。

苏轼难得喜欢此处，在王安石这半山园中住了足足十余日，每日跟着王安石一起游山玩水，终究从丧子之痛中缓缓走了出来，心思开始活泛到了前往汝州的事情之上。

送别前夜，两人痛饮了一场，随后一起到了王安石的书房之中。

苏轼方才坐下，就在案几上看到了一道札子，下意识地瞥了一眼，心中顿时一颤，也不管会不会失礼了，抬手就将那东西拿了起来，放在眼前。

乞以所居园屋为僧寺并乞赐额札子

臣幸遭兴运，超拔等夷，知奖眷怜，逮兼父子。戴天负地，感涕难胜。顾迫衰残，縻捐何补。不胜蝼蚁微愿，以臣今所居江宁府上元县园屋为僧寺一所，永远祝延圣寿。如蒙矜许，特赐名额，庶昭希旷，荣与一时。仰凭威神，誓报无已。

在这道札子下面，已经有了皇帝的批复，竟然是同意了申请，并且赐下了匾额“报宁禅院”。

苏轼忽然想起前几天，王安石正差人到秦淮河畔的旧惠民药局处租赁小院。

原来这位老相爷竟然是打算将自己的宅子捐出去做寺庙，而他自己却要搬到那小小的宅院当中过活？

苏轼的心头巨震，一时间竟然不知道该如何形容自己心头的震撼。

“王相，您这是？为什么要上这样的札子啊？”

如此一来，王安石老年的时候便连一个宽敞明亮的住宅都没有了，只能屈居在那样一个小小的宅院之中!

这种酸楚感，一时间让苏轼难以适应。

王安石似乎早就想将这东西交给苏轼看，但一直没有来得及，此时注意到苏轼竟然看到了札子，不由得微微一笑:“今年年初的时候，我大病了一场，若不是陛下安排了御医来为我治病，恐怕子瞻就看不到我了。

“想要捐出这个宅子，倒不是为了感恩陛下，而是要为了我这半生赎罪。

“要不是因为我自己张狂，我一心想要做成的变法革新就不会最终失败，要不是我仓皇之间只想到要行其实而不知道要护其本，各项变法也不可能出现那么多弊端，林林总总各种惭愧之事数不胜数。

“子瞻，我只不过是想让我的国家变得富强，让百姓安居乐业，让官员各司其职，让皇帝高枕无忧，让邻国不敢侵犯，谁又能想到我辛苦半生努力了八年的时间，竟然只落得如此结果?

“眼下新法已经形同虚设，在无人维护的情况下，反而有了尾大不掉的趋势，原本的变法彻底走了样，剩下的只是一个拥有扭曲内容的空壳，这一切都是我的罪过呀! ”

听着王安石半是忏悔半是苦涩的话语，苏轼只觉得心头升起了浓浓的敬仰之意，原本在他面前已经变得瘦削无比的王安石，瞬间变得越发高大。

苏轼难以想象，究竟是什么样的信念，才能让这样一个男人哪怕是在远离朝堂、退居田园的情况下，依旧对当初努力践行的目标和理想念念不忘，哪怕全世界都抛弃了他，他也仍然保有初心!

直到这个时候，苏轼才恍然明白过来，为什么王安石会对他说出那样的话，似乎有阻止他返回汝州的意思，这其实就是不想让他走自己的老路！

为政者，如何能够不抱憾，难道就如同当初的吕夷简与晏殊一样，做一辈子的太平宰相，永远的不倒翁？

苏轼心中突然生出了一股子冲动，不去了，不去汝州了，不去京师了，干脆留居常州吧，正好常州还有数亩薄田，已经足够供给饭食了。

沉默了片刻之后，苏轼忍不住站起身来，朝王安石一拜再拜，更是忍不住喃喃道：

骑驴渺渺入荒陂，想见先生未病时。

劝我试求三亩宅，从公已觉十年迟。

元丰八年（1085）三月，不知道为何，近来一直都沉浸在紧张气氛之中的皇宫，气氛变得越发压抑，在皇帝如今所在的福宁殿周围，忽然多出了大量的禁卫军和内侍，远处的一些角落里更有皇城司的察子来回走动。

在这种气氛之下，平日里再傲慢的内侍或者宫女也都只能夹着尾巴做人。

很快就有消息从皇宫之中传了出去，有人说那位已经卧病许久的皇帝，恐怕要不久于人世了。

早在几年前，皇帝接连吐血昏迷的时候，大臣们就料到会有这么一天，但是谁也没有想到这一天会来得这么快。

一时之间朝堂之上，人心浮动。

皇帝若是驾崩，便是新旧臣子交替开始的时候，朝中的权力结构必会发生极大的变化，到时候无论是太后掌政还是皇后扶持新皇帝，大家都要换一个皇帝来拜。

只不过到时候大家肯定还是要选如何站队，一旦选错了队伍的话，其后果自然可想而知。

但如果能够选对队伍的话，就等于是从龙有功！朝堂百官虽然人都不在皇宫之中，但是此时心却都飞到了福宁殿中。

比起文武百官，皇太后与皇后此时更加担心的，反而是皇帝的身体。

福宁殿内外一片惨淡之色，内侍和宫女们都被清了出来，贴着两侧的回廊站着，两名御医跪坐在床头前，几个贴身的内侍官和宫女在一旁伺候。

张茂则和另外几个内侍都站在外面的连廊里，面色有些阴沉。

眼下他们之中任何一个人都对当下的局面没有任何帮助，唯一的希望便是在屋子里面跪着的那两个不怎么可靠的御医。

皇太后和皇后同时驾到，甚至都没有给周围这些人下跪行礼的机会，而是匆匆而来，匆匆而过，闪身的工夫就到了福宁殿内。

看着病榻之上已经骨瘦如柴的皇帝赵顼，两个女人虽然都极为激动，但是表现却截然不同。

皇后抽噎了一声，快步跑上前去，直接扑在了床边，轻轻抓住了赵顼的手，凝噎无语。

皇太后则是身子微微一顿在原地站了两秒钟，仔细辨认了一下眼前这个已经瘦脱了相的男人，这才缓缓朝着对方走去。

此时此刻，两个女人已经不再是母仪天下的太后和皇后，而仅仅是两个最为普通的女人，一个即将失去儿子，另一个即将失去丈夫。

赵顼此时的样子着实有点儿吓人，卧病几年下来，他早已经瘦到脱了相，最近这几个月甚至连起床走路都做不到了。

此时此刻竟然还能强打精神看向自己的母亲和女人，这让大家都联想到了一种极为不好的可能，但是谁也不敢把这话说出来。

皇后强行止住了自己想要抽泣的感觉，这一年多来，她一直都跟在皇帝身边伺候照顾，对于丈夫的情况极为了解，要说需要哭的话，眼泪也早已经流干。

至于皇太后，竟然克制住了自己激动的心情，只是站在了床前，并没有扑过去。她深吸了一口气，强行压制住了自己眼底的心疼和无奈。随后将问询的目光递给了躺在床上的皇帝。这自然不是问皇帝觉得自己还能再活多久，而是在问他接下来的安排。

赵顼方才已经吃过一颗丸药，那东西虽然不能让他撑太久，但总能让他临死前有一个足够说话的嗓子和足够表达自己意思的气力。

沉默了片刻之后，赵顼扯着有些嘶哑的嗓子说道："皇位一事，朝中大臣有他们想选的人，宗室皇亲有他们想选的人，朕自然也有朕想选的人。"

他朝母亲看了一眼，极为认真地说道："朕想要让皇六子，延安郡王赵傭继承皇位，但此子年岁尚小，只有十岁而已。恐怕是需要母后多多庇佑。"

皇太后沉默了片刻之后，点了点头，说道："赵傭这孩子孝悌可嘉，我今早已经将其带入宫中照顾，皇上可放心。"

赵顼默然："既然母后早就想到了便好，司马光、苏轼、吕公著几人都有治世之才，若是能在赵傭的征召下回返京中，三人必将感恩戴德，尽心尽力。"

说到这里，皇帝的喘息声忽然间加重了不少，一时间竟然没有办法再多说几句话，这个情况让皇后跟皇太后都吃了一惊。

但紧接着她们就发现皇帝的呼吸又逐渐恢复了平稳，只不过这一次皇帝已经昏昏睡去。

两个女人相互看了一眼，默然无语。

直到一盏茶的时间过后，皇帝的呼吸声逐渐变得轻缓，随后胸口的起伏越来越小，最终彻底消失。

赵顼的呼吸声彻底消失不见，伴随着眼底的一道异彩，身体再也没有了动静。

元丰八年（1085）三月初五，皇帝赵顼驾崩于福宁殿，年仅三十八岁，庙号神宗。

十岁的皇太子赵傭，在诏令之下改名为赵煦，从父皇的尸身前匆匆而过之后，被拉到了内东门匆匆继承了皇位。

太后、皇后、生母德妃尽皆加了尊位，实际上朝堂的大权已经在赵顼的示意之下完全落入了太皇太后的手中。

整个皇权的交接过程既符合伦理，也符合秩序。

但这种完全没有血腥杀戮的妥善继承，注定压不住表面之下潜藏着的那些汹涌暗流。

此时的朝堂之上看似没有任何危险存在，但实际上早已危机四伏。

年幼的皇帝赵煦虽然天资聪慧，但终究还只是个孩子而已，接下来几年的时间之内，恐怕只能做一个老老实实坐在椅子上的傀儡。

寓居洛阳，早已将《资治通鉴》完成的司马光，此时身体状况恢复得还算不错，说话的能力已经恢复，走路也不再打摆子。换作一般的老人，恐怕远远恢复不到这种程度。

此时的司马光已经六十七岁，身上却仍然带着一股子顽强的劲头，甚至于比起当年从东京城离开的时候更加强健。

等到他知道皇帝已经驾崩的消息，已经是十几天之后的事情。

就在几个月前，他才刚刚将《资治通鉴》亲自上呈给了那位病榻之上的皇帝，当时赵顼还对司马光大加赞赏，总算是了却了司马光的一桩心事。

这本书从英宗在朝的时候就在开始编撰，一直到现在已经历经了两代皇帝，总算是完成了这个嘱托。他的心境自然变得宽敞了不少，这倒是促进了他的身体恢复。

自从皇帝驾崩到现在为止已经过去了十一天，有不少人跑过来请求要跟他见面，这洛阳之中的老臣着实不少，短短一天的时间里最少也有十数个人跑过来想要找他，很明显是要趁机一起商谈接下来的政务。毕竟新旧皇帝接替这种时机可是极为重要的，如果能在这个时候狠狠地捞上一把，那便是以后的政治资本。

然而出乎所有人的意料，面对这帮家伙的邀请，甚至结伴而来的场面，司马光竟然一个都没有搭理。

对于这帮家伙想要拉帮结伙的想法，他直接选择了闭门不见。

这种举措让所有人都有些想不明白，直到三月十五日，范祖禹借着自己的学生身份，借着跑过来看望司马光的机会再次跟司马光提出：“老师在大行皇帝健在的时候，就曾经任职翰林学士兼侍读学士足足四年的时间，这种君臣之间的关系非同一般，既然如此就更不应该拘泥于朝廷制度，竟然连前往京都吊丧都要深思熟虑，此时若是不去，待到诏令再去，意义便不同了。”

这个劝说听起来并没有什么深度，但说出此话的人不一样，意义自然就不同。

司马光朝自己的弟子看了一眼，依旧没有动静。

有些事情不是他想当然的。

此时朝廷之中必然纷乱无比，新老皇帝交替的时候，本来就是朝廷之中大权重新分配的时候，那些大臣早就已经削尖了脑袋想要往上爬一步。

此时作为一个外放甚至闲散的官员，突然跑回皇城之中去，无异于向他们宣示要回去夺权。

司马光并不想当这个出头鸟，而且他也并不打算真的回去夺权。

他已经六十七岁了，此时的状态跟之前与王安石在朝堂之上斗争的时候截然不同，即便手中能掌握权力，他也会觉得有些疲累。

如果说真的要匆匆赶回京都，那也只是想要回去祭拜先皇。

但重点就在这里，一旦他真的回去，那就不是他说什么那么简单了，大臣们肯定会把关注点全都放到他的身上。

等待着他这个老头子的必然是疾风骤雨。

沉思两日之后，司马光的这个想法终于被一个人给打破。

程颢，嘉祐年间的进士，当年曾经支持过王安石的变法，但是后来因为与王安石的意见不同，最后主动出知外地，竟然一心研究义理，成为理学奠基人之一。

他的父亲与司马光的哥哥同属于洛阳的同甲会，所以两人经常来往。

两人之间不过密谈了数句而已，程颢就成功扭转了司马光的想法，随后直接让老仆套上马车，一路直奔东京城而来。

洛阳到东京城之间，不过是六个驿站的距离，倘若是常人接连换成马匹，用不了一昼夜的工夫就可以直接赶到。

奈何司马光岁数已经太大了，没有办法骑马而行，只能在马车上慢慢悠悠地赶往东京城。

足足过了两天之后，他们才匆匆赶到。

令司马光没有想到的是，他们才刚刚进了城，马车走过天汉桥，周围的人群中就有人认出了他的身份。

一时之间叫嚷司马相公的声音响成了一片。

这跟司马光本来想低调回来的想法截然不同，但架不住下面这些人太过盛情，只能站出来一一点头回应。

待到叩拜过大行皇帝遗体，又见过新君，匆匆离开了皇宫之后，司马光的思绪开始变得无比复杂。

虽然他回来之后，宫廷之中没有出现任何变动，更没有人私下找他，说出任何事情来，但是司马光依然觉得有什么事情即将发生，而且就连他也无法判断这事情到底是好还是坏。

这种让人焦灼忐忑的感觉让司马光一时之间就连想睡觉都无法做到。

几十年间，他早就养成了一个习惯。

那便是有疑虑的时候，必须要将此事考虑清楚才能安然入眠。

谁能想到，他这一个快七十的老先生，竟然会被一场葬礼给吓得寝食难安。

此时的司马光反倒无比庆幸，幸亏此时身体已经大为好转，倘若还像以前一样抱着病躯，别说是来见大行皇帝了，便是回到皇宫之中他都不会去想。

否则怕是要直接折损在半路之上。

第二天太皇太后垂帘听政，以小皇帝赵煦的命令召对诸位大臣，果然司马光所担心的事情发生了。

太皇太后颁布诏令，直接下了好几个任命。

原本的权力中心彻底发生了变化。

王珪因为患病，直接被踢出了权力中心，无法继续担任宰执大臣，直接被罢免成了门下侍郎。

蔡确从中书侍郎调为门下侍郎，看上去是升职了，实际上手中权力却减少了。

知枢密院事韩缜出任右仆射中书侍郎，门下侍郎章惇转知枢密院。

韩缜并未受到什么影响，不过是挪了个坑，但章惇等于失权了。

最后的重点便是，司马光被任命为门下侍郎……

这个安排一下子让所有人全都蒙了。

谁都想不到为什么会发生这样的事情，尤其是大家谁也想不到为什么司马光在外面待了那么久，回来之后便可以直奔权力中心。

司马光自己也不太清楚这个事情的缘由，所以他采取了最为简单直接的应对办法。

他拱手谢辞，直接朝着太皇太后说道："老臣启禀太皇太后，老臣如今年岁已高，身体又有疾病，恐怕已经是日薄西山，时日无多，眼下绝对没有能力承担门下侍郎之重责。

"最主要的是老臣已经远离朝廷十五年之久，对于内政之事和边情之事全都已经跟不上变化，既然已经是暮年之人，最喜欢的其实不过是清闲职务，倘若可以直接回到西京颐养天年倒也无妨。

"若是强行让臣担此重任，恐怕会影响到太皇太后革故鼎新之伟业，还请太皇太后、陛下选拔年轻人才，多给年轻人机会，老臣感激不尽！"

这一下子周围的人都再次愣住了，就连太皇太后此时也是满脸的无奈。

一个非要给，一个非要推。

这两个朝堂之上的老人，到底是在玩什么花花肠子？

太皇太后接连邀请了三次。

司马光也拒绝了三次。

而且卖惨的效果一次比一次夸张，一时之间朝廷之内群臣都在惊讶，京都之中听闻此事的百姓也都是满脸讶异，谁也想象不到为何太皇太后会如此强逼一个曾经两次中风，连行动都不是特别方便的老人去当什么门下侍郎。

要知道这位老人可是整个朝野上下独一无二的司马光！

这件事情前后持续了将近一个月的时间，司马光想要离开也做不到，只能一直在再次施展抱负和装病归家的想法之中反复煎熬和等待。

如此一来让司马光的身形越发清瘦。

眼看着司马光不想答应这件事情，太皇太后也不想退让，众人无奈之下，只能出了个下下策。

张茂则之前曾经了解过司马光家中的事，知道他跟那位兄长一向和睦，而且还十分听从兄长的话，所以干脆找了几个人商量了一下，直接派人从陕州把八十岁的司马旦给拉到了东京城来。

这个举动可把司马光吓了一跳，毕竟他那位兄长已经是八十岁高龄，奔波了这么远的路，极容易出现问题，一时之间让他情绪复杂不已。

就在这个时候，太皇太后的第四道诏令送到了他的面前。

言辞温和，十分恳切。

司马光无奈之下，最终答应了这个要求，重新回到了权力中心。

事实证明，司马光的确是德高望重，在这个权力中心，哪怕是稳坐钓鱼台，也起到了极为关键的作用。

无数人都是因为听闻司马先生主政，对于新朝廷的各项举措十分支持。

趁着这个热度，司马光决定来个趁热打铁。

在六月的朝会中，司马光玩了一手旧事重提，直接把当初新政变法里面的一些问题全都摘了出来，重新讨论了一下。

此时王安石变法剩下的那些法令早已经只剩下了空壳，再加上执行者根本不靠谱，眼下所谓的变法其实早就成了民间发展的累赘。

如此一来，司马光拿出来的那些证据虽然并不显眼，更没有多大的力度，却仍然起到了推波助澜的作用。

当然这其中最重要的是下面众人根本没有一个人敢提出反对意见。

司马光可不是一个人在战斗，他的身后站着太皇太后与太后，还要加上一个还不懂事儿，只能当木偶的皇帝。

再加上司马光超高的威望，就算说现在的朝廷是他的一言堂也无妨。

司马光在体会到这种感觉之后，心态也在逐渐发生变化。

眼看着新法一派的那些家伙正在逐渐向着章惇靠拢，似乎有重新结党的嫌疑，司马光果断选择了扩充自己的队伍。

他觉得一个个地提拔拉扯实在是太过费事费时间，所以干脆来了一通表奏。

陛下推心于臣，俾择多士。窃见刘挚公忠刚正，始终不变；赵彦若博学有父风，内行修饬；傅尧俞清立安恬，滞淹岁久；范纯仁临事明敏，不畏强御；唐淑问行己有耻，难进易退；范祖禹温良端厚，修身无缺。此六人者，皆素所熟知，若使之或处台谏，或侍讲读，必有裨益。余如吕大防、王存、李常、孙觉、胡宗愈、韩宗道、梁焘、赵君锡、王岩叟、晏知止、范纯礼、苏轼、苏辙、硃光庭，或以行义，或以文学，皆为众所推，伏望陛下纪其名姓，各随器能，临时任使。至文彦博、吕公著、冯京、孙固、韩维等，皆国之老成，可以倚信，亦令各举所知，庶几可以参考异同，无所遗逸。

在这其中举荐出来的二十五个人，大部分都是王安石变法中被驱逐出去的人。

从人品之上无从检验，但以才华论都算得上是一时的俊彦。

对于司马光的推荐，太皇太后可以说是来者不拒，不但将这些人全都征召回京，更是一个个委以重任。

其中吕公著擢升尚书左丞，范纯礼为礼部郎中，孙觉为侍讲，朱光庭为左正言，剩下的那些人全都安排在了谏院和御史台，暂时充任台谏官。

要知道大宋一朝对于台监官向来包容，更是愿意提拔，几乎每一个当权的大官之前都在台谏官的位置上待过。

将这帮人全都安排在台谏官的位置上，等于向所有人宣示了以后会重用这些人。

他们的出现，也立刻就将朝中的派系对比直接扭转。

当初王安石的身后有皇帝撑腰，变法之中更有吕惠卿、曾布等人协从，他们这帮人地位不够，权势不足，只能任人拿捏。

然而现在却不同了，皇帝赵顼已经没了，王安石眼下已经去江宁养老，剩下的那些人也都离开了朝廷，这意味着他们面前根本就没有了阻碍。

一群人商量来商量去，直接就把矛头对准了朝廷之上剩下的所有官员。

如此一来，虽然壮大了司马光的声势，但同样也起到了一些反面效果，那就是把那些对这帮人心存不满的大臣逐渐推向了另外一派。

无意中将朝廷之上搅成了两边对峙的状态之后，司马光此时却比谁都冷静。

他不但能够清楚地认知此时朝中的各种情况，更能够认清当初的改革变法跟现在的变法之间的区别。

眼下各种变法条例其实早就已经名存实亡，只剩下了几样最重要的依旧保留了一些原有的影响。

司马光自然便是要在这几样上面开刀。

开刀的对象，是保甲法、募役法和将兵法。

深思熟虑之后，司马光果断给太皇太后上奏：

及奔丧至京，乃蒙太皇太后陛下特降中使，访以得失，是臣积年之志，一朝获伸，感激悲泪，不知所从。顾天下事务至多，臣思虑未熟，不敢轻有条对。但乞下诏，使吏民皆得实封上言，庶几民间疾苦，无不闻达。既而闻有旨罢修城役夫，撤诇逻之禁，止御前造作，京城之人，已自欢跃。及臣归西京之后，继闻斥退近习之无状者，戒饬有司奉法失当过为烦扰者，罢物货专场及民所养户马，又宽保马年限。四方之人，无不鼓舞，圣德传布，一日千里，颂叹之声，如出一口，溢于四表。乃知太皇太后陛下深居禁闼，皇帝陛下虽富于春秋，天下之事，靡不周知，民间众情，久在圣度。四海群生，可谓幸甚！凡臣所欲言者，陛下略已行之。臣稽慢之罪，定负万死。夫为政在顺民心，苟民之所欲者与之，所恶者去之，如决水于高原之上，以注川谷，无不行者。苟或不然，如逆坂走丸，虽竭力以进之，其复走而下可必也。今新法之弊，天下之人，无贵贱愚智皆知之。是以陛下微有所改，而远近皆相贺也。然尚有病民伤国、有害无益者，如保甲、免役钱、将官三事，皆当今急务，厘革所先者。臣今别具状奏闻，伏愿决自圣志，早赐施行。

不得不说，太皇太后对自己全力支持的这位行政者着实满意，粗略一览之后，便直接首肯。

非但如此，还直接将这件事当成了革故鼎新一事的门面来做。

次日早朝，双方都意识到要有大事发生，才刚刚上朝，文武百官就分成了两个泾渭分明的团体。

才开始议事，司马光就直接对准了新法的三样开炮，同时有意无意地把矛头也对准了那些新法派。

新法一派的根本就在新法之上，哪怕现在新法已经变得不伦不类，但依旧是他们安身立命之本，倘若新法全部被废除的话，他们在朝堂之中便会显得可有可无。

在如今的情况之下，不投效司马光想要维持住现有官职便是千难万难，以后更是难以寸进！

双方之间的辩论立刻就爆发了。

然而此时太皇太后垂帘听政明显是偏向司马光一派，双方还没开口，其实输赢就早已经定了下来。

紧接着司马光便展现出了他的手腕儿，在牵涉并没有那么多，影响也不够深广，并且此时明显利处仍旧大于弊处的募役法之上进行了一定程度的退让。

甚至在举荐台谏官的权力和名单上，竟然也做出了退让。

与此同时，在另外两项之上，他却穷追猛打，这样张弛有度，一进一退之下，直接让章惇等人失了方寸，最终只能选择妥协。

表面上看起来双方好像谁也没输，谁也没赢。

但是保甲法和将兵法，却真真切切地被罢废了。

最终的结果十分明显，不过是司马光换了个比较柔和的方式胜利而已！

他们这些新党，没有了王安石的领导，到底还是败了，败给了一个快到古稀之年，连走路都开始打摆子的老人……

第三卷

甘心万里为降虏　故国悲凉玉殿秋

第一章

子瞻返京始议朝政　奸臣显大宋将换天

元祐元年（1086），苏辙归京，任职右司谏位，苏轼复为朝奉郎知登州。

随后还不等他抵达登州任职，第二个调令便已经来到，诏苏轼以礼部郎中还朝。

十一月初，苏轼带着一家老小从登州出发，在路上走了足足一个月，十二月初抵达东京城。

沿途苏轼已经经由驿站将自己即将返抵的消息传到了京都，苏辙提前大半天在城门外等待。

兄弟二人竟然能同时回返京都，这件事情着实可喜可贺，饶是一年前兄弟二人才在筠州见过面，此时再次见面，仍然忍不住怆然涕下。

之前的老宅，因为苏轼原本打算在江宁购置田产，已经委托人卖掉，所以苏家此时在城内并无房舍。

早在两个月之前，苏辙刚刚回到京都的时候，就专门租下了一间十分宽敞的大庭院，等待兄长归来，如此一来，苏轼也就免去了另外寻找房舍的麻烦。

两兄弟同时归京，使得苏府这个门面在京都重新悬挂了起来，两家子人聚在一起，苏府顿时变得极为热闹。

而两兄弟则彻夜未眠，将当前京都之中所发生的事情，朝堂之上的种种变化给梳理了一遍。

虽说两人起复之后的官职都不是很高，但同时做京官，此时又并非新党掌权，兄弟两人的机会必然是要比之前多得多。

而今朝堂之上以司马光为尊，所谓革故鼎新的手段大刀阔斧，竟然在短短数月时间里就做出了多项调整，朝政比较之前焕然一新。

这让苏轼顿时觉得心情振奋无比。

朝中守旧一派聚集在司马光的麾下，竟然齐刷刷地将矛头指向了新法，而非早已退隐的王安石，这让苏轼大感意外，同时又有些满意。

当初王安石主持变法之时，的确有些操之过急的嫌疑，以至于新政多出弊端，但随后的新法论处罪责无论如何也怪不得王安石，若是守旧派仍然盯着王相不放，苏轼怕是绝不可能与他们同流合污。

至于章惇等人竟然依旧在坚持维护新法一事，更是让苏轼觉得有些不可思议。

新法历经十数年的自行发展，其弊端早已经超过原本章法，若是一味保留，远比恢复祖宗旧法还要害人！

然而当初苏轼屡次遭受贬谪，章惇曾经多次为他上书求情，乌台诗案时更是力挺苏轼，双方私交极好，公义上章惇更是丝毫不差，如此算下来若是他在此时不去劝谏章惇转变想法，以图继续为国效力，那与小人何异?

然而令苏轼意想不到的是，第二天一早他到章惇府上，便吃了个闭门羹!

章惇很显然不打算听他讲课，同样更是不打算将他牵扯到党争之中。

悻悻之下，他倒是搞清楚了章惇的想法，一时间心中满是怅然，随后沉吟了片刻之后，竟然转而直奔司马光的府上。

作为“守旧派”成员，入京之后竟然没有去司马光府上拜谒，倘若司马光真是那种小肚鸡肠之人，怕是苏轼接下来立刻就会被再次贬出京师。

司马光的府上倒是要随和不少，苏轼并未吃到闭门羹，而是极为顺利地入了院子。

院门之内的影壁之上，挂着一方低垂匾额，上面用极为工整的字体撰写着一段话。

访及诸君，若睹朝政阙遗，庶民疾苦，欲进忠言者，请以奏牍闻于朝廷，光得与同僚商议，择可行者进呈，取旨行之。若但以私书宠谕，终无所益。若光身有过失，欲赐规正，即以通封书简分付吏人，令传入，光得内自省讼，佩服改行。至于整会官职差遣、理雪罪名，凡干身计，并请一面进状，光得与朝省众官公议施行。若在私弟垂访，不请语及。某再拜咨白。

看到这段话，苏轼大为赞叹，司马公不愧是司马公，所谓革故鼎新便是如此，光明磊落，敢于示人，要是朝中人人都敢以此态度对待政事，朝中诸事又怎么可能不兴旺？

此时司马光正在书房翻阅近来的拜帖和信笺，听到是苏轼前来，顿时便将手中的东西尽数放下，随后迎了出来。

与司马光碰面，朝着对方打量了两眼之后，苏轼心头顿时生出一股子酸楚之意。

两次中风之后，此时司马光的身体虽然大体恢复，但留下的毛病依旧不少，身体基础更是被摧残得七七八八，整个人看上去倒是比实际年龄还要大上许多。

然而此时司马光已经过了知天命的岁数，再向上加十几年，便是耄耋老人……

苏轼眼眶有些湿润，上前两步扶住了司马光："司马公以此疲累之躯，尚且撑起了朝堂之上的一片天，苏某却在黄州偷得清闲，于国于民司马公都是大义，苏某钦佩！"说话之间，苏轼透过司马光的样貌似乎看到了另外一个人，两人以好友的身份争斗了一辈子，此时身体都已垮掉……

司马光看着苏轼的表情，隐约想到了什么："子瞻此前曾经去过江宁，见到过介甫？

"眼下，介甫可还好吗？"

提起了王安石，司马光的眼神闪动之间似有几分追忆。

王安石与司马光此自从京师一别，竟然已经有十数年未曾相见，如今两人一个在京师主持大局，一个在偏远之地颐养天年，宛如熙宁年间，只不过两人的位置颠倒过来。

"真是时事弄人，岁月老人，当初介甫归京雷厉风行，得先帝支持，大刀阔斧之下新法蔚然成行，只可惜介甫一意孤行，盲目偏激，否则如今站在此处的人，或者依旧还是他，或者便是我们并肩携手也未尝可知！”

感慨了这么两句之后，司马光便将这种种揣测全都抛之脑后，随后定神看向了苏轼：“子瞻既然匆匆前来，想来不只是要找我叙旧，难道说是有什么事情要与我述说一二？”

苏轼深深地朝司马光看了一眼，随后笑了笑：“司马公既做了这朝中掌舵之人，便是料事如神，竟然还不等苏某开口，便已经知道了苏某的来意。”

面对司马光的时候，苏轼没有唯唯诺诺、扭扭捏捏的意思，而是直接选择了打开天窗说亮话。

“苏某此番前来，是为了那些新党之人做说客来的！”

此话一出，司马光顿时正色，事涉朝堂之争，哪怕是如他，也不敢有丝毫怠慢。

苏轼原本并未将此言当作呈堂述说的由头，但此时看着司马光的态度不由得哑然，竟然有种被赶鸭子上架的感觉，心头微微一动，正要将心中所想与司马光分说，替章惇等人谋一活路的时候，却忽然听到旁边传来了一阵急促的脚步声。

紧接着一个一袭黑衣，脸色肃然欲作争论状的中年男人从门外快步走了进来，司马光家中门子阻拦不及，此时踉踉跄跄地跟了进来。

看到司马光与苏轼两人正站在庭院之中，门子的脸色瞬间煞白，张口结舌：“老相公，此人不听阻拦执意要冲入门中，我这便将他驱赶走！”嘴里面嘟嘟囔囔地说着这几句话，门子上来就想把那人拉走，但下一刻却被司马光制止。

认出了来人之后，司马光眉角轻展，微微颔首：“正叔突然闯入府中，可是有要事相商，若是无故闯入的话，我怕是要施以责罚了。”

话里话外虽然有责备之意，却并未将此事当回事，而且听得出来，司马光竟然是与此人如此熟悉。

苏轼看了一眼这个行为有些孟浪的家伙，心中一时生出了几分异样，在司马光府上尚且如此孟浪，此人怕是没有什么城府又或者是真的有些才学，所以恃才傲物，做事不拘一格？

只不过此人为何对自己似乎有几分虎视眈眈之意？

司马光的目光在这两人身上一扫而过，随后笑了笑，对着苏轼说道：“这位莽撞人，便是伊川先生，与其兄程颢同学于周敦颐，创建洛学，又被同时称为‘二程’的那位程颐，字正叔。

“前段时间，我正欲重用其兄程颢，没想到任命才至，伯淳竟然大病一场溘然离世。”

提起程颢，司马光脸上闪过一抹惋惜之意，为那位当世大才扼腕叹息。

苏轼默然，此事他也有所耳闻，只不过彼时他正在路上奔波，却并未来得及细致了解，没想到这其中竟然另有玄机。

介绍过程颐之后，司马光转而看向对方，朝着苏轼的方向挥了挥手。

“至于苏学士，正叔我倒是不必介绍了吧？前几天你便说过想与苏学士结识，没想到今日竟然撞上了。”

看着对方那肃然的方正黑脸，苏轼心头恍然。

此人学说以“穷理”为主，认为“天下之物皆能穷，只是一理”，“一物之理即万物之理”。

同时更是主张“涵养须用敬，进学在致知”的修养方法，并且说明其目的在于“去人欲，存天理”，认为“饿死事极小，失节事极大”，宣扬“气禀”说。

其中绝大多数言论，无一不是以极端极致为标榜，换作话说司马光对此人的莽撞人称呼，倒是言如其实。

纵然如此，此人毕竟实有才学，苏轼缓缓点头，随后抬起手朝着对方施了一礼，虽说对方身份地位皆不如他，但毕竟是在司马光引荐之下相见，而且苏轼向来尊崇文人能士，纵然并非一路之人也会给予尊重。

对方突然被苏轼这种举国难寻的名士大才施礼问候，一时间竟没有反应过来，直到听到司马光轻咳了一声之后，这才退了一步回礼：“苏兄还望不要见怪，方才程某不过是听到了苏兄所言，心中感慨万千，一时间无法排解所以急着站出来罢了，并无冒犯之意。”

苏轼笑了笑：“方才苏某不过提到要为新党众人做次说客，程兄便迫不及待地站了出来，似乎想要与苏某辩解一二，莫不是对新党之人多有误解，以至于无法开解？”

眼见苏轼竟然主动又提起了这个话茬，程颐脸色再次肃然，随后拱手为礼便开始侃侃而谈：“程某所虑，其实并非新旧党争，更非针对苏学士所说为新党之人做说客一说。

“人有公私，事无绝对，新旧党争不过是政见不同、想法之差罢了，上升不到你死我活的地步，此事并非著书立说，不可一味求全求真，这一点程某自然懂得。”

程颐说的这几句话，一下子把苏轼给说愣住了，他看得出对方并非以退为进，而是切切实实的如此感觉，但如果他真的是这么想的话，为何要站出来辩论？

难道仅仅是想要以此姿态来吸引自己与司马光的注意？

就在苏轼疑惑不解的时候，程颐笑了笑之后，话锋忽然一转，直指新法之事与新政之人："新法实行良久，所影响之人颇多，其中多数人皆是受到蛊惑，心中并无学说，自然也不知道其中真真假假，不过是稀里糊涂，为大势所裹挟而已。

"诸如王安石的那些著作文字，《三经新义》等等，虽说见地颇为新颖，对于实事之论更是字字珠玑，但毕竟属于离经叛道之说，其中不惜折辱先贤，自成一派，言语恣肆，狂妄至极，如此学说极容易蛊惑学子，流毒于天下，眼下便当明令禁止，不可继续流传于文人士子之间，更是不可藏于民间。

"再说新党，王安石旧时党羽遍布朝野，盲信者盲从者数不胜数，其党徒遍布各处郡县州府，如同蝼蚁一般极难拔除，若是想要将新法革除，怕是不可不从严处理，除恶务尽！

"诚然，此处所说除恶务尽指的便是其中学说流派，并非要将人全都斩尽杀绝，而是从思想上彻底将他们扭转过来，以防止继续流毒于后人！"

这等说法看似鞭辟入里，实则有呆板残忍的意思，其实在某种意义上与最开始的新法一说又有什么不同？

苏轼隐隐抓住了重点，忍不住朝着程颐看了一眼，心中翻腾起来，此人言语滔滔，看似行止自如，态度端正，实际上已经有点儿走火入魔的意思了。

相比较起来，当初王安石的过错只是容不得有不同政见，只想着在朝堂之上变成自己的一言堂，以方便新法实行。

而眼前此人却干脆要在思想之上，将所有人禁锢于自己的掌控之中，倘若司马光按照他的想法来做的话，恐怕天下受毒害之深，要超过王安石之前的弊政了。

心中反复思量之后，苏轼再看向程颐的时候，竟然生出了一丝一缕的厌恶和反感。

程颐却丝毫没有感觉到苏轼的反感，说完了对新法的看法和策略之后，更是朝着司马光拱了拱手：“今日前来拜谒司马相公，其实另有缘由。

“前次与司马相公见过之后，程颐回去便接连思量所谓革故鼎新之言，心中越发生出疑问，唯恐有丝毫偏见之嫌。

“终于今日茅塞顿悟，程颐隐隐想通了其中关键，革故鼎新之举，不过是那变法的逆行之举，本质性与变法似乎并无二致，眼下之所以能够大力推行不过是仗着太皇太后亲临朝政，司马相公占据高位，所以才能令行禁止广为推行。

“但是十年之后呢？彼时陛下必然亲政，分庭抗礼之下，恐怕仍然会有王安石之辈横空而出，轰轰烈烈再做上一场，彼时革故鼎新之命运何如？又或者革故鼎新之举被有心人利用，十年之后再成弊政，也不可不防！”

司马光脸色微微一变，似乎是对后面这个说法略有赞同之意，他也曾想到过类似的想法，却一直没有想过该如何解决，此时竟然有人敢当面说出，自然让司马光产生了些许兴趣。

“正叔既有此议，可有破解之法？”

程颐似乎早就在等着司马光这句话，根本注意不到此时旁边的苏轼目光越发冷清，而是继续侃侃而谈，几乎手舞足蹈。

“颐之见解颇为简单，那便是需要在皇帝年幼之时便开始服以圣人之道，将革故鼎新之想法一一贯彻其中，多多遴选名士贤臣入宫朝，与陛下长相亲近，以行为举止、言谈措辞以及思维模式影响陛下，缩减其与宦官宫女之辈的亲近时间，宫中内侍与宫女大多数连字都不识得，能够何等高明见地？

“待到陛下稍年长，便以正副两位帝师辅佐，日夜轮换，徐徐渐进，随时随地都可进言献策，拗正言行，长此以往自然能够养成德才兼备之人。

“与此同时，更是该以严苛之法要求陛下，保重身体，节少嗜好，时时刻刻以万民为重，以天下为重，不可贪图私欲败坏身体，可择取内侍数人，专门负责各项饮食起居，严格按照要求而来，日日记录比对，方可成行！”

这些话一说完，司马光眼神逐渐变得淡然，显然并不完全认同。

至于苏轼，更是满脸的不可思议与切实的厌恶。

这种说法无异于是将宫中那位年少皇帝当作笼子里的金丝雀……按照一定规矩强行培养出来的皇帝，又怎么可能是好皇帝？

待到及冠之年，那样的皇帝恐怕成为一个只会按照所谓圣人言论重复阐述的提线木偶，至于那些线的另一端抓在谁的手中，却不得而知。

难道这就是所谓的“存天理灭人欲”？其内容看似严肃认真，实际上内里却有股子血淋淋的意味，让人不由得毛骨悚然。

当然，这些不过是还未付诸实践的台面之谈，宫中那位也绝不是笼中鸟雀，怎么可能如这般任人摆布？这位怕是在乡村私塾之中待久了，竟然打算将皇帝当成那些乡野孩童来管束，甚至犹有过之，这种想法不但危险，更是极为迂腐！

司马光到底眼界非同寻常，自然不可能因为一家之言而生出多少心理变化，不过慨然一笑，微微颔首算作回应，随后看向了苏轼：“方才看子瞻表情，似乎与正叔想法并不苟同，若是此时已有成竹在胸，不妨说上一说？”

苏轼看出了司马光的试探之意，沉思了片刻之后，欣然点头：“既然司马公想要听一听苏某的拙见，苏某便斗胆一言。

“苏某所见，尽皆出自于近年来沿途所言所闻，心中有所感慨，年许时间内逐一梳理思量之后，方才总结而出。

“先说新法实行，各地其实参差不同，变法图强者，立法之先尽皆有所考量，一时间方便革除时弊，起码短期内可见成效，大部分地方也正是如此，当初熙宁年间变法，一时间竟然致国库充盈，民生勃然起色，但其弊端同样明显，同样的政策受限于不同的地方官所实行力度以及理解程度，更有甚者以变法为名倒行逆施，为自己谋取私利者数不胜数，方才导致变法接连出现事端，积重难返。

“而今司马公革故鼎新一说，几个月来所行止事，都算得上是上顺天心，下合民意，所以万民称颂，百官顺从，但司马公行革故鼎新之事，更该放眼于各朝各代变法之实，兼收并蓄，取其精华去其糟粕，不可一味我行我素。

“此前新法诸项，大部分都已经形同虚设成尾大不掉之势，既然要革除，便应当大刀阔斧，极早解决，而在此之中，免役法一说却与其他各法并不相同，还望公切切思之量之，原有差役法苛责于民，有百害而无一利，难得有免役法取而代之，得民力尽入农中，若是突然恢复差役法，恐怕民众未必愿意。”

方才程颐所说的话，更像是空中楼阁全然不在实处，所以司马光无法一时间做出判断，自然也就没有多说什么。

但是此时苏轼所言却截然不同，处处都落在实处，更是直接戳到了司马光的心窝子上，顿时让他脸色一变：“民意虽然重要，但朝廷推行政策，必然要以强制手段，方能得以实行，差役之法历经朝代变迁从未改革，难道仅仅是因为一次王安石的变法，就会出现根本性的问题，难道因此我便要自缚手脚？”

苏轼深吸了一口气，知道此时若是他不能一言切中关键点，恐怕之后便会直接陷入无穷无尽的责难与论战之中，所以稍加沉思之后，便直言道：“凡明君明政，必然兼收并蓄，不可沽名钓誉顽固自守。

“既然司马公愿意为我朝开明政，就该有这种准备，不可一味否决熙宁变法，除非彼时有更创新之举措，否则一味强硬施展，恐怕会激起民众不满，乃至于怨声载道，如此一来便是革故鼎新又与原本新政有何不同之处，不过是名头不同罢了。

“而民生多艰，政策无法切合实际又来回拉扯之下，倘若激起民变民反……水能载舟亦能覆舟啊！”

这种话说得太重了些，直接把对面的司马光说得脸色一变，随后沉思起来。

不得不说，苏轼的话虽然很重，却极有道理，而且正好戳在了司马光的心尖！

而一旁的程颐，则皱起了眉头。出于对苏轼这个才子的尊重，从头到尾他都没有插上一句话，而是任由苏轼将观点全都说了出来。

但光是从刚才的这些说法来看，苏轼明显是在为王安石开脱罪责，甚至就连新党的那些家伙无形中的罪责，似乎也可以一言以蔽之。

倘若朝中之人个个都如同苏轼有这种想法的话，那司马相公的革故鼎新策略要花上多少年的时间才可以真正成功？

“看来十几年的颠沛流离，竟然让先生对变革产生了一丝抵触，此时竟然抱残守缺，宁愿对之前的新法听之任之，也不愿意接受更进一步的变革，哪怕这种变革只是恢复祖宗法治。如此说来苏先生倒是不愧为守旧党，此时竟然连那臭不可闻的新法都成了先生要守旧的东西。”

这种话说得着实是有点儿过分，但苏轼并不以为意，只是轻轻地笑了笑。

“天行有常，不为尧存，不为桀亡，无论是新法还是新政，又或者是祖宗家法，只要是真正对百姓有用对朝廷有用的东西总会得到验证，你我二人的想法究竟谁能取得成功，最终不过还是要交给时间。”

虽说并没有正面冲突，但是两人的思想理念很明显出现了极大分歧，这种情况看得司马光有些不安起来。

虽说程颐这次是突然来访，但他未尝没有将这两人撮合到一起，共同谈论时政的想法，两人都是当世大才，看似只是两个人的交锋，实际上却分别代表了两批不同的人。

便是在思想观念之上，双方都有如此大的冲突，倘若真的实践起来岂不是要打翻天了？

为了缓解两人之间的尴尬场面，司马光立刻草草终止了这次有关时政讨论的谈话，转而拉着两人一起去了赵氏茶楼品茶。

苏轼多年的颠沛流离，早已经练就了泰山崩于前而面不改色的能耐，此时言笑自若看不出半点儿异样，反而一路有说有笑。

对面的程颐，虽说眼底的疑惑和羞怒隐隐可见，但是表面上却同样不动声色，言谈举止无一不是遵照应有的礼节，甚至就连笑容都极为真切。

这场聚会并未起到什么影响时政时局的效果，但对于苏轼来说却起到了敦促的作用。

几天之后，苏轼便应司马光之邀，主动上书谏言，洋洋洒洒写了一篇《论给田募役状》交给了司马光此时掌控的中书省，随后直呈太皇太后。

……臣伏见熙宁中尝行给田募役法，其法亦系官田，如退摊户绝没纳之类。及用宽剩钱买民田，以募役人，大略如边郡弓箭手。臣知密州，亲行其法，先募弓手，民甚便之。曾未半年，此法复罢。臣闻之道路，本出先帝圣意，而左右大臣意在速成，且利宽剩钱以为它用，故更相驳难，遂不果行。臣谓此法行之，盖有五利。

朝廷若依旧行免役法，则每募一名，省得一名雇钱，因积所省，益买益募，要之数年，雇钱无几，则役钱可以大减。若行差役法，则每募一名，省得一名色役，色役既减，农民自宽，其利一也。应募之民，正与弓箭手无异，举家衣食，出于官田，平时重犯法，缓急不逃亡，其利二也。今者谷贱伤农，农民卖田，常苦不售。若官与买，则田谷皆重，农可小纾，其利三也。钱积于官，常苦币重，若散以买田，则货币稍均，其利四也。此法既行，民享其利，追悟先帝所以取宽剩钱者，凡以为我用耳，疑谤消释，恩德显白，其利五也。独有二弊，贪吏狡胥，与民为奸，以瘠薄田中官，雇一浮浪人暂出应役，一年半岁，即弃而走，此一弊也。

愚民寡虑，见利忘患，闻官中买田募役，即争以田中官，以身充役，业不离主，既初无所失，而骤得官钱，必争为之，充役之后，永无休歇，患及子孙，此二弊也。但当设法以防二弊，而先帝之法，决不可废。

……

今官以两顷一顷良田，有税无租，而人不应募，岂有此理？又弓箭手已有成法，无可疑者。宽剩役钱，本非经赋常入，亦非国用所待而后足者。今付有司逐旋支费，终不能卓然立一大事，建无穷之利，如火铄薪，日减日亡。若用买田募役，譬如私家变金银为田产，乃是长久万全之策。深愿朝廷及此钱未散，立此一事，数年之后，钱尽而事不立，深可痛惜。臣闻孝子者，善继人之志，善述人之事，武王、周公所以见称于万世者，徒以能行文王之志也。昔苏绰为魏立征税之法，号为烦重，已而叹曰："此犹张弓也，后之君子，谁能解之？"其子威侍侧，闻之，慨然以为己任。及威事隋文帝，为民部尚书，奏减赋役，如绰之言，天下便之。威为人臣，尚能成父之志，今给田募役，真先帝本意，陛下当优为武王、周公之事，而况苏威区区人臣之孝，何足道哉！臣荷先帝之遇，保全之恩，又蒙陛下非次拔擢，思慕感涕，不知所报，冒昧进计。伏惟哀怜裁幸。谨录奏闻，伏候敕旨。

不过一张谏言札子，洋洋洒洒竟然写了两千余子，其中所提到的给田募役法则是当初熙宁变法的产物，以此为例，正是因为苏轼曾经在密州有过足足半年的实践，所以此时越发胸有成竹。

这个札子在司马光的眼中，的确有极大的可取之处，更是看出了苏轼的情真意切，对于朝政的认真态度。

所以他将札子首肯后便交了上去，太皇太后对于司马光支持的一向都是无比支持，哪怕是这札子的确略显“离经叛道”，但依旧没有直接驳斥，而是交由廷议处理。

苏轼这道札子，便是止步于此。

廷议之上，因为这札子的内容牵涉熙宁变法太多，与当前所行之策有大相悖谬的嫌疑，所以只是稍加议论便被搁置一旁。

苏轼很清楚司马光的为人，自然知道廷议受阻并非司马光授意，但同样也觉察到了，自己的想法跟司马光的章法怕是已经有了极大分歧，日后说不定会发生冲突。

这种感觉让苏轼一时间难以自禁，终究是有些惶惶。

司马光同样也感觉到了这种可能，却并未因此冷落苏轼，反而因为欣赏苏轼此时的见地和能力，转而大力推举苏轼上位。

半个月后，苏轼被推举为起居舍人，负责记录皇帝言论，成为皇帝身边的近臣。

紧接着又不到三个月的工夫，推举苏轼为中书舍人，开始负责起草诏令，逐步参与朝廷机密，变相地帮助苏轼平步青云。

只不过，他对苏轼的提举和帮助，只是出于惜才和欣赏，跟政治想法和安排没有多大的关系。

甚至司马光大加赞赏的《论给田募役状》被搁置，再次被苏轼提起，也同样没有影响到他继续安排废黜募役法。

在司马光看来，募役法作为眼下熙宁变法残存的硕果，在某种意义上关系着新党诸如章惇等人的最终结局，如果不能趁机将对方斩草除根，革故鼎新之策必然会继续受阻。

所以哪怕在苏轼的眼中，募役法略优于差役法，司马光也仍是要推翻募役法，恢复差役法。

因为这牵涉到了朝廷党争的关键！

二月中旬，司马光做好了万全准备，上奏《乞罢免役钱依旧差役札子》。

……陛下近诏臣民，各上封事言民间疾苦，所降出者约数千章，无有不言免役钱之害者，足以知其为天下之公患无疑也。以臣愚见，为今之计，莫若直降敕命，应天下免役钱一切并罢。其诸色役人，并依熙宁元年以前旧法人数，委本县令、佐亲自揭五等丁产簿定差，仍令刑部检会熙宁元年见行差役条贯，雕印颁下。

……

然尚虑天下役人利害，逐处各有不同，欲乞于今来敕内，更指挥行下开封府界及诸路转运司，誊下诸州县，委逐县官看详。若依今来指挥，别无妨碍，可以施行，即便依此施行。若有妨碍，致施行未得，即仰限敕到五日内，具利害擘画申本州；仰本州类聚诸县所申，择其可取者，限敕书到一月内，具利害擘画申转运司；仰转运司类聚诸州所申，择其可取者，限敕书到一季内，具利害擘画奏闻朝廷。候奏到，委执政官再加看详，各随宜修改，别作一路一州一县敕施行。务要所在役法，曲尽其宜。取进止。

为了响应司马光的号召，朝中大臣纷纷上了札子讨论此事，其中多数以司马光马首是瞻，言语之间分明是要将此法立刻贯彻，绝不可给新党一派丝毫可乘之机。

唯独时任右司谏的苏辙直言上谏：

……伏见门下侍郎司马光乞罢免役钱，复行差役法，奉圣旨依奏施行。臣窃谓近岁所行新法，利害较然，其间免役所系尤重，非至仁至圣至明至断，谁能行此？然臣有余虑，盖朝廷自行免役至今近二十年，官私久已习惯。今初行差役，不免有龃龉不齐。中外用事臣僚，多因新法进用，既见朝廷革去宿弊，心不自安，必于差役之私，民间小有不便，指以为言，眩惑圣聪，败乱仁政。兼臣窃观司马光前件札子条陈差役事件大纲，已得允当，然其间不免疏略及小有差误，执政大臣岂有不知？

虽说是以退为进，但仍然驳斥了司马光急着取缔免役法是不对的行为，并且提倡应该给下面的人更多的反应时间。

这个说法，几乎在司马光一派众人的心口上扎了一根刺。

章惇等人原本对维护熙宁变法这仅存的硕果已经不抱希望，眼看着竟然有人敢于仗义执言，立刻就被激发了斗志。

在差役法重新取代募役法，大为推广之前，一场止步于中书省之上的辩论悄然展开。

作为此时的主政官，司马光亲自主持了这场辩论。

政事堂之中，数十位两派官员列坐其中，气氛从一开始就十分紧张。

自从之前章惇等人借病暂时离朝，拒绝支持司马光的主意开始，双方之间的关系便到了势同水火的地步。

要不是此时大家都碍于脸面，不想把场面搞得太过僵直，恐怕此时他们双方已经撕破脸皮，直接在这里大打出手。

司马光环视了周围这些人一圈儿，随后一上场就来了一个闷雷，直言这项条议已经得到了太皇太后的首肯，不管大家同意不同意，都已经开始进入颁布的流程。

这个说法引得下面一片哗然。

尤其是章惇、范纯仁等人，脸色顿时变得无比难看。

“若果真如此的话，司马相公叫我等前来究竟是为何？难道只是想要在这个地方广而告之，顺便羞辱一下我等？”

章惇作为当下新党的主将，风格越发犀利，此时根本不管司马光德高望重更是当下的主政，开口便是赤裸裸的讽刺。

司马光包容心强，虽说对章惇一直不耐烦，但此时这等规模的言语却不足以引起他发怒。

反倒是一旁的吕公著火冒三丈：“司马公之论，既然已经得到太皇太后首肯，只管实行便是，何必跟这帮小人一般见识，诸多法令安排便是，跟他们说了，他们也听不懂。

“一群故步自封、闭门造车之辈，不如继续在家抱病一直不出，也省得让我等看着心烦。”

这些话说出来已经不再是正常的辩论，明显变成了人身攻击，直接讽刺起来之前他们抱病不出甚至不上朝的套路。

哪怕是司马光也有些不满，扭头看向了吕公著，以眼神威慑之。

吕公著悻悻地冷哼了两声，闭上了嘴巴。

但是他的安静并没有让众人消停起来，正相反在司马光没有照顾到的地方，立刻就出现了乱子，一时之间双方的人相互攀扯开始叫骂。

你指责我“妖言惑众，贪腐恶心”，我便指责你“朋党成风，沆瀣一气”。

其中还夹杂着一些各个地方的土语咒骂，似乎是有人被骂急眼了，连家乡话都已经掏了出来。

司马光看着下面这些人的模样，顿时就气不打一处来，猛地抬起手，在旁边的桌子上拍了一下：“够了，全都给我住嘴！”

到底是位高权重，德行尊崇，他这一发怒愣是将众人全都给压住，所有人都意识到了方才的行为有多么不堪。

当朝大员竟然撸着袖子互相叫骂，其中有人甚至将早朝的玉带卸下充作武器，正要大打出手。

苏轼坐在后面，看着面前这如同演戏一样的场景，默然无语。

有那么一瞬间，他甚至都以为自己是置身于集市之上，如此党争简直荒谬绝伦，也难怪当初王安石竟然会选择搞什么一言堂，若是每天都听着下面这吵来吵去，又吵不出个所以然来，对于变法或者是新政甚至于任何一项改革能有什么用处?

“当日变法，以王安石为朋党之领，众人虽不是个个都愿趋炎附势，却也都要俯首帖耳，而今大家又推举司马相公为首领，性质跟之前有什么区别?

“区别不过就是换了个人跟随罢了，至于到底追随谁，似乎也不重要。”

这种话说得实在是不太给面子，竟然直接连司马光也给说了进来，以致所有人全都闭上了嘴巴，纷纷把目光投向了苏轼。

苏轼慨然站出，就没有再缩回去的意思，而是继续看向了司马光：“公操之过急了！”

两人之前曾经对于此间种种，进行过几次讨论，但是每一次双方都是各有论据、各有所持，一向都是谁也没办法说服谁。

哪怕只是拿到了朝堂之上，依旧如此。

所以苏轼并没有打定主意非要劝服司马光，只是浅尝辄止，便不再多说。

既然太皇太后已经首肯，这法例便是必然要推行了，与其在这里徒增口舌，倒不如省省力气，想一想接下来该做什么其他的事情。

此时此刻他却没有注意到，周围的那帮守旧派，看向他的眼神已经发生了不小的变化。

而原本将希望都放在了他身上的那些新党，看着他竟然没有继续战斗的意思，一时间心中也充满了失望的感觉。

不过是一次政事堂的辩论而已，苏轼无意间竟然成为众矢之的，完全是里外不讨好……

就在这个时候，角落里的一个人忽然站了出来。

时知开封府、任龙图阁待制的蔡京，已经在任数年之久，一直都没怎么在朝堂之上大展拳脚的机会。

如果不是因为他刚好支持司马光推行差役法，单单以知开封府的身份是没办法坐在这里议政的。

看到此人，司马光眼前顿时一亮。

前几天太皇太后首肯差役法重新替代免役法，司马光就已经打算找地方实验，蔡京主动站了出来，用了不过五天的时间，就成功将开封府内的雇役全都改成了差役，竟然上行下效，没有一个人违反或者拖延。

如此能力，让司马光对其大为赞赏，随后便有意提携，今日才会让他在此旁听。

此事虽然已经实行成功，但是因为没有张扬，所以这些坐于朝堂之上的官员反倒有点闭目塞听，竟然谁都不知道。

同样，谁也没有注意到这个一直以来都没有开口的家伙。

直到他站了起来说道："诸君皆以为以差役法重替免役法，必将困难重重，于情于理都是自然，但倘若人人用心，此事不过顺水推舟，不会有任何差错。"

他一边说着，一边将自己准备好的工作奏表掏了出来，直接当面递给了司马光："司马相公前段时间嘱托，以开封府作为试点重新恢复差役，并以五日为限，下官苦心准备即刻实行，没想到侥幸没有辱命，历时不过三日余便已经成功。

"如今开封府京郊两县，已经有千余差役替换结束，其余各部分也都已经准备好交替，再有五日便会全部结束。"

既然上了奏表，就证明此人所说的话并非空口无凭，毕竟众人都在东京城之中，开封府发生的事情，无论他们是去查阅典籍还是亲身去打探，转身就能查证真伪。

一时间所有人全都闭上了嘴巴，默然无语。

尤其是新党一派，顿时觉得脸上无光，此人站出来的举动，无异于是在用事实说话，反复抽打他们的面皮……

司马光对那札子里面的内容实际上已经烂熟于胸，但此时却依旧铺展开来看了几眼，随后哂然一笑。

“倘若朝堂之上人人都能像元长这样勤恳奉公，愿意为国分忧，为民奔走，上行下效，还有什么事情是做不到的？”

苏轼猛然抬头，朝着站在下面俯首帖耳的蔡京看了一眼，总觉得此人神态之上有什么地方不对，却一时间无法找到那点关键的线索……

第二章

群星陨落内外交困　海上之盟徒惹祸端

从元祐元年（1086）开始，大宋在司马光的引导之下，开始了对之前变法时产生的种种弊端的大清算。

朝廷之中虽然有不少反对的声音，但是并没有什么用处，在司马光的强硬手腕和太皇太后的强力支持下，这些反对声音没有多久就被尽数压灭。

永乐城一战给大宋带来了颓败之势，大宋就此开始不断陷入种种困境之中，朝堂上下众人都心知肚明，但是司马光的手段到底是革除了不少弊端，让大宋逐渐恢复了一些生气。

四月，江宁府秦淮河畔的一个小院子内，王安石躺在卧榻之上，面色灰白，神态疲倦，目光昏沉。

王安石已经六十六岁，若是放在普通百姓之家，已经算得上是难得的高寿。

但对于一个曾经当过宰执大臣，甚至一度站在大宋权力巅峰，一人之下万人之上的男人来说，这似乎应该正是春风得意的年龄。然而王安石却躺在这个小院当中，此时他已经病入膏肓，奄奄一息。

除了夫人吴氏陪同在一侧之外，王安石身边竟然没有第二个人。

保持着这种濒死的状态已经足足三天的时间，除了少许的茶水，王安石粒米未进，用郎中的话来说，如此大的岁数便是正常情况之下三天不吃饭，也快要奔着阎王去了，此时王安石不过只吊着一口气。

他之所以一直在吊着这口气，似乎是在等待着什么，或者是心中有所不甘。

片刻之后，家中的小辈亲眷终于一一赶来，但全都被拦在了院子当中，没有人能进得去这间房舍，只能是站在外面垂泪。

没有人知道王安石究竟在等什么，也没有人能帮他解决这最后的心愿。

直到将近晌午时分，王安国的儿子，王安石的侄子王防，忽然间想到了什么一样，猛地一拍脑袋:“是了，我知道叔父是在等待着什么了！”

“前几天的时候，皇城司驻江宁府的亲从官从叔父这里取走了一封信笺，似乎是写给京都内的，恐怕叔父是在等待这个回信！”

说完这句话他便匆匆离开了家中。

按照皇城司的效率，几日的时间说不定已经将回信拿到，但是因为事务繁忙，并未第一时间将信笺送到，这也是正常的。

王防作为王安石的亲侄子，仅凭这个名头去找皇城司的人帮个小忙，还是可以的。

众人都注意到，在王防提到皇城司的时候，王安石原本浑浊的眼睛竟然恢复了一分光亮。

王防此去花费时间并不是很多，不过一个时辰左右就带回来了一个人，正是此时驻江宁府的皇城司亲从官。

这个亲从官是顾基的亲信，曾经连续几次跟着顾基前来拜访王安石，对这位老相公十分崇敬，突然听到王防所说的消息之后，立刻将那封才刚刚到手边不久的信笺带上，快马赶了过来。

等到亲从官十分恭敬地将信笺拆封递给王安石，王安石的眼睛果然明亮了起来，竟然不用人搀扶，自己强行坐起，开始逐字逐句地翻看那封信笺。

“君实已经掌政，强行废除诸多新法弊政……苏轼回京，开始牵涉政事……苏辙出任了右司谏？”

听着王安石小声地念出了上面的内容，周围众人这才反应过来，此时王安石已经退居多年，所以官府的消息已经不再那么灵通，想要得知京城的一些一手消息并不容易。

他写的信，正是因为想要知道皇城内最近发生的事情，所以专门委托了现任皇城司使顾基的那位老爹顾渭。

对方似乎很懂得王安石的想法，竟然将最近发生的一些关键事情，不分巨细全都极为详实地写了下来。

“竟然只用了不到五天的时间，就将两县的免役法逆转为差役法……此人不是能臣便是大奸之人……

“看样子，在我身后，这熙宁变法也是要彻底消亡了！”

王安石看完那些信笺之后惨然一笑，转手将其在一旁的火烛之上点燃，甩到了一旁，任凭纸灰随风而起，又飘然落下。

那几张信笺就如同王安石花费了半生时间努力的变法一样，彻底崩散消融，最终剩下的不过是一团团的灰烬。

周围众人好不容易才能进来，看到眼前的这种场景一时之间全都有些担忧，但谁也不敢上前安慰。

唯独那位亲从官似乎是想到了什么，上前一步说道：“老相公，司尊递信过来的时候，顺口也传过来一道口信，原来小人还没想明白是什么意思，现在想来可能是要对老相公说的话，只不过是没有来得及写在纸上，或者是……他给忘了。”

王安石怔了怔，脑海之中隐约想起了那个已经耄耋之年，头发却仍只是花白，算上如今已是历经四朝，却始终都站在暗处的老家伙，不由得有些哑然，朝着那个亲从官点了点头。

亲从官得到了应允后，这才正色道：“司尊说，王老相公虽然中年而起，辉煌不过十余年而已，却已经青史留名，不枉活了这一次，至于身后之名，又何必在乎呢？”

虽说道理有点儿意思，但是这话说得太糙了点……

王安石沉默了片刻，笑了笑：“是非功过，任人评说……不错，不错！”

这个反应，跟亲从官所想的完全不同，他还以为听到司尊这似是而非一点儿也不文雅的话，王相公会直接骂出声来……眼见着话已带到，亲从官不再犹豫，转身就走，将王安石身边的位置留给了那些亲眷。

片刻之后，王防便意识到，王安石的呼吸已经消失，明显是没有了生息……

小院子里，传来了一阵阵悲戚的哭喊声。

元祐元年（1086）四月初六，王安石病卒，享年六十六岁。

无数文人墨客起笔写文，遥相祭奠。

听闻王安石过世，皇宫之中也为之动容，太皇太后准小皇帝之意，召苏轼入宫撰写敕文，追赠王安石太傅：

敕：朕式观古初，灼见天意。将有非常之大事，必生希世之异人。使其名高一时，学贯千载。智足以达其道，辩足以行其言。瑰玮之文，足以藻饰万物；卓绝之行，足以风动四方。用能于期岁之间，靡然变天下之俗。

具官王安石，少学孔孟，晚师瞿聃。罔罗六艺之遗文，断以己意；糠秕百家之陈迹，作新斯人。属熙宁之有为，冠群贤而首用。信任之笃，古今所无。方需功业之成，遽起山林之兴。浮云何有，脱屣如遗。屡争席于渔樵，不乱群于麋鹿。进退之美，雍容可观。

朕方临御之初，哀疚罔极。乃眷三朝之老，邈在大江之南。究观规摹，想见风采。岂谓告终之问，在予谅暗之中。胡不百年，为之一涕。于戏！死生用舍之际，孰能违天？赠赙哀荣之文，岂不在我！宠以师臣之位，蔚为儒者之光。庶几有知，服我休命。

绍圣元年（1094），宋哲宗亲政，支持新政的章惇执政，王安石得以配享神宗庙庭，谥号“文”。

政和三年（1113），宋徽宗赵佶追封王安石为舒王，配享孔庙。

靖康元年（1126），又被追夺王爵，毁去配享的画像，降王安石从祀于庙廷。

对于王安石的功绩和过错，一直都褒贬不定，但无可置疑的是，王安石这一生绝对是精彩的，其对大宋乃至中国历史的影响，在引领各个朝代风骚的诸多历史人物里，也算得上名列前茅。

二百六十年之后，元顺帝至元年间宰相脱脱主修宋史，为王安石立传，其所写内容极为中肯公平，可为一观：

王安石字介甫，抚州临川人。父益，都官员外郎。安石少好读书，一过目终身不忘。其属文动笔如飞，初若不经意，既成，见者皆服其精妙……

安石议论高奇，能以辨博济其说，果于自用，慨然有矫世变俗之志。于是上万言书，以为："今天下之财力日以困穷，风俗日以衰坏，患在不知法度，不法先王之政故也。法先王之政者，法其意而已。法其意，则吾所改易更革，不至乎倾骇天下之耳目，嚣天下之口，而固已合先王之政矣。因天下之力以生天下之财，收天下之财以供天下之费，自古治世，未尝以财不足为公患也，患在治财无其道尔。在位之人才既不足，而闾巷草野之间亦少可用之才，社稷之托，封疆之守，陛下其能久以天幸为常，而无一旦之忧乎？愿监苟且因循之弊，明诏大臣，为之以渐，期合于当世之变。臣之所称，流俗之所不讲，而议者以为迂阔而熟烂者也。"后安石当国，其所注措，大抵皆祖此书。

王安石病逝后，司马光为之慨叹不已，同时也感觉到以自己的身体现状，恐怕也坚持不了太久了。

不过月余，司马光的病情日益恶化，果然是越发严重。

此时的司马光心中已经满是怆然和无奈，他的革故鼎新之举已陷入停滞状态，此前大刀阔斧地将王安石变法剩下的弊端一一革除，倒是应了革故鼎新的革故一说，但是鼎新呢？

司马光深思数日，知道自己时日无多，连忙加紧制定了相关政策纲领的步伐。

七月，司马光满怀信心地将自己最新敲定的《十科取士法》拿了出来，再次获得了太皇太后的准许。

然而在将此法公布全臣之后，却有些失望地发现，此时的朝堂之上竟然越发少了之前的生气。

此时居于庙堂之上的诸多大臣，多半是七八十岁的老者，身居副相之位的吕公著此时年龄稍小，不过是六十八岁而已，他倒是想要一起推行这个最新的纲领，但是精力时间实在是跟不上，更是少了拼搏的劲头。

平章军国重事、太师文彦博，此时已经开启了养老生活，每天只喜欢四处溜溜逛逛，碰到点儿麻烦事便直接撒手不管。

苏轼、苏辙兄弟以及他们门下的苏门学士……诸如黄庭坚、晁补之等人，此时仍然是抱着半反对半谏议的想法，根本不愿意为之效命。

他们倒是不骂司马光和眼下的各项革故鼎新的措施，但是自从王安石死后就时不时地冒出几句追思王安石或者是赞许当年新政的诗词来，着实让人无奈。

一时间所谓的革故鼎新之策，着实陷入了僵局之中。

而司马光在这种内外交困的情况之下，终于扛不住了。

八月三十日，司马光突然觉得胸中苦闷，一阵阵难以抑制的苦楚从心底冒了出来，这让早就经历过好几次近乎瘫痪的重病，以至于身上一直都有各种病症的司马光突然间意识到自己可能已经大限将至。

这并不是平时的那种隐隐预感，而是真切地感觉到生命正在从自己的身体内抽离。

他沉思良久之后，极为平和地找到了儿子司马康，将家中的一些事情交代清楚，丝毫没有顾及儿子为此担忧的情况。

第二天，司马光反而觉得心态祥和无比，命人抬着小轿子带自己在上朝的路上走了一遍，趁着上下朝和政事堂诸位经办各种事务的时候，找了不少官员在路边随口谈话。

随后他便在这些官员的口中听到了一个让他担忧不已的消息。

此时在朝堂之上竟然隐隐又分出了数个朋党“雏形”。

以尚书右丞刘挚、工部尚书梁焘、左司谏王岩叟为首的“朔党”。

以崇政殿说书程颐、左正言朱光庭、左司谏贾易为首的“洛党”。

以苏轼、苏辙两兄弟，殿中侍御史吕陶为首的“蜀党”。

这个消息听得司马光心神巨震，一时间竟然气愤无比，恨不得立刻就爬下轿子跑到朝堂之上痛骂这些家伙！

这其中大部分是被他召回朝廷，方才有机会大展拳脚的家伙。

没想到才短短几个月的工夫，他们竟然就开始玩起了结党营私，愚蠢至极，荒谬绝伦！

“这帮家伙，难道忘了当初仁宗朝的朋党案了吗？”

司马光隐隐感觉到，大宋面前的风雨飘摇，很有可能不只是眼前这么简单，大宋朝堂已经烂到了骨子里，连苏轼、苏辙两兄弟这样的才子也要被卷入这种无聊透顶的党争之中。

大宋的根基，已然在动摇……难道大宋真的要完了吗？

一股悲凉的心情，从司马光的心底生出。

一旁的众多官员还在喋喋不休，完全没有意识到，此时一脸悲愤的司马光，已然合上了双眼……

元祐元年（1086）九月初一，司马光卒，享年六十八岁。

比起一生的死对头和老友王安石来说，司马光走得更加光辉，他是走在为了理想而奋斗的路上，但他的遗憾比起王安石却要多得多，站在庙堂之上，他所看到的和想到的，比起退隐多年的王安石要更加全面，也更加忧虑。

然而无论他再如何抱憾，也再没有弥补的机会了。

司马光死后，得赠太师、温国公，谥号“文正”，宋哲宗赐碑“忠清粹德”，并葬于高陵。

灵柩送往夏县的时候，沿途街市纷纷罢市相送，私设祭奠的人数不胜数，万人空巷尽皆垂泪，接连数日都不停歇，甚至有无数人家在自家画像祭奠供奉。

其德高望重的程度，可见一斑。

苏轼为这位老友写了《行状》和《神道碑》，洋洋洒洒上万言，记载了他一生的功绩，公允确实，道出了司马先生人品道德、学识功绩的历史地位。

比起王安石来说，司马光死后反倒没有那么安定。

绍圣元年（1094），章惇被用为相，在朝上议论起司马光此前更变熙丰法度的事情，导致哲宗隐隐有不满情绪，甚至削除了司马光的赠谥，将原本的赐碑给拆毁。

绍圣四年（1097），崇宁二年（1103）更是接连被降黜。

直到靖康元年（1126），赠太师，赐谥。

司马光匆匆离世，导致熙宁变法后大宋复兴乃至于中兴最后的一点儿希望也消失不见。

此时朝堂之上没有了可以掌权安政之人，原本在司马光压制之下尚且不敢太过嚣张的各朋党团体，终于按捺不住，开始逐渐骚动起来。

九月初六，神宗皇帝赵顼灵牌放入了宗室明堂，早朝结束后的祭祀刚刚结束，一众人纷纷赶往司马光的府邸凭吊。

在司马光的府邸前，苏轼和程颐两人大吵了一架，自此掀开了元祐党争的序章……

接下来的这几年，苏轼的日子越发难过。

司马光死后，再没有人罩着仍旧耿直，遇事不平就喜欢吼两嗓子的文人猛士苏轼。

元祐四年（1089），苏轼接连几次痛骂守旧党的后果终于显现，他以龙图阁学士的身份被扔到了杭州做知州。

这已经是他第二次来到杭州，比起上一次不同的是，此时他的仕途已经没有之前那么坎坷，他自以为这次外放不过是短时间的事情。

用不了多久，朝堂之上就会再次发生变动，他也就有机会回返东京城。

如此一来，在杭州的任上他过得还算惬意，在本地平衡米价，找人修筑水利工程，留下了为后人交口称赞的“苏公堤”。

此时的苏轼，甚至自比唐代的白居易，无论是生活上还是精神上都比较富足。

然而，事与愿违。

元祐六年（1091），他果然受诏回到朝中，不过匆匆月余便再次被人排挤，随后知颍州。

又过了一年，从颍州调往扬州。

元祐八年（1093）九月，在定州做知州。这一年朝堂之上的确发生了不小的变化，高太后离世，哲宗终于亲掌大权，新党也再次上台，获得了掌握朝政的机会，就连司马光也受到了一些影响，甚至被剥夺了原本的谥号。

但苏轼虽然不是旧党，却把新党得罪了个精光，原本的好友章惇，因为苏轼的一些言行，也逐渐与他划清了界限，此时更是将矛头对准了他，直接下手贬谪苏轼，任由他四处颠沛流离。

绍圣元年（1094），苏轼因为上书讨论朝政，引起了朝中人士不满，这一次被贬到了惠州。

绍圣四年（1097），此时的苏轼已经是六十二岁高龄，心境早已经被消磨得差不多，被一纸调令安排到了当时属于荒凉之地的海南岛儋州。

这一次的贬黜，可以说是苏轼人生之中的最低谷，要知道被扔到这种地方几乎是满门抄斩以外最可怕的惩罚。

倘若换作另外一个人，早在这路上不知道死了多少回。

然而一生不是在贬谪之中就是在被贬谪路上的苏轼，对此却毫不在意，此时的他已经将自己活成了一个真正的强者。

哪怕是生活已经变成了这个模样，哪怕是感觉到自己仿佛已经被整个朝堂甚至整个世界抛弃，苏轼的心中依旧没有产生半点晦暗，反而依旧充满希望。

在儋州这个地方，他在这里开办学校，纠正学风，盛名远播，以至于有些人甚至不远千里跑到儋州这样一个穷寒之地，只是为了跟从苏轼学习。

苏轼更是不负众望，竟然为儋州这个一百多年从未有过进士及第的地方培养出了几位人才，在苏轼北归后不久，姜唐佐便在乡贡中大放异彩。

为了纪念这个事情，苏轼甚至还发出了感慨："沧海何曾断地脉，珠崖从此破天荒。"

赵佶继位之后，苏轼再次调转了几个地方，但是时间都不长久，直到元符三年（1100），朝廷大赦天下，苏轼也得到了回到朝廷的机会。

但天公不作美，在北归的途中苏轼忽然重病不起，随后短短月余的时间内急剧恶化，眼看着大限已到。

令他有些意想不到的是，就在他生命的最后几天，竟然再次见到了多年老友。

佛印和尚身上穿着平日里几乎舍不得穿的袈裟，盛装出现在房门口，看着躺在病榻之上的老友，面露笑容。

苏轼忽然感觉自己的身体轻便了不少，竟然可以从床榻之上站起身来与佛印和尚一同来到院子当中。

两人谈起当年于黄州时的景象，都是唏嘘不已，感慨万千。

彼时苏轼再遭贬黜，乌台诗案以后几乎以为自己陷入了人生谷底，在江边仍然是写出了一首《念奴娇·赤壁怀古》，以明心志。

谁能想到自那以后他的大半生竟然全都是在颠沛流离中度过？

“佛印大师，当初我曾问你是否会看面相，你说不会看，但总觉得我一生坎坷，此话竟然不是在唬我？”

苏轼看着同样也是须发皆白的佛印，笑着问道。

佛印双手合十：“苏学士，贫僧从不打诳语，当时的确是不会看面相，但也的确是有此感觉，既然贫僧与学士是好友，自然不能随口欺骗。”

听着佛印说得理所当然，苏轼不由得连连摇头：“那后来所说，我必将名垂千古，又作何解释？

“我这一生，虽然也曾接近权力中心，但从未真正掌权，针砭时弊多，却从未真正为天下定过什么方针，怕是终究要被历史大浪淘尽！”

佛印松开了合十的双手，面露微笑：“子瞻一生之才，全在诗词作赋之上，想来若是有名垂千古的机会，便是在那些激昂文字上了。”

这个说法让苏轼哑然一笑，正要朝着佛印再询问两句的工夫，却觉得眼前一晃，自己竟然再次回到了房舍之中，佛印和尚也早就消失不见。

恍惚间，苏轼总算是想了起来，早在几年前佛印和尚就已经圆寂，如何能到这来看他？

不过那厮说自己的诗词可能会流传千古，说得倒是深得他的心意。

苏轼抬起手，打算叫人为自己掌灯研墨，想要再写上几篇诗词，然而一阵疲倦感忽然袭上心头，他缓缓地闭上眼睛，打算休息一会儿……

建中靖国元年（1101）七月二十八日，苏轼，病逝于常州，享年六十六岁。

苏轼逝世的消息传到颍昌的时候，苏辙哀痛昏倒，接连三天都没能吃下任何东西，号啕不止，随后写出了《祭亡兄端明文》《再祭亡兄端明文》哀诉兄弟之情。

同时又写下《亡兄子瞻端明墓志铭》。

公之于文，得之于天。少与辙皆师先君。初好贾谊、陆贽书，论古今治乱，不为空言。既而读《庄子》，喟然叹息曰："吾昔有见于中，口未能言，今见《庄子》，得吾心矣。"乃出《中庸论》，其言微妙，皆古人所未喻。尝谓辙曰："吾视今世学者，独子可与我上下耳。"既而谪居于黄，杜门深居，驰骋翰墨，其文一变，如川之方至，而辙瞠然不能及矣。后读释氏书，深悟实相，参之孔、老，博辩无碍，浩然不见其涯也。

遵照苏轼的遗嘱，家属将其葬于汝州。

宋高宗继位之后，追赠苏轼为太师，孝宗时，为其追谥"文忠"。

元符三年（1100），才刚刚亲政没有几年，不过二十三岁的皇帝赵煦病亡，庙号哲宗。

此时的赵煦还没有来得及留下继承大统的子嗣，现年十九岁的端王赵佶被天上掉下来的黄袍砸中脑袋，当天就被从王府抬到了宫中，稀里糊涂地穿上了龙袍，继承了皇位，同时大赦天下。

任谁都没想到，这位糊涂皇帝的走马上任，几乎让大宋在几十年之后直接亡国。

……

崇宁元年（1102），此时王安石与司马光已经病逝十五年，苏轼也已经于年前病逝，朝堂之上只剩下了那些只会钩心斗角不断党争的家伙。

九月十七日，在皇宫的端礼门前，竟然连夜竖起了一块巨大的石碑。

晨雾散尽之后，硕大的灰黑色石碑在阳光的照耀下显得异常肃穆和夺人眼球。

刚刚下早朝的文武百官，道听途说赶来看热闹的城内百姓，还有一些前一天晚上就发现了一些端倪但是并不敢出来露头的家伙，纷纷跑到了这边围观。

皇宫门前竟然一下子围起了数千人，这种盛况除了当年神宗皇帝摆下预设庆功宴，还有逢年过节的大灯会庙会，平日里还是第一次出现。

一丈五尺高，五尺宽，雕刻着白字的灰黑色石碑上，写满了密密麻麻的字。

抬头之上，刻着几个大字“元祐奸党碑”，那几个字的字体让人看着非常眼熟，有官身背景的围观者很快便意识到，这几个大字出自皇帝赵佶的御笔。

至于碑文的字体，则是当下最为流行的蔡体字，创出这个字体的人正是时任尚书左仆射兼门下侍郎的蔡京！

碑文之上赫然写着：

皇帝嗣位之五年，旌别淑慝，明信赏刑，黜元祐害政之臣，靡有佚罚。乃命有司夷考罪状，第其首恶与其附丽者以闻，得三百九人。皇帝书而刊之石，置于文德殿门之东壁，永为万世臣子之戒。又诏臣京书之，将以颁之天下。臣窃惟陛下仁圣英武，遵制扬功，彰善瘅恶，以昭先烈。臣敢不对扬休命，仰承陛下孝悌继述之志。

司空尚书左仆射兼门下侍郎蔡京 谨书。

在这些字下面则清清楚楚地陈列着所谓的元祐奸党名单一共一百二十人。

元祐奸党

文臣

曾任宰臣执政官

司马光故 文彦博故 吕公著故 吕大防故 刘 挚故 范纯仁故

韩忠彦故 曾 布

梁 焘故 王岩叟故 苏 辙 等

曾任待制以上官

苏 轼故 刘安世 范祖禹故 朱光庭故 姚 勔故 赵君锡故

马 默故 孔武仲故

孔文仲故 吴安持故 钱 勰故 李之纯故 孙 觉故 等

余官

秦 观故 黄庭坚 晁补之 张 耒 吴安诗 欧阳棐 刘唐老

王　巩

吕希哲　杜　纯故　张保源　孔平仲　衡　钧　兖公适故　冯百药

周　谊

孙　琮　范柔中　邓考甫　王　察　赵　峋　封觉民故　等

武臣

张　巽　李　备故　王献可故　胡　田　马　谂　王　履故

赵希夷　任　濬

郭子旂　钱　盛　赵希德　王长民　李　永故　王庭臣

吉师雄　等

内臣

梁惟简故　陈　衍故　张士良　梁知新故　李　倬故　谭　扆

窦　钺　赵约

黄卿从　冯　说　曾　焘　苏舜民　等

为臣不忠曾任宰臣

章　惇　王　珪

黑碑白字，清晰无比，这座元祐奸党碑的出现，让所有人都产生了迷茫的感觉。

一时间没有人能想明白这块石碑出现的意义和其背后的目的。

皇帝亲自题字，宰执大臣提笔写就，这等于是将上面的人全都给钉到了耻辱柱上。

一开始大家还只不过是抱着看热闹的心情而来，但等到他们看清楚上面所列的名字之后，心中却纷纷闪过了一阵阵的迷茫。

如果说这些人都是奸党的话，那还有谁能是好人？

司马光可以说是朝臣典范，当时德高望重，纵然到了现在，也是人人敬仰，无不称赞，饶是此前被哲宗皇帝削过身后名，但仍然比不过他在百官乃至民间的好名声。

苏轼毫无疑问算得上当世大才，人品更是极佳，这么多年来一直在官场之上颠沛流离，几次遭受贬谪之后在各地的风闻都极为优秀，从来也没有过什么恶劣事迹。

章惇、曾布等人虽说个人人品上未必比得上之前的两位，但总也算得上是为官有能力，做事公允的角色。

剩下众人，唯一的罪过怕就只是站错了队伍，怎么就被列入奸党的名头之下了？

顾基早在五年前就已经听从父亲遗愿辞掉了皇城司差使，在东华门外买了一个小宅子，立志做个闲适的富家翁，相对比起其他六十三岁的老人来说，顾基身体硬朗得很。

今日听闻宫门外竟然有热闹可以看，他早早地就跑了过来，却没想到，竟然看到了眼前这一幕。

司马光、苏轼、章惇……这一个个看起来如此熟悉的姓名，他曾经都有过交集，甚至可以说关系还不错的老相公们，竟然全都被列为了奸臣？

这简直太可笑了。

周围乱叨叨的声音在他的耳朵里听起来如同惊雷。

直到此时他才忽然间明白过来，自己那个活了九十几岁，历经四朝，什么事儿都看得极为透彻的老爹到底多么有预见性。

倘若他现在还未辞官，不管是依旧在皇城司养老，还是得到机会升迁，必然都会卷进这种可耻又可悲的事情中来。

奸臣当道，皇帝昏庸！

顾基只觉得心中升起了一阵阵的悲痛，阵阵凉意从他的后背袭来。

片刻之后，百姓的汹汹之情全都涌了上来，一时之间竟然有人打算冲向皇宫，找皇帝要一个说法！

这种情况在大宋朝的历史上也是从来没有出现过的，一时之间不但周围的那些禁军慌了，就连皇帝也慌了。

短短一盏茶的工夫，几道命令从宫内发出，大批禁军和皇城司、殿前司兵马纷纷涌现，将这些百姓拦在了外面。

顾基并未打算冲宫，但是他一个六十多岁的老者实在是架不住周围那些年轻人的鼓噪和推搡，此时竟然跑到了人群前面。

拦在他身前的，便是现任皇城司使陈越……

看到顾基的一瞬间，本来还十分淡定的陈越直接慌了："师傅，您怎么到这儿来了？"

顾基瞪了自己这个得意弟子一眼，稍作沉吟之后，没怎么客气："我怎么来了，你摸摸自己的胸口问一问我为什么会来？

"这个什么狗屁元祐奸党碑是怎么回事？"

陈越脸色发苦，敢在皇宫门口骂皇帝和宰执大臣的，普天下就没有几个人，敢骂他们的东西是狗屁的，估计就只有眼前这个老头子了……

"师父，祸从口出，这些话可不能乱说，否则是要掉脑袋的，您六十多岁了活着感觉没意思了，可千万别拉上徒弟我！"

顾基朝着旁边瞥了一眼，发现殿前司和禁军的那些低级武官正在朝这边看，忍不住啐了一口："罢了罢了，做好你该做的事，别给老子丢脸！"

骂完了这句话之后，顾基身后的那些人总算是有所松动，他背着手从人群之中离开。

这种事儿实在是太大了，他掺和不起。

大宋朝堂竟然能烂成这个德行，他实在是意想不到，这让他心中的某种警兆越发明显，一个念头忽然在他的心中闪过。

或许他就不该在东华门买宅子，而是应该把这宅子速速卖掉，然后赶紧搬到江宁去，之前听王相说那里着实不错，就连苏学士都打算搬过去养老，只可惜苏学士没钱买不起……

脑子里闪过了这个念头之后，顾基立刻就将这个计划确定了下来！

与此同时，看着自己那个又臭又硬，跟茅坑里石头一样的师傅竟然真的听了自己的建议离开，陈越总算是松了口气。

紧接着在端礼门内，忽然传出一阵马蹄声。

童贯骑着高头大马从宫门中出现，一脸傲然，在他的右手之上抓着一卷明晃晃的黄色卷轴。

那是圣旨！

所有人都瞪大了眼睛，明白接下来即将发生什么事情，但皇权高高在上，纵然他们心中有百般不甘，纵然他们恨不得现在就冲到皇宫之中叱问昏君为何如此作为，但在皇权之下，他们的膝盖也只能弯了下去。

看着下面跪了一地的人，童贯得意地笑了起来，随后打开了圣旨，开始宣读：

……元祐奸党，为害社稷，实不可恕，今刻石贬罚，以戒不忠不信之臣。今再谕四事：

一、诏令各州监司长吏厅，备立“元祐奸党碑”，以使奸人司马光、苏轼、章惇、曾布之辈遗臭千古。

二、诏令焚毁司马光、吕公著、吕大防、范纯仁、刘挚、范百禄、梁焘、王岩叟于景灵西宫的功臣绘像。

三、诏令焚毁苏洵、苏轼、苏辙、黄庭坚、张耒、晁补之、秦观等人所有诗文，但凡私存匿藏者，以律严惩。

四、诏令宗室不得与元祐奸党子孙联姻，其奸党子孙亦不得入京为官。

几条诏令下来，让所有人全都震惊了。

这已经不只是用昏君可以来形容了，皇宫里面那位皇帝的脑子里面装的究竟是什么?

文人士子，武将能臣，这些人都是国家的柱石，国家的栋梁，倘若没有了这些人支持，或者是换上一堆虫吃鼠咬、破烂不堪的朽木上来，国家焉能不垮?

倘若这石碑不倒，哪个文人士子敢冒着死后还要被骂成奸党的可能去为国效力?哪个武将愿意扛着奸党的名头上阵杀敌?

朝堂之上长此以往岂不是全都要变成贪官污吏、奸佞小人，满屋子的豺狼虎豹?

难道说，这位皇帝是打算把这百年基业葬送在自己手里吗?

从地上站起来之后，下面的万千百姓、士子文人、粗鄙汉子、乡村小吏、泼皮无赖，乃至方才还在不停骂街的丑妇，此时全都满脸木然。

没有人能想得通那位临时当上皇帝的幸运端王到底是怎么想的，竟然会做出这样的举动来。

这件事情很快就从京都传遍了整个大宋疆域，甚至就连西夏与辽国都有所耳闻。

跟童贯与赵佶所设想的不太一样，这些人的名声并没有因为一块石碑而变得臭不可闻，反倒因为登上了这块石碑而越发响亮，大江南北无数人都在等待，等待着这块石碑倒塌的那一刻。

无数的人已经失望，对这个腐朽的朝廷失望，对朝廷之上那些妖魔鬼怪失望，对眼下的大宋失望。

这种失望逐渐汇集成了种种浪潮，开始在百姓心中滋养，培养出了无数反抗的种子。

宣和元年（1119），宋江带着三十六人在梁山泊聚众起义，举起了反抗朝廷的大旗，不停地四处攻略，在河北和山东两路一度十分活跃，先后攻下了十余座州郡，一度成为北方大患。

宣和二年（1120），方腊利用摩尼教聚众上万人在睦州起义，直接攻下了十几处州县，并且以此为凭聚集起了数十万人，声势浩大锐不可当。

宣和五年（1123），京东河北各处爆发多次农民起义，张迪和高托山两路人马最为众多，接连在河北和京东路等地不断转战。

靖康元年（1126），济南府孙列率农民在铧子山起义……

接连不断的农民起义军，将本来就已经有些摇摇欲坠的大宋朝政进一步摧垮，似乎随时都要倾颓……

然而这些事情，对于糊涂皇帝赵佶几乎没有任何影响，这位稀里糊涂当上皇帝的王爷，对于所谓的朝堂正事根本没有任何责任心，行事放浪轻佻，做事全凭个人喜好，还喜欢任用奸佞之人，虽然才学卓绝，艺术上的造诣更是不错，但终究是昏庸无能的皇帝。

上梁不正下梁歪，在皇帝喜好奢靡，信奉道教妄图修仙长生的时候，奸臣们也都趁势作乱，胡作非为。

以蔡京、童贯为首的诸多奸臣每个都捞得盆满钵满。

如此荒唐无比的统治者，加上一群骄奢淫逸的大臣，惹得天怒人怨，这才导致大宋国内接连爆发起义。

崇宁二年（1103），蔡京建议皇帝攻打西夏，皇帝采纳，并委派童贯率领大军接连进攻。

出人意料的是，这位在平定国内叛乱问题上毫无建树的皇帝，竟然在对西夏的战争中如同走了狗屎运一样，接连战胜。

政和四年（1114），童贯、种师道率领宋军多次进攻西夏，随后在古骨龙大败西夏。

宣和元年（1119），接连攻克西夏横山地区，并且形成了有效占领，直接逼迫西夏面临灭国危机，夏崇宗自觉胜利无望，委派使者求和，并且直接恢复了当初宋朝给的赐名赵乾顺。

这可以说是大宋跟西夏交战多年来唯一一次取得了绝对性胜利的战争，结果让赵佶极为满意，同时也被这种喜悦之情冲昏了脑袋。

此时的赵佶居然以为自己拥有了向辽国举兵进攻的能力。

幽云十六州一直都是中原王朝的领地，当年在北宋监国之前，儿皇帝石敬瑭竟然将这片大好草场献给了辽国。

这就导致大宋一直缺少良好的放牧场地，无论百多年来各代的统治者和能人大臣想了多少办法保证宋军的战马数量，都依旧没有让他们重新获得在平原之上的优势，所以这么多年来无论是在面对西夏还是在面对辽国的时候，都处于被动挨打的状态。

赵佶攻打西夏拿下了不少地皮，此时正是志得意满、心潮澎湃的时候，当即就打算制订计划攻打辽国。

无巧不成书，此时的辽国境内也出现了岌岌可危的情况。

辽国东北部的女真族出现了一个能人首领——完颜阿骨打。

这位首领带着女真族建立了金国，反抗辽国统治的同时一直在不断开疆扩土，多次击败辽军，比起大宋境内的那些起义军来说显得要强横得多，同时带给辽国统治者的压力也越来越大。

看准了这个机会，头脑发昏的赵佶和想着借机捞钱的蔡京、童贯两位大臣一拍即合，想到了一个改变大宋百年国运，甚至带来了永恒耻辱的馊主意。

政和八年（1118），大宋的使团绕路蓬莱海路，抵达辽东，随后在金上京见到了金国皇帝完颜阿骨打。

这位金国之主对于宋朝居然敢跟他们联合一起攻打辽国的事情感到十分意外。

随后他便从大宋使臣的嘴里听到了一些详细信息，知道宋朝是打算收复幽云十六州之后，立刻召集群臣商议了两天的时间，最终敲定了这个合作意图。

大宋使臣高高兴兴地来，又高高兴兴地走，带走了不少金国的特产，还有金国出使宋朝缔约一起夹击辽国的使臣。

谁也没有意识到此时他们带回去的，并不是一个合格的盟友，而是一个危险远超辽国的未来邻居，一个随后给大宋带来了百年耻辱的敌对邻国。

实际上金国并没有打算真的就这么同意跟宋朝一起攻打辽国，派出来的使臣只不过是进行试探而已。在试探出了宋朝的底线之后，完颜阿骨打立刻就意识到，就算自己这次没有答应双方的合作，迟早有一天宋朝也会主动找上门来，到时候自然可以待价而沽。

因为双方此时并没有接壤的国境，金国更是没有什么历史传承，所以对于宋朝的了解其实并不多。

完颜阿骨打根本就没有想到，这个吵吵嚷嚷要一起打辽国的未来邻居其实并不足够强大。

宣和二年（1120），赵佶再次想到了要跟金国合作的事情，直接命人带着自己的亲笔信找到了金国。

这一次双方之间的密谈极为顺利，很快就确定了双方的攻占目标。

双方同时攻打辽国，但金国的主攻方向在中京，大宋则是攻打西京和燕京，等到事成之后幽云十六州交给大宋，而大宋则将原本交给辽国修好的岁币转交金国。

成功缔约之后，赵佶总觉得自己的底气足了不少，随后接连两次命童贯率领大军北上，却接连遭遇失败，甚至连攻打目标的一点儿皮毛都没有摸到，无奈之下，只能接连铩羽而归。

与之相反，金军的战斗打得极为凶猛，也十分顺利，不但打下了目标之中的中京，更顺手把原本应该是大宋打下来的西京也给拿了下来。

待到完颜阿骨打亲率大军拿下了燕京，实质性地取代了辽国之后，赵佶悻悻地派人找到了这位金国皇帝，打算让对方履行盟约。

然而在之前的战争中，大宋几乎没出什么力气，好不容易打了几次仗还都是惨败而归。

再加上之前谈判过程中他们表现出来的怯懦，让完颜阿骨打彻底看穿了这帮草包，态度变得极为傲慢。随后再一次的谈判，大宋一退再退，最终除了每年要供给金国五十万岁币之外，还要补交一百万的“代税”，同时金国表示不可能交出幽云十六州，最多只会割让长城内的燕京六州。

这些条件十分苛刻，其实是完颜阿骨打对于大宋的又一次试探。

令他意想不到，甚至有些兴奋的是，赵佶这个草包竟然将所有的要求全都答应了下来。

这就导致完颜阿骨打彻底明白了大宋金玉其外败絮其中的真实情况。

至此辽国已经灭亡，宋金两国出现了实质性的接壤，不过几年之后，宣和六年（1124）金国悍然出手，攻下了蔚州，这让大宋有些始料未及，双方之间的关系一下子由盟友变成了敌对关系。

紧张的气氛之下，大战一触即发。

赵佶如何也没有想到，他的一个昏庸的决定，竟然把自己和大宋的半壁江山都给葬送了。

第三章

李纲受急诏归东京　靖康之耻北宋灭亡

宣和七年（1125）十一月，彻底看清楚了大宋朝廷草包面目的金国彻底不再伪装，直接撕破了脸皮，分东西两路大军同时南下入侵大宋。

东路主帅完颜宗望，南下直取燕山府，西路主帅完颜宗翰，直取太原府。

面对金军的强大攻势，宋军统军主帅童贯与蔡攸难以抵抗，不战而逃，宋军士气大跌，各地城池守将如同事先商量好了一样，望风而降。

一时间金军势如破竹，短短一个月的时间就渡过黄河，随后在东京城下成功会师。

大宋国都面临强敌，朝堂之上战战栗栗，东京城中一派压抑景象，所有人都知道，这是捅破了天！

此时在东京城中，百官都是两股战战，无人敢应战，更无人敢出城投降，一股绝望的气氛在众人之间弥漫开来。

唯独时任太常少卿的李纲此时一脸坚毅。

面对汹涌而来的金兵，李纲只是说了一句：“金贼远来疲惫，可战！”便暂时稳定住了朝堂上的局面，紧接着便主导起了赵佶禅让，转由太子赵桓继位的事情。

此举意在稳定局面，暂时将金兵南下的罪责推到太上皇赵佶的头上，稳住东京城内人心。

赵佶本来心里也没什么主意，听明白李纲陈说利害，立刻就答应了下来。

赵桓继位之后，改年号为靖康，有意重用李纲，直接将李纲提拔为尚书右丞，就任亲征行营使，专门负责东京城的防御。

李纲不负众望，上任之后直接在城墙之上视察了几圈，随后决意利用坚固的城池，采用百步分兵法进行布防，在最外围的四面城墙之上分别安排正规精锐部队一万两千人，随后更是动员城中的居民上城墙协同防御。

将一切守城的工具、武器尽数安排到城墙之上，可以说整个城池都被武装到了牙齿，固若金汤。

当晚金军便直接攻击城墙，这些人一路南下攻城占地实在是太过顺畅，根本没有意识到此时的东京城已经做好了细致准备。

仓促攻击城墙之后金兵居然被打了一个措手不及，一天的激战之后竟然死伤了数千人。除此之外，李纲极为勇猛地安排勇武士卒组成小队时不时杀出城门，不但能够搅扰对方，更击杀了不少敌军。

接连几天大战之后，金军伤亡竟然接近上万，这让金军主将着实意想不到，同时立刻转变了策略。

金人的使臣站在大宋宫殿之中侃侃而谈，毫不客气地要求大宋准备进行和谈，赵桓虽然答应了李纲的请求没有丢城逃走，但是此时对于守城战依旧没有什么信心。

眼看着金兵居然主动要求和谈，这位临时上马的皇帝顿时就起了心思，结果和谈一事被李纲直接拒绝。

赵桓眼看着自己连一个臣子都没有办法摆弄，顿时恼羞成怒，直接罢了李纲的官。

然而他没有想到自己这个举动直接引起了众怒，城中百姓纷纷反对这个安排，甚至搞了一个极大的游行队伍出来。

更有甚者，太学生陈东直接咬破手指写出血书檄文：

在廷之臣，奋勇不顾，以身任天下之重者，李纲是也，所谓社稷之臣也。其庸缪不才、忌疾贤能、动为身谋、不恤国计者，李邦彦、白时中、张邦昌、赵野、王孝迪、蔡懋、李邦之徒是也，所谓社稷之贼也。

陛下拔纲列卿之中，不一二日为执政，中外相庆，知陛下之能任贤矣。斥时中而不用，知陛下之能去邪矣。然纲任而未专，时中斥而未去，复相邦彦，又相邦昌，自余又皆擢用，何陛下任贤犹未能勿贰，去邪犹未能勿疑乎？今又闻罢纲职事，臣等惊疑，莫知所以。

纲起自庶官，独任大事。邦彦等疾如仇雠，恐其成功，因用兵小不利，遂得乘间投隙，归罪于纲。夫一胜一负，兵家常势，岂可遽以此倾动任事之臣。窃闻邦彦、时中等尽劝陛下他幸，京城骚动，若非纲为陛下建言，则乘舆播迁，宗庙社稷已为丘墟，生灵已遭鱼肉。赖聪明不惑，特从其请，宜邦彦等谗嫉无所不至。陛下若听其言，斥纲不用，宗社存亡，未可知也。邦彦等执议割地，盖河北实朝廷根本，无三关四镇，是弃河北，朝廷能复都大梁乎？则不知割太原、中山、河间以北之后，邦彦等能使金人不复败盟乎？

一进一退，在纲为甚轻，朝廷为甚重。幸陛下即反前命，复纲旧职，以安中外之心，付种师道以阃外之事。陛下不信臣言，请遍问诸国人，必皆曰纲可用，邦彦等可斥也。用舍之际，可不审诸！

檄文公布后，军民从者数万。这种前所未有的情况，把皇帝跟一众朝臣吓得够呛，忽然联想起了当初元祐党碑的事情，本意还想再次调兵弹压，没想到这一次连城中的禁军也开始不再接受调派。

无奈之下赵桓只能撤销自己的罢免命令，但也因为此事记恨上了李纲。

金兵谈和没有希望，又打不下来东京城，无奈之下只能要求大宋割让河北三镇，否则绝不退兵，摆明了是仗着兵临城下以此相胁，此时朝堂之上的蔡京和童贯等人已经重新占据了上风，商议之下咬着牙答应了金人的条件。

最终金兵撤退，双方签订了几条对于大宋而言可谓耻辱的条款：

一、大宋需向金国贡输黄金五百万两，白银五千万两，绢帛一百万匹，马骡驴一万头，驼一千匹，杂色锦缎一百万匹，绢帛一百万匹。

二、大宋割让太原、中山、河间三镇给金国。

三、尊金国皇帝为伯父，宋国皇帝为亲王。

四、大宋要以亲王、宰相作为人质，送金兵渡河北还。

这个消息传来，让那些之前闹事儿的百姓再次感到失望，不过好歹这一次闹过之后，金兵就真的开始撤退，不过三两天的工夫之后，金兵就已经从东京城外消失不见。

宋军探马每个时辰都会沿路发回消息，不过十余天的时间，金兵竟然真的撤回到了黄河以北，这个消息一出来，顿时让所有人都松了口气。

赵桓更是如此，意识到在自己英明的领导之下金兵果然撤退，这位比他亲爹好不到哪儿去的皇帝抖了起来。

蔡京、童贯等人转头便在朝堂之上不断诬陷和排斥李纲以及种师道，不过几个月之后，之前东京城防御战中起到决定性作用的李纲便被轰出了东京城，出任河东河北宣抚使。

李纲并未争取留在东京，对于朝廷上的钩心斗角，他感到有些厌烦，正好金兵已退，他自然而然也就不想再跟这帮人继续斗下去。

朝廷之上的人意识到李纲善于用兵，非常担心他利用手中的兵权搞出点儿什么事情来，所以处处限制他的权限。

所谓的宣抚使根本就没有节制军队的权力，即便是到了任上，他也不过是一个光杆司令，这种情况让李纲十分不满，干脆在九月的时候提出了辞职。

如此忠臣竟然接连遭受到这种待遇，让那些心怀天下的士子心头一片凄凉。

之前领导士子与百姓冲击皇宫的陈东与欧阳澈两人再次鼓动起了太学生们，本来还打算带人再次请愿，然而皇帝赵桓早就料到了这一招，直接下了诏书，禁止民间上书，禁止动用登闻鼓，若是有胆敢闹事者，不听敕命者全数抓捕……

一时之间东京城中所有人的心全都凉了下来，不但是对大宋实力卑微，面对金兵竟然毫无办法的情况心凉，更是对皇帝的各种命令心凉。

一种难以形容的悲凉情绪，开始在大宋臣民的心中蔓延开来。

谁也没想到，金兵果然如同之前李纲所预测的那样，去而复返了。

突然听到皇城司回报的消息，说两路金兵去而复返并且即将回到东京城下，赵桓傻眼了。

上一次围城的时候，那些勤王的兵马，因为童贯等人嫌弃太过消耗军费和粮食，所以陆续全都安排了出去，此时还留在东京城内的各种部队加在一起，数量还没有之前的一半多。

七万余人能够把城墙的垛口全部站满就已经算是不错，想要形成有力的反击根本不可能。

意识到火烧眉毛的赵桓，顿时再次想到了李纲。

他二话不说直接任命李纲为资政殿大学士、领开封府事，然而此时的李纲因为之前朝廷的排挤已经跑到了长沙附近，想要接到赵桓的命令，恐怕需要二十余日。

等到李纲回返京都，已经是一个半月以后的事情，但是眼下城墙能不能守住三天都要打个问号。

所以命令发出去之后，赵桓又犯起了愁。

思量许久之后，赵桓跑到了亲爹赵佶的寝宫里，父子两人商讨起了逃跑计划。

两人一拍即合，决定马上就带人逃出东京城，一路向南跑得越远越好。

然而这两父子一个比一个不靠谱，一个是放心不下自己的那些花鸟字画，一个是想将所有妃子全都带着，一来二去，竟然拖了一整天都没有行动。

等到他们再想跑出去的时候，金兵已经兵临城下，这时候再想跑也没有机会了。

吃过上一次的亏之后，金兵并没有直接攻城，而是试探性地派来使者打算继续进行商谈。

这一次对方的胃口更大，要了更多的钱和更多的土地，完全是狮子大开口，漫天要价，眼看着大宋皇帝竟然有要答应的迹象，金人使者便再次坐地起价。

一来二去之后，金人使者顿时就明白了当前的情况，恐怕宋人之中的骁勇善战之士都已经离开了这座城池。

眼下这座城池根本就没有任何阻碍，完全可以轻易攻下来！

金人使者根本就没有再继续跟大宋朝廷纠缠，借故离开皇宫，转身就出了东京城，两个时辰之后金兵的大部队架着云梯冲到了城下。

东京城中现下根本没有可用的将领，兵马更是少得可怜，并未形成有效的抵抗，当日夜里金兵便成功冲破城墙，直接杀入了东京城中。

大宋百姓无不瑟瑟发抖，蜷缩在自家的被子里不敢冒头。

金兵在街上肆意冲突，清缴那些不肯投降的宋军士兵，另一部分人干脆闯入普通百姓家中肆意侵扰凌虐，还有一部分竟然是直接奔着皇宫而去。

早已经递交了降表打算投降的赵桓和赵佶，完全没想到金兵竟然这么不讲道理，在接受了降表之后居然还要杀入城中。

各路前来勤王的兵马，此时已经来不及救援皇宫。

金兵杀入皇宫之后大肆烧杀抢掠，不过半日工夫竟然将皇宫中的所有人全都给绑了出去。

徽宗两父子狼狈不堪，直接被五花大绑地牵在御街之上赤足行走，以发覆面样子凄惨。

后宫之中的妃嫔更是一个不落，与此同时原本分散在东京城各处的大量赵氏皇族全都被绑了起来。

包括被找到的贵族朝臣，一共三千多人，尽数被押解到了金军大营之中。

东京城中四处都燃起了大火，红艳艳的火光照耀着漆黑一片的夜空，竟然比平时昼夜不歇的东京城更加耀眼。

眼看着金兵在抢过皇宫之后，匆匆撤离了东京城，一些胆子比较大的百姓，便立刻从自己的藏身之所逃了出来。

各处的潜火铺的士兵纷纷冒头，开始有些慌乱，但终究有条不紊地抢救起各处的火灾。

各处望火楼之上的人，不但负责给下面的人指挥火灾的扑救方向，顺便还解释起现在金兵的动向。

一听到金兵在掳掠了皇族便开始北撤之后，不知为什么这些百姓非但没有感觉到耻辱，反而有了一种畅快的舒心感。

“他奶奶的，要是当初皇帝没有把李右丞给赶走，至于出现现在这种情况吗？”

“两位陛下连同妃嫔全都被掳走了，现在皇宫岂不是已经空了？”

“金人到底是怎么想的？为什么没有占领东京城，而是撤走了？”

百姓之间的窃窃私语蔓延开来，在众人之中带起了一阵小小的恐慌。紧接着一处望火楼上的人，竟然开始慌乱地叫嚷起来。

“不好了，金人没有完全离开，还有一部分已经准备入城了！”类似的喊声此起彼伏，很快就划破了夜空。

本来正在救火的百姓顿时全都慌了神，守城的军队溃败了，皇宫被人抢了，就连皇帝都没有了，那些大臣也都不知道去了什么地方。

他们这些平民百姓该怎么办？难道就站在这里傻傻地等着金兵烧杀凌辱？一股子悲凉的情绪在每个人的心中升腾起来。

紧接着一支打着宋军旗号，看上去有些凌乱，应该是刚刚跟金人作过战的部队突然出现在街头。

当先一人身穿将甲，骑着战马，身上竟然还插着一根箭矢，此时身上和马背都沾染了不少的鲜血。

在百姓提醒之下将身上的箭矢拔下之后，此人闷哼了一声，随后扔到了地上。

随后他随便扯了一块布帛，将伤口包扎好之后，便大声叫嚷起来："我是邓州知州张叔夜，手中尚有三千兵马，可与金兵一战，将两位陛下夺回来！

"大宋好儿郎，可有人敢随我出战？

"斩贼者，每首赏银五十两！"

跟在他身后的那支队伍开始疯狂叫嚷，竟然是打算就地募集兵马。

不少百姓反应过来，这第二次金兵围困东京城时，唯独有一位勤王的将领成功带兵进入了东京城，好像就是这位张将军！

这个名字引起了大家的关注后，再加上重赏之下必有勇夫，竟然真的让他陆陆续续招纳到了数百人。

"张将军，你们能守得住城吗？"一个抱着稚童的娘子期期艾艾地看着马背上的张叔夜，紧张地问道。

张叔夜将头盔摘下，齐整了一下自己的胡须，抬起手掐了掐那个稚童还有泪痕的小脸，笑了笑："几千人马，连一座城都守不住，还有何脸面面对城中父老？"

他转过头，朝着周围看了过去。

除了临时拿到一些刀剑，甚至只是拎着潜火铺灭火工具的临时应召民勇壮士，此时在他这支队伍旁边，已经围了数千百姓。

所有人的目光全都整齐地盯在了他的身上，眼下他已经是这些人能找到能看到的最大官员……任凭大家对朝廷有多么不信任，但是碰到眼前这种情况，依旧愿意等待一个解释。

张叔夜看出了大家眼神之中的期待，不由得摆了摆手："大家救火之后，速速回到各家不要外出，金贼没有大规模抢掠民户，怕是打算占领东京城，只要大家小心一些，他们不会无端杀人。"

这个说法，让众人心头一惊，立刻就有聪明的人意识到了什么，连忙问道："难道大宋就这么没了？金兵不是大部分都撤走了吗，他们还会南下？"

张叔夜笑了笑："大家尽可放心，康王已经受任河北兵马大元帅，此时必然已经在准备反攻，恐怕不过旬日就能打回来！

"或者待我将两位陛下救回，即刻就能重新召集勤王兵马，再回到东京城来！"

说完这句话，张叔夜朝旁边看了一眼，那个跟他眉眼有几分相似的亲兵小将立刻就跳下了马背，随后动作灵活地攀爬到了最近的一处望火楼上。

"父亲，金兵已经准备重新入城，我们恐怕只能从万胜门那边出去了，带走陛下的队伍正在北上，就快看不到了！"

张叔夜点了点头，随后转身朝着身后士卒们吆喝了两句，就不再搭理周围的百姓，随后径直率队离开。

还留在原地的众人依旧满心忐忑，不少人听到金兵再次入城，顿时慌了神，不敢再继续救火，连忙把手中的东西扔到地上，随后疯也似的跑回到了自己家中。

就连那些一直在救火的潜火兵，此时也有些局促不安。

那个小将此时方才从九米高的望火楼上爬下，被一个老妇拦了下来。

“老身的孩儿正在队伍里……张将军打算从万胜门处绕出去，阻拦那些金兵？他们就这么多的人，能把陛下救出来吗？”

小将军看了一眼老妇人，有些俊朗的脸上露出了一抹笑容：“救不下来也得救，那是我们大宋的皇帝陛下，我们毕竟是官员，是军人……”

老妇人听不懂这小将军话里话外的情怀，只是有些局促地问道：“那张将军什么时候能带着我的孩儿回来？”

小将军沉默了片刻：“若是真的救不下来的话，我们也就不会回来了。”

说完这句话后，他从自己的腰间拽下来一块看起来比较值钱的玉塞到了老妇人的手中：“拿去典当也能值点儿钱，算是为你儿子庆功了。”

随后翻身上马扬长而去。

老妇人站在原地愣了半天，这才明白方才那小将军所说的话是什么意思，忍不住号啕大哭。

片刻之后，一只有力的手从一旁扶住了老妇人，确定老妇人无恙之后，又从一个潜火兵的手里拿过了水桶和水囊，开始帮忙扑救一旁的火苗。

火光映衬之下，一旁的潜火兵突然认出了这个帮忙的人，不由得倒抽了一口冷气。

“陈皇城司使，怎么是你？”

陈越将一个用猪膀胱做成的水囊扔出，精准砸灭了一处火点之后，有些惊讶地看向了一旁的潜火兵：“你这家伙，竟然认识我？”

潜火兵干笑了两声，连忙凑近了几步：“皇城司使……我是您手下的察子啊，丙庚七！”

陈越看着这张略有些熟悉的脸，这才恍然，同样也是干笑了两声。

确定对方认出了自己之后，潜火兵连忙问道：“您今天不是轮值皇宫的吗？命太好了，据说张皇城使被金兵乱刀砍死了……

“您换了身寻常衣裳，应该是担心被金兵发现吧，若是发现了你是个官的话，肯定又会动手……”

这个丙庚七明显有些紧张，拉着陈越说个不停。

陈越扭过头看了他一眼，脸色冷峻异常，唬得这家伙不敢再多说什么，但等到他们最终扑灭了一旁铺面的火情之后，丙庚七还是忍不住低声问了一句：“陈大人，那位张叔夜将军能把皇帝陛下给救回来吗？”

“毕竟我们皇城司最大的职责就是拱卫皇室安全，现在皇宫都空了，我们两个却没有死，这很可能要出大问题。”

陈越悻悻地笑了笑：“昨天我才将我那个师傅从水路送走，大醉了一场，这才跟张仲云换了轮值，谁能想到竟然会发生这种事情，等我到皇宫的时候他们全都被抓走了。”

说完这句话后，陈越忍不住抬起头朝万胜门的方向看了一眼，眼底的神情从迷惘变成了一丝敬佩。

“张将军不是去救皇帝的，而是去赴死的！明知不可为而为之，为忠君而死，是个忠臣，是个汉子！

“皇帝肯定是救不回来了，东京城周围那些伺机而动的勤王部队也会逐渐撤离，所以东京城必然要被金人占领，甚至金人还会继续南下。”

周围火势已经被逐渐压下，潜火兵也都折返了回去，将水桶放下之后，陈越转身在旁边潘家茶肆路边的摊位条凳上坐下，沉默良久。

在看到张叔夜临时募兵打算救皇帝之前，他原本已经决定顺着水路逃出东京城，一路向南等待时机。

但是此时……他已经打算留下来了。

倘若金兵打算占领东京城，就必然会与百姓和平相处，那样方便他隐藏身份留下，大宋的皇室没了，但大宋人的大宋还在，康王赵构临危受命，若是加上李右丞，未必不能尽快反攻。

他们需要东京城和周围那些被金人所占领城池内的相关情报。

打探情报这种事情皇城司自然最为擅长，潜伏在敌占区这种事情很危险，但还吓不到他。

最近一年见识到了那两位皇帝的嘴脸后，他这个皇城司使对于保护皇帝的想法被削减了不少，但东京城内还有一百万大宋的百姓，皇城司对于这些百姓也有守护之责！

招呼着还有胆子做活儿的茶博士出来煎了一杯茶，陈越啜饮茶汤时，心境已经彻底平缓了下来。

一个时辰后，陈越抢在宵禁之前，在西水门处拿到了一张字条。

字条上面的内容，看得陈越一颗心沉到了谷底。

张叔夜率军冲入金兵大部队，意图解救皇帝，被打散后力战昏厥被俘，其子被乱箭射死。

太上皇、皇帝二人确系被俘虏，已经被关押在囚车之中，随金兵大部队北上。

国主被俘，国都沦陷。

在某种意义上来说，大宋……已经灭亡！